萬葉集

全歌講義 一

巻第一
巻第二

阿蘇瑞枝

笠間書院

三 輪 山 （写真提供：大神神社）

旅《タヒ》尓《ニ》之《シ》而《テ》物《モノ》戀《コヒシキ之》鳴《ナクも》毛不所聞《キコエサリ》有世《セ》者《ハ》孤《コ》悲《ヒ》而《テ》死《シニ》萬《ニ》思《シ》

伎乃事 六条本有之

伎乃多本書之
但注者古本流
同宋本有之

右一首高安大嶋

西本願寺本（巻第一・六七番歌）

『萬葉集全歌講義』発刊にあたって

ここ数年の間に、私が関わっていた日本文学関係の学会が相次いで創立五十周年を迎え、記念行事が行われた。特に早くから関わった万葉学会・上代文学会は、昭和二十六年、二十七年の発足で、私の大学二年、三年の在学中にあたる。万葉集を卒業論文のテーマとすることはすでに決めていたから、万葉学会誌「萬葉」の創刊は、いちはやく指導教授であった故千田幸夫先生に紹介され、入会したのは、第五号発行の頃であったと思うから、大学三年の秋であったと思う。今思えば、向こう見ずであったようにも思われるが、そのころ万葉集の歌の魅力にとても惹かれていたのは事実であった。全国大学国語国文学会が発足して、「文学・語学」が創刊されたのは、大学を卒業して、高校に勤務していた時で、入会して論文を載せていただくことになった、二つ目の学会であった。上代文学会・和歌文学会に参加し、研究会に出席するようになるのは、上京して、大学院にはいって、恩師五味智英先生の門下に入り万葉七曜会の先輩諸氏に導かれてのことであった。いま、このようなことを思い出すと、私の大学卒業後の五十年と重なって感慨深いものがある。

大学の卒業論文で人麻呂歌集をとりあげたのをはじめとして、約二十年柿本人麻呂を研究テーマとしてきたが、その後、女流歌人をとりあげたり、季節歌や羇旅歌の流れをたどったり、また、対句・枕詞・序詞などの修辞技巧に関心を寄せたりしてきた。人麻呂研究の一環として、中古以降の人麻呂歌の享受の実態を拾遺集や古今和歌六帖を通してみたこともある。修辞技巧に関する論はまだ残っている問題があるので、論文の形のままで置いているが、他の大方は『柿本人麻呂論考』『同　増補改訂版』(共に、おうふう)と『万葉和歌史論考』(笠間書院)にまとめることができてありがたかった。また、明治書院の『和歌文学大系』の一冊『人麻呂集/赤人集/家持集』を担当させていただき、中古における人麻呂・赤人・家持の歌の享受の実態の一端をうかがい知ることができたのも、万葉歌の享受史への関心をひろげることになった。

万葉集の歌の注釈に関わるようになったのは、『日本の文学　古典編』(ほるぷ出版)の『万葉集』三巻の中の一巻を担当したのと『萬葉集全注　巻第十』(有斐閣)を担当したことからで、この二つは執筆の時期が重なって辛くもあったが、注釈の意義と楽しさに目覚めた最初であったように思う。特に後者は、万葉集の季節歌が思いがけず豊かな世界をもつことを知り、万葉人の歌を通して、まるで現代に生きている人々とつきあっているような楽しさをしばしば味わうことができた。

その一方、二十数年前から、カルチャーセンターで万葉集の全歌講読の講座を受け持つことになった。一度読了し、二回り目に入った時、かなりの方が引き続いて参加して下さったから、お話しすることのすべてをプリントにしてお配りすることにした。予想以上にプリント作りに時間を要することになったが、パソコンのキーボードを叩きながら文章を綴っていると、マウスを握るまでは思ってもいなかった発想が湧いてきて、書くことの意義と楽しさを実感することになった。

先行する万葉集の注釈書は多いから、今さららしく言うことではないと思うが、歌のすべてを読み通すことによって得たものは大きく、思い切って書きたいことも少なくないことがわかった。歌の解釈の基本は、いうまでもないことながら、用いられていることばをどう理解するかである。数多い注釈書の中に、ただ一つこちらが求めていた解釈に出会って、胸のすく思いがしたこともある一方、最近の注釈書に共通する解釈がどうしても受け入れられなくて、異を立てざるを得なかったこともある。万葉の時代に生きた人物が作者名として書かれているにもかかわらず誰か別の人間が創作した虚構の歌だと考えたり、歴史の表舞台で波乱に富んだ人生を生きることを余儀なくされ、さまざまな思いを懐きつつ生きたであろうと思われる人の作でも、一個の文学作品として鑑賞することを優先し、その心情に立ち入ろうとしないのが、近年の万葉歌研究の一傾向としてあるように思うけれども、私はできるだけその時にあたっての作者の心情に添って理解を深めたいと思ってきた。今後も、注釈書としての基本を外さないようにしながら、私なりの方法で万葉集の歌々に接してゆきたいと思う。

カルチャーセンターでプリントを配るようになってから、そのプリントを早く本にしてほしいと言われたり、CDで出したらと勧められたりもした。教室外の方からコピーを求められることもあったりして、それならプリントがひとり歩きする前に手を入れて、もっとよい形で残したいという気持になり、早くから親しくしていただいている笠間書院の社長池田つや子氏と橋本孝編集長をお訪ねして、ご相談させていただいた。お二人ともたいそう驚かれたと思うけれども、幸いにもお引き受けいただいて、心より感謝している。

本書の巻頭には、かねて、是非三輪山の写真をと願っていたところ、奈良大学の上野誠氏のご紹介で、大神大社ご愛蔵の写真を掲載させていただく光栄に浴した。篤く感謝申し上げる。校正には、初校および念校の段階で、金澤和美氏・小林郁子氏のご助力を仰いだ。また、出版および本書の命名に関して、笠間書院社長池田つや子氏のこまやかなご配慮をいただき、編集・校正の全過程で、編集長橋本孝氏・重光徹氏・田口美佳氏に特にご苦労いただいたことを感謝申し上げたい。

二〇〇五（平成十七）年七月二十日

阿蘇瑞枝

目次

巻第一　目次

雑歌

巻第二目次

相聞

挽歌

関連資料［略年表・略系図・関連地図等］

凡例

一、本書は、西本願寺本を底本とする万葉集の全歌注釈の書である。各巻毎に、底本に載せる**目録**を置き、訓み下しと歌番号を付載した。目録と本文とは成立も同時であったとは言い難く、本文と齟齬するところもあることが指摘されているが、それでもなお、底本にある目録として尊重されてよいと考えたからである。原文には、句読点・返り点を付した。

歌は、長歌・反歌はもとより、贈答歌の場合も長大にわたる場合のほかは、一括してとりあげる方針とした。歌の性格・作者の意図などを考察するのに有効と思われるからである。作者不明の雑歌・相聞歌でも、相互の関係や編集意図のうかがわれる場合もあるので、同様に歌群としてとりあげることを原則とした。

一、本書の体裁は、「**標題**」の訓み下し・原文・訳・注（巻一、二のみ）、「**題詞・歌・左注**」の訓み下し・原文・訳・歌意・注の順序とする。「**漢詩文**」は歌と同様に扱う。

一、**訓み下し**は、数字以外は総ルビを付すことを原則とした。ア・アレ、ワ・ワレの別は、原文の文字に示されていない場合は、歌に即して判断し、ソ・ゾの別は、文字で示されていず、前後の用例から類推することもできない場合は、清音ソで訓むことを原則とした。歌は、長歌・短歌共に句毎に空白を置いた。ただし、行頭にあたる場合は空白を置かない。

一、**原文**は、漢詩文および歌の題詞・左注も、漢文体には、句読点・返り点を付した。原文の文字は、できるだけ原文に従ったが、異体字を用いている場合など通行の文字に改めたものもある。「哥・謌」は、「歌」に改め、

「麿」を「麻呂」とした場合などは、校異にあげない。校異は、底本の文字を訂正した場合のみをあげた。古写本は、底本はもとより、桂本・金沢本・元暦校本・紀州本・類聚古集・神宮文庫本・広瀬本など、複製本で確認するほか校本万葉集の記述に基づいた所も少なくない。校異の示し方は、左のごとくで、底本の「居」を、元暦校本・類聚古集・古葉略類聚鈔によって「座」に訂正したことを示す。古写本名は三本を限度とした。

【校異】**座**（元類古）—居

一、歌の**訳**は、直訳ではなく、作者の言外の心情も伝わるような訳を心がけた。枕詞も口語訳を心がけたが、そのままの形を残して訳に取り入れたところもある。意味ばかりではなく音調効果で用いられた枕詞もあると考えるからである。

一、**歌意**には、作歌背景・歌の特色・他出歌との関係・作者に関してなど、歌に応じてさまざまな問題をとりあげた。これらは、本来は、注を終えた後に、考察するものであるが、組み体裁の都合上、歌意を先に置くことになった。

一、**注**は、原文の訓み・解釈などを中心とするが、語句によっては、その時代的背景を考察したり異説の検討などもおこなった。

一、原文の校訂にあたって引用した古写本の略号を、左に示す。なお、この略号は、原文の訓みを問題とする際、古訓を示す時に用いることもある。

桂	桂本	天	天治本
金	金沢本	藍	藍紙本
元	元暦校本	尼	尼崎本

壬	伝壬生隆祐筆本	細	細井本
嘉	嘉暦伝承本	陽	陽明文庫本
西	西本願寺本	温	温故堂本
紀	紀州本	矢	大矢本
類	類聚古集	京	京都大学本
古	古葉略類聚鈔	広	広瀬本
春	春日本	無	活字無訓本
冷	伝冷泉為頼筆本	附	活字附訓本
文	金沢文庫本	寛	寛永版本
宮	神宮文庫本		

一、訓及び注釈の時に引用する万葉集のテキスト及び注釈書・その他の略号

仙覚抄	万葉集註釈（仙覚）	万葉考	万葉考（賀茂真淵）
管見	万葉集管見（下河辺長流）	槻落葉	万葉集槻落葉（荒木田久老）
拾穂抄	万葉拾穂抄（北村季吟）	略解	万葉集略解（加藤千蔭）
代初	万葉集代匠記初稿本（契沖）	古義	万葉集古義（鹿持雅澄）
代精	万葉集代匠記精撰本（契沖）	桧嬬手	万葉集檜嬬手（橘守部）
僻案抄	万葉集僻案抄（荷田春満）	美夫君志	万葉集美夫君志（木村正辞）
童蒙抄	万葉集童蒙抄（荷田信名）	新考	万葉集新考（井上通泰）

口訳　口訳万葉集（折口信夫）
講義　万葉集講義（山田孝雄）
全釈　万葉集全釈（鴻巣盛広）
総釈　万葉集總釈（武田祐吉ほか）
精考　万葉集精考（菊池寿人）
金子評釈　万葉集評釈（金子元臣）
茂吉評釈　柿本人麻呂　評釈篇（斎藤茂吉）
窪田評釈　万葉集評釈（窪田空穂）
全註釈　万葉集全註釈（武田祐吉）
佐佐木評釈　評釈万葉集（佐佐木信綱）
大成　万葉集大成（平凡社）
私注　万葉集私注（土屋文明）
大系　日本古典文学大系　万葉集
（高木市之助・五味智英・大野晋）
注釈　万葉集注釈（澤瀉久孝）
全集　日本古典文学全集　万葉集
（小島憲之・木下正俊・佐竹昭広）
集成　新潮日本古典集成　万葉集
（青木生子・井手至・伊藤博・清水克彦・橋本四郎）
全訳注　万葉集　全訳注原文付（中西進）
全注　万葉集全注（伊藤博ほか）
新全集　新編日本古典文学全集　万葉集
（小島憲之・木下正俊・東野治之）
釈注　万葉集釈注（伊藤博）
和歌大系　和歌文学大系　万葉集（稲岡耕二）
新大系　新日本古典文学大系　万葉集
（佐竹昭広・山田英雄・工藤力男・大谷雅夫・山崎福之）
新訓　新訓万葉集（佐佐木信綱）
新校　新校万葉集（澤瀉久孝・佐伯梅友）
塙本　万葉集本文篇
（佐竹昭広・木下正俊・小島憲之）
おうふう本　万葉集（鶴久・森山隆）
記　古事記
紀　日本書紀
続紀　続日本紀
霊異記　日本国現報善悪霊異記

倭名抄	倭名類聚鈔（十巻本）
和名抄	和名類聚鈔（二十巻本）
名義抄	類聚名義抄
説文	説文解字
万象名義	篆隷万象名義
時代別	時代別国語大辞典　上代編
小学館古語	小学館古語大辞典
角川古語	角川古語大辞典
岩波古語	岩波古語辞典
小学館国語	小学館国語大辞典
大漢和	大漢和辞典（大修館書店）
国史大辞典	国史大辞典（吉川弘文館）

以上

概説（巻第一・二）

万葉集における巻一と巻二は、二十巻中の二巻でありながら、はなはだ重く大きな位置を占める。万葉集歌の時代は、舒明天皇の時代（元年は、六二九年）から、淳仁天皇の天平宝字三年（七五九）正月一日までの約一三〇年で、平城遷都の七一〇年を以て、前期と後期とを区分することが広く認められているのに、巻一と巻二とには、その舒明天皇の時代の歌から平城遷都までの主要な歌の多くが載録されているからである。このような巻は他にない。巻一と巻二の巻末近くには、「寧樂宮」の標目があって、巻一は、長皇子の歌一首、巻二には、和銅四年と、霊亀元年の二組七首の挽歌が収載されているが、それ以前の、「……宮御宇天皇代」の標目と書式を異にしていることから、後の追加であることは確かであろう。巻一と巻二とには、同一の時代の歌を収載するということをはじめ、関連し共通することが多いが、異なる部分もある。すでに論じられていることでもあるが、筆者なりに検討しておきたい。

　巻一の雑歌が、巻二の相聞・挽歌と対応し、三部立を構成していることは明らかで、両巻の関係の深さを示すものの一つである。だが、巻一に、持統天皇代と文武天皇代との間にあるような境が、巻二には見られない。すなわち、巻一の藤原宮の御井の歌以前では、作歌や行幸の年月を題詞に記すことが全くないのに、同歌の後では、「大宝元年辛丑秋九月……」「二年壬寅……」のように記しているものが多い。巻二では、挽歌の部の「寧樂宮」の表記以下に、はじめて「和銅四年歳次辛亥……」「霊亀元年歳次乙卯秋九月……」のように見える。それ以前の挽歌の部では、年月を題詞に書いた例がないばかりでなく、持統十年七月に薨じた高市皇子と文武四年四月に薨じた明日香皇女の殯宮の時の歌が前後し、文武三年七月に薨じた弓削皇子と元明天皇即位後の和銅元年六月に薨じた但馬皇女への挽歌も前後している。

巻一にあっても、「慶雲三年丙午幸二于難波宮一時」の後に、「太上天皇幸二于難波宮一時歌」「太上天皇幸二于吉野宮一時高市連黒人作歌」が置かれているのは年代的に前後するが、持統太上天皇と文武天皇の時代の歌を、題詞に行幸の年を記しているものを先に配し、行幸の年を記していないものを後に配する方針であったと見れば、その後に続く「大行天皇幸二于吉野宮一時歌」と同じく、持統太上天皇の行幸の時の歌、文武天皇の行幸の時の歌の順序で、題詞に行幸の年を明記しているものの後に配列するという整然とした構成とみなされる。その後に、和銅元年以後和銅五年までの元明天皇の時代の歌が配列される。和銅五年は、平城遷都以後であるから、「藤原宮御宇天皇代」のもとに配するのはいかがと思われるふしもないでもないが、持統天皇の宮が、持統八年十二月の藤原の宮への遷居までは、明日香清御原宮であったにもかかわらず、その時代の歌が「藤原宮御宇天皇代」の標目のもとに載録されているのも、一代一宮号で統一するという方針であったことによるのであろう。五三番歌までは、その方針通りであったのだが、同じ藤原の宮で即位し崩御された文武天皇の時代の歌を取り上げるに及んで別に標目を掲げることができず、「藤原宮御宇天皇代」の標題のもとに続けて収載するしかなかった。元明天皇の時代の歌も和銅三年三月の平城遷都までは確かに藤原の宮時代にあたるのだが、和銅五年の歌も元明天皇の時代の歌として、続けて収載したのであろう。「寧樂宮」の標目の前に置かれているのは、置く位置を誤ったのではないと考えられる。

「寧樂宮」の標目以下の、八四番歌の一首は後に追加されたものであろう。作者の長皇子は、和銅八年六月に薨じているから、元明天皇の時代の作である。和銅五年四月の長田王の作と年代的には区別する必要はないが、巻一に採択された時期の違いがあったのであろう。長田王の作は、「和銅五年壬子の夏四月、長田王を伊勢の斎宮に遣はす時に……」とあって、勅命による伊勢斎宮への旅の折の歌であったから、第二部の末に採択されたものかと考えられる。

そこで、巻一の構成を大きく分別すると、

第一部　一番歌～五三番歌（雄略天皇代・舒明天皇代～持統天皇代）

第二部　（Ⅰ）五四番歌～七五番歌（文武天皇代）

（Ⅱ）七六番歌～八三番歌（元明天皇代）

第三部　八四番歌（寧樂宮……元明天皇代）

となる。

すでに指摘されているように、天皇への呼称が、第一部と第二部とでは、大きな違いを見せる。第一部では、天皇の代毎に、題詞では、当代の天皇を天皇と称しているのに、第二部では、持統天皇を太上天皇、文武天皇を大行天皇、元明天皇を天皇と称している。持統天皇は、持統十一年八月一日に皇孫軽皇子に譲位して後は、太上天皇と称されたから、文武天皇の時代に太上天皇と記載することは、第一部の書式に反するものではないが、文武天皇を大行天皇と称するのは崩御後の称であるはずであるから、元明天皇代の記述であることがわかる。因みに、天平八年十一月の葛城王の上表文には、持統天皇と元明天皇を共に太上大皇と称しているから、持統天皇を太上天皇と称するのは、文武天皇の時代はもとより、元明天皇の時代でも同様であったと考えられる。一方、大行天皇は、天皇崩御の後、まだ謚号が定められない間の尊称で、中国の古典の用語に由来する。持統紀三年五月条に、新羅からの弔使に対する詔の中で、天武天皇を大行天皇と称した例がある。天武天皇は、すでに前年の十一月十一日に二年二ケ月にわたる殯宮行事を終えて、大内陵に埋葬を終えていたから、ここも先帝の意味で大行天皇と称したのであろう。続日本紀では、天応元年十二月条に、光仁天皇を太行天皇と称した例があり、光仁天皇崩御後の初七日にあたり、諡号を奉る前であるから、文武天皇の場合と異なるが、持統紀の例から見て、元明天皇の時代に、文武天皇を先帝の意で大行天皇と称することは、あり得たことがわかる。

従って、第一部は持統天皇の時代までまとめられ、第二部は、文武・元明天皇の時代の歌を元明天皇の時代を当代としてまとめられたことが明らかである。それぞれが誰の意志で、誰のあるいは誰たちの手によってまとめられたか、諸説はあるものの軽々に論じることはできない。品田太吉氏（「巻一・二論」『万葉集講座　第六巻』）は、巻一と巻二とに相違があるのは、撰者が異なる故であるとし、巻一は、「天武持統両朝頃に記し置かれしものを基礎とせり」といい、「もと朝廷の御編纂なりしを」ともいっているが、斉明天皇の時代に載せる「中大兄　近江宮御宇天皇　三山歌一首」（一三～一五）は、「近江宮御宇天皇」の注記はあるものの、当時、皇太子であったはずの中大兄皇子の歌の題詞としては、異質である。歌数を記載しない第一部の中で、「一首」と記すのも異例で、後に追加されたと見るべきであろうか。従って、第一部にも追補されたものがある可能性はあるが、今仮に、五三番までの歌を第二部が追加される前に形成されていたとしてみると、第一部に収める歌は、次のようになる。

雄略天皇代　　一首
舒明天皇代　　五首
皇極天皇代　　一首
斉明天皇代　　八首
天智天皇代　　六首
天武天皇代　　六首
持統天皇代　二六首

舒明天皇の時代の軍王の歌や皇極天皇の時代の額田王の歌のように作歌年代に疑問のある歌もあるから、各天皇代の数字は必ずしも正確とはいえないが、持統天皇代の歌が特に多いことは認められる。このことは、巻二の相聞・挽歌を加えれば一層顕著で、持統朝は、万葉前半において歌が多く詠まれた時代であったことが明らかである。壬申の乱の勝利者天武天皇の政治力によってもたらされた皇室の安定と繁栄と同時に天武天皇の歌謡・和歌愛好の影響もあって、持統朝の歌の繁栄をもたらしたのであろう。雄略天皇代の一首は、巻頭を飾るにふさわしい古代の天皇の歌としておかれたもので、天智・天武両天皇には父、持統天皇にとっては祖父である舒明天皇以降が、宮廷を中心とする歌の集に載録するのにふさわしかったであろう。第一部の形成に持統天皇の意向が何らかの形で反映していることは認められるかも知れない。編集の実行者として柿本人麻呂を想定する説もあるが、第一部の最後が、「役民の歌」・「藤原宮の御井の歌」という人麻呂の作ではない宮廷儀礼歌で終わっているところからすると、天武天皇の時代にはじまったといわれる大歌所のような、宮廷における大和歌を管理する機関でまとめられたことも考えられる。なお、役民の歌・藤原宮の御井の歌に作者名がないとの理由で、その間にはさまれた志貴皇子の歌と共に、原万葉すなわちここにいう第一部から除く説もある（橋本達雄氏「万葉集成立と構成」『古代文学講座8　万葉集』）が、役民の歌は、藤原の宮造営に従事する役民の立場で詠んだもので、御井の歌は藤原の宮を讃美する儀礼歌として詠まれ誦詠された歌であることは明らかであるから、藤原宮時代の歌としては当然あるべきと考えられる。孝徳天皇の時代の歌がないのは、皇極天皇の時代の歌も一首しかなく、しかもこの一首は、左注で問題にしているように、孝徳天皇代もしくは斉明天皇代の可能性があるのだから、特に異とするに足りないかも知れないが、大化の改新後の、特殊な政治状況と関係があるのではないかと思われる。矢継ぎばやな改新の詔勅から伺われる政治状況は、和風よりも漢風が宮廷を支配していたようで、宮廷儀礼歌が作られるような雰囲気ではなかったようである。皇太子妃造媛が亡くなった時の挽歌が書紀にあるが、野中川原史満によって詠まれたもので、蘇我山田石川麻呂の事件と関わっての造媛の死であったから、書紀に載せたのであろう。有間皇子の歌を、万葉巻二に載せているから、この挽歌も巻二の挽歌部に載録できなかったわけではないが、その詠風は、なお、万葉挽歌誕生前の段階に留まっているように見える。皇太子中大兄皇子が提案した倭京への遷都を聞き入れなかった孝徳天皇を置き去りにして、兄中大兄や母皇極先帝・弟大海人らと共に、倭京に去った間人皇后に天皇が送ったという歌「金木着けあが飼ふ駒は引き出せずあが飼ふ駒を人見つらむか」（紀一一五）もあるが、これも万葉集巻一や巻二に載せるに足る歌とも思えない。

巻二は、相聞の部と挽歌の部とに分かれる。挽歌の部の「寧樂宮」の標目以下の二組に「和銅四年歳次辛亥……」「霊亀元年歳次乙卯秋九月……」とあるほかは、挽歌の部に二箇所、題詞に年月を明示したものがある。斉明天皇代の有間皇子挽歌への追和歌の一首に「大宝元年辛丑幸于紀伊国……」とあるのと、天武天皇代の末尾に、「天皇崩之後八年九月九日奉為御斎会之夜……」とあるものとである。前者は、題詞の下に「柿本朝臣人麻呂歌集中出也」とあり、後者も、同じく題詞の下に「古歌集中出」とあるから、後に別資料から追加され、前後の歌の題詞と形式を異にすることになったのであろう。天智天皇への挽歌の中で、一首だけ「近江天皇」と天智天皇を記している例があるが、これも「一書曰」とあるから前後の歌と載録時を異にした可能性がある。巻一の持統天皇代以前と文武天皇代以後との間には題詞の書式に明確な差異があったが、巻二においては、それがない。特に、文武天皇代の歌も元明天皇代の歌も載録されていることが明白な挽歌の部にそれがないことは、巻一の第二部（文武・元明代の歌）の追補と巻二の挽歌の部の編集整理とは、無関係であったことを示すように思われる。

これとは別に、巻一における額田王の歌の一部の表記の特殊であること、巻二における柿本人麻呂の私的歌群の多さなど、問題は残る。前者には、吉井巖氏の「額田王覚書―歌人額田王誕生の基盤と額田メモの採録―」（「万葉」昭三九・一〇）が想起され、後者には、「人麻呂関係歌は二次的附加である」とする後藤利雄氏の『万葉集成立論』がある。これらをはじめとして、なお考えてゆきたいことは多い。

巻第一

目録

萬葉集巻第一

雑歌

泊瀬朝倉宮御レ宇天皇代　【泊瀬《はつせ》の朝倉《あさくら》の宮《みや》に天《あめ》の下《した》知《し》らしめし天皇《すめらみこと》のみ代《よ》】

一　天皇御製歌　【天皇《すめらみこと》の大御歌《おほみうた》】

高市岡本宮御レ宇天皇代　【高市《たけち》の岡本《をかもと》の宮《みや》に天《あめ》の下《した》知《し》らしめし天皇《すめらみこと》のみ代《よ》】

二　天皇登二香具山一望國之時御製歌　【天皇《すめらみこと》、香具山《かぐやま》に登《のぼ》りて望国《くにみ》したまふ時《とき》の御製歌《おほみうた》】

三―四　天皇遊二獦内野一之時、中皇命使二間人連老獻一歌　并短歌　【天皇《すめらみこと》宇智《うち》の野《の》に遊猟《みかり》したまふ時《とき》に、中皇命《なかつすめらみこと》、間人連《はしひとのむらじ》老《おゆ》をして献《たてまつ》らしめたまふ歌《うた》　并《あは》せて短歌《たんか》】

五―六　幸二讃岐國安益郡一之時、軍王見レ山作歌　并短歌　【讃岐国《さぬきのくに》の安益郡《あやのこほり》に幸《いでま》しし時《とき》、軍王《いくさのおほきみ》、山《やま》を見《み》て作《つく》る歌《うた》　并《あは》せて短歌《たんか》】

明日香川原宮御レ宇天皇代　【明日香《あすか》の川原《かはら》の宮《みや》に天《あめ》の下《した》知《し》らしめし天皇《すめらみこと》のみ代《よ》】

七　額田王歌　未レ詳　【額田王《ぬかたのおほきみ》の歌《うた》　いまだ詳《つばひ》らかならず】

後岡本宮御レ宇天皇代　【後《のち》の岡本《をかもと》の宮《みや》に天《あめ》の下《した》知《し》らしめし天皇《すめらみこと》のみ代《よ》】

八　額田王歌　【額田王《ぬかたのおほきみ》の歌《うた》】

九　幸二紀伊温泉一之時、額田王作歌　【紀《き》の温泉《ゆ》に幸《いでま》しし時《とき》、額田王《ぬかたのおほきみ》の作《つく》る歌《うた》】

一〇—一二　中皇命、往二于紀温泉一之時御歌三首　【中皇命《なかつすめらみこと》、紀《き》の温泉《ゆ》に往《ゆ》く時《とき》の御歌《みうた》三首《しゆ》】

一三—一五　中大兄三山御歌一首　并短歌　【中大兄《なかのおほえ》の三山《みつやま》の御歌《みうた》一首《しゆ》　并《あは》せて短歌《たんか》】

近江國大津宮御レ宇天皇代　【近江国《あふみのくに》の大津《おほつ》の宮《みや》に天《あめ》の下《した》知《し》らしめし天皇《すめらみこと》のみ代《よ》】

一六　天皇、詔二内大臣藤原朝臣一競二憐春山萬花之艶秋山千葉之彩一時、額田王以レ歌判之歌　【天皇《すめらみこと》、内大臣《うちのおほまへつきみ》藤原朝臣《ふじはらのあそみ》に詔《みことのり》して春山《はるやま》の萬花《ばんくわ》の艶《にほひ》と秋山《あきやま》の千葉《せんえふ》の彩《いろどり》とを競《きほ》ひ憐《あは》れびしめたまふ時《とき》に、額田王《ぬかたのおほきみ》の歌《うた》を以《も》ちて判《ことわ》る歌《うた》】

一七—一九　額田王、下二近江國一時作歌、井戸王和歌　【額田王《ぬかたのおほきみ》、近江国《あふみのくに》に下りし時作《ときつく》る歌《うた》、井戸王《ゐのへのおほきみ》の和《こた》ふる歌《うた》】

二〇　天皇、遊二獦蒲生野一時、額田王作歌　【天皇《すめらみこと》、蒲生野《かまふの》に遊猟《みかり》したまふ時《とき》に、額田王《ぬかたのおほきみ》の作《つく》る歌《うた》】

二一　皇太子答御歌　【皇太子《ひつぎのみこ》の答《こた》へたまふ御歌《みうた》】

明日香清御原宮御レ宇天皇代　【明日香《あすか》の清御原《きよみはら》の宮《みや》に天《あめ》の下《した》知《し》らしめし天皇《すめらみこと》のみ代《よ》】

二二　十市皇女、参二赴於伊勢神宮一時、見二波多横山巖一吹芡刀自作歌　神（元）―大神　【十市皇女《とをちのひめみこ》、伊勢《いせ》の神宮《かむみや》に参《ま》ゐ赴《おもむ》く時《とき》、波多《はた》の横山《よこやま》の巖《いはほ》を見《み》て、吹《ふ》芡刀自《ふきのとじ》の作《つく》る歌《うた》】

二三　麻續王流二於伊勢國伊良虞嶋一之時、人哀痛作歌　【麻続王《をみのおほきみ》の伊勢《いせ》の国《くに》の伊良虞《いらご》の島《しま》に流《なが》さえし時《とき》に、人《ひと》の哀《かな》しみ痛《いた》みて作《つく》る歌《うた》】

二四　麻續王、聞レ之感傷和歌　【麻続王《をみのおほきみ》の、これを聞《き》きて感傷《かな》しびて和《こた》ふる歌《うた》】

二五　天皇御製歌　【天皇《すめらみこと》の大御歌《おほみうた》】

二六　或本歌　【ある本《ほん》の歌《うた》】

二七　天皇幸二吉野宮一時御製歌　【天皇《すめらみこと》、吉野《よしの》の宮《みや》に幸《いでま》しし時《とき》の大御歌《おほみうた》】

藤原宮御レ宇天皇代　【藤原《ふじはら》の宮《みや》に天《あめ》の下《した》知《し》らしめしし天皇《すめらみこと》のみ代《よ》】

二八　天皇御製歌　【天皇《すめらみこと》の大御歌《おほみうた》】

二九―三一　過二近江荒都一時、柿本朝臣人麻呂作歌一首　并短歌　【近江《あふみ》の荒《あ》れたる都《みやこ》を過《す》ぐる時《とき》、柿本朝臣人麻呂《かきのもとのあそみひとまろ》の作《つく》る歌《うた》　并《あは》せて短歌《たんか》】

三二―三三　高市連古人、感二傷近江舊堵一作歌　或書高市黒人　【高市連古人《たけちのむらじふるひと》の、近江《あふみ》の旧《ふる》き堵《みやこ》を感傷《かなし》びて作《つく》る歌《うた》　或《あ》る書《ふみ》に、高市黒人《たけちのくろひと》】

三四　幸二紀伊國一時、川嶋皇子御作歌　【紀伊国《きのくに》に幸《いでま》しし時《とき》、川島皇子《かはしまのみこ》の作《つく》りませるみ歌《うた》】

三五　阿閇皇女越㆓勢能山㆒之時御歌　【阿閇皇女《あへのひめみこ》の背《せ》の山《やま》を越《こ》ゆる時《とき》の御歌《みうた》】

三六―三九　幸㆓吉野宮㆒之時、柿本朝臣人麻呂作歌二首　并短歌二首　【吉野《よしの》の宮《みや》に幸《いでま》し時《とき》、柿本朝臣人麻呂《かきのもとのあそみひとまろ》の作《つく》る歌《うた》　并《あは》せて短歌《たんか》】

四〇―四二　幸㆓伊勢國㆒之時、留㆑京柿本朝臣人麻呂作歌三首　【伊勢国《いせのくに》に幸《いでま》し時《とき》、京《みやこ》に留《とど》まりて柿本朝臣人麻呂《かきのもとのあそみひとまろ》の作《つく》る歌《うた》三首《しゅ》】

四三　當麻真人麻呂妻作歌　【当麻真人麻呂《たぎまのまひとまろ》の妻《つま》の作《つく》る歌《うた》】

四四　石上大臣従駕作歌　【石上大臣《いそのかみのおほまへつきみ》の従駕《おほみとも》にして作《つく》る歌《うた》】

四五―四九　軽皇子宿㆓于安騎野㆒時、柿本朝臣人麻呂作歌一首　并短歌　【軽皇子《かるのみこ》の安騎《あき》の野《の》に宿《やど》りまし時《とき》、柿本朝臣人麻呂《かきのもとのあそみひとまろ》の作《つく》る歌《うた》　并《あは》せて短歌《たんか》】

五〇　藤原宮之役民作歌　【藤原《ふぢはら》の宮《みや》の役民《えきみん》の作《つく》る歌《うた》】

五一　従㆓明日香宮㆒遷㆓居藤原宮㆒之後、志貴皇子御作歌　【明日香《あすか》の宮《みや》より藤原《ふぢはら》の宮《みや》に遷《うつ》りまし後《のち》、志貴皇子《しきのみこ》の作《つく》りませるみ歌《うた》】

五二―五三　藤原宮御井歌一首　并短歌　【藤原《ふぢはら》の宮《みや》の御井《みゐ》の歌《うた》一首《しゅ》　并《あは》せて短歌《たんか》】

五四―五五　大寶元年辛丑秋九月、太上天皇幸㆓紀伊國㆒時歌二首　【大宝元年辛丑秋九月《たいほうぐわんねんしんちうあきくぐわつ》、太上天皇《おほきすめらみこと》、紀伊国《きのくに》に幸《いでま》し時《とき》の歌《うた》二首《しゅ》】

五六　或本歌　【ある本《ほん》の歌《うた》】

二年壬寅、太上天皇幸㆓参河國㆒時歌　【二年壬寅《ねんじんいん》に、太上天皇《おほきすめらみこと》の参河国《みかはのくに》に幸《いでま》し時《とき》の歌《うた》】

六九　清江娘子進二長皇子一歌　【清江娘子《すみのえのをとめ》の、長皇子《ながのみこ》に進《たてまつ》る歌《うた》】

七〇　太上天皇幸二吉野宮一時、高市連黒人作歌　【太上天皇《おほきすめらみこと》、吉野宮《よしののみや》に幸《いでま》す時《とき》に、高市連黒人《たけちのむらじくろひと》の作《つく》る歌《うた》】

大行天皇幸二難波宮一時歌三首　【大行天皇《さきのすめらみこと》の難波宮《なにはのみや》に幸《いでま》しし時《とき》の歌《うた》三首《しゆ》】

七一　忍坂部乙麻呂作歌　【忍坂部乙麻呂《おさかべのおとまろ》の作《つく》る歌《うた》】

七二　作主未レ詳歌　式部卿藤原宇合　【作主未《さくしゆいま》だ詳《つばひ》らかならざる歌《うた》　式部卿藤原宇合《しきぶのきやうふぢはらのうまかひ》】

七三　長皇子御歌　【長皇子《ながのみこ》の御歌《みうた》】

大行天皇幸二吉野宮一時歌二首　【大行天皇《さきのすめらみこと》の吉野《よしの》の宮《みや》に幸《いでま》しし時《とき》の歌《うた》二首《しゆ》】

七四　或云、天皇御製歌　【或《ある》は云《い》はく、天皇《すめらみこと》の大御歌《おほみうた》】

七五　長屋王歌　【長屋王《ながやのおほきみ》の歌《うた》】

和銅元年戊申　【和銅元年戊申《わどうぐわんねんぼしん》】

七六　天皇御製歌　【天皇《すめらみこと》の大御歌《おほみうた》】

七七　御名部皇女奉レ和御歌　【御名部皇女《みなべのひめみこ》の和《こた》へ奉《まつ》る御歌《みうた》】

七八　三年庚戌春二月、従二藤原宮一遷二于寧樂宮一時、御輿停二長屋原一迥望二古郷一御作歌　【三年庚戌《ねんかうしゆつ》の春《はる》二月《ぐわつ》、藤原《ふぢはら》の宮《みや》より寧楽《なら》の宮《みや》に遷《うつ》る時《とき》に、御輿《みこし》を長屋《ながや》の原《はら》に停《とど》めて、迥《はる》かに古郷《ふるさと》を望《のぞ》みて作《つく》りませるみ歌《うた》】

七九—八〇　一書歌　【一書《しよ》の歌《うた》】

八一—八三　五年壬子夏四月、遣㆓長田王伊勢齋宮㆒時、山邊御井作歌三首　【五年壬子《ねんじんし》の夏《なつ》四月《ぐわつ》、長田王《ながたのおほきみ》を伊勢《いせ》の齋宮《いつきのみや》に遣《つか》はしし時《とき》に、山辺《やまのへ》の御井《みゐ》にして作《つく》る歌《うた》三首《しゆ》】

寧樂宮　【寧楽《なら》の宮《みや》】

長皇子《ながのみこ》の、志貴皇子《しきのみこ》と佐紀《さき》の宮《みや》にして倶《とも》に宴《うたげ》する歌《うた》　【長皇子、與㆓志貴皇子㆒宴㆓於佐紀宮㆒歌】

八四　長皇子御歌　【長皇子《ながのみこ》の御歌《みうた》】

雑《ざふ》歌《か》

泊瀬《はつせ》の朝倉《あさくら》の宮《みや》に天《あめ》の下知《したし》らしめしし天皇《すめらみこと》のみ代《よ》　大泊瀬《おおはつせ》稚武《わかたけるの》天皇《すめらみこと》

泊瀬朝倉宮御宇天皇代　・大泊瀬稚武天皇

【校異】　**大**（冷文紀）―太

泊瀬の朝倉の宮で天下をお治めになった天皇の時代　雄略天皇

［**雑歌**］　雑歌は、相聞・挽歌と並んで、三大部立をなす万葉集の編纂分類の一つである。分類標目名としては、巻一のほか、巻三・五・六・七・八・九・十・十三・十四・十六に見える。だが、これらの巻は、同時に編集されたわけではないので、同じ雑歌の名称であっても、必ずしも同じ内容・性質を持つとは限らない。相聞・挽歌と並んで、三大部立の一として形成された雑歌は巻一と巻九の雑歌のみである。巻一は全体が雑歌で、巻二の相聞・挽歌とほぼ同時代の歌が、天皇の代のもとに配列されており、巻九は、一巻の内部が雑歌・相聞・挽歌の三部立で構成されている。巻一と巻二の場合、細かに見れば、巻一は題詞に歌数を記していないのに対して、巻二は、題詞ごとに歌数を記載するという違いがあり、巻一では持統天皇代以前と文武天皇以降との間に明らかに記載形式の変化があって、成立が同時ではなかったことがうかがわれるのに対して、巻二においては、その区別がない

という違いもある。両巻の形成過程は同一ではなかったと考えられているが、巻一の部立名としての雑歌が、巻二の相聞・挽歌と相対するものとして位置づけられたものであることは確かであろう。共に平城遷都以前の歌を中心とする。これに対して、譬喩歌、挽歌と並立しているのが、巻三と巻七の雑歌である。巻六は雑歌のみで、季節歌巻巻八と巻十の四季雑歌は、同巻所収の四季相聞と相対する。一巻内部が雑歌を含めて五部立構成になっているのが、巻十三と巻十四で、前者は、雑歌・相聞・問答・譬喩歌・挽歌、後者は、雑歌・相聞・防人歌・譬喩歌・挽歌の五部立をなす。これら二ないし五部立のうちの一つとして立てられた雑歌と異なるのが、巻五と巻十六で、巻五は巻頭に雑歌と記すが、挽歌を含み、少数ながら相聞に含め得る歌をも含む。「有由縁幷雑歌」と記す巻十六も恋の歌や挽歌に類する歌を含む。同じく雑歌と称しても、巻によってその内容を異にするから、それぞれの巻においてその特色を記すことにしたいが、巻一に関しては、他巻のそれに比して著しく宮廷的性格が強いことを確認しておかなければならない。分類して示すと、左のごとくである。

1宮廷儀礼に関わる歌	四八首
天皇御製とそれへの和歌	九首
遊猟に関わる歌	四首
行幸に関わる歌	三五首
2応詔歌	一首
3宮都に関わる歌	一四首
遷都に関わる歌	六首
新宮造営の役民の歌	一首
新京讃美の歌	二首

荒都を傷む歌　　　　　　　　　　　　五首
4皇子・皇女・王等の旅に関わる歌　　一六首（行幸時と考えられる歌を含む）
5皇子の宴席の歌　　　　　　　　　　一首
6流罪の王をめぐる歌　　　　　　　　二首
7入唐使をめぐる歌　　　　　　　　　二首

巻一の特殊性は、巻三以下の雑歌と比較すれば明白であるように、宮廷儀礼を中心としており、行幸に関わらない官人の旅の歌や、官人の宴席歌、あるいは詠物歌などを集録していないことである。巻一の旅の歌は、題詞に行幸の時と特に記していない場合でも行幸に関係する歌と思われるものであるが、そういう場合でも、皇子・皇女もしくは王の歌、あるいは、これらの身分の人に従って旅中にある者の歌である。追補部には宴席の歌もあるが、皇子の宮における皇子の歌である点で、巻三や巻六の雑歌に収める官人主催の宴席の歌とは性格を異にする。これらの事実は、天皇の宮号をまず掲示した上で、その時代の歌をあげるという形式をとっていることとあいまって、本巻が、相聞・挽歌に対応する雑歌を集録するという意図によって集められたものではなく、それ以外の意図、少なくともその最初の時点（五三番歌までの編集時点）にあっては、舒明朝以後持統朝までの宮廷歌を採録するという意図によるものであったことを示す。元暦校本・紀州本に「雑歌」の一行がないことは、このことと関連があることも考えられる。現在の巻二に載せる相聞・挽歌の類を当初から全く含まなかったかどうか確言することは困難だが、寿祝性という点よりすれば、もしあってもそう多くはなかったと推測される。早く品田太吉氏が論じているように、巻一は「常の雑歌と異なる」のであって「此巻は皇室に関する歌どもを載せたるもの」（「巻一、二論」『万葉集講座第六巻』春陽堂）であったのである。しかもその宮廷的性格は、五四番歌以降を追補した後にあってもほとんど変わりなかったと言い得る。

泊瀬の朝倉の宮　奈良県桜井市脇本遺跡を宮跡とする説が有力。昭和五十九年（一九八四）に脇本の春日神社の南側で、五世紀後半の大型建物跡が発掘された。柱穴は、径三〇〜三五センチで、泊瀬の朝倉の宮跡の可能性が大きいと判断された。

大泊瀬稚武天皇　雄略天皇。倭王武。「獲加多支鹵大王」（埼玉県稲荷山出土鉄剣の銘）によって稚武をワカタケルと訓んだ。五世紀後半の天皇。父は允恭天皇。母は忍坂大中姫。大臣・大連制のはじまり、宮廷諸部（史部《ふみひとべ》・掃部《かにもり》・膳部《かしはで》など）のはじまりなど、王権発達史上、画期的な時代であったといわれる。大陸からの新技術の輸入にも積極的で、海外に使者を派遣し、国内の支配圏は関東地方から九州に及んだらしい。日本書紀では、四七九年崩御とあるが、古事記の「己巳年の八月九日に崩りましき」によると、四八九年崩となる。

天皇《すめらみこと》の大《おほ》御《み》歌《うた》

一　籠《こ》もよ　み籠《こ》持《も》ち　ふくしもよ　みぶくし持《も》ち　この岡《をか》に　菜《な》摘《つ》ます児《こ》　家《いへ》聞《き》かな　名《な》告《の》らさね　そらみつ　やまとの国《くに》は　おしなべて　われこそ居《を》れ　しきなべて　われこそませ　われこそは　告《の》らめ　家《いへ》をも名《な》をも

【原文】

天皇御製歌

一　籠毛與　美籠母乳　布久思毛與　美夫君志持　此岳尓　菜採須兒　家吉閑　名告紗根

虚見津　山跡乃國者　押奈戸手　吾許曽居　師吉名倍手　吾己曽座　我許背齒　告目
家呼毛名雄母

【校異】 **紗**（元類冷）―沙　**吉**（玉小琴）―告　**許**（元類古）―許者

天皇のみ歌

一　籠もね、よい籠を持って、へらもね、よいへらを持って、この岡で、菜を摘んでおいでの娘さん。あなたの家はどこか、聞きたい。名前を教えておくれ。この大和の国は、すべて私が治めているのだ。すみずみまで、私が支配しているのだ。その私こそ告げよう。家をも、名をも。

【歌意】　雄略天皇を主人公とする娘子への求婚の物語。所作を伴って演じられたものか。万葉集一番歌の「われ」は大和の王らしい風格がありながら、青菜を摘む娘子に求婚する牧歌的な面があり、「3・4・5・6・5・5・5・5・4・7・5・6・5・6・5・3・7」の音数律も、「5・3・7」で結ぶ形式は初期万葉にみられる長歌の形式ではあるが、全体として、万葉集の長歌の基本形式（5・7・5・7・5・7……5・7・7）とは異なって古風。巻一巻頭に五世紀末の英傑倭王雄略の歌をあげたのは、巻二相聞の最初に五世紀初頭の倭王仁徳の皇后磐姫の歌を置いたと同じく、巻頭に重きをおき歴史的に著明な人物を作者とする歌を置いて、古代からの天皇位の継続を讃美する意図を以てのことと解される。

相聞の部の初めに天皇を恋う歌を置かれた磐姫が記紀に仁徳天皇を恋い苦しむ話を伝えているように、古事記には雄略天皇の求婚の話をいくつも伝えている。河内の若日下部王《わかくさかべのおほきみ》への求婚・三輪川辺での赤猪子への求婚・丸《わ》迩《に》氏の袁杼比売《をどひめ》への求婚等である。古事記のこれらの話は、若日下部王《わかくさかべのおほきみ》のもとへ妻問いにゆく途中、屋根に鰹木を載せた造りを咎められた志幾の大県主が償いに献上した白犬を妻問いのものとして若日下部王に贈ったり、三輪川辺で赤猪子《あかゐこ》に逢い、迎えをやるから嫁がずに待つようにと言ったことを忘れて、八十年経って、迎えを待ち続けた赤猪子がやってきて事情を訴えたので驚いたり、求婚に来る天皇の姿を見て丘に隠れた丸迩臣佐都紀《わにのおみさつき》の娘の袁杼比売《をどひめ》を探すのに、「をとめの　い隠る岡を　金鉏《かなすき》も　五百箇《いほち》もがも　鉏《す》きはぬるもの」（記九九）とうたったなど、いずれも素朴単純で古代的であるが、本歌がこれらの雄略天皇求婚の物語の延長線上にあることは疑いない。

なお、求婚に当たって娘子の家を聞き名を尋ねる習慣は、記紀の神話伝説や万葉の歌にもみられるもので、古代、男が娘に名前を聞くことは、求婚を意味し、娘が名を告げることは、結婚の承諾を意味した。家を聞くのも、娘の氏素性を知るために重要であった。記紀を参照すると、古事記上巻の迩々芸命の木花之佐久夜毘売への求婚の条では、「誰が女ぞ（誰女）」と問いかけており、木花之佐久夜毘売は、「大山津見神の女、名は神阿多都比売、亦の名は、木花之佐久夜毘売と謂ふ」と答えている。同下巻の雄略天皇の赤猪子への求婚でも、「汝は誰が子ぞ（汝者、誰子）」と問いかけられた童女が、「己が名は、引田部赤猪子《ひけたべのあかゐこ》と謂ふ」と答えている。聞かれた娘子は決まってその名を答えている。万葉集にも、名を答えることが、男の妻になることを意味した例歌があることはよく知られている。巻十一の二四九七は、男性に名前をはっきりと告げた女性が、自分を妻として信頼してくださいという歌で、女性が男性に名を告げるのはその男性の妻になる意であることを端的に示している。巻十二の二首は問答歌で、男性に名を問われた女性は、男性が誰かわからないままで私の名を告げるわけにはいかないと答えている。女性が自分の名を告げることは相手の妻になることを承知したことになるから、相手がどこの誰であるかわからないまま名を告げるわけにはいかないという姿勢を示しているものである。当然のことであろう。二首は椿市の歌垣でうたわれる代表的な歌であったらしい。

*隼人《はやひと》の　名に負ふ夜声　いちしろく　わが名は告りつ　妻とたのませ　（11・二四九七）

*紫は　灰さすものそ　*椿市の　八十のちまたに　逢へる児や誰　（12・三一〇一）

たらちねの　母が呼ぶ名を　申さめど　道行く人を　誰と知りてか　（12・三一〇二）

*隼人　古代、南九州の薩摩や大隅地方にいた人々。勇猛敏捷でハヤブサにちなんで隼人と称された。

*紫は灰さすものそ　紫草の根を染料として紫色に染める際、椿の灰汁を媒染剤として用いたので、椿市の序詞とした。

*椿市　奈良県桜井市金屋付近。市が開かれ、歌垣も行われた。

［倭の五王時代の略年表と略系図］（年は西暦年）

四二一年　倭王讃、宋に朝貢。

四二五年　倭王讃、再び宋に使者を派遣し産物を献じる。

四三八年　倭王讃死、弟珍立つ。

四四三年　倭王済、遣使貢献す。

四六二年　倭王済死。世子興立つ。

四七八年　興の死後、弟武が倭王となり、宋に上表文を奉る。

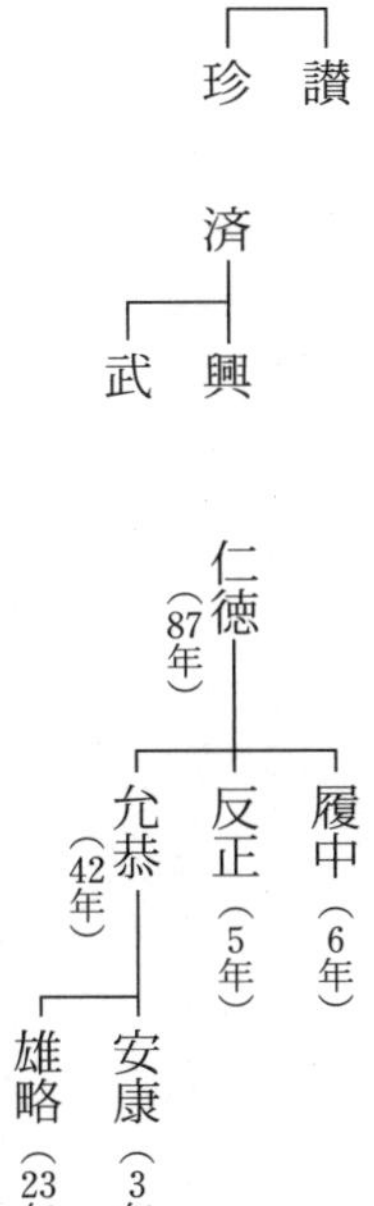

（）内は、日本書紀における天皇の在位年数。

籠もよ　モ、ヨは、共に感動の助詞。

菜摘ます子　スは、尊敬の助動詞。「子」は、娘子への呼び掛け。

ふくし　菜などを掘るへらのようなもの。

家聞かな名告らさね　家がどこか聞きたい、名を告げておくれ、の意。原文「家吉閑名告紗根」。旧訓イヘキカ　ナツケサネ、イヘキケ　ナツケネ（元）。代初イヘキカム　ナツケサネ（告の字のるともよめは、なのらさねともよむへし）。代精イヘキカ、ナツケサネ（家キカハ家ヲキカセヨナリ。按スルニ、此集多分呉音ヲ用タレハ、家キケトヨミテ、家キケヨト心得ヘキカ。〈中略〉常ニモ云キカセヨト云コトヲ、云キケヨト申メリ。キカトヨミテハ事タラヌヤウニ侍リ）。万葉考は、吉を告の誤りとし、閑を閇の誤りとしてイヘノラヘ　ナノラサネと訓む。略解も同じ。古義も吉・閑を誤字とし、イヘノラセ　ナノラサネと訓む。吉は告の誤字、閑は、「勢などの誤にも有べし」という。私注は、万葉考の説によるべきとしつつ、閑を閇閉の別体として、イヘノラヘ　ナノラサネと訓む。誤字説をとらない現在の主な訓みは、左のごとくである。

　イヘキカナ　ナノラサネ（家吉閑　名告紗根）新考・全註釈・全訳注。

　イヘキカナ　ノラサネ（家吉閑名　告紗根）亀井孝説*・大系。

吉を告の誤字とする万葉考に従う説に、

　イヘノラセ　ナノラサネ（家告閑　名告紗根）注釈・窪田評釈・全注・新全集・釈注・和歌大系。

名の下に、々を補う説に、

　イヘキカナ　ナノラサネ（家吉閑名　々告紗根）全集。

がある。また、考の誤字説に加えて、閑を奈の草体の誤字とする説に、

　イヘノラナ　ナノラサネ（家告奈　名告紗根）新大系。

いま誤字説をとらず、閑をカナと訓み得るという立場で、イヘキカナ　ナノラサネと訓みたい。『時代別上代編』に、「尋ねる・問いただすの意のキクは、まだ生じていなかったらしく、確実な用例は見当たらない」とあるが、「聞かな」は、聞きたい、言ってほしい、の意であるから、「問いただす」意ではない。「聞かな」よりも「告らへ」の方がよほど威圧的だと思う。「告らせ」と言いかえても変わらない。吉を告の誤字として、

イヘノラセ　ナノラサネの訓は、注釈以下支持者が多いが、ノラセ・ノラサネの繰り返しが性急な感じを与える。岩波古語には「聞き」の項に、「(答えを求めて)たずねる」用例として、本歌の例をあげている。ナは、相手に対して願望の意をあらわす助詞。「告らさね」の、サは、敬意をあらわす助動詞。ネは、相手に対して願望の意をあらわす助詞。

＊亀井孝「上代和音の舌内撥音尾と脣内撥音尾」国語と国文学　昭和一八・四。

おしなべて　われこそ居れ　原文「押奈戸手　吾許曽居」。「おしなべて」は、おしなびかせて、の意。接頭語「おし」には、上から押しつける意がある。私が支配している、の意。

しきなべて　われこそませ　原文「師吉名倍手　吾己曽座」。「しきなべて」は、一面になびかせて、の意。上の二句と対句をなすが、「おし（押）」と「しき（師吉）」、「をれ（居）」と「ませ（座）」の文字の違いは、対句の対応部分を変化させたものとみて文字に即して訓んだ。なお、「座」をイマセと訓む説（全集・新全集・和歌大系・新大系）のほか、ヲレと訓む説（全注釈・釈注）がある。集成は、原文がないので、ここではとりあげない。対句として「をれ」と変化を認めつつも同じ音数律の「ませ」を採った。

われこそは　告らめ　原文「我許背歯　告目」。西本願寺本ほかの「我許者背歯　告目」を元暦校本・類聚古集・古葉略類聚抄によって改めた。私こそは、告げよう。メは、意志をあらわす助動詞ムの已然形。コソの結び。原文「我許背歯」は、ワレコソハと訓むのが文字に即して自然だが、係助詞コソにハが続くと多く連濁するという理由で、ワレコソバと訓む説（全集・新全集・集成・釈注・新大系）がある。「己曽婆」（2・二一七　2例）、「許曽婆」（8・一六二九、17・三九五六、17・三九七七）の例があるが、「己曽波」「許曽波」「社薄」「社葉」「社者」の例は多く、記紀の物語歌の用例はほとんどが不連濁形であるとの指摘もある（佐佐木隆『上代語の構文と表記』）。ワレコソハノラメと訓みたい。全訳注も同じ。ワレの下にニを訓み添えてワレニコソハと訓む大系説、ワニコソハと訓む注釈・和歌大系説もある。なお、この部分の訓みに関しては、品田悦一「雄略天皇の御製歌」(『セミナー万葉の歌人と作品』)に詳しい。氏は、その訓みが「我こそば　告らめ」で、「天皇が恋に手を焼く様子が戯画的に演出される」という山路平四郎説を支持している。物語歌としてはそれも面白いであろうけれども、舒明天皇以降の天皇家につながる輝かしい五世紀の英傑天皇の歌として巻一巻頭を飾るのにふさわしいかどうか疑問である。ワレニコソハあるいはワニコソハと敢えて二を訓み添える説は、「そらみつ　やまとの国は　おしなべて　われこそ居れ　しきなべて　われこそませ」と、身分を明かした以上、家や名を告げる必要はないはず、との認識によると思われるが、五世紀末の大王を主人公とする求婚の歌としては、その意志を強調するために、ワレコソハノラメイヘヲモナヲモと付け加える表現効果は大きいと言わなければならない。ワレニコソハ（あるいはワニコソハ）ノラメ　イヘヲモナヲモとすれば、すでに、「家聞かな　名告らさね」と言っているものを、繰り返して求めたことになり、王者の権威をつよく表に出すことになろう。牧歌的とはほど遠いものになってしまう。

高市《たけち》の岡本《をかもと》の宮《みや》に天《あめ》の下《した》知《し》らしめしし天皇《すめらみこと》のみ代《よ》　息長足《おきながたらし》日《ひ》広額《ひろぬか》天皇《のすめらみこと》

高市岡本宮御宇天皇代　息長足日廣額天皇

高市の岡本宮で天下をお治めになった天皇の時代　舒明天皇

高市の岡本の宮　奈良県高市郡明日香村岡から同飛鳥にかけての平坦部に広がる宮殿跡「飛鳥京跡」には、上層・中層・下層の三層から宮殿遺構が重複して検出されているが、その下層の宮殿遺構が、舒明朝の飛鳥岡本宮と推測されるという（『奈良県の歴史』より）。

舒明天皇　敏達《びだつ》天皇の孫。父は、押坂彦人大兄皇子《おしさかのひこひとのおほえのみこ》。聖徳太子の死後、後継者をきめないまま、推古天皇が崩御した後、大臣蘇我蝦夷が聖徳太子の子の山背大兄を押さえて田村皇子（舒明）を擁立する（舒明即位前紀）。六二九年即位。六四一年崩。四十九歳。皇后（皇極・斉明）との間に、二男（天智・天武両天皇）・一女（間人皇女）。夫人蘇我島大臣の娘法提郎媛との間に、一男（古人皇子）、吉備国の蚊屋采女との間に一男（蚊屋皇子）。有間温泉（2回）・道後温泉などに行幸。近江の琵琶湖畔にも離宮があって行幸遊覧したと伝えられる（『家伝』）。舒明は、死後に贈られた漢風の諡号《おくりな》（故人を讃える為に贈られた名前）。息長足日廣額天皇は、同じく死後に贈られた和風の諡号。歌は、巻八にも一首（一五一一）。

二　天皇《すめらみこと》、香具山《かぐやま》に登《のぼ》りて望国《くにみ》したまふ時《とき》の御製歌《おほみうた》

大和《やまと》には　群山《むらやま》あれど　とりよろふ　天《あめ》の香具山《かぐやま》　登《のぼ》り立《た》ち　国見《くにみ》をすれば　国原《くにはら》は
煙《けぶり》立《た》ち立《た》つ　海原《うなはら》は　かまめ立《た》ち立《た》つ　うまし国《くに》そ　あきづ島《しま》　大和《やまと》の国《くに》は

【原文】　天皇登㆓香具山㆒望㆑國之時御製歌

二　山常庭　村山有等　取與呂布　天乃香具山　騰立　國見乎為者　國原波　煙立龍　海原波　加萬目立多都　怜何國曽　蜻嶋　八間跡能國者

天皇が、香具山に登って国見をなさった時のみ歌

二　大和にはたくさんの山々があるが、その中でも特に木々の繁った天の香具山に登り立って国見をすると、広々とした平野には、かまどの煙があちらこちらから立ち上っている。広々とした水面には、かもめがしきりに飛び交っている。よい国だ。この穀物の豊かにみのる国、大和の国は。

【歌意】　舒明天皇の国見儀礼でうたわれた予祝の歌。記紀に見える国見歌・国ぼめ歌と比較すると、五音句と七音句の繰返しを基本とし、対句で大和の景観を叙するなど、格段に整った形式の歌である。国原に立ち立つ煙、海原に立ち立つかまめ、の描写は、明るく生き生きとして予祝の気分に満ちている。末尾は、「6・5・7」で、初期万葉の長歌末尾の形式（5・3・7）に近い。本歌の音数律は、「5・7・5・7・5・7・5・7・5・7・6・5・7」。

記紀に見える国見歌・国ぼめ歌を左にあげる。

ある時天皇、近淡海の国に越え幸でましし時、宇遅野の上に御立ちまして、葛野をみさけまして、うたひたまひしく、

千葉の　葛野《かづの》を見れば　百千足《ももちだ》る　家庭《やには》も見ゆ　国の秀《ほ》も見ゆ（応神記）

ここに天皇、その黒日売に恋ひたまひて、大后を欺かして、淡道嶋見むとのりたまひて幸行でましし時に、淡道嶋に坐して、はろばろにみさけまして歌ひたまひしく、

おしてるや　難波の崎よ　出で立ちて　わが国見れば　淡島　おのごろ島　あぢまさの　島も見ゆ　放つ島見ゆ（仁徳記）

応神記・仁徳記の二首は、共に、「……見れば　……見ゆ　……見ゆ」とあるのみで、万葉集二番歌の「うまし国そ　あきづ島　大和の国は」のような讃美のことばがない。応神記の「百千足る　家庭」の表現や、仁徳記の「我が国見れば」の表現に続く、島々の名の列挙を通して国ぼめの気分は明確に認められるものの、本歌と比較すると前段階のものであることは確かである。なお、琴歌譜に正月元日の慶歌として見える、

そらみつ　大和の国は　神からか　ありがほしき　国からか　住みがほしき　ありがほしき国は　あきづしま大和

は、本歌より後の成立と考えられるが、国ぼめ歌の流れにたつ歌である。

香具山　西部は奈良県橿原市に、東部は同県桜井市に属する。一四八メートル。愛媛県松山市の天山《あまやま》と同時に天から降ってきたという伝説もあった（『伊予国風土記』逸文）。神話では、高天原にあった山とされ、神聖な山とされた。「天の香具山」（本歌、8・一八一二）、「神の香具山」（3・二六〇）などと詠まれている。「畝傍山（一九九メートル）・耳梨山（一三九メートル）とならんで大和三山の一つ。

とりよろふ　立派に装う、身を固める、などの意。ここは、青々と木々が茂っている、意。

国見をすれば　国見は、春、山や岡など高いところに登って四方を見渡し、その年の穀物が豊かであるよう

に予祝する儀礼。そこでは、国を賞める歌をうたい、その実現を期待した。本来は民間の行事であったが、天皇の政治的行事としても行われるようになったらしい。ここは、天皇の国見儀礼でうたわれた歌。庶民の国見を詠んだ歌としては、巻十の一九七一番歌がある。

雨間あけて　国見もせむを　故郷の　花橘は　散りにけむかも　（10・一九七一）

国原　広々とした平原。

煙　水蒸気説、炊煙説など。ここは炊煙ととりたい。仁徳天皇が人民の家から炊煙が立たないのを高殿からご覧になって、家が貧しくて炊くものがないのだろうと、三年間課役を免除し、人民の家から炊煙が上がるようになったのを認めて「私は豊かになった。もはや心配することはない」と仰せになられたという伝えがある（仁徳紀四年二月六日条、同年三月二十一日条、同七年四月一日条）ことに照らしても、炊煙が国の豊かさを象徴するものと考えられていたことがわかる。

立ち立つ　あちらこちらからしきりに（煙が）立ち上っている、意。

海原　当時、香具山周辺にあった池などをさしていったもの。香具山西方に埴安池、西北方に耳成池、東北方に磐余池など。

かまめ　カモメのことであるが、ここは、内陸に深く入る性質のユリカモメであろうといわれる。

立ち立つ　ユリカモメが、池の上を生き生きと飛び交っているさまをいう。

うまし国そ　よい国だ。原文「怜𢘟國曽」。「怜𢘟」は、「可怜」に同じ。神代紀下に、「可怜小汀」に注して「可怜、此云于麻師《ウマシ》」とあり、神代紀上には、神名「可美葦牙彦舅尊《ウマシアシカビヒコヂノミコト》」に注して、「可美、此云于麻時《ウマシ》」ともある。賞美する意の形容詞。終止形で体言を修飾している。

あきづ島　「大和」の枕詞。「安吉豆之萬」（20・四四六五）、「秋津嶋」（13・三三三三）、「蜻嶋」（本歌、13・三二五〇、19・四二五四）の用字例がある。別に「三芳野之蜻蛉乃宮」（6・九〇七）の例がある。秋の豊饒を称える意味の枕詞。蜻蛉《あきづ》（とんぼの古名）は豊饒をもたらす穀霊と信じられもしたらしい。吉野で狩をする雄略天皇の腕にとまった虻を蜻蛉がくわえて飛び去ったので、その蜻蛉を賞めて「……そらみつ　大和の国を　蜻蛉島とふ」とうたったという（記）。紀には「……汝が形は置かむ　蜻蛉島大和」とある。なお、「やまと」の枕詞としては、ほかに、「をだて」（仁徳記・紀）、「そらみつ」（仁徳記ほか）、「そらにみつ」（1・二九）、「しきしまの」（13・三二五四ほか）、「ひのもとの」（3・三一九）などがある。これらのうち、「あきづ島」と「そらみつ」の両例が、「やまと」の枕詞としては、記紀歌謡から万葉第四期まで長期にわたって用いられている。「しきしまの」は、人麻呂歌集から大伴家持まで用いられ、恋歌への広がりも見せる。以上の三例の他は、少数の用例のもので、奈良と葛城高宮との間に位置する小地域名の「やまと」に冠した枕詞「をだて」は、同一歌に出る記紀歌謡の各一例、「そらにみつ」は、柿本人麻呂の一例のみ。「ひのもとの」も　上代では高橋虫麻呂の一例のみであるが、続日本後紀所載の長歌（嘉祥二年（八四九）三月）に二例見える。

天皇《すめらみこと》、宇智《うち》の野《の》に遊猟《みかり》したまふ時《とき》に、中皇命《なかつすめらみこと》、間人連老《はしひとのむらじおゆ》をして献《たてまつ》らしめたまふ歌《うた》

三　やすみしし　わが大君《おほきみ》の　朝《あした》には　とり撫《な》でたまひ　夕《ゆふへ》には　い寄《よ》り立《た》たしし　み
執らしの　梓《あづさ》の弓《ゆみ》の　なか弭《はず》の　音《おと》すなり　朝猟《あさかり》に　今《いま》立《た》たすらし　夕猟《ゆふかり》に　今《いま》立《た》
たすらし　みとらしの　梓《あづさ》の弓《ゆみ》の　なか弭《はず》の　音《おと》すなり

反歌《はんか》

四　たまきはる　宇智《うち》の大野《おほの》に　馬並《うまな》めて　朝踏《あさふ》ますらむ　その草深野《くさふかの》

【原文】　天皇遊㆓獦内野㆒之時、中皇命使㆓間人連老獻㆒歌

三　八隅知之　我大王乃　朝庭　取撫賜　夕庭　伊縁立之　御執乃　梓弓之　奈加弭乃
音為奈利　朝獦尓　今立須良思　暮獦尓　今他田渚良之　御執能　梓弓之　奈加弭乃
音為奈里

反歌

四　玉尅春　内乃大野尓　馬數而　朝布麻須等六　其草深野

【校異】　能梓（元）—梓能

天皇が宇智の野で狩をなさった時に、中皇命が間人連老に奉らせた歌

三　あまねく天下を治めておいでになるわが大君が、朝には手に取ってお撫でになり、夕方にはその側に寄り添ってお立ちになる、ご愛用の梓の弓の、なか弭の音が聞こえる。朝の狩に今お出かけになるらしい。夕方の狩に今お出かけになるらしい。ご愛用の梓の弓の、なか弭の

音が聞こえる。

反歌

四　魂《たま》きわまる現《うち》、その宇智の大野に馬を並べて、今朝お踏みになっているであろう、その草深い野よ。

【歌意】　三番歌は、狩りの予祝として歌われたもの。万葉長歌の基本形式ではなく、朝と夕を対応させる二句対二例を用い、その二句対の下それぞれに四句の繰返しをもつなど、歌誦性・儀礼性に富んでいる。「朝狩に　今立たすらし　夕狩に　今立たすらし」とあって、時間を特定せず、場所も詠んでいないのに対して、反歌は「朝踏ますらむ」とうたい、「宇智の大野」とうたって、時間・場所を特定している。長歌が儀礼歌として繰返し歌われるものであったのに対して、反歌はこの時創作されたもので、初期万葉の歌らしい瑞々しさがある。

【三】　**天皇**　舒明天皇。二番歌前に既出。

宇智の野　奈良県五條市（旧宇智郡）今井町一帯の山野。

中皇命　間人皇女。舒明天皇の皇女。母は、皇后宝皇女（舒明崩後、即位して皇極天皇。後に重祚して斉明天皇）。兄に中大兄皇子、弟に大海人皇子。大化元年（六四五）、孝徳天皇の皇后となる。天智四年二月没。間人の名は、間人連を養育氏族とした故か。当時は天皇や王の子女の名はその養育氏族の名を負うことが少なくなかった。ここで、間人連老が皇女の使者になっているのも、皇女と間人連との関係の深さを示している。舒明十三年当時、中大兄十六歳。間人皇女は十三歳位か。特に間人連老の名が題詞に記されているのは、歌の創作にも間人連老の手が加わっている故ともみられる。なお、中皇命の呼称についていえば、「中皇命」の「皇命」は、「皇祖母尊《すめみおやのみこと》」（譲位後の皇極天皇の尊号）と共にこの時期特有の呼称と思われる。中は中大兄の中と同じく、中間を意味し、皇は皇族、命は尊称。後に、文武夫人藤原宮子を「大夫人」と称すべしとの勅に長屋王が異義を申し立てた時、文書では「皇太夫人」、口頭では「大御祖」と称することとしたとある（続紀神亀元年三月条）。

間人連老　白雉五年（六五四）二月、遣唐使判官に任命された中臣間人連老のことであろう。

やすみしし　わが大君に冠する枕詞。表記原文の「八隅知之」は、天下をあまねく治める意を示す表記。「安見知之」の用字例もあり、安らかに天下を治める意にも用いられたらしい。「知る」は、支配する、領有する意。

わが大君　原文「我大王」。旧訓ワガオホキミ。槻落葉ワゴオホキミ。美夫君志・大系・全訳注同訓。全註釈は、「集中、オホキミの語を修飾する場合の我の語の仮名書きとしては、和期大王五例、和期大皇二例、和其大王、吾期大王、和期於保伎美各一例あり、また和我於保伎美二例であつて、ワゴとあるものが断然多い。しかもヤスミシシの語を受けているものは、すべてワゴの例中にある。この語は、歴史的に言えば、勿論ワガであるが、そのガがオホキミのオと結合して、音声で聞く場合には、ワゴーホキミと聞えるのであつて、その写音がワゴオホキミと記されるのである。これによれば、ここもワゴオホキミノと読むべきであるが、吾大王の文字は、表意文字として使用されたものであつて、この場合、なるべく文字に即して書くを原則とすべきであるから、今なおワガオホキミノの訓によることとする」とした。注釈が「和期」「和其」「和己」等の仮名書例について、「それはオホとつゞく場合にさう発音せられたといふだけで、「ご」といふ助詞があつたわけではないのだから、言葉の表記としては「我《ワガ》」のまゝでよいわけである」としているのも同様の考え方であろう。一方、ワゴオホキミと訓んだ大系は、補注に、大君の上についた場合、記紀歌謡ではワガオホキミとなっているが、万葉集に至ると、ワゴオホキミと転じている例が非常に多く、ワゴオホキミの仮名書き例十一例に対してワガオホキミの例は二例で、二例とも万葉末期の歌であることから、「万葉時代では古くから歌語としてワゴオホキミの形が用いられていたものと思われ、万葉末期に至って、かえって古語意識による原形復帰が起って、ワガオホキミという少数例が現れたものと解される」とした。正訓字で示すのではなく仮名書きで歌の訓みを示す場合は、当時の発音になるべく近い仮名で表記すべきであると思うが、記紀歌謡のワガオホキミの仮名書き例が、ワゴオホキミに転じる古い形を残しているとするならば、問題は、いつ頃からワガがワゴに転じたか、ということであろう。記紀歌謡のワガオホキミの例が、蘇我馬子が推古天皇に捧げたという歌までくだることを思えば、舒明朝の歌ながらも、長歌は以前から歌い継がれてきた狩猟の儀礼と結びついた歌謡であったという性格から、ワガオホキミと訓む方がよいように思う。万葉のワゴオホキミと仮名書きした例は、天智天皇崩後の挽歌が最初である。

い寄り立たしし　イは接頭語。「立たしし」の上のシは敬意を示す助動詞スの連用形。下のシは、過去の助動詞キの連体形。寄り添ってお立ちになった。

み執らしの　「執らし」のシは、敬意を示す助動詞。

なか弭　原文「奈加弭」。中弭説、長弭説、鳴る弭説(奈留の誤)、鳴り弭説(奈利の誤)、金弭説(加奈の誤)など。「弭」は、弓と弦の合うところ。弓の両端の弦を掛ける部分を本弭・末弭と言う。金弭説も長弭説も、中間に弭はないとすることによるが、中間の矢筈をつがえる部分を中弭というとする説(山田孝雄『万葉集講義』・全集・集成ほか)もある。現在は、この説が優勢だが、小学館『古語大辞典』の語誌は、弭冠(長弭・金弭説にあたる)をさすとする(斎藤慎一)。

【四】たまきはる　原文「玉尅春」。枕詞。命・内・世にかかる。キハルは、刻む、極まる意とも。ここは、地名「宇智」に冠した。全註釈に、「宇智の地に荒木神社があり、新撰姓氏録右京神別に、『玉祖宿祢、神牟須比命十三世孫建荒木命之後也』とあつて、玉を作る人の本居地であるので、玉を切る宇智と続き、宮廷の意のウチにも冠し、また後にタマを霊に通わして、命、世にも冠するに至つたものか」という。

その草深野　「その草深い野」の意の緊縮された表現。

讃岐国《さぬきのくに》の安益郡《あやのこほり》に幸《いでま》しし時《とき》、軍王《いくさのおほきみ》、山《やま》を見《み》て作《つく》る歌《うた》

五　霞立《かすみた》つ　長《なが》き春日《はるひ》の　暮《く》れにける　わづきも知《し》らず　むら肝《きも》の　心《こころ》を痛《いた》み　ぬえこ鳥《とり》　うらなけをれば　玉《たま》だすき　懸《か》けのよろしく　遠《とほ》つ神《かみ》　わが大君《おほきみ》の　行幸《いでまし》の　山《やま》越《こ》す風《かぜ》の　ひとり居《を》る　わが衣手《ころもで》に　朝夕《あさよひ》に　還《かへ》らひぬれば　ますらをと　思《おも》へる吾《われ》も　草枕《くさまくら》　旅《たび》にしあれば　思《おも》ひやる　たづきを知《し》らに　網《あみ》の浦《うら》の　海人娘子《あまをとめ》らが焼《や》く塩《しほ》の　思《おも》ひそ焼《や》くる　わが下《した》ごころ

反歌《はんか》

六　山越《やまご》しの　風《かぜ》を時《とき》じみ　寝《ぬ》る夜《よ》おちず　家《いへ》なる妹《いも》を　かけてしのひつ

右《みぎ》、日本書紀《にほんしよき》を検《かむが》ふるに、讃岐國《さぬきのくに》に幸《いでま》すことなし。また軍王《いくさのおほきみ》もいまだ詳《つばひ》らかならず。ただし、山上憶良大夫《やまのうへのおくらのまへつきみ》の類聚歌林《るいじうかりん》に曰《い》はく、「記《き》に曰《い》はく、『天皇《てんわう》十一年《ねん》己亥《きがい》の冬《ふゆ》十二月《ぐわつ》己巳《きし》の朔《つきたち》の壬午《じんご》、伊与《いよ》の温湯《ゆ》の宮《みや》に幸《いでま》す云々《しかしか》』といふ。一書《いつしよ》に云《い》はく、『この時《とき》に、宮《みや》の前《まへ》に二《ふた》つの樹《き》木あり。この二《ふた》つの樹《き》に斑鳩《いかるが》と比米《ひめ》、二《ふた》つの鳥《とり》

さはに集《すだけ》り。時《とき》に勅《みことのり》して多《おほ》くの稲穂《いなほ》を掛《か》けて、これを養《か》ひたまふ。すなはち作《つく》る歌云々《うたしかしか》』といふ」といへり。けだしここよりすなはち幸《いでま》ししか。

【原文】

幸二讃岐國安益郡一之時、軍王見レ山作歌

五 霞立　長春日乃　晩家流　和豆肝之良受　村肝乃　心乎痛見　奴要子鳥　卜歎居者
珠手次　懸乃宜久　遠神　吾大王乃　行幸能　山越風乃　獨座　吾衣手尓　朝夕尓
還比奴礼婆　大夫登　念有我母　草枕　客尓之有者　思遣　鶴寸乎白土　網能浦之
海處女等之　焼塩乃　念曽所焼　吾下情

反歌

六 山越乃　風乎時自見　寐夜不落　家在妹乎　懸而小竹櫃

右検二日本書紀一、無レ幸二於讃岐國一。亦軍王未レ詳也。但山上憶良大夫類聚歌林曰、記曰、天皇十一年己亥冬十二月己巳朔壬午、幸二于伊与温湯宮一云々。一書云、是時宮前在二二樹木一。此之二樹斑鳩比米二鳥大集。時勅多挂二稲穂一而養レ之。乃作歌云々。若疑従レ此便幸之歟。

【校異】 **座**（元類古）―居　**夜**（元類冷、西補）　**与**（元類古）―豫　**書**（元冷紀）―書云

讃岐国の安益郡《あやのこほり》に行幸された時、軍王《いくさのおほきみ》が、山を見て作った歌

五 霞の立つ長い春の一日が暮れたのもわからず、むらきもの心が痛むので、ぬえこ鳥のように、嘆いていると、言葉にかけていうのも嬉しく、遠い神であられるわが大君がおいでになった山越しに吹いてくる風が、一人でいる私の衣の袖に、朝夕吹き返るので、立派な男だと思っている私も、旅先にいるので、思いを晴らすすべもなく、網の浦の海人の娘子たちが焼く塩のように、恋いこがれることだ。私の胸の内は。

反歌

六 山越しに吹いて来る風の絶え間がないので、夜毎、家にいる妻を心にかけて思っている。

右は、日本書紀を調べてみると、(舒明天皇の)讃岐国行幸の記録はない。また、軍王についてもよくわからない。ただし、山上憶良大夫の類聚歌林には、「日本書紀に、『舒明天皇十一年十二月十四日に、伊与の温泉の離宮に行幸された……』とある。ある書には、『この時、離宮の前に二本の木があった。この二本の木にいかるがとひめとがたくさん集まった。そこでご命令になって、多くの稲穂を掛けさせて、これを飼わせられた。そして作る歌……』という」と書いてある。あるいは、ここから讃岐国に行幸されたのだろうか。

【歌意】　内容は、旅先にあっての望郷の思い、妻恋しい思いを詠んだ歌であるが、切れ目なく、対句を用いず、散文的で、文筆性（歌誦性の反対）が指摘され、柿本人麻呂以降の作とも、知識人・渡来人の作である故ともされる。本歌における大きな問題は、舒明朝に配される本歌が果たして舒明朝の作か否かということと、軍王は、余豊璋か否かの二つになる。天皇の代のもとに歌を配する巻一、二に限っても、置かれた位置に誤りがあると見られる歌はあるから、これも必ずしも舒明朝の作とは限らない。だが、舒明朝に置かれるには何らかの理由があったと思われるから、余豊璋説を支持する伊藤博氏が、豊璋の入朝が舒明朝であったことに理由を求めたのは尤もだと思われる。作者として、名前があがっているのは、余豊璋ひとりで、舒明三年（六三一）に人質として来日し、斉明紀七年（六六一）四月、義慈王とその妻子、重臣らが捕らえられ唐に送られたので、余豊璋を百済王として迎えたいとの、百済の臣福信の求めに応じて、余豊璋と妻子、その叔父忠勝らを送り出したことが見える。この帰国の際の作であろうとするのが吉永登説であるが、一首には、旅中における望郷の思いと妻恋しい思いとのみが詠まれていて、存亡の危機にある祖国の王として帰国の途にある人の歌とは思われない。替わって、舒明朝以降の王のなかには出自経歴共に不明な王は幾人もいるから、イクサノオホキミと訓んで、伝未詳とする方がよいと思われる。尤も、早くに余豊璋説を提唱した青木和夫氏は、舒明朝に限定するのでもなく、斉明七年とするのでもなく、「少なくとも二十年は超える在日中の或る日」の作と想像しているようであるから、それならば、内容的に問題はないことになる。左注の「一書」は、『伊予国風土記』逸文のことか。

湯郡（中略）天皇等の湯にいでますこと五度なり。（中略　景行天皇と皇后、仲哀天皇と皇后、聖徳太子、舒明天皇と皇后、斉明天皇と天智天皇と天武天皇の五回）。岡本の天皇と皇后と二躯を以ちて、一度となす。時に、大殿戸に椋と臣木（樅）とあり。その木にいかるがとひめ鳥と集まり止まりき。天皇、この鳥のために、枝に稲穂等を掛けて養ひたまひき。

【五】讃岐国の安益郡　香川県坂出市と綾歌《あやうた》郡東部の地。綾歌郡国分寺町に国府があった。

軍王　イクサノオホキミ。コニキシ、コニキシノオホキミとも、よまれており、誰をさすかも明らかでない。

①百済王義慈の子、余豊璋。余は扶余の略で、百済王族の姓。舒明三年(六三一)から斉明七年(六六一)まで日本に滞在。唐と新羅の連合軍に百済が降伏した後、百済の臣鬼室福信の要請を受けて、五千の兵を付与され、百済に帰り王となったが、白村江の戦いで百済と日本の連合軍は唐の軍に敗れ、高句麗に逃亡した。なお、豊璋の弟禅広は、日本で長寿を保ち、持統五年(六九一)百済王を賜姓され、同七年没。『周書』の「百済伝」に、「王姓扶余氏、号二於羅瑕《おらけ》一、民呼為二鞬吉支《こんきし》一」とあり、コンキシは、百済国の民の、百済王を呼ぶ敬称であった。コンは大、キシは君王の意。雄略五年四月条の「軍君」に「昆支也」と注し、七月条には同人物を「昆支君」とする。コンキシ、コニキシの訓みは、これを根拠とする(青木和夫「軍王小考」『五味智英先生還暦記念上代文学論叢』)ほか。

また、軍王を大将軍の意で、イクサノオホキミと訓み、数千の兵を率いて母国入りした余豊璋を日本側でやがてイクサノオホキミ(軍王)と呼んだとし、斉明七年の西征途中、安益郡滞在中の作とする(吉永登「軍王について」関西大学国文学、昭四七・九)説もあり、釈注支持。

②コニキシノオホキミ。百済系のもと王族の帰化人か。百済音コニを軍(君と同音)で国語的に表記したもの。キシは敬称であろう(全集)。

百済系王族の渡来人か。……舒明朝のものとしては歌風が新しい。漢詩文の教養に恵まれた渡来人の作であるためか(集成)。

③コンキシ　伝未詳(新大系)。

④イクサノオホキミ。伝未詳(大系・全訳注・新全集・和歌大系ほか)。

長き春日の　春の日中の長さをあらわす表現として、万葉では最も早い表現。

わづき　けじめ、区別、の意。ワヅキの用例はこの一例のみだが、類似語にワキ(別)がある。「夜昼といふワキ知らず」（4・七一六）、「春雨の降るワキ知らず」（10・一九一五）など。

むら肝の　「心」にかかる枕詞。むら肝は、肝臓・肺臓・心臓など、臓器の総称。

心を痛み　心が痛いので。「―を―み」は、「―が―なので」、の意。ミは原因・理由をあらわす接尾語。

ぬえこ鳥　ぬえ鳥とも。鵺。トラツグミ。夜半から早朝にかけて、ヒー、ヒョーと悲しげに鳴くので、「うらなく」、「のどよふ（弱々しい声をたてる）」の枕詞に用いられる。

玉だすき　「懸け」の枕詞。玉は美称。たすきはうなじに掛けることから、カケを掛詞として冠する。

遠つ神　過去の天皇である「大君」に冠する枕詞。

還らひぬれば　たびたび吹き返すので。ヒは反復継続の意をあらわす助動詞フの連用形。散らひ、呼ばひ、など。

ますらを　優れた男子。健男・建男とも表記し、強い男の意から後には大夫の用字で官人を指す語ともなる。

やる　遣る。向こうにやる。晴らす。

網の浦　香川県坂出市の海岸。

【六】　下ごころ　心中の思い。

風を時じみ　風の絶え間が無いので。「―ヲ―ミ」の形式。「時じ」は、一六番歌注参照。

寐る夜おちず　寝る夜は毎夜欠くことなく。

しのひつ　「しのひ」の終止形シノフは、恋人・妻などをいとしく思う。または美しいものを賞美する、なつかしむ、の意。ツは完了の助動詞ツの終止形。「樻」は「櫃」の異体字。

大夫　四位、五位の官人への敬称。

類聚歌林　山上憶良の編纂した歌集。今は伝わらないが、古歌を分類し作歌事情を記してあったものらしい。『正倉院文書』に「歌林七巻」とあるのがそれかといわれる。万葉集巻一、二、九の三巻、九箇所に、作品に関わる異伝を記す資料として引用される。憶良の東宮侍講時代（養老五年～神亀三年頃）の編纂とされる。

伊予の温湯の宮　愛媛県松山市の道後温泉に設けられた宮。

斑鳩 イカル。すずめ目アトリ科。全長約二十三センチ。キョッキョッと鳴き、キーコキーなどと聞える明るいおおらかな声でさえずる。留鳥。

比米 イスカ。すずめ目アトリ科。全長約十七センチ。くちばしの先が鋭くとがって上下が交差しくいちがいになっている。「イスカのはし（嘴）のくいちがい」という。ギョッギョッと鳴く。大部分が冬鳥。

明日香《あすか》の川原《かはら》の宮《みや》に天《あめ》の下知《したし》らしめしし天皇《すめらみこと》の代《よ》 天豊財重日足姫天皇《あめとよたからいかしひたらしひめのすめらみこと》

明日香川原宮御宇天皇代 天豊財重日足姫天皇

明日香の川原の宮で天下をお治めになった天皇の時代 皇極天皇

七 秋《あき》の野《の》の み草《くさ》刈《か》り葺《ふ》き 宿《やど》れりし 宇治《うぢ》の宮処《みやこ》の 仮廬《かりいほ》し思《おも》ほゆ

額田王《ぬかたのおほきみ》の歌《うた》 いまだ詳《つばひ》らかならず

右《みぎ》、山上憶良大夫《やまのうえのおくらのまへつきみ》の類聚歌林《るいじうかりん》を検《かむが》ふるに曰《い》はく、「一書《いつしよ》に戊申《ぼしん》の年《とし》、比良《ひら》の宮《みや》に幸《いでま》すときの大御歌《おほみうた》」といへり。但《ただ》し、紀《き》に曰《い》はく、「五年春正月《ねんはるしやうぐわつ》己卯《きぼう》の朔《つきたち》の辛巳《しんし》、天皇《すめらみこと》紀《き》の温湯《ゆ》より至《かへ》ります。三月戊寅《ぐわつぼいん》の朔《つきたち》、天皇《すめらみこと》吉野《よしの》の宮《みや》に幸《いでま》して肆宴《とよのあかり》きこしめす。庚辰《かうしん》の日《ひ》、天皇《すめらみことあふみ》近江の平《ひら》の浦《うら》に幸《いでま》す」といへり。

【原文】 額田王歌 未詳

七 金野乃 美草苅葺 屋杼礼里之 兎道乃宮子能 借五百儀所念

右、検㆓山上憶良大夫類聚歌林㆒曰、一書戊申年幸㆓比良宮㆒大御歌。但、紀曰、五年春正月、己卯朔辛巳、天皇至㆑自㆓紀温湯㆒。三月戊寅朔、天皇幸㆓吉野宮㆒而肆宴焉。庚辰•之日、天皇幸㆓近江之平浦㆒。

【校異】 之（元冷）―ナシ

七 秋の野の萱を刈って、屋根に葺いて宿った、あの宇治の宮処の仮廬のことが思い出されるよ。

額田王の歌 明らかでないところがある

右は、山上憶良大夫の類聚歌林を調べてみると、「ある書物に、孝徳天皇の大化四年、比良の宮に行幸された時の大御歌である」と書いている。但し、日本書紀には、「五年の春正月三日、天皇は、紀の温湯よりお帰りになられた。三月一日、天皇は吉野の宮に行幸されて、御宴を開催なさった。三日に、天皇は近江の平の浦に行幸された」と書いてある。

【歌意】 旅の途中、宇治で仮廬を作ったことを回想して詠んだ歌。左注に引用する類聚歌林によれば、「大化四年の比良の宮行幸の際の大御歌」とする記録もあったらしい。大御歌は、天皇もしくは天皇に準ずる身分の人の作品であることを示す語であるから、大化四年当時の孝徳天皇もしくは皇極太上天皇（当時の称号は皇祖母尊）を作者とすることになる。左注には、更に斉明五年（六五九）三月の平の浦行幸の記録をも引用する。類聚歌林の作者に関する伝えは万葉集のそれと異なる場合は、万葉集が実質上の作者を、類聚歌林は形式上の作者を示すと考えられる。ここも、額田王の作と考えられるが、推定される王の年齢、第二作との年代の隔たり等から、斉明五年の行幸時に大化四年の行幸を回想して詠んだ可能性が高い。大化四年当時、額田王がすでに出仕していて行幸に従ったとすれば、皇極太上天皇のもとに出仕していたことを示すものであろう。皇極太上天皇に従って共有する旅の思い出のひとこまを回想したものであるが、十二、三歳であった王自身のかつての姿をなつかしむ響きも、この歌にはある。

［額田王］　父は鏡王。はやくに大海人皇子の妻となり十市皇女を生む。斉明（六五五〜六六一）・天智（六六二〜六七一）両天皇の宮廷に仕え、行幸・遷都・肆宴・大殯等の宮廷儀礼に関わって歌を詠む。天智朝において、十市皇女は天智天皇の皇子大友の妻となり、葛野王を生む。壬申の年の乱で、女婿大友皇子を失い、天武七年（六七八）四月には十市皇女も急逝する。斉明・天智両朝にはなやかな作歌活動をおこなった王は、天武天皇の宮廷（六七三〜六八六）では作歌を残さず、持統朝（六八七〜六九七）に弓削皇子との贈答歌二首を残す。生没年不明。天武二年二月の后妃関係記事の中で、「天皇、初め鏡王の女額田姫王を娶して、十市皇女を生しませり」とあること、および懐風藻に見える葛野王の年齢に関する記事「時に年三十七」とあることから推測すれば、額田王が大海人皇子との間に、十市皇女を生んだのは、おそらく白雉三、四年、十七、八歳の頃のことではなかったかと推測される。懐風藻の「時に年三十七」を、慶雲二年の葛野王没年時の年齢とする説（澤瀉久孝ほか）のほかに、大宝元年正四位を授与された時の年齢とする説（谷馨ほか）もあるが、いま前者による。これによれば、額田王の生年は、舒明八年（六三六）ころ、持統朝

の弓削皇子との贈答歌二首は、五十代後半のころの作となる。六十歳前後まで生存か。なお、天武二年二月の后妃関係記事の中で、皇女の身分で天武天皇の御子を生んだ女性たち四人のうち、正妃鸕野皇女を皇后に、他の三人を妃に、父が大臣であった三人の女性は夫人の地位を与えられているのに、鏡王を父とする額田王に関しては、「天皇、初め鏡王の女額田王を娶りて十市皇女を生む」とのみあって、何の地位も与えられていないのは、天武天皇にとって額田王がすでに過去の女性であり、後宮に迎える意志がなかったことを示している。その理由は、額田王が、早くに、――天智天皇の即位前、おそらくは斉明天皇の在世中から――中大兄皇子の側近の女性として、宮廷で重きをなしていたことにあったと考えられる。万葉集中、十二首。巻一に七首、巻二に四首、巻四に一首（巻八に重出）。長歌三首、短歌九首。

明日香の川原の宮　斉明元年冬、板蓋宮が火災に遭い、飛鳥の川原の宮に移る。二年に、飛鳥の岡本に宮を建てて移るまでの宮。皇極天皇時代に、飛鳥の川原の宮のことは見えないが、「後の岡本の宮天皇代」と区別していることとよりすれば、皇極天皇代をさすと考えられる。

なお、皇極・斉明天皇の宮は、日本書紀によれば、次のように移動している。

皇極元年十二月、小墾田宮に移る。一書には、東宮の南の庭の仮宮に移るという。

皇極二年四月、仮宮より、飛鳥の板蓋の新宮に移る。
斉明元年正月、飛鳥の板蓋の宮で即位。
斉明元年冬、板蓋宮火災。飛鳥の川原の宮に移る。
斉明二年、飛鳥の岡本に宮を建てて移る。これを後の飛鳥の岡本の宮という。
斉明六年十二月、難波の宮に行幸、七年正月西征、筑紫に至り、磐瀬行宮を経て、同年五月、朝倉の橘の広庭の宮に移る。七月、同宮で崩。

天豊財重日足姫天皇　あめとよたからいかしひたらしひめのすめらみこと。皇極（斉明）天皇の和風諡号。

宝（財）皇女。父は、押坂彦人大兄皇子の子の茅渟王。母は、吉備姫王。はじめ、用明天皇の孫高向王の妻となり漢皇子を生むが、舒明天皇と再婚。中大兄皇子・間人皇女・大海人皇子を生む。舒明十三年十月、舒明崩。翌年正月即位。皇極四年六月、大臣蘇我入鹿が誅されるに及んで、弟軽皇子（孝徳天皇）に譲位。白雉五年十月、孝徳崩。翌年正月、再び即位。斉明七年七月、筑紫の朝倉の橘の広庭の宮で崩。六十八歳。

いまだ詳らかならず　明らかでない。ここは、作者を額田王とすることに関して確かでない意か。

み草　草の美称。特に屋根や壁に用いるすすき・かやなどをさす。

宇治の宮処　京都府宇治市。ミヤコは、宮の所在地の意で、宮都のほか、天皇の仮宮のある所をいうこともある。

思ほゆ　オモハユの転。ヤ行下二段活用の動詞。思い出される。

戊申の年　孝徳天皇の大化四年（六四八）。

比良　滋賀県滋賀郡志賀町大字木戸から、南・北比良、南・北小松にかけての地。比良山の東麓、比良川のあたり。

己卯の朔の辛巳　己卯が一日である月の辛巳の日。三日。

紀の温湯　和歌山県西牟婁郡白浜町の湯崎温泉の崎の湯。

吉野の宮　奈良県吉野郡吉野町宮滝の地にあった離宮。

庚辰の日　三日。

後《のち》の岡本宮《をかもとのみや》に天《あめ》の下知《したし》らしめしし天皇《すめらみこと》のみ代《よ》

後岡本宮御宇天皇代

天豊財重日足姫天皇譲レ位後、即二位後岡本宮一

天豊財《あめとよたから》重《いかし》日《ひ》足姫《たらしひめの》天皇《すめらみこと》、譲位《じやうゐ》の後《のち》、後《のち》の岡本《をかもと》の宮《みや》に即位《そくゐ》したまふ。

後の岡本の宮で天下をお治めになった天皇の時代

斉明天皇、譲位の後に後の岡本宮で即位。

【校異】　譲位（美夫君志ニヨル）―位

八　熟田津《にきたつ》に　船乗《ふなの》りせむと　月待《つきま》てば　潮《しほ》もかなひぬ　今《いま》は漕《こ》ぎ出《い》でな

額田王《ぬかたのおほきみ》の歌《うた》

右《みぎ》は、山上憶良大夫《やまのうへのおくらのまへつきみ》の類聚歌林《るいじうかりん》を検《かむが》ふるに曰《い》はく、「飛鳥《あすか》の岡本《をかもと》の宮《みや》に天《あめ》の下知《したし》らしめしし天皇《すめらみこと》の元年《ぐわんねん》己丑《きちう》、九年丁酉《ねんていいう》の十二月《ぐわつ》、己巳《きし》の朔《つきたち》の壬午《じんご》、天皇《すめらみこと》・大后《おほきさき》、伊豫《いよ》の湯《ゆ》の宮《みや》に幸《いでま》す。後《のち》の岡本《をかもと》の宮《みや》に天《あめ》の下知《したし》らしめしし天皇《すめらみこと》の七年《ねん》、辛酉《しんいう》の春正月《はるしやうぐわつ》、丁酉《ていいう》の朔《つきたち》の壬寅《じんいん》、御船西征《みふねせいせい》して始《はじ》めて海路《うみつぢ》に就《つ》く。庚戌《かうしゆつ》、御船《みふね》、伊《い》豫《よ》の熟田津《にきたつ》の石湯《いはゆ》の行宮《かりみや》に泊《は》つ。天皇《すめらみこと》、昔日《むかし》より猶存《なほのこ》れる物《もの》を御覧《みそこなは》し、當時《そのかみ》忽《たちま》ちに感愛《かなしみ》の情《こころ》を起《お》こす。故《ゆゑ》に、歌詠《みうた》を作《つく》りて哀傷《あいしやう》したまふ。」即《すなは》ちこの歌《うた》は、天皇《すめらみこと》の御製《おほみうた》なり。但《ただ》し、額田王《ぬかたのおほきみ》の歌《うた》は、別《べつ》に四首《しゆ》あり。

【原文】

額田王歌

八　熟田津尓　船乗世武登　月待者　潮毛可奈比沼　今者許藝乞菜

右、檢二山上憶良大夫類聚歌林一曰、飛鳥岡本宮御宇天皇元年己丑、九年丁酉十二月己巳朔壬午、天皇大后幸二于伊豫湯宮一。後岡本宮馭宇天皇七年辛酉春正月丁酉朔壬寅、御船西征、始就二于海路一。庚戌、御船泊二于伊豫熟田津石湯行宮一。天皇御二覧昔日猶存之物一、當時忽起二感愛之情一。所以因製二歌詠一、為二之哀傷一也。即此歌者天皇御製焉。但、額田王歌者別有二四首一。

【校異】 **酉**（元冷紀）―酋

額田王の歌

八　熟田津で、船出をしようとして、月の出を待っていると、潮もよい具合になった。さあ、漕ぎ出そうよ。

右の歌は、山上憶良大夫編纂の類聚歌林を調べてみると、「飛鳥の岡本の宮で天下をお治めになった舒明天皇の元年の干支は己丑、九年十二月十四日、天皇と皇后は、伊豫の温泉の宮に行幸された。後の岡本の宮で天下をお治めになった斉明天皇の七年正月六日、み船は海路西に向かった。十四日、み船は、伊豫の熟田津の石湯の行宮に泊った。天皇は、夫の舒明天皇と共にいらした時の思い出のものがそのまま残っているのをご覧になって、なつかしく思われた。そこで、歌を作って哀傷の思いを託されたということである。」つまり、この歌は、斉明天皇の御製である。但し、額田王の歌は、別に四首ある。

【歌意】　百済救援のために遠征の途中、伊予の熟田津の石湯の行宮に二ヶ月余り滞在した斉明女帝の一行が、いよいよ筑紫に向かって船を出そうとする時の、額田王の作である。

本歌は、「船乗りせむと月待てば潮もかなひぬ今は漕ぎ出でな」とある船出が何のための船出であるか、船出はいつであるかが大きな問題とされてきた。熟田津は、現在の松山市のどこにあたるか、ということも、問題の一つではあるが、歌の解釈・鑑賞を左右するほどの問題ではない。斉明六年九月、十月と、新羅・唐の連合軍に破れた百済の救援を求める使者がきたので、救援のための遠征を決意し、十二月二十四日には難波に赴き、難波港を出たのが、斉明七年正月六日であった。同月十四日に伊予の熟田津の石湯の行宮に到着した。途中、大田皇女が大伯皇女を出産したことを書紀は記す。十二月二十四日に難波に赴いたことについて、書紀は、ここで諸々の武器を準備したのだといっているが、二十四日に到着して翌月六日には出航しているのだから、戦いの準備はどれほどもできなかったはずである。六十八歳の女帝をはじめ出産を間近に控えた大田皇女や、その同母妹で同じく大海人皇子の妻となっていた鸕野皇女も同行していたから、伊予の湯での女性たちの静養は、難波出発当初から予定されていたと思われる。その間に百済救援の戦いの準備をすることも当然予定されていた。熟田津は、難波博多間のほぼ中央に位置する。瀬戸内海沿岸諸国に号令するのに恰好の地であった。記録によれば、この戦いには、約三万二千の兵士が動員されているが、判明する者の場合、瀬戸内海周辺出身の兵士が多い。持統紀十年四月二十七日条、続紀慶雲四年五月二十六日条、日本霊異記上巻第七話、第十七話などは、伊予国や讃岐国あるいは備後国からこの時の百済救援の戦いに参加してとらわれの身となり、唐で苦労したあげく漸く帰国した人の話や、戦いから帰還して寺を建立した人の話を伝えている。「備中国風土記逸文」には、一行が西征途中、戸数の多い部落を見て兵を徴集したところ多数の兵が集まったので、天皇が喜び「二万の郷」と命名したという伝承を伝える。唐・新羅に敗北した百済を支援するための遠征途中に、二か月余も当地に滞在した最大の理由は、戦いの準備を進めるためであったことは、いうまでもないが、六十八歳の斉明女帝や途中大伯皇女を出産した大田皇女が同行している状況からみて、一行の女性の保養も、その滞在理由のひとつにあげられるに相違ない。

正月十四日に到着して十五日に筑紫に向けて出発したとする説もあったが、一行が筑紫の娜の大津（今の、博多港）に着いたのが、三月二十五日であったから、三月十七、八日頃の出発であったと思われる。森脇一夫氏「熟田津の月」（『万葉の美意識』所収）は、三月十七日とし、拙稿「熟田津の歌の周辺」（『万葉和歌史論考』所収）は、月の出と満潮の時刻の差のなるべく近い日ということで、三月十九日の深夜と考えた。筑紫に向かっての熟田津出航は、満潮となって月が少し上がったくらいが、潮流の向きがよいと云われる（村上可卿氏「熟田津の歌に就いての考察」短歌研究　昭十二・六、「再び熟田津の歌に就いて」創作　昭十四・八）。熟田津出航の日を考えるには、熟田津から娜の大津まで何日要するかを考えることがもっとも重要な手がかりになる。松山港から博多湾に向かうコースとしては、由利島・小水無瀬島・八島の南側を通る伊予灘北側コースを経て周防灘を通り、関門海峡に向かうコースが考えられるが、八島・姫島間で潮流が航路とほぼ直角となり、南北に流される傾向があるとのことで問題がある。その点では、由利島・大水無瀬島の北側を通り、平群島と屋代島の間から平群

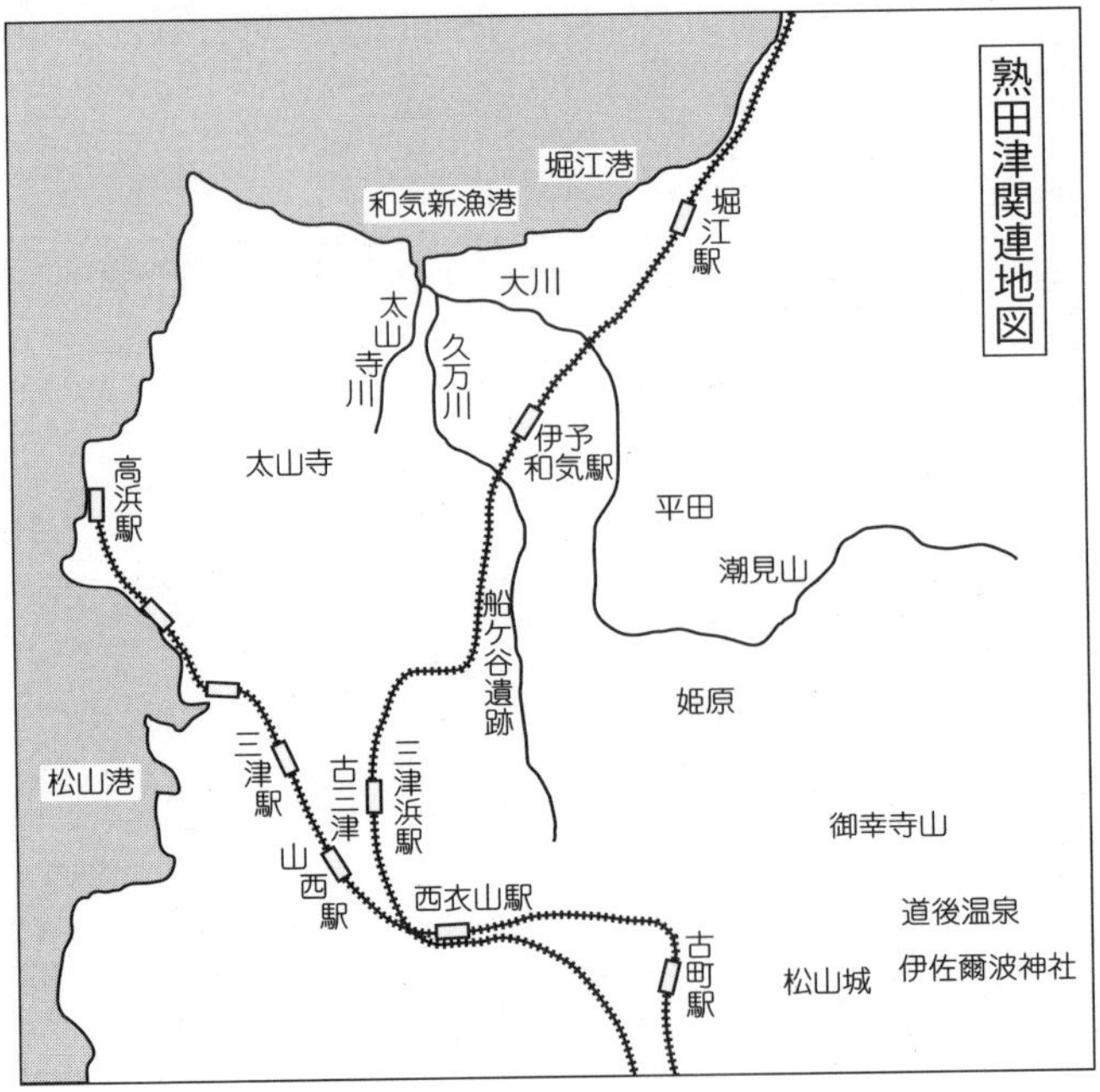

水道を経て、上関海峡を渡るか、もしくは、鼻繰瀬戸を通って祝島北方に出るコースが考えられる。距離的にも大差なく、島の間を通るので潮待ちの便が得られやすいから、このいずれかの可能性が大きい。博多港までの距離は、約二〇〇キロ強、一日行程三十五キロとして六日は必要ということになる。月明の夜であれば、夜間瀬戸内を航行した例が、巻十五の遣新羅使人歌に見られる（15・三六二二、三六二四）。

約二カ月の滞在の後、十分の休養をとり、戦いの準備も限られた月日のなかで出来るだけのことはしたという思いで、一行は熟田津を出発したのであろう。この年の三月十九日は、現行暦の四月二十六日にあたる。すでに晩春であって、夜間であっても、もはや寒気はない。歌の調べにほのかなあたたかみが感じられるのは、この月が晩春の月であったからであろう。斉明女帝の側近として詠んだ額田王のこの歌は、全軍に指揮するようなものではなかったが、女帝の心を心として詠じたものであったに相違ない。

＊参考　松山港の月の出と満潮の時刻（昭和五十六年の松山港）。

三月十七日　月の出、午後八時二十六分。　満潮、午後十時三十九分。
三月十八日　月の出、午後九時二十分。　満潮、午後十一時十一分。
三月十九日　月の出、午後十時十四分。　満潮、午後十一時四十八分。

熟田津　愛媛県松山市。松山市和気町・堀江町付近か（熟田津関連地図参照。拙稿「熟田津と万葉集」『水辺の万葉集』所収より）。別に、同市古三津町説、御幸寺山付近説などある。

潮もかなひぬ　月も出て、さらに潮もよい具合になった。ヌは完了の助動詞。備後灘より西方では、東進には満潮時の潮流（備後灘に向かって西から東へ流れる）に乗り、西進には干潮時（備後灘から西へ流れる）に船出をするのがよい。

漕ぎ出でな　「漕ぎ出で」は、「漕ぎ出づ」の未然形。

漕ぎ出す意。ナは、勧誘の意を表わす終助詞。

類聚歌林　七番歌左注に既出。

飛鳥の岡本の宮に天の下知らしめしし天皇　舒明天皇。「飛鳥の岡本の宮」は、「高市の岡本の宮」（1・二の前）に同じ。舒明天皇の宮殿。

天皇・大后　舒明天皇と皇后宝皇女。皇后宝皇女は、舒明天皇崩御後に即位して皇極天皇、後に重祚して斉明天皇とよばれる。

伊豫の湯の宮　伊予の熟田津の石湯の仮宮と同所と思われる。

春正月丁酉朔壬寅　正月六日。

熟田津の石湯の仮宮　「熟田津の石湯」は、愛媛県松山市の道後温泉か。

天皇、昔日より猶存れる物を御覧し、當時忽ちに感愛の情を起こす　夫である舒明天皇と滞在した当時の物が残っているのをご覧になって、すぐになつかしい気持になられた。舒明天皇と共に滞在した当時の物とは、六番歌左注に見える「宮の前に二つの樹木あり。この二つの樹に斑鳩と比米、二つの鳥さはに集《すだけ》り。時に勅して多くの稲穂を掛けて、これを養《か》ひたまふ。」とあるのに応じるものであろう。

即ちこの歌は、天皇の御製なり　本歌を斉明天皇の作とする説であるが、本歌は舒明天皇と共に行幸した時の物が残っているのを見て感傷したような内容の歌ではない。早く、粂川定一氏「『熟田津』の歌の作者について」（国語・国文　昭七・三）が指摘したように、『伊予国風土記逸文』には、斉明天皇の歌として、「熟田津に泊てて見れば」云々の初二句を載せる。逸文は以下を記載していないが、亡き夫君と共に過ごした時の物を見出して感傷する詞句が三句以下にあった可能性は高い。初句が同じことから、左注注記者が誤解したのであろう。

紀《き》の温泉《ゆ》に幸《いでま》しし時《とき》、額田王《ぬかたのおほきみ》の作《つく》る歌《うた》

九　莫囂圓隣之　大相七兄爪湯気　わが背子《せこ》が　い立《た》たせりけむ　厳橿《いつかし》が本《もと》

【原文】　幸二于紀温泉一之時、額田王作歌

九　莫囂圓隣之　大相七兄爪湯氣　吾瀬子之　射立為兼　五可新何本

【校異】　湯（元類古）―謁

紀伊の温泉に行幸された時に、額田王が作った歌

九　紀の国の山を越えて行くと、（ああなつかしい）。私の愛するあの方がお立ちになったであろう、神聖な橿の木の根元よ。

【歌意】　万葉集中屈指の難訓歌である。斉明朝の記述としても恐らく古い書記法を以て記載したことから、訓み難く、誤字をも招くこととなり、一層訓み難い結果となったものと思われる。

注釈は寓意歌の可能性も説いているが、旅中の感慨を詠んだ歌と見れば、万葉考の訓みによって右にあげたような解も成り立つかと思う。すなわち、「わが背子」は、「愛する人」、大海人皇子とし、額田王自身の心情を詠んだとみるのである。斉明四年は、推定によれば、額田王が大海人皇子との間に十市皇女を生んだ年（白雉三年頃）

から六年後であり、すでに、大海人皇子と胸形君徳善の娘尼子娘との間に高市皇子（白雉五年生）が生まれていた。大田皇女・鸕野皇女も大海人皇子の妻となっていた。鸕野皇女は、斉明三年、十三歳で大海人皇子の妻になったと紀に記す。当然、その姉大田皇女は、同時かそれ以前に大海人皇子の妻になっていたはずである。額田王にとって、大海人皇子との関係がようやく過去のものになりつつある時期であったと思われる。

[額田王関係略年表]

大化　元年（六四五）　鸕野皇女生。
大化　四年（六四八）　大友皇子生。この年、比良宮行幸か。※大海人皇子十八歳。
白雉　三年（六五二）　この年、十市皇女生か。
斉明　四年（六五八）　十月十五日、紀温湯行幸。
斉明　五年（六五九）　正月三日、紀温湯より還幸。三月三日、平浦行幸。
斉明　七年（六六一）　正月、百済救援のために西征。同十四日、伊予の熟田津の石湯行宮に着。
天智　六年（六六七）　三月、近江遷都。
天智　七年（六六八）　正月、中大兄皇子即位（天智天皇）。五月五日、蒲生野遊猟。
天智　八年（六六九）　十月、藤原鎌足没（五十六歳）。
天智　十年（六七一）　正月、大友皇子、太政大臣となる。十月、大海人皇子出家して吉野に入る。
十二月、天智天皇崩（四十六歳）。
天武　元年（六七二）　六月〜七月、壬申の乱。七月二十三日、大友皇子自殺（二十五歳）。
天武　二年（六七三）　二月、大海人皇子即位（天武天皇）。鸕野皇女立后。
天武　七年（六七八）　四月七日、十市皇女没。

天武十二年（六八三）七月、鏡王女没。
朱鳥　元年（六八六）九月、天武天皇崩（推定五十六歳）。
持統　三年（六八九）四月、草壁（日並）皇子没（二十八歳）。
持統　四年（六九〇）正月、鸕野皇女（持統天皇）即位。
文武　元年（六九七）八月、持統天皇譲位。軽皇子即位（文武天皇）、十五歳。
慶雲　二年（七〇五）十二月、葛野王没。※三十七歳。

［額田王関係略系図］

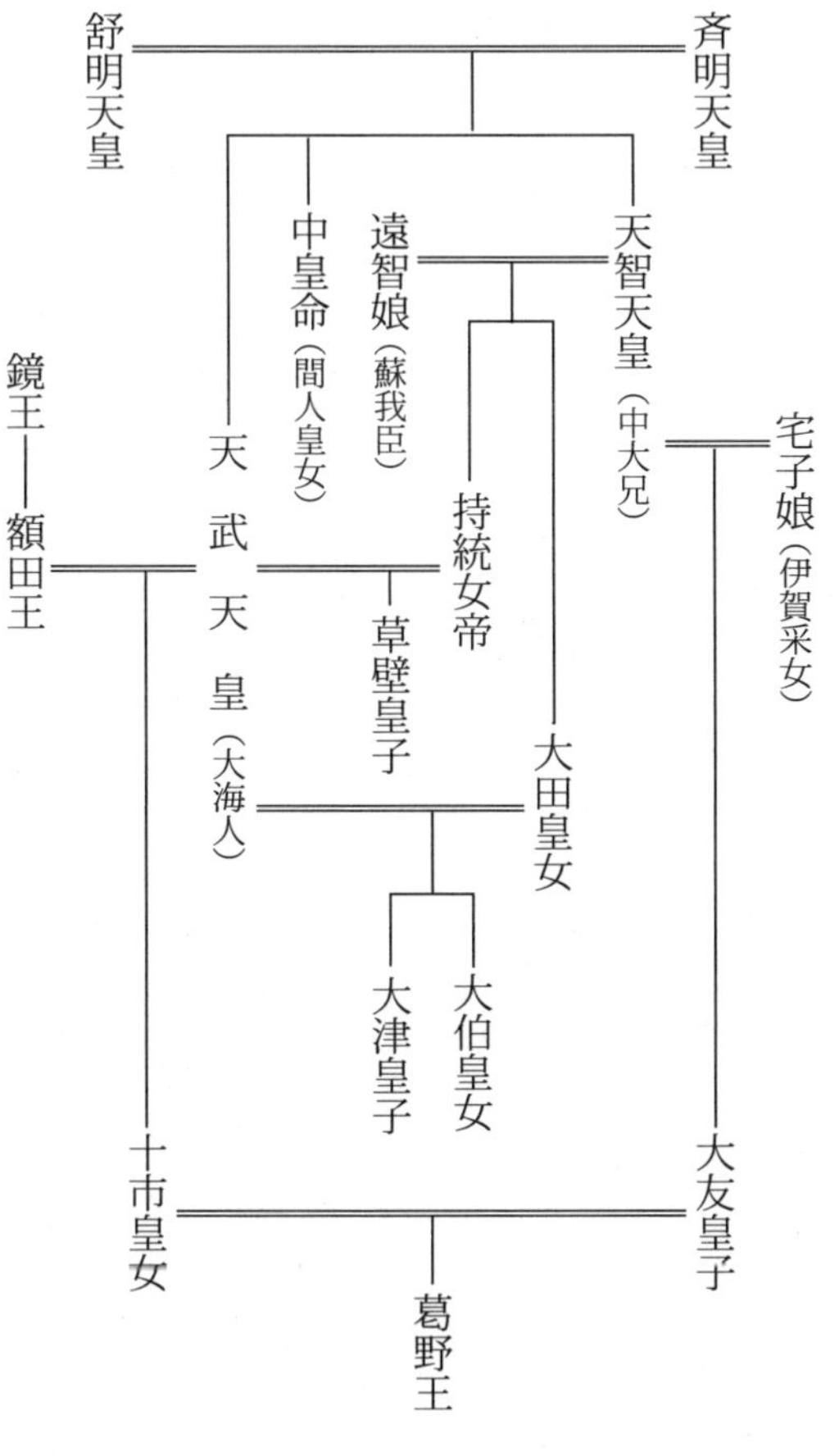

紀の温泉《ゆ》に幸しし時　斉明四年十月十五日から、翌年正月三日まで。

莫囂圓隣之　大相七兄爪湯氣　この二句については、『仙覚抄』以来、三十種以上の訓みが試みられているが、まだ定訓はない。今その中の主な訓をあげる。

①夕月のあふきて問ひし（仙覚抄）
莫囂―閑寂の義。夕。圓隣―月。満ち欠けする意。大相―大見、七―数の一限。大相七兄―仰ぐ。爪―手。謁―問、告。夕月のごとく仰ぎて問ひし、の意。

②紀の国の山越えてゆけ（万葉考）
圓―国（紀州本）。莫囂国―囂《サヤギ》なき国、大和国。（莫囂国）隣―紀の国。大相―大きな姿、山。七―古。爪―氏。謁―湯。

③紀の国の山見つつゆけ（略解、第二句、春海説引用）
七―土。大相土―山。兄―一本に見とあるという。爪―乍の誤り。

④静まりし浦波さわく（注釈）
莫囂圓隣之　静まりし（塩谷賛「莫囂圓隣の訓」文学昭二一・一二）。大相　ウラ（宮嶋弘「莫囂圓隣の歌の考」『万葉雑記』）。七兄　兄は見の誤り。波。爪謁氣の謁は湯（類紀）を採り、サワクと訓む。

⑤夕月のかげ踏みて立つ（伊丹末雄『万葉集難訓考』）
圓隣―月。圓隣は、日のトナリ又は日のトモガラで月。大相は、スガタでありカゲとも言える。七―踏み。七《ふみ》月《づき》の略。兄爪―テ。兄は、ヨシの訓あり、吉爪は、手の爪。湯氣―タツ。湯氣は、蒸発する意。

※その他省略。大系・全集・集成・全訳注・新全集・全注・釈注・和歌大系・新大系など、いずれも、初二句に定訓はないとし、訓を付さない。本書も訓みは付さなかったが、万葉考の訓が、穏やかで下句へのつながりがよいと思う。「越えてゆけ」のユケは、ユケバの意。

わが背子　大海人皇子をさすか。

い立たせりけむ　イは接頭語。セは、敬意をあらわす助動詞。ケムは過去の推量をあらわす助動詞。お立ちになったであろう。「厳橿」を修飾する連体形。

厳橿　神聖な橿の木。

中皇命《なかつすめらみこと》、紀《き》の温泉《ゆ》に往《ゆ》く時《とき》の御歌《みうた》

一〇　君《きみ》が代《よ》も　わが代《よ》も知《し》るや　岩代《いはしろ》の　岡《をか》の草根《くさね》を　いざ結《むす》びてな

一一　わが背子《せこ》は　仮廬《かりいほ》作《つく》らす　草《かや》なくは　小松《こまつ》が下《した》の　草《かや》を刈《か》らさね

一二　わが欲《ほ》りし　野島《のしま》は見《み》せつ　底《そこ》ふかき　阿胡根《あごね》の浦《うら》の　玉《たま》そ拾《ひり》はぬ

或頭《あるかみ》に云《い》はく、わが欲《ほ》りし子島《こしま》は見《み》しを

右《みぎ》は、山上憶良大夫《やまのうへのおくらのまへつきみ》の類聚歌林《るいじうかりん》を検《かむが》ふるに曰《い》はく「天皇《すめらみこと》の御製歌《おほみうた》云々《しかしか》」といへり。

【原文】　中皇命往二于紀温泉一之時御歌

一〇　君之歯母　吾代毛所知哉　磐代乃　岡之草根乎　去来結手名

一一　吾勢子波　借廬作良須　草無者　小松下乃　草乎苅核

一二　吾欲之　野嶋波見世追　底深伎　阿胡根能浦乃　珠曽不拾

或頭云、吾欲　子嶋羽見遠

右、檢二山上憶良大夫類聚歌林一曰、天皇御製歌云々。

中皇命が紀伊の温泉に行った時のお歌

一〇　あなたの寿命も私の寿命も支配しているこの岩代の岡の草を、さあ結びましょうよ（そして私たちの命の無事を祈りましょう）。

一一　私のお兄さんは仮の小屋を作っていらっしゃる。萱がなかったら、あの小松の下の萱をお刈り下さい。

一二　私が見たいと言っていた野島は見せてくれましたね。でも、まだ、あの底の深い阿胡根の浦の玉は、拾っていませんよ。

ある伝えでは、初二句を「私が見たいと思っていた子島は見たが」という。

右は、山上憶良大夫の類聚歌林を調べてみると、「天皇の大御歌云々」とある。

【歌意】　旅の歌のごく初期に位置する歌。母である天皇、兄である皇太子、弟の大海人皇子などと一緒の旅で、何の不安もなく、旅中自分たちの手で草を刈って仮の小屋を造るのも楽しいという、作者の心情のうかがわれる歌である。第一首には、呪的行為がうたわれるが、決して深刻さはない。海岸の様子が明るく、作者の様子も、夫に死別した、三十歳を過ぎた女性らしくないほどに愛らしい。母や兄弟に保護されて少女のままの気持ちを持ち続けてきた人であったようだ。これらの歌に「呪的性格」を認め、特に一〇番歌については、「斉明女帝になりかわった中皇命」の作とする説（釈注）もあるが、一一、一二番歌はもとより、一〇番歌も旅を楽しんでいる気分が濃厚で、儀礼歌とは考えられない。

【一〇】紀の温泉　和歌山県西牟婁郡白浜町の湯崎温泉の崎の湯。

君が代　ガは所有・所属・同格・分量・類似などの関係を示し、下の体言の意味を修飾限定する(連体用法)。ノと違って、上の語に意味上の重点をおいて下へ続ける。ここは、所属。キミは、ここは、中大兄皇子。ヨは、寿命、年齢。

知る　知っている。支配している。

岩代　和歌山県日高郡南部町東岩代・西岩代の地。有間皇子の「岩代の浜松が枝を引き結び」（2・一四一）の岩代に同じ。熊野街道の入口に当たり、手向けをする場所であった。

草根　草。「根」は接尾語。

結びてな　草や木の枝を結ぶのは、その結び目に霊魂を込める呪術的行為。無事を祈る呪術のひとつ。「てな」は、完了の助動詞「つ」の未然形＋勧誘をあらわす助詞「な」。

　岩代の　浜松が枝を　引き結び　真幸くあらば　また還り見む　　（2・一四一）

【一一】わが背子　中大兄皇子。中皇命（間人皇女、斉明四年当時三十一、二歳）の兄。

草《かや》　すすき・ちがやの類。屋根を葺く材料としての名称に多く用いる。

刈らさね　サは軽い尊敬助動詞スの未然形。ネは相手に対してその行為の実現を期待し願う意をあらわす終助詞。

【一二】野島　和歌山県御坊市名田町野島。島ではなく、海岸線に位置する。

野島は見せつ　「子島は見しを」の伝えも。ツは完了の助動詞。

阿胡根　所在未詳。野島付近か。犬養孝『万葉の旅中』は、「野島の南の湾入などをさすものであろうか」とする。

玉　あわび玉とも言い、真珠のこと。

拾はぬ　拾っていませんよ。ヒリフは、ヒロフの古形。ヌは、打消の助動詞ズの連体形。「玉そ」の係結び。

中大兄《なかのおほえ》 近江宮《あふみのみや》に天《あめ》の下《した》知《し》らしめし天皇《すめらみこと》 の三山《みつやま》の歌《うた》一首《しゅ》

一三 香具山《かぐやま》は 畝火《うねび》をしと 耳梨《みみなし》と 相争《あひあらそ》ひき 神代《かむよ》より かくにあるらし いにしへも 然《しか》にあれこそ うつせみも つまを 争《あらそ》ふらしき

反歌《はんか》

一四 香具山《かぐやま》と 耳梨山《みみなしやま》と あひし時《とき》 立《た》ちて見《み》に来《こ》し 印南国原《いなみくにはら》

一五 渡津海《わたつみ》の 豊旗雲《とよはたくも》に 入日《いりひ》さし 今夜《こよひ》の月夜《つくよ》 清《きよ》く照《て》りこそ

右《みぎ》の一首《しゅ》の歌《うた》は、今案《いまかむが》ふるに反歌《はんか》に似《に》ず。ただし、旧本《きうほん》にこの歌《うた》を以《もち》て反歌《はんか》に載《の》せたり。故《ゆゑ》に、今《いま》も猶《なほ》この次《つぎて》に載《の》す。また、紀《き》に曰《い》はく、「天豊財重日足姫天皇《あめとよたからいかしひたらしひめのすめらみこと》の先《さき》の四年乙巳《ねんいつし》に、天皇《すめらみこと》を立《た》てて皇太子《ひつぎのみこ》としたまふ」といふ。

【原文】

中大兄 近江宮御宇天皇 三山歌

一三 高山波 雲根火雄男志等 耳梨與 相諍競伎 神代従 如此尓有良之 古昔母 然尓有許曽 虚蝉毛 嬬乎 相挌良思吉

反歌

一四 高山与 耳梨山与 相之時 立見尓来之 伊奈美國波良

一五 渡津海乃　豊旗雲尓　伊理比沙之　今夜乃月夜　清明己曽

右一首歌、今案不レ似二反歌一也。但舊本以二此歌一載二於反歌一。故今猶載二此次一。亦紀曰、天豊財重日足姫天皇先四年乙巳、立二天皇一為二皇太子一。

【校異】 挌（元冷文）―格　沙（細）―祢

中大兄（近江の宮で天下を治めた天皇）の三山の歌一首

反歌

一三 香具山は、畝火山をいとしいといって、耳梨山と争った。神代からこのようであるらしい。昔もこうであったからこそ、今、この世に生きている人も妻争いをするらしいよ。

一四 香具山と耳梨山とが争った時に、（出雲の阿菩大神が）立って見に来たという印南国原だ。ここは。

一五 大海原の豊旗雲に夕日が射していて、今夜の月は清らかに照ってほしい。

右の一首の歌は、今考えてみると反歌らしくない。ただし、旧本では、この歌を反歌として載せている。それで、今もやはりこの位置に載せた。また、日本書紀には、「皇極天皇の四年に、中大兄皇子を皇太子とされた」とある。

【歌意】 一三、一四番歌には、大和三山の妻争い伝説を播磨国の印南地方でも伝えていることを知った中大兄の、伝説への関心と、現世での妻争いに思いをいたしての感慨が詠まれている。作者自身の体験（蘇我倉山田石川麻呂の娘や額田王に関してなど）を含めての感慨もその基底には確かにあると思う。それに対して、一五番歌には、船旅の安全を願う、切実な気持ちがこめられている。大和三山の妻争い伝説とも関係がない。一三・一四番歌のあとに詠まれ、並んで記されていたことから、反歌と誤られたのであろう。

　大和三山の妻争い伝説の具体的内容は明らかでないので、三山の性別についても四通りの説がある。①香具山を女性として、畝傍山・耳梨山を男性とする説、②畝傍山を女性として、香具山・耳梨山を男性とする説、③香具山・耳梨山を女性として、畝傍山を男性とする説、④三山いずれも男性で別の女性を争うという説とである。後掲のように、①と②が多く、③・④は少数意見である。特に、④は、私注が説いているもので、「三山が、別にある一人の妻（恐らく人間の処女）を相争ったと見るのである」というが、後に引く『播磨国風土記』に伝える三山争闘説話の場合ならともかく、万葉の長歌一三番歌の解釈からは出てこない説であろう。③は、折口口訳と大系の説で、「畝傍ををしと」を畝傍山を男らしいと思ってと解し、香具山と耳梨山とを女性ととったのであるが、同じく畝傍山を男らしいと解しても耳梨山も男性とするのが①で、仙覚抄・代匠記・僻案抄・万葉考など古い説から全訳注・新全集・和歌大系など近年の説までであるが、女性である香具山が畝傍山を男らしいと思って以前から馴染みであった男性の耳梨山と争ったという理解である。この場合、香具山は、畝傍山が原因で耳梨と争ったのではあるが、香具山と別れようとしない耳梨山に抵抗したので、いわゆる妻争いとは事情が異なる。②の香具山・耳梨山の男性二山が女性の畝傍山をめぐって争ったと解する方が、「古も　然にあれこそ　うつせみも　妻を　争ふらしき」という長歌末尾の表現にかなっている。②を支持したい。一五番歌については、注の条参照。

[大和三山]

香具山　海抜一四七・九メートル。山麓七五メートル。比高七三メートル。三山のうち一番低い。多武峰の支脈の最先端に当る。三山中、最も多く詠まれる。

畝傍山　海抜一九八・一メートル。山麓七〇メートル。比高約一三〇メートル。三山中、最も高い山。

耳梨山　海抜一三九・七メートル。山麓六〇メートル。比高約八〇メートル。円錐形の山容。

『明日香村史　下巻』より

[三山の性別に関する諸説]

（香）（畝）（耳）

①女　男　男（仙覚抄・代匠記・僻案抄・万葉考・略解・大濱厳比古*「高山波雲根火雄男志等」・注釈・全訳注・新全集・和歌大系など）

②男　女　男（墨縄・古義・全釈・総釈・窪田評釈・全註釈・佐佐木評釈・全集・集成・全注・釈注・新大系など）

③女　男　女（折口口訳・大系など）

④男　男　男（私注―別の女を争う）

＊大濱厳比古「高山波雲根火雄男志等」（国語国文　昭一九・四『新万葉考』所収）。

[播磨国風土記]　出雲国の阿菩大神、大和国の畝火・香山《かぐやま》・耳梨三つの山相闘ふと聞かして、此を諫め止めむと欲して上り来まし し時、此処に到りて乃ち闘ひ止みぬと聞かし、その乗らせる船を覆せて坐しき故に、神阜と号く。阜の形覆せるに似たり。（揖保*の郡上岡の里）　＊揖保郡上岡里　兵庫県龍野市神岡町（旧神岡村）。

出雲の国の阿菩大神が、大和の国の畝火山・香具山・耳梨山の三つの山が争い闘っているとお聞きになって、その争いを諌めに、この地までやって来た時、争いが収まったと聞いて、乗ってきた船を引っくり返して、お鎮まりになったので、そこを神岡というのである。岡の形が船をひっくり返した形に似ている。

【一三】 中大兄　日本書紀に、葛城皇子。「大兄」は長兄、太子の意（大事な子ども、皇位継承権のかなり強い男子、の意）。大兄の古訓はオヒネ。故に中大兄は「ナカツオヒネ」とも言われた。異母兄に、古人大兄（蘇我馬子の娘・法提郎媛の子）がいた。

をし　「惜し」と同源で、いとしい、かわいい意。上の「雄」に続けて「雄男志」とし、男らしい意とする説もあることは、【歌意】の条に既述。

然にあれこそ　そうであったからこそ。今もそうであるのは仕方がないのだろうかなあ、という、嘆きの意もこめられている。

うつせみ　ウツシ（現）オミ（臣）の約。この世に生きている人が原義。

【一四】 あひし時　「あふ」には「闘ふ」の意もあり、ここは闘うの意。シは過去の助動詞キの連体形。

印南国原　兵庫県加古川市・加古郡・明石市にかけての一帯の地。二五三番の「稲日野」に同じ。

【一五】 渡津海　わたつみ。本来は海の神のこと。海そのものをいうこともある。「山神（やまつみ）」は、山の神。ツは連体助詞。ミは霊性を表す。

豊旗雲　「豊」は、美称の接頭語。「旗雲」は、大空を斜めに大きく横切っている雲。滅多に見られない、神秘な感じの旗雲。

「早旦白雲有り。艮《うしとら》（東北）より坤《ひつじさる》（西南）に至る。時の人これを旗雲といふ。」『文徳実録』天安二年（八五八）六月十一日条

「是夜、雲有り、天に竟《わた》る。艮《うしとら》より坤《ひつじさる》に至る。人これを旗雲といふ。」『文徳実録』天安二年八月十九日条

※海の神の旗・海神の霊異のしるしである豊旗雲とする説がある―代匠記・稲岡耕二『鑑賞日本の古典2 万葉集』、『和歌文学大系 万葉集』。釈注も「おお、海神のなびかしたまう豊旗雲に」と訳す。

入日さし　原文「伊理比沙之」。「沙」は、細井本による。西本願寺本ほかは「祢」。広瀬本も「祢」。紀州本は「佐」。元暦校本・類聚古集は「弥」。古写本の上からは、「弥」を採るところであるが、元略校本・類聚古集共に、訓みは「さ」とあることから、細井本の「沙」を採った。

①イリヒサシ

伊理比沙之　代精、万葉考、略解、古義、新考、全釈、私注、全訳注、新大系。

伊理比佐之　佐佐木評釈（紀州本によるとする）。

伊理比紗之　注釈、全集、窪田評釈、釈注。

②イリヒミシ

伊理比弥之　全註釈、大系、新全集、和歌大系。

＊折口口訳・總釈・集成の三書は原文を載せないが、いずれもイリヒサシ。

現在、諸注釈書の訓みは、イリヒサシとイリヒミシに分かれるが、澤瀉注釈が、「伊理比弥之」とある元暦校本・類聚古集も訓みはイリヒサシであること、イリヒミシと訓めば、「美しい雲も入日も眼前に無く、しかも月はまだ出ない、といふのでは暗闇の歌になってしまふ」として、「紗」から「弥・沙・佐」に、「弥」からさらに「祢」に、という転写の跡を考えた。なお、佐佐木隆氏『上代語の構文と表記』は、「豊旗雲に入日見し」は、豊旗雲に入日がさすのを見たの意にはなり得ないと論じている。

清く照りこそ　原文「清明己曽」。「こそ（己曽）」を、係助詞とみる説と願望の意の助詞とに分けて現在までの主な訓みをあげると、左のごとくである。

①「こそ」は、係助詞。

スミアカクコソ　旧訓

スミアカリコソ　京大本・全註釈

アキラケクコソ　万葉考・略解・全釈・斎藤茂吉『万葉秀歌』・佐佐木評釈・私注

マサヤカニコソ　澤瀉久孝『万葉集古径』・注釈

②「こそ」は、他への希望をあらわす終助詞。

キヨクテリコソ　古義・万葉集ＣＤ―ＲＯＭ版（塙書房）・万葉集索引（塙書房）

キヨクアカリコソ　總釈

サヤニテリコソ　佐佐木信綱増訂選釈・大系・和歌大系

サヤケカリコソ　森本治吉「万葉巻一『渡津海の豊旗雲に』の歌の訓釈」（国語国文）・塙本文篇・全集・全訳注・新全集・新大系

サヤケクアリコソ　おうふう本・集成・全注・釈注

万葉考以下、茂吉の『万葉秀歌』まで長く支持されてきたアキラケクコソと澤瀉久孝氏のマサヤカニコソの訓みに対して、大系が、

㈠形容詞の連用形の下に係助詞コソの来る例は、奈良時代には一例もなく、古今集・後撰集にもない。

㈡形容動詞連用形の下に係助詞コソが来る例は、万葉集に一例（11・二七六六）しかない。これは、「刈りに」と「仮に」を懸け詞としたもの。

㈢奈良時代にコソで終結する歌は、八首あるが、みな……ダカラデアルという理由・原因を示す場合に限られている。

そこで、コソを願望の意とすれば、

サヤニテリコソ（佐佐木博士万葉集選釈増訂本）

キヨクテリコソ（古義）

サヤケカリコソ（森本治吉氏）

などの中から、一訓をとることになる。明をテルと訓むのは水戸本日本書紀神代巻の中に例がある。として、サヤニテリコソと訓んで以来、注釈のマサヤカニコソを除いて、「こそ」を願望ととるが、訓みに関しては、サヤケクアリコソおよびその約サヤケカリコソが多いことは、②にあげた通りである。これに対し、最新の訓といってよい『万葉集　CD―ROM版』（塙書房）及び『万葉集索引』（塙書房）が、古義の訓キヨクテリコソを採っていることが注目される。但し、古義は、「明ノ字にても、テリとはよむべきことなれども、集中に皆照字をのみ用たるを思へばこゝも明は照の誤写にそ有べき、照と明と草書甚混ヒ易ければなり」といっている。

本歌は、斉明七年（六六一）正月六日に難波の港を出発、同月十四日に伊予の熟田津に到着するまでの間に詠まれたと思われる。百済救援のための西征途上の作で、海上の旅の安全を願う心をもって詠まれた作であるこ

とは疑いない。書紀には、八日、舟が大伯海に至った時に、大海人皇子の妃大田皇女がみ子を出産し、大伯と名付けられたことを記している。六日に難波を出て、途中大田皇女の出産のことなどがあったにもかかわらず十四日に伊予の熟田津に到着したということは、一行がかなり急いだ事を示す。乗船していた斉明天皇も六十八歳、この年の七月二十四日には筑紫の朝倉宮で崩御された。海外遠征を目的とした旅で、高齢の女帝をはじめ多くの女性を伴い、戦いの準備と女性たちの休養のために熟田津の温泉滞在を予定していたとはいえ、海上の旅は出来る限り短期間でと考えたに相違ない。夜の月明の必要度は深刻なほどであったであろう。

その状況からいっても、本歌の第五句「清明己曽」の訓は、コソを願望の意とする、

①サヤニテリコソ
②キヨクテリコソ
③サヤケカリコソ
④サヤケクアリコソ

のいずれかであると思われるが、①②は、「清」をサヤニもしくはキヨクと訓み、「明」をテリと訓んだもので、③、④は、「清明」を一語として訓んだことになる。①②に関していえば、「清」は、無論サヤニともキヨクとも訓み得る文字で、意味内容も共通するところはあるが、「キヨク」が、「純粋で混じりけのないさま」を言うのに対し、「さやに」は「くっきりと明確なさま」をいうためか、キヨクの「照り」「照る」に続く用例はあるが、サヤニを承ける動詞は多く「見る」で、「照らす」に続く例（9・一七五三）はあるものの、「照り」「照る」に続いた例はない。

……大船の　渡の山の　黄葉の　散りの乱ひに　妹が袖　清尓《サヤニ》毛《モ》不見《ミエズ》……　（2・一三五）

水底の玉さへ　清《サヤニ》　可見裳《ミツベクモ》　照月《テルツク》夜《ヨ》鴨《カモ》　夜の更けゆけば　（7・一〇八二）

三日月の　清《サヤニモ》不見《ミエズ》　雲隠《クモガクリ》　見欲《ミマクソホシキ》　うたてこのころ　（11・二四六四）

足柄の御坂に立して袖振らば家なる妹は　佐夜尓美《サヤニミ》毛可母《モカモ》　（20・四四二三）

笹の葉は　三山《ミヤマ》毛《モ》清尓《サヤニ》　乱友《サヤゲドモ》　我は妹思ふ別れ来ぬ

れば　（2・一三三）

……時となく　雲居雨降る　筑波嶺乎《ツクハネヲ》　清照《サヤニテラシテ》　いふかりし　国のまほらを　つばらかに　示したまへば　（9・一七五三）

日の暮れに碓氷の山を越ゆる日は背なのが袖も　佐《サ》夜尓布良思都《ヤニフラシツ》　（14・三四〇二）

巻九・一七五三の「清照」は、サヤニテリとも訓めそうな表記例であるが、その前後の句との続きからサヤニテラシテと訓むべきことは明らかである。他動詞テラスは、「照之」（7・一三一九）の例のほか、「提羅周」（5・八〇〇）、「弖良須」（20・四四八六）などの仮名書き例がある。サヤニとほぼ同意と思われるサヤカニ・マサヤカニの場合も同様で、

……わが寝たる衣の上ゆ　朝月夜　清尓見者《サヤカニミレバ》　栲の穂に夜の霜降り……　（1・七九）

我が背子がかざしの萩に置く露を清見世跡《サヤカニミヨト》　月者照良思　（10・二二二五）

新治の今作る道　清《サヤカニモ》　聞鴨《キキテケルカモ》　妹が上のことを　（12・二八五五）

群鳥の朝立ち去にし君が上は　左夜加尓伎吉都《サヤカニキキツ》　思ひしごとく　（20・四四七四）

色深く背なが衣は染めましをみ坂給らば　麻佐夜可《マサヤカ》尓美無《ニミム》　（20・四四二四）

のように、「見る」「聞く」に続くもののみである。

一方、キヨクが、動詞「照る」「照り」に続く例は、

大夫の弓末振り起し狩高の　野邊さへ　清《キヨク》　照月夜《テルツクヨ》可聞《カモ》　（7・一〇七〇）

春霞たなびく今日の　暮三伏一向夜《ユフツクヨ》　不穢照良武《キヨクテルラム》高松の野に　（10・一八七四）

雨晴れて　清照有《キヨクテリタル》　此月夜《コノツクヨ》　またさらにして雲なたなびき　（8・一五六九）

のごとくで、一〇七〇、一五六九の「清」は、用字の上からはサヤニとも訓み得るようであるが、一八七四の「不穢」は、キヨクと訓むべき例で、一〇七〇、一五六九も異訓はない。なお、この三例のうち、一〇七〇、一八七四の二首は地名から平城遷都以降であることがわかり、一五六九の一首は、「天平八年丙子秋九月作」と注記する大伴家持の作である。

さて、「月」または「月夜」をサヤケシと詠んだ例は、左の四例である。

春日山おして照らせるこの月は妹が庭にも　清有家里《サヤケクアリケリ》　（7・一〇七四）

ももしきの大宮人の罷り出て遊ぶ今夜の　月清左《ツキノサヤケサ》　（7・一〇七六）

思はぬにしぐれの雨は降りたれど天雲晴れて　月夜《ツクヨ》清焉《サヤケシ》　（10・二二二七）

ぬばたまの夜渡る月の　清者《サヤケクハ》　よく見てましを君が姿を　（12・三〇〇七）

仮名書き例はないものの、サヤケク（一〇七四、三〇〇七）、サヤケ（一〇七六）、サヤケシ（二二二七）の訓みは動かないと思われるが、別に、「音のサヤケク」「見のサヤケク」「サヤケキ見つつ」などの仮名書き例がある。

……立つ霧の　思ひ過ぐさず　行く水の　於等母佐夜氣久《オトモサヤケク》　……　（17・四〇〇三）

……山見れば　見の羨しく　川見れば　見乃佐夜氣久《ミノサヤケク》　ものごとに　栄ゆる時と　見したまひ　明らめたまひ　……　（20・四三六〇）

うつせみは数なき身なり山川の　佐夜氣吉見都々《サヤケキミツツ》　道を尋ねな　（20・四四六八）

共に、さわやかにすがすがしく聞こえたり見られたりするものを、サヤケク、サヤケキと詠んでいると思われる。

以上、見てきたところからいえば、「清明己曽」の訓みは、

キヨクテリコソ

サヤケクアリコソ

の二つにしぼられるように思う。現行注釈書の訓は前掲の通り、サヤケクアリコソよりもサヤケカリコソの訓みが優勢だが、斉明七年という作歌時期を考えると、サヤケクアリコソの訓みが勝っているように思われる。鶴久氏によれば、カリ活用は、「記・紀は勿論、万葉集の一期・二期の歌、人麻呂歌や人麻呂集歌では認められない」（『万葉集訓法の研究』）という。そして更にいえば、サヤケクアリコソよりもキヨクテリコソの方が、本歌の場合勝っているように思われる。

日本書紀には、しばしば「清心」（神代上誓約段四例）、「清明心」（敏達十年二月）、「清名」（大化三年四月）、「清白意」（白雉元年二月）、「清白心」（斉明四年四月、持統三年五月）、「清白」（同上）、「清白忠誠」（持統五年正月）など見え、「心明浄」（神代上誓約段）、「貞浄」（大化五年三月）などが見える。「清明心」「清白心」はキヨクアカキココロと訓まれているが、共に、邪心なく清らかで濁りない心をいう。大化五年三月の「貞浄」は、讒言によって自殺に追いやられた上斬られた蘇我山田大臣に邪心がなかったことがわかった時、皇太子中大兄が「大臣心猶貞浄」であったことを知って、悔やみ恥じ入り嘆いたと記しているところに見える語である。これらは、神や君に対する忠誠心をあらわす言葉として見えるが、「清」あるいは「清明」なるものを貴ぶ思想の淵源の古さを示しているといえよう。一方、

大宝二年冬の持統太上天皇の行幸に従駕した舎人娘子の歌（1・六一）や人麻呂歌集の、吉野川に遊ぶ歌（9・一七二四）などをはじめとする「さやけし」という表現は、斉明七年のこの時点の表現としては新しすぎるように思われる。高野正美氏が「万葉集における新しい自然の発見―きよし・さやけしの世界―」（『万葉集作者未詳歌の研究』所収）において、「清明己曽」を訓むことは控えておられるが、「『今夜の月夜』が『清明』と捉えられているのは、単に自然のある情景としてではなく、自然の呪的讃美であったからであろう」といっているように、万葉集の「さやけし」の世界とはかなりのへだたりがあるように思う。絶対的な訓とまでは云えないが、これまで試みられた訓みの中では最善の訓みとしてキヨクテリコソを支持したい。

近江《あふみ》の大津《おほつ》の宮《みや》に天《あめ》の下《した》知《し》らしめしし天皇《すめらみこと》のみ代《よ》　天命開別天皇《あめみことひらかすわけのすめらみこと》 諡《おくりな》して天智天皇《てんぢてんわう》といふ

近江大津宮御宇天皇代　天命開別天皇 諡曰㆓天智天皇㆒

近江の大津の宮で天下をお治めになった天皇の時代　天命開別天皇 諡を天智天皇という。

一六 天皇《すめらみこと》、内大臣《うちのおほまへつきみ》藤原朝臣《ふぢはらのあそみ》に詔《みことのり》して春山《はるやま》の萬花《ばんくわ》の艶《にほひ》と秋山《あきやま》の千葉《せんえふ》の彩《いろどり》とを競《きほ》ひ憐《あは》れびしめたまふ時《とき》に、額田王《ぬかたのおほきみ》の歌《うた》を以《も》ちて判《ことわ》る歌《うた》

冬《ふゆ》こもり　春《はる》さり来《く》れば　鳴《な》かざりし　鳥《とり》も来鳴《きな》きぬ　咲《さ》かざりし　花《はな》も咲《さ》けれど
山《やま》を茂《しげ》み　入《い》りても取《と》らず　草深《くさふか》み　取《と》りても見《み》ず　秋山《あきやま》の　木《こ》の葉《は》を見《み》ては　黄葉《もみち》をば　取《と》りてそしのふ　青《あを》きをば　置《お》きてそ嘆《なげ》く　そこし恨《うら》めし　秋山我《あきやまわれ》は

【原文】

天皇詔㆓内大臣藤原朝臣㆒、競㆓憐春山萬花之艶秋山千葉之彩㆒時、額田王以㆑歌判之歌

一六　冬木成　春去来者　不喧有之　鳥毛来鳴奴　不開有之　花毛佐家礼杼　山乎茂　入而毛不取　草深　執手母不見　秋山乃　木葉乎見而者　黄葉乎婆　取而曽思努布　青乎者　置而曽歎久　曽許之恨之　秋山吾者

天皇が、内大臣藤原朝臣に詔して、春山の萬花の艶と秋山の千葉の彩とどちらがより趣が深いか競わしめなさった時に、額田王が歌で判断した歌

一六　冬が過ぎて春が来れば、今まで鳴かなかった鳥も来て鳴く。今まで咲かなかった花も咲くけれど、山が茂っているので、分け入って花を手に取ることもできない。草が茂って深いので、手に取ることもできない。秋の山の木の葉を見ては、黄葉した葉を手に取って賞美する。青い葉をそのまま枝に置いて、黄葉すればよいのに、と嘆く。それがちょっと恨めしいが、私は秋がよい。

【歌意】「競憐春山万花之艶　秋山千葉之彩」という詩題により、詩歌の競作が行われたことが推測され、近江宮廷の中国文学的趣向に彩られた雰囲気がうかがわれる。廷臣たちが、漢詩で応えたなかで、額田王は歌で応じたのであるが、春の山の花と秋の山の木の葉と、いずれもよい面と飽き足りない面とがあることを述べた上で、突然「秋山われは」と結んで、迷わないところに、天智天皇に愛され、しかも天皇の長子大友皇子の妻の生母として重きをなしている額田王の姿がうかがわれる。

［『懐風藻』序文より］　しばしば文学の士を招き、よりよりに置醴の遊びを開きたまふ。この際に当りて、宸翰文を垂らし、賢臣頌を献る。雕章麗筆、唯に百篇のみに非ず。

しばしば文学の士を招待し、またしばしば酒宴を開かれた。天皇（天智）みずから詩文を作られ、賢臣は天皇を讃美する詩文を献上した。美しく飾った詩文はただ単に百篇というのではなく、それ以上にあった。

［参考］ ある所に春秋いづれかまされるととはせたまひけるに詠みて奉れる　紀貫之

春秋に思ひ乱れてわきかねつ時につけつつうつる心は　（拾遺集　9・五〇九）

題しらず　よみ人知らず

春はただ花のひとへに咲くばかりもののあはれは秋ぞまされる　（拾遺集　9・五一一）

藤原朝臣　藤原鎌足。もと、中臣連鎌子。藤原氏の祖。父は中臣連弥気（御食子）。母は大伴夫人。不比等・定恵・氷上娘・五百重娘の父。皇極四年（六四五）六月、中大兄皇子と協力、蘇我入鹿を殺害、蘇我氏の本宗家を滅ぼす。内臣となり、中大兄皇子を補佐する。天智八年十月十日、病床にある鎌足を天皇みずから私邸に見舞い、次いで十五日、大海人皇子を派遣し、大織冠と大臣の位を授け、姓を賜い藤原氏とする。十六日薨。五十六歳。因みに天智天皇は、この年四十四歳。

艶　にほひ。美しさ。

競ひ憐れび　憐れを競う。どちらがより趣があるか言い合う。

歌を以て　漢詩でなく和歌で、の意。この頃（大津宮）は、天皇みずから詩を作られ、文化的雰囲気があった。漢詩で廷臣が応えた一方で、額田王は、歌で応えたもの。

冬こもり　「春」にかかる枕詞。「冬木成（盛）」が七例、「冬隠」が三例。冬木が葉を出して盛んになるから春（張る）にかかる、とも、冬が終って春になる意とも言われる。両様の理解があった可能性がある。

春さりくれば　サリは、移動する、の意。「去る」にも「来る」にも用いる。

山を茂み　原文「山乎茂」。山が茂っているので。接尾語「み」は、原因・理由をあらわす。上に、「名詞＋を」の形をとることが多い。「茂」を、シミあるいはモミと訓む説がある。万葉考がシミといい、「しみは茂まり也、其しげを略てしといひ、まりを約てみといふ也」といったのは、僻案抄に「茂の字をしげみ、しげしなど訓は常のこと也。しげみをしみとのみよむ、義やすからず」と説くとおりであろう。シミと訓む全集は、「シミサビ立テリ（1・五二）などと見える動詞シムの連用形をミ語法（→五）的に用いたもの」という。この訓みを支持する新全集は、繁っている意のク活用形容詞シシの存在を認めようとする（3・二六一頭注）が、同訓の新大系、万葉集CD—ROM版（塙書房）は、当該表現に関して語注なく不明。釈注は、『茂《し》み』は、四段「茂む」（さかんに茂る）の連用形をミ語法に用いたものらしい」といっている。動詞「—ヲ—ミ」の表現例で、「繁」または「茂」一字で「シゲミ」と訓んでいる例が多いのは、上に「—ヲ」とあるものばかりでなく、その結果が下に詠まれていて、「繁」もしくは「茂」をシゲミと訓むべきであることがおのずから了解される故と考えられる。「他辞乎《ヒトゴトヲ》　繁言痛《シゲミコチタミ》」（4・五三八）、「人事《ヒトゴトヲ》　繁哉《シゲミヤ》」（4・六八五）、「事繁《コトシゲミ》　君《きみ》は来《き》まさず」（8・一四九九）、「人之横辞《ヒトノヨコゴト》　繁香裳《シゲミカモ》」（9・一七九三）、「人事乎《ヒトゴトヲ》　繁跡《シゲミト》」（11・二七九九）、「人言乎《ヒトゴトヲ》　繁不相而《シゲミアハズテ》」（12・二九二三）、「人目乎繁《ヒトメヲシゲミ》　妹《いも》に逢《あ》はぬかも」（12・二九三二）、「人言《ヒトゴトヲ》　繁跡妹《シゲミトイモニ》　逢《あ》はずして」（12・二九四四）、「うつせみの　人目乎繁《ヒトメヲシゲミ》　逢《あ》はずして」（12・三一〇七）、「辞繁《コトシゲミ》　相問《あひと》はなくに」（19・四二八二）、「秋山《あきやま》の　黄葉乎茂《モミチヲシゲミ》　惑《まと》ひぬる」（2・二〇八）、「多武山霧《タムノヤマギリ》　茂鴨《シゲミカモ》　細川《ほそかは》の瀬《せ》に　波《なみ》の騒《さわ》ける」（9・一七〇四）、「人事《ヒトゴトヲ》　茂君《シゲミトキミニ》　玉梓《たまづさ》の　使《つかひ》も遣《や》らず」（11・二五八六）と多い。なお、全訳注は、「水伝ふ礒の浦廻の岩つつじ木《モ》丘《ク》開道乎またも見むかも」（2・一八五）を例として「やまをもみ」と読んだ。シミ・モミの訓は、一句を五音に抑えようとの意図もあるかと推察されるが、額田王の歌に関していえば、基本形式であれば七音句であるところが、六音であったり、五音であったり、八音であったり、五音のところが四音であったりしている。いうまでもなく、これは、弓削皇子との贈答歌二首を除けば、すべて天智朝以前の作という時代的な特徴もあると思われ、額田王の歌に限ることではない。従ってここも五音句のところではあるが、六音に訓むことは十分可能であろうと思う。和歌大系は、シゲミ。

入りても取らず　分け入って取ることも出来ずの意で飽き足りない思いをあらわす。万葉の時代は、手に取って賞美することができるか否かが評価にかかわったらしい。花も黄葉も折って髪や冠に挿して、はじめて満足した様子が、左の歌々からもわかる。

青柳　梅との花を　折りかざし　飲みての後は　散りぬともよし　（5・八二一）

人ごとに　折りかざしつつ　遊べども　いやめづらしき　梅の花かも　（5・八二八）

手折らずて　散りなば惜しと　わが思ひし　秋のもみちを　かざしつるかも　（8・一五八一）

もみち葉を　散らまく惜しみ　手折り来て　今夜《こよひ》かざしつ　何か思はむ　（8・一五八六）

黄葉　四段活用動詞「もみつ」の連用形の名詞化。チは清音。

しのふ　賞美する。フは清音。濁音「しのぶ」は耐える、意。

青きをば置きてそ嘆く　青い葉は枝に置いたまま、残念に思いため息をつく。

そこし恨めし　ソコは前の句を指す。シは、強めの助詞。その点が恨めしい。

秋山我は　秋山です。私は。前の句との間に飛躍があり、しかもはっきり言い切っているところ、額田王の才気が表れている。

額田王《ぬかたのおほきみ》、近江国《あふみのくに》に下りし時作《ときつく》る歌《うた》、井戸王《ゐのへのおほきみ》即《すなは》ち和《こた》ふる歌《うた》

一七　味酒《うまさけ》　三輪《みわ》の山《やま》　あをによし　奈良《なら》の山《やま》の　山《やま》の際《ま》に　い隠《かく》るまで　道《みち》の隈《くま》　い積《つ》もるまでに　つばらにも　見《み》つつ行《ゆ》かむを　しばしばも　見放《みさ》けむ山《やま》を　心《こころ》なく　雲《くも》

の　隠《かく》さふべしや

反歌《はんか》

一八　三輪山《みわやま》を　しかも隠《かく》すか　雲《くも》だにも　心《こころ》あらなも　隠《かく》さふべしや

右《みぎ》の二首《しゅ》の歌《うた》は、山上憶良大夫《やまのうへのおくらのまへつきみ》の類聚歌林《るいじうかりん》に曰《い》はく、「都《みやこ》を近江國《あふみのくに》に遷《うつ》す時《とき》、三《み》輪山《わやま》をみそなはす御歌《みうた》なり」といへり。日本書紀《にほんしょき》に曰《い》はく、「六年丙寅《ねんへいいん》の春《はる》三月《ぐわつ》、辛《しん》酉《いう》の朔《つきたち》の己卯《きばう》、都《みやこ》を近江《あふみ》に遷《うつ》す」といへり。

一九　綜麻形《へそかた》の　林《はやし》のさきの　さ野榛《のはり》の　衣《きぬ》に著《つ》くなす　目《め》につくわが背《せ》

右《みぎ》の一首《しゅ》の歌《うた》は、今案《いまかむが》ふるに、和《こた》ふる歌《うた》に似《に》ず。但《ただ》し、旧本《きうほん》この次《つぎて》に載《の》す。故《ゆゑ》になほここに載《の》す。

【原文】　額田王下㆓近江國㆒時作歌、井戸王即和歌

一七　味酒　三輪乃山　青丹吉　奈良能山乃　山際　伊隠萬代　道隈　伊積流萬代尓　委曲毛　見管行武雄　數〻毛　見放武八萬雄　情無　雲乃　隠障倍之也

反歌

一八　三輪山乎　然毛隠賀　雲谷裳　情有南畝　可苦佐布倍思哉

右二首歌、山上憶良大夫類聚歌林曰、遷㆓都近江國㆒時、御㆓覧三輪山㆒御歌焉。日本書

紀曰、六年丙寅春三月、辛酉朔己卯、遷二都于近江一。

一九 綜麻形乃　林始乃　狭野榛能　衣尓著成　目尓都久和我勢

右一首歌、今案、不レ似二和歌一。但、舊本載二于此次一。故以猶載焉。

【校異】 **作**（元類紀）―ナシ

額田王が、近江国に下った時に作った歌、井戸王が即座に唱和した歌

一七 うま酒の三輪の山が、奈良の山の山の端に隠れるまで、道の曲がり角が幾つも重なるまで、つくづくと見ながら行きたいのに、何度も何度も振り返って眺めたい山なのに、無情にも、雲が隠してよいものだろうか、よいはずはない。

反歌

一八 三輪山をそんなにも隠すのか、せめて雲だけでも思いやりがあって欲しい。隠してよいものか。

右の二首の歌は、山上憶良大夫編纂の類聚歌林に、「都を近江国に遷す時、三輪山をご覧になっての御歌である」とある。日本書紀には、「（天智天皇）六年三月一九日、都を近江に遷す」とある。

一九　綜麻形の林のはずれの榛の木が、衣を染めるように、よく目につくわが背よ。
　　右の一首の歌は、今考えると、和した歌らしくない。但し、旧本にこの位置に載せている。だからやはりここに載せた。

【歌意】　一七・一八番歌は、三輪山との別離を愛惜する歌。三輪山は大和の人にとって、朝夕に馴れ親しんだ山であると同時に、怒れば祟りをなす山として恐れ敬われた神の山であったから、その山をあとに都移りする今、丁重に別れを惜しみ、神の心を慰撫する必要があったことは、諸説に説くとおりであろう。題詞には、「額田王の、近江国に下りし時作る歌」とあって近江遷都と関わる表現はないが、左注は、近江遷都と関わらせており、事実、「あをによし　奈良の山の　山の際に　い隠るまで　道の隈　い積もるまでに　つばらにも　見つつ行かむを　しばしばも　見放けむ山を　……」の表現は、単に近江に旅立つ際の歌とは思われない。一八の反歌も、長歌の末尾三句をくりかえすかに見えて、実は、長歌の惜別の情を、更に強く深く歌っているのである。決して形式の上からではなく、一八の反歌の表現があって、はじめて一七の長歌の表現は完成したと言い得ると思う。対して、一九番歌は、「もと三輪山周辺で歌われた相聞歌」（清水克彦「遷都途上の歌」『万葉雑記帳』）、「三輪山地方の民謡であった」（伊藤博「歌の転用」『万葉集の表現と方法』）ともいい、「おそらくこの歌は三輪周辺の古歌を井戸王が用いたもので、こういう儀礼の場では、去る国の古歌が鎮魂の心をこめて次々と唱和されたものと思われる」（集成）ともいう。一方、「王が三輪山との惜別を歌って、行途の無事を祈ったのに対して、この一首は心を合わせて、一行の主たる天智天皇をたたえて祝福した歌」（全訳注）という説もある。私見によれば、上四句の長い比喩の部分は、うたいもの風であり、創作された大君讃歌のようではない。古歌を明日香愛惜の歌に転用したものか。

［三輪山伝説］　蛇体である三輪山の神大物主神がうるわしい男の姿で、おとめのもとを夜々に訪ね、素性を知られぬまま夫婦となり、やがて素性を探ろうとして、おとめは男が三輪山の神であることを知る話（崇神記）。三輪の大物主神が丹塗り矢となっておとめのもとに行き、麗しい男となって子を生ませるが、その子は神の子として貴ばれる話（神武記）や、夫が蛇体であることを知っておとめが驚き死ぬ話（崇神紀）などいくつかの型がある。中でも、古事記・日本書紀の崇神天皇条の大物主神を祭るべき人物として大物主神に指名された意富多多泥古（大田田根子）の出生を語る話として伝えられたものが代表的であるから、以下にそれを略述する。

崇神天皇の時代に疫病が流行し、死ぬ者が多数にのぼった。憂い嘆く天皇の夢に大物主神が現われ、疫病の流行は自分の意志によることを告げ、意富多多泥古（大田田根子とも。オホタタネコ）に大物主神を祭らせたら祟りはしずまり国は平和になるだろうといった。そこでオホタタネコを探し出し、素性を尋ねたところ大物主神と活玉依毘売との間に生れた子の子孫であることがわかった。オホタタネコに大物主神を祭らせたところ、疫病はおさまり国は平和になったという。オホタタネコが大物主神の子孫であることを語る話は、以下の通り。

陶津耳命の娘活玉依毘売のもとに夜毎に類なく美しい男が訪ねてきて、やがて夫婦となり、娘はみごもる。娘の両親が怪しみ問うて、男の訪れてきていたことを知り、男の素性を知るために糸巻（ヘソ）に巻いた麻糸を通した針を男の衣の裾に刺すことを娘に教える。娘がその通りにして翌朝見ると、糸は戸口の鍵穴を通って外に出ており、それをたどって行ったところ、大神神社に入っていたので、男は大物主神であったことがわかった。麻糸の残りは、糸巻（ヘソ）に僅かに三輪（三巻き）残っていた。そこでその地を三輪というようになったのであると、三輪という地名の由来をも語っている。

【一七】井戸王　伝未詳。女王であろう。

和ふる歌　唱和する歌、の意。先立つ歌に和し、同じ心情で詠まれることが多い。

味酒　「三輪」の枕詞。おいしい酒の意。三輪神社では、古くから神に供える酒を造り有名であった。神に捧げる酒を古くミワと言った。ウマには味寝(ウマイ)、味飯(ウマイヒ)などの熟語例がある。

三輪山　奈良県桜井市にある四六七メートルの山。山全体が神体とされ、大三輪神社(大神神社)は、大物主神(本体は蛇)を祭る。大和を象徴する山であり、宮廷人にとっても、愛着する山。「三諸は　人の守る山」(13・三二二二)。同時に、怒ると祟りをなす神の山として恐れ敬われた。奈良山(二〇キロ北方)を近江に向かって越えると、三輪山は完全に見えなくなる。

あをによし　「奈良」の枕詞。「あをに」は顔料となる青い土で、奈良はその特産地として知られた。孔雀石から製する緑色の顔料。岩緑青(イワロクショウ)の古名。赤土・黄土・白土・黒土なども古くは染料とした。「よし」は詠嘆をあらわす助詞。褒め言葉と考える説もある。「あさもよし」、「たまもよし」なども、同じ語構成の枕詞である。

奈良の山　奈良市北部の丘陵。

山の際　「際」は、端、間。

道の隈　道の曲がり角。

い積もるまでに　幾重にも重なるまでに。イは接頭語。

つばらに　充分。詳しく。原文「委曲毛」。「曲《ツバラ》曲《ツバラ》二《ニ》」(3・三三三)などの表記例がある。

見放く　遠く見る。はるかに見やる。

隠さふべしや　隠し隠してよいものか、いやよくない。フは、反復・継続の意をあらわす。ヤは反語。ベシヤには、詰問の調子がある。

【一八】しかも隠すか　そのようにも隠すのか。「〜モ〜カ」は、疑問的詠嘆を示す表現。

雲だにも　せめて雲だけでも。無情な人間の存在を意識した表現。

心あらなも　情があって欲しいものだ。ナモは、希求の終助詞。動詞未然形に接続。

都を近江国に遷す時　天智六年三月十九日、近江に都を遷す。一七〜一九は、一六の前に位置すべき歌。

【一九】**綜麻形**　紡いだ麻を巻く、糸巻きのようなもの。ここでは三輪山近辺の地名。三輪山伝説に関わる地名か。美夫君志に、「綜麻形乃は、みわやまのと訓べし、三輪山の古事によりて設けたる文字なり」とあり、注釈も、地名「三輪」の起源説話としての三輪山伝説と関わって、『綜麻形《ヘソカタ》（條）』をやがて三輪山の表記として用ゐるに至つたと考へられないであらうか」とし、「三輪山の異名」（集成・釈注）とする説もある。だが、表記としても、異名としても、この歌一例にしか見えない名であり、記紀万葉を通してうかがわれる三輪山の偉大さ・神聖性に照らして似つかわしくない。三輪山そのものの別名ではなく、その麓の一小地域の名であったと見る方がよいように思われる。

さ野榛　榛の木。黒色染料として、樹皮や実で衣を染めた。

引馬野《ひくまの》ににほふ榛原入り乱れ衣にほはせ旅のしるしに　（1・五七）

思ふ子が衣すらむに匂ひこそ島の榛原秋立たずとも　（10・一九六五）

衣に著くなす　ナスは、「〜のように」の意。初句からの長い比喩の部分のおもしろさが目立つ。

わが背　天智天皇をさすか（全集・全訳注ほか）。大物主神。活玉依毘売を身になしての作（森朝男「遷都―近江遷都と三輪山哀別歌」『万葉の虚構』、『古代和歌の成立』所収）、大物主神の神婚説話を伝える三輪山自体（稲岡耕二『鑑賞日本の古典2　万葉集』尚学図書）などのほか、井戸王の夫君であろうとする説も無論あるが、三輪山への惜別の情を主題とする歌への和歌としてはふさわしいとも思われない。天智天皇説・三輪山説が近年の主流をなしているのは、尤もだと思われる。だが、しかし、いまだ皇太子の地位にあるとはいえ、天皇に等しい立場と権威をもって君臨し、近江遷都を定めた中大兄皇子に対し、「さ野榛の衣に著くなす目につくわが背」という表現はふさわしいとは思えない。三輪山説も、額田王の格調高い長反歌の後に詠まれた歌としては、比喩が小さ過ぎていかがと思われる。額田王の歌から大和明日香への名残尽きない惜別の情を感じ取った井戸王は、その惜別の情への共感を「わが背」への思いとして詠んだのではないかと思う。「わが背」は、特定の男性をさしていることも考えられるが、明日香の地で親しんだ諸々を「わが背」の言葉に託したものであったのではないかと思う。

天皇《すめらみこと》、蒲生野《かまふの》に遊猟《みかり》したまふ時《とき》に、額田王《ぬかたのおほきみ》の作《つく》る歌《うた》

二〇　あかねさす　むらさき野行《のゆ》き　標野行《しめのゆ》き　野守《のもり》は見《み》ずや　君《きみ》が袖振《そでふ》る

皇太子《ひつぎのみこ》の答《こた》へたまふ御歌《みうた》　明日香《あすか》の宮《みや》に天《あめ》の下《した》知《し》らしめしし天皇《すめらみこと》、諡《おくりな》して天武天皇《てんむてんわう》といふ。

二一　むらさきの　にほへる妹《いも》を　憎《にく》くあらば　人妻《ひとづま》ゆゑに　われ恋《こ》ひめやも

紀《き》に曰はく、天皇《すめらみこと》の七年丁卯夏《ねんていばうなつ》五月《ぐわつ》五日《か》、蒲生野《かまふの》に縦猟《みかり》したまふ。時《とき》に大皇弟《ひつぎのみこ》、諸王《おほきみたち》、内臣《うちのまへつきみ》と群臣《まへつきみたち》、ことごとに従《したが》ふといへり。

【原文】

天皇遊㆓獦蒲生野㆒時、額田王作歌

二〇　茜草指　武良前野逝　標野行　野守者不見哉　君之袖布流

皇太子答御歌　明日香宮御宇天皇、諡曰㆓天武天皇㆒

二一　紫草能　尓保敝類妹乎　尓苦久有者　人嬬故尓　吾戀目八方

紀曰、天皇七年丁卯夏五月五日、縦二獦於蒲生野一。于レ時、・大皇弟諸王内臣及群臣、皆悉従焉。

【校異】　大（元冷紀）―天

天智天皇が蒲生野で（薬）猟をなさった時に、額田王が作った歌

二〇　あかい色を帯びた紫草の生えている野、その禁野を、あちらに行きこちらに行きしながら、
……野の番人は見はしないでしょうか……　あなたは袖をお振りになります。

皇太子大海人皇子がお答えになったお歌　明日香の宮で天下をお治めになった天皇　諡を天武天皇という。

二一　紫草のように美しいあなたが、もし憎いのだったら、人妻であるあなたに恋したりしようか。
（人妻のあなたに恋しているのだもの。野の番人の眼などどうして気にしたりしよう）

日本書紀に、「天智天皇の七年夏五月五日に、蒲生野で猟をなさった。その時、皇大弟・王たち・内臣鎌足・群臣たちは皆従った」とある。

【歌意】　天智七年当時、天智天皇は、四十三歳。皇太弟大海人皇子は三十八歳。額田王は推定三十三歳。娘の十市皇女は、すでに天智天皇の長子大友皇子の妻になっていた。人目をしのんで互いの愛を確認しあった歌と考える、旧来の説に対して、そのような秘歌ではなく、五月五日の節会終了後の宴席でからかいたわむれた歌とする

みかたが出て、賛同する意見は少なくない。しかし、『家伝上』が伝える長槍事件が示しているように、この頃、天智天皇と大海人皇子との間が危機的状況にあったことは、事実である。

帝、群臣を召して浜楼に置酒したまふ。酒酣にして歓を極む。ここに、大皇弟長槍を以て敷き板を刺し貫く。帝驚き大いに怒り、害せむとす。大臣鎌足固く諌め、帝即ち止む。（家伝）

天智天皇は理解していなかったようであるが、大海人皇子は、天智の同母弟である自分への評価と信頼の度の薄さを不満に思い、それを無理に抑えていたのではなかったかと推察される。天智天皇は、十人の皇女のうち四人を大海人皇子の妃としている。斉明七年に大伯皇女を出産した大田皇女、翌天智元年草壁皇子を出産した鸕野皇女（後の持統天皇）は無論、中大兄の意志で大海人の妻になっているし、あるいは、天智十年に十五歳であった川島皇子の姉大江皇女も、天智天皇在世中に大海人皇子の妻となっていたかも知れない。だが、五歳位の年齢差しかない弟を、果たして皇位継承者と天智が認めていたかどうか明らかでない。それよりもむしろもっと以前から、大海人皇子は中大兄皇子が専ら鎌足を相談役として国政が定められていることが不満だったのではないだろうか。家伝にも、大海人皇子は、それまで天皇の鎌足への処遇の高いことを嫌っていたのだが、この長槍事件の時、驚き怒った天皇が大海人皇子を殺そうとしたのを鎌足が固くいさめて思いとどまって以後、鎌足を重んじるようになったと記している。

さて、本歌二首のうたわれた天智七年当時、大友皇子は二十一歳。伊賀国出身の采女を母とする皇子ながらも、天皇の長子として、次第に重きを加えていた。皇太弟大海人皇子の長女十市皇女を妻とすることによって、一層その立場を強固にしたに相違ない。同様に、斉明朝から引続いて宮廷歌人として才能を開花させてきた額田王の立場は、天智天皇の寵に加えて、天皇の長子大友皇子の妻の生母として、宮廷における地位は重きを加えていた。天皇と長子大友皇子と、十市皇女とその母額田王、皇太弟大海人皇子と妃鸕野皇女、と、当時の宮廷はちょっとした刺激によっても大きくバランスを崩してしまいそうな複雑微妙な人間関係の中で、辛うじてバランスを保っていた。だが二〇番歌で、額田王は、その複雑な人間関係など知らぬかのように、自由に伸び伸びとふるまい、大胆な言葉遣いで、かつての夫、大海人皇子に歌いかけている。宮廷における自分の立場からくる自信をバックに、ほどよい挑発さえも見せている。対する大海人皇子の歌は、この時期の一般の贈答歌にありがちな、贈歌との間の同語反復といったあからさまな対応はとらず、「紫のにほへる妹」で「むらさき野行き」に対応し、「憎くあらば人妻故にわれ恋ひめやも」と積極的態度で「野守は見ずや君が袖振る」に答えている。令の規定によれば、一位の女王の衣服の色は礼服・朝服共に深紫で、二位以下五位までの女王の場合は浅紫であった。天智七年当時の額田王の色は定かでないが、浄位以上を朱華とした天武十四年七月の場合を例外として、大化三年の服色規定以来、常に紫が高位の者の服の色に定められていたから、この時の額田王も紫色であったとみてよいだろう。「紫のにほへる妹」は、むらさき野を受ける表現であると同時に、今は天智天皇側近で、大友皇子の義母である額田王を讃美することばとしていかにもふさわしかったと言わなければならない。「野守は見ずや君が袖振る」は、必ずしも皇子が額田王に向けて愛の印を送ったことを意味しないにも関わらず、皇子は額田王のその心を察知し、さらに一歩踏込んで人妻への恋と己の行為を表現する。表面大友皇子の義母額田王を讃美する姿勢を見せながら、そこにはかつての自分の妻をいまわが物としている兄天智天皇への反発の姿勢がほの見える。

【二〇】 蒲生野 滋賀県近江八幡市東部、蒲生郡安土町、八日市市西部にわたる一帯の地。

あかねさす 紫・日・昼に冠する枕詞。アカネは、赤根で赤い色の根。「さす」は、色や光りを発する意。アカネは、アカネ科の多年草。根から緋色の染料をとる。中古のころまで、アカネは、植物名としてのみで、色や染色の名としてのアカネの用例はないといわれる。

むらさき野 むらさき草の生えている野。むらさき草は、むらさき科の多年草。根は紫色の染料となる。夏、小さな白い花が咲く。

標野　禁野。所有者がいることを示し、人の出入りを禁じた野。

野守　野の番人。「野守は見ずや」は、挿入句。

袖振る　恋人または夫婦間の愛情表現。遠く離れている人、あるいは死者に対して振るなど、招魂の儀礼として行われることもあった。ここは、愛情表現として詠みなしたものであろう。

　恋しけば　袖も振らむを　武蔵野の　うけらが花の
　色に出なゆめ　（14・三三七六）

【二一】皇太子　大海人皇子　後の天武天皇。天智天皇の同母弟。父は舒明天皇。母は皇極（斉明）天皇。同母姉に間人皇女（中皇命、孝徳天皇皇后）。早く額田王を妻とし十市皇女をもうけたが、その後天智天皇の皇女四人、藤原鎌足の娘二人、蘇我赤兄の娘一人、胸形《むなかた》君徳善の娘・宍人臣大麻呂の娘各一人を妻として、皇子十人、皇女七人（十市皇女を含む）が生まれる。天智天皇崩御の翌年壬申の乱で大友皇子を滅ぼし、即位した。皇后は、鸕野皇女、後の持統天皇。朱鳥元年（六八六）九月九日崩。推定五十六歳。

にほへる　美しい色つやが映える、意。

にくく　いやだ。気にそまない。

ゆゑに　「ゆゑ」は原因・理由を表す形式体言。ニは格助詞。

恋ひめやも　メは意志推量の助動詞ムの已然形。メヤで反語。モは、詠歎の助詞。

五月五日　この年の五月五日は、現行暦の六月二十二日。旧暦五月五日の行事内容は、万葉の時代固定せず、かなり変化した様子がうかがわれる。まずその初期に行われたのが薬狩である。

薬狩　鹿を狩りその若角から鹿茸を採って強精剤とするための狩。薬草も採ったらしい。古代中国の民間で行われていた五月五日の、薬草を採り、邪気を払う習俗に起源を有するらしい。推古天皇十九年（六一一）五月五日に菟田野（奈良県宇陀郡大宇陀町）で行われた狩が日本における薬狩の初出。翌二十年（六一二）五月五日にも羽田（奈良県高市郡高取町）で薬狩が行われた。

その記録によれば、薬狩に参加した諸臣は、冠に金銀や鳥の羽などで作ったウズを着け、元日の礼装で参加したという。

なお、万葉の時代、五月五日の宮廷の行事としては、薬狩以後、田舞・走馬（飾馬）・騎射などが行われている。本歌とは関わりないから、略述するにとどめるが、天智十年（六七一）五月五日に行われた田舞は、五節の田舞の始まりとされる。田舞は、本来農耕習俗に根ざすもので、それが宮廷に入り、五月の節会に奏されるようになったらしい。天平十五年（七四三）五月五日には、内裏で宴が催され、皇太子阿倍内親王（後の孝謙天皇）が五節の舞を奏した。また、文武天皇の時代、大宝元年（七〇一）五月五日には、走馬が行われた。聖武天皇の時代の、神亀四年（七二七）五月五日、天平十九年（七四七）五月五日にも、飾馬（走馬）・騎射が行われている。走馬は、五位以上の者が、献じる馬を走らせる行事で、騎射は、衛府の能射の者が馬上から弓を射る行事である。五節の舞も走馬・騎射も五月五日の行事として後々まで受け継がれることになったことはよく知られている。

明日香《あすか》の清御原《きよみはら》の宮《みや》に天《あめ》の下《した》知《し》らしめしし天皇《すめらみこと》のみ代《よ》

天渟《あまのぬ》中《な》原《はら》瀛《おきの》真《ま》人《ひとの》天皇《すめらみこと》
謚《おくりな》して、天武天皇《てんむてんわう》といふ。

明日香清御原宮天皇代　天渟中原瀛真人天皇　謚曰二天武天皇一

明日香の清御原の宮で天下をお治めになった天皇　天渟中原瀛真人天皇　謚を天武天皇という。

明日香の清御原の宮　飛鳥寺南方の板蓋宮伝承地は、発掘調査により三層にわたって宮殿遺構が重複することが明らかとなり、その上層の宮殿が清御原宮であることが、大量に出土した木簡から明らかとなった。すなわち、昭和六十年には、天武天皇十年にあたる「辛巳年」「大津皇（子）」などが、平成七年にも、天武天皇六年にあたる「丁丑年」ほかの木簡が出土している。天武天皇元年（六七二）冬から、持統八年（六九四）十二月に、藤原宮に遷るまでの皇居。

天渟中原瀛真人天　皇《あまのぬなはらおきのまひとのすめらみこと》　朱鳥元年（六八六）九月九日に崩じた天武天皇の和風諡号。天は、尊称で、渟中原は、沼中の原の意で、水沼を浄御原の都とした意。瀛は、大海の意で、天武天皇の名大海人に関わる。真人は、貴人の尊称。

諡して天武天皇といふ　天武天皇は、漢風諡号。

十市皇女《とをちのひめみこ》、伊勢《いせ》の神宮《かむみや》に参《ま》ゐ赴《おもむ》く時《とき》、波多《はた》の横山《よこやま》の巌《いはほ》を見《み》て、吹芡刀自《ふふきのとじ》の作《つく》る歌《うた》

二二　川上《かはのへ》の　ゆつ岩群《いはむら》に　草《くさ》むさず　常《つね》にもがもな　常処女《とこをとめ》にて

吹芡刀自《ふふきのとじ》は、いまだ詳《つばひ》らかならず。但《ただ》し、紀《き》に曰《い》はく、「天　皇《すめらみこと》の四年《ねん》乙亥《いつがい》春《はる》二月《ぐわつ》、乙亥《いつがい》の朔《つきたち》の丁亥《ていがい》、十市皇女《とをちのひめみこ》、阿閉皇女《あへのひめみこ》、伊勢《いせ》の神宮《かむみや》に参《ま》ゐ赴《おもむ》く」といへり。

【原文】

十市皇女参㆓赴於伊勢神宮㆒時、見㆓波多横山巌㆒吹芡刀自作歌

二二　河上乃　湯津盤村二　草武左受　常丹毛冀名　常處女煑手

吹芡刀自未レ詳也。但紀曰、天皇四年乙亥春二月乙亥朔丁亥、十市皇女阿閇皇女参二赴於伊勢神宮一。

十市皇女が、伊勢神宮にお参りにおいでになった時、波多の横山の巖を見て、吹芡刀自が作った歌

三　川のほとりの神聖な岩々に草が生えていないように、いつまでも変ることなくあってほしいものです。おとめのままの状態で。

吹芡刀自という人物は、よくわからない。但し、日本書紀に、「(天武) 天皇の四年春二月十三日に、十市皇女と阿閇皇女とが、伊勢神宮に参詣する」とある。

【歌意】　天智天皇崩後、わずか半年、天皇の長子で太政大臣であった夫とその宮廷が、父大海人皇子の軍勢によって滅ぼされるという思いがけぬ不幸に見舞われた十市皇女の傷心は察するに余りがある。四年二月に天武天皇が皇女を阿閇皇女と共に伊勢神宮に行かせたのも、そんな皇女の気分を変えさせようとしてのものであったに相違ない。吹芡刀自のこの歌も、皇女の傷心を知るだけに、より一層、霊性を感じさせる巨岩を見て、薄幸の主《あるじ》、十市皇女の長寿と幸を祈る気持ちにかられたのであろう。

十市皇女　父は、天武天皇。母は、額田王。大友皇子の妃。葛野王《かどののおほきみ》の母。壬申の乱で敗れた大友皇子は自経。即位した父天武の宮廷に引き取られるが、天武七年四月七日急死。高市皇子詠作の挽歌がある（2・一五六～一五八）。

波多の横山　波多は、三重県一志《いちし》郡一志町八太が遺称地。波多神社がある。横山については、八太南方の山、その西方の大字井関付近の雲出川と波瀬川との間の丘陵、その東南方大字波瀬付近の山などの説がある。

ゆつ　ユは斎、ツは連体助詞。神聖な、の意をあらわす。「ゆつ真椿」（記歌謡一〇一）。

常にもがもな　いつまでも変わらずにいてほしいものだ。モガは、願望・希求の意をあらわす終助詞。モ・ナは、詠歎の意の終助詞。

阿閉皇女《あへのひめみこ》　父は、天智天皇。母は、蘇我山田石川麻呂の娘、姪娘《めひのいらつめ》。草壁皇子の妃。文武天皇・元正天皇の母。文武天皇崩後、即位。元明天皇。天武天皇四年当時、十五歳。草壁皇子との結婚の時期は、明らかでないが、皇子が十五歳になって間もなく、天武五、六年の頃か。長女の氷高内親王の誕生は、天武九年（六八〇）である。阿閉皇女の歌は、巻一・七六、七八。〔元明天皇の人と歌〕は、七八番歌参照。

吹芡刀自　十市皇女に仕えた女性であろう。巻四・四九〇、四九一の作者でもある。

麻続王《をみのおほきみ》の伊勢《いせ》の国《くに》の伊良虞《いらご》の島《しま》に流《なが》さえし時《とき》に、人《ひと》の哀傷《あいしやう》して作《つく》る歌《うた》

二三　打麻《うちそ》を　麻続王《をみのおほきみ》　海人《あま》なれや　伊良虞《いらご》の島《しま》の　玉藻刈《たまもか》ります

麻続王《をみのおほきみ》の、これを聞《き》きて感傷《かんしやう》して和《こた》ふる歌《うた》

二四　うつせみの　命《いのち》を惜《を》しみ　波《なみ》にぬれ　伊良虞《いらご》の島《しま》の　玉藻《たまも》刈《か》り食《は》む
右《みぎ》は、日本紀《にほんぎ》を案《かむが》ふるに曰《い》はく、天皇《すめらみこと》の四年乙亥《ねんいつがい》の、夏《なつ》四月《ぐわつ》戊戌《ぼしゅつ》の朔《つきたち》の乙卯《いつぼう》、三位《さんみ》麻続王《をみのおほきみ》、罪《つみ》ありて因幡《いなば》に流《なが》さえ、一子《いっし》は伊豆島《いづのしま》に流《なが》さえ、一子《いっし》は血鹿島《ちかのしま》に流《なが》さえきといへり。ここに伊勢国伊良虞島《いせのくにいらごのしま》に配《なが》さるといふは、けだし、後《のち》の人歌《ひとうた》の辞《ことば》によりて誤《あやま》り記《しる》せるか。

【原文】

麻續王流二於伊勢國伊良虞嶋一之時、人哀傷作歌

二三　打麻乎　麻續王　白水郎有哉　射等籠荷四間乃　珠藻苅麻須

麻續王聞レ之感傷和歌

二四　空蟬之　命乎惜美　浪尓所濕　伊良虞能嶋之　玉藻苅食

右、案二日本紀一曰、天皇四年乙亥夏四月戊戌朔乙卯、三位麻續王有レ罪流二于因幡一。一子流二伊豆嶋一、一子流二血鹿嶋一也。是云レ配二于伊勢國伊良虞嶋一者、若疑後人縁二歌辞一而誤記乎。

麻続王が伊勢の国の伊良虞の島に流された時に、ある人が同情して詠んだ歌

二三　麻続王は海人だからでしょうか。そんなはずはないのに、伊良虞の島の玉藻を刈っていらっ

しゃる。

麻続王が、この歌を聞いて悲しんで答えた歌

二四 はかない命ですが、その命が惜しくて、波に濡れながら、伊良虞の島の玉藻を採って食べています。

右は、日本書紀を調べてみると、天武天皇の四年四月十八日に、三位麻続王に罪があって、因幡の国に配流となった。一人の子は伊豆の島に、一人の子は血鹿の島に流されたとある。ここに、伊勢の国の伊良虞の島に流すと記しているのは、おそらく後の人が歌の言葉から誤解して記したものであろう。

【歌意】 罪名は不明だが、麻績王の配流の地が、万葉集では伊勢国伊良虞島に、日本書紀では因幡国に、常陸国風土記では、常陸国行方郡板来村にと種々に伝えられているのは、この話がさまざまな形で伝えられたことを示している。万葉集の歌も、その伝承のひとつで、麻績王の配流に同情する時の人と王の唱和の歌として伝えられたものであろう。三位の王が、父子別々に遠国へ流罪になったについては、かなり重い罪に当たると判断されてのことであろう。壬申の乱と関わって天武批判の罪であった可能性もある。歌は、同情者の作であることも考えられるが、麻績王の歌には、しみじみとした哀感がある。配流に処せられた人に同情して作られ伝えられた歌としては、他に、石上乙麻呂の土佐国への配流事件をめぐる歌（6・一〇一九〜一〇二三）がある。

【三流】 流罪は罪の軽重によって、配流の地が近国から中国、遠国へと定められていた。

近流　越前・安芸
中流　諏訪・伊予
遠流　伊豆・安房・常陸・佐渡・隠岐・土佐　（続紀、神亀元年三月四日条）

［常陸国風土記　行方郡］　ここ（香澄の里）から南方十里のところに板来の村がある。その近くの海浜に面したところに、駅家が設けられている。これを板来*の駅という。その西に、榎の林がある。ここは飛鳥の浄見原の天皇（天武天皇）の時代に、麻績王を遣わされて居させたところである。その海には、塩を焼く藻・海松《みる》・白貝《*おふ》・辛螺《*にし》・蛤

伊勢国伊良虞崎の嶋

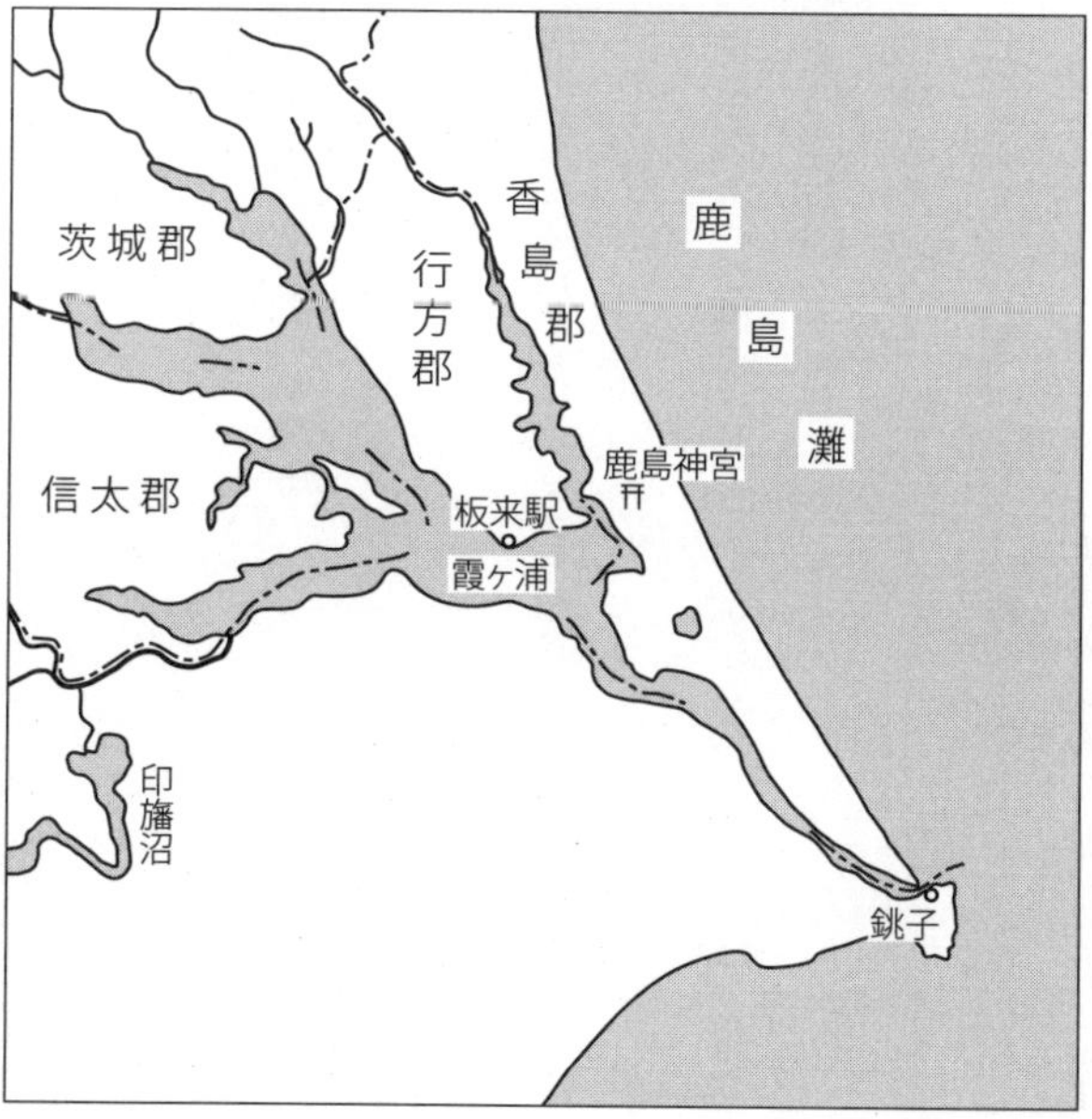

常陸国行方郡板来駅

がたくさんある。

＊板来の駅　霞ケ浦航行のための水駅。弘仁六年(八一五)廃止（日本後紀、弘仁六年十二月条)。

＊白貝　大きな蛤。　＊辛螺　小さい巻貝の総称か。

【二三】 **麻続王**　天武紀四年(六七五)四月条に、三位麻続王に罪があったので、因幡国に流し、その子も、一人は伊豆島に、一人は血鹿の島に流したとある。万葉集の、本歌題詞には、伊勢の国伊良虞の嶋（愛知県渥美郡渥美町の伊良湖岬か、三重県鳥羽市の神島か）に、流されたとの伝えを記す。また、常陸国風土記の行方郡条には、同郡板来村（茨城県潮来市潮来町が遺称地）に流されたとする伝えがある。

打麻を　麻続（麻を績む―績が正字）王の枕詞。「打麻」は、打ち柔らげた麻の繊維。ヲは間投助詞。

海人　原文「白水郎」。中国の揚子江河口付近に住み、漁労を生業としていた住民の称を、日本の漁民をあらわすのに用いたもの。泉郎の用字例もある。海人、海子とも。

なれや　ナレバヤに同じ。ヤは、疑問の係助詞。

【二四】 **うつせみの**　「命」の枕詞。「うつせみ」は、一三番歌に既出。ここは、はかない人の命の意で、「命」の枕詞にしたか。

命を惜しみ　命が惜しいので。―ヲ―ミは、五番歌に既出。

食む　食べる。「食《を》す」と訓む説もある。ヲスは、食べる、意の尊敬語。

戊戌の朔の乙卯　十八日。十干と十二支の組み合わせで日付を示す書式で、一日が戊戌である月の乙卯の日、の意。戊戌から乙卯までの干支の組み合わせを左に示す。

(1日)戌亥子丑寅卯辰巳午未申酉戌亥子丑寅卯(18日)
甲乙丙丁戊己庚辛壬癸甲乙丙丁戊己庚辛壬癸甲乙

三位　王の三位。王の位は、天武四年三月初見。二位から五位まで見える。諸王は、ここであらたに位階制に組込まれ、諸臣と区別された位階をもったことになる。大宝令では、諸臣と同じ位階制に組込まれた。

因幡 鳥取県東半部にあたる旧国名。

伊豆 伊豆国（静岡県東部の三島市・田方郡・賀茂郡）または伊豆大島。

血鹿の島 長崎県北松浦郡の平戸諸島中に今、小値賀島がある。和名抄「肥前国松浦郡値嘉」。古事記上巻国生みの段に「次に知訶島を生む。亦の名を天の忍男といふ」とあり、肥前国風土記にも、平戸島の西海に「小近・大近」という島の名が見える。

天皇《すめらみこと》の大御歌《おほみうた》

二五 み吉野《よしの》の 耳我《みみが》の峰《みね》に 時《とき》なくそ 雪《ゆき》は降《ふ》りける 間《ま》なくそ 雨《あめ》は降《ふ》りける その雪《ゆき》の 時《とき》なきがごと その雨《あめ》の 間《ま》なきがごと 隈《くま》もおちず 思《おも》ひつつぞ来《こ》し その山道《やまみち》を

ある本《ほん》の歌《うた》

二六 み吉野《よしの》の 耳我《みみが》の山《やま》に 時《とき》じくそ 雪《ゆき》は降《ふ》るといふ 間《ま》なくそ 雨《あめ》は降《ふ》るといふ その雪《ゆき》の 時《とき》じきがごと その雨《あめ》の 間《ま》なきがごと 隈《くま》もおちず 思《おも》ひつつぞ来《こ》し その山道《やまみち》を

右《みぎ》は、句々《くく》相換《あひかは》れり。因《よ》りてここに重《かさ》ねて載《の》す。

【原文】　天皇御製歌

二五　三吉野之　耳我嶺尓　時無曽　雪者落家留　間無曽　雨者零計類　其雪乃　時無如
其雨乃　間無如　隈毛不落　念乍叙来　其山道乎

或本歌

二六　三芳野之　耳我山尓　時自久曽　雪者落等言　無間曽　雨者落等言　其雪　不時如
其雨　無間如　隈毛不堕　思乍叙来　其山道乎

右、句々相換。因レ此重載焉。

【校異】　念（元類古）—思

（天武）天皇のみ歌

二五　み吉野の耳我の峰に、時を定めず雪は降っていたよ。絶え間なく雨は降っていたよ。その雪の時を定めず降るように、その雨の絶え間なく降るように、道中ずっと絶え間なく、ものを思いつつやってきたことだ。その山道を。

ある本の歌

二六　み吉野の耳我の山に、時を定めず雪は降るという。絶え間なく雨は降るという。その雪の時を定めず降るように、その雨の絶え間なく降るように、道中ずっと絶え間なく、ものを思いつつやってきたことだ。その山道を。

右の歌は、句々に相違がある。それで、ここに重ねて載せることにした。

【歌意】 天武八年(六七九)五月五日の吉野行幸の際に、天智十年(六七一)十月に出家をして近江宮から逃れるように吉野に来た時の不安な気持ちを回想して詠んだ歌。出家をして吉野に入っていた古人大兄皇子(天智天皇の異母兄)が、大化元年(六四五)九月に謀反の意志があるとの疑いで、殺されたことも大海人皇子は想起したに相違ない。ほかにも、蘇我倉山田石川麻呂、有間皇子など多くの肉親が中大兄皇子の意志によって殺されていた。

類歌との関係でいえば、天武天皇の民謡を愛された点から見て、民謡の影響を受けつつ個人詠が成ったと見たい。しかも天武天皇の歌には、巻十三の類歌にはない、暗く重い響きがある。なお、類歌との関係を、後掲の形に倣って示すならば、

◇三二六〇・三二九三　※三二六〇・三二九三は、民謡として天武歌とは別個に歌われていたと思う。
　└二六→二五　※二六→二五は、天武による改作か。

【類歌】

三二六〇　*小治田の　年魚道の水を　間なくそ　人は汲むといふ　時じくそ　人は飲むといふ　汲む人の　間なきがごと　飲む人の　時じきがごと　我妹子に　我が恋ふらくは　やむ時もなし

反歌

三二六一　思ひ遣る　すべのたづきも　今はなし　君に逢はずて　年の経ぬれば

今案《かむが》ふるに、この反歌は「君に逢はず」と謂へれば理に合はず。「妹に逢はず」と言ふべし。

＊小治田の年魚道　奈良県桜井市多武峰の阿由谷へ行く道。八釣・山田の一帯か。

三二九三　み吉野の　御金が岳に　間なくぞ　雨は降るといふ　時じくそ　雪は降るといふ　その雨の　間なきがごと　その雪の　時じきがごと　間もおちず　我はそ恋ふる　妹が直香に

反歌

三二九四　み雪降る　吉野の岳に　居る雲の　外に見し子に　恋ひわたるかも

右の二首

◇二五―二六―三二九三―三二六〇　　松田好夫「万葉集巻十三の歌私見―問答歌成立の一過程―」（日本文学研究、昭二五・二、『万葉研究新見と実証』所収）

※二五は、近江朝以前の吉野地方の民謡。これが大和に伝播して二六になり、三二九三に変じ、替歌として三二六〇ができた。四首共に民謡と考える。

◇三二六〇―二五―二六―三二九三　　澤瀉久孝「天武天皇の御製」（『万葉歌人の誕生』昭三一）

※古歌謡三二六〇を粉本として、天武が創作を試みたのが、二五。それが伝誦されている間に、二六のごとくなり、更に、古歌謡の流れをも受けて、三二九三ともなった。

◇三二六〇・三二九三―二六―二五　　都倉義孝「耳我の嶺の山道」（国文学研究　四八号）

※二六は、持統天皇の吉野行幸の折々、口誦されてきた三二九三番歌からの転化。恋の思いが天武の辛苦の思いに置き換えられて仮託伝誦される。二五番歌は、それを一層個人詠に仕上げたもの。

［天武天皇と民謡］　天武紀四年二月九日、大倭・河内・摂津・山背・播磨・淡路・丹波・但馬・近江・若狭・伊

勢・美濃・尾張などの国々に勅して、「管内の百姓のなかから、歌の上手な男女、および侏儒（こっけいなわざをする小人）・伎人（俳優）を選んでたてまつれ」と命じられた。雅楽寮の歌人・歌女の制度のはじまりか、といわれる。地方民衆の芸能が、天武天皇の命で、宮廷にとり入れられたことを示す。また天武紀十四年九月十五日、詔して、「およそ、歌男・歌女・笛吹きは、みなその技術を自分の子孫に伝え、歌や笛に習熟させよ」と命じられた。これも天武天皇の民謡への愛好ぶりと宮廷にそれを必要とした考え方を示す。

［壬申の乱前後から吉野の盟まで］

天智十年（六七一）

九月　天智天皇は、病床に臥された。ある本には、八月に発病されたとある。

十月　十七日　天皇は、重態になられ、東宮である大海人皇子に譲位の意志を伝える。天皇に召される際、使者となった蘇我安麻侶に、用心してお答えするように、と云われていた大海人皇子は、陰謀があるのではないかと疑い、病と称して辞退し、天皇のために出家して修道したいと願い、許される。早速、ひげや髪を剃り、僧の姿となる。天皇は袈裟を贈られた。

十九日　大海人皇子は、吉野に入って仏道を修業したいと、天皇に願い出て、許され、直ちに吉野に向かった。大臣たちが宇治（京都府宇治市）まで送ってきた。「虎に翼を着けて放すようなものだ」という人もいたという。その日の夕方、嶋の宮（奈良県高市郡明日香村）に着いた。

二十日　吉野に到着した。

十二月　三日　天智天皇は、崩御された。

天武元年（六七二）

六月二十二日　挙兵を決意。使者を出して兵を集めさせる。また、近江大津宮にいる高市皇子と大津皇子をひそかに呼び寄せる。なお、草壁皇子と忍壁皇子の二名は、吉野に入る時から、父大海人皇子のもとにいた。

二十四日　大海人皇子、吉野を出て、東国に向かう。倭京の留守官高坂王に駅鈴を乞うて拒否され、徒歩で出発するという慌ただしさであった。

—壬申の乱の戦い省略—

七月二十三日　大友皇子、追い詰められて自殺する。

八月二十五日　近江方の群臣を処刑。右大臣中臣金は、斬刑、左大臣蘇我赤兄と大納言巨勢比等は、配流。

天武二年（六七三）

二月二十七日　飛鳥浄御原宮に即位。正妃鸕野皇女を皇后とする。

天武八年

五月　五日　吉野の宮に行幸。

六日　天皇の、互いに誓いを立てて千年の後まで事が起こらないようにしたい、という言葉に応じて、六人の皇子たち（草壁・大津・高市・河島*・忍壁・芝基*）が、互いに助け合い争わないことを誓い、天皇と皇后も、六皇子を分け隔てなく愛することを誓った。

＊河島・芝基（志貴）は、天智天皇の皇子。天武の皇子は、すべてではなく、年長者のみがこれに参加したらしい。この年、高市皇子は二十六歳、草壁皇子は十八歳、大津皇子は十七歳であった。忍壁皇子は、高市皇子に次ぐ年齢であったと推測される。忍壁皇子は、この年二十三歳であった河島皇子と天武朝ほぼ同じ待遇を受けているので、河島皇子の年齢に近かったと推察される。卑母の出自ではあるが、天智十年の吉野入りに当たって草壁皇子と共に伴ったことを見ても高市・草壁・大津の三皇子と併せて重んじたことがわかる。なお、忍壁（忍坂部）皇子に関する私見は、巻二・一九四、五の条参照。

【二五】 **耳我の峰** 多くは、吉野山中のどの峰か不明とするが、左の諸説もある。
①金峰山《きんぷせん》（奈良県吉野郡吉野町。金峰神社の東の峰。八五八・二メートル）。類歌（13・三二九三）に「御金《みかねの》高《たけ》」とある。
②大峰山（奈良県吉野郡。金峰神社のはるか南東、川上村と天川村の境の山脈。一七一九・二メートル）。
③奈良県吉野郡吉野町窪垣内に求める説。大和志に「耳我峰、在窪垣内《くぼかいと》村上方」とあるのによる。
④同吉野町の最北の竜門岳（八〇四メートル）の西方、細峠と竜在峠のあいだの尾根に求める説。吉野・飛鳥を結ぶ最短経路に当る（土屋文明『続万葉紀行』）。
雪は降りける ケルは、ケリの連体形。係助詞ソの結び。ここのケリは、今まで意識していなかった事実に、気づき、詠嘆する意をあらわす。「そういえば……だったよ」。
隈もおちず 「隈」は「道の隈」と同じ。「おちず」は「欠けることなく」の意。「道の曲がり角毎に」の意であるが、ここは、「道中ずっと」の意になる。
思ひつつぞ来し 原文「念乍叙来」。「来」をクルとも訓めるが、回想の歌としては、コシの方がよい。
【二六】 **時じく** 形容詞「時じ」の連用形。①時を定めない。常である。②季節外れである。ここは、①。ジは形容詞性接尾語で、打消の意を表わす。
雪は降るといふ 原文「雪者落等言」。雪は降っていると言う。

天皇《すめらみこと》、吉野《よしの》の宮《みや》に幸《いでま》しし時《とき》の大御歌《おほみうた》

二七 淑《よ》き人《ひと》の　よしとよく見《み》て　よしと言《い》ひし　吉野《よしの》よく見《み》よ　良《よ》き人《ひと》よく見《み》

紀《き》に曰《い》はく、「八年《ねん》己卯《きぼう》の五月《ぐわつ》庚辰《かうしん》朔《つきたち》甲申《かふしん》、吉野《よしの》の宮《みや》に幸《いでま》す」といへり。

【原文】　天皇幸二于吉野宮時一御製歌

二七　淑人乃　良跡吉見而　好常言師　芳野吉見与　良人四来三

紀曰、八年己卯五月、庚辰朔甲申、幸二于吉野宮一。

【校異】　**与**（元朱）—多（西右に「欲イ」）

二七　（天武）天皇が吉野の宮に行幸された時のみ歌

よい人が、よいところだと、よく見て、よいと言った、この吉野をよく見なさい。よい人よ。よく見なさい。

日本書紀に、「八年五月五日に吉野の宮に行幸された」とある。

【歌意】「よし」の語を八回繰返し、しかも各句をヨの頭韻で揃えて、文字は淑・良・吉・好・芳など変化させている。調子は軽快で、五月六日（現行暦の六月二十一日）の六皇子の盟を終えた後の、天皇の軽やかな気分と日頃の民謡愛好心の反映がみられる歌である。結句は、「よく見つ」より「よく見（よ）」の方が、「よき人」と周囲に呼びかけた形でより軽快になると思う。みずからの起こした壬申の乱の体験からも、天武天皇は、異腹の皇子たちの争いを懸念していたのであろう。その懸念は、皇后も同様に抱いていたに相違ない。初句の「よき人」は、昔の、吉野を愛した優れた人をさす。

藤原《ふぢはら》の宮《みや》に天《あめ》の下知《したし》らしめしし天皇《すめらみこと》の代《よ》　高天原広野姫天皇《たかまのはらひろのひめのすめらみこと》。元年丁亥《ぐわんねんていがい》の十一年《ねん》、位《くらゐ》を軽太子《かるのひつぎのみこ》に譲《ゆづ》り、尊号《そんがう》を太上天皇《おほきすめらみこと》といふ。

藤原宮御宇天皇代　高天原廣野姫天皇　元年丁亥、十一年譲二位軽太子一。尊号曰二太上天皇一

【校異】尊（元冷紀）―ナシ（西右に「尊ィ」、号の上に〇符）

藤原の宮で天下をお治めになった天皇の時代　高天原広野姫天皇。十一年、皇位を皇太子に譲り、尊号を太上天皇という。

二八　天皇《すめらみこと》の大御歌《おほみうた》

春過《はるす》ぎて　夏来《なつきた》るらし　白栲《しろたへ》の　衣干《ころもほ》したり　天《あめ》の香具山《かぐやま》

【原文】天皇御製歌

二八　春過而　夏来良之　白妙能　衣乾有　天之香来山

（持統）天皇のみ歌

二八　春が過ぎて夏が来たらしい。白い栲の衣が乾してある。天の香具山に。

【歌意】　香具山に干している白い衣服が初夏の強い日光をキラキラと反射させて、周囲の濃い緑に映えている様子から、春の季節が過ぎて夏が来たことを、実感として受け止めて詠んだもの。香具山の周囲に広がっていたに違いない青々とした稲田、山の上に広がる青い空まで目に浮かぶような印象鮮明な歌である。二句目と四句目に句切れがあり、典型的な五七調。しかも名詞止めで、どっしりとしていて安定感があり、七世紀末の女帝らしい風格のある歌。季節の推移を主題とする歌としてごく初期に位置する歌である。

【持統天皇】　鸕野讃良皇女《うののさららのひめみこ》。父は天智天皇。母は、蘇我倉山田石川麻呂の娘遠智娘《をちのいらつめ》。同母姉に大田皇女。斉明三年（六五七）、十三歳で叔父大海人皇子の妻となり、天智元年、筑紫の娜の大津（福岡市博多）で草壁皇子を生む。天智十年（六七一）十月、出家して吉野に入った大海人皇子に従い、翌年の壬申の乱の間も、終始夫大海人皇子と行動を共にする。天武二年（六七三）二月二十七日、大海人皇子即位。同日、正妃鸕野皇女立后。皇后時代も優れた政治力でよく天皇を補佐したといわれる。朱鳥《あかみどり》元年（六八六）九月九日、天皇没。九月十一日より持統二年（六八八）十一月十一日まで、二年二か月にわたって殯宮儀礼を行う。その間に、大津皇子（二十四歳）の謀反が発覚したとして、捕らえて処刑。天武十年（六八一）二月から皇太子であった草壁皇子は、持統三年四月に二十八歳で没。翌四年正月、鸕野皇女即位。同年七月、高市皇子を太政大臣に、多治比嶋を右大臣にする。持統八年十二月、新しく造営した藤原宮に遷都。十年七月、高市皇子没（四十三歳）。翌十一年八月、草壁皇子の遺児軽皇子に譲位。太上天皇となる。大宝二年（七〇二）十二月十二日没。五十八歳。和風諡号を、高天原広野姫天皇。漢風諡号を持統天皇。在世中、吉野の宮に三十数回にわたって行幸。また紀伊・伊勢・三河などにも行幸した。歌は、二八番歌のほかに、巻二に三首（一五九〜一六一）、巻三に一首（二三六）。

【新古今和歌集・百人一首にみる本歌】

春過ぎて　夏*来にけらし　白たへの　衣*干すてふ　あまの香具山（新古今・一七五）

＊来にけらし　ケラシは、ケルラシの約。
＊干すてふ　テフはトイフの約。
※青々とした初夏の香具山と白い衣服との色彩の対照の鮮明さに変りはないが、「干すてふ」と、「白い衣服が香具山に干してある」ことが、伝聞の形で歌われていて、作者は風景を目にせずに詠んだことになる。キタルラシ→キニケラシ、ホシタリ→ホステフの変化には、新古今の時代の歌人の好尚が反映されている。

白栲の　タへは、山野に自生するクワ科の落葉低木である楮の樹皮から繊維を採って織った布。白いので、「白たへ」と言い、広く「白色」を言うようになった。
衣干したり　衣が干してある。タリは完了の助動詞ツの連用形テにアリの接続したテアリの約。テイルの意。
天の香具山　藤原宮址の東南一キロ。浄御原宮の北約二・五キロ。大和三山の一。

近江《あふみ》の荒《あ》れたる都《みやこ》を過《す》ぐる時《とき》、柿本朝臣人麻呂《かきのもとのあそみひとまろ》の作《つく》る歌《うた》

二九　玉《たま》だすき　畝傍《うねび》の山《やま》の　橿原《かしはら》の　ひじりの御代《みよ》ゆ あるは云《い》ふ、宮《みや》ゆ　生《あ》れましし　神《かみ》のことごと
樛《つが》の木《き》の　いや継《つ》ぎ継《つ》ぎに　天《あめ》の下《した》　知《し》らしめししを あるは云《い》ふ、めしける　そらに満《み》つ　大和《やまと》を
置《お》きて　あをによし　奈良山《ならやま》を越《こ》え あるは云《い》ふ、そらみつ　大和《やまと》を置《お》き　あをによし　奈良山越《ならやまこ》えて　いかさまに　思《おも》ほしめせ
か あるは云《い》ふ、思《おも》ほしけめか　天離《あまざか》る　鄙《ひな》にはあれど　石走《いはばし》る　近江《あふみ》の国《くに》の　楽浪《ささなみ》の　大津《おほつ》の宮《みや》に　天《あめ》

の下《した》　知《し》らしめしけむ　天皇《すめろき》の　神《かみ》の命《みこと》の　大宮《おほみや》は　ここと聞《き》けども　大殿《おほとの》は　ここと言《い》へども　春草《はるくさ》の　茂《しげ》く生《お》ひたる　霞立《かすみた》つ　春日《はるひ》の霧《き》れる あるは云《い》ふ、霞立《かすみた》つ　春日《はるひ》か霧《き》れる　夏草《なつくさ》か　茂《しげ》くなりぬる

ももしきの　大宮処《おほみやどころ》　見《み》れば悲《かな》しも あるは云《い》ふ、見《み》ればさぶしも

反歌《はんか》

三〇　楽浪《ささなみ》の　志賀《しが》の　唐崎《からさき》　幸《さき》くあれど　大宮人《おほみやひと》の　舟待《ふねま》ちかねつ

三一　楽浪《ささなみ》の　志賀《しが》の 一に云《い》ふ、比良《ひら》の　大《おほ》わだ　淀《よど》むとも　昔《むかし》の人《ひと》に　またも逢《あ》はめやも 一に云《い》ふ、逢《あ》はむと思《も》へや

【原文】

過二近江荒都一時、柿本朝臣人麻呂作歌

二九　玉手次　畝火之山乃　橿原乃　日知之御世従 或云、自宮　阿礼座師　神之盡　樛木乃　弥継嗣尓　天下　所知食之乎 或云、食来　天尓満　倭乎置而　青丹吉　平山乎超 或云、虚見　倭乎置　青丹吉　平山越而　何方　御念食可 或云、念計米可　天離　夷者雖有　石走　淡海國乃　樂浪乃　大津宮尓　天下所知食兼　天皇之　神之御言能　大宮者　此間等雖聞　大殿者　此間等雖云　春草之茂生有　霞立　春日之霧流 或云、霞立　春日香霧流　夏草香　繁成奴留　百礒城之　大宮處　見者悲毛 或云、見者左夫思母

反歌

三〇　樂浪之　思賀乃辛碕　雖幸有　大宮人之　船麻知兼津

三一　左散難弥乃　志我能 一云、比良乃 大和太　與杼六友　昔人二　亦母相目八毛 一云、将會跡母戸八

【校異】 盡（元類冷）―書　母（元類冷）―毛

近江の荒れた都に立ち寄った時に、柿本朝臣人麻呂が作った歌

二九　美しいたすきをかけるうなじ、そのウナジではないが、畝傍の山の、橿原の地に宮を置かれた聖天子の時代から、あるいは、宮以来 お生まれになった神々のすべてが、つがの木のツガというように、次々に天下をお治めになったのだが、あるいは、お治めになった その天に満ち栄える大和を後にして、青土のとれる奈良山を越えて、あるいは、そらみつ大和を後に、青土のとれる奈良山を越えて どのようにお思いになったからか、あるいは、お思いになってか 都から遠く離れた辺鄙な土地ではあるが、近江の国の大津の宮で天下をお治めになったという天皇であられる神の大宮はここだと聞くけれども、大殿はここだと人は言うけれども、春草がおい茂っている、霞がかかって春の日がかすんでいる。あるいは、霞のかかった春の日がぼうっとしているのか、夏草が生い茂っているのか 栄えた大宮の跡を見れば悲しく思われる。あるいは、心がはれない

反歌

三〇　ささなみの志賀の唐崎は昔と変わらないでいるのに、大宮人の船を迎えることができないでいる。

三一　ささなみの志賀の また別に、比良の 大わだは昔と同じく淀んでいるが、そのように淀んでいても、昔

の大宮人に、ふたたび逢うことができようか。できはしないのだ。また別に、逢うだろうとは思えない

【歌意】旅の途中、近江の宮跡に立ち寄り、壬申の年の戦いによって都と共に滅んでいった大宮人を悲しみ悼んだ歌。題詞の「……を過ぐる時」の表現は、「旅の途中、ある場所を通過するにあたって（ある場所に立ち寄って）ある物を見て感慨を述べる」という、中国の行旅詩にみられる詠題。文選の行旅の部の、謝霊運『過二始寧墅一』は、謝霊運が永嘉郡の太守に任ぜられて任地に赴く途中、寄り道をして始寧墅に至って詠んだ作である。始寧墅は、謝霊運にとって父祖の眠る地であり、自分の旧宅のある土地でもあった。青年時代の志に背き官に就いてからの二十余年を振り返り、永嘉郡の太守の任期三年が終わったら、この地に帰って来て生を終わりたい、との思いを詠んでいる。近江荒都は、人麻呂にとって、個人的な関係の土地ではなかったが、僅か十数年前の乱で滅んだ荒都は、宮廷に仕える者たちにとっては、関わり深い土地であったと思われる。後続の黒人の歌に比して、人麻呂の近江荒都歌は、個人的立場をあらわにしていない上に、神武天皇以来の皇都を歌い上げることから始める形式が、宮廷讃歌と共通する性格を部分的ながらも有していることから、従来その公的性格が指摘されることが多く、この歌から人麻呂の私情を汲み取ろうとする論はすくなかったように思われる。人麻呂のこの歌の製作事情をたとえば、持統天皇の志賀行幸に求め、その折の応詔歌であるとする説（北山茂夫『柿本人麻呂』）や、草壁皇子の斎会に崇福寺に赴き、その行事を終えたのちに、持統の下命にもとづいて大津宮の廃墟の地に足を運び、制作したとする説（吉田義孝『柿本人麻呂とその時代』）などがある。だが、題詞の「近江荒都を過ぐる時」の表現は、行幸従駕の場合はもとより、天皇の下命により特にその地を訪れて作歌したというような事情をあらわすのに適切な表現とは思われない。「……を過ぐる時」の表記は、文選の行旅の詩に見たとおり、目的地に行く途

中、あるいは帰途に立ち寄っての意で、そこで湧いた感慨を述べるものであるから、近江荒都が目的地であったり、そこに寄ることが天皇の命令であったりする場合にふさわしい表現ではない。歌の内容表現からみても行幸従駕の歌や応詔歌であり得ないことは、辰己正明氏『万葉集と中国文学』のいうごとくであろう。一首の中心は、結句の部分であり、しかも荒都を悲しむというよりは、旧都とともに滅んでいった大宮人を悲しんでいるのである。反歌の二首が共に逝って帰らぬ大宮人を哀傷しているのは、それが全体の中心抒情であったことを示している。それは、たとえ多くの宮廷人の共通感情であったとしても、公的な場で表明できるような性質のものではなかった。その点からも、この歌が、行幸従駕の際に詠まれたとか、持統天皇の要請によって詠まれたとかする考えには賛同できない。あくまでも、私的な立場においてのみ表現することが可能であったということである（拙稿「柿本人麻呂―公と私―」解釈と鑑賞　昭六二・一一、『万葉和歌史論考』所収）。

［対句表現と異伝］

本歌の異伝は、

①　（ひじりの）御代《みよ》ゆ―宮《みや》ゆ
②　（天《あめ》の下《した》　知《し》らし）めししを―めしける
③　そらにみつ　大和《やまと》を置《お》きて　あをによし　奈良山《ならやま》を越《こ》え
　―そらみつ　大和《やまと》を置《お》き　あをによし　奈良山《ならやま》越《こ》えて
④　（いかさまに）　思《おも》ほしめせか―思ほしけめか
⑤　春草《はるくさ》の　茂《しげ》く生《お》ひたる　霞立《かすみた》つ　春日《はるひ》の霧《き》れる
　―霞立《かすみた》つ　春日《はるひ》の霧《き》れる　夏草《なつくさ》か　茂《しげ》くなりぬる
⑥　見《み》れば悲《かな》しも―見《み》ればさぶしも

⑦　志賀《しが》の―比良《ひら》の
⑧　またも逢《あ》はめやも―逢《あ》はむと思《も》へや

右のごとく八箇所にわたっているが、「大和」に冠する旧来の枕詞「そらみつ」（饒速日命《にぎはやひのみこと》が天磐船に乗って大空を飛翔して大和国を見下ろして天降ったので、「虚空見《そらみ》つ日本《やまと》の国《くに》」といったという伝承を神武紀に載せる）に替わって、天に満ち栄えるという新しい意味を付与した枕詞「そらにみつ」とした③はもとより、春と夏の対比で整えた対句表現に変えて、眼前の春の景にしぼって哀傷の思いを深めた⑤も、単純な連体修飾語を詠嘆の意をこめた逆接表現に変えた②、「さぶしも」から「悲しも」へとより哀切な心情の表現へと改めた⑥、「逢《あ》はむと思《も》へや」と「思ふ」ことへの反語から「またも逢《あ》はめやも」ふたたび逢うことの否定へと改めた⑧、敬語表現の深まりが認められる④、時の起点として力強さを感じさせる①など、いずれも推敲の過程が異伝から本文への変化となって記録に留められていると見られる。⑦の比良と志賀は、地名の相違であるが、志賀の唐崎（三〇）と並ぶ反歌としては、比良は北に離れており、『志賀』と改めることによって近江荒都歌の詩的要求は充足される」（神野志隆光氏「近江荒都歌成立の一問題」日本文学　昭五一・一二『柿本人麻呂の研究』）といわれる通りで、これも推敲の過程を示すものであった。なお、本歌の異伝と本文との違いが人麻呂自身の推敲の過程を示すとする論は、松田好夫氏「人麿作品の形成」（万葉　昭三一・一〇）、渡瀬昌忠氏「柿本人麻呂の詩の形成」（日本文学　昭三三・八、一一）、曽倉岑氏「万葉集巻一・巻二における人麻呂歌の異伝」（国語と国文学　昭三八・八）、岩下武彦氏「近江荒都歌異伝歌考」（国文学研究資料館紀要　昭五二・三）など少なくない。

【柿本人麻呂】　万葉第二期の歌人。日本書紀・続日本紀に名前が見えず、六位以下の官人であったと思われる。持統・文武朝に天皇の行幸・皇子・皇女の殯宮などの儀礼に際し歌を詠んでいるほか、羇旅歌、相聞、挽歌など多様な作品を残す。作歌は、異伝歌を含んで八四首。長歌十八首、短歌六十六首。歌風は、重厚で荘重、長歌は、比喩・枕詞・対句等修辞を駆使して時に華麗に、時に厳粛にと調べも多彩であるが、概して宮廷讃歌は端厳な調べで、相聞・挽歌は激しい感情を内に秘めた沈痛重厚な調べで詠まれている。短歌・長歌ともに優れているが、特に長歌は構成の確かさに加えて、一首の感動の切実真率な点で人麻呂の右に出る者はいない。別に、人麻呂歌集歌三六五首（三七〇首説もある）が万葉集に採録されている。書式により、略体歌*（一九六首）と非略体歌（一二七首）と分別しがたい歌（四二首）とに分れるが、ほとんどが相聞歌で没個性的な歌の多い略体歌に対し、非略体歌は、天武九年作の七夕歌や皇子への献歌などがあり、作歌と共通する時期と環境において詠まれた歌々とみられる。

＊人麻呂歌集の略体歌・非略体歌・分別しがたい歌の歌番号は、拙著『柿本人麻呂論考　増補改訂版』一一四八〜一一五〇ページ参照。

【二九】　玉だすき　「畝傍」にかかる枕詞。タマは、美称の接頭語。タスキは、ウナジにかけるものであるから、ウネビ・カケなどの枕詞とする。

橿原　奈良県橿原市。初代天皇の神武天皇即位の地と伝えられる。

ひじり　聖。本来、日を知る人、の意。古代、暦日を知る人を貴んでいった、と言われる。ここは、神武天皇をさして言った。

御代ゆ　ユは、〜カラ、時の起点をあらわす助詞。御代以来、の意。

生れましし　お生れになった。アレは、アルの連用形。アルは、神や尊い人が姿を現す意の、下二段活用の動詞。

神のことごと　天皇のすべて。

樛の木の　樛《つが》の木は、松科の常緑高木。ツガとツギの類音の反復に加えて後述の比喩性をも伴って、「継ぎ継ぎ」に冠する枕詞とした。樛の木は、詩経・周南の篇名「樛木《きゅうぼく》」と関わるか。樛は、樹枝が下曲しうねり曲折する意がある。「いや継ぎ継ぎ」を起こす枕詞としては、単に類音による技巧のみではなく比喩性も大きいと考えられる。集中、ツガの木（トガの木とも）の用例、五例中、四例までが、「いや継ぎ継ぎに」を起こす枕詞あるいは序詞中の一句として用いられている。本歌を初出例とし、以下笠金村・山部赤人・大伴家持の長歌である。

知らしめししを　お治めになったのに。ヲは逆接の助詞。

そらに満つ　原文「天爾満」。大空一杯にみちみちて栄えている、の意。「大和」に冠する旧来の枕詞「そらみつ」を、人麻呂が五音にして、新しい意味をもたせた。なお、「大和」に冠する枕詞については、二番歌注「あきづ島」の条参照。

思ほしめせか　思ほしめせばか、の意。オモホシは、オモフの敬語表現オモホスの連用形。メセは、サ行四段に活用する接尾語で、尊敬表現の動詞について更に尊敬の意を加える働きをする。

思ほしけめか　オモホシ＋過去の推量の助動詞ケムの已然形ケメ＋疑問の助詞カ。お思いになったのだろうか。

天離る　空の彼方に離れる意で、ヒナに冠する枕詞。ヒナは、地方の意。

楽浪の　ササナミは、志賀・大津・平山などを含む琵琶湖西南岸地域の古名。楽浪の文字は、神楽浪の略で、神楽の囃し言葉にササということから、神楽・楽をササの音にあてたもの。小地名に冠した大地名であって、枕詞ではない。

大津の宮　滋賀県大津市内の錦織町二丁目御所ノ内に、昭和四十九年(一九七四)内裏南門と回廊跡が見つかり、五十八年には内裏正殿跡が見つかっている。六六七年春から六七二年夏までの都。

知らしめしけむ　「知らしめし」は、お治めになる意の動詞「知らしめす」の連用形。ケムは過去の推量の助動詞。連体形で「天皇」を修飾する。

春日の霧れる　春の日の光が霧がかかったように霞んでいる。キレルは、キリアルの約。キリは、霧や霞がかかる意の動詞キルの連用形。

ももしきの　「大宮」の枕詞。モモは百、シは石、キは木。たくさんの石や木を用いて作った意で、大宮を賞める意味で冠する。
見れば悲しも　モは、詠嘆の助詞。
【三〇】　唐崎　滋賀県大津市。琵琶湖に面し、船の発着する港でもあった。天智天皇の大殯の時の、舎人吉年の歌に、「やすみしし我ご大君の大御船待ちか恋ふらむ志賀の唐崎」（2・一五二）と詠まれている。
幸くあれど　変らずそのままの状態でいるが。サキクは、無事で変らない意。唐崎は、「幸くあれど」の主格であるが、同時に、「唐崎」のサキと「幸く」のサキと、同音の反復で声調をよくしている。
大宮人　宮廷に仕えている人々。ここは、近江宮廷の人々をいう。
待ちかねつ　待っているが、その望みがかなえられないでいる。
【三一】　大わだ　ワダは、入江などの湾曲部。
淀むとも　たとえ淀んでいても。トモは一般に仮定する場合に用いるが、確定的である場合に用いることもある。ここも、ワダであるから、水は淀んでいるが、そのように人待ち顔に淀んでいても、の意。
またも逢はめやも　ふたたび逢うことができるだろうか、いや、逢うことはできない。
逢はむと思へや　逢うだろうとは思えない。「思へや」は、反語。本文歌の「またも逢はめやも」に対して婉曲な表現になる。

高市《たけち》古人《ふるひと》の、近江《あふみ》の旧《ふる》き堵《みやこ》を感傷《かなし》びて作《つく》る歌《うた》　或《あ》る書《ふみ》に、高市《たけちの》連《むらじ》黒人《くろひと》といふ。

三二　古《いにしへ》の　人《ひと》にわれあれや　楽浪《ささなみ》の　古《ふる》き都《みやこ》を　見《み》れば悲《かな》しき

三三　楽浪《ささなみ》の　国《くに》つみ神《かみ》の　うらさびて　荒《あ》れたる都《みやこ》　見《み》れば悲《かな》しも

【原文】高市古人、感㆓傷近江舊堵㆒作歌　或書云、高市連黒人

三二　古　人尓和礼有哉　樂浪乃　故京乎　見者悲寸

三三　樂浪乃　國都美神乃　浦佐備而　荒有京　見者悲毛

高市古人の、近江の古い都を悲しみ傷んで作った歌　或る書には、高市連黒人の作という。

三二　昔の人で私があるからだろうか。そうではないのに、このささなみの古い都の跡を見ると悲しい。

三三　ささなみの地を支配する神の霊威が衰えて荒廃してしまった都を見ると悲しいよ。

【歌意】壬申の乱で滅んだ近江の都の跡を見ての、痛ましい思いを詠んだ歌。二首目は、古京の荒廃をささなみの国つ神の霊の和められないでいることと関連させている。国つ神に対する信仰の篤い高市県主系の黒人の特色のあらわれた表現。高市連は、もと「高市*県主」（タケチノアガタヌシ）。高市郡（もと高市県）一帯を支配していた豪族であった。郡里制になって、*大領となり郡の長官となる。県主（アガタヌシ）は、もともとその土地を守護する神の祭祀をも行っていたので、土地の神に対する信仰が強かった。壬申の乱の際に、高市郡の大領高市県主許梅《こめ》に高市社《たけちのやしろ》と身狭社《むさのやしろ》の神が託宣をした話を日本書紀に伝える。天武十二年十月、連姓を賜る。『新撰姓氏録』の右京神別下に、「高市連。額田部と同じき祖。天津彦根命の三世の孫、彦伊賀都命の後なり」とある。天津彦根命は、天の安の河のウケヒにより生れた神のひとり。天照大神の身につけていた玉から生まれたという理由

で、天照大神のみ子とされた。
＊県　あがた。大化改新以前の大和朝廷服属地。県主は、その統率者。
＊郡家の役職　大領―少領―主政―主帳

【三〇五番歌との関係】　三二・三三と三〇五は、同じ時に詠まれたと思われる。三〇五は、壬申の乱で滅んだ近江方の人への同情があまりに直接的に表現されているので、巻一に載せるのを憚ったのであろう。

　高市連黒人の、近江の旧き都の歌一首
※かくゆゑに　見じといふものを　楽浪の　ふるき都を　見せつつもとな（3・三〇五）
　このような思いをあじわうことになるから、見るのはいやだと言うのに、ささなみのこの古い都の跡を私に見せて……　実にたまらない思いだよ。

【三二】　**高市古人**　高市黒人の作であるのに、三二番歌の初句の「古人」を作者名と誤解して誤ったものか。

高市黒人　姓《かばね》は連。大宝元年（七〇一）六月の持統太上天皇の吉野行幸、同二年十月の同じく持統太上天皇の三河行幸に従駕しての歌がある。別に作歌年代不明の羈旅歌、近江荒都悲傷歌がある。下級の官人であったらしい。行幸従駕の歌を含めて、黒人の歌はそのすべてが旅中歌であるが、主題が異なる近江荒都悲傷歌を除けば、旅愁を詠んだものが多い。妻を伴った旅の歌もあり、歌を詠み交わしている（3・二七九、二八〇、二八一）。短歌のみ十八首。高市連氏は、もと高市県主。【歌意】参照。

近江の旧き堵《みやこ》　近江の大津の宮跡をさす。堵は、垣、また居所の意だが、ここは都の意に用いた。

古の人　昔の人。ここは、近江に都があった当時の人。

われあれや　原文「和礼有哉」。ワレアレバヤに同じだが、ヤは強い疑問で、反語になる。

【三三】　**国つみ神**　土地を支配し、守る神。国霊に同じ。

うらさびて　ウラサブは、心がたのしまないこと。

紀伊国《きのくに》に幸《いでま》しし時《とき》、川島皇子《かはしまのみこ》の作《つく》りませるみ歌《うた》　或《ある》いは、山上臣《やまのうへのおみ》憶良《おくら》の作《さく》といふ。

三四　白波《しらなみ》の　浜松《はままつ》が枝《え》の　手向《たむけ》ぐさ　幾代《いくよ》までにか　年《とし》の経《へ》ぬらむ　一に、年《とし》は経《へ》にけむといふ。

日本紀《にほんぎ》に曰《いは》く、朱鳥《あかみとり》四年庚寅秋《ねんかういんあき》九月《ぐわつ》、天皇《すめらみこと》、紀伊国《きのくに》に幸《いでま》すといふ。

【原文】

幸二于紀伊國一時、川嶋皇子御作歌　或云、山上臣憶良作

三四　白浪乃　濱松之枝乃　手向草　幾代左右二賀　年乃經去良武　一云　年者經尓計武

日本紀曰、朱鳥四年庚寅秋九月、天皇幸二紀伊國一也。

天皇が紀伊国に行幸された時に、川島皇子がお作りになったお歌　あるいは、山上臣憶良の作という。

三四　白波の打ち寄せる浜辺の松の枝に結ばれている手向けの幣は、いったいどれほどの年月を経ているのだろうか。　また別に、年が経過したのだろうか。

日本書紀に、「朱鳥四年九月に、（持統）天皇は紀伊国に行幸された」とある。

【歌意】　左注に記す持統四年九月の紀伊国行幸に従駕した折の作である。九月十三日に出発され、二十四日には帰京された。巻九に、少異歌があり、「山上の歌」と題する。それには、左注に「右の一首は、或は、河島皇子の作りませるみ歌なり、といふ。」とあり、作者が二様に伝えられていたことがわかる。

憶良を実質上の作者、川島皇子を形式上の作者、すなわち、憶良が川島皇子の歌を代作したとみる説が多い。あるいは、憶良の皇子に献じた歌が皇子の歌と誤られたか。

山上の歌一首

白波の　浜松の木の　手向ぐさ　幾代までにか　年は経ぬらむ（9・一七一六）

右の一首は、或は、河島皇子の作りませるみ歌なり、といふ。

川島皇子　天智天皇の皇子。母は、忍海造《おしぬみのみやつこ》小龍の娘、色夫古娘《しこぶこのいらつめ》。姉妹に大江皇女。泉皇女。妻は、忍壁皇子の姉、泊瀬部皇女。大江皇女は天武天皇の妃として、長皇子・弓削皇子を生む。天武八年五月の吉野の盟に参加。同十年三月、忍壁皇子らと共に帝紀上古諸事の記定に当たる。天武十四年正月、浄大参。持統五年九月薨。浄大参。三十五歳。歌は、万葉に一首。懐風藻に五言一首。懐風藻によれば、大津皇子と親友であったが、大津が反逆を企てるに及んで、朝廷に告げたという。

山上憶良　作歌活動の中心は、万葉第三期だが、第二期にも僅かながら作歌がある。大宝元年(七〇一)正月遣唐使少録に任命される。この時、無位無姓。四十二歳。在唐中に詠んだという歌が巻一の六三番歌。和銅七年(七一四)正月正六位上から従五位下。霊亀二年(七一六)四月伯耆守。養老五年(七二一)正月、退朝の後東宮に侍する。養老六年か七年に東宮の令に応じて詠んだ七夕歌、神亀元年(七二四)七月七日に左大臣長屋王の宅で詠んだ七夕歌もある。その後筑前の国守として赴任。大宰帥大伴旅人のもとで盛んな作歌活動を行う。天平三、四年

(七三、三)頃帰京。同五年没か。七十四歳。

手向ぐさ 道中の無事を祈って神に供える布・木綿・糸など。クサは、材料の意。「木綿畳　手向けの山を」(6・一〇一七、12・三一五一)、「手向け草　糸取り置きて」(13・三二三七)など。

年の経ぬらむ どれほどの年月を経ているのだろうか。ヌは完了、ラムは、現在推量の助動詞。

経にけむ 経てきたのだろうか。ニは完了、ケムは過去の事態に関する推量の助動詞。

背《せ》の山《やま》を越《こ》ゆる時《とき》、阿閉皇女《あへのひめみこ》の作《つく》りませるみ歌《うた》

三五 これやこの　大和《やまと》にしては　あが恋《こ》ふる　紀伊道《きぢ》にありとふ　名《な》に負《お》ふ背《せ》の山《やま》

【原文】 越二勢能山一時、阿閇皇女御作歌

三五 此也是能　倭尓四手者　我戀流　木路尓有云　名二負勢能山

背の山をお越えになられる時に、阿閉皇女がお作りになったお歌

三五 これがあの、大和でかねて私が恋しく思っていた、わが背、その背と同じ、紀伊の国への道筋にあると聞いていた、有名な背の山なのか。

【歌意】　前歌と同じく持統四年九月の紀伊国行幸に従っての旅であったに相違ない。前年四月に、夫草壁皇子と死別して、辛い日々を過していたと思われる阿閉皇女にとって、背の山は、なつかしい響きと共に強い感動を起こさせたのであろう。紀の川沿いの背の山・妹山を詠んだ万葉人の歌は多いが、この歌ほど作者の感動をよく表わしているものはない。平城遷都の途中に詠んだ一首（1・七八）と共に、阿閉皇女の亡き夫への思いを示している歌である。

背の山　和歌山県伊都郡かつらぎ町字背の山。一六八メートル。紀の川の北岸に位置し、南の妹山に対している。大化二年の改新の詔に、背の山以北を畿内とする、とある。

阿閉皇女　天智天皇の皇女。母は、蘇我倉山田石川麻呂の娘、姪娘（めひのいらつめ）。草壁皇子の妃となり、軽皇子（文武天皇）・吉備皇女（長屋王室）・氷高皇女（元正天皇）を生む。持統三年四月、草壁皇子薨。二十八歳。阿閉皇女は、二十九歳であった。この作歌の年（持統四年）三十歳。後に即位する。元明天皇。歌は、三首（七八を含む）。養老五年（七二一）崩。六十一歳。

これやこの　これがあの……なのか。眼前に見るものに強い感動をこめて詠嘆する表現。ここは、傷心の日々にある皇女を慰めようとして、紀伊道に背の山と呼ばれている山があることを言って行幸に従うことを周囲の者たちに勧められて来ていた皇女の感動がよくあらわれている表現。

名に負ふ　その名を持っている。有名な。

吉野《よしの》の宮《みや》に幸《いでま》しし時《とき》、柿本朝臣人麻呂《かきのもとのあそみひとまろ》の作《つく》る歌《うた》

三六　やすみしし　わご大君《おほきみ》の　聞《きこ》しめす　天《あめ》の下《した》に　国《くに》はしも　さはにあれども　山川《やまかは》の　清《きよ》き河内《かふち》と　み心《こころ》を　吉野《よしの》の国《くに》の　花散《はなち》らふ　秋津《あきづ》の野辺《のへ》に　宮柱《みやばしら》　太敷《ふとし》きませば　ももしきの　大宮人《おほみやひと》は　船並《ふねな》めて　朝川渡《あさかはわた》り　船競《ふなぎほ》ひ　夕川渡《ゆふかはわた》る　この川《かは》の　絶《た》ゆる　ことなく　この山《やま》の　いや高知《たかし》らす　水激《みづたぎ》つ　瀧《たぎ》の宮処《みやこ》は　見《み》れど飽《あ》かぬかも

反歌《はんか》

三七　見《み》れど飽《あ》かぬ　吉野《よしの》の河《かは》の　常滑《とこなめ》の　絶《た》ゆることなく　また還《かへ》り見《み》む

三八　やすみしし　わご大君《おほきみ》　神《かむ》ながら　神《かむ》さびせすと　吉野川《よしのかは》　たぎつ河内《かふち》に　高殿《たかどの》を　高知《たかし》りまして　のぼり立《た》ち　国見《くにみ》を為《せ》せば　たたなはる　青垣山《あをかきやま》　山神《やまつみ》の　奉《まつ》る御調《みつき》と　春《はる》へは　花《はな》かざし持《も》ち　秋立《あきた》てば　もみちかざせり　一に、もみちば　かざし、と云《い》ふ　ゆき副《そ》ふ　川《かは》の　神《かみ》も　大御食《おほみけ》に　仕《つか》へまつると　上《かみ》つ瀬《せ》に　鵜川《うかは》を立《た》ち　下《しも》つ瀬《せ》に　小網《さで》さし渡《わた》す　山川《やまかは》も　依《よ》りて仕《つか》ふる　神《かみ》の御代《みよ》かも

反歌《はんか》

三九　山川《やまかは》も　依《よ》りて仕《つか》ふる　神《かむ》ながら　たぎつ河内《かふち》に　船出《ふなで》せすかも

右《みぎ》は、日本紀《にほんぎ》に曰《いは》く、「三年己丑《ねんきちう》の正月《しやうぐわつ》、天皇吉野宮《すめらみことよしののみや》に幸《いでま》す。八月《ぐわつ》、吉野宮《よしののみや》に

幸《いでま》す。四年庚寅《ねんかういん》の二月《ぐわつ》、吉野宮《よしののみや》に幸《いでま》す。五月《ぐわつ》、吉野宮《よしののみや》に幸《いでま》す。五年辛卯《ねんしんばう》の正《しやう》月《ぐわつ》、「吉野宮《よしののみや》に幸《いでま》す。四月《ぐわつ》、吉野宮《よしののみや》に幸《いでま》す」といへれば、いまだ詳《つばひ》らかに何《いづ》れの月《つき》の従駕《おほみとも》にして作《つく》る歌《うた》なるかを知《し》らず。

【原文】

幸二于吉野宮一之時、柿本朝臣人麻呂作歌

三六 八隅知之　吾大王之　所聞食　天下尓　國者思毛　澤二雖有　山川之　清河内跡　御心乎　吉野乃國之　花散相　秋津乃野邊尓　宮柱　太敷座波　百礒城乃　大宮人者　船並弖　旦川渡　舟競　夕河渡　此川乃　絶事奈久　此山乃　弥高思良珠　水激　瀧之宮子波　見礼跡不飽可問

反歌

三七 雖見飽奴　吉野乃河之　常滑乃　絶事無久　復還見牟

三八 安見知之　吾大王　神長柄　神佐備世須登　芳野川　多藝津河内尓　高殿乎　高知座而　上立　國見乎為勢婆　疊有　青垣山　〻神乃　奉御調等　春部者　花挿頭持　秋立者　黄葉頭刺理（一云　黄葉加射之）　逝副　川之神母　大御食尓　仕奉等　上瀬尓　鵜川乎立　下瀬尓　小網刺渡　山川母　依弖奉流　神乃御代鴨

反歌

三九　山川毛　因而奉流　神長柄　多藝津河内尓　船出為加母

右、日本紀曰、三年己丑正月、天皇幸㆓吉野宮㆒。八月、幸㆓吉野宮㆒。四年庚寅二月、幸㆓吉野宮㆒。五月、幸㆓吉野宮㆒。五年辛卯正月、幸㆓吉野宮㆒。四月、幸㆓吉野宮㆒者、未㆔詳知㆓何月従駕作歌㆒。

【校異】**競**（元類紀）―竟　**思良**（元類紀）―良思　**問**（元類冷）―聞　**芳**（元類紀）―吉　**勢**（冷）―ナシ
婆（元）―波　**刺**（元類紀）―判　**逝**（元）―遊

吉野宮に行幸された時に、柿本朝臣人麻呂が作った歌

三六　あまねく四方を治めていらっしゃるわが大君の、その支配しておられる天の下に、国はたくさんあるけれども、その中でも、特に山や川の清らかな河内として、お心を吉野の国にお寄せになり、花のしきりに散る秋津の野辺に、立派な宮殿をお建てになられたので、ももしきの大宮人は船を並べて朝の川を渡り、互いに船を漕ぎ競って夕方の川を渡る。この川の流れのように絶えることなく、この山のように、ますます高くお治めになる、水の流れの激しい滝の宮殿は、いくら見ても見飽きないことだよ。

反歌

三七　いくら見ても見飽きない吉野の河の常滑のように、絶えることなく、繰り返しやってきて、こ

の滝の宮処を見よう。

三八　安らかに天下を治めておられるわが大君が、神でいらっしゃるままに神らしいふるまいをなさろうと、吉野川の逆巻き流れる河内に立派な御殿を高々とお造りになられて、登り立って国見をなさると、重なりあう青々とした垣根のような山では、山の神が大君に奉る捧げ物として、春には花をかざし持ち、秋になればもみじをかざしている ある伝えでは、もみじ葉をかざし、という 宮に沿うて流れている川の神も、大君のお食事にご奉仕しようとして、上流の瀬では鵜飼を催し、下流の瀬では小網をさし渡している。山の神も川の神も相寄ってお仕えしている、まことに（このみ代は）神の御代であるよ。

反歌

三九　山の神も川の神も相寄ってお仕えしている神でいらっしゃるままに、わが大君は激しく流れる河内に船出をなさることだ。

右は、日本書紀に、「三年正月、持統天皇は吉野宮に行幸された。八月、吉野宮に行幸された。四年二月、吉野宮に行幸された。五月、吉野宮に行幸された。五年正月、吉野宮に行幸された。四月、吉野宮に行幸された」とあるので、何月の行幸従駕において作った歌であるか、詳しいことはわからない。

【歌意】 持統天皇の吉野行幸に従駕して、吉野離宮を中心とする吉野の山川を讃美し、その離宮の造営者であり経営者でもある天皇を讃美する柿本人麻呂の歌である。それぞれに反歌一首をもつ二組の長歌から成る。吉野への行幸は、天武八年五月にも行われたが、その行幸の場で、天皇讃美あるいは宮廷讃美の歌が歌われたことはなかった。それより早く、壬申の乱直後に、天武天皇を神と讃える歌（19・四二六〇、四二六一）が詠まれており、短歌二首で、記録も遅いが、現神思想の出現として注目される。そこでは、壬申の戦いに勝利を得て、再び飛鳥の地を都とした天武天皇の偉業を讃美して、「大君は神にしませば」と表現していたが、柿本人麻呂は、更に進めて、天皇を、山の神・川の神の奉仕をも受ける神と讃美している。（第二長反歌）。吉野離宮の宮処を讃美し、大宮人の奉仕のさまをうたった第一長反歌と共に、新しい型の宮廷讃歌として、第三期以降の宮廷歌人たちに強い影響を与えることになった。特に、山と川、春と秋、花ともみち、などを対偶語としての対句を中心とする長歌の構成が、山部赤人、笠金村などへ及ぼした影響は大きい。

二首の長歌は、三六番歌が、二十七句、三八番歌は、二十九句と相似た長さを持ち、共に、「やすみしし　わご大君」と同じ表現でうたいはじめる。音読すれば同じであるが、冒頭の「やすみしし」を、一は「八隅知之」（隅々まで天下をお治めになる）、一は、「安見知之」（安らかに天下をお治めになる）の意を文字に託して枕詞の意味をあらわそうとする態度は、「天《そら》尓《に》満《みつ》」（1・二九）の例に等しい。二組は、同時に誦詠されることもあったとみられるが、一組だけ誦詠されることもあったとみてよい。一組のみでも讃歌性は十分発揮できたと考えられるからである。

［長歌二首の対句表現］

◇三六番歌（二句対　2例）

船並めて　朝川渡り
船競ひ　夕川渡る
この川の　絶ゆることなく
この山の　いや高知らす

◇三八番歌（長複対　1例）

たたなはる　青垣山　山神の　奉る御調と
春へは　花かざし持ち
秋立てば　もみちかざせり
ゆき副ふ　川の神も　大御食に　仕へまつると
上つ瀬に　鵜川を立ち
下つ瀬に　小網さし渡す

〔持統天皇の吉野行幸とその目的〕　持統天皇の、吉野への行幸が頻繁であったことはよく知られているが、持統四年正月一日に即位してから、十一年八月一日に皇孫軽皇子に譲位するまでの七年七ヶ月の間に、二十九回の吉野行幸が、日本書紀に記載されている。更に、即位前の三年は、皇太子草壁皇子の死の前後に各一回と、譲位後の太上天皇時代にも一回行幸している。特に、在位中は、一年に五回行幸している年が三年あり、在位中の天武天皇が僅か一回、文武天皇が二回しか吉野を訪ねていないことを思えば、持統天皇の吉野行幸の多さは、特別で、その理由・目的は、持統天皇その人の個人的な体験からくる心情に求めるしかないと考えられる。その意味で、最も真実に近いと思われる説をあげておこう。言葉は少々違っていても両氏の説は、だいたい共通している。

一生の中最も緊張し充実した時間を過された吉野の地、ここへの行幸は、生命の充実を求めてこそ行はれたのであらう。天武天皇の魂・山の霊・川の霊に触れて、持統天皇はここで幾度かの甦りを果されたのである。それはただ個人的な沈潜的な意味ではなく、国を統べる者として、日常生活の中に堆積する塵を払ひ、疲れを去り、新たな活力を獲得する為に必須のことであったのである。

（五味智英「持統天皇吉野行幸について」和歌文学研究　昭三九・四）

吉野は天武にとって「たまふり」のこの上ない霊地であり、しかもそれは国家統治の力をふりつけた聖なる霊地であった訳である。従って天武の意志を継いで、藤原京の建設と律令制定に邁進する持統にとっても、それは国家統治者としての「たまふり」の聖地であった。持統は事あるごとに吉野に赴き、天武と共に体験した「たまふり」の地で、自らも天武さながらの「たまふり」を行なった。持統にとっては、吉野は、夫天武の形見の地というよりも、もっともっと切実にして厳粛な統治者としての力をふりつける土地であったわけで、この故にこそおびただしい吉野行幸が理解されるのではないだろうか。

（大浜厳比古「持統天皇はなぜ吉野へ行ったか」解釈と鑑賞　昭四四・二『新万葉考』）

［持統天皇の吉野行幸］

持統　三年（四月皇太子草壁薨）　正月、八月。
四年（正月即位　九月紀伊国行幸）二月、五月、八月、十月、十二月
五年　正月、四月、七月、十月。
六年（三月伊勢国行幸）　五月、七月、十月。
七年　三月、五月、七月、八月、十一月。
八年（十二月藤原遷都）　一月、四月、九月。
九年　閏二月、三月、六月、八月、十二月。

十年（七月太政大臣高市薨）　二月、四月　六月。
十一年（八月譲位）　四月。
大宝　元年（九月紀伊国行幸）　六月。
二年（十月参河国行幸　十二月崩）

【三六】**やすみしし**　わご大君を修飾する枕詞。原文は、「八隅知之」（三六）と、「安見知之」（三八）とに、文字を書き分けている。ここは、天下をあまねく治める意を示す表記。（三八）の表記は、安らかに天下を治める意に用いている。「知」は、支配する、領有する意。枕詞「やすみしし」は、万葉集に二七例、記紀歌謡に八例見えるが、「我が大君」もしくは「我ご大君」に冠していて例外がない。冠辞考に、「八隅まで残なく知しめす天皇と申すことと誰も思ひて実にさることなれば、さても有るべし。されどもかくては唐文の詞の如く理り過ぎて、皇朝の上つ世の称へ言にも似ず侍るはいかに」として、万葉集の用字例「安見知之」の用字例から、「安らけく見そなはししろしめし賜ふてふ語を約め」た表現と考えた。万葉集では、「八隅知之」が二〇例、「安見知之」が六例、「安美知之」が一例で、圧倒的に「八隅知之」が多い。万葉時代の、この枕詞への理解の傾向を反映しているとみられる。なお、「安美知之」の用例は、大伴家持の歌である（19・四二六六）。

聞《きこ》しめす　お治めになる。「聞く」の敬語表現と「見る」の敬語表現の熟語。飲む・食ふ・催すなどの敬語としても用いられる。

さはに　多数の意をあらわす副詞。

み心を　吉野に冠する枕詞。「吉野」のヨシに、「寄せる」意の他動詞四段活用の「寄す」の連用形とを掛けている。

花散らふ　「秋津」の枕詞。「散らふ」は「散る」の継続態。花のしきりに散る秋、の意でかかる。

秋津　奈良県吉野郡吉野町宮滝付近から、吉野川の対岸の御園にかけての地。

宮柱太敷きませば　宮殿の柱を太くしっかりと地中に打ち込んで宮をお建てになったので。

水激つ　水の激しく流れる。原文「水激」。ミナソソク、ミナギラフの訓みもある。

瀧の宮処　激流のほとりの宮処。

【三七】　見れど飽かぬ吉野の川の常滑の　「常滑」は、川の岩などに生えている水苔。滑りやすい。また、川床などに、苔が付いて滑りやすい所。

以上三句は、「常」が「常に変ることのない」意をもつことから、「絶ゆることなく」を起こす序詞としている。

【三八】　やすみししわご大君　原文「安見知之　吾大王」。安らかに天下を治めておられる、わが大君。持統天皇をさしている。

神ながら　原文「神長柄」。神であるままに。名詞に付いたナガラは、「――の本性に従って」の意。

神さびせすと　神らしいふるまいをなさろうとして。「神さび」は、「神さぶ」の名詞形。神々しいこと。神らしくふるまうこと。ここは、後者。セスは、サ変動詞スの未然形に尊敬の助動詞スの終止形がついた形。

たぎつ河内に　激しく流れる川のほとりに。カフチは、カハウチの約。川がその中心を流れている地域。

高殿　吉野離宮をさす。奈良県吉野郡吉野町宮滝の地域にあったといわれる。

高知り　ここは、高々と作る意。

国見を為《せ》せば　国見をなさると。「為《せ》せ」は、サ変動詞スの未然形＋尊敬の助動詞スの已然形。

たたなはる　重なりあっている。

青垣山　垣根のように周囲をとりまいている青い山々。

山神　山の神。ツは連体助詞。ミは、霊性を示す語。

御調　みつき。調は貢上品。令制下では、税の一種として、繊維製品・水産物・工業製品その他の貢納を義務とした。ここは、山の神の大君への奉仕の意を示すものとして、山の花・黄葉をミツキといったもの。

ゆき副ふ　吉野の宮に沿って流れている。

鵜川を立ち　鵜飼を催し。鵜飼は、鵜を飼い慣らして川魚、特に鮎をとること。
小網　さで。手元を深く、前方を浅く広くした網で、魚をすくいとる道具。ここは、以下に、「さし渡し」とあるから、さで網型のものを浅瀬に張り渡して、おのずから魚が入るようにしかけたものであろう。
山川も　山の神も川の神も。
依りて仕ふる　相寄ってお仕えする。
神の御代かも　神である大君の治めるみ代。カ・モは詠嘆の意をあらわす助詞。

伊勢国《いせのくに》に幸《いでま》しし時《とき》、京《みやこ》に留《とど》まれる柿本朝臣人麻呂《かきのもとのあそみひとまろ》の作《つく》る歌《うた》

四〇　嗚呼見《あみ》の浦《うら》に　船乗《ふなの》りすらむ　をとめらが　玉裳《たまも》の裾《すそ》に　潮満《しほみ》つらむか

四一　釧《くしろ》著《つ》く　手節《たふし》の崎《さき》に　今日《けふ》もかも　大宮人《おほみやひと》の　玉藻刈《たまもか》るらむ

四二　潮騒《しほさゐ》に　伊良虞《いらご》の島辺《しまへ》　漕《こ》ぐ船《ふね》に　妹《いも》乗《の》るらむか　荒《あら》き島廻《しまみ》を

当麻真人麻呂《たぎまのまひとまろ》の妻《つま》の作《つく》る歌《うた》

四三　わが背子《せこ》は　いづく行《ゆ》くらむ　沖《おき》つ藻《も》の　名張《なばり》の山《やま》を　今日《けふ》か越《こ》ゆらむ

石上大臣《いそのかみのおほまへつきみ》の従駕《おほみとも》にして作《つく》る歌《うた》

四四　吾妹子《わぎもこ》を　いざみの山《やま》を　高《たか》みかも　大和《やまと》の見《み》えぬ　国遠《くにとほ》みかも

右《みぎ》は、日本紀《にほんぎ》に曰《い》はく、「朱鳥《あかみどり》六年《ねん》壬辰《じんしん》の春《はる》三月《ぐわつ》丙寅《へいいん》の朔《つきたち》の戊辰《ぼしん》、浄広肆《じやうくわうし》広瀬《ひろせの》

王《おほきみたち》等を以《もち》て留守《るす》の官《つかさ》となす。ここに中納言《ちうなごん》三輪朝臣《みわのあそみ》高市麻呂《たけちまろ》、その冠位《かがふり》を脱《ぬ》きて朝《みかど》に捧《ささ》げ、重《かさ》ねて諫《いさ》めて曰《まを》さく、『農作《なりはひ》の前《さき》に、車駕《きみ》いまだ以《もち》て動《うご》きたまふべからず』と申《まを》しき。辛未《しんび》、天皇《すめらみこと》、諫《いさ》めに従《したが》ひまさずして遂《つひ》に伊勢《いせ》に幸《いでま》す。五月《ぐわつ》乙丑《いつちう》の朔庚午《つきたちかうご》、阿胡《あご》の行宮《かりみや》に御《いでま》す」といふ。

【原文】

幸二于伊勢國一時、留レ京柿本朝臣人麻呂作歌

四〇　嗚呼見乃浦尓　船乗為良武　嬬等之　珠裳乃須十二　四寳三都良武香

四一　釼著　手節乃埼二　今日毛可母　大宮人之　玉藻苅良武

四二　潮左為二　五十等兒乃嶋邊　榜船荷　妹乗良六鹿　荒嶋廻乎

當麻真人麻呂妻作歌

四三　吾勢枯波　何所行良武　己津物　隠乃山乎　今日香越等六

石上大臣従駕作歌

四四　吾妹子乎　去来見乃山乎　高三香裳　日本能不所見　國遠見可聞

右日本紀曰、朱鳥六年壬辰春三月丙寅朔戊辰、以二浄廣肆廣瀬王等一為二留守官一。於レ是中納言三輪朝臣高市麻呂脱二其冠位一擎二上於朝一重諫曰、農作之前、車駕未レ可二以動一。辛未、天皇不レ従レ諫、遂幸二伊勢一。五月乙丑朔庚午、御二阿胡行宮一。

【校異】日（類冷紀）―ナシ　武（類冷紀）―哉　廣（元冷文）―ナシ（西、右に書き、肆の上に○符あり）

伊勢国に行幸された時、都に留まっていた柿本朝臣人麻呂が作った歌

四〇　あみの浦で船に乗っているであろう娘子たちの美しい裳の裾に、今ごろ潮が満ちているであろうか。

四一　くしろをつける手、そのテではないが、答志の崎で、今日あたり大宮人が美しい藻を刈っているであろうかなあ。

四二　潮のざわめき立つ中で、伊良虞の島のあたりを漕ぐ船に、あのいとしい娘子も船に乗っているであろうか。あの荒々しい波の立つ島のあたりを。

当麻真人《たぎまのまひと》麻呂の妻が作った歌

四三　私の夫は今頃どのあたりを旅しているだろうか。沖の藻のなばる（隠れる）ではないが、名張の山のあたりを今日あたり越えているであろうか。

石上《いそのかみ》大臣が行幸に従って作った歌

四四　わが妻をさあ見ようと思う、そのいざみの山が高いからだろうか、大和の国が見えないよ。それとも国が遠いからだろうか。

右は、日本書紀に、「朱鳥六年三月三日に、浄広肆広瀬王たちを留守官とした。この時、中納言三輪朝臣高市麻呂は、その位冠を脱いで朝廷にささげ、『農作の時節に、行幸なさるべきではありません』と重ねてお諫め申し上げた。しかし、六日に、持統天皇は、諫めに従わず、逐に伊勢に行幸された。五月六日に、阿胡の行宮においでになった」とある。

【歌意】（四〇〜四二）は、行幸に従駕しなかった人麻呂が、従駕先での官人たちに思いをはせて詠んだ歌。三首の短歌それぞれが、「をとめら」「大宮人」「妹」と詠み分けられており、ヲトメら（女官たち）→大宮人（男官たち）→イモ（いとしい女）へと求心的に移動する。同時に、地名も、「あみの浦」、「手節の崎」、「伊良虞の島辺」と次第に近くから遠くへと移動しているとみてよいであろう。人麻呂には宮廷に出仕していた妻がいたことが、巻十一の人麻呂歌集非略体歌の問答歌（11・二五〇八・二五〇九）からわかり、この伊勢行幸の際も、妻は従駕した可能性が高い。三首目の妹に、人麻呂はその妻をイメージしているとみられる。この三首は、還幸後、従駕の人の歌と留守居の人との歌とが、宴席で同時に披露享受される機会に発表されたらしい。

天皇の神のみ門をかしこみと侍《さもら》ふ時に逢へる君かも（11・二五〇八）

まそ鏡見とも言はめや玉かぎる岩垣淵のこもりたる妻（11・二五〇九）

（四三）は、巻四・五一一に重出。歌は二句切れ。旅中の夫の身を思い、今頃どのあたりを旅しているだろうか、と自身に問いかけ、今日あたりあの名張の山をこえているだろうかと答えている。自問自答の形式である。話し言葉をそのまま歌にしたような形式であるが、留守居の者の誰もが抱く思いであるようでひろく共感を得たのであろう。

(四四)は、行幸従駕の官人が、留守居の妻を思う気持ちを詠んだ歌。この類の歌も喜ばれ、還幸後の宴席で、留守居の者の心情を詠んだ歌と共に披露されたらしい。巻九・一六六五と一六六六、一六六七以下～一六七九と一六八〇・一六八一の二組も行幸従駕の者の歌と留守居の者の歌とが並んで収録されている。前者の二首のみを、左にあげる。

岡本宮に天の下治めたまふ天皇の紀伊国に幸す時の歌二首

妹がためわれ玉拾ふ沖辺なる玉寄せ持ち来沖つ白波(9・一六六五)

朝霧に濡れにし衣干さずしてひとりか君が山路越ゆらむ(9・一六六六)

左注にあげる中納言三輪朝臣高市麻呂の諫言については、懐風藻に、藤原万里(麻呂)の、「神納言が墟を過ぐ」があり、「一旦栄を辞びて去りぬ。千年諫を奉りし後に。(後略)」「君道誰か易きと云ふ、臣義本より難し。規《いさめ》を奉りて終に用ゐらえず、帰り去にて遂に官を辞《さ》りぬ。(後略)」と、官を賭したこの高市麻呂の行為を讃美している。諫言は持統天皇の聞き入れるところとはならなかったが、行幸中及び還幸後に、

三月十七日　行幸の経過した神郡(伊勢国渡会・多気両郡の郡司)、および伊賀・伊勢・志摩の国造らに冠位を賜い、あわせてこの年の調役を免じ、また行幸に供奉した騎士、諸司の荷丁《にもちよほろ》(荷物運搬のための役夫)、行宮の造営にあたった丁《よほろ》のこの年の調役を免じ、全国に大赦した。ただし盗賊は赦の対象とはしなかった。

十九日　行幸の経過した志摩の百姓の、男女年八十以上の者に、稲五十束ずつを賜わった。

二十日　天皇は飛鳥浄御原宮におもどりになった。行幸にあたり、天皇は、目的地にお着きになるごとに国・郡の官吏や一般の人々を集めてその労をねぎらわれ、物を賜い楽舞を催された。

二十九日　詔して、近江・美濃・尾張・参河・遠江などの行幸に供奉した騎士の戸、および諸国の荷丁《にもちよほろ》、行宮の造営にあたった丁のこの年の調役を免じ、また詔して全国の百姓の困窮者に、男には三束、女には二束の稲を賜わった。

五月　六日　阿胡行宮（三重県志摩郡に作られた行宮）にお泊りになった時に贄（おおにえ。産物の捧げもの）をたてまつった紀伊国の牟婁郡の人阿古志海部河瀬麻呂《あこしのあまのかはせまろ》ら兄弟三戸に、十年間の調役と雑徭とを免除された。また挟杪《かじとり》（船頭）八人にこの年の調役を免除された。

など、行幸に関係した者たちへ手厚い慰労を行っているのは、大三輪高市麻呂の諫言に配慮してのことであったに相違ないと考えられる。

【四〇】　嗚呼見の浦　あみの浦。所在未詳。三重県鳥羽市小浜町のアミの浜か。見を児の誤写とし、アゴノウラとする説もあるが、異伝歌三六一〇の別伝に「安美能宇良」とあるので、早くアミノウラと伝えられたことは確かであろう。「嗚呼」は、二字で一音アをあらわす用字例であるが、他に、五十をイに宛てるほか、戯書として「二二」「重二」をシと訓ませる例などがある。

をとめら　行幸従駕の女官たちをさす。ラは、愛称の接尾語である場合もあるがここは、複数の接尾語か。

潮満つらむか　「らむ」は、現在の事態を推量する助動詞。動詞・助動詞の終止形を承けるのが普通であるが、ラ変型活用の語の場合はその連体形を承け、上代では上一段活用の動詞の場合はその連用形を承ける。

【四一】　釧著く　「手節」に冠する枕詞。釧は、クシロ、腕輪のこと。貝・石・金銅などで作った。腕輪を着ける手の意で、タフシに冠する。ひじ・手首につけることから「手節」に冠するとも。

吾妹子は　釧にあらなむ　左手の　わが奥の手に
巻きて去なましを　（9・一七六六）

手節の崎　三重県鳥羽市答志町（答志島）の岬。答志島の黒崎か。

玉藻　玉は美称。藻はここは、海藻全般をいう。

【四二】潮騒　潮が満ちてくるとき、波が立って音を立てること。潮流がざわめいていること。

伊良虞の島辺　所在未詳。愛知県渥美郡渥美町、渥美半島の先端の伊良湖崎。あるいは、伊良湖崎の西方の神島（三重県鳥羽市神島町）とも。

荒き島廻　風や波の荒々しい島のあたり。

当麻真人麻呂　伝未詳。当麻真人は、もと当麻公。天武十三年十月一日、＊八色の姓制定の日に、守山公以下十三氏（いずれも公姓）と共に、真人の姓を賜わる。真人姓は、継体天皇以降の天皇の近親の後裔で従来公姓であった氏族に与えられた。同氏に、持統二年十一月、天武天皇の大葬にあたって、皇祖等の騰極次第を誄した当麻真人智徳がおり、彼は、同六年三月の伊勢行幸に際して、留守官の一人に任ぜられた。

＊八色の姓　真人　朝臣　宿祢　忌寸　道師《みちのし》　臣　連　稲置

【四三】沖つ藻の　「名張」に冠する枕詞。隠れる意の動詞ナバルの連用形と同音なので、沖（海中）の藻が隠れる意で、冠した。奥・沖は同源で、水平もしくは垂直方向の奥である位置をさす。（原文）「己津物」。己は、起の通用文字。但し、沖（オキ）のキは甲、起（オキ）のキは乙で仮名違いであることから、オクツモノと訓み、「奥つ物（奥の物）」の意でナバリにかかるとする説（大系・注釈）もある。全集は、己を已の誤とし、已は捨てるの意があり、国語の「置く」にも捨てる意があるとの理由で、「已津物（オキツモノ）」とする。釈注・新全集もこれを採る。全訳注は、己を起の省画とし、オキツモノと訓み、「奥の物」の意と解する。

　暮に逢ひて　朝面無み　名張にか　日ながき妹が
　廬りせりけむ　（1・六〇）
　暮に逢ひて　朝面無み　名張野の　萩は散りにき
　もみち早続げ　（8・一五三六）

「暮に逢ひて朝面無み」も、隠れる意のナバリを懸詞として「名張」にかけた序詞。

名張の山　（原文）「隠山」。三重県名張市の山々。

石上大臣　石上朝臣麻呂。もと物部連麻呂。乙麻呂の父。天武元年七月、追い詰められた大友皇子が自ら縊死した時、左右大臣や群臣は皆散り散りになり、物部連麻呂と一、二の舎人のみが皇子に従っていたという。天武五年、遣新羅大使。六年二月、帰国。天武十三年十一月、朝臣姓を賜わる。その後、石上朝臣に改めた。大宝元年三月、中納言直大壱の時、正三位大納言に任ぜられる。慶雲元年正月右大臣、和銅元年正月、正二位。三月、左大臣。養老元年(七一七)三月、薨。七十八歳。従一位を追贈された。天皇は深く悲しみ、廃朝。百姓も追慕して皆ひどく悲しんだと伝えられる。持統六年(六九二)当時、五十三歳。「大臣」は、後の官名を遡らせて用いたもの。

【四四】　吾妹子を　「いざみ」に冠する枕詞。「いざ見む」の意を懸けて冠する。

いざみの山　高見山。三重県飯南《いいなん》郡、奈良県宇陀郡、奈良県吉野郡の境にある山。一二四九メートル。

大和・伊勢の各所から望まれる山。この時は伊賀を通ったので伊勢に出て大和方面を望み詠んだのであろう。国境の山として、旅人に強く意識されていた山と思われる。

高み、国遠み　ミは、原因・理由をあらわす接尾語。

朱鳥六年三月三日　朱鳥六年は、持統六年。朱鳥は、日本書紀では、天武十五年に改元してこの一年だけをいうが、万葉集では、持統天皇の時代をいうのに使われている。三月三日は、現行暦の、三月二十八日に当たる（『日本暦日原典』による）。

浄広肆　天武十四年正月二十一日に新しく制定された諸王以上の位の一つ。明位二階、浄位四階それぞれに大・広に分かれ、計十二階あった。この日与えられた最高位は皇太子草壁皇子の浄広壱、次が大津皇子の浄大弐で、明位は用いられることはなかった。浄広肆は、諸王以上の位の最下位にあたる。

広瀬王　広湍王とも。系譜未詳。天武十年(六八一)三月、帝紀及び上古諸事の記定事業に従う。持統六年(六九二)三月伊勢行幸に当たって当麻真人智徳・紀朝臣弓張等と共に留守官を命じられる。大宝二年(七〇二)十二月、持統太上天皇崩御に当たって、造大殿垣司、時に、従四位下。

翌三年十月、御装束次官。和銅元年（七〇八）三月、大蔵卿、従四位上。養老二年（七一八）正月、正四位下。同六年正月卒。時に散位、正四位下。

留守官　天皇の行幸によって留守となる皇居・皇都を守る官。有力な官人が任命されるのが通例であった。

中納言三輪朝臣高市麻呂　大三輪朝臣高市麻呂とも。もと三輪君。父は、利金。壬申の乱の功臣。天武十三年（六八四）十一月、大春日臣ら五十一氏と共に朝臣を賜る。朱鳥元年（六八六）九月、天武天皇の殯宮で理官のことを誄する。時に直大肆。持統六年三月、伊勢行幸を農事の妨げになるとして二度にわたって諫言したが、聞き入れられず行幸は敢行された。時に、中納言・直大弐。その後、大宝二年正月従四位上で長門守に任ぜられ、翌三年六月、左京大夫となる。慶雲三年（七〇六）二月六日卒。時に、左京大夫、従四位上。壬申の年の功により、従三位を追贈される。懐風藻に、「従三位中納言大神朝臣高市麻呂　一首　年五十」とあり、従駕応詔の詩一首を載せる。「年五十」は、歿年時の年齢。集中、巻九・一七七〇、一七七一に、長門守に任ぜられた時の歌がある。

その冠位を脱きて　諫言を聞き入れられなければ官を辞する姿勢を示す動作。後続の文章が示すように、諫言は聞き入れられず高市麻呂は官を辞したが、大宝二年正月、従四位上で長門守に任ぜられて官に復帰した。

五月六日　現行暦の、五月二十九日。

阿胡の行宮　三重県志摩郡にあった行宮。阿児町の国《こ》府《う》付近に設けられた仮宮か。

軽皇子《かるのみこ》の安騎《あき》の野《の》に宿《やど》りましし時《とき》、柿本朝臣人麻呂《かきのもとのあそみひとまろ》の作《つく》る歌《うた》

四五 やすみしし　わご大君《おほきみ》　高照《たかて》らす　日《ひ》の皇子《みこ》　神《かむ》ながら　神《かむ》さびせすと　太敷《ふとし》かす　都《みやこ》を置《お》きて　こもりくの　泊瀬《はつせ》の山《やま》は　真木《まき》立《た》つ　荒山道《あらやまみち》を　石《いは》が根《ね》　禁樹《さへき》おしなべ　坂鳥《さかとり》の　朝越《あさこ》えまして　玉《たま》かぎる　夕《ゆふ》さりくれば　み雪《ゆき》ふる　安騎《あき》の大野《おほの》に　はたすすき　小竹《しの》を押《お》しなべ　草枕《くさまくら》　旅宿《たびやど》りせす　いにしへ思《おも》ひて

短歌《たんか》

四六 安騎《あき》の野《の》に　宿《やど》る旅人《たびひと》　うちなびき　眠《い》も宿《ぬ》らめやも　いにしへ思《おも》ふに

四七 真草刈《まくさか》る　荒野《あらの》にはあれど　もみち葉《ば》の　過《す》ぎにし君《きみ》が　形見《かたみ》とそ来《こ》し

四八 東《ひむがし》の　野《の》にかぎろひの　立《た》つ見《み》えて　かへり見《み》すれば　月傾《つきかたぶ》きぬ

四九 日並《ひなみし》の　皇子《みこ》の尊《みこと》の　馬並《うまな》めて　み狩《かり》立《た》たし　時《とき》は来向《きむ》かふ

【原文】

軽皇子宿㆓于安騎野㆒時、柿本朝臣人麻呂作歌

四五 八隅知之　吾大王　高照　日之皇子　神長柄　神佐備世須等　太敷為　京乎置而　隠口乃　泊瀬山者　真木立　荒山道乎　石根　禁樹押靡　坂鳥乃　朝越座而　玉限　夕去来者　三雪落　阿騎乃大野尓　旗須為寸　四能乎押靡　草枕　多日夜取世須　古昔

念而

短歌

四六 阿騎乃野尓　宿旅人　打靡　寐毛宿良目八方　古部念尓

四七 真草苅　荒野者雖有　葉　過去君之　形見跡曽来師

四八 東　野炎　立所見而　反見為者　月西渡

四九 日雙斯　皇子命乃　馬副而　御獦立師斯　時者来向

【校異】 **等**（元冷紀）―登　**野**（紀）―ナシ　**目**（類紀）―自

軽皇子が安騎の野にお宿りになった時に、柿本朝臣人麻呂が作った歌

四五 あまねく天下を治めておいでになるわが大君、高く照り輝く日の神のみ子が、神であるままに、神らしく行動なさろうと、立派に営まれている都をあとに、こもりくの、泊瀬の山の、真木の茂り立つ荒々しい山道の、岩や道を遮る木々を押し分けて、坂鳥のように朝越えられ、玉がほのかに光るような夕方になると、雪の降る安騎の大野に、はたすすきや小竹を押し伏せて、旅寝をなさるよ。父皇子がご健在であった昔を偲ばれて。

短歌

四六 阿騎の野に宿っている旅人たちは、身を横たえて眠っているだろうか、眠ってはいないのだ。日並皇子のご在世当時を思って。

四七 薄や萱の生い茂った荒れ野ではあるが、もみじ葉が散り落ちるようにお亡くなりになられた日並皇子の形見としてやってきたことだよ。

四八 東の野に、明け方の光がさしはじめたのが見えて、うしろを振り返って見ると、月が西の空に傾いている。

四九 日並皇子の尊が馬を並べて狩に出られた時刻に、いまなろうとしている。

【歌意】 持統六年の伊勢行幸の歌と持統八年十二月に遷都するにいたった藤原の宮造営に従事する役民の働きを詠んだ五十番歌との間に位置するところから、本歌の詠作は、持統六、七年冬とみてよい。六年とすれば、軽皇子は十歳であった。持統女帝にとって皇太子草壁の遺児としてその成長がひとしお待たれる皇子であったことは疑いない。十五歳になるのを待ちかねたように譲位するのである。宇陀は、草壁皇子が生前たびたび狩に出かけたところであった。皇子薨後の舎人作挽歌に、

けころもを時かたまけて出でましし宇陀の大野は思ほえむかも（2・一九一）

とあることからわかる。父草壁没後三年、いま十歳に成長した軽皇子が草壁皇子と同じように狩の場に立っている。西の空に入ろうとする月を草壁に、東の曙の光を軽皇子にたとえたのであろう。しかし、高市皇子薨後に軽皇子を皇太子に立てるのにかなり紛糾した事実（『懐風藻』葛野王伝）からみて、この時人麻呂を含めた人々が、

軽皇子を皇位継承者にと心底考えていたかどうか明らかでない。

【四八番歌の訓みと解釈】『万葉考』がヒムカシノノニカギロヒノタツミエテと訓むまでは、上三句は、アツマノノケフリノタテルトコロミテ（旧訓）で、あるいは、初句をヒンカシノノ（代精）、ハルノノノ（代精別訓）、など試訓が提示されもした。近年、第二、三句は、ノニハカギロヒタツミエテ（全注・釈注）の訓が提示された。動詞「見ゆ」が他の動詞に接する時は古代では終止形を承けると一般に考えられているのに、終止形は格助詞「の」や「が」を承けることがない、という真鍋次郎「四十八番の歌私按」（万葉　昭四一・一）で提示されたノニハカギロヒタツミエテの訓を採択したものである。これについては、小野寛氏の批判「『東の野に炎の立つ見えて』考」（『万葉集歌人摘草』所収）が詳しい。第五句の「月西渡」をツキカタブキヌと訓むことについても、釈注は、ツキニシワタルと訓んだが、月カタブクの例は、左のごとく仮名書き例のほか、「傾」「斜」の用字例はあるが、「ニシワタル」と訓むべき例は管見によればない。カタブキヌと訓みたい。

　山の端に　月可《カ》多《タ》夫《ブ》気《ケ》婆《バ》（15・三六二三）
　二上山に　月加《カ》多《タ》夫《ブ》伎《キ》奴《ヌ》（17・三九五五）
　秋風吹きて　月斜《カタブキヌ》焉（10・二二九八）
　君待つと　居りし間に　月斜《カタブキヌ》（11・二六六七）
　さ夜更けて　出で来し月の　傾《カタブク》二《マ》手《デ》荷《ニ》（11・二八二〇）

なお、この歌に取材した壁画（橿原市橿原神宮の国史館）を描かれた中山正実氏は、その画を成すにあたり、この景観のあらわれる日時を中央気象台に問い合わせ、実地に攷究し、持統六年十一月十七日の暁方、かぎろひが東に立ち、月が西に傾く時を、午前五時五十分と推定した（『万葉集注釈』）という。

【四五】　軽皇子　後の文武天皇。天武十二年(六八三)生。父は日並（草壁）皇子。母は、阿閉皇女（元明天皇）。持統十一年(六九七)八月即位。十五歳。慶雲四年(七〇七)六月崩、二十五歳。聖武天皇の父。姉妹に、元正天皇、吉備内親王（長屋王室）。聖武の母は、夫人藤原宮子（父は、不比等。母は、賀茂朝臣比売）。皇后は立てられなかった。

安騎野　奈良県宇陀郡大宇陀町あたりの野。いま阿紀神社がある。平成七年(一九九五)十二月、掘っ立て柱建物跡十基と竪穴式住居跡三基、庭園の池跡の一部が見つかった。人麻呂の時代の狩り場「安騎野」の宿泊施設と見られている。

高照らす日の皇子　「高光る　日の皇子」と共に、日の神の子孫として、天皇または皇子を讃美する表現。万葉集では、天武・持統両天皇および日並（草壁）・軽・長・弓削・新田部皇子らに用いられている。記紀歌謡にも見える「高光る　日の皇子」に対して、人麻呂創始の「高照らす　日の皇子」には、他者を照らす意味があり、特に讃美性が高いといわれている。

神ながら神さびせすと　神であるままに、神らしく行動なさろうと。セスは、サ変動詞スの尊敬表現。

太敷かす　「太敷く」の尊敬表現。立派に営まれている、意。太は、立派である、あるいはしっかりしている意をあらわす接頭語。

真木　建築材料として優れている木。杉・檜など。

禁樹　通行を妨げる木。サヘは妨げる意のハ行下二段活用の動詞サフの連用形。

おしなべ　押し靡かせて。押し伏せて。ナベは平らにする意の動詞ナブの連用形。

坂鳥の　朝早く山の坂を越える鳥を坂鳥というところから、「朝越え」の枕詞とした。「鳥も山を越える時は、坂のある鞍部を飛ぶ。その鳥の習性を利用して山坂の上に張った網で朝早く飛び立つ鳥をとらえる猟法があり、これを古くから坂鳥という」（矢野貫一「坂鳥考」説林　昭五四・二）。

玉かぎる　「夕」の枕詞。玉が微光を放つ意。その淡い光りから、夕暮の光りになぞらえたもの。

み雪降る　枕詞説もあるが、ここは実景にもとづく修飾語とみたい。
はたすすき　穂の出ている薄。
うち靡き　体を伸ばして横たわって。ウチは接頭語。
眠も宿らめやも　眠っているだろうか、いや眠ってはいないのだ。反語表現。イは、睡眠。ヌは、寝る意の動詞ヌの終止形。ラメは現在の事態を推量する助動詞ラムの已然形。ヤモは、已然形を承けて反語になる。
【四六】　宿る旅人　ここは、軽皇子に従って安騎の野に来ている人々。
【四七】　ま草刈る　「荒野」の枕詞。「ま草」のマは「み草」のミ同様、美称の接頭語。すすき・かやなどをさす。
もみち葉の　「過ぎにし」の枕詞。
過ぎにし君　亡くなった君。「君」は、日並皇子（草壁皇子）をさす。
形見とそ来し　ソは係助詞。「来し」のシは過去回想の助動詞キの連体形。係助詞ソと係り結び。
【四八】　かぎろひ　ここは、あけぼのの光と一般に考えられている。別に、陽炎、炎をさす例もあり、この歌の場合も野火とする説もある。原文は「炎」。末句「月傾きぬ」との関係からみて、あけぼのの光とみるのが最もよい。
【四九】　日並皇子命　原文「日雙斯皇子命」。「日並知皇子尊」（『続日本紀』文武即位前紀、同元明即位前紀、同元正即位前紀）。「日並皇子尊」（2・一一〇題、一六七題）などとも表記される。日（天皇）と並んで天下を治める皇子の意。本歌でこの称が用いられた意味は、「〈日雙斯皇子命〉をめぐって」（神野志隆光『論集上代文学』十一冊。『柿本人麻呂研究』所収）に詳しい。草壁皇子をさす。
時は来向かふ　今、正にその時刻になろうとしている。

藤原《ふぢはら》の宮《みや》の役民《えきみん》の作《つく》る歌《うた》

五〇 やすみしし わご大君《おほきみ》 高照《たかて》らす 日《ひ》の皇子《みこ》 荒栲《あらたへ》の 藤原《ふぢはら》が上《うへ》に 食《を》す国《くに》を 見《め》したまはむと 都宮《みあらか》は 高知《たかし》らさむと 神《かむ》ながら 思《おも》ほすなへに 天地《あめつち》も 寄《よ》りてあれこそ 石走《いはばし》る 近江《あふみ》の国《くに》の 衣手《ころもで》の 田上山《たなかみやま》の 真木《まき》さく 檜《ひ》のつまでを もののふの やそ宇治川《うぢかは》に 玉藻《たまも》なす 浮《う》かべ流《なが》せれ そを取《と》ると 騒《さわ》くみ民《たみ》も 家忘《いへわす》れ 身《み》もたな知《し》らず 鴨《かも》じもの 水《みづ》に浮《う》きゐて わが作《つく》る 日《ひ》の御門《みかど》に 知《し》らぬ国《くに》 寄《よ》し巨《こ》勢《せ》道《ぢ》より わが国《くに》は 常世《とこよ》にならむ 図負《ふみお》へる くすしき亀《かめ》も 新代《あらたよ》と 泉《いづみ》の川《かは》に 持《も》ち越《こ》せる 真木《まき》のつまでを 百足《ももた》らず 筏《いかだ》に作《つく》り のぼすらむ いそはく見《み》れば 神《かむ》ながらならし

右《みぎ》は、日本紀《にほんぎ》に曰《い》はく、「朱鳥《あかみどり》七年《ねん》癸巳《きし》の秋《あき》八月《ぐわつ》、藤原《ふぢはら》の宮地《みやどころ》に幸《いでま》す。八年甲午《ねんかふご》の春正月《はるしやうぐわつ》、藤原《ふぢはら》の宮《みや》に幸《いでま》す。冬《ふゆ》十二月《ぐわつ》庚戌《かうしゆつ》の朔《つきたち》の乙卯《いつばう》、藤原《ふぢはら》の宮《みや》に遷《うつ》る」といふ。

【原文】

藤原宮之役民作歌

五〇 八隅知之 吾大王 高照 日乃皇子 荒妙乃 藤原我宇倍尓 食國乎 賣之賜牟登 都宮者 高所知武等 神長柄 所念奈戸二 天地毛 縁而有許曽 磐走 淡海乃國之

衣手能　田上山之　真木佐苦　檜乃嬬手乎　物乃布能　八十氏河尓　玉藻成　浮倍流礼　其乎取登　散和久御民毛　家忘　身毛多奈不知　鴨自物　水尓浮居而　吾作　日之御門尓　不知國　依巨勢道従　我國者　常世尓成牟　圖負留　神龜毛　新代登　泉乃河尓　持越流　眞木乃都麻手乎　百不足　五十日太尓作　泝須良牟　伊蘇波久見者神随尓有之

右日本紀曰、朱鳥七年癸巳秋八月、幸㆓藤原宮地㆒。八年甲午春正月、幸㆓藤原宮㆒。冬十二月庚戌朔乙卯、遷㆓居藤原宮㆒。

【校異】 **乃**（元類紀）―之　**良**（元類紀）―郎

五〇

藤原宮の役民が作った歌

あまねく国土をお治めになるわが大君、高々と照りかがやいておられる日のみ子が、荒栲の藤、その藤原の地に、お治めになっておられる国土をご覧になろうと、宮殿を高々とお造りになろうと、神であるままにお思いになると同時に、天地の神々も相寄ってお仕えするからこそ、水走る近江の国の、衣手の夕ではないが、田上山の檜の角材を、もののふの八十氏ならぬ、宇治川に、美しい藻のように浮かべ流しているので、それを取ろうと騒いでいる人々も、自分の家を忘れ、わが身のこともまったく思わないで、鴨でもないのに、鴨のように水に漬かって｛(自分達が作っている光輝く朝廷に、知らない国も寄り来よという)巨勢道から、わが国は永遠に栄えるであろうというめでたい文様を背に持った神秘な亀も、新しい御代のしるしと出てくる｝泉の川に運んで来た檜の角材を、百には足りぬ五十、そのイではないが、筏に組んで、川をのぼらせているのであろう、忙しく立ち働く姿を見ると、まことに大君は神そのままであるらしい。

右は、日本書紀に、「朱鳥七年八月、藤原宮地に行幸された。八年正月、藤原宮に行幸された。同年十二月六日、藤原宮に遷られた」とある。

【歌意】 後出の、「藤原宮の御井の歌」(1・五二、五三)と共に原万葉集巻一の巻尾を飾っていたと思われる藤原宮の造営に関わる儀礼歌である。藤原宮の名称がはじめて『日本書紀』に見えるのは、持統四年(六九〇)十月二十九日、「高市皇子、藤原の宮地を観す。公卿・百寮従へり」とある記録の中においてである。この僅か二十日後に、持統天皇自らも、公卿・百寮を従えて、藤原の宮地に行幸しているところよりすれば、藤原の宮地選定はこれに先立って行われていたと考えられ、天武天皇在世中に、藤原への遷都の方針が決定され、条坊プランも決定していたとする見解もある(岸俊男「飛鳥から平城へ」『古代の日本 5』)。持統四年の高市皇子ならびに持統天皇の宮地視察以前にどの程度新京造営の計画が進んでいたかは明らかでないが、天武十三年(六八四)三月九日の、「天皇、京師に巡行りたまひて、宮室の地を定めたまふ」とある記録より、さらに遡って天武十一年三月一日条の、「小紫三野王と宮内官大夫等に命して、新城に遣して其の地形を見しむ。よりて都つくらむとす」も、藤原京の造都事業が開始されたことを示している(『奈良県の歴史』)。これまでは、天皇一代毎に宮が定められ、宮の名がそのままその宮に住まわれた天皇の別称ともなったのであるが、中国の都城の例に倣って何代にもわたって栄える新京造営の計画は、天武天皇在世中にはじまったのである。浄御原宮からほど近く、もと藤原氏の本居でもあった藤原の地での新都造営は、多数の逃亡者を出した平城京造営に比して、それほど大きな困難はなかったに相違ない。それでも持統四年の宮地視察からだけでも、八年十二月の遷都まで四年余の歳月を要している。しかも新京の整備は、その後も続行され、最終的に宮地の設定（京域の設定か）が行われたのは、慶雲元年(七〇四)十一月二十日のことであった。藤原宮の範囲は、二里（一・〇六キロ）四方で、その宮域を囲むように東西南北に広がっている京域は、以前に岸俊男氏が提唱されたそれよりはるかに広いものであることが明らかになった。すなわち、平成八年に東西の京極が発見され、京域のうち東西は各十坊からなり、直線距離で約五・三キロの長さであることが明らかとなる。二〇〇四年九月に北六条大路は北京極の可能性が高いことが確認され、南京極は未確認で説が分かれているものの、十里四方、もしくは、東西十里・南北九里というのが現在有力な説で、いずれにしても、大和三山は京域内に含まれることになる。この広大な藤原京の完成がいつかは明らかでないが、当初より京域は設定されていたと考えてよいであろう。後掲の大藤原京の図は、南北・東西共に十里とする小澤毅氏の説（「浄御原宮と藤原京の発掘」『古代史研究最前線　別冊歴史読本』平十・四）によって示した。

ところで、日本書紀の藤原京造営関係記事（別掲）の中で、特に注目されるのは、持統天皇の、造営中の宮地への行幸記事の多さである。持統四年十二月をはじめとして、六年正月、同年六月、七年八月、八年正月と、記録されているものだけでも五度に及んでおり新京造営に対する関心の深さが推測される。「藤原宮の役民の作る歌」は、この持統天皇の行幸と関係があり、おそらくはその行幸の場で誦詠された儀礼歌であり、宮廷讃歌であったと考えられる。別表に示すように、すでに天武天皇在世当時から計画され、その条坊プランも決定されていたらしい藤原宮造営の着工開始がいつであったか明確ではないが、持統四年十月の高市皇子の、公卿百寮を率いての藤原宮地の視察時点では、すでに作業は始まっていたに相違ない。題詞には、「藤原宮の役民の歌」とあるが、歌は、「あまねく天下をお治めになり、高々と照り輝いておられる天皇が、藤原の地に宮を造営して天下を治めようと神としてお思いになると同時に、天地の神々も相寄ってお仕え申し上げ、宮材となる檜の角材を田上山から宇治川に浮かべ流すと、民衆も我が身を顧みず水に浸かって泉の川から筏に組んで川を遡らせている」というもので、更に加えて泉川への二重構造の序詞を設けて、造営中の日の朝廷に未知の国も帰順するであろうという王化思想と、我が国が永久に栄えるしるしの文様を背にもつ亀が出現するという天瑞思想をも盛り込んでいる。本歌は、造営中たびたび足を運ばれた持統天皇の行幸の際に、宮廷讃歌として誦詠されたと思われる。宮の完成後に、同じく持統天皇の前で誦詠されたはずの後出「藤原宮の御井の歌」（五二、三）の長歌が、四十三句中、対句は二十八句に及び、その一つは六句四連の並対という特殊な構成をなしているのに対して、本歌は、四十七句中、対句は二句対二例（「やすみしし　わご大君」「高照らす　日の皇子」、「食す国を　見し給はむと」「都宮は　高知らさむと」）のみである。しかも、両対句共に音声の上からはほとんど同語なく、わずかに後者の下句末「むと」の二音が同じであるに過ぎない。同じ二句対でも、「藤原宮の御井の歌」の「高知るや　天の御蔭」「天知るや日の御蔭の」とは、内容的・音律的にかなりの違いがある。この二句対二例のみをもつ「役民の歌」は、それだけ豊富な内容が詠み込まれることとなり、単純簡古からはほど遠い複雑さをもったのである。この歌の作者に人麻呂を想定する論もないではないが、賛成できない。現神思想は、人麻呂のよくするところで、彼が、漢籍に通じその影響下に新しい文芸詩を開拓し完成させた面は少なからずあったといえるが、常にそれらは、みずからの精神の内奥を通して、みずからの言葉でうたっており、このような外来思想を生の形で表現することはなかったように思われる。しかもその祥瑞思想は泉川にかかる序詞のなかでのみうたわれていて、一首の構成のなかで十分に生かされていない。「国歌にも堪能な漢学者の手になったものであらうとおもふ」（菊池寿人『万葉集精考』）

という説に同感する。

年・月・日	事　項
天武五（六七六）	是の年に、新城に都つくらむとす。限の内の田薗は、公私を問はず、皆耕さずして悉に荒れぬ。然れども遂に都つくらず。
天武十一・三・一	小紫三野王と宮内官大夫等に命して、新城に遣して其の地形を見しむ。よりて都つくらむとす。
天武十三・三・九	天皇、京師に巡行りたまひて、宮室の地を定めたまふ。
持統四（六九〇）・十・二十九	高市皇子、藤原の宮地を観す。公卿百寮、従なり。
持統四・十二・十九	天皇、藤原に幸して宮地を観す。公卿百寮、皆従なり。
持統五・十・二十七	使者を遣して新益京を鎮め祭らしむ。
持統五・十二・八	詔して曰はく、「右大臣に賜ふ宅地四町。直広弐より以上には二町。大参より以下には一町。勤より以下、無位に至るまでは、其の戸口に随はむ。其の上戸には一町。中戸には半町。下戸には四分の一。王等も此に准へよ」とのたまふ。
持統六・正・十二	天皇、新益京の路を観す。
持統六・五・二十三	浄広肆難波王等を遣して藤原の宮地を鎮め祭らしむ。
持統六・五・二十六	使者を遣して、幣を四所の、伊勢・大倭・住吉・紀伊の大神に奉らしむ。告すに新宮のことを以てす。
持統六・六・三十	天皇、藤原の宮地を観す。
持統七・二・十	造京司衣縫王等に詔して、掘せる尸《しかばね》を収めしむ。
持統七・八・一	藤原の宮地に幸す。
持統八・正・二十一	藤原宮に幸す。即日に、宮に還りたまふ。
持統八・十二・六	藤原宮に遷り居します。
大宝二（七〇二）・三・十二	大安殿を鎮めて大祓す。 天皇、新宮の正殿に御して斎戒したまふ。惣て幣帛を畿内七道の諸の社に頒ちたまふ。
慶雲元（七〇四）・十一・二十	始めて藤原の宮地を定む。宅の宮中に入る百姓一千五百五烟に布を賜ふこと差あり。

藤原京造営関係略年表

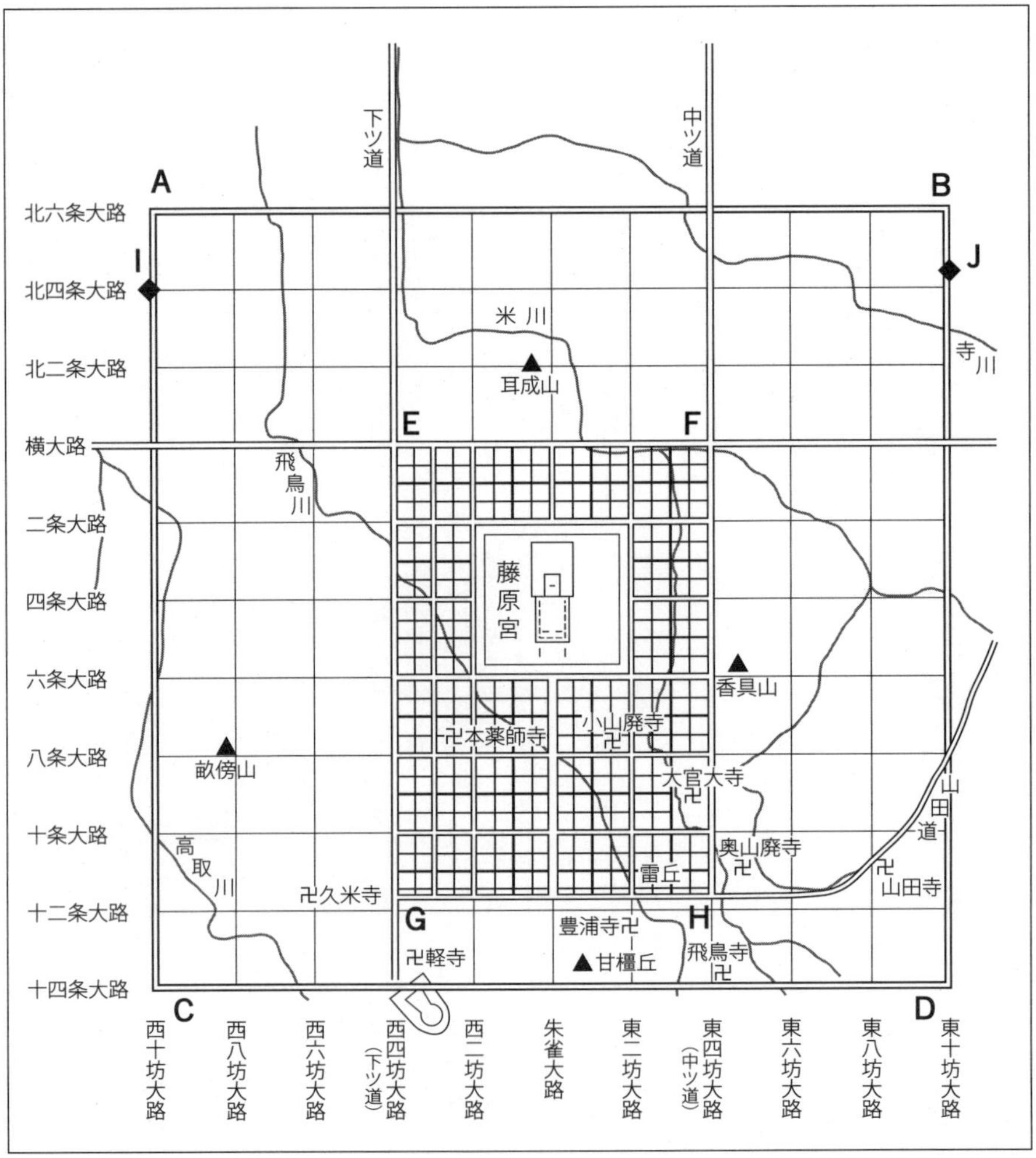

大　藤　原　京

ＡＢＣＤ…大藤原京　　Ｉ…土橋遺跡（西京極）
ＥＦＧＨ…岸説藤原京　　Ｊ…上之庄遺跡（東京極）

[田上山からの木材の運搬経路]　大戸川―瀬田川―宇治川―木津川（泉川）…佐保川―泊瀬川―明日香。この途中、巨椋池南部で、筏に組んで、木津川を遡らせたのである。

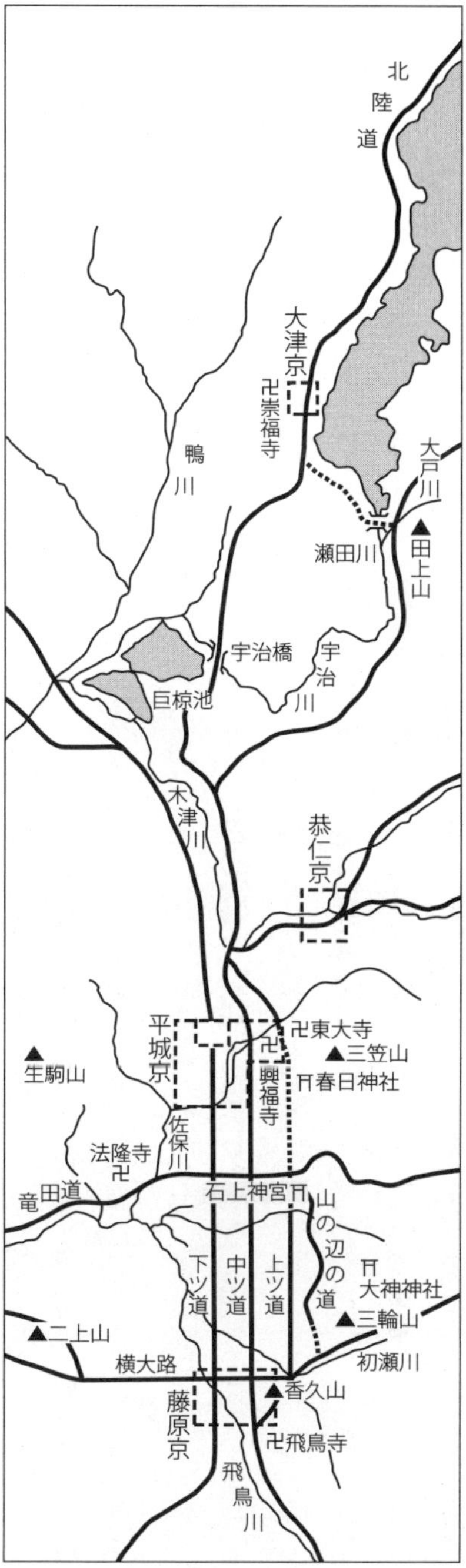

藤原　五二番歌の藤井が原に同じ。

荒栲の　「藤」の枕詞。織り目のごわごわした栲の織物。藤の繊維で織ったりするので、藤に冠した。和栲（ニキタヘ）は、柔らかい栲の織物。

食す国　「食す」は、「食べる」の尊敬語で、治める意。

見したまはむと　ご覧になろうと。「見《め》し」は、「見る」の尊敬語メスの連用形。

都宮　みあらか。御殿の意。

高知らさむと　立派にお造りになろうとして。

思ほすなへに　お思いになると同時に。ナヘニは、すると同時に、それに併せて。

天地も　天地の神々も。

あれこそ　アレバコソに、同じ。

衣手の　「田上山」の枕詞。衣手は、袖の意。袖と関わり深い手（タ）と同音の、タを頭にもつ「田上山」に冠した。

田上山　田上高原。滋賀県大津市の大戸川と信楽川とにはさまれた山地。湖南アルプスともよばれ、海抜六百メートルの太神山を主峰とする。古く田上材の産地として知られたところで、奈良から平安時代にかけては、東大寺や石山寺の建築用材として檜が、後には、信楽の窯業用の燃料材として松が伐り出された。田上山作所の名は、天平宝字六年正月の正倉院文書等にみえる。

真木さく　「檜」の枕詞。サクは、割く。氷目（ヒメ）すなわち、割れ目の意味で、「檜」にかかる枕詞となる。「真木」は建築に適した、立派な良い木。杉や檜。

つまで　角材。粗削りの角のある材木。

もののふのやそ　「宇治川」にかかる序詞。モノノフは、朝廷に仕える文武百官。ヤソは、八十。多数の意。文武百官には、多くの氏族があることから、氏と宇治を懸詞として、「宇治川」にかける序詞とした。

浮かべ流せれ　ナガセレは、ナガセレバ（ナガシアレバ）に同じ。流しているので、の意。「依りてあれこそ」を受けつつ、下に続く。

そを取ると　宇治川を流してきた木材を取ろうと。

騒くみ民も　忙しく立ち働く役民も。「も」は前出の「天地も」に対応。

身もたな知らず　我身のこともすっかり忘れて。タナは、「全く・全然」の意。

鴨じもの　鴨のように。「じもの」は、～でもないのに、～であるかのように。

わが作る……新代と　「わが作る」以下の九句は、「泉の川」の「泉」を起こす序詞。「泉」のイヅに「出《い》づ」を掛けて下句を起こしている。

日の御門　朝廷を讃美していう表現。ここは、造営中の「藤原の宮」をさす。

寄し巨勢道より　原文は「依巨勢道従」。ヨシコセは朝廷の支配下に入ってきてほしい、帰服して欲しい、の意。地名コセに、他に誂え望む意をあらわす助動詞コスの命令形コセを掛けて、下に続けている。

常世にならむ　「永遠に栄えるであろう」の意。常世の国は、不老不死の理想郷であるが、「常世に」と副詞的に用いて、「いつまでもかわることなく」の意をもつ。

図負へるくすしき亀 甲羅に瑞兆の文様を持った、神秘な亀。

霊亀（七一五～七一七） 霊亀元年八月、左京の人大初位高田首久比麻呂、霊亀を奉る。

神亀（七二四～七二九） 養老七年十月、左京の人無位紀朝臣家、白亀を奉る。

※万葉の時代は、しばしば祥瑞によって、改元した。前記、「霊亀」「神亀」のほか、白雉（六五〇～六五四）、朱鳥（六八六）、慶雲（七〇四～七〇八）など。

泉の川 木津川。奈良県の宇陀より発し、伊賀・泉・木津を経て淀川に合流する。

百足らず 「筏」の枕詞。イカダのイは、五十と同音。百に足りない五十の意で冠した。筏の原文は「五十日太」。

いそはく 勤勉に立ち働く意の動詞イソフのク語法。*

＊ク語法は、活用語を体言化する語法。活用語の連体形に形式体言のアクが付いた形。言はく・恋ふらく・語らく・願はく・見まく、など。

神ながらならし 神そのものであるからであるらしい。

明日香《あすか》の宮《みや》より藤原《ふぢはら》の宮《みや》に遷《うつ》りましし後《のち》、志貴皇子《しきのみこ》の作《つく》りませるみ歌《うた》

五一 采女《うねめ》の 袖《そで》吹《ふ》きかへす 明日香風《あすかかぜ》 都《みやこ》を遠《とほ》み いたづらに吹《ふ》く

【原文】 従㆓明日香宮㆒遷㆓居藤原宮㆒之後、志貴皇子御作歌

五一　婇女乃　袖吹反　明日香風　京都乎遠見　無用尓布久

明日香の宮から藤原の宮に遷られた後に、志貴皇子がお作りになったお歌

五一　美しい采女たちの袖をひるがえしていた明日香の風も、今は都が移り遠くなったので、ただ空しく吹いているよ。

【歌意】　明日香旧京と藤原新京との距離は、決して遠くはないが、持統五年、新京内に官人たちには宅地が与えられているから、皆移り住んだのであろう。都的なものはあげて新都にあり、旧都ははやくも人々の関心の外にあった。新しい都は、これまでにない大きな規模の都であった。天智天皇唯一の遺皇子として、主流からはずれた位置にあった志貴皇子にとって、新京は心になじまず、旧都明日香こそなつかしい離れがたいところであったのだろう。持統八年十二月の遷都当時、天智天皇の皇子は、壬申の乱で大友皇子が、持統五年に川島皇子が没して、志貴皇子一人が生存していた。志貴皇子の母は、越の道の君の伊羅都売《いらつめ》。越の道の君は、もと越の国造（くにのみやつこ）、石川県白山市あたりの豪族であったらしい。志貴皇子は、持統三年（六八九）六月に撰善言司に任ぜられ、大宝三年（七〇三）九月に近江の鉄穴を賜わる記事がある程度で、品位も四品が長く、和銅元年（七〇八）正月に三品、霊亀元年（七一五）正月に二品、同二年八月薨（続紀。万葉集には霊亀元年とある）。笠金村詠作の挽歌（2・二三〇～二三二）がある。子に、湯原王・春日王・榎井王・光仁天皇（白壁王）。その子白壁王の即位（光仁天皇）により、宝亀元年（七七〇）十月、御春日宮天皇と追尊され、また田原天皇とも称された。歌は、万葉集に、短歌のみ六首。

明日香の宮 飛鳥の浄御原宮。天武元年（六七二）冬から藤原の宮へ遷都するまでの皇居。奈良県高市郡明日香村飛鳥。飛鳥寺南方の板蓋宮伝承地。昭和六十年、「辛巳年」（六八一年、天武天皇十年）、「大津皇子」などの木簡が大量に出土し、三層にわたる宮殿遺構のうち、上層の宮殿が浄御原宮であることが確実となった。平成七年にも、「丁丑年」（天武天皇六年）ほかの木簡が出土している（小澤毅「浄御原宮と藤原京の発掘」『古代史研究最前線 別冊歴史読本』平十・四）。

藤原の宮 持統八年十二月から和銅三年三月の平城遷都までの皇居。従来の天皇一代限りの宮と違って、何代にもわたって永続する宮として、宮内に、大極殿院・朝堂院・朝集殿院のほか東西に官衙地区が設けられていた。朱雀門をはじめとする宮城十二門の一部もその遺構が判明している。宮を中心において東西南北に広がる京域には条坊制が施行されていた。持統五年十二月には、まだ建設途上にあった藤原京内に、右大臣以下無位に至るまでの官人に宅地を賜っている。だが、早くも慶雲四年（七〇七）二月から、平城遷都の議がおこり、和銅三年三月に、平城京に遷都して、僅か十六年の短命に終わった。

采女 天皇に近侍し、主としてその食膳に奉仕した女官。五世紀後半ころに定着したといわれる。令制以前には、大和・伊勢・山城・吉備などの政治的にも信仰的にも重要な有力豪族の子女が奉仕していた。大化二年正月の詔には、「采女は、郡の少領以上の者の姉妹・子女の、容姿端正なものをたてまつらせる。従丁一人・従女二人を従わせる。一百戸からさし出されるものを、采女一人の食料にあてることとし、そのための庸布・庸米はみな仕丁に準じる」とある。仕丁に関しては、一戸につき庸布一丈二尺、庸米五斗であった。養老の後宮職員令にも、郡の少領以上の者の姉妹または娘の容姿端正な者をたてまつることが規定されている。令制下では、采女の宮中での生活費にあてるために、諸国に采女の肩巾田が設置されており、大宝令の施行にともない一旦廃止されたが、慶雲二年（七〇五）四月に復活された。

都を遠み 都が遠いので。ミは、原因理由をあらわす接尾語。上に「名詞＋ヲ」がくることが多い。

五二　藤原《ふぢはら》の宮《みや》の御井《みゐ》の歌《うた》

やすみしし　わご大君《おほきみ》　高照《たかて》らす　日《ひ》の皇子《みこ》　荒栲《あらたへ》の　藤井《ふぢゐ》が原《はら》に　大御門《おほみかど》　始《はじ》めた
まひて　埴安《はにやす》の　堤《つつみ》の上《うへ》に　あり立《た》たし　見《め》したまへば　大和《やまと》の　青香具山《あをかぐやま》は　日《ひ》
の経《たて》の　大御門《おほみかど》に　春山《はるやま》と　しみさび立《た》てり　畝火《うねび》の　この瑞山《みづやま》は　日《ひ》の緯《よこ》の　大御《おほみ》
門《かど》に　瑞山《みづやま》と　山《やま》さびいます　耳梨《みみなし》の　青菅山《あをすがやま》は　背面《そとも》の　大御門《おほみかど》に　宜《よろ》しなへ　神《かむ》
さび立《た》てり　名《な》くはし　吉野《よしの》の山《やま》は　影面《かげとも》の　大御門《おほみかど》ゆ　雲居《くもゐ》にそ　遠《とほ》くありける　高《たか》
知《し》るや　天《あめ》の御蔭《みかげ》　天知《あめし》るや　日《ひ》の御蔭《みかげ》の　水《みづ》こそば　常《とこしへ》にあらめ　御井《みゐ》のま清水《しみづ》

短歌《たんか》

五三　藤原《ふぢはら》の　大宮仕《おほみやつか》へ　生《あ》れつぐや　娘子《をとめ》がともは　ともしきろかも

右《みぎ》の歌《うた》は、作者《さくしや》いまだ詳《つばひ》らかならず。

【原文】

藤原宮御井歌

五二　八隅知之　和期大王　高照　日之皇子　麁妙乃　藤井我原尓　大御門　始賜而　埴安

乃　堤上尓　在立之　見之賜者　日本乃　青香具山者　日經乃　大御門尓　春山跡
之美佐備立有　畝火乃　此美豆山者　日緯能　大御門尓　弥豆山跡　山佐備伊座　耳
為之　青菅山者　背友乃　大御門尓　宜名倍　神佐備立有　名細　吉野乃山者　影友
乃　大御門従　雲居尓曽　遠久有家留　高知也　天之御陰　天知也　日之御影乃　水
許曽婆　常尓有米　御井之清水

短歌

五三　藤原之　大宮都加倍　安礼衝哉　處女之友者　乏吉呂賀聞

右歌、作者未レ詳。

【校異】跡（古）―路　為（考ニヨル）―高　従（元類紀）―徒　之（元類古）―ナシ
乏（玉小琴ニヨル）―之　呂（元類古）―召

藤原の宮のみ井の歌

五二　あまねく天下をお治めになっておられるわが大君、高く照り輝く日の御子が、荒栲の藤井が原に大殿を造営されて、埴安の池の堤の上にいつもお立ちになってご覧になると、大和の青々とした香具山は、東の御門に向かって春山らしく繁り立っている。畝傍山の、この生命力に満ちた山は、西の御門に向かって生き生きした山らしい姿で立っている。青々とした菅の生えている耳梨山は、北の御門に向かっていかにもよい具合に神々しく立っている。その名もうるわしい吉野の山は、南の御門からはるかに遠い雲のかなたにある。高々とお治めになっておられるこの宮殿、天上までも支配しておられるこの宮殿の、水こそは、永遠であろう。み井のま清水よ。

短歌

亖 藤原の大宮に奉仕するために次々と生まれてきたをとめたちは羨ましいことだ。

右の歌は、作者がわからない。

【歌意】 新しく造営され遷都がおこなわれた藤原の宮を讃美する歌。天皇が埴安の堤の上にお立ちになってご覧になるという形で、藤原の宮の四方に位置する山々をほめ、その中心にあり宮の生命ともいうべき御井の永遠であることを予祝して藤原の宮を讃美した。古事記に記す巻向の日代の宮（景行天皇の宮殿）を讃美する歌と比較すれば、この歌の新しさがよくわかる。四十三句中対句は二十八句に及ぶが、なかでもその中心を占めるのが、六句四連の並対である。一連ごとに段落があり、一連の長さが長いから、全体にゆったりとした調べをもたらしている。そのゆったりとした四連の対句に続いて二句対があるから、その間に明らかな転調があり、全体の調べに変化をもたらした。藤原の宮の東西南北に位置する山々を叙するにも、「大和の青香具山」「畝火のこの瑞山」「耳梨の青菅山」「名くはし吉野の山」のごとく、あるいはまた「しみさび立てり」「山さびいます」「神さび立てり」「遠くありける」のごとく、語句の変化に心を用いつつ、なお、第四句に、共に「大御門」の語を配して例外なく、一連と二連の第三句中の「日の」、三連と四連の第三句中の「面の」、あるいは続く二句対の「知るや」と「御蔭」のごとく、要所要所に同音同語を繰り返すことによって、内容の単純さと階調とをもたらしている。「天知るや」の「天」が、前句「天の御蔭」の「天」をくりかえす形で始まっているのも全体の階調に寄与している。対句には、内容上の対称性・整斉性と同時に、音律面での整調性があるが、この歌の、簡素・古風でしかも悠揚迫らぬ調べのよさは、その対句表現によるといえる。

※巻向の　日代の宮は　朝日の　日照る宮　夕日の　日影る宮　竹の根の　根足る宮　木の根の　根ばふ宮　八百土よし　い杵築の宮　真木栄く　桧の御門　新嘗屋に　生ひ立てる　百足る　槻が枝は　上つ枝は　天を覆へり　中つ枝は　東を覆へり　下づ枝は　鄙を覆へり　（以下略　記一〇〇）

【藤原の宮の御井の歌の作者について】　古くは、橘守部の『万葉集桧嬬手《ひのつまで》』のように、この歌の作者を柿本人麻呂とする立場もあったが、中島光風「藤原宮の御井の歌の和歌史的意義」（国語と国文学　昭一五・一〇）は、人麻呂の歌の修辞が複雑で交響的であるのに対して、この歌の修辞が完璧なまでに洗練されており、均整美的な効果があること、また、人麻呂の長歌の歌風が雄渾豊麗であるのにたいして、この歌の歌風が端厳謹直であることを指摘して、修辞・歌風共に人麻呂的でないことを明らかにした。実際、東西南北の四山のたたずまいを六句四連の対句で整然と叙したあと、「高知るや天の御蔭　天知るや日の御蔭の」と、大きく調子を変えて、大歌風の詞章で、御井の清水を讃えて終っているところは、その調べの伸びやかさ・余裕のある大きさにおいて、人麻呂の息をつかせぬ強さ・緊迫感と異質なものがある。この歌の歌風を端厳謹直とのみ称するならば、人麻呂の歌にも、五味智英氏が端厳調と名付けた（1・三九、3・二五五、三〇四）のような歌もあるが（五味智英「人麻呂の調べ」『万葉集の作家と作品』所収）、御井の歌には、端厳謹直ということばだけでは表し得ない、いわゆる、初期万葉の歌のもつおおらかさ・のびやかさがある。その点が人麻呂の歌と根本的に異なるところである。先ごろ土橋寛氏（「『藤原宮御井歌』の特異性と中臣氏」『万葉集の文学と歴史』）は、この歌の作者を中臣氏と推測した。その説は、藤原の宮と藤原氏特に不比等との関係を重視するところからでており、この歌は、持統・不比等体制を讃美することに主眼があるとも述べている。その点はいささか疑問もあるが、先に述べたような特異な歌風からみて、宮廷内の祝詞《のりと》や宣命あるいは大歌などの作成にかかわる者の作ではないかと思われる。中臣氏は宮廷の祭祀に携わり祝詞の作成伝誦に当った氏族であったことは確かであるから、その点で有力な候補にはなるであろう。

【五二】 御井　泉でも池でも清い水をたたえたところを「井」といった。ミは、尊称の接頭語。

荒栲の　藤井が原に冠する枕詞。荒栲は、織り目のごつごつした織物で、藤などの繊維で作るところから、「藤」にはじまる地名「藤井が原」の枕詞とした。

藤井が原　藤原と同地。井の傍らに藤の木があったところから呼ばれた地名か。

大御門　ここでは宮殿の意。

始めたまひて　（藤原の地に）宮を造営なさって。

埴安　香具山の北麓から西麓に広がっていた地域。池があった。

あり立たし　いつもお立ちになって。アリは、ずっと、いつもの意を示す。シは、尊敬の助動詞スの連用形。

見したまへば　ごらんになると。メシは、ミルの敬語表現メスの連用形。

青香具山　青々と繁る天の香具山。「青」は木々の繁茂を意味し、讃美を表す。

日の経　ヒノタテ。東。

しみさび　繁茂する意のシミサブの連用形。

畝火のこの瑞山　畝傍山。大和三山の一、一三番歌に既出。「瑞山」は、木々の生い茂った美しい山。「瑞」は清らかで生き生きした様をほめて、接頭語的に用いられる。瑞玉盞（ミヅタマウキ）、瑞垣など。

日の緯　ヒノヨコ。西。

耳梨の青菅山　青々とした菅の生えている耳梨山。
背面　そとも。北。背つ面（ソツオモ）の約。光を受ける南面に対して北面をいう。
宜しなへ　副詞。好ましく、心ひかれるさまに。
名くはし　名前のうるわしい。名のよい。
影面　かげとも。南。光りをまともに受ける面の意。「影」は光の意。
大御門ゆ　ユは、ここは、起点をあらわす。～から。
高知るや　高々とお治めになる。ヤは、間投助詞。
天の御蔭　宮殿のこと。「天の」は、ほめ言葉。「蔭」は、本来日光や雨などを避ける覆いをいうが、冠・笠・屋根などもいう。建物を「御蔭」というのは、祈年祭の祝詞に「皇御孫の瑞の御舎を仕へまつりて、天の御蔭・日の御蔭と隠りまして」とあるのに等しい。
天知るや　天上を治める。ヤは、間投助詞。「天知らしぬる君」（2・二〇〇）。
日の御蔭　宮殿のこと。原文に「天之御蔭」「日之御影」とカゲの文字を変えているのは、視覚上の変化を意識したもので、変字法、避板法ともいう。
水こそば常にあらめ　水こそは永遠であるでしょう。メは推量の助動詞ムの已然形。
ま清水　原文「清水」。シミズとも訓むが、尊称の接頭語マを訓みそえる。
【五三】　生れつぐや　生まれ継ぐ。ヤは、間投助詞。原文に、「安礼衝哉」とあるので、「生れ着く」（生まれてきた）ととる説や、「アレ（神霊の依り代）を立てる」と解する説もある。「生まれ継ぐ」意ととるのが、宮廷讃歌としてのこの歌の性格にかなうとおもわれる。
娘子がともはともしきろかも　「とも」は、同一集団に属するものたちをさす名詞。「ますらをのとも」（20・四四六五）。「ともしき」は、うらやましい意の形容詞「ともし」の連体形。「ろかも」は、形容詞連体形をうけて感動の意をあらわす助詞（岩波古語）。

五四　大宝元年辛丑秋《たいほうぐわんねんしんちうあき》九月《ぐわつ》、太上天皇《おほきすめらみこと》、紀伊国《きのくに》に幸《いでま》しし時《とき》の歌《うた》
巨勢山《こせやま》の　つらつら椿《つばき》　つらつらに　見《み》つつ偲《しの》はな　巨勢《こせ》の春野《はるの》を
右《みぎ》一首《しゅ》、坂門人足《さかとのひとたり》

五五　あさもよし　紀人《きひと》ともしも　真土山《まつちやま》　行《ゆ》き来《く》と見《み》らむ　紀人《きひと》ともしも
右《みぎ》一首《しゅ》、調首淡海《つきのおびとあふみ》
ある本《ほん》の歌《うた》

五六　河上《かはのへ》の　つらつら椿《つばき》　つらつらに　見《み》れども飽《あ》かず　巨勢《こせ》の春野《はるの》は
右《みぎ》一首《しゅ》、春日蔵首老《かすがのくらのおびとおゆ》

【原文】
大寶元年辛丑秋九月、太上天皇幸二于紀伊國一時歌

五四　巨勢山乃　列〻椿　都良〻〻尓　見乍思奈　許湍乃春野乎
右一首、坂門人足

五五　朝毛吉　木人乏母　亦打山　行来跡見良武　樹人友師母
右一首、調首淡海
或本歌

五六　河上乃　列ゝ椿　都良ゝゝ尓　雖見安可受　巨勢能春野者

右一首、春日蔵首老

【校異】 伊（元類紀）―ナシ

大宝元年九月、（持統）太上天皇が、紀伊国に行幸された時の歌

五四　巨勢山のつらつら椿を、つくづくと見ながら偲ぼうよ、巨勢の春野を（今は、椿の花は見られないが、春はさぞ見事であろうよ）。

右の一首は、坂門人足

五五　紀の国の人は羨ましいなあ。真土山をいつも行き来に見るであろう、紀の国の人は羨ましいなあ。

右の一首は、調首淡海

ある本の歌

五六　河のほとりのつらつら椿をつくづくと見るけれど、いくら見ても見飽きないよ、巨勢の春野は。

右の一首は、春日蔵人老

【歌意】　大宝元年秋九月の紀伊国行幸の時の歌は、五四・五五番歌の二首で、五六番歌は、五四と関係ある歌として別本より引用したものである。眼前に春の花さく椿を見て詠んだ五六の方が、眼前にない春の景を偲んだ五四よりも早いと考える説（澤瀉久孝『万葉集注釈』ほか）もあるが、五六の作者春日老がこの年三月に還俗していることを思えば、可能性は薄いように思われる。老の紀路の歌が巻三に二首あり、その一首には「弁基歌」と還俗以前の歌であると解されるものもあるが、五六もそれと同じく弁基時代の歌であれば、作者名を弁基と書いたに相違ない。五四・五六の二首は共に、第二句と第三句に「つらつら」と滑りのよい句を繰り返してはずむような調子があり、第四句と第五句が倒置形式になっているのも、軽い心おどりを反映しているようである。共にア段音が多く明るい。弁基時代の作二九八とは、異質であるようにおもわれる。五五番歌は、行幸従駕の往路、真土山に到っての作である。作者調首淡海は、天武元年の壬申の戦いの際、舎人として大海人皇子に従い、戦いの日々を日記に記し留めた人物である（『釈日本紀』にその一部を引用）。軍防令の規定によれば、舎人は二十一歳以上の者の中から選ばれる。これによって、仮に天武元年(六七二)に二十一歳であったとすると、この年七〇一年には、五十歳である。彼は、神亀四年(七二七)十一月、皇太子（基皇子）誕生を祝って、五位以上の者に綿を、累世の家の嫡子で五位以上である者にそれに加えて、あしぎぬを賜わった際、高齢である理由で大倭忌寸五百足と共に、この列に加えられ、綿とあしぎぬとを賜わったと伝えられる。第二句と第五句とに同じ語句を繰り返す形式は、歌謡風で記紀歌謡や、万葉でも初期のものに多いことが指摘されている。天武朝に、壬申の乱以来の功臣として天武天皇に仕えた調淡海は、歌謡を好んだ天皇の影響もあって、この類の歌謡に親しんだのであろう。大和から紀路へ入る国境の山として都人にも知られていた真土山に対する思いのうかがわれる歌である。

【五四】　太上天皇　持統天皇。四年前の持統十一年（六九七）八月、皇孫軽皇子に譲位。文武天皇の時代になり、持統天皇は太上天皇と呼ばれた。

大宝元年（七〇一）の紀伊国行幸

九月十八日　出発。

十月　八日　武漏の湯到着（和歌の浦あたりに長く逗留していたか）。

十月十九日　帰京。

※この時の歌は、別に、巻二・一四六と巻九・一六六七〜一六七九とある。

巨勢山　奈良県御所市古瀬を中心とする地域の山。

つらつら椿　原文「列列椿」。椿の並木とも、花又は葉の連なった椿、ともいう。おそらく、前者であろう。

次の「つらつらに」と意味は異なるが、音の反復が音調の上に効果的に働いている。

つらつらに　つくづくと。しみじみと。

偲はな　原文「思奈」。シノフは、賞美する、なつかしく思う、意のほか、あるものを媒介にして、眼前にないものに思いを馳せる意もある。この場合は、眼前にないものを思い浮かべること。

坂門人足　伝未詳。歌は、この一首のみ。

【五五】　あさもよし　「紀の国」に冠する枕詞。紀の国からよい麻裳が産出されたところからという。延喜式に、紀の国の特産として麻や紙があげられている。

麻衣　着《け》ればなつかし　紀の国の　妹背の山に　麻蒔く吾妹　（7・一一九五）

真土山　奈良県五条市上野《こうずけ》町と和歌山県橋本市隅田《すだ》町との境に位置する山。当時も大和と紀伊の国境に位置した。

調首淡海　壬申の乱の際に舎人として大海人側で戦い、戦いの記録を日記に記した断片が伝わる。首（おびと）は、姓。後に、連姓を賜わる。調氏は、百済からの渡来系氏族。絁絹などの調に関する職掌にもとづく氏の名といわれる。『新撰姓氏録』に、顕宗天皇の御世に、絁絹《きぬ》の様《かた》を献じて、調首の姓を賜わったことを記す（左京諸蕃下　調連条）。

【五六】　河上の　河のほとりの。曽我川の上流にあたる、重阪《へいさか》川流域の地が、巨勢の野。この河は、重阪川である。

春日蔵首老　蔵首は姓。倉首・椋首とも。法師名を弁基（弁紀とも）といった。大宝元年（七〇一）三月還俗《げんぞく》。春日蔵首の姓と老の名を賜わり、追大壱（正八位上相当）を授けられた。和銅七年正月に正六位上から従五位下に昇叙。歌は、本歌のほかに、巻一・六二。巻三・二八二、二八四、二八六、二九八。巻九・一七一七、一七一九。懐風藻に漢詩一首を載せる。従五位下常陸介とある。五十二歳で卒。

二年壬寅《ねんじんいん》に、太上天皇《おほきすめらみこと》の参河国《みかはのくに》に幸《いでま》しし時《とき》の歌《うた》

五七　引馬野《ひくまの》に　にほふ榛原《はりはら》　入《い》り乱《みだ》れ　衣《ころも》にほはせ　旅《たび》のしるしに

右一首《みぎしゅ》、長忌寸奥麻呂《ながのいみきおきまろ》。

五八　何処《いづく》にか　船泊《ふなはて》すらむ　安礼《あれ》の崎《さき》　漕《こ》ぎ廻《た》み行《ゆ》きし　棚無《たなな》し小舟《をぶね》

右一首《みぎしゅ》、高市連黒人《たけちむらじくろひと》。

誉謝女王《よさのおほきみ》の作《つく》る歌《うた》

五九　流《なが》らふる　つま吹《ふ》く風《かぜ》の　寒《さむ》き夜《よ》に　わが背《せ》の君《きみ》は　ひとりか寝《ぬ》らむ

長皇子《ながのみこ》の御歌《みうた》

六〇　宵《よひ》に逢《あ》ひて　朝《あした》面《おも》なみ　名張《なばり》にか　日長《けなが》き妹《いも》が　廬《いほ》りせりけむ

舎人娘子《とねりのをとめ》、従駕《おほみとも》にして作《つく》る歌《うた》

六一 大夫《ますらを》の　さつ矢《や》手挟《たばさ》み　立《た》ち向《む》かひ　射《い》る的形《まとかた》は　見《み》るにさやけし

【原文】　二年壬寅、太上天皇幸二于参河國一時歌

五七 引馬野尓　仁保布榛原　入乱　衣尓保波勢　多鼻能知師尓

右一首、長忌寸奥麻呂

五八 何所尓可　船泊為良武　安礼乃埼　榜多味行之　棚無小舟

右一首、高市連黒人

譽謝女王作歌

五九 流經　妻吹風之　寒夜尓　吾勢能君者　獨香宿良・武

長皇子御歌

六〇 暮相而　朝面無美　隠尓加　氣長妹之　廬利為里計武

舎人娘子従駕作歌

六一 ・大夫之　得物矢手挿　立向　射流圓方波　見尓清潔之

【校異】　武（元類冷）―哉（西、別筆にて武に訂正）　大（元類冷）―丈

（大宝）二年、持統太上天皇が三河国に行幸された時の歌

五七　引馬野の、この美しく色づいた榛原に入り乱れて、（さあ、皆さん）衣をお染めなさい。旅の記念に。

右の一首は、長忌寸奥麻呂の作。

五八　今ごろどこに船泊りしているだろうか。安礼の崎を漕ぎめぐっていった、あの棚無し小舟は。

右の一首は、高市連黒人の作。

誉謝女王が作った歌

五九　長く日を経た私の旅衣に吹きつける風の寒い夜に、私の夫は独りで寝ていることだろうか。

長皇子のみ歌

六〇　夕方逢って、翌朝は恥ずかしさに顔を隠す、そのナバルではないが、あの名張に、旅立って久しいあなたは、泊まっていたのでしょうね。

舎人娘子が、従駕して作った歌

六一　ますらをが矢を手に挟み持って、立ち向かい射る的、そのマトではないが、的形の浜は見るからに清々しい。

【歌意】　**五七**の作者長忌寸奥麻呂は、持統・文武朝に行幸に従駕し、歌を詠んでおり、応詔歌（3・二三八、9・

一六七三）もある。歌は、短歌のみ十四首。当意即妙の歌作を得意とした。巻十六に載せる物の名を詠む歌（三八二四〜三八三一）に特色がある。忌寸は姓。八色の姓の四位。奥麻呂は、意吉麻呂、興麿とも。榛原に分け入ってその実や葉に触れても衣が染まるわけではないが、染料としてよく知られている榛から榛染めを連想して、戯れて同行の人々に呼びかけた歌。

五八の作者高市連黒人については、三二、三三番歌の作者として既出。この歌は、視野の外に消えてしまった小舟の映像を瞼の裏にいつまでも浮かべていて、その行く末を思いやっている歌。作者自身が旅の不安を感じている反映でもある。黒人は、視界から消えてしまった舟、遠ざかってゆく船を詠んだ歌に特色がある。

旅にしてもの恋《こほ》しきに山下の赤《あけ》のそほ船沖へ漕ぐ見ゆ（3・二七〇）
四極《しはつ》山うち越えみれば笠縫の島漕ぎ隠る棚なし小舟（3・二七二）

など。

五九は、女王が従駕していての作とも、都に残って従駕の夫を思っての作ともみられるが、四、五句の表現からみると、女王が行幸に従駕して旅先にあり、留守居の夫を思いやる歌と見る方が自然なように思われる。上二句を掛け詞ととると、機知に富んだ歌で宴席で披露されるために作られた感がある。

六〇は、行幸従駕の旅から帰ってきた一行を迎えて、宮廷で開かれた慰労の宴でうたわれた歌であろう。従駕した人の従駕の場での歌と同時に、京に留まった人の歌もうたわれたのである。「妹」は、無論その場に同席する従駕した女性一同に呼び掛けたもの。十一月二十二日、伊勢、同二十四日、伊賀（名張は伊賀国に属する）、二十五日、平城京、という日程からみて、名張に幾日も泊まったはずはないが、従駕の一行の帰京を待ち迎えた喜びを、言葉遊び的にたわむれて表したもの。

六一の序詞にうたわれたますらをのさわやかなすがたが、的形の印象にも通じて、一首全体に颯爽とした気分が流れている。序詞に修飾された主格が四句にもわたって、述語が、第五句一句だけであるのも、さわやかさを一層効果的にしている。『伊勢国風土記』逸文の、的形浦の条には、本歌が伝承され、うたいもの化したと思われる歌がある。後述、的形の項参照。

【五七】 二年壬寅　大宝二年(七〇二)壬寅の年。

太上天皇　持統太上天皇。持統十一年(六九七)八月、皇孫軽皇子に譲位。太上天皇となる。持統天皇については、二八番歌参照。

参河国行幸　参河国は、愛知県東部。大宝二年十月十日（太陽暦の十一月八日）に出発。尾張・美濃・伊勢・伊賀を経て、十一月二十五日に帰京。この年十二月二十二日に太上天皇は崩じた。五十八歳。

引馬野　愛知県宝飯《ほい》郡御津《みと》町御馬《おんま》の一帯(久松潜一「引馬野・安礼乃崎考」『万葉集考説』)。引馬神社がある。ほかに、豊川市為当《ためとう》付近、静岡県浜松市曳馬《ひくま》町付近とする説もある。

榛　はんのき。カバノキ科の落葉高木。山野に自生。早春、濃い茶色の花房が垂れる。樹皮と実は染料になる。摺り染めと浸し染めとあり、摺り染めは実を黒焼きにして、その灰で染める。浸し染めは樹皮や実を煎じた汁で黒色や茶色にそめた。

【五八】 船泊　ハテは、泊る意の動詞ハツの名詞形。

安礼の崎　不詳。御馬の南の出崎説(久松潜一「引馬野・安礼乃崎考」前掲書)。蒲郡市の西南の御前《ごぜん》崎説（土屋文明『続万葉紀行』）もある。

廻み　巡る、廻る、意の上二段動詞タムの連用形。

棚無し小舟　タナは、舷（ふなばた）のこと。側板。棚無し小舟は、不安な感じ、心許ない感じを起こさせる。

【五九】 誉謝女王　慶雲三年(七〇六)六月二十四日卒。時に、従四位下（与射女王。続日本紀）。系譜未詳。歌は、この一首のみ。

流らふるつま吹く風　「流らふる」は、「流らふ」の連体形。ツマを修飾。ツマは、「旅衣の端」説（全訳注）

のほか、「雪」の誤字説（槻落葉、私注支持）もある。新大系は「妾」の誤字としてワレと訓むが、原文「妻」そのままで、「わが背の君」に対する妻、すなわち、女王自身の意となるのだから、敢えて誤字説をとる必要はないと思う。自身をツマといい、少し距離をおいた表現としたところに知的な技巧が認められる。「流らふる」に、日々の経過を、「つま」に、妻である作者自身のイメージを掛けていると見る全註釈・大系の説がよい。

ひとりか寝らむ　カは疑問の助詞。ラムは現在の事態を推量する意をあらわす助動詞。今ごろ独りで寝ているだろうか。「ひとり」は、愛する者と離れている状態をいうことが多い。ここは、留守居の夫を思いやる表現。

【六〇】　長皇子　天武天皇の皇子。母は、天智天皇の皇女大江皇女。同母弟に弓削皇子。掛詞や序詞などを巧みに用いた、技巧的な歌が多い。持統朝に不遇であったらしいが、純粋で妥協できず苦しく短い人生を生きた弟と違い、洒脱な生き方を好んだ人であったようだ。歌は、五首。本歌のほかに、巻一・六五、七三、八四、巻二・一三〇。和銅八年（七一五）六月四日薨。一品。

宵に逢ひて朝面なみ　「名張」にかかる序詞。「面なみ」は、恥ずかしくてあわせる顔がない、の意。ナミは、形容詞ナシの語幹に原因理由を表す接尾語ミがついた形。恥ずかしくて顔を隠す意で、隠れる意のナバルの連用形ナバリと地名「名張」を掛詞として序詞とした。夫婦が別居して夜のみ妻のもとを訪ねることが多かったこの時代に、誰もが体験しそうなこととして、好まれた表現であったようだ。

暮《よひ》に逢ひて　朝面無み　隠野の　萩は散りにき　黄葉早継げ　（8・一五三六）

名張　地名、名張（三重県名張市）と、隠れる、意の動詞ナバルの連用形ナバリとをかけたもの。原文「隠」。

日長き妹　旅立って久しい妻、の意。「け」は、日の複数。「日長き」は、何日もの長い間、の意。

【六一】　舎人娘子　巻二・一一八の、舎人皇子と応答した歌からみて、舎人皇子の養育氏族、舎人氏の娘で、宮廷に出仕していたらしい。巻八・一六三六にも、歌がある。舎人氏は、百済系帰化氏族。天武十年十二月、舎人造糠虫に連姓を賜わる。

大口の　真神が原に　降る雪は　いたくな降りそ
家もあらなくに　（8・一六三六）

ますらをのさつ矢手挟み立ち向かひ射る　「的形」を起こす序詞。マトに、矢を射る的と、地名「的形」のマトとをかけて序詞とした。「さつ矢」は、原文「得物矢」。狩に用いる矢。サツ男、サツ弓、など。海幸山幸の神話によれば、獲物もサチ、道具もサチ、それを生業とする人もサチといった。

的形　円方。地形が的の形をしていたところからの名。今は入り江になっている。三重県松阪市西黒部町一帯の地。

的形の浦は、この浦の地形、的に似たり。因りて名となせり。今はすでに江湖（入り江）となれり。天皇浜辺に行幸して歌ひたまひしく、
ますらをの　さつ矢たばさみ　向かひ立ち　射るや的形　浜のさやけさ　（『伊勢国風土記』逸文）

さやけし　清く澄んでいるさま。さわやかなさま。「きよし」と共に、万葉人に最も愛され尊ばれた状態。山や河を讃える例が多いが、心情をあらわす言葉にも用いた。

三野連《みののむらじ》名欠《なか》けたりの入唐《にふたう》の時《とき》に、春日蔵首老《かすがのくらのおびとおゆ》の作《つく》る歌《うた》

六二　ありねよし　対馬《つしま》の渡《わた》り　海中《わたなか》に　幣《ぬさ》取《と》り向《む》けて　はや帰《かへ》り来《こ》ね

【原文】　三野連　名闕　入唐時、春日蔵首老作歌

六二　在根良　對馬乃渡　〻中尓　幣取向而　早還許年

【校異】　幣（元類冷）—弊

三野連名を記していないの渡唐の際に、春日藏首老が作った歌

六二　高い嶺々の多い対馬よ。その対馬へ渡る海の神に幣をささげて、一日も早く無事に帰っておいでなさい。

【歌意】　六二・六三番歌は、大宝元年(七〇一)正月に任命され、翌二年六月に渡海した遣唐使に関わる歌。六二は送別の歌で、六三は、中国本土での帰心を詠む。本歌は、上二句の具体的な地名の掲示が印象的な歌だが、これより前の遣唐使が北路で、対馬を経て朝鮮半島の西海岸に沿って唐に渡ったのに対して、このときは、薩摩を経る南島路であった。作者は、従来通り北路のものとして詠んでいる。

【三野連】　美努連岡萬（墓誌　寧楽遺文より）。美努連岡麻呂（『続日本紀』）、美奴連岡麻呂（西本願寺本書き入れ）とも。明治五年奈良県生駒市萩原町、当時の平群郡萩原村から発掘された墓誌により、その名が判明した。それによると、天武十三年連姓を賜る（もと県主）。大宝元年(七〇一)、「小商監従七位下中宮少進」（西本願寺本書き入れ）として、遣唐使（第七次）一行に加わる。霊亀二年(七一六)正月、従五位下に叙せられ、主殿寮頭《とのもつかさのかみ》に任命される。神亀五年(七二八)十月二十日卒。六十七歳。墓誌銘は天平二年(七三〇)十月廿日の日付（『寧樂遺文』）でこの文を墓の中に納めると記している。

［大宝元年の遣唐使］　大宝元年正月二十三日、遣唐使任命。遣唐執節使（天皇の名代）は粟田朝臣真人。大使は、高橋朝臣笠間、副使は、坂合部宿祢大分であったが、高橋笠間は渡唐せず、坂合部大分が大使に、大位巨勢邑治が副使となったことが帰国の記録からわかる。この年、一旦、筑紫より海に入ったが、風波荒く出発を見合わせ、翌二年六月二十九日に改めて出発した。この折、山上憶良が少録として参加渡唐した事実はよく知られている。粟田真人以下一六〇人が五隻に乗船して出かけたと、西本願寺本万葉集の書き入れにあるが、霊亀二年(七一六)出発の遣唐使一行が四隻に五五七名乗船していることからすると、これは一隻の乗員数である可能性が高い。帰国は、三次に亘って帰朝。粟田真人は慶雲元年(七〇四)七月、副使巨勢邑治は慶雲四年三月、大使坂合部大分は次期遣唐使に伴われて養老二年(七一八)十二月であった。

海中《わたなか》　海の中。海上。ワタは、海の意。

幣　ぬさ。神に祈願する時、神に捧げる品。

取り向けて　手向けて。

帰り来ね　「ね」は相手に誂え望む終助詞。動詞・助動詞の未然形につく。

ありねよし　「対馬」の枕詞。「ありね」は高く現れている山。「よし」は讃美。対馬は、遣唐使が朝鮮経由で渡唐する時、必ず通る島であった。

対馬の渡り　対馬海峡。「渡り」は船に乗って渡るところ。

六三　山上臣憶良《やまのうへのおみおくら》、大唐《だいたう》に在《あ》る時《とき》、本郷《くに》を思《おも》ひて作《つく》る歌《うた》

いざ子《こ》ども　早《はや》く日本《やまと》へ　大伴《おほとも》の　御津《みつ》の浜松《はままつ》　待《ま》ち恋《こ》ひぬらむ

【原文】　山上臣憶良在二大唐一時、憶二本郷一作歌

六三　去来子等　早日本邊　大伴乃　御津乃濱松　待戀奴良武

山上臣憶良が、唐にいた時に、本国を思って作った歌

六三　さあ、皆のものよ、早く日本へ帰ろう。大伴の御津の浜松もさぞ私達を待っているであろう。

【歌意】　本歌は、万葉集中、外国で詠まれた唯一の歌である。万葉の時代、遣唐使や遣新羅使に任ぜられて海外の地を踏んだ者は幾人もいるが、歌を伝えていない。霊亀二年(七一六)の遣唐使と共に留学生として入唐し、帰国を果たせず彼の地で亡くなった阿倍仲麻呂の歌があるが載録しているのは古今集である。天平八年の遣新羅使の一行は、旅中の歌を多く残しているが、対馬までで、新羅での歌は残していない。その点でも貴重な歌であるわけだが、多数の特色ある歌を残している憶良の歌としては、やはり、彼の歌の中での位置づけをみるべきであろう。憶良の歌は、筑前守時代が最も多く特色もあるが、それより前の時期の歌、短歌六首のうち、本歌は、二首目にあたる。持統四年(六九〇)九月の紀伊国行幸の時の川島皇子の歌と異伝関係にある巻九の山上の歌（一七一六）を第

一首と見てのことである。この時期の歌には、後に本領を発揮する憶良らしい特色は見られない。七夕の歌でさえ、この時期の歌と筑前国守時代の大宰帥の邸で詠まれた歌とでは、おおいに趣を異にしている。本歌は、異国にあっての帰心を詠んだ歌であるが、「大伴の御津の浜松待ち恋ひぬらむ」という表現の効果は、中西進氏の「在唐の一首」（成城万葉　第七号。『山上憶良』所収）に詳しい。なお、憶良の経歴・歌などは、巻二・一四五番歌の条参照。

[国号としての日本]　大化改新のころから用いられたわが国の国号。大和朝廷の勢力が拡大されるに従い、その中心地である「やまと」を国の総称として用い、「倭」、「大倭」と記したが、聖徳太子の国書からもうかがわれるように、「日出づる処」という思想が発展し、大化のころから国号として用いるようになった。天智八年（六六九）の遣唐使（河内直鯨ら）が、「日本」を名乗り、「国日出づるところに近し。もって名となす」と述べたという。

※僧弁正の漢詩（大宝元年に唐に留学。唐で没する。息子の朝元が日本へ伝えた）

日辺日本を瞻《み》　雲裏雲端を望む　遠遊遠国に労《いたつ》き　長恨長安に苦しむ（五言絶句）

日の出るあたりに、日本があると思い、仰ぎ見るが、雲がたなびいているばかり。

遠く遊学して遠国唐で辛苦し、長く消えない恨みを抱いて、唐の都長安で苦しんでいる。

子ども　部下や年下の者への呼びかけ。

早く大和へ　（原文）「早日本辺」。下に「帰らむ」の意を込める。

大伴の御津　難波の港。西へ向かう官船の出入りする港として早くから重要視された。遣唐使一行にとっては、最初に乗船して海に入るところ、帰着して船を下りるところでもあるから、特に印象が強いはず、望郷の思いをかき立てる地名であった。遺称地は、大阪市南区三津寺町。

六四　慶雲《きやううん》三年《ねん》丙午《へいご》、難波《なには》の宮《みや》に幸《いでま》しし時《とき》
志貴皇子《しきのみこ》の作《つく》りませるみ歌《うた》

葦辺《あしへ》ゆく　鴨《かも》の羽《は》がひに　霜《しも》ふりて　寒《さむ》き夕《ゆふへ》は　大和《やまと》し思《おも》ほゆ

長皇子《ながのみこ》の御歌《みうた》

六五　霰打《あられう》つ　安良礼松原《あられまつばら》　住吉《すみのえ》の　弟日娘子《おとひをとめ》と　見《み》れど飽《あ》かぬかも

【原文】　慶雲三年丙午、幸二于難波宮一時
志貴皇子御作歌

六四　葦邊行　鴨之羽我比尓　霜零而　寒暮夕　倭之所念

長皇子御歌

六五　霰打　安良礼松原　住吉乃　弟日娘与　見礼常不飽香聞

【校異】　倭（元冷紀）―和　乃（元類古）―之

慶雲三年、（文武天皇が）難波の宮に行幸された時
志貴皇子のお作りになったお歌

六四　葦辺を泳ぐ鴨の背に霜がおりて寒い夕暮れには、大和がなつかしく思われるよ。

長皇子のお歌

六五　霰の散り落ちるあられ松原は、住吉の弟日娘子といくら見ていても見飽きないよ。

【歌意】　六四番歌は、「葦辺ゆく鴨の羽がひに霜ふりて」の細かな具体的な情況描写に特色のある歌である。同じ作者の「石走る垂水の上のさわらびの萌えいづる春」の表現とも共通するところがある。詠作時に鴨の背に降りた霜が眼に見えなかったとしても、皇子の眼裏にはその様子がありありと見えていたはずである。旅先の海辺の寒い夕べ、水に浮かぶ鴨に思いを寄せつつ、わが家のある大和のあたたかさを思っているのだろう。「家」とはいわず「大和」といっていることがこの歌の歌柄を大きくしている。

六五番歌は、初句の「あられ打つ」に、実景説（注釈・總釈）もあるが、これは枕詞と考えたい。土屋文明私注は、大阪測候所の近年の初雪が、最も早くて十二月四日、平均で十二月二十四日であるとして、実景ではないとした。気候はもとより年により時代により違いがあるから、近代のそれをそのまま万葉の時代にあてることはできないが、あられ松原という名前に興じて同音を繰り返す枕詞を即興的に作ったのであろう。その軽快な調子が、下の「弟日娘子と見れど飽かぬかも」のかろやかさと呼応して、一首全体を明るいうたいもの風に仕上げている。長皇子の特色のでた歌である。

【六四】　慶雲三年（七〇六）の難波宮行幸　九月二十五日（現行暦の十一月九日）出発。十月十二日宮に帰る。この日、摂津国造従七位上凡河内忌寸石麻呂・山背国造外従八位上山背忌寸品遅《ほむぢ》・従八位上難波忌寸浜足・従

七位下三宅忌寸大目、合わせて四人にそれぞれ位を一階進めた。十五日には、行幸に従った国々の騎兵六百六十人すべてに庸調と戸内の田租を免除した、と続紀に伝える。

志貴皇子　天智天皇の皇子。母は、越の道の君の伊羅都売。子に、光仁天皇（白壁王）・春日王・湯原王ら。霊亀二年（七一六）薨（続紀。万葉集には霊亀元年薨とある）。二品。白壁王の即位により、宝亀元年（七七〇）十月、御春日宮天皇と追尊され、また田原天皇とも称された。慶雲三年当時は、四品。なお、志貴皇子については、五一番歌に既出。

鴨の羽がひ　鴨は、カルガモなどを除く大部分は渡り鳥で、八月末から十月にかけて飛来し、翌年の四、五月ころ北に帰る。真鴨は、九月中頃から姿を見せるという。「羽がひ」は、左右の羽の重なっているところ。ここは、鴨の背をさす。

長皇子　天武天皇の皇子。母は、天智天皇の皇女大江皇女。掛詞や序詞などを巧みに用いた技巧的な歌が多い。長皇子については、六〇番歌に既出。なお、志貴皇子と長皇子は、従兄弟に当るが、親交があったらしく、奈良遷都後、佐紀宮で共に宴を催し歌を詠んだことが、巻一巻末の八四番歌により知られる。

【六五】　霰打つ　あられ松原に冠した枕詞。集中この一例のみ。同音の反復を技巧として創作された。

安良礼松原　大阪市住之江区安立《あんりゅう》付近。いま、住之江区安立二丁目の町中に、霰松原の古碑と本歌の歌碑を建てているという（井村哲夫『万葉の歌　人と風土5』）。

住吉　すみのえ。墨江とも書く。大阪市住吉区を中心とする一帯。

弟日娘子　弟日は、娘子の通称。遊女名であろうか。オトは、若い意。ヒは讃美性の強いことば。肥前国風土記に、任那に行く途中の大伴狭手彦と結ばれ、船出する狭手彦との別れを悲しみ、褶振《ひれふり》の峯（佐賀県唐津市の鏡山）に登って領巾を振り狭手彦を呼び返そうとしたという土地の美しい娘子を弟日姫子といっている。また、顕宗即位前紀に、雄略天皇に父を殺された億計・弘計兄弟が身分を隠して播磨国の縮見《しじみ》の屯倉の首《おびと》の家に使われていたが、都から大嘗会の料を調達するために派遣されてきた山部連小楯が首の家に招かれた機会に名乗りを上げたなかに、自分を「弟日、僕（オトヒ、ヤツコ）らま」と名乗った例もある。

太上天《おほきすめらみこと》皇、難波宮《なにはのみや》に幸《いでま》しし時《とき》の歌《うた》

六六　大伴《おほとも》の　高師《たかし》の浜《はま》の　松《まつ》が根《ね》を　枕《まくら》き寝《ぬ》れど　家《いへ》し偲《しの》はゆ

右《みぎ》一首《しゆ》、置始東人《おきそめのあづまひと》

六七　旅《たび》にして　もの恋《こほ》しきに　鶴《たづ》が音《ね》も　聞《き》こえざりせば　恋《こ》ひて死《し》なまし

右《みぎ》一首《しゆ》、高安大島《たかやすのおほしま》

六八　大伴《おほとも》の　御津《みつ》の浜《はま》なる　忘《わす》れ貝《がひ》　家《いへ》なる妹《いも》を　忘《わす》れて思《おも》へや

右《みぎ》一首《しゆ》、身《む》人《と》部《べの》王《おほきみ》

六九　草枕《くさまくら》　旅行《たびゆ》く君《きみ》と　知《し》らませば　岸《きし》の埴生《はにふ》に　にほはさましを

右《みぎ》一首《しゆ》、清江娘子《すみのえのをとめ》、長皇子《ながのみこ》に進《たてまつ》る。姓氏《せいし》いまだ詳《つばひ》らかならず。

【原文】　太上天皇幸二于難波宮一時歌

六六　大伴乃　高師能濱乃　松之根乎　枕宿杼　家之所偲由

右一首、置始東人

六七　旅尓之而　物戀之伎尓　鶴之鳴毛　不所聞有世者　孤悲而死萬思

右一首、高安大嶋

六八　大伴乃　美津能濱尓有　忘貝　家尓有妹乎　忘而念哉

右一首、身人部王

六九　草枕　客去君跡　知麻世婆　崖之埴布尓　仁寶播散麻思呼

右一首、清江娘子進二長皇子一　姓氏未レ詳

【校異】 **之伎**（細、元補、西補）―ナシ（西、左右に書く）　**尓**　**鶴之**（全註釈・注釈ニヨル）―ナシ
崖（元類）―岸　**埴**（元類）―垣　**呼**（元類）―乎

（持統）大上天皇が難波の宮に行幸された時の歌

六六　大伴の高師の浜の松の根を枕として寝ているけれども、家のことが偲ばれる。

右の一首は、置始東人

六七　旅に居て何となく恋しい思いでいるところに、鶴の声も聞こえなかったら、恋しさのあまり死んでしまうだろう。

右の一首は、高安大嶋

六八　大伴の御津の浜にある忘れ貝、その忘れ貝の名のように、家にいる妻のことを、どうして忘れたりしようか。忘れたりはしない。

右の一首は、身人部王

六九　旅のお方と知っていましたら、この住吉の岸の黄土で衣を染めてさしあげるのでしたのに。

右の一首は、清江娘子が長皇子にさしあげた歌。娘子の姓氏はわからない。

【歌意】　六六番歌以下の四首は、持統太上天皇の難波宮行幸の時の歌と題詞に記す。持統太上天皇の難波宮行幸の記録はないので、行幸年次は不明であるが、文武天皇の難波宮行幸に同行したとすれば、文武三年正月二十七日〜二月二十二日の行幸ということになる。いずれにしても、先行する六四、六五の二首の、慶雲三年九月二十五日〜十月十二日の難波宮行幸は、持統太上天皇崩御後であるから、歌の配列に問題が残る。これは、おそらく、年月明記のものを先にし、年月不明のものを後にするという配列方針によるものであろう。

元明天皇即位後の歌以降を別として、六六番歌以降は、

太上天皇《おほきすめらみこと》、難波宮《なにはのみや》に幸《いでま》しし時《とき》の歌《うた》（六六〜六九）

太上天皇《おほきすめらみこと》、吉野宮《よしののみや》に幸《いでま》す時《とき》に、高市連黒人《たけちのむらじくろひと》の作《つく》る歌《うた》（七〇）

大行天皇《さきのすめらみこと》の難波宮《なにはのみや》に幸《いでま》しし時《とき》の歌《うた》（七一・七三）

大行天皇《さきのすめらみこと》の吉野《よしの》の宮《みや》に幸《いでま》しし時《とき》の歌《うた》（七四・七五）

の如くで行幸の年次を明らかにしないものの、太上天皇の行幸を先にし、大行天皇の行幸を後にするという前後

関係は明確にしているのである。

六六には、上四句に、寓意を認めて、遊女または土地の女と共寝しているとする説（集成・全訳注）―「松が根を土地の女にたとえて」（釈注）もこれに類するか―と、風雅な旅寝をしているととる従来の説（全註釈ほか）とがある。この歌に関しては後者をとりたい。なお、万葉の旅の歌で、家・妻を思うのは、旅先の土地を讃めるテーマと共に、旅の宴席歌の主要なテーマのひとつであった。

六七の、「もの恋しきに鶴が音も」は、原文「物恋之鳴毛」（元暦校本・類聚古集・紀州本）、「物恋鳴毛」（西本願寺本）など、異同があり、西本願寺本は、さらに、右に「之」左に「伎乃」とあり、本文中恋と鳴の間に○○の符号を付して、左に「事、六条本有之」とある（口絵写真参照）。元暦校本の「物戀」の下に「シキニ鶴」を補う説（全註釈）が大系に支持され、「物戀之」の下に「伎尓鶴之」を補う説（注釈）と併せて、釈注も「物戀しきに鶴が音も」と訓んでいる。全集以下訓みを保留とする立場もあって学問的態度とは思うが、脱字があったことは疑いないので、今、全註釈・注釈説によった。旅中にあって聞く鶴の声は望郷の思いをかき立てるものであるのだが、それによって心が慰められもするのであろう。本歌は、後者の立場である。

六八は、忘れ貝や忘れ草によって恋の苦しさから逃れたいと願ったり決して忘れないと誓ったりする歌の早い例。「忘れ貝」の表現は、あるいは、この時期の住吉への行幸従駕の官人らによって用い始められたものかも知れない。「大伴の御津の浜なる」と従駕の場を詠み込んだところが具体的でよい。

六九は、遊行女婦《うかれめ》の旅人に対する挨拶の歌。旅の記念に、住吉の黄土で衣を染めて差し上げるのであった、の意。行幸従駕の人々が旅行者であることは、当然よくわかっているはずであるから、本歌はこの時に作られたものではなく、旅行者の出席する宴席でいつもうたわれる芸謡の一首であったに相違ない。遊行女婦は、街道筋、港、国庁のある所等に居て、宴席に侍り、古歌を謡ったり舞ったりして、客をもてなした。万葉では、筑紫娘子児島や、大伴家持の越中国守時代の宴席に侍った土師、蒲生等の遊行女婦の歌がある。なお、本歌は、左注に、清江娘子が長皇子に進呈した歌とあり、一方、六五番歌で、長皇子が「住吉の弟日娘子と見れど飽かぬかも」と詠んでいることから、清江娘子と住吉の弟日娘子とを同一人と解する説もあるが、住吉の地は、難波の宮があり、また多くの船の発着する港に近い土地柄、歌舞に長じた遊行女婦も多かったと思われるから、清江娘子と住吉の弟日娘子とを同一人と簡単に決めることはできないであろう。長皇子に「住吉の弟日娘子と見れど飽かぬかも」と詠ませた娘子と、長皇子に「草枕旅行く君と知らませば」と詠んだ清江娘子とは、だいぶ器量が違うように思われる。

【六六】 大伴の高師の浜 大伴は、大阪市から堺市にかけての地域をさす。もと、大伴氏の本拠地であった。高師の浜は、堺市浜寺公園のあたりから高石市高師の浜にかけての海岸。

枕き寝れど 「まくらき」は、「枕にする」意の動詞「まくらく」の連用形。カ行四段活用。原文「枕宿杼」。マクラニヌレド（元暦校本、全註釈）・マクラシヌレド（万葉考）など訓まれているが、現在はマクラキヌレドと多く訓まれている。万葉集では、用言の活用語尾を文字化しないことが多い。

家し偲はゆ シは、強意の助詞。ユは、自発の意をあらわす助動詞。

置始東人 置始氏には、連姓の者もいるが、東人は無姓。経歴不明であるが、弓削皇子に対する挽歌（2・二〇四〜二〇六）を詠んでいるから、同皇子か長皇子に近侍していた下級官人であった可能性が高い。歌は、本歌を含めて、計四首。

【六七】 旅にして 旅にありて、の意。

恋ひて死なまし マシは、事実に反することを仮に想像する意をあらわす。

【六八】 高安大島 伝未詳。帰化人か。歌は、この一首のみ。

忘れ貝 二枚貝の殻の片方だけになったもの。

「忘れ草」などと同じ使い方。歌意の条参照。
忘れて思へや 「思へや」は、オモフの已然形にヤが付いて反語になる。何で忘れたりしようか。「忘れて思ふ」は忘れてしまって、思わなくなる意。
身人部王《むとべ》 六人部王とも。和銅三年(七一〇)正月、無位より従四位下に叙せられ、養老五年(七二一)正月、従四位上、同七年正月、正四位下、神亀元年(七二四)二月、正四位上に昇叙。天平元年(七二九)正月、正四位上で没。妻は天武天皇の皇女、田形皇女。娘は笠縫女王で、巻八・一六一一の作者。神亀の頃、風流侍従と称された(家伝下)。歌は、この一首のみ。

【六九】 **埴生** 埴は赤や黄の土。染料や顔料に用いた。巻七・一一四六、一一四八。生《ふ》は、それの息づいてあるところ。葎生など。住吉の岸の黄土は有名であった。

めずらしき人を吾家《わぎへ》に住吉の岸の黄土《はにふ》を見むよしもがも (7・一一四六)

駒並めて今日わが見つる住吉の岸の黄土を万代に見む (7・一一四八)

太上天《おほきすめらみこと》皇、吉野宮《よしののみや》に幸《いでま》す時《とき》に、高市連黒人《たけちのむらじくろひと》の作《つく》る歌《うた》

七〇 大和《やまと》には 鳴《な》きてか来《く》らむ 呼子鳥《よぶこどり》 象《きさ》の中山《なかやま》 呼《よ》びそ越《こ》ゆなる

【原文】 太上天皇、幸二于吉野宮一時、高市連黒人作歌

七〇 倭尓者 鳴而歟来良武 呼児鳥 象乃中山 呼曽越奈流

持統太上天皇が吉野の宮に行幸された時に、高市連黒人が作った歌

七〇　呼子鳥が大和に今ごろ鳴いて来ているだろうか。象の中山を、鳴きながら越えて行くよ。

【歌意】　作者は、行幸従駕の旅で吉野におり、その仙境らしい風趣に心ひかれつつも家郷恋しい思いもあり、折りからの呼子鳥の声にさそわれてその思いを歌に託したのであろう。もとより独詠歌ではなく、思いを共通する従駕の人々の前でうたわれたものである。末句の「呼びそ越ゆなる」の表現は、「呼子鳥」という名のもとになった鳴き声からきた表現ではあるが、上二句の、大和すなわち家郷への思いを託して効果的である。

太上天皇　おほきすめらみこと。ここは、持統天皇の譲位後の呼称。

吉野宮に幸す時　太上天皇の吉野行幸は、大宝元年六月二十九日から七月十日まで。

呼子鳥　集中九首。鳴き声が人を呼ぶように聞こえることからの名。中西悟堂氏は、万葉集の呼子鳥の歌の例から、その習性を、

一　低山、平野に棲む鳥　　二　低山を越えて飛ぶ鳥
三　人目につきやすい鳥　　四　春、夏の鳥
五　鳴きつつ飛ぶ鳥　　六　鳴き続ける鳥
七　昼も夜も鳴く鳥　　八　近畿地方に普通の鳥
九　人を呼ぶように鳴く鳥

とまとめ、さらに万葉集以外の例や中国の例をも参照して、

十　人里近く来て鳴く鳥　　十一　奥山にも鳴く
十二　中国にもいる　　十三　色は蒼っぽい
十四　暁明にも鳴く

などを加えて、これらにかなう鳥を、カッコウかホトトギスのうちに違いないとしながらも、「この稿を書いてゐる現在は大分ホトトギス説に傾いてゐる」として

いる（「万葉集の動物二」『万葉集大成　八』）。

中西氏は、七〇番歌を大宝元年二月二十日の行幸とする東光治『万葉動物考』の説により現行暦の四月としているが、太上天皇の吉野行幸であることを明記している六月二十九日から七月十日までとしても、晩夏から初秋にかけてということになり、四の「春、夏の鳥」を大きくはずれるわけではない。現在は、カッコウ説が多く、万葉集でホトトギスと詠み分けている点からも、いまは、カッコウ説をとりたい。

鳴きてか来らむ　作者は、いま吉野にいるが、居住地であり家族もいる大和を中心においた表現。

象の中山　吉野の離宮跡と伝えられる宮滝の南正面にある山。象山に同じ。東方の御船山と、西方の御園上方の山との間にあるから象の中山というとされる（犬養孝『万葉の旅　上』）。

呼びそ越ゆなる　ソは係助詞。ナルは係り結び。終止形接続のナリの連体形。その鳴く声から象の中山を越えていると推定したもの。

大行天皇《さきのすめらみこと》、難波《なには》の宮《みや》に幸《いでま》しし時《とき》の歌《うた》

七一　大和恋《やまとこ》ひ　眠《い》の寝《ね》らえぬに　心《こころ》なく　この州埼廻《すさきみ》に　鶴鳴《たづな》くべしや

右《みぎ》一首《しゆ》、忍坂部乙麻呂《おさかべのおとまろ》

七二　玉藻刈《たまもか》る　沖辺《おきへ》は漕《こ》がじ　しきたへの　枕辺《まくらへ》の人《ひと》　忘《わす》れかねつも

右《みぎ》一首《しゆ》、式部卿藤原宇合《しきぶのきやうふぢはらのうまかひ》

長皇子《ながのみこ》の御歌《みうた》

七三　吾妹子《わぎもこ》を　早《はや》み浜風《はまかぜ》　大和《やまと》なる　吾《わ》を松椿《まつつばき》　吹《ふ》かざるなゆめ

【原文】　大行天皇、幸二于難波宮一時歌

七一　倭戀　寐之不所宿尓　情無　此渚埼未尓　多津鳴倍思哉

右一首、忍坂部乙麻呂

七二　玉藻苅　奥敝波不榜　敷妙乃　枕之邊人　忘可祢津藻

右一首、式部卿藤原宇合

長皇子御歌

七三　吾妹子乎　早見濱風　倭有　吾松椿　不吹有勿勤

【校異】　未（元類冷）―ナシ　榜（元類）―搒　乃（元類紀）―之

文武天皇が難波の宮に行幸された時の歌

七一　大和が恋しくて眠れないでいるのに、思いやりもなく、この渚埼付近で鶴が鳴いてよいものか。鳴かないでほしいよ。

右の一首、忍坂部《おさかべ》乙麻呂

七二　玉藻を刈る沖辺を漕ぐことはすまい。（昨夜の）あの枕のそばにいた人が忘れられないでいるのだ。

右の一首、式部卿藤原宇合《うまかひ》

長皇子のお歌

七三　私の妻に早く逢いたいと思う、その心せく思いと同じように、早く吹く浜風よ。大和で私を待っている椿のように美しい妻に私のこの思いをきっと伝えておくれ。

【歌意】　文武天皇は、文武元年（六九七）八月一日の即位から慶雲四年（七〇七）六月十五日の崩御まで在位。難波宮行幸は、文武三年（六九九）正月と慶雲三年（七〇六）九月の二度ある。ここは、前者か。七一、二の二首と七三番歌とは、作者名の記載位置が異なるが、採録段階での資料の違いによるものと考えられる。

七一は、行幸従駕の旅先での大和恋しい思いが、鳴く鶴の声によって一層つのると詠んで、旅愁を表現した。窪田評釈に「旅愁を我と慰めるためのものであるが、調べに迫るものがあって、その平淡なのを救ってゐる」という。類型的な発想ながら、上二句の率直なうたいかたが、特徴的である。文武三年正月の難波行幸は、正月二十七日出発、二月二十二日帰京という日程で、およそ二十五日にわたる旅であった。

七二は、「枕之邊人」の訓みが問題（注参照）であるが、作者は、天平九年（七三七）四十四歳で薨じたとの伝え（群書類従本懐風藻・公卿補任・尊卑分脈）によれば、文武三年当時、六歳。慶雲三年として十三歳である。代匠記に契沖の見た懐風藻に五十四歳とあったとあるところから、注釈は、十六歳の思春期の少年の作と見た。釈注も、享年五十四歳説により、かつ慶雲三年の作として「二十三歳の詠とするのがおだやかであろうか」とする。私は、むしろ幼い表現とみたい。「式部卿」は、後の官職名を溯らせてここに記したものである。

七三は、既出の長皇子の技巧的な歌風の特色の最も出た歌である。遊び心がありながら軽薄でない。智巧的でありつつ真情がこもっている。

【七一】　大行天皇　さきのすめらみこと。天皇の崩御後、まだ諡号《おくりな》を奉らない間の称。万葉集では、先帝の意で、文武天皇のみを大行天皇と称しているが、六二番の題詞に見える三野連岡麻呂の墓誌には、文武・元正両天皇を大行天皇と記している。ここは、元明天皇の時代を現在としての称。

眠《い》の寝らえぬ　ラエは可能の助動詞ラユの未然形。ヌは打ち消しの助動詞ズの連体形。「眠（イ）」は睡眠。

渚埼廻《すさきみ》　「渚埼」は水中に突き出た州。ミは、まわり。

忍坂部乙麻呂　伝未詳。忍坂部は、忍壁とも刑部とも記す。允恭天皇の皇后忍坂大中姫命《おさかのおほなかつひめのみこと》の名代の刑部を管掌する氏族。忍壁皇子の養育氏族か。姓は、天武十二年九月に、造から連に、同十三年十二月に、宿祢をたまわる。ここは、無姓であるが姓を有する者でも、左注では、記していない例があるので、乙麻呂も、必ずしも無姓とは限らない。歌はこの一首のみ。

【七二】　玉藻刈る　「沖」にかかる枕詞。実態にもとづくものではあるが、この詠作時点に玉藻を刈っているのではなく、沖の属性をあらわすものとしてかけた枕詞とみられる。集中、他に二例。「玉藻刈る　敏馬《みぬめ》」（3・二五〇）、「玉藻刈る　をとめ」（15・三六〇六　※二五〇の異伝歌）。玉は、美称。万葉集に見える海藻の名は、

和藻（ニキメ）・若布（ワカメ）・荒布（アラメ）・縄苔（ナワノリ）・深海松（フカミル）・海松（ミル）・名告藻（ナノリソ……今のホンダワラ）など。

しきたへの　敷物に用いる栲の意で、枕・袖などの枕詞。

枕辺のひと　原文「枕之邊人」。枕辺に侍した人の意で、女性をさす。細井本・寛永版本は、「枕之邊」。訓は、類聚古集に、「まくらせしひと」。元暦校本朱片仮名訓で「マクラセシヒト」。底本は、「人」に訓を付けず、「之邊」に「ノアタリ」と青訓を付す。代匠記以来、「マクラノアタリ」の訓みが多いが、原文に即して、「マクラヘノヒト」の訓みもある（窪田評釈・大系・注釈・和歌大系）。歌としては、「マクラノアタリ」の方が優れていると思われるが、古写本の状況から、「人」は、本来あったと思われ、本文に即する限り、「マクラヘノヒト」の訓みを採らざるを得ない。私注がいうように、「マクラノアタリ」に比して、「マクラヘノヒト」には卑俗の感はあるが、それが作者の年令からくる幼い表現だったのではあるまいか。別に、マクラノベノヒト（總釈）、マクラセシツマ（全註釈）の訓みもある。

【七三】　吾妹子を早み浜風　「わが妻を早く見たい」との思いと「早く吹く風」との表現をかける。

吾《わ》を待つ椿　原文「吾松椿」。ワヲマツツバキ。ワレマツツバキの両訓がある。集中の用例は、前者ワヲマツ五例（2・一〇八、3・三三七、11・二六〇七、二七五一、17・三九七八）に対して、後者ワレマツは、一例。しかも、その一例は、「ぬばたまの夜渡る月を幾夜経と数みつつ伊毛波和礼待つらむそ」（18・四〇七二）とあって、「待つ」の主格は、「ワレ」の上に「イモハ」と表現されている。ここは、「待つ」は「椿」を修飾する連体形で、「椿」は妻の比喩とみるべきであるから、ワヲマツの表現が自然である。助詞ヲは訓み添えであるが、「私を待つ椿（妻）」の意なら、当然ワヲマツと訓まれるはずとの見込みで、「吾松椿」と表記したのであろう。「待つ」に「松」を宛てて「椿」と並べたのは、戯書に近いが、椿を女性の比喩に用いた例は、防人の歌にあり、風に消息を伝えてほしいと願った歌は、催馬楽にある。

　わが門の片山椿まこと汝わが手触れなな地に落ちもかも　（20・四四一八）

　道の口　武生《たけふ》の国府《こふ》に　我はありと　親に申したべ　心あひの風や　さきむだちや　（催馬楽）

式部卿藤原宇合　式部卿は、式部省の長官。文官の人事・養成・行賞などを担当する。但し、ここは、宇合の後の官職名を遡らせたもの。宇合は、藤原不比等の第三子。式家の祖。霊亀二年(七一六)遣唐副使に任命され、翌養老元年渡唐。翌二年十二月に帰京。養老三年正月、正五位下に昇叙。同年七月には、常陸守正五位上で安房・上総・下総を管轄する按察使となる。神亀元年(七二四)四月、蝦夷が反乱して陸奥国大掾を殺害すると、式部卿持節大将軍として蝦夷征討にあたった。知造難波宮事などを経て、天平三年、参議。同四年八月、西海道節度使に任ぜられる。同六年正月、正三位に進んだが、九年八月、病により薨。時に、参議式部卿兼大宰帥正三位。四十四歳。歌は、六首。懐風藻に漢詩六首。同母兄の武智麻呂・房前が、宮廷で重んぜられ京官として順調に昇進したのに対して、宇合は、地方官時代が長く、懐風藻に「不遇を悲しぶ」詩一首がみえる。

大行天皇《さきのすめらみこと》、吉野《よしの》の宮《みや》に幸《いでま》しし時《とき》の歌《うた》

七四　み吉野《よしの》の　山《やま》のあらしの　寒《さむ》けくに　はたや今夜《こよひ》も　わがひとり寝《ね》む

右《みぎ》の一首《しゅ》、或《ある》は云《い》ふ、天皇《すめらみこと》の大御歌《おほみうた》

七五　宇治間山《うぢまやま》　朝風寒《あさかぜさむ》し　旅《たび》にして　衣《ころも》貸《か》すべき　妹《いも》もあらなくに

右《みぎ》の一首《しゅ》、長屋王《ながやのおほきみ》

【原文】　大行天皇、幸二于吉野宮一時歌

七四　見吉野乃　山下風之　寒久尓　為當也今夜毛　我獨宿牟
右一首、或云、天皇御製歌

七五　宇治間山　朝風寒之　旅尓師手　衣應借　妹毛有勿久尓
右一首、長屋王

大行天皇（文武）が吉野の宮に行幸された時の歌

七四　み吉野の山の風が吹き下ろして寒いのに、やはり今夜も（妻と離れて）私はひとりで寝ることだろうか。
右の一首は、あるいは、天皇（文武）のみ歌という。

七五　宇治間山の朝風が寒い。旅先で衣を貸してくれるはずの妻もいないのに。
右の一首は、長屋王。

【歌意】　七四番歌は、左注に「或は云ふ、天皇の大御歌」とあるほか、作者を伝えない。文武天皇である可能性が高い。文武天皇は、この歌を除くと集中に作品を伝えない。懐風藻には漢詩三首を伝える。文武天皇は、天武天皇の皇孫。長屋王とは従兄弟の関係。大宝元年（七〇一）は、十九歳。歌は二首共に、妻と離れて旅先にある侘びしさを詠んだもので、類型的な発想のものではあるが、素直な表現の中にも品位・風格が備わっている。なお文武天皇は、六九七年八月、十五歳で即位。同月藤原朝臣宮子娘を夫人、紀朝臣竃門娘・石川朝臣刀子娘を妃とする。令の規定によれば、妃は四品以上で皇女でなければならないから、この妃は嬪の誤りであろう。嬪は、四位または五位の位が与えられた。宮子は、大宝元年に首皇子すなわち後の聖武天皇を生んだが、文武生存中は、夫人の地位のままであった。聖武即位後、皇太夫人と称され、孝謙即位後、皇太后、さらに大皇太后と称される。

【七四】 大行（文武）天皇の吉野行幸　大宝元年二月二十日～二十七日。二月二十日は、太陽暦の四月六日。仲春。

大宝二年七月十一日～不明(三十日以前か)。七月十一日は、太陽暦八月十二日。初秋。ここは、明らかではないが、前者か。

山のあらし　山から吹き下ろす風。原文「山下風」。旧訓ヤマシタカゼ。僻案抄が、ヤマノアラシと訓んだ。「下風」の二字のみでアラシに宛てた例（11・二六七九）があるが、「あしひきの」の枕詞を冠する。山の意を枕詞に託したのであろう。

寒けくに　寒いのに。「寒し」のク語法＋格助詞「に」。

はたや　あるいは。もしかすると。どう思ってもやはり。ここは後者。原文の「為當」は、六朝から唐代にかけて会話体などで多く用いられた表現という。日本書紀や律令の文にも見える。

わがひとり寝む　ひとりは「妻なしに」の意。旅の歌にはこの表現が多い。

【七五】 宇治間山　奈良県吉野郡吉野町千股の山か。飛鳥から稲淵・栢森を経て芋峠を越え、吉野郡上市に出る道筋に当たる。

衣貸すべき　衣を貸してくれるはずの。「衣を貸す」というのは男女の愛情表現のひとつ。

あらなくに　ナクは、打ち消しの助動詞ズのク語法。ニは、格助詞。いないというのに。早く家に帰りたい、という余情が感じられる。

長屋王　父は天武天皇の皇子高市皇子。母は、天智天皇の皇女御名部皇女。妻は、元明天皇の皇女、吉備内親王。王は、後に左大臣にまでいたるが、讒言により自尽。吉備内親王と二人の間に生まれた子どもたちも自殺する。享年四十六歳説（公卿補任）と五十四歳（懐風藻）説とがあるが、後者によれば、大宝元年、二十六歳になる。歌は、五首。懐風藻に漢詩三首。

和銅《わどう》元年《ぐわんねん》戊申《ぼしん》
天皇《すめらみこと》の大御歌《おほみうた》

七六 ますらをの　鞆《とも》の音《おと》すなり　もののふの　大臣《おほまへつきみ》　楯立《たてた》つらしも

御名部皇女《みなべのひめみこ》の和《こた》へ奉《まつ》る御歌《みうた》

七七 わが大君《おほきみ》　物《もの》な思《おも》ほし　皇神《すめかみ》の　嗣《つ》ぎて賜《たま》へる　吾《われ》無《な》けなくに

【原文】

和銅元年戊申
天皇御製

七六 大夫之　鞆乃音為奈利　物部乃　大臣　楯立良思母

御名部皇女奉レ和御歌

七七 吾大王　物莫御念　須賣神乃　嗣而賜流　吾莫勿久尓

【校異】　御製（冷紀）―御製歌

和銅元年、天皇のみ歌

七六　ますらをの鞆の音が聞こえる。将軍が楯を立てているらしいよ。

御名部皇女がお答え申し上げたお歌

七七　わが大君よ、ご心配なさいますな。み祖《おや》の神が大君に添えてお下しになった私がいないわけではないのですから。

【歌意】　和銅二年三月、陸奥と越後二国の蝦夷は「野心あり馴れ難く、しばしば良民を害す」ので、遠江・駿河・甲斐・信濃・上野・越前・越中の国々から兵士を徴集し、陸奥鎮東将軍、征越後蝦夷将軍を任命している。軍勢は、東山道と北陸道のふたてに分かれて進発した。元年当時、すでに不穏な空気があり、その為の軍隊の調練と思われる。即位して一年にならない女帝の不安な心境が歌を通して感じられる。御名部皇女の歌は、「わが大君」と臣下の礼をとっているが、妹に対する姉らしい思いやりがうたわれている。

【七六】　和銅元年（七〇八）　前年の慶雲四年六月に文武天皇が崩御したが、そのみ子首皇子（後の聖武天皇）はまだ七歳であったので、中継ぎの天皇として、同年七月に文武天皇の母阿閉皇女が四十七歳で即位した（元明天皇）。和銅元年二月には、平城遷都の計画を発表。三月には、右大臣石上麻呂を左大臣に、大納言藤原不比等を右大臣に任命した。
鞆　弓を射た時に弦が当たるのを防ぐ、皮製の防具。左手首に巻いた。
音すなり　音が聞こえる。二句切れ。ナリは、音が聞こえる意の助動詞。
もののふ　朝廷に仕える文武百官。
大臣《おほまへつきみ》　「前つ君《まへつきみ》」は、天皇の前に侍る高官をいう。「大前つ君《おほまへつきみ》」は、太政大臣、左・右大臣、内大臣などをさす称。
楯立つらしも　楯を立てているらしいよ。ラシは、確かな根拠にもとづいてその事を推量する助動詞。モは終助詞。「軍隊を調練している」「儀礼（閲兵など）として楯を立てている」の二通りが考えられるが、閲兵の際に天皇が奥にいるのは　不自然なので、前者であろう。
【七七】　**物な思ほし**　心配なさいますな。ナは、禁止の意を示す副詞。オモホシはオモホスの連用形。禁止の副詞ナの下の動詞・助動詞は連用形で結ぶ。
※わが背子は物な思ほし事しあらば火にも水にも吾無けなくに（4・五〇六）
皇神　原文「須売神」。ここは、皇祖神の意。別に、「山科の石田の社の須売神」（13・三二三六）、「須売神の裾廻の山の渋谿の崎の荒磯に……」（17・三九八五）、「我は忘れじ志賀の須売神」（7・一二三〇）など、一定の地域を支配する威力ある神をさす例もある。
吾なけなくに　私がいないわけではないのに。私がいるではありませんか。ナケは、形容詞ナシの未然形。ナクは、打ち消しの助動詞ズのク語法。ナケナクは、二重否定で、ないことはない、すなわち、イルの意になる。ニは格助詞。
御名部皇女　天智天皇の皇女。元明天皇の同母姉。高市皇子の妻となる。長屋王の母。

七八　和銅《わどう》三年庚戌《ねんかうしゆつ》の春《はる》二月《がわつ》、藤原《ふぢはら》の宮《みや》より寧楽《なら》の宮《みや》に遷《うつ》る時《とき》に、御輿《みこし》を長屋《ながや》の原《はら》に停《とど》めて、古郷《ふるさと》を廻望《かへり》みて作《つく》る歌《うた》　一書《いつしよ》に云《い》はく、太上天皇《おほきすめらみこと》の大御歌《おほみうた》

飛《と》ぶ鳥《とり》の　明日香《あすか》の里《さと》を　置《お》きて去《い》なば　君《きみ》があたりは　見《み》えずかもあらむ

一に云《い》はく、君《きみ》があたりを　見《み》ずてかもあらむ

【原文】　和銅三年庚戌春二月、従㆓藤原宮㆒遷㆓于寧樂宮㆒時、御輿停㆓長屋原㆒・廻㆓望古郷㆒・作歌・

一書云、太上天皇御製

七八　飛鳥　明日香能里乎　置而伊奈婆　君之當者　不所見香聞安良武

一云、君之當乎　不見而香毛安良牟

【校異】　**廻**（元類古）―迴　**作歌**（元類古）―御作歌

和銅三年庚戌の春二月、藤原の宮から寧楽の宮に遷る時に、御輿を長屋の原に停めて、古郷を振り返って作った歌　一書には、太上天皇のみ歌という。

七八　明日香の故郷を後にして奈良に行ってしまったら、あなたの眠っているあたりは見えなくなることでしょうか。

ある伝えでは、「あなたの眠っているあたりを見ずにいられるだろうか」。

【歌意】 和銅元年二月の遷都の詔によれば「衆議忍び難く、詞情深切なり」と遷都を望む声が多かったことがわかり、遷都は、元明女帝自身の希望というよりは、衆議にうごかされてのものであったことがわかる。この歌は、亡き夫草壁皇子の眠る地を離れる寂しさを詠んだ歌である。夫・草壁皇子が亡くなってから二十一年、三五番歌を詠んでからも二十年経っていた。亡き夫に向かい、生きている人に対するように呼び掛けている。なお、「一書云、太上天皇御製」の作者に関する注記は、元明天皇の譲位後の尊称で表記されたもの。この注記から、藤原宮へ遷居の際の持統天皇の作を原歌とするとの説もあるが、持統八年十二月も、持統天皇は、在位中であって太上天皇ではない。藤原の宮の造営は、天武天皇の発意によるものであり、天武天皇の眠る大内陵は、たしかに清御原宮時代よりは遠くなるが、持統三年から十一年八月の譲位までの間に三十一回もの吉野行幸を行ったほど行動力のある持統天皇に「君があたりを見ずてかもあらむ」の嘆きはふさわしくないと思う。

平城遷都の理由について、和銅元年二月の詔の一節に、「平城の地、四禽図に叶ひ、三山鎮をなし、亀筮並に従ふ。都邑を建つべし」とある。「四禽図に叶ひ」とは、「東に疎水、南に沢畔、西に大道、北に高山」ある地を四神相応の地とし、大吉とするらしいのだが、おそらく、元明天皇は、そのようなことを遷都推進者から主張されて、受け入れざるを得ない状況になったのであろう。平城遷都の主唱者は、和銅元年に右大臣となった藤原不比等である可能性が高いといわれる。近年、藤原京跡の発掘が進むにつれて、その大きさにおいて平城京に遜色がないほどであったらしいことが明らかになってきて、内裏の位置の違いが注目され、天智天皇八年(六六九)から大宝二年(七〇二)まで途絶えていた遣唐使の派遣が再開され、慶雲元年(七〇四)の帰国によってもたらされた唐長安の理想的な都城に倣った都造りへの願望が平城遷都の契機となったともいわれる。加えて、平城京の京域の四方、特に東方に広がる郊外が大宮人たちにもたらした四季折々の興趣の影響は大きかったであろう。神亀・天平の文化も、平城遷都なしには生まれなかったのではないかと思われもする。元明天皇の個人的心情は理解できるが、遷都は必然的なものであったといえるであろう。

〔元明天皇の人と歌〕 元明天皇の歌として伝わるものは、即位前の三五番歌を含めて巻一に載せる三首がすべてである。その三首を振り返ってみると、個人的な思いを詠んだものばかりで、娘の元正天皇のように肆宴を催して人々に歌を詠ませたり率先して歌を詠んだりしなかったように思われる。二十九歳で皇太子であった夫と死別し、残された三名の子女を育て二人を天皇に、一人を甥の長屋王の妻にしている。和銅開弥の施行、平城遷都、記紀風土記の編纂など、在位中は後世にのこる優れた業績をあげてもいるが、その歌を通して見ると、やむを得ず即位したものの、果たしてその責任を果たすことができるかどうか思い悩むことも多かったに相違ない。『続日本紀』和銅五年九月の条には、天皇のひそかに抱き続けた思いをうかがわせるに足る詔を伝えている。

和銅五年(七一二) 九月三日　詔して曰《のたま》はく、

故左大臣正二位多治比真人嶋が妻《め》家原音那《おみな》、贈右大臣従二位大伴宿祢御行《みゆき》が妻紀朝臣音那《おみな》、並に夫存したる日は、国を為《をさ》むる道を相勧め、夫亡《みう》せたる後は、固く墳《つか》を同じくせむ意《こころ》を守る。朕《われ》、その貞節を思ひて、感歎すること深し。この二人に各邑《さと》五十《いそ》戸《へ》を賜ふべし。

とのたまふ。その家原音那に連の姓を加へ賜ふ。

今は亡き左大臣多治比真人嶋と贈右大臣大伴宿祢御行の妻とが、夫の死後も貞節を守っているのは実に感嘆すべきことであるから、二人にそれぞれ五十戸ずつ封戸を与えよう、無姓の多治比真人嶋の妻家原音那には連姓を与えよう、との詔である。左大臣多治比真人嶋は、大宝元年(七〇一)七月に、七十八歳で亡くなっており、贈右大臣大伴宿祢御行も、大宝元年(七〇一)正月に亡くなっている。御行の年齢はわからないが、亡くなった当時大納言で、死後直ちに右大臣を贈られているからやはりかなりの年齢であったと思われる。その正妻であったと思われる二人の女性の年齢もそれほど若かったとは思われない。その妻たちが再婚せず亡き夫に誠実であったことは、それほど感嘆すべきことではなかったようにも思われるのに、「朕その貞節を思ひて感嘆すること深し」といっている。おそらく女帝は、夫と死別してから後の自分の辛く苦しかった日々を思っていたに相違なく、同時に家原音那や紀音那らとは反対に、夫と死別あるいは生別の後、再婚して生き生きと新しい人生を謳歌している女性たちの存在を思っていたのであろう。たとえば、天武天皇の夫人となり新田部皇子を生んでいるにも関わらず天武天皇の崩御後、異母兄藤原不比等と再婚して麻呂を生んでいる藤原鎌足の娘五百重娘、美努王との間に三人の子をもうけていながら、美努王健在中に藤原不比等と結ばれ光明子を生んだ県犬養宿祢三千代などである。元明女帝が五百重娘や三千代を非難した形跡はないが、内心批判的であったに相違ないことがこの詔を通して知ることができる。

明日香の枕詞 **【飛ぶ鳥の】** 「天武紀」朱鳥元年(六八六)七月二十日に朱鳥と年号をさだめ、宮の名を「飛鳥浄御原宮」と称した。『扶桑略記』に、天武十五年(六八六)大倭国から赤雉が献上されたので、同年七月朱鳥と年号を改めたと記す。これにより、「飛ぶ鳥の」が明日香の修飾語になり、地名アスカに「飛鳥」の文字を当てるようになったと考えるのが通説。しかし、地名アスカに「飛鳥」の文字をあてたのは、郡郷名を好字二字で記せという和銅六年五月の詔の先取り的事実で、朱鳥の元号とは関係なく、枕詞「飛ぶ鳥の」も、それが土地讃めの働きを持つ言葉だからで、宮号と直接の関係はないとする井手至氏の論(「〝飛鳥〟考」万葉七九号　昭四七・五)や、朱鳥の改元以前から地名アスカに「飛鳥」の文字を当てたとする土橋寛氏の論(「〝飛鳥〟という文字」『境田教授喜寿記念　上代の文字と言語』)もある。傾聴すべき論である。

和銅三年庚戌の春二月　続日本紀には、三月十日の条に、「始めて都を平城に遷す」とある。それに先立って、天皇は、奈良に移ったか。和銅二年十二月五日に、天皇は平城宮に幸したとあり、還宮の記事がないので、翌三年正月元日の大極殿での朝賀を、平城宮の大極殿と考えるみかたもある。だが、その朝賀には、隼人・蝦夷も参列したとあり、その後、左・右将軍、左右の副将軍が、朱雀大路を、隼人・蝦夷を率いて進んだとあるから、大極殿も、藤原宮のそれであったろうと思われる。寧楽は、ナラの地名に好字を当てたもの。

長屋の原　天理市永原町・長柄町・九条町・東井戸堂町・西井戸堂町・合場町にわたる地域。藤原宮から寧楽宮へ行く中つ道の中間地点。

君があたり　亡き夫草壁皇子の墓のあるあたり。奈良県高市郡高取町佐田のあたり。この地の岡宮天皇真弓丘陵が草壁皇子の墓とされるが、束明神古墳も草壁皇子の墓の可能性が論じられている。

見えずかもあらむ　見えなくなることでしょうか。カは、疑問の助詞。ムは、推量の助動詞。異伝の「見ずてかもあらむ」との違いは、自動詞「見ゆ」と、他動詞「見ず」の違いで、本文歌の方がより受動的である。積極的ではなかった遷都にあたっての気分にそっていると思われる。

或本《あるほん》の、藤原《ふぢはら》の京《みやこ》より寧楽《なら》の宮《みや》に遷《うつ》る時《とき》の歌《うた》

七九　天皇《おほきみ》の　御命《みこと》かしこみ　にきびにし　家《いへ》を置《お》き　こもりくの　泊瀬《はつせ》の川《かは》に　船《ふね》浮《う》けて
わが行《ゆ》く川《かは》の　川隈《かはくま》の　八十隈《やそくま》おちず　万度《よろづたび》　かへりみしつつ　玉桙《たまほこ》の　道行《みちゆ》き暮《く》

らし　あをによし　奈良《なら》の京《みやこ》の　佐保川《さほがは》に　い行《ゆ》き至《いた》りて　わが宿《ね》たる　衣《ころも》の上《うへ》ゆ
朝月夜《あさづくよ》　さやかに見《み》れば　栲《たへ》のほに　夜《よる》の霜降《しもふ》り　岩床《いはとこ》と　川《かは》の水凝《こ》り　寒《さむ》き夜《よ》を
いこふことなく　通《かよ》ひつつ　作《つく》れる家《いへ》に　千代《ちよ》まで　来ませ大君《おほきみ》よ　われも通《かと》はむ

反歌《はんか》

八〇　あをによし　奈良《なら》の家《いへ》には　万代《よろづよ》に　われも通《かよ》はむ　忘《わす》ると思《おも》ふな

右《いぎ》の歌《うた》は、作主未《さくしゆいま》だ詳《つばひ》らかならず。

【原文】　或本、従二藤原京一遷二于寧樂宮一時歌

七九　天皇乃　御命畏美　柔備尓之　家乎擇　隠國乃　泊瀬乃川尓　舼浮而　吾行河乃　川
隈之　八十阿不落　万段　顧為乍　玉桙乃　道行晩　青丹吉　楢乃京師乃　佐保川尓
伊去至而　我宿有　衣乃上従　朝月夜　清尓見者　栲乃穂尓　夜之霜落　磐床等　川
之水凝　冷夜乎　息言無久　通乍　作家尓　千代二手　来座多公与　吾毛通武

反歌

八〇　青丹吉　寧樂乃家尓者　万代尓　吾母将通　忘跡念勿

右歌作主未詳

【校異】京（冷文古）―宮京　丹（古冷文　西右に補）―ナシ（西　挿入箇所に○印あり）
水（類冷）―氷　作（冷文紀　西右に補）―ナシ（西　挿入箇所に○印あり）

或る本の、藤原の京より寧楽の宮に遷る時の歌

七九　大君のお言葉を謹んで受けて、馴れ親しんだわが家を後に、こもりくの泊瀬川に船を浮かべて、わたしが下って行くその川の多くの曲がり角毎にわが家の方を振り返り振り返りしながら、日が暮れるまで進んで行き、あをによし奈良の都の佐保川まで行き着いて仮寝する私の衣の上から、明け方の月の光の中でさやかに見ると、真っ白に夜の霜が降りていて、川には、岩床のように固く厚く氷が張っていて、寒い夜だが、そんな寒い夜も休息することなく、通い続けて作ったこの家にいついつまでもおいでになって下さい。わが大君よ。私も通ってまいりましょう。

反歌

八〇　あをによし奈良のこの家には、いつまでも私も通って参りましょう。忘れるとは思って下さいますな。（いつまでもお仕えします。）

右の歌は、作者がまだわからない。

【歌意】遷都により、新しい都に必要となった主人の家の完成に奉仕した者が、新築祝いの席でうたった歌であ

ろう。宮と言わず、家と言い、「われも通はむ」と言っているところよりすれば、主人は、皇子や皇女ではなく、王族かあるいはかなり高位の貴族であったのであろう。一首は、主人の家の完成に奉仕するさまをうたい、その完成した家にいついつまでも来てほしいとうたって、主人の長寿と栄えを願い、同時に「われもかよはむ」と万代の後までもかわらぬ奉仕を誓っている。七八番歌と同じ平城遷都に関わる歌として別本資料より採録したもの。

【七九】天皇　元明天皇をさす。末尾のオホキミ(多公)とは別。文字の上でその区別を示したのであろう。二三九・二四〇の大君は長皇子。二六一は新田部皇子。四二〇は石田王。万葉の時代は、自分の仕えた主人を、皇子でも王でも、オホキミと称した。

御命かしこみ　ミコトは、み言。お言葉。カシコミは、恐れ多い意の形容詞カシコシの語幹に原因理由をあらわす接尾語ミのついた形。「大君の御命《みこと》かしこみ」の早い表現例の一首。和銅元年作の、巻三・二九七とほぼ同時期。

にきびにし　ニキビは、やわらぐ、馴れ親しむ意の動詞ニキブの連用形。「荒ぶ」の対。柔肌（ニキハダ）・和草（ニコクサ）の、ニキ・ニコも同根。ニシは、完了の助動詞ヌの連用形に、過去の助動詞キの連体形がついて、家を修飾している。馴れしたしんだ家の意。「にきびにし　家ゆも出でて」（3・四八一）。

家を置き　原文「家乎擇」。「擇」は「釋」の通用文字とされる。類聚名義抄には、釋に、オク・ハナツ、擇に、エラブ・ハナツ、の訓がある。ハナツには、オクの意があるから、それまでの家を手放して、の意であろう。

わが行く川の　藤原京から平城京に行くには、馬を利用すれば、当然陸路が容易であるが、本歌では水路を行ったことになっている。水路では泊瀬川を下り、佐保川を遡って平城京に到っている。主君の邸宅の完成に奉仕した内容であるから、わずか十六年に終わった藤原京の邸宅は、解体して、出来る限り平城京に新築する居宅の材料に役立てようとしたかも知れない。そのような用材を運ぶには、水路が便利であったろう。

こもりくの　泊瀬にかかる枕詞。山に囲まれている所の意で、かかっている。

泊瀬の川　桜井市長谷寺の北方小夫《おおぶ》に発し、南流して長谷寺の南で吉隠川を合わせ、西流して三輪山の麓を廻って、北西流して、佐保川に合流。

浮けて　ウケは、浮かべる意のカ行下二段活用の他動詞ウクの連用形。

八十隈おちず　八十は数が多いこと。「落ちず」は「欠けることなく」の意。

玉桙の　玉は美称。邪霊の進入を防ぐ為に、道の三叉路や村の入口に矛を立てていたことから、「道」の枕詞になり、別に「里」にかかる例（11・二五九八）もある。

い行き到りて　行き着いて。イは接頭語。

衣の上ゆ　ユは出発地点又は経過地点をいう。「―より」又は「―を通って」となる。この場合は「衣の上から」。「見れば」に続く。

朝月夜　この場合、「月夜」は月そのものを言う。有明の月。

栲のほ　栲は楮の繊維で織った布で白いので、ここは白色を表し、ホは、穂または秀で、白さを強調。ここは、霜の白さを言う。丹の穂の対。「丹の穂の面（紅顔）」（10・二〇〇三）。

岩床と　岩床は、表面が平らで滑らかな岩盤。トは「～のように」の意。例「雪と降りけむ」（17・三九〇六）。川の水の凍っている様子を比喩した表現。

いこふことなく　「やすむことなく」と訓む説もある。原文「息言無久」。霊異記上巻第二十に、「无レ憩所レ駈」（憩ふことなく駈《おひつか》はれ）の「憩」に「伊己不己止」の訓釋があるのによる。

千代まで　原文「千代二手」。二手は、両手の意で、マテ。マデにあてる。

来ませ大君よ　原文「来座多公与」。「来」を「尓」の誤字として、「千代二手」に続け、「いませ大君よ」と訓む説もあるが、「我も通はむ　忘ると思ふな」への続きから、大系・全訳注同様、「来ませ　大君よ」と訓んだ。大君の別宅として建てられたものであったことも考えられる。

【八〇】**奈良の家**　大君、すなわち作者が奉仕している主君の邸。前の長歌の「通ひつつ作れる家」のこと。

万代に　長歌の「千代までに」に呼応する語。

忘ると思ふな　主君に向かってあなたを忘れるなどと思わないで下さい、と言っている。敬語表現ではないが、それだけに、主従の親しい関係が窺われる。万葉では相聞に多く使われる表現である。

高山の峯行くししの友を多み袖振らず来ぬ忘ると思ふな　（11・二四九三）

人言を繁みと君に玉梓の使もやらず忘ると思ふな　（11・二五八六）

和銅《わどう》五年壬子《ねんじんし》の夏《なつ》四月《ぐわつ》、長田王《ながたのおほきみ》を伊勢《いせ》の齋宮《いつきのみや》に遣《つか》はしし時《とき》に、山辺《やまのへ》の御井《みゐ》にして作《つく》る歌《うた》

八一　山《やま》の辺《へ》の　御井《みゐ》を見《み》がてり　神風《かむかぜ》の　伊勢娘子《いせをとめ》ども　相見《あひみ》つるかも

八二　うらさぶる　心《こころ》さまねし　ひさかたの　天《あめ》のしぐれの　流《なが》らふ見《み》れば

八三　海《わた》の底《そこ》　沖《おき》つ白波《しらなみ》　龍田山《たつたやま》　いつか越《こ》えなむ　妹《いも》があたり見《み》む

右《みぎ》の二首《しゅ》は、今案《いまかむが》ふるに、御井《みゐ》にして作《つく》るに似《に》ず。けだし、その時誦《ときよ》めりし古歌《こか》か。

【原文】和銅五年壬子夏四月、遣二長田王于伊勢齋宮一時、山邊御井作歌

八一 山邊乃　御井乎見我弖利　神風乃　伊勢處女等　相見鶴鴨

八二 浦佐夫流　情佐麻祢之　久堅乃　天之四具礼能　流相見者

八三 海底　奥津白波　立田山　何時鹿越奈武　妹之當見武

右二首、今案不レ似二御井所一レ作　若疑當時誦之古歌歟

【校異】 **作**（冷紀　西上書、頭書「作」）―依　**祢**（代精ニヨル）―弥　**作**（冷紀文　西右に補）―ナシ

和銅五年の夏四月、長田王を伊勢の齋宮に遣わした時に、山辺の御井で作った歌

八一 山辺の御井を見るついでに、（幸運にも）井戸に水を汲みにきた神風の伊勢の娘子達に会ったことだ。

八二 うらさびしい思いがしきりにする。大空にしぐれが流れるのを見ると。

八三 海の底の奥、その沖の白波が立つではないが、あの立田山をいつ越えることが出来るだろうか。早く越えて妻のいるあたりを見たいものだ。

右の二首は、今考えてみると、山辺の御井で作った歌らしくない。あるいは、その時に誦詠された古歌であろうか。

【歌意】 三首のうち、題詞にふさわしいのは、八一のみで、八二は季節があわず、八三は、立田山の西にいて詠

まれた趣である。左注にいう通りであるかもしれず、また長田王の歌として知られた歌が一括してあったものかもしれない。八三は、技巧のおもしろさに特徴があるが、八二は、時雨を前にしての漠然とした寂しさを詠んでおり、万葉集の中では、近代的な気分であろう。だが、歌の形式は、二句切れで倒置法になっており古風である。風流人と評された王の特性のみられる歌である。稲岡耕二氏は、八二番歌を「しぐれ降るわびしさを詠んだ最古の作とされよう」といい、万葉集のしぐれの歌の大部分は、「黄葉との組合せで、木の葉の色づくのを愛でたり、黄葉の散るのを惜しむ気持ちを表すのであり、かならずしも閑寂な気分やわびしさを強調するわけではない」ことを指摘している（『万葉の歌ことば辞典』）。事実、

　時待ちて降りし時雨の雨止みぬ明けむ朝《あした》か山のもみたむ（8・一五五一　市原王）

　時雨の雨間無くし降れば三笠山木末《こぬれ》あまねく色づきにけり（8・一五五三　大伴稲公）

など、木の葉を色づかせるしぐれを、好ましいものとして迎えている気分の歌もある。本歌に、長田王の時雨に対する独特の感性が認められる所以である。

　なお、和銅五年四月作とある本歌群は平城遷都以後の作であるが、元明天皇の時代の歌として、この位置に置かれたもので、「寧樂宮」の標題のもとに置かれた八四番歌とは載録の時期を異にしていると思われる。

【八二】長田王　天平初年ころ、風流侍従と評された五人の中の一人（牟智麻呂伝）。和銅四年(七一一)四月、従五位上より正五位下。同八年四月、正五位上。霊亀二年(七一六)正月従四位下。同年十月、近江守。神亀六年(七二九)正四位下。同年九月、衛門督。天平四年(七三二)摂津大夫。天平六年二月には、朱雀門前の歌垣で頭をつとめた。天平九年六月、散位正四位下で卒。この三首のほか、二四五・二四六・二四八の三首をのこす。侍従は、天皇に近侍し、その遺忘過失を注意する役。中務省に属する。同名異人に、長皇子の孫で、天平七

年四月に無位から従四位下になった長田王がいる。この人の歌は伝えられていない。

山辺の御井　諸説あって明らかでない。

①三重県鈴鹿市石薬師にある大井神社(式内社)。その傍に岡があり、泉が二つ北と南にあり、古くからここに山辺の御井の碑がある。

②三重県久居《ひさい》市新家《にのみ》町。御鎮座本紀に「山辺行宮、壱志郡新家村にあり」とある。

「山辺の　五十師の原に」(13・三二三四)、「山辺の五十師の御井」(13・三二三五)。

③三重県久居市中川。

見がてり　見るついでに。「がてり」は、〜するついでに、の意。

神風の　「伊勢」の枕詞。伊勢の神の荒魂によって吹く風の意か。

※渡会の　斎の宮ゆ　神風に　い吹き惑はし
(2・一九九)

伊勢娘子ども　伊勢のおとめたち。ドモは、複数。庶民の娘たちではあるが、伊勢という地名のせいか、いかにも清々しい感じがする。

相見つるかも　出会ったことだよ。カモは、感動の終助詞。喜び、満足感があらわされている。

【八二】　うらさぶる　「うらさぶ」の連体形。荒涼とした気分である。下の心を修飾。

さまねし　サは、接頭語。「まねし」は、多い、意。ここは、(荒涼とした気分が)胸いっぱいに広がる意。

しぐれ　秋から冬にかけて降る雨。題詞の四月とは一致しないので左注がある。

【八三】　海の底　「沖」の枕詞。沖は奥に通じるので、奥底深い意で冠する。「海の底沖つ白波」は、「立田山」を起こす序詞。

立田山　生駒郡三郷町と大阪府柏原市にまたがる山。三郷《さんごう》町立野《たつの》に龍田大社があり、風の神竜田比古・竜田比女を祭っている。奈良から大阪へ行くルートの途中にあたる。万葉では桜を詠むことが多かったが、後に「もみじの名所」とうたわれた。

寧楽《なら》の宮《みや》

長皇子《ながのみこ》の、志貴皇子《しきのみこ》と佐紀《さき》の宮《みや》にして倶《とも》に宴《うたげ》する歌《うた》

八四　秋《あき》さらば　今《いま》も見《み》るごと　妻恋《つまご》ひに　鹿《か》鳴《な》かむ山《やま》ぞ　高野原《たかのはら》の上《うへ》

右《みぎ》の一首《しゅ》は、長皇子《ながのみこ》

【原文】　寧樂宮

長皇子、與二志貴皇子一於二佐紀宮一倶宴歌

八四　秋去者　今毛見如　妻戀尓　鹿将鳴山曽　高野原之宇倍

右一首、長皇子

長皇子が、志貴皇子と佐紀の宮において共に宴を開いた時の歌

八四　秋になったら、私たちがいま目の前に見ているように、妻を恋うて鹿が鳴く山ですよ。この高野原の上は。

右の一首は、長皇子。

【歌意】　題詞により、長皇子が佐紀の宮で志貴皇子と共に宴を設けた時の歌と知られる。歌は、長皇子の一首のみであるが、元暦校本・紀州本・伝冷泉為頼筆本・広瀬本には、目録の「長皇子御歌」の左に、「志貴皇子御歌」の一行があり、もと志貴皇子の歌も記録されてあった可能性が高い。巻八の一四一八番歌をそれと推測する説もあるが、明らかでない。なお、万葉では、秋の景物として、男鹿の鳴く声がよく詠まれている。鹿は、カ・シカ・ヲシカ・サヲシカの名で詠まれ、秋の萩の花とともに詠まれることが多い。シシと詠む例もあるが、これは、狩猟の対象あるいは、田畑を荒すものとして詠んでいるものである。

【寧楽宮】　和銅三年(七一〇)三月から延暦三年(七八四)十一月に長岡京に遷都するまでの宮。その間に、聖武天皇の天平十二年(七四〇)十二月十五日から同十六年二月二十五日まで、山背国恭仁に、同年二月二十六日から翌天平十七年五月十日まで難波に都がおかれた。元明・元正・聖武・孝謙・淳仁・称徳・光仁の七代と桓武天皇の初期三年余りの宮殿。平城京の北域中央に設けられ、天皇の居住空間である内裏、朝政・儀式の集会施設である朝堂院、饗宴施設、百官の政務処理の曹司などがおかれたところ。ここは、寧楽の宮時代の意で記されたもの。

【平城京】　奈良の都、すなわち平城京は、左右京おのおの九条四坊に区画され、南北四・八キロ、東西四・三キロ、さらに、左京東辺の二条から五条にかけて、十二坊分の外京が設けられた。道路の幅は、さまざまであるが、最大の朱雀大路で、両側溝中心間で、約七四メートルという広さであった。新京造営にはかなりの苦労を伴ったらしく、和銅四年九月「諸国からの役民が労役に疲れて、逃亡する者がやはり多い。宮垣も未完成で防衛が不十分である。とりあえず衛兵所を立てて、兵器庫を固く守るべきである」という勅が出た。不穏な動きも感じられる。翌和銅五年には、郷里に帰る役民が多く飢えて溝や谷に転落し、埋もれ死ぬ者も少なくない。国司らは気をつけて面倒を見るように、との詔が出た。完成までに年月がかかり、役民は苦労した。なお、最新の情報によると、九条大路の南に京の内部と同様の区画道路跡（八世紀初め）が見つかり、十条大路が存在した可能性が出てきた

という（二〇〇五年八月二十六日、奈良県大和郡山市教育委員会・元興寺文化財研究所発表）。

長皇子　六〇、六五、七三の作者として既出。霊亀元年(七一五)六月薨。

志貴皇子　万葉集では、霊亀元年九月薨（2・二三〇題）。続日本紀では、霊亀二年八月十一日薨。この事については、巻二・二三〇～二三四の［志貴親王の薨去の年月について］の条参照。志貴皇子については、五一の作者として既出。なお、宝亀元年(七七〇)十一月、この年の十月一日に即位した白壁王（光仁天皇）が、父皇子に天皇の尊号を贈る詔の中で、皇子を「春日宮に御しましし皇子」とよんでいるのは、志貴皇子が春日の地に宮を営んでいたことに因む呼称といわれる。

佐紀の宮　佐紀は、奈良市佐紀町を中心に、山陵《みささぎ》町・二条町に及ぶ平城京跡北方の地。佐紀の宮は、長皇子の宮。

秋さらば　秋になったら。

今も見るごと　下の「妻恋ひに鹿鳴かむ」を修飾する。鹿の鳴いている絵を見ながら詠んでいるのであろう。屏風絵であったかもしれない。無論、眼前に、高野原の秋の季節ならぬ佳景が広がっていたのである。

高野原　称徳天皇（孝謙天皇の重祚）の高野山陵があるところと考えられる。佐紀町の佐紀丘陵から西南にかけての一帯。

巻第二

目録

萬葉集巻第二

相聞

難波高津宮御レ宇天皇代　【難波《なには》の高津《たかつ》の宮《みや》に天《あめ》の下知《したし》らしめし天皇《すめらみこと》のみ代《よ》】

八五―八八　磐姫皇后、思二天皇一御作歌四首　【磐姫皇后《いはのひめのおほきさき》、天皇《すめらみこと》を思《しの》ひて作《つく》りませるみ歌《うた》四首《しゆ》】

八九　或本歌一首　【ある本《ほん》の歌《うた》一首《しゆ》】

九〇　古事記歌一首　【古事記《こじき》の歌《うた》一首《しゆ》】

近江大津宮御レ宇天皇代　【近江《あふみ》の大津《おほつ》の宮《みや》に天《あめ》の下知《したし》らしめし天皇《すめらみこと》のみ代《よ》】

九一　天皇、賜二鏡王女一御歌一首　【天皇《すめらみこと》、鏡王女《かがみのおほきみ》に賜《たま》ふ御歌《みうた》一首《しゆ》】

九二　鏡王女、奉レ和歌一首　【鏡王女《かがみのおほきみ》、和《こた》へ奉《まつ》る歌《うた》一首《しゆ》】

九三　内大臣藤原卿、娉㆓鏡王女㆒時、鏡王女、贈㆓内大臣㆒歌一首　【内大臣藤原卿《うちのおほまへつきみふぢはらのまへつきみ》、鏡王女《かがみのおほきみ》を娉《つまど》ふ時《とき》に、鏡王女《かがみのおほきみ》、内大臣《うちのおほまへつきみ》に贈《おく》る歌《うた》一首《しゅ》】

九四　内大臣、報㆓贈鏡王女㆒歌一首　【内大臣《うちのおほまへつきみ》、鏡王女《かがみのおほきみ》に報《こた》へ贈《おく》る歌《うた》一首《しゅ》】

九五　内大臣、娶㆓采女安見兒㆒時作歌一首　【内大臣《うちのおほまへつきみ》、采女安見児《うねめやすみこ》を娶《めと》る時《とき》に作《つく》る歌《うた》一首《しゅ》】

九六—一〇〇　久米禅師、娉㆓石川郎女㆒時歌五首　【久米禅師《くめのぜんじ》、石川郎女《いしかはのいらつめ》を娉《つまど》ふ時《とき》の歌《うた》五首《しゅ》】

一〇一　大伴宿祢、娉㆓巨勢郎女㆒時歌一首　【大伴宿祢《おほとものすくね》、巨勢郎女《こせのいらつめ》を娉《つまど》ふ時《とき》の歌《うた》一首《しゅ》】

一〇二　巨勢郎女報贈歌一首　【巨勢郎女《こせのいらつめ》の、報《こた》へ贈《おく》る歌《うた》一首《しゅ》】

明日香清御原宮御㆑宇天皇代　【明日香《あすか》の清御原《きよみはら》の宮《みや》に天《あめ》の下《した》知《し》らしめしし天皇《すめらみこと》のみ代《よ》】

一〇三　天皇、賜㆓藤原夫人㆒御歌一首　【天皇《すめらみこと》、藤原夫人《ふぢはらのぶにん》に賜《たま》ふ御歌《みうた》一首《しゅ》】

一〇四　藤原夫人奉㆑和歌一首　【藤原夫人《ふぢはらのぶにん》の、和《こた》へ奉《まつ》る歌《うた》一首《しゅ》】

藤原宮御㆑宇天皇代　【藤原《ふぢはら》の宮《みや》に天《あめ》の下《した》知《し》らしめしし天皇《すめらみこと》のみ代《よ》】

一〇五—一〇六　大津皇子、竊下㆓於伊勢神宮㆒還上時、大伯皇女御•作歌二首　作（金紀）—ナシ　【大津皇子《おほつのみこ》、竊《ひそ》かに伊勢神宮《いせのかむみや》に下《くだ》りて還《かへ》り上《のぼ》る時《とき》に、大伯皇女《おほくのひめみこ》の作《つく》りませるみ歌《うた》二首《しゅ》】

一〇七　大津皇子贈㆓石川郎女㆒御歌一首　【大津皇子《おほつのみこ》の、石川郎女《いしかはのいらつめ》に贈《おく》る御歌《みうた》一首《しゅ》】

一〇八　石川郎女奉㆑和歌一首　【石川郎女《いしかはのいらつめ》の和《こた》へ奉《まつ》る歌《うた》一首《しゅ》】

一〇九 大津皇子竊婚二石川女郎一時、津守連通占二露其事一、皇子御作歌一首 【大津皇子《おほつのみこ》、竊《ひそ》かに石川女郎《いしかはのいらつめ》に婚《あ》ふ時《とき》に、津守連通《つもりのむらじとほる》、その事《こと》を占《うら》へ露《あら》はすに、皇子《みこ》の作《つく》る御歌《みうた》一首《しゅ》】

一一〇 日並所知皇子尊賜二石川女郎一御歌一首 女郎、字曰二大名兒一 【日並所知皇子尊《ひなみしのみこのみこと》の、石川女郎《いしかはのいらつめ》に賜《たま》ふ御歌《みうた》一首《しゅ》 女郎《いらつめ》、字《あざな》を大名兒《おほなこ》といふ】

一一一 幸二吉野宮一時、弓削皇子贈二額田王一歌一首 【吉野宮《よしののみや》に幸《いでま》す時《とき》に、弓削皇子《ゆげのみこ》、額田王《ぬかたのおほきみ》に贈《おく》る歌《うた》一首《しゅ》】

一一二 額田王奉レ和歌一首 【額田王《ぬかたのおほきみ》の和《こた》へ奉《まつ》る歌《うた》一首《しゅ》】

一一三 従二吉野一折二取蘿生松柯一遣時、額田王奉入歌一首 【吉野《よしの》より苔生《こけむ》せる松《まつ》が柯《え》を折《を》り取《と》りて遣《つか》はす時《とき》に、額田王《ぬかたのおほきみ》の奉《たてまつ》り入《い》るる歌《うた》一首《しゅ》】

一一四 但馬皇女在二高市皇子宮一之時、思二穂積皇子一御作歌一首 【但馬皇女《たぢまのひめみこ》、高市皇子《たけちのみこ》の宮《みや》に在《いま》す時《とき》に、穂積皇子《ほづみのみこ》を思《しの》ひて作《つく》りませるみ歌《うた》一首《しゅ》】

一一五 勅二穂積皇子一遣二於近江志賀山寺一時、但馬皇女御作歌一首 【穂積皇子《ほづみのみこ》に勅《みことのり》して、近江《あふみ》の志賀《しが》の山寺《やまでら》に遣《つか》はす時《とき》に、但馬皇女《たぢまのひめみこ》の作《つく》りませるみ歌《うた》一首《しゅ》】

一一六 但馬皇女在二高市皇子宮一時、竊接二穂積皇子一之事既形而後、御作歌一首 【但馬皇女《たぢまのひめみこ》、高市皇子《たけちのみこ》の宮《みや》に在《いま》す時《とき》に、竊《ひそ》かに穂積皇子《ほづみのみこ》に接《あ》ひ、事既《ことすで》に形《あら》はれて作《つく》りませるみ歌《うた》一首《しゅ》】

一一七 舎人皇子御歌一首 【舎人皇子《とねりのみこ》の御歌《みうた》一首《しゅ》】

一一八 舎人娘子奉レ和歌一首 【舎人娘子《とねりのをとめ》の和《こた》へ奉《まつ》る歌《うた》一首《しゅ》】

一一九―一二二　弓削皇子思㆓紀皇女㆒御歌四首　【弓削皇子《ゆげのみこ》の、紀皇女《きのひめみこ》を思《しの》ふ御歌《みうた》四首《しゅ》】

一二三―一二五　三方沙弥娶㆓園臣生羽之女㆒未㆑経㆓幾時㆒臥㆑病作歌三首　【三方沙弥《みかたのさみ》、園臣生羽《そののおみいくは》の女《むすめ》を娶《めと》りて、いまだいくばくの時《とき》を経《へ》ず、病《やまひ》に臥《ふ》して作《つく》る歌《うた》三首《しゅ》】

一二六　石川女郎、贈㆓大伴宿祢田主㆒歌一首　【石川女郎《いしかはのいらつめ》、大伴宿祢田主《おほとものすくねたぬし》に贈《おく》る歌《うた》一首《しゅ》】

一二七　大伴宿祢田主、報贈歌一首　【大伴宿祢田主《おほとものすくねたぬし》、報《こた》へ贈《おく》る歌《うた》一首《しゅ》】

一二八　石川女郎、更贈㆓大伴宿祢田主㆒歌一首　【石川女郎《いしかはのいらつめ》、更《さら》に大伴宿祢田主《おほとものすくねたぬし》に贈《おく》る歌《うた》一首《しゅ》】

一二九　大津皇子宮侍石川女郎、贈㆓大伴宿祢宿奈麻呂㆒歌一首　【大津皇子《おほつのみこ》の宮《みや》の侍《まかだち》　石川女郎《いしかはのいらつめ》、大伴宿祢宿奈麻呂《おほとものすくねすくなまろ》に贈《おく》る歌《うた》一首《しゅ》】

一三〇　長皇子与㆓皇弟㆒御歌一首　【長皇子《ながのみこ》の、皇弟《すめいろと》に与《あた》ふる御歌《みうた》一首《しゅ》】

一三一―一三七　柿本朝臣人麻呂従㆓石見國㆒別㆑妻上來時歌二首　并短歌　【柿本朝臣人麻呂《かきのもとのあそみひとまろ》、石見国《いはみのくに》より妻《つま》に別《わか》れて上《のぼ》り来《く》る時《とき》の歌《うた》二首《しゅ》　并《あは》せて短歌《たんか》】

一三八―一三九　或本歌一首　并短歌　【ある本《ほん》の歌《うた》一首《しゅ》　并《あは》せて短歌《たんか》】

一四〇　柿本朝臣人麻呂妻依羅娘子、与㆓人麻呂㆒相別歌一首　【柿本朝臣人麻呂《かきのもとのあそみひとまろ》の妻依羅娘子《つまよさみのをとめ》、人麻呂《ひとまろ》と相別《あひわか》るる歌《うた》一首《しゅ》】

挽歌

後岡本宮御㆑宇天皇代　【後《のち》の岡本《をかもと》の宮《みや》に天《あめ》の下《した》知《し》らしめし天皇《すめらみこと》のみ代《よ》】

一四一 一四二　有間皇子、自傷結㆓松枝㆒歌二首　【有間皇子《ありまのみこ》、自《みづか》ら傷《いた》みて松《まつ》が枝《え》を結《むす》ぶ歌《うた》二首《しゅ》】

一四三 一四四　長忌寸意吉麻呂、見㆓結松㆒哀咽歌二首　【長忌寸意吉麻呂《ながのいみきおきまろ》、結《むす》び松《まつ》を見《み》て哀《かな》しび咽《むせ》ぶ歌《うた》二首《しゅ》】

一四五　山上臣憶良追和歌一首　【山上臣憶良《やまのうへのおみおくら》の追和《ついわ》する歌《うた》一首《しゅ》】

一四六　大寶元年辛丑、幸㆓于紀伊國㆒時見㆓結松㆒歌一首　【大宝元年辛丑《たいほうぐわんねんしんちう》、紀伊《き》の国《くに》に幸《いでま》す時《とき》に結《むす》び松《まつ》を見《み》る歌《うた》一首《しゅ》】

近江大津宮御㆑宇天皇代　【近江《あふみ》の大津宮《おほつみや》に天《あめ》の下《した》知《し》らしめし天皇《すめらみこと》のみ代《よ》】

一四七　天皇聖躬不豫之時、大后奉御歌一首　【天皇《すめらみこと》の、聖躬不豫《みやまひ》したまふ時《とき》に、人后《なほきさき》の奉《たてまつ》る御歌《みうた》一首《しゅ》】

一四八　一書歌一首　【一書《しょ》の歌《うた》一首《しゅ》】

一四九　天皇崩後、太后御作歌一首　【天皇《すめらみこと》の崩《かむあが》りましし後《のち》に、太后《おほきさき》の作《つく》りませるみ歌《うた》一首《しゅ》】

一五〇　天皇崩時、婦人作歌一首　姓氏未詳　【天皇《すめらみこと》の崩《かむあが》りましし時《とき》に婦人《をみなめ》の作《つく》る歌《うた》一首《しゅ》　姓氏《せいし》いまだ詳《つばひ》らかならず】

一五一 一五二　天皇大殯之時歌二首　【天皇《すめらみこと》の大殯《おほあらき》の時《とき》の歌《うた》二首《しゅ》】

一五三　大后御歌一首　【大后《おほきさき》の御歌《みうた》一首《しゅ》】

一五四　石川夫人歌一首　【石川夫人《いしかはのぶにん》の歌《うた》一首《しゆ》】

一五五　従㆓山科御陵㆒退散之時、額田王作歌一首　【山科《やましな》の御陵《みはか》より退《まか》り散《あら》くる時《とき》に、額田王《ぬかたのおほきみ》の作《つく》る歌《うた》一首《しゆ》】

明日香清御原宮御㆑宇天皇代　【明日香《あすか》の清御原《きよみはら》の宮《みや》に天《あめ》の下《したし》知らしめしし天皇《すめらみこと》のみ代《よ》】

一五六―一五八　十市皇女薨時、高市皇子尊御作歌三首　【十市皇女《とをちのひめみこ》の薨《こう》ぜし時《とき》に、高市皇子尊《たけちのみこのみこと》の作《つく》りませるみ歌《うた》三首《しゆ》】

一五九　天皇崩時、太后御作歌一首　【天皇《すめらみこと》の崩《かむあが》りましし時《とき》に太后《おほきさき》の作《つく》りませるみ歌《うた》一首《しゆ》】

一六〇―一六一　一書歌二首　【一書《しよ》の歌《うた》二首《しゆ》】

一六二　天皇崩之後八年九月九日、奉為御齋會之夜夢裏習賜御歌一首　【天皇《すめらみこと》崩《かむあが》りましし後《のち》の八年《ねん》九月《ぐわつ》九日《か》、奉為《おほみため》の御斎会《ごさいゑ》の夜《よる》の夢《いめ》の裏《うち》に習《なら》ひたまふ御歌《みうた》一首《しゆ》】

藤原宮御㆑宇天皇代　【藤原《ふぢはら》の宮《みや》に天《あめ》の下《したし》知らしめしし天皇《すめらみこと》のみ代《よ》】

一六三―一六四　大津皇子薨後、大來皇女従㆓伊勢齋宮㆒還㆑京之時御作歌二首　【大津皇子《おほつのみこ》薨《こう》ぜし後《のち》に、大来皇女《おほくのひめみこ》、伊勢《いせ》の斎宮《いつきのみや》より京《みやこ》に還《かへ》りし時《とき》に作《つく》りませるみ歌《うた》二首《しゆ》】

一六五―一六六　移㆓葬大津皇子屍於葛城二上山㆒之時、大來皇女哀傷御作歌二首　【大津皇子《おほつのみこ》の屍《かばね》を葛城《かづらき》の二上山《ふたがみやま》に移《うつ》し葬《はぶ》る時《とき》に、大来皇女《おほくのひめみこ》の哀《かな》しび傷《いた》みて作《つく》りませるみ歌《うた》二首《しゆ》】

一六七―一六九　日並皇子尊殯宮之時、柿本朝臣人麻呂作歌一首　并短歌　【日並《ひなみしの》皇子尊《みこのみこと》の殯宮《あらきのみや》の時《とき》に、柿本朝臣人麻呂《かきのもとのあそみひとまろ》の作《つく》る歌《うた》一首《しゆ》　并《あは》せて短歌《たんか》】

一七〇　或本歌一首　【ある本《ほん》の歌《うた》一首《しゅ》】

一七一―一九三　皇子尊舎人等慟傷作歌二十三首　【皇子尊《みこのみこと》の舎人等《とねりら》、慟《かな》しび傷《いた》みて作《つく》る歌《うた》二十三首《しゅ》】

一九四―一九五　柿本朝臣人麻呂獻二泊瀬部皇女忍坂部皇子一歌一首　并短歌　【柿本朝臣人麻呂《かきのもとのあそみひとまろ》の泊瀬部皇女《はつせべのひめみこ》と忍坂部皇子《おさかべのみこ》とに献《たてまつ》る歌《うた》一首《しゅ》　并《あは》せて短歌《たんか》】

一九六―一九八　明日香皇女木碕殯宮之時、柿本朝臣人麻呂作歌一首　并短歌　【明日香皇女《あすかのひめみこ》の木碕《きのへ》の殯宮《あらきのみや》の時《とき》に、柿本朝臣人麻呂《かきのもとのあそみひとまろ》の作《つく》る歌《うた》一首《しゅ》　并《あは》せて短歌《たんか》】

一九九―二〇一　高市皇子尊城上殯宮之時、柿本朝臣人麻呂作歌一首　并短歌　【高市皇子尊《たけちのみこのみこと》の城上《きのへ》の殯宮《あらきのみや》の時《とき》に、柿本朝臣人麻呂《かきのもとのあそみひとまろ》の作《つく》る歌《うた》一首《しゅ》　并《あは》せて短歌《たんか》】

二〇二　或本歌一首　【ある本《ほん》の歌《うた》一首《しゅ》】

二〇三　但馬皇女薨後、穂積皇子、冬日雪落、遥望二御墓一悲傷流涕御作歌一首　【但馬皇女《たぢまのひめみこ》の薨《こう》じて後《のち》、穂積皇子《ほづみのみこ》、冬《ふゆ》の日《ひ》雪《ゆき》の降《ふ》るに遥《はる》かに御墓《みはか》を望《のぞ》み、悲傷流涕《ひしやうりうてい》して作《つく》りませるみ歌《うた》一首《しゅ》】

二〇四―二〇六　弓削皇子薨時、置始東人作歌一首　并短歌　【弓削皇子《ゆげのみこ》の薨《こう》ぜし時《とき》に、置始東人《おきそめのあづまひと》の作《つく》る歌《うた》一首《しゅ》　并《あは》せて短歌《たんか》】

二〇七―二一二　柿本朝臣人麻呂、妻死之後、泣血哀慟作歌二首　并短歌　【柿本朝臣人麻呂《かきのもとのあそみひとまろ》、妻《つま》の死《みまか》りし後《のち》、泣血哀慟《きふけつあいどう》して作《つく》る歌《うた》二首《しゅ》　并《あは》せて短歌《たんか》】

二一三―二一六　或本歌一首　并短歌　【ある本《ほん》の歌《うた》一首　并《あは》せて短歌《たんか》】

二一七―二一九　吉備津采女死時、柿本朝臣人麻呂作歌一首　并短歌　【吉備《きび》の津《つ》の采女《うねめ》の死《みまか》りし時《とき》に、柿本朝臣人麻呂《かきのもとのあそみひとまろ》の作《つく》る歌《うた》一首《しゅ》

并《あは》せて短歌《たんか》】

二二〇―二二二 讃岐狭岑嶋、視二石中死人一、柿本朝臣人麻呂作歌一首 并短歌 岑（元紀温）―峯 【讃岐《さぬき》の狭岑嶋《さみねのしま》に、石《いは》の中《なか》に死《みまか》れる人《ひと》を視《み》て、柿本朝臣人麻呂《かきのもとのあそみひとまろ》の作《つく》る歌《うた》一首《しゅ》 并《あは》せて短歌《たんか》】

二二三 柿本朝臣人麻呂、在二石見国一臨レ死之時、自傷作歌一首 【柿本朝臣人麻呂《かきのもとのあそみひとまろ》、石見国《いはみのくに》に在《あ》りて死《し》に臨《のぞ》む時《とき》に、自《みづか》ら傷《いた》みて作《つく》る歌《うた》一首《しゅ》】

二二四―二二五 柿本朝臣人麻呂死時、妻依羅娘子作歌二首 【柿本朝臣人麻呂《かきのもとのあそみひとまろ》の死《みまか》りし時《とき》に、妻依羅娘子《つまよさみのをとめ》の作《つく》る歌《うた》二首《しゅ》】

二二六 丹比真人 名闕 擬二柿本朝臣人麻呂之意一報歌一首 【丹比真人《たぢひのまひと》 名闕《なか》けたり 柿本朝臣人麻呂《かきのもとのあそみひとまろ》の意《こころ》に擬《なぞら》へて報《こた》ふる歌《うた》一首《しゅ》】

二二七 或本歌一首 【ある本《ほん》の歌《うた》一首《しゅ》】

寧楽宮 【寧樂《なら》の宮《みや》】

二二八―二二九 和銅四年歳次辛亥、河邊宮人、姫嶋松原見二嬢子之屍一悲嘆作歌二首 【和銅《わどう》四年《ねん》、歳次《さいし》辛亥《しんがい》、河辺宮人《かはへのみやひと》、姫島《ひめしま》の松原《まつばら》に娘子《をとめ》の屍《かばね》を見《み》て悲《かな》しみ嘆《なげ》きて作《つく》る歌《うた》二首《しゅ》】

二三〇―二三二 霊亀元年乙卯秋九月、志貴親王薨時歌一首 【霊亀元年乙卯《れいきぐわんねんいつばう》の秋《あき》九月《ぐわつ》、志貴親王《しきのみこ》の薨《こう》ぜし時《とき》の歌《うた》一首《しゅ》】

二三三―二三四 或本歌二首 【ある本《ほん》の歌《うた》二首《しゅ》】

相聞

難波《なには》の高津《たかつ》の宮《みや》に天《あめ》の下《した》知《し》らしめしし天皇《すめらみこと》のみ代《よ》　大鷦鷯天皇《おほさざきのすめらみこと》、諡《おくりな》して仁徳天皇《にんとくてんわう》といふ。

難波高津宮御宇天皇代　大鷦鷯天皇、諡曰㆓仁徳天皇㆒

難波の高津の宮で天下をお治めになった天皇の時代　大鷦鷯天皇、諡を仁徳天皇という。

［相聞］雑歌・挽歌と並んで、三大部立をなす編纂分類の一つである。分類標目名としては、巻二・四・八・九・十・十三・十四の諸巻に見える。巻二の相聞は巻一の雑歌と巻二後半の挽歌と組み合わせになっており、奈良遷都前の相聞歌を収録している。巻四は、全体が相聞歌であるが、巻三、六の雑歌、巻三の挽歌と年代的にほぼ対応しており、奈良遷都前の歌もあるが、奈良遷都後の歌、すなわち第三期・四期の歌が大多数である。私見によれば、五一三番歌までの三十首が奈良遷都前で、後の二百七十九首が、第三期、四期の歌である。但し、五一二番歌から五一六番歌までの五首は、前後に動く可能性がある。巻八の相聞は、四季に分かれて、四季雑歌と対応しており、相聞に関しても季節の景物を詠み込んだ歌を収録している。例外的といってよいが、天平五年春閏三月に笠金村が入唐使に贈った歌は、春の景物を含まないが、「春閏三月」と題詞にあることによって春相聞に配したと考えられる。巻八・相聞歌のうち、巻二相聞と同じ時期の歌は、秋相聞の四首のみである。うち、二首は、額田王と鏡王女の歌で、巻四収録の歌と重出している。巻九の相聞歌は、雑歌・相聞・挽歌の三大部立の中の一

である。巻二の相聞歌と時期を同じくする歌は、一七六六以下の十二首か。巻十の相聞歌も四季相聞であるが、春秋冬に配する人麻呂歌集所出歌の他は、作者不明歌で、出典も不明である。巻十一・十二は、「旋頭歌（柿本朝臣人麻呂歌集出・古歌集出）、正述心緒・寄物陳思・問答（正述心緒以下問答まで柿本朝臣人麻呂歌集出）、正述心緒・寄物陳思・問答・譬喩」（巻十一）、「正述心緒・寄物陳思（以上、柿本朝臣人麻呂歌集出）、正述心緒・寄物陳思・問答歌・羈旅発思・悲別歌・問答歌」（巻十二）のように分類されていて相聞の名称は見えないが、目録に「古今相聞往来歌類之上」（巻十一）・「古今相聞往来歌類之下」（巻十二）と記し、両巻全体が相聞歌である。相聞歌は、表現形式あるいは表現内容によって、このように分類することができるということであるが、作者明記歌に関しては、譬喩表現の歌を分出するほかには、季節歌巻と季節不明歌とに分けられる、とはいうものの、奈良遷都前の相聞歌は、季節の景物は詠まれていても、柿本人麻呂の石見相聞歌のように、巻八に採録するようなことはしていない。巻二相聞が、雑歌・相聞・挽歌の三部立を原則とする基本方針で、季節歌を別にして四季分類をするといった構想がない時期の編纂によるものであったことを示している。巻十三は、長歌を基本とする巻で、短歌は、反歌の他には、長歌・反歌に対して返歌の内容の歌が一首あるのみである。相聞は、雑歌・相聞・問答・譬喩歌・挽歌の五部立中の一として見える。柿本朝臣人麻呂歌集出の長反歌各一首と允恭記の歌謡一首の異伝歌と見える歌一首（13・三二六三）があるが、他は、作者不明・出典不明の歌である。巻十四は、東歌で、国名明記歌と未勘国歌の双方に相聞歌が見える。前者は、（雑歌）・相聞・譬喩歌の三部立、後者は、雑歌・相聞・防人歌・譬喩歌・挽歌に分かれる。譬喩歌は内容的には恋の歌で、雑歌・相聞・挽歌の三部立の場合は、相聞に入れることができるが（2・一一二など）、今は、相聞の部立に限った。

さて、相聞は、相聞往来歌とも言われるように、親愛の情を寄せる相手と歌を贈り交わすのが本来の性格であった。万葉集の相聞歌は、男女間の恋歌が大部分を占めるが、友人・同僚・親子・兄弟・姉妹間で親愛の情を込めて贈り交わした歌も含まれる。巻二の相聞は、仁徳天皇の皇后磐姫の歌を巻頭に置くが、成立の時代はかなり降るとみられ、それを別とすると、天智天皇の時代の歌に始まり、平城遷都前の歌で終わっている。求婚に関わる歌が特に多く、弓削皇子の歌（一一九～一二二）のように、相手に贈ることを前提とせずに詠まれたものは少ない。同性間の歌は、わずかに一組、長皇子が同母弟の弓削皇子に与えた短歌一首のみである。作者不明歌巻の相聞歌は、その内部を、正述心緒・寄物陳思・譬喩などに分類されることが多いが、作者明記の巻では、当事者の関係が重視され、特に巻二の相聞は、相聞歌を交わした人物に対する関心と興味が成立年代よりも優先され、配列された形跡がある。個々人が織りなす恋物語への関心がうかがわれる。

【難波の高津の宮】 仁徳天皇の宮。大阪市中央区法円坂町付近か。昭和六十一年、法円坂町の一角から五世紀代の掘立柱建物群が出土して、高津宮との関連が注目された。

【大鷦鷯（仁徳）天皇】 古事記には、「大雀命《おほさざき》」「意富佐耶岐《おほさざき》」（応神記歌謡）とも記す。父は、応神天皇。サザキという名前の由来について、仁徳紀元年正月三日の即位の条に、天皇が生れた日に、産殿に木菟《つく》（みみずく）が飛び込んできたが、大臣武内宿祢の妻の産屋には鷦鷯《さざき》（みそさざい）が飛び込んできたことがわかり、天皇の子と大臣の子の名に、その鳥の名を替えて名づけたことを記す。仁徳を倭の五王中の讃《さん》に比定する説が有力。「さざき」の「さ」と「讃」の音が同じとされる。『宋書』夷蛮伝によると、讃は四二一年と四二五年に使を派遣している。これによれば、仁徳天皇は、五世紀初頭に実在した王ということになる。難波の堀江を作り、茨田堤を築くなど治水工事に関する伝承があるほか、五穀が実らず人民が貧しいことを知った天皇は課役を免じ、宮垣が崩れ屋根が壊れてもそのままにしたなど、記紀共に仁徳を聖帝として伝えている。紀は、在位八十七年正月に崩じたとし、歿年齢を記さないが、記は、八十三歳で丁卯の年（西暦四二七年）に崩じたとする。陵墓は、大阪府堺市大仙町にある大山《だいせん》古墳（前方後円墳。墳長四八六メートル）に比定されているが、考古学上の明証を欠き、堺市石津ヶ丘の石津丘古墳（現在の履中陵）に比定する説もある。
[論] おくりな。死後に、贈る名前。その人の生前の徳や業績をあらわす名前を贈った。

磐姫皇后《いはのひめのおほきさき》、天皇《すめらみこと》を思《しの》ひて作《つく》りませるみ歌《うた》四首《しゅ》

八五 君《きみ》が行《ゆ》き　日長《けなが》くなりぬ　山尋《やまたづ》ね　迎《むか》へか行《ゆ》かむ　待《ま》ちにか待《ま》たむ

右《みぎ》の一首《しゅ》の歌《うた》は、山上憶良臣《やまのうへのおくらのおみ》の類聚歌林《るいじうかりん》に載《の》す。

八六 かくばかり　恋《こ》ひつつあらずは　高山《たかやま》の　磐根《いはね》しまきて　死《し》なましものを

八七 ありつつも　君《きみ》をば待《ま》たむ　うち靡《なび》く　わが黒髪《くろかみ》に　霜《しも》の置《お》くまでに

八八 秋《あき》の田《た》の　穂《ほ》の上《うへ》に霧《き》らふ　朝霞《あさがすみ》　いつへの方《かた》に　我《あ》が恋《こひ》やまむ

ある本《ほん》の歌《うた》に曰《い》はく

八九 居明《ゐあ》かして　君《きみ》をば待《ま》たむ　ぬばたまの　わが黒髪《くろかみ》に　霜《しも》は降《ふ》るとも

右《みぎ》の一首《しゅ》は、古歌集《こかしふ》の中《うち》に出《い》づ。

古事記《こじき》に曰《い》はく、

軽太子《かるのひつぎのみこ》、軽太郎女《かるのおほいらつめ》に奸《たは》く。故《かれ》、その太子《ひつぎのみこ》を伊予《いよ》の湯《ゆ》に流《なが》す。この時《とき》、衣通王《そとほしのおほきみ》恋慕《しの》ひ堪《あ》へずして追《お》ひ往《ゆ》く時《とき》に歌《うた》ひて曰《い》はく

九〇　君《きみ》が行《ゆ》き　日長《けなが》くなりぬ　山《やま》たづの　迎《むか》へを行《ゆ》かむ　待《ま》つには待《ま》たじ

ここに山《やま》たづといふは、今《いま》の造木《みやつこぎ》なり。

右《みぎ》の一首《しゅ》の歌《うた》は、古事記《こじき》と類聚歌林《るいじうかりん》と説《い》ふ所《ところ》同《おな》じからず。歌《うた》の主《ぬし》もまた異《こと》なれり。よりて日本紀《にほんぎ》を検《かむが》ふるに曰《い》はく、「難波《なには》の高津《たかつ》の宮《みや》に天《あめ》の下知《したし》らしめしし大鷦鷯《おほさざきの》天皇《すめらみこと》の二十二年春正月《ねんはるしやうぐわつ》、天皇《すめらみこと》、皇后《おほきさき》に語《かた》りて八田皇女《やたのひめみこ》を納《い》れて妃《みめ》となさむと。時《とき》に皇后聴《おほきさきゆる》さず。ここに天皇歌《すめらみことうた》よみして皇后《おほきさき》に乞《こ》ひたまひしく云々《しかしか》。三十年秋《ねんあき》九月乙卯《ぐわついつばう》の朔《つきたち》の乙丑《いつちう》、皇后《おほきさき》紀伊国《きのくに》に遊行《いでま》して熊野《くまの》の岬《みさき》に到《いた》りて、その処《ところ》のみ綱葉《つなかしは》を取《と》りて還《かへ》りたまふ。ここに天皇《すめらみこと》、皇后《おほきさき》のおはしまさざるを伺《うかが》ひて八田皇女《やたのひめみこ》を娶《め》して宮《みや》の中《うち》に納《い》れたまふ。時《とき》に皇后《おほきさき》、難波《なには》の済《わたり》に到《いた》りて、天皇《すめらみこと》の八田皇女《やたのひめみこ》を合《め》しつと聞《き》きて大《おほ》きに恨《うら》みたまひ云々《しかしか》」といふ。また曰《い》はく、「遠《とほ》つ飛鳥《あすか》の宮《みや》に天《あめ》の下知《したし》らしめしし雄朝嬬稚子宿祢天皇《をあさづまわくごのすくねのすめらみこと》の二十三年春三月《ねんはるぐわつ》甲午《かふご》の朔《つきたち》の庚子《かうし》、木梨《きなし》の軽皇《かるのみ》子《こ》を太子《ひつぎのみこ》としたまふ。容姿佳麗《かたちきらきら》しく見《み》る者《ひと》おのづからに感《め》づ。同母妹《いろも》軽太娘皇《かるのおほいらつめのひめ》女《みこ》もまた艶妙《かほよ》し云々《しかしか》。遂《つひ》に竊《ひそ》かに通《あ》ひ、すなはち悒懐《いきどほり》少《すこ》しく息《や》む。二十四年夏六月《ねんなつぐわつ》、御羹《みあつもの》の汁凝《しるこ》りて氷《ひ》となる。天皇異《すめらみことあや》しびて、その所由《ゆゑ》を卜《うら》へしむるに、卜者《うらへ》の曰《まを》さく、『内《うち》の乱《みだれ》あり。けだし親々《はらからどち》、相奸《あひたは》けたるか云々《しかしか》』とまをす。よりて、太娘《おほいらつめの》皇女《ひめみこ》を伊豫《いよ》に移《うつ》す」といふ。今案《いまかむが》ふるに、二代《だい》二時《じ》にこの歌《うた》を見《み》ず。

【原文】

磐姫皇后思二天皇一御作歌四首

八五 君之行　氣長成奴　山多都祢　迎加将行　待尓可将待

右一首歌、山上憶良臣類聚歌林載焉

八六 如此許　戀乍不有者　高山之　磐根四巻手　死奈麻死物呼

八七 在管裳　君乎者将待　打靡　吾黒髪尓　霜乃置萬代日

八八 秋田之　穂上尓霧相　朝霞　何時邊乃方二　我戀将息

或本歌曰

八九 居明而　君乎者将待　奴婆珠能　吾黒髪尓　霜者零騰文

右一首、古歌集中出

古事記曰、軽太子姧二軽太郎女一。故、其太子流二於伊豫湯一也。此時、衣通王、不レ堪二戀慕一而追往時歌曰

九〇 君之行　氣長久成奴　山多豆乃　迎乎将往　待尓者不待此云二山多豆一者、是今造木者也

右一首歌、古事記与二類聚歌林一所レ説不レ同。歌主亦異焉。因検二日本紀一曰、難波高津宮御宇大鷦鷯天皇廿二年春正月、天皇、語二皇后一納二八田皇女一将レ為レ妃。時、皇后不レ聽。爰天皇歌以、乞二於皇后一云々。卅年秋九月、乙卯朔乙丑、皇后遊二行紀伊國一、到二

熊野岬一、取二其處之御綱葉一而還。於レ是天皇伺二皇后不レ在而娶二八田皇女一、納二於宮中一。時皇后到二難波濟一、聞三天皇合二八田皇女一、大恨之云ゝ。亦曰、遠飛鳥宮御宇雄朝嬬稚子宿祢天皇廿三年春三月、甲午朔庚子、木梨軽皇子為二太子一。容姿佳麗、見者自感。同母妹軽太娘皇女亦艶妙也云ゝ。遂竊通。乃悒懐少息。廿四年夏六月、御羹汁凝以作レ氷。天皇異レ之、卜二其所由一。卜者曰、有二内乱一、蓋親ゝ相姧乎云ゝ。仍移二太娘皇女於伊豫一者。今案、二代二時、不レ見二此歌一也。

【校異】 **待尓**（紀金温）―尓待　**呼**（金）―乎　**能**（金紀）―乃　**姧**（金紀）―奸

磐姫皇后が、天皇を恋しく思われてお作りになったお歌四首

八五 あの方がおでかけになって、日数長く経った。山に分け入ってお迎えに行こうか。それとも待ち続けようか。

右の一首の歌は、山上憶良臣の編纂した類聚歌林に載っていたものである。

八六 これほどに恋い続けていないで、高い山の岩を枕に死んでしまいたいものだ。

八七 （やはり）このままずっとあの方を待ち続けよう。このわたしの長い黒髪に白髪が生えるまでも。

八八　秋の田の稲穂の上にかかっている朝霞よ。この朝霞のように、わたしの恋の思いもいつか消える時がくるだろうか。消える時はなかなかきそうにない。

ある本の歌にいうには、

八九　朝まで寝ないであの方のおいでを待とう。真っ黒なこのわたしの髪にたとえ夜の霜が降りようとも。

右の一首は、古歌集の中から採録したものである。

古事記に伝えるには、

軽太子は、同母妹の軽太郎女と不倫の関係を持った。そこで、軽太子を伊予国の道後温泉に流罪とした。この時、衣通王（軽太郎女）が軽太子を恋い慕う気持を抑えきれず追って行く時にうたっていうには、

九〇　あの方がお出かけになってから、日数が長く経った。やまたづのムカエではないが、迎えに行こう。待っていることはすまい。ここに山たづといっているのは、今の造木《みやつこぎ》のことである。

右の一首の歌は、古事記と類聚歌林とで説く所に違いがある。歌の作者も違っている。それで日本書紀を調べてみると、「難波の高津の宮で天下を治めた仁徳天皇の二十二年正月、天皇が皇后に八田皇女を宮廷に入れて妃としたいといわれた。だが皇后は承知なさらなかった。そこで天皇は歌を詠んで皇后にお頼みになったという云々（後掲、

「仁徳紀二十二年正月、八田皇女入内をめぐる歌五首」）。三十年九月十一日、皇后は紀伊国においでになって、熊野の岬に行き、その地のみ綱柏を取ってお帰りになった。ところが天皇は、皇后がおいでにならない間に、八田皇女を妻として宮廷にお入れになった。そして、皇后は、難波の海にお着きになってから、天皇が八田皇女と結婚されたと聞いて非常にお恨みになった云々」とある。

また、「遠つ飛鳥の宮で天下をお治めになった允恭天皇の二十三年三月七日に、木梨の軽皇子を皇太子になさった。軽皇子は容姿うるわしく、見る者は自然に心惹かれた。一方、同母妹の軽太娘皇女も美しかった云々。遂に二人はひそかに道ならぬ関係を持って、すこし胸の思いを晴らすことができた。二十四年六月、天皇のお膳の汁が凍った。天皇は不思議に思われ、その原因を占わせられた。占った者は『宮廷内に乱れがあります。おそらく近親相姦が原因でしょう』と申し上げた云々。そこで、太娘皇女を伊豫に移した」とある。今調べてみると、日本書紀には、仁徳天皇の時代にも允恭天皇の時代にもこの歌は載っていない。

【歌意】 八五以下の四首は、仁徳天皇の皇后磐姫が、旅に出て久しく帰らない夫天皇を恋い慕い待ちわびる思いを詠んだ歌である。待つことの苦しさに耐えきれず迎えに行こうか、待ち続けようかと思い迷う第一首、耐え難い思いは頂点に達して何もかも捨てて家を飛び出し、高い山の岩を枕に死んでしまいたいと思う第二首、頂点に達した思いはやがて静まり理性をとりもどすのは自然のなりゆき、やはりこれまでどおり何年でも待ち続けようとこれまでいくども繰り返した結論に落ちつく第三首。思えばいくたびこの思いを繰り返したことか、しらじらと明けた朝の気配に戸を開けて外にいで立つと眼前に広がる稲田の上一面に朝霧が立ちこめている。この霧はいつか消えるであろうが、わが胸の夫恋しい思いの消え去る時が来ようとも思われぬ。生きる気力も尽きてしまいそうなわが身をかろうじて支えてため息をつく第四首。夜のはじめから夜中をへて明け方までの時の流れにつれて変化する恋の心情を四首の連作に仕立てている。四首は、激しい恋の体験者ならば誰でも経験がありそうな心情の流れをたどっているのだが、四千五百首に及ぶ万葉集の三分の一を超える恋の歌（相聞の部立てのもとに収録される歌の中での男女の恋の歌約一六七〇首『上代文学研究事典』相聞条）のなかにも、このように一晩のうちに凝縮され展開された恋情を連作に仕立てた例は見出せない。記紀に伝える磐之媛（石之日売、記。以下、記紀のイワノヒメは磐之媛で示す。）は、万葉のそれと異なり、天皇の背信に絶望して宮に帰らず山城の筒城に一人住まう。奈良山を越え実家のある高宮のあたりをはるかに眺めながら、引き返して山城にとどまった磐之媛の行動は、愛する天皇の妻としての座を捨てることができなかった胸の内を示している。八田皇女と並んで妻の座に座ることを拒否して山城に薨じた紀の磐之媛の夜毎の思いはまさしくこの四首の展開に近いものであったに相違ない。いうまでもなく記紀の磐之媛の物語も語り手によって造形されたものである。実在の仁徳皇后が果たしてこの物語のような女性であったかどうか保証の限りではない。だが、磐之媛の父葛城襲津彦は、四世紀末から五世紀前半ころに実在した武将で、日本書紀神功六十二年条に引用する『百済記』の「沙《さ》至《ち》比《ひ》跪《こ》」と同一人物といわれる。日本書紀に伝える朝鮮半島派遣の将軍襲津彦と伝えを共通するのである。履中・反正・允恭の母と伝えられる仁徳皇后が、当時一番の勢力を誇っていた葛城氏の女性であった可能性は高いといわなければならない。

万葉の四首が連作として成立した時期については、①持統・文武朝の成立（中西進『万葉集の比較文学的研究』、伊藤博『万葉集の歌人と作品』、三谷栄一『記紀万葉集の世界』）、②記紀成書化以後（土居光知『古代伝説と文学』、曽倉岑「イワノヒメ伝説の発展」『五味智英先生還暦記念　上代文学論叢』）、③和銅末年以後、養老・神亀頃まで（直木孝次郎『飛鳥奈良時代の研究』、稲岡耕二「磐姫皇后歌群の新しさ」『東京大学人文科学科紀要　六十輯』）、④神亀から天平初年のころ（桜井満「葛城の山と川」『河川レビュー七二』）など、さまざまな論がある。今見る限り、記紀の磐之媛伝説は記紀の成書化によって記録されたようであるが、記紀の編纂につながる国史編纂の作業は、天武天皇の意志により始まったと伝えられる。持統五年八月十三日に大三輪氏以下十八氏にその先祖の墓記（おくつきのふみ　先祖の事績を述べたもの）を提出させたのも、当時進行中であった書紀編纂の資料にするためであったといわれる。もともと記紀に伝える伝説は氏々が語り伝えた伝承によるものが大きかった。記紀の成書化を待たず磐之媛物語は語り伝えられ、記録されもした可能性は高い。それらと平行して記紀の磐之媛像とは別の万葉の磐姫皇后の歌語りがつくられた可能性も十分高いと思う。持統・文武朝説を支持したい。

［仁徳紀二十二年正月、八田皇女入内をめぐる歌五首］

天皇は、皇后にお語りになって、「八田皇女を召して、妃としたいのだが」と仰せられた。皇后はお許しにならなかった。そこで天皇は、お歌を詠まれ、皇后にお頼みになって、

「貴人《うまひと》の立つる言立《ことだて》設弦《うさゆづる》絶ゆ間継がむに並べてもがも」

貴人の誓いの言葉にも「弦が切れた時の補充のためだけのもの」というように、あなたが留守の時の代わりのためだけに、八田皇女を迎えたいのだ。

と仰せられた。皇后は答歌を詠まれて、

「衣こそ二重《ふたへ》も良きさ夜床を並べむ君は畏《かしこ》きろかも」

衣なら二枚重ねて着るのも良いでしょう。けれども夜の床を二つ並べて寝ようとおっしゃるあなたは恐ろしい方ですね。

といわれた。天皇はまたお歌を詠まれて、

「押し照る難波の埼の並び浜並べむとこそその子はありけめ」

照り輝く難波の、あの並んで延びている浜のように、あなたとならんで私の妻となるためにあの子はいるのだろうよ。

と仰せられた。皇后は答歌されて、

「夏虫のひむしのころも二重着て囲《かく》み家《や》足《だ》りはあによくもあらず」

夏虫の蚕の衣なら二枚かさねて着てもよいでしょうが、ふたりの妻の居る家はよくありません。

天皇はまたお歌を詠まれて、

「朝妻の避介《ひか》の小坂を片泣きに道行く者も偶《たぐ》ひてぞよき」

朝妻の避介の坂道を一人泣きながら行く、そんな人も連れがいる方がよいものだよ。

と仰せられたが、皇后は許すまいと思われて、もはや黙っておしまいになり、お答えにならなかった。

磐姫皇后　仁徳天皇の皇后。紀に「磐之媛命」。記に「石之日売命」。父は、武内宿祢の子葛城襲津彦。履中天皇・住吉仲皇子・反正天皇・允恭天皇の母。気性激しく嫉妬深い皇后として伝えられている。仁徳天皇の愛した吉備の黒日売は皇后の嫉妬を恐れ、船で本国へ逃げ帰ろうとするが、皇后は別れを惜しむ天皇の気持を知って怒り、使いをやって黒日売を船から追い下ろし、徒歩で帰らせた。皇后が紀伊国に御綱柏を取りに行かれた留守に、天皇が異母妹八田皇女を、かねて皇后が反対していたにもかかわらず、宮中に呼び入れ結婚したことを知って、恨み怒り、天皇のおられる宮には帰らず、山城の筒城（京都府綴喜郡田辺町多々羅付近）に宮を造り、天皇が迎えに来ても帰らず、その地で亡くなったと日本書紀は伝えている。古事記では、やがて皇后は帰り、天皇は八田皇女との結婚を断念するが、書紀では、磐之媛が筒城で薨じた後、八田皇女を皇后とした。磐之媛の墓は、延喜式諸陵寮に、「平城坂上墓」とあり、奈良市佐紀のヒシアゲ古墳（前方後円墳。全長二一九メートル）が比定されている。

なお、天平元年八月、聖武天皇が藤原不比等の娘光明子を皇后にする際、臣下の娘を皇后にするのは初めてではないとして、仁徳天皇の皇后伊波乃比売の例を引いている。令の規定によれば、皇后・妃は皇女でなければならなかったのである。

【八五】　君が行き　「君」は、夫である仁徳天皇をさす。「行き」は、「行く」の名詞形。天皇のおでかけ。

日長《けなが》く　ケは、日《ひ》の複数。二日以上にわたる場合に用いる。

山上憶良臣の類聚歌林　山上臣憶良の編纂した類聚歌林。山上臣憶良は、三四・一四五番歌参照。類聚歌林は六番歌左注に既出。

【八六】　恋ひつつあらずは　ズは、否定の意をあらわす助動詞ズの連用形。ハは、係助詞。恋い続けていないで。

まきて　枕として。

死なましものを　マシは、非現実的な事態についての推量を表す、あるいは、非現実的事態を述べて後悔・希望・意志などの意を表す助動詞。ここは、後者で希望を表す。モノヲは、詠嘆の意をあらわす終助詞。死にたいものだ。

【八七】　ありつつも　このままの状態で。

霜の置くまでに　霜は、白髪の比喩。マデニは、副助詞マデに、格助詞ニが付いた形。時間・程度などの至り付く点を示す。

【八八】　霧らふ　動詞キルに、反復継続の意を表す接尾語フがついた形。四段活用をする。霞や霧が立ちこめる意。

朝霞　万葉集でも霞を春のものとして詠んだ歌が圧倒

的に多いが、秋の霞を詠んだ例が二例ある。ここはその一例。「霞立つ天の河原」（8・一五二八）。霧も秋の霧を詠んだものが多いが、「春の野に霧立ち渡り」（5・八三九）「春山の霧に惑へるうぐひすも」（10・一八九二）のように、春の霧を詠んだ例もある。巻十では、春の部に「霞を詠む」「霞に寄す」の分類名があるが、秋の部には、「霧を詠む」「霧に寄す」などの分類名はない。万葉集の時代は、秋と霧との結びつきは薄かったようである。

いつへの方に　「いづへのかた」と訓み、どちらの方へ、ととる説と、原文に、「何時辺乃方」とあるのに配慮して、「いつ頃」と解する説とある。「恋やまむ」に続く表現としては、後者が自然であろう。

【八九】居明かして　夜明けまで起きていて、の意。「ゐ（居）」は、座る意の動詞ヰルの連用形。

ぬばたまの　黒髪に冠する枕詞。

【九〇】軽太子、軽太郎女　允恭天皇のみ子。同母兄妹で恋をして悲劇的な結果を招いた話が古事記・日本書紀に伝えられる。日本書紀は軽太郎女を伊予（愛媛県）に移したと記す。

衣通王　軽太郎女の美しさをほめる通称。

山たづの　「山たづ」は、スイカズラ科の落葉低木、ニワトコの古名。葉が対生するので「迎へ」の枕詞とする。

八田皇女　応神天皇の皇女。母は、和珥臣《わにのおみ》の祖日触使《ひふれのお》主《み》の娘宮主宅媛《みやぬしやかひめ》。菟道稚郎子の同母妹。仁徳天皇の異母妹。

遠つ飛鳥の宮　允恭天皇の皇居。奈良県高市郡明日香村にあった。河内国にも地名飛鳥（大阪府羽曳野市）があったので、大和国（奈良県）の飛鳥を、「遠つ飛鳥」といった。

雄《を》朝嬬稚子宿祢天皇《あさづまわくごのすくねのすめらみこと》　允恭天皇。仁徳天皇の皇子。母は、皇后磐之媛。

天皇歌よみして　前出。［仁徳紀二十二年正月、八田皇女入内をめぐる歌五首］参照。

近江《あふみ》の大津《おほつ》の宮《みや》に天《あめ》の下知《したし》らしめしし天皇《すめらみこと》の代《よ》　天命開別天皇《あめみことひらかすわりのすめらみこと》、諡《おくりな》して天智天皇《てんぢてんわう》といふ。

近江大津宮御宇天皇代　天命開別天皇　諡曰二天智天皇一

近江の大津の宮で天下をお治めになった天皇の時代　天命開別天皇、諡を天智天皇という。

天皇《すめらみこと》、鏡王女《かがみのおほきみ》に賜《たま》ふ御歌《みうた》一首《しゆ》

九一　妹《いも》が家《いへ》も　継《つ》ぎて見《み》ましを　大和《やまと》なる　大島《おほしま》の嶺《ね》に　家《いへ》もあらましを　一に云《い》ふ、妹《いも》があたり継《つ》ぎても見《み》むに　一に云《い》ふ、家《いへ》居《を》らましを

鏡王女《かがみのおほきみ》、和《こた》へ奉《まつ》る御歌《みうた》一首《しゆ》

九二　秋山《あきやま》の　木《こ》の下隠《したがく》り　行《ゆ》く水《みづ》の　われこそ益《ま》さめ　思《おも》ほすよりは

【原文】　天皇賜二鏡王女一御歌一首

九一　妹之家毛　継而見麻思乎　山跡有　大島嶺尓　家母有猿尾　一云、妹之當継而毛見武尓　一云、家居麻之乎

鏡王女奉レ和御歌一首

九二　秋山之　樹下隠　逝水乃　吾許曽益目　御念従者

天皇が、鏡王女にお与えになったお歌

九一　あなたの家をいつも見ていたいなあ。大和の大島の嶺にあなたの家があればよいのになあ。

あるいは、あなたのいるあたりをいつも見たいのに、
あるいは、私の家があって住まうことができればよいのに。

鏡王女がご返事申し上げたお歌

九二　秋の山の木々の下をひそかに流れてゆく水のように、表面からは見えなくてもわたしの思いの方こそまさっているでしょう。あなたが私を思って下さっているよりは。

【歌意】　天智天皇の居住地は、筑紫遠征期間を除けば、即位前・即位後を通して、大和の明日香以外では、孝徳天皇の時代の難波（大阪市）と、天智六年三月以降の近江国大津（滋賀県大津市）である。大和の大島の峰に、鏡王女もしくは天皇の住まいがあれば、鏡王女の家をいつも見ることができるとうたっているところよりすれば、孝徳天皇の難波の宮時代であろう。即位前の皇太子時代である。孝徳天皇の亡くなる一年前に、中大兄は母や妹を連れて明日香にひきあげたから、中大兄の二十歳から二十八歳までの時期にあたる。鏡王女は鎌足の晩年に鎌足の正室になったようで、鎌足との間に子はない。鎌足には、二男二女がいて、二人の娘は天武天皇の夫人になっており、氷上娘は但馬皇女を、五百重娘は、新田部皇子を生んでいる。

天皇の歌は、王女の家をいつも見ていたいとうたってはいるが、かなりの距離をおいた大島の嶺に王女の家があればよいといっているから、恋情というよりは、単なる親愛の情を表した歌であろう。第二句と第五句とに非現実的な希望をマシヲの繰り返しでおさえたところもリズミカルで、軽い戯れの心でうたいかけているようである。それに対して鏡王女の歌は、真面目に自分の思いの深さをうったえており、相手の自分に対する思いの乏し

さを恨むような口ぶりでもある。鏡王女の歌は概して率直に自分の感情を表現しており、形式を顧慮した気配がない。なかでこの一首は、比喩の序詞を用いており、しかも比喩されているものがはっきりと言葉にあらわされているわけでもなく、形式的な序詞と一線を画している。初期万葉で比喩の序詞は、この一首と一〇〇番歌のみである。別に八八番歌があるが、既述のごとく八八を持統・文武朝の成立とすれば、第二期の歌になる。

【九一】天皇　天智天皇。推古三十四年(六二六)生。名は、葛城皇子・開別皇子。通称中大兄皇子。父は舒明天皇。母は皇極（斉明）天皇。弟妹に、大海人皇子（天武天皇）・間人皇女。皇極四年(六四五)、中臣（藤原）鎌足と協力して蘇我蝦夷・入鹿父子を滅ぼし、孝徳天皇擁立後も、皇太子として実権を握り中央集権政治を目指して改革を行った。大化元年九月（一説に、十一月）には、古人大兄皇子謀反の訴えがあり、兵を出して古人大兄とみ子を斬らせる。妻妾も共に死ぬ。大化五年には、右大臣蘇我倉山田石川麻呂に謀反の意志ありとの讒言によって、兵を出し、石川麻呂は妻子従者らと共に死ぬ。石川麻呂は中大兄の妃の父であった。斉明四年十一月には、紀伊行幸の留守に蘇我赤兄に誘われ謀反の計画に加わろうとした有間皇子を処刑するなど、肉親あるいは近親者に冷徹な面があった。斉明七年(六六一)七月の母斉明崩御後も皇太子の地位のまま国政を担当したが、天智六年(六六七)三月、近江国の大津（滋賀県大津市）に都を遷し、翌七年正月即位した。近江京では、大学も建てられ漢詩文も興隆したと伝えられる。皇后は、異母兄古人大兄皇子の娘倭姫。皇后との間には、子はいないが、四人の嬪（父親が大臣クラスの女性で天皇の妻になった者への尊号）と四人の宮人（宮廷に仕えている女性）との間に、四人の皇子と十人の皇女がいる。天智十年十二月崩。京都市山科区御陵上御廟《みささぎかみごびょう》野《の》町の山科陵に葬られる。

鏡王女　父母共に不明。古く、鏡王を父とする額田王と姉妹とする説があったが、鏡王女の墓が舒明天皇の陵域内にあることから、今は、姉妹説は支持されることが少なく、舒明天皇と血縁関係にある人物とみられるようになった。中臣鎌足の正室。鎌足は、天智八年（六六九）十月に五十六歳で薨じたが、嫡室鏡王女が病床にある鎌足に願って、鎌足のために山階に寺を建立したと『興福寺縁起』に記されている。天武十二年（六八三）七月五日薨。その前日、天武天皇は鏡王女の家を訪問して病を見舞った。万葉に短歌四首。

見ましを　マシヲは、非現実的なことを述べて、後悔や希望・意志などをあらわす助動詞＋助詞ヲ。ここは、到底実現できない希望を述べたもの。

大和なる大島の嶺《ね》　大和の国（奈良県）の大島の峰。奈良県生駒郡と大阪府中河内郡との境の山、高安山か。奈良県生駒郡三郷町《さんごうちょう》の信貴山説もある。

【九二】　秋山の木下隠り行く水の　天智天皇に対する鏡王女のひそやかな思いを比喩する序詞。カクリは隠れる意の動詞カクルの連用形。古くは、四段活用であった。

われこそ益さめ　ワレは、ワガ思い、の意。マサメは、動詞マスの未然形に推量の助動詞ムの已然形がついた形。比較の意に用いたマスの用例は、

宇陀の野の秋萩しのぎ鳴く鹿も妻に恋ふらくわれにはまさじ　（8・一六〇九）

古の倭文服帯を結び垂れ誰とふ人も君にはまさじ　（11・二六二八）

思ほすよりは　原文「御念従者」。ミオモヒヨリハ、とも。「御念」の訓みは、ミオモヒが自然のようであるが、語中に母音があり、準不足音句となることを理由とする。「御座《イマシ》」（11・二三五一）、「御食《メシ》」（8・一四六〇）、「御見《メシ》」（19・四二二八）など、用例は少ないが、人麻呂集の例を含めて、「御」を、動詞の敬語表現に用いた例があるので、オモホスヨリハと訓む。

九三　内大臣《うちのおほまへつきみ》藤原卿《ふぢはらのまへつきみ》、鏡王女《かがみのおほきみ》を娉《つまど》ふ時《とき》に、鏡王女《かがみのおほきみ》、内大臣《うちのおほまへつきみ》に贈《おく》る歌《うた》一首《しゅ》

玉《たま》くしげ　覆《おほ》ふをやすみ　明《あ》けていなば　君《きみ》が名《な》はあれど　わが名《な》し惜《を》しも

九四　内大臣《うちのおほまへつきみ》藤原卿《ふぢはらのまへつきみ》、鏡王女《かがみのおほきみ》に報《こた》へ贈《おく》る歌《うた》一首《しゅ》

玉《たま》くしげ　みもろの山《やま》の　さなかづら　さ寝《ね》ずはつひに　ありかつましじ　或《あ》る本《ほん》の歌《うた》に曰《い》はく、玉《たま》くしげ　三室戸《みむろと》山《やま》の

【原文】　内大臣藤原卿娉二鏡王女一時、鏡王女贈二内大臣一歌一首

九三　玉匣　覆乎安美　開而行者　君名者雖有　吾名之惜裳

内大臣藤原卿報二贈鏡王女一歌一首

九四　玉匣　将見圓山乃　狭名葛　佐不寐者遂尓　有勝麻之自　或本歌曰　玉匣　三室戸山乃

【校異】　裳（元金紀）―毛　自（元類）―目

九三　玉くしげの蓋を覆うのがたやすいからといって、簡単に開けるように、夜が明けてからお帰りになったら、あなたの名はともかく、私の名が傷つくのが惜しいのです。（どうぞ早くお帰

りになって下さい)

内大臣藤原卿が、鏡王女に答えて贈った歌一首

九四 玉くしげを見る、そのミならぬ、ミモロ山のさなかづらではないが、サネズには……あなたと共寝しないではおられませんよ。ある本の歌には、玉くしげ三室戸山の、とある

【歌意】九三の題詞に、鎌足が鏡王女に求婚した時の歌と記すが、歌の内容から、鎌足は王女の家に訪ねてきているらしい。人目を気にして夜が明けるまえに帰ってほしいという王女に、九四は共寝をせずには、と迫っているところである。先に鏡王女の出自の高さと、王女が天智天皇に愛情の深さを訴えている歌(2・九二)とを見たが、「君が名はあれどわが名し惜しも」の表現の背景には、その出自の高さからくる自負と天智天皇に対する愛があったと考えられる。一方、この王女の歌に、「さ寝ずはつひにありかつましじ」と応じた鎌足の強引な態度は、彼が、鏡王女を妻にするようにという天皇の言葉を受けて、王女のもとに来ている事実を示している。鎌足の妻としては、『尊卑分脈』で定恵の母と記す車持君国子の娘の与志古娘がおり、同書及び『公卿補任』では、不比等の母も与志古娘とする。氷上娘と五百重娘とは、共に天武夫人になって、氷上は、但馬皇女を、五百重は、新田部皇子を生んでいるが、天武崩御の後、五百重が不比等と再婚して麻呂を生んでいるところよりすれば、両人は異母兄妹で、五百重の母は、与志古娘とは別人であったに相違ない。いずれにしても、その名は伝わらず、内臣鎌足の嫡室と称されるのにふさわしい妻はいなかったように思われる。鎌足の長年の功労に報いるために、その嫡室にふさわしい女性として鏡王女を娶ることを、天智は鎌足にすすめたのではないか、と推測される。鎌足の求婚が天智天皇の意志によるものであることは、鏡王女にもわかっていたはずで、心進まぬまま結婚したも

の の間もなく鎌足は亡くなり、天智天皇への思いも捨てきれないで、もんもんと日々を送った様子が、巻四の四八九番の歌からうかがわれる。

【九三】 内大臣藤原卿 藤原鎌足。巻一・一六の「内大臣藤原朝臣」に同じ。同歌注参照

鏡王女 九二番歌に既出。

玉くしげ覆ふを安み 「明けて」をおこす序詞。櫛笥は、櫛などを入れる箱。玉は、美称。櫛笥の蓋を開ける意のアケテと、夜が明けてという意味のアケテを掛詞として下に続ける。「覆ふを安み」は、蓋を覆うのが簡単なので、の意。

明けていなば 夜が明けてから帰ったら。イナバは、去る意の動詞イヌの未然形＋接続助詞のバ。仮定条件。

君が名はあれど 「あれど」は、動詞「あり」の已然形＋接続助詞「ど」であるが、単純に、アルケレドモの意には訳しがたい例がある。本歌の「あれど」のほか、左の例である。

故郷《ふるさと》の明日香はあれどあをによし奈良の明日香を見らくしよしも （6・九九二）

筑波嶺の新桑繭の衣はあれど君が御衣しあやに着欲しも （14・三三五〇）

妹とありし時はあれども別れては衣手寒きものにぞありける （15・三五九一）

これらは、現代語の「ともかくとして」（『岩波古語辞典』）の表現にあたるもので、

「あなたの名はともかく（……名が傷ついてもたいしたことはないでしょう）」 （本歌）

「故郷の明日香はともかく（……明日香を見るのも悪くないが）」 （九九二）

「筑波嶺の新桑繭の衣はともかく（……新桑繭の衣も悪くはないが）」 （三三五〇）

「いとしい妻と共にいた時はともかく（……妻と共にいた時は寒さもたいしたことはなかったが）」 （三五九一）

のような意味と理解すべき表現であって、「これを、と

もかく、とにかくの意に解するのは、文構造を無視した意訳に過ぎる」（小学館『古語大辞典』）とするのは、あたらない。大系補注に「アレド、またはアレドモだけで、成句的にトモカクモという意味になる場合がある」といい、全集頭注に、「それはともかくの意を表わし、下句の内容を引き立てる語法」とあるのが正しい。

【九四】玉くしげ　ミモロにかかる枕詞。櫛笥は、毎朝見るのでミモロのミにかける。

みもろの山　三輪山か。集中、「三室山」（7・一〇九四、11・二四七二）、「三毛侶乃山」（11・二五一二）など。原文「将見圓山」。旧訓ミムマトヤマ。童蒙抄がミムロノヤマと改訓、さらに講義がミモロノヤマと改めた。

さなかづら　もくれん科の蔓性植物。一名、びなんかずら。「玉くしげ」以下の三句は、「さ寝ず」をおこす序詞。「さなかづら」のサナと、「さ寝ずは」のサネとの類音の反復で接続する。

さ寝ずは　共寝をしないでは。サは、接頭語。

ありかつましじ　いられないでしょう。カツは、できる意の下二段活用の補助動詞。打消の助動詞と共に使われることが多い。「寐乃《イノ》不勝宿者《ネカテネバ》」（3・三八八）、「須《ス》疑《ギ》加《カ》弖《テ》奴《ヌ》可《カ》母《モ》」（5・八八五）など。

内大臣《うちのおほまへつきみ》藤原卿《ふぢはらのまへつきみ》、采女《うねめ》安見児《やすみこ》を娶《めと》る時《とき》に作《つく》る歌《うた》一首《しゅ》

九五　我《われ》はもや　安見児《やすみこ》得《え》たり　皆人《みなひと》の　得《え》かてにすといふ　安見児《やすみこ》得《え》たり

【原文】　内大臣藤原卿娶二采女安見兒一時作歌一首

九五 吾者毛也　安見兒得有　皆人乃　得難尓為云　安見兒衣多利

内大臣藤原卿が、采女の安見児を娶った時に作った歌一首

九五 わたしは、ああ、安見児を妻に迎えることができた。人々皆が妻にすることは困難だといっている、あの安見児を妻とすることができた。

【歌意】 大化前代の采女貢進の意義は、地方の豪族層の天皇への服属のしるしとしてさしだされるところにあったといわれる。貢進された采女が天皇のみ子を生んだ例や、他の男性と愛しあった采女がその男性とともに厳しく罰せられた例がみられるのはその証である。采女のその特殊な立場は、令制下にあってもほとんど変わらず、聖武天皇の時代に因幡の八上采女を娶って、不敬罪と勅断された安貴王の例もある。そのような立場の采女を、ここで鎌足が娶ったとあるのは、前歌の鏡王女の場合同様、鎌足への恩賞のひとつとして天皇が賜ったものに相違ない。第二句と第五句とに「安見児得たり」を繰り返して、得意満面大喜びしているようではあるが、多分に天皇への挨拶の気分の濃いものであろう。

采女 五一番歌に既出。歌意の項参照。

安見児 出身の地名プラス采女ではなく、安見児と名前(通称か)で呼ばれているのは珍しい。おそらく、鎌足が娶ることによって、采女としてではなく一人の女性としてあつかわれることになったのであろう。

我はもや モヤは、感動をあらわす助詞。

得かてにすといふ 妻とすることはむずかしいといわれている。カテニスは、できる意の下二段活用の補助

動詞カツの未然形カテ＋打消しの助動詞ズの連用形ニ　＋サ変動詞スの終止形。

久米禅師《くめのぜんじ》、石川郎女《いしかはのいらつめ》を娉《つまど》ふ時《とき》の歌《うた》五首《しゅ》

九六 み薦《こも》刈《か》る　信濃《しなの》の真弓《まゆみ》　わが引《ひ》かば　貴人《うまひと》さびて　否《いな》と言《い》はむかも　禅師《ぜんじ》

九七 み薦《こも》刈《か》る　信濃《しなの》の真弓《まゆみ》　引《ひ》かずして　弦《を》着《は》くるわざを　知《し》るといはなくに　郎女《いらつめ》

九八 梓弓《あづさゆみ》　引《ひ》かばまにまに　寄《よ》らめども　後《のち》の心《こころ》を　知《し》りかてぬかも　郎女《いらつめ》

九九 梓弓《あづさゆみ》　弦緒《つらを》とりはけ　引《ひ》く人《ひと》は　後《のち》の心《こころ》を　知《し》る人《ひと》そ引《ひ》く　禅師《ぜんじ》

一〇〇 東人《あづまひと》の　荷前《のさき》の箱《はこ》の　荷《に》の緒《を》にも　妹《いも》は心《こころ》に　乗《の》りにけるかも　禅師《ぜんじ》

【原文】

久米禅師娉㆓石川郎女㆒時歌五首

九六 水薦苅　信濃乃真弓　吾引者　宇真人佐備而　不欲常将言可聞　禅師

九七 三薦苅　信濃乃真弓　不引為而　弦作留行事乎　知跡言莫君二　郎女

九八 梓弓　引者随意　依目友　後心乎　知勝奴鴨　郎女

九九 梓弓　都良絃取波氣　引人者　後心乎　知人曽引　禅師

一〇〇　東人之　荷向篋乃　荷之緒尓毛　妹情尓　乗尓家留香聞　禅師

【校異】　佐（元金類）―作　弦（代初・考）―強、聞（元類）―問

久米禅師が、石川郎女に求婚した時の歌五首

九六　み薦刈る信濃の真弓を引くように、私が誘ったら、あなたは貴人ぶっていやというでしょうか。　禅師

九七　み薦刈る信濃の真弓を引いてみもしないで、弓弦をかける方法などわかりませんよ。（実際に誘ってもいないのに、こちらは返事のしようもないではありませんか）　郎女

九八　梓弓を引くように、あなたが私を妻にと求めるなら、妻になりもしましょうが、将来のあなたの気持ちがわからないので不安なのです。　郎女

九九　梓弓に弓弦をつけて引くように、人の気を引く人は、将来とも心は変らないとわかっている人が引くのです。　禅師

一〇〇　東国の人の荷前の箱の荷の緒のように、あの子は私の心にしっかりのってしまったよ。　禅師

【歌意】　近江朝の求婚にかかわる歌であるが、後続の歌を含めて、求婚する男性が直接的ではなく、遠回しに相手の気持ちを探ろうとしているのに対して、女性の方は、はっきり求婚の意志表示を求めている点が、当時の貴

族たちの求婚のあり方をうかがわせて興味深い。ここも、久米禅師が、明確な意志表示はせず、「もし私があなたの気を引いたら、貴人らしくいやだというでしょうか」と、遠回しに反応をうかがおうとしている。これに対して石川郎女は、はっきり求婚の意思表示もしないで、返事を探ろうなんて……、と言いながら、続けて「引かばまにまに寄らめども」すなわち、「意思表示をして下されば、お気持ちに従おうと思うのですが、将来あなたの気持が変わらないかどうか不安なのです」と、求婚に応じる気持があることを明らかにしている。本歌群の場合に限っていえば、石川朝臣氏に比して久米氏は家柄が低いから遠慮をしていると言えないことはないが、次の、大伴安麻呂と巨勢郎女の場合も同様であるから、身分の違いとは関わらないことがわかる。

久米禅師　伝未詳。禅師は、とくに修験があり、病を治して幸福を招来する特殊な僧侶に冠せられる称号。ここは、在俗時代の作か、名前か、不明。

石川郎女　石川朝臣氏の女性。この女性が大津皇子と草壁皇子に愛され、後に大伴安麻呂の妻となって坂上郎女を生んだ石川郎女（内命婦）と同一人物であるかどうかははっきりせず、年代が離れている点でむしろ疑問であるが、巻二の編者は、次の歌の大伴安麻呂の後の妻となった石川郎女と同一人物としてここにおいたように思われる。

【九六】　み薦刈る　「信濃」の枕詞。「信濃」は、長野県。コモは湿地に群生する稲科の多年草。信濃に多く生えているところからかかる。

信濃の真弓　信濃産の真弓。「真」は、美称の接頭語。信濃は弓を多く産した。大宝二年（七〇二）三月、信濃国が梓弓千二十張を献上し、朝廷はそれを大宰府に充てたという。慶雲元年（七〇四）四月にも信濃国は弓千四百張を献じており、大宰府用とされた。梓弓は、カバノキ科の落葉高木の梓で作った弓。梓はヨグソミネバリの別称。

以上二句、「引かば」をおこす序詞。弓を引く意と相手の気を引く意とをかける。

貴人さびて　貴人（ウマヒト）は、身分の高い人。サビテは、……らしくふるまって、の意。
【九七】　弦着くるわざ　弓の弦をかける技術、方法。原文「弦作留行事」。底本は「強作留行事」。代匠記が「強作留」の「強」を「弦」の誤りとして、「ツルハクルト読ヘキカ」としたのを承けて、万葉考が、ヲハクルと訓んだ。「作」を次点本系統が「佐」とするので、これによってシヒザルワザと訓む説もあるが、意味が通じない。誤字説により、ヲハクルワザと訓みたい。
【九八】　知りかてぬかも　カテは、できる意の下二段活用の補助動詞カツの連用形。ヌは、打消の助動詞ズの連体形。わかりませんよ。
【九九】　弦緒とりはけ　弦緒は、弓の弦。ハケは、つける意の下二段動詞ハクの連用形。
【一〇〇】　荷前の箱　荷前は、毎年諸国から奉る貢の初物。伊勢神宮や山陵に奉った。「……荷前は皇大御神の大前に、横山の如くうち積み置きて、残りをば平らけく聞しめさむ」（祈年の祭）。
東人の荷前の箱の荷の緒にも　固く結ばれ乗る意で、比喩の序詞。
妹は心に乗りにけるかも　愛する女性と信頼しあい、堅く結ばれたことへの感動をあらわす表現。

大伴宿祢《おほとものすくね》、巨勢郎女《こせのいらつめ》を娉《つまど》ふ時《とき》の歌《うた》一首《しゅ》　大伴宿祢《おほとものすくね》、諱《いみな》を安麻呂《やすまろ》といふ。難波朝《なにはのみかど》の右大臣《みぎのおほまへつきみ》大紫《だいし》大伴長徳卿《おほとものながとこのまへつきみ》の第六子《だいし》。平城朝《ならのみかど》に大納言《だいなごん》兼大将軍《けんだいしやうぐん》に任《にん》ぜられて薨《こう》ず。

一〇一　玉《たま》かづら　実《み》ならぬ木《き》には　ちはやぶる　神《かみ》そつくといふ　ならぬ木《き》ごとに

巨勢郎女《こせのいらつめ》、報《こた》へ贈《おく》る歌《うた》一首《しゅ》　即《すなは》ち近江朝《あふみのみかど》の大納言《だいなごん》巨勢人卿《こせのひとのまへつきみ》の女《むすめ》なり

一〇二　玉《たま》かづら　花《はな》のみ咲《さ》きて　ならざるは　誰《た》が恋《こひ》にあらめ　我《あ》は恋《こ》ひ思《おも》ふを

【原文】

大伴宿祢娉二巨勢郎女一時歌一首　大伴宿祢、諱曰二安麻呂一也。難波朝右大臣大紫大伴長徳卿之第六子、平城朝任二大納言兼大将軍一薨也

一〇一　玉葛　實不成樹尓波　千磐破　神曽著常云　不成樹別尓

巨勢郎女報贈歌一首　即近江朝大納言巨勢人卿之女也

一〇二　玉葛　花耳開而　不成有者　誰戀尓有目　吾孤悲念乎

大伴宿祢が巨勢郎女に求婚した時の歌一首　大伴宿祢は諱《いみな》を安麻呂という。孝徳天皇のみ代の右大臣大紫大伴長徳卿の第六子で、元明天皇のみ代に大納言兼大将軍に任ぜられて薨じた。

一〇一　玉かずらのように実のならない木には、ことごとく恐ろしい神が寄りつくということです。
(同じように、男の気持ちを受入れない女性には、恐ろしい神が寄りつくということですよ)

巨勢郎女が返した歌一首　すなわち天智天皇のみ代の大納言巨勢人卿の娘である。

一〇二　玉かずらと同じく、花だけ咲かせて実を結ばぬ恋というのはどなたの恋のことでしょうか。私はあなたを恋しく思っていますのに。

【歌意】「求婚する時の歌」とある一〇一番歌は、一見おどしをかけて迫っているようではあるが、はっきり求婚

の意思表示をしたわけではない証拠に、郎女は、自分は、恋しく思い、十分結婚の意思を持って交際していたのに、実がならないなんて意外な事をいって、という反応である。久米禅師と石川郎女の場合同様、男性が消極的・間接的な態度であるのに対して、女性の方が結婚の意思を示している。この贈答歌を含めて、近江朝の求婚に関わる贈答歌については、従来、歌垣の男女のかけあいの伝統を残しているとする見方が多かった。男の懸想に対して女が反発する（切り返す）パターンだというのである。ここも、安麻呂が一方的に巨勢郎女を結婚の意思のない女性と決めつけた言い方をしてきたのに対し「誰が恋にあらめ」と言い返しているから、反発しているといえば言えるが、「私には十分結婚の意思はあるのに」と反発しているのだから、男性からの求婚の意思表示に対し、お相手になるような女性はこちらにはいませんというような返事をする対応の仕方とは異なり、むしろ率直な対応をしているというべきであろう。その場の状況も男女それぞれの立場も身分も一切考慮しないで、ただ男と女の関係としてひとつのパターンにあてはめようとする見方には賛同できない。それぞれの男女の微妙な関係と立場に応じた心情の表出がなされていると思う。なお、天智四年生の旅人が巨勢郎女を母とする立場にたてば、この贈答は、天智朝も初期の歌と見られる。

【一〇一】**大伴宿祢**　大納言兼大将軍大伴安麻呂。和銅七年(七一四)五月、大納言兼大将軍正三位で没。贈従二位。初め、巨勢郎女との間に旅人・田主・宿奈麻呂の三子をもうけ、後に、石川郎女との間に坂上郎女と稲公(君)の二子をもうける。旅人は、天智四年(六六五)生。

諱　いみな。死者の生前の実名。忌み名、すなわち、禍《わざわい》が及ぶことを恐れて、生前は呼ぶことを避ける名の意。

難波朝の右大臣大紫大伴長徳卿　父は、大伴連咋子。御行・安麻呂の父。字を馬養。馬飼とも。孝徳天皇の大化五年(六四九)四月、大紫（大宝令の正三位相当）に叙せられ、右大臣に任ぜられた。白雉二年(六五一)七月薨。

巨勢郎女　近江朝の大納言巨勢臣比等の娘。大伴安麻呂の妻となり、旅人・田主・宿奈麻呂を生む。

近江朝の大納言巨勢人卿　父は、大海。奈氏麻呂の父。名は、人のほか比等、比登、毗登とも記される。天智十年正月、御史大夫に任ぜられる（紀に、「御史は蓋し今の大納言か」と注記し、『続日本紀』天平勝宝五年三月条には中納言と称する）。天武元年六月～七月の壬申の乱に近江方の将軍として戦い、破れ、同年八月二十五日、子孫と共に流罪に処せられた。

玉かづら　「かづら」は、蔓性植物の総称。玉は、美称の接頭語。花は咲くが実のならない蔓性植物として、ゴトウヅルやビナンカズラなどを考える説もあるが、明らかでない。

ちはやぶる　原義は、勢い盛んな。狂暴な。枕詞にもなるが、ここは、狂暴な、恐ろしい、の意。

神そつくといふ　神がとり憑くという。

【一〇二】　誰が恋にあらめ　疑問語を受けて文末が已然形で結ばれる場合は、反語の意味をあらわす。「何処行かめと」（7・一四一二）、「見えずとも誰恋ひざらめ」（3・三九三）など。

明日香《あすか》の清御原《きよみはら》の宮《みや》に天《あめ》の下《した》知《し》らしめしし天皇《すめらみこと》のみ代《よ》　天渟中原瀛真人天皇《あまのぬなはらおきのまひとのすめらみこと》 諡《おくりな》して天武天皇《てんむてんわう》といふ

明日香清御原宮御宇天皇代　天渟中原瀛真人天皇 諡曰二天武天皇一

明日香の清御原の宮で天下をお治めになった天皇の時代　天渟中原瀛真人天皇、諡を天武天皇という。

［明日香清御原宮］　天武元年（六七二）冬、壬申の乱で勝利を得た大海人皇子は宮殿を岡本の宮の南に造り、移った。こ

れを飛鳥浄御原宮といい、翌二年正月、この宮で即位する。浄御原宮は清御原宮に同じ。以後、持統八年(六九四)十二月、藤原宮に移るまでの宮。場所は、飛鳥寺北方の石神遺跡周辺とする説もあったが、明日香村岡の伝板蓋宮跡の発掘調査により大型建物や大井戸の遺構が検出され、出土した木簡からも板葺宮と浄御原宮とは同一の場所である見方が有力になった。また、二〇〇四年三月八日に奈良県立橿原考古学研究所が発表したところによれば、奈良県明日香村役場の北約一〇〇メートルの水田跡から飛鳥浄御原宮跡と見られる石敷き広場が出土した。約三〇〇平方メートルに自然石二千個が隙間なく敷き詰めてあり、大型建物跡の柱穴も五本見つかったという。石敷き広場はなお広範囲に及ぶと見られており、今後も継続して調査が行われると見られる。

[天渟中原瀛真人天皇] 天武天皇の和風諡号。あまのぬなはらおきのまひとのすめらみこと。ヌナハラオキは、瓊を産出する原の奥の意で称讃の辞と解することができるという（古典大系本『日本書紀』欽明天皇十五年正月七日条、頭注)。真人は、貴人の意。

天皇《すめらみこと》、藤原夫人《ふぢはらのぶにん》に賜《たま》ふ御歌《みうた》一首《しゅ》

一〇三 わが里《さと》に　大雪降《おほゆきふ》れり　大原《おほはら》の　古《ふ》りにし里《さと》に　降《ふ》らまくは後《のち》

藤原夫人《ふぢはらのぶにん》、和《こた》へ奉《まつ》る歌《うた》一首《しゅ》

一〇四 わが岡《をか》の　おかみに言《い》ひて　降《ふ》らしめし　雪《ゆき》のくだけし　そこに散《ち》りけむ

【原文】 天皇賜二藤原夫人一御歌一首

一〇三　吾里尓　大雪落有　大原乃　古尓之郷尓　落巻者後

藤原夫人奉レ和歌一首

一〇四　吾岡之　於可美尓言而　令落　雪之摧之　彼所尓塵家武

一〇三　私のいる飛鳥の里には、大雪が降っている。あなたの住む大原の古びた里に降るのは、この後だろうよ。

（天武）天皇が、藤原夫人に賜ったお歌一首

藤原夫人がお返し申し上げた歌一首

一〇四　私が、私の住むこの岡の竜神に言って降らせた雪の、そのかけらがそちらに降ったのでしょうよ。（それなのに、大雪だなどと、おっしゃって）

【歌意】　大原は、藤原鎌足誕生の地と伝えられ、藤原氏の本拠地。清御原宮から一キロと離れていないほどのところで、しかも、大原の方が高台で山に近い。天武天皇の歌は、大雪というのも大げさなら、僅か一キロたらずの距離しかないところであるのに、古びた里と言ったり、こちらに降った雪がそちらに降るのはこの後だろう、と言ったりして、藤原夫人をからかっている。これに対して五百重娘が答えた歌も、竜神に命じて降らせたものだといったり、天皇が「大雪」といったのは、こちらに降った雪のくだけたものだろうなどといっている。天武天皇の包容力のある人柄が、五百重娘にこのような返歌を詠ませたとみることもできるし、同時に、五百重娘の

無邪気で明るく伸び伸びした性格を示しているようにも思われる。万葉に伝えるもう一首のホトトギスの鳴く声を詠んだ歌（8・一四六五）も、初夏のさわやかな季節感あふれる歌で、物心共に豊かに恵まれた環境で育った女性らしい歌である。五百重娘の生んだ新田部皇子は、文武四年正月に初めて位を授かっており、この年に二十か二十一歳であったと思われるから、天武天皇が亡くなった朱鳥元年（六八六）には、六歳か七歳であったことになる。五百重娘は、天武天皇の妻のなかでは最年少であった可能性が高い。

【一〇三】天皇　天武天皇。大海人皇子。父は、舒明天皇。母は、皇極（斉明）天皇。同母兄姉に、天智天皇・間人皇女。皇后は、後の持統天皇。天智十年（六七一）十月、病床にある天皇のために仏道を修行するとの理由で出家し吉野に入ったが、同年十二月、天智天皇が崩じると、翌年六月挙兵し、天智天皇の長子大友皇子に率いられる近江朝廷を滅ぼして皇位につく。在位は、六七三年から六八六年まで。朱鳥元年（六八六）九月崩。生年は不明だが、兄天智より五歳ほど年少か。

藤原夫人　五百重娘。大原大刀自とも。藤原鎌足の娘。天武天皇の夫人となり、新田部皇子を生む。天武崩後、異母兄の藤原不比等と結婚し、麻呂を生む。「後宮職員令」によれば、妃は、四品以上、夫人は、三位以上、嬪は、五位以上、の規定があった。だが、天智紀七年（六六八）二月一日の、天智天皇の立后・納四嬪と皇子女記載の条では、大臣クラスの父をもって皇子女を生んだ四人の女性は、いずれも嬪と称し、天武二年（六七三）二月二十七日の后妃皇子女記載の条では、大臣クラスの父をもつ女性で皇子女を生んだ女性三人をいずれも夫人と称している。

大原　奈良県高市郡明日香村小原《おうばら》。明日香清御原宮推定地から約一キロの地。

降らまく　マクは、推量の助動詞ムに形式体言のアクがついた形。体言をつくる。降るであろうこと。

【一〇四】おかみ　ここは水を司る竜神をさす。

藤原《ふぢはら》の宮《みや》に天《あめ》の下《した》知《し》らしめしし天皇《すめらみこと》のみ代《よ》　天皇《すみらみこと》、謚《おくりな》して持統天皇《ぢとうてんわう》といふ。元年丁亥《ぐわんねんていがい》の十一年《ねん》に、位《くらゐ》を軽太子《かるのひつぎのみこ》に譲《ゆづ》り、尊号《そんがう》を太上天皇《おほきすめらみこと》といふ。

藤原宮御宇天皇代　天皇謚曰二持統天皇一、元年丁亥十一年、譲二位軽太子一、尊号曰二太上天皇一也

藤原の宮で天下をお治めになった天皇の時代　天皇、謚は、持統天皇。十一年に皇位を皇太子軽皇子に譲り、尊号を太上天皇という。

【持統天皇】　1・二八番歌に既出。

大津皇子《おほつのみこ》、竊《ひそ》かに伊勢神宮《いせのかむみや》に下《くだ》りて上《のぼ》り来《く》る時《とき》に、大伯皇女《おほくのひめみこ》の作《つく》りませるみ歌《うた》二首《しゅ》

一〇五　わが背子《せこ》を　大和《やまと》へ遣《や》ると　さ夜更《よふ》けて　暁露《あかときつゆ》に　わが立《た》ち濡《ぬ》れし

一〇六　ふたり行《ゆ》けど　行《ゆ》き過《す》ぎかたき　秋山《あきやま》を　いかにか君《きみ》が　ひとり越《こ》ゆらむ

【原文】　大津皇子竊下二於伊勢神宮一上來時、大伯皇女御作歌二首

一〇五　吾勢祜乎　倭邊遣登　佐夜深而　鷄鳴露尓　吾立所霑之

一〇六　二人行杼　去過難寸　秋山乎　如何君之　獨越武

大津皇子がひそかに伊勢神宮に下り、上京する時に、大伯皇女がお作りになったお歌二首

一〇五　弟を大和へ帰そうと夜が更けて見送ったまま、夜明けまで立っていて、明け方の露に濡れたことよ。

一〇六　二人で行っても寂しくて越えがたいあの秋山を、今ごろ、私の弟はひとりでどのような思いで越えて行っているだろうか。

【歌意】　夜更けに、弟を見送ったままその後姿が見えなくなった後まで、ずっと立ち尽くして弟の身を案じ続けた様子がこの二首の歌を通して伺われる。十三歳と十一歳の時に別れたままの姉と弟の、十三年ぶりの再会であった。大津は死を予感し、最後に一目姉に逢いたいという思いだけで伊勢を訪れたのではないかと思われる。伊勢にも天武が崩じた場合の大津の危険な立場についての噂はとどいていたであろう。すべてを打明けたわけではなくとも、ひそかに伊勢に姉に逢いに来たその事からだけでも、姉は弟の立場を察したに相違ない。死が待ち受ける都に弟を帰してやらなければならない辛さが、一〇五番歌にはよくあらわれていると思う。

なお、大津皇子がひそかに伊勢神宮の斎宮である姉を訪ねたのは、朱鳥元年九月九日に崩じた天武天皇の死の前後であったろう。大津皇子の動静が最も注目されている時期であった。神堀忍「大伯皇女と大津皇子」（万葉五四号　昭四〇・一）は、天皇崩御後、殯宮行事の始まる二十四日までの間の公的儀式のない日を選んで、都を抜け出したのかもしれないといっている。駅家がない、できるだけ短距離である、の二条件のもとに、吉野に沿っ

て遡り、高見山の麓から櫛田川に沿って下る険阻な道、飛鳥から現在の斎宮跡までの二十七、八里の道程を、暁から夕刻まで一気に馬を走らせ、深更にはとって返したと推測している。どんなに、秘密裏に事を運んだつもりでも、この行動は、皇后・皇太子側にいちはやく知らされ、大津謀反の意志の顕れのひとつとられたに相違ない。

大津皇子　父は、天武天皇。母は、天智天皇の皇女大田皇女。大田皇女は、天智六年二月に斉明天皇の陵前に葬るとの記録があるから、それ以前に亡くなったことになる。時に、大津は五歳。姉の大伯は、七歳。日本書紀には、皇子が、容姿はたくましく、言葉は明瞭、天智天皇に愛されたこと、成人後は、分別もあり、とくに文筆に秀でていたことを記す。天武天皇崩後の朱鳥元年(六八六)十月二日に、謀反が発覚したとして逮捕され、翌日死を命じられる。二十四歳。妻の山辺皇女も共に死んだ。辞世の和歌と漢詩を含め、和歌と漢詩各四首。

竊かに伊勢神宮に下りて　皇子といえども天皇の許可なく伊勢神宮に参詣するのは禁じられていたのに、大津皇子は、許可が下りないことは承知の上で、ひそかに姉に会いに行ったのである。

大伯皇女　斉明七年(六六一)生。大津皇子の同母姉。天武二年(六七三)四月、伊勢の斎宮に任ぜられて、泊瀬の斎宮にこもり翌年伊勢にむかう。朱鳥元年十一月、斎宮の任を解かれて上京したのは、すでに大津の刑死後であった。大宝元年(七〇一)十二月薨。四十一歳。歌は、当該二首のほかに、大津の死を悲しむ挽歌四首(2・一六三〜一六六)のみ。

【一〇五】　わが背子を　弟の大津皇子をさす。

大和へ遣ると　「遣る」は、この場合、帰したくない気持を強いて抑えて、弟の立場を思い、送り出す意。

さ夜更けて暁露にわが立ち濡れし　夜更けてから暁まで道に立ちつくし、暁の露に濡れたことをあらわす。

【一〇六】　ふたり行けど行き過ぎかたき秋山　「行き過

ぎかたき」原因は、寂しくて、の意。
いかにか君がひとり越ゆらむ　「いかにか」は、どのようにして、の意。従者を一人も伴わなかったわけではないと思われるが、孤独な思いをかかえて都に帰る弟の気持ちを思いやる表現である。

大津皇子《おほつのみこ》、石川郎女《いしかはのいらつめ》に贈《おく》る御歌《みうた》一首《しゅ》

一〇七　あしひきの　山《やま》のしづくに　妹待《いもま》つと　我立《われた》ち濡《ぬ》れぬ　山《やま》のしづくに

石川郎女《いしかはのいらつめ》の和《こた》へ奉《まつ》る歌《うた》一首《しゅ》

一〇八　我《あ》を待《ま》つと　君《きみ》が濡《ぬ》れけむ　あしひきの　山《やま》のしづくに　ならましものを

大津皇子《おほつのみこ》、竊《ひそ》かに石川女郎《いしかはのいらつめ》に婚《あ》ふ時《とき》に、津守連通《つもりのむらじとほる》その事《こと》を占《うら》へ露《あら》はすに、皇子《みこ》の作《つく》りませるみ歌《うた》一首《しゅ》いまだ詳《つばひ》らかならず

一〇九　大船《おほふね》の　津守《つもり》が占《うら》に　告《の》らむとは　まさしに知《し》りて　わが二人寝《ふたりね》し

【原文】

大津皇子、贈二石川郎女一御歌一首

一〇七　足日木乃　山之四付二　妹待跡　吾立所沾　山之四附二

石川郎女奉レ和歌一首

一〇八 吾乎待跡　君之沾計武　足日木能　山之四附二　成益物乎

大津皇子、竊婚二石川女郎一時、津守連通占二露其事一、皇子御作歌一首　未詳

一〇九 大船之　津守之占尓　将告登波　益為尓知而　我二人宿之

大津皇子が、石川郎女に贈ったお歌一首

一〇七 あの山道で、あなたを待ちあぐんで、私は木々の雫にすっかり濡れてしまったよ。（あなたは、とうとう来なかったね）

石川郎女がご返事申し上げた歌一首

一〇八 私を待ってあなたがお濡れになったという、その山の雫になれればよろしかったのに。（私も残念でしたわ）

大津皇子が、竊かに石川女郎と関係をもった時、津守連通がその事を占いにより明らかにしたところ、皇子がお作りになったお歌一首　詳しいことはわからない

一〇九 大船の停泊する津ではないが、津守の占いによってあらわにされるのは、十分承知の上で、私は石川女郎と寝たのだ。

【歌意】 大津皇子が石川郎女と逢う約束をしていて約束の場所で待っていたのに、郎女が来なかった時に、待っ

たかいもなくただ木々のしずくに濡れただけであったと訴えたのに対して、郎女は、その皇子を濡らしたしずくになりたかったと答えたもの。約束の場所に行けなかった理由を述べるでもなく、すまないという気持ちをあらわすでもない郎女の歌いぶりには、愛されている者のもつ自信と余裕とが感じられる。一〇九の題詞に「竊かに」とあることと、一一〇の日並皇子が石川郎女に贈った歌から推測すると、郎女は皇太子で大津皇子より一歳年長の日並皇子（草壁）の愛人であったのだろう。大津皇子には、山辺皇女が、日並皇子には阿閉皇女が妻としていたが、一夫多妻の時代であるから、愛人をめぐって両皇子が争うということもあったのだろう。文武両道に秀でてすべてにおいて日並よりは上と自信を持ちながら、母大田皇女に早くに死別したせいで、皇太子になれなかった大津の意地もあったかも知れない。皇太子の愛人を横取りすることは、皇位継承者たる皇太子を軽んじることで重大な罪に当ることを知らなかったわけではないだろうが、ひるまなかったところが「性頗る放蕩にして、法度に拘らず（性格は自由奔放で、細かい規則などに拘泥しない）」と評された皇子らしいといえる。そしてまた、石川郎女もそのような皇子を愛したのであろう。二人が結ばれ、それがひそかに大津皇子の行動を監視していた者の手によって報告され、陰陽師津守連通の占いによって明らかになったことにされる。津守通自身は、その経歴から見て、津の管理に携わったことはないはずだが、代々、難波の津を守ることによって天皇家に奉仕してきた氏の人であることは、当時、天皇家の歴史・氏族の歴史を知るほどの人なら皆聞き知っていたであろうと思われる。航海と天文・陰陽は関係が深いから、通が陰陽の学を修めたのも氏の職掌と無関係ではなかったのであろう。大津皇子が、「津守」に「大船の」という枕詞を冠したのは、津を管理することを以て天皇家に奉仕してきた氏の子であることを意識してのことであったのだと思われる。天智天皇崩後に詠まれた挽歌の一首、「ささなみの大山守は誰がためか山に標結ふ君もあらなくに」（2・一五四）の「大山守」が、「天皇所有の山を守る役目の者」の意で、「大」は決して「山守」を讃美する表現ではないように、本歌の「大船の津守」は「天皇所有の船の出入りする津を守る者」の意であって、「大船」は、決して津守を讃美する言葉ではない。天智天皇の皇女を母とし、天武天皇の第二皇子として待遇され、次期天皇の資格も十分あった大津皇子は、無論、奉仕される側の人である。なにほどの存在とも思っていなかった津守通に、足許をすくわれた皇子の怒りが、この枕詞をとおして伝わってくる。大津皇子は、津守通の占いによって大津が石川女郎と関係をもったことが明らかになったと云われるまでは、異母兄である皇太子の愛人を横取りすることがそれほど重大な結果を招くとは思っていなかったのではないかと思われる。事ここに至って、皇子は、津守の背後に、皇后と皇太子の意志が大きく働いていることを悟り、

[蘇我臣・石川朝臣氏略系図]

＊妃・夫人・嬪の尊号は、日本書紀による。

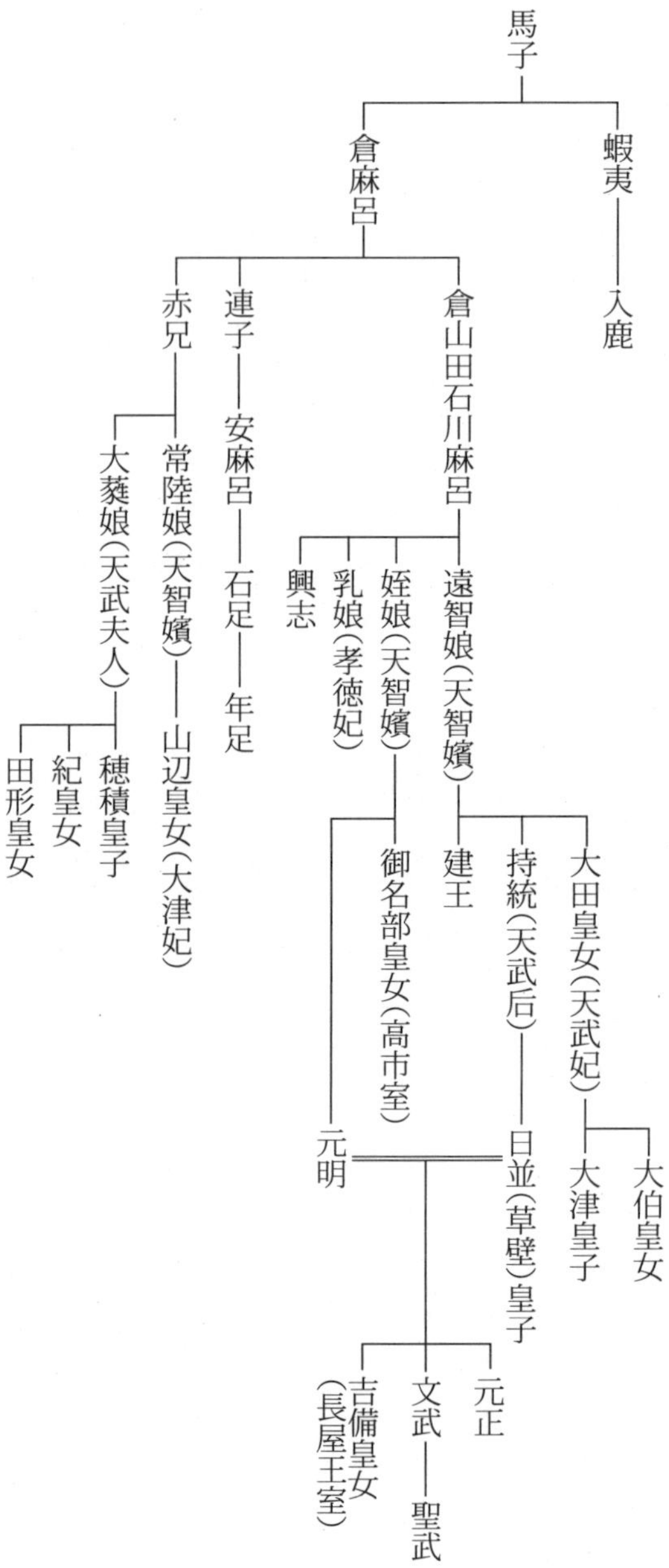

危険が身に迫ってきていることを知ったはずである。大津皇子が謀反の罪で捕らえられ死を命じられた原因は、決してこのことだけではなかったと思われるが（新羅の僧行心が逆謀を勧めたと『懐風藻』にある）、このことも皇太子に対する無礼な行為のひとつとしてあげられてしかるべきことであった。

【一〇七】　大津皇子　一〇五、六番歌に既出

石川郎女　石川女郎とも。石川朝臣氏の女性。石川朝臣は、もと蘇我氏。大化改新前には馬子・蝦夷・入鹿など大臣を出し、改新後も、右大臣蘇我倉山田石川麻呂、天智朝の左大臣蘇我赤兄がいる。石川麻呂の娘や赤兄の娘たちには、孝徳、天智、天武天皇のみ子を生んだ女性がいく人もおり、そのみ子の中には、草壁皇子や大津皇子の妻になった女性もいる（蘇我臣・石川朝臣氏系図参照）。石川郎女は、草壁皇子・大津皇子にとっては、皇子の母方からいっても、妻である皇女の母方からいっても同族の女性ということになる。

あしひきの　山にかかる枕詞。アシは足の文字をあて、ヒキは、仮名書き例が多いが、引、疾、病、痛の用字例があるので、山道を行くとき、足を引く意、足を痛める意、足がひきつる意、などの説のほか、山裾を引く意からとする説もある。時に応じて意味を使い分けたことも考えられる。

山のしづく　山の木々の枝から落ちるしづく。

立ち濡れぬ　立っていて濡れた。ヌは完了の助動詞。

【一〇八】　君が濡れけむ　ケムは、過去の事態を推量する助動詞ケムの連体形。「山のしづく」を修飾している。

ならましものを　なれたらよかったのに。マシは、事実に反することを仮に想像し、また希望する意を示す。

【一〇九】　津守連通　津守は、摂津の住吉の津を守ることを職掌とした氏族。本宗は、天武十三年十二月に宿祢姓を賜わったが、通は後まで連姓であった。和銅七年正月、正七位上より従五位下、同十月美作守に、養老五年正月には、陰陽の学業にすぐれその道の師範にふさわしいとして、絁・糸・布・鍬を賜った。同七年正月従五位上。天武・持統朝から、陰陽師として宮廷

に仕えていたのであろう。

大船の　津守に冠する枕詞。津守氏は、官船の停泊する住吉の津を守ることを職掌として天皇家に奉仕してきた氏族であることから冠した。住吉の津は、遣外使や大宰府に防人を運ぶような官船が出入りし、外国からの使者を迎える重要な港であった。「大船の」という枕詞は、記紀歌謡には見えず、上代文献では、万葉集にのみ見えるもので、「渡の山」（2・一三五、人麻呂作）、「香取の海」（11・二四三六、人麻呂歌集略体歌）などの地名に冠した例のほかに、人麻呂は、「たゆたふ」（2・一九六）、「思ひ頼み」（2・一六七、二〇七）など、心情を表出する言葉にも冠している。人麻呂以外では、この大津皇子の歌を除けば固有名詞に冠した例はない。「大船の」を「津守」に冠した例は、たとえ、「津」「大津」「み津」にひろげても、一例もなく、大津皇子が創出した枕詞とみられる。氏族の職掌から冠した枕詞の例としては、「駒造る土師の志婢麻呂白くあればうべほしからむその黒き色を」（16・三八四五）の例があげられる。左注によれば、大舎人巨勢朝臣豊人と巨勢斐太朝臣との色が黒かったので、土師宿祢水通（字、志婢麻呂）が、「ぬばたまの斐太の大黒見るごとに巨勢の小黒し思ほゆるかも」（16・三八四四）と詠んでその色の黒さをからかったところ、巨勢豊人が、前掲「駒造る土師の志婢麻呂」の歌を詠んで返したというのである。今は共に大舎人の身ながら、もともとは、巨勢地方を本拠地とする臣姓豪族であった巨勢氏の、埴輪造りなど古墳築造に関わった技術者集団である土師氏への優越感が、色黒をからかわれた腹立ちからついでてしまったというべきであろう。大津皇子の場合、津守通によって、皇太子軽視の振舞いを告発されたと同様な結果になったので、津守ごときに足許をすくわれてたまるか、という怒りが、この枕詞を生んだように思われる。

まさしに　たしかに。はっきりと。副詞で「知り」を修飾している。

日並皇子尊《ひなみしのみこのみこと》、石川女郎《いしかはのいらつめ》に贈《おく》り賜《たま》ふ御歌《みうた》一首《しゆ》　女郎《いらつめ》、字《あざな》を大名児《おほなこ》といふ。

一一〇　大名児《おほなこ》を　彼方野辺《をちかたのへ》に　刈《か》る草《かや》の　束《つか》の間《あひだ》も　我忘《われわす》れめや

【原文】

一一〇　日並皇子尊、贈二賜石川女郎一御歌一首　女郎字曰二大名兒一也

大名兒　彼方野邊尓　苅草乃　束之間毛　吾忘目八

日並皇子尊が、石川女郎にお贈りになったお歌一首　女郎は、通称を大名児といった。

一一〇　大名児よ。遠くの野辺で刈る萱のひとつかみ、そのツカではないが、私は束の間もあなたのことを忘れることはないのだよ。

【歌意】　日並皇子が石川女郎に贈った歌で、皇子の女郎に対する愛を訴えた歌である。大津皇子と石川女郎のひそかな関係が津守通によって明らかにされた歌の後に配列されているが、皇子が贈ったのはそれ以前のことであろう。あるいは、大津皇子がライバルであり、女郎が大津の方に心を寄せていることにうすうす感づいていたのかも知れない。「大名児を」と、女郎の通称を歌に詠み込んでいるところは珍しいが、「遠方野辺に刈るかやの」の二句を序詞として「束の間」を起こし、絶えず思っていることを訴えたこの歌の表現は類型的で新味に乏しい。石川郎女が、日並皇子ではなく、大津皇子を愛したことは、後に、一二九番歌の題詞に、「大津皇子の宮の侍」と記されていることからもわかる。

※夏野行く男鹿の角の束の間も妹が心を忘れて思へや（4・五〇二）
紅の浅葉の野らに刈る草の束の間も我を忘らすな（11・二七六三）

日並皇子尊　草壁皇子。父は天武天皇。母は皇后鸕野讃良皇女。天武十年二月に皇太子となる。日並皇子尊とも称された。持統三年四月に皇太子の地位のまま薨じる。二十八歳。歌は、本歌一首のみ。漢詩も伝わらず、その人となりなどについてはいっさい伝わらない。

大名児を　「大名児」は石川女郎の通称。ヲは、間投助詞で呼び掛けているのであるが、ヲにあたる文字がなく、「大名児」と訓む説もあり（佐佐木評釈・全註釈・全注・釈注ほか）、ガと訓み添える説（全訳注）もある。

忘れめや　反語。忘れることはない。

吉野宮《よしののみや》に幸《いでま》す時《とき》に、弓削皇子《ゆげのみこ》、額田王《ぬかたのおほきみ》に贈《おく》り与《あた》ふる歌《うた》一首《しゅ》

一一一　古《いにしへ》に　恋《こ》ふる鳥《とり》かも　ゆづるはの　御井《みゐ》の上《うへ》より　鳴《な》き渡《わた》り行《ゆ》く

額田王《ぬかたのおほきみ》の和《こた》へ奉《まつ》る歌《うた》一首《しゅ》　大和《やまと》の京《みやこ》より奉《たてまつ》り入《い》る

一一二　古《いにしへ》に　恋《こ》ふらむ鳥《とり》は　ほととぎす　けだしや鳴《な》きし　わが念《おも》へるごと

吉野《よしの》より苔生《こけむ》せる松《まつ》が枝《え》を折《を》り取《と》りて遣《つか》はす時《とき》に、額田王《ぬかたのおほきみ》の奉《たてまつ》り入《い》るる歌《うた》一首《しゅ》

一一三　み吉野《よしの》の　玉松《たままつ》が枝《え》は　愛《は》しきかも　君《きみ》がみ言《こと》を　持《も》ちて通《かよ》はく

【原文】

幸㆓于吉野宮㆒時、弓削皇子贈㆓与額田王㆒歌一首

一一一 古尓　戀流鳥鴨　弓絃葉乃　三井能上従　鳴濟遊久

額田王奉㆑和歌一首 従㆓倭京㆒進入

一一二 古尓　戀良武鳥者　霍公鳥　蓋哉鳴之　吾念流碁騰

従㆓吉野㆒折㆓取蘿生松柯㆒遣時、額田王奉入歌一首

一一三 三吉野乃　玉松之枝者　波思吉香聞　君之御言乎　持而加欲波久

(持統天皇が)吉野の宮に行幸なさった時に、弓削皇子が額田王に贈り与えられた歌一首

一一一 昔が恋しくて鳴いている鳥でしょうか。ゆずりはのみ井の上を鳴きながら飛んで行きます。

額田王がお答え申し上げた歌一首 倭の都から差し上げた。

一一二 昔が恋しくて鳴いたという鳥はほととぎすですね。きっと昔が恋しい私と同じ気持ちで鳴いたのでしょう。

(弓削皇子が)吉野から苔の生えた松の枝を折って送った時に、額田王が差し上げた歌一首

一一三 み吉野のこの立派な松の枝のなんといとしいこと。大切なあなたのお歌を、私のもとに持ってきてくれました。

【歌意】 ほととぎすは、初夏の訪れを告げる鳥として好んで詠まれたほか、農作業を促す鳥、もの思いをつのらせる鳥、昔を懐かしんで鳴く鳥としても詠まれた。ここは、懐古の鳥として、弓削皇子と額田王とが不如意の人生を嘆き、過去を恋しく思いつつ生きている者同士として共感をこめて詠み交わしたもの。懐かしく恋しい古とは、弓削皇子には父天武の在世当時、額田王には天武（大海人）と結婚した頃のことではなかったか、と思われる。

【一一一】吉野の宮に幸す 持統天皇の吉野行幸。持統天皇は、持統三年から十一年八月の譲位までに三十一回の吉野行幸の記録を残す（日本書紀）。

弓削皇子 父は天武天皇。母は天智天皇の皇女大江皇女。同母兄に長皇子。大江皇女の母は、忍海造小龍の娘。川島皇子・泉皇女は大江皇女の同母弟妹。持統七年(六九三)正月、浄広弐を授けられ、文武三年(六九九)七月薨。二十六、七歳か。『懐風藻』の葛野王伝に、高市皇子薨後の皇太子選定の席で葛野王が主張する直系継承に異をとなえようとして、葛野王に叱責され黙ったと伝える。万葉集に異母妹紀皇女への恋に苦しむ歌を含めて、八首の短歌をのこす。不如意の人生を悲しむ気分の歌が多い。

※ほととぎすなかる国にも行きて*しかその鳴く声を聞けば苦しも　（8・一四六七）

*行きてしか　行きたいものだ。

額田王 既出、1・七参照。

ゆづるは ユズリハの古名。トウダイグサ科の常緑高木。葉は長楕円形。春新葉が出ると旧葉が下垂して落ちるのを新葉に位置を譲るとみての名。新年の飾りとするのも譲ることに意味をもたせたもの、という。

【一一二】古に恋ふらむ鳥はほととぎす 蜀の王望帝が事情あって不本意ながら譲位し、後その魂がホトトギスとなって「不如帰去」と鳴いたという故事により、「古を恋うて鳴く鳥」とされた。

【一一三】玉松が枝 玉は美称の接頭語。弓削皇子が額田王に贈る歌を吉野の松の枝に結びつけて、使いに持たせてよこしたのであろう。
愛しきかも　ハシキは、いとしい意の形容詞ハシの連体形。カモは、感動をあらわす助詞。弓削皇子が歌を贈ってくれたことへの喜びが、歌が結び付けられて届いた松の枝への「愛しきかも」の表現になった。

但馬皇女《たぢまのひめみこ》、高市皇子《たけちのみこ》の宮《みや》に在《いま》す時《とき》に、穂積皇子《ほづみのみこ》を思《しの》ひて作《つく》りませるみ歌《うた》一首《しゅ》

一一四　秋《あき》の田《た》の　穂向《ほむ》きの寄《よ》れる　こと寄《よ》りに　君《きみ》に寄《よ》りなな　言痛《こちた》くありとも

穂積皇子《ほづみのみこ》に勅《みことのり》して、近江《あふみ》の志賀《しが》の山寺《やまでら》に遣《つか》はす時《とき》に、但馬皇女《たぢまのひめみこ》の作《つく》りませるみ歌《うた》一首《しゅ》

一一五　後《おく》れ居《ゐ》て　恋《こ》ひつつあらずは　追《お》ひ及《し》かむ　道《みち》の隈廻《くまみ》に　標結《しめゆ》へわが背《せ》

但馬皇女《たぢまのひめみこ》、高市皇子《たけちのみこ》の宮《みや》に在《いま》す時《とき》に、竊《ひそ》かに穂積皇子《ほづみのみこ》に接《あ》ひ、事既《ことすで》に形《あら》はれて作《つく》りませるみ歌《うた》一首《しゅ》

一一六　人言《ひとごと》を　繁《しげ》み言痛《こちた》み　己《おの》が世《よ》に　いまだ渡《わた》らぬ　朝川渡《あさかはわた》る

【原文】

但馬皇女在二高市皇子宮一時、思二穂積皇子一御作歌一首

一一四　秋田之　穂向乃所縁　異所縁　君尓因奈名　事痛有登母

勅㆓穂積皇子㆒遣㆓近江志賀山寺㆒時、但馬皇女御作歌一首

一一五　遺居而　戀管不有者　追及武　道之阿廻尓　標結吾勢

但馬皇女在㆓高市皇子宮㆒時、竊接㆓穂積皇子㆒、事既形而御作歌一首

一一六　人事乎　繁美許知痛美　己世尓　未渡　朝川渡

但馬皇女が、高市皇子の宮にお住いになっている時に、穂積皇子を思ってお作りになったお歌一首

一一四　秋の田の稲穂が一方に靡いているように、私もひたすらあの方に寄り添いたい。たとえどんなに人々がはげしく噂しようとも。

天皇のご命令で、穂積皇子を近江の志賀の山寺に遣わされた時に、但馬皇女がお作りになったお歌一首

一一五　後に残って恋しく思い続けていないで、お後を追って行って、追いつきたいのです。道の曲り角にしるしを付けておいて下さい。あなた。

但馬皇女が、高市皇子の宮にお住いになっていた時に、ひそかに穂積皇子と結ばれ、その事が人々に知られて、お作りになったお歌一首

一一六　人の噂がはげしくわずらわしいので、これまでの私の人生で渡ったことのなかった朝の川を

渡ることよ。

【歌意】　異母兄高市皇子の宮に恐らく妻の一人として引き取られていた但馬皇女の、穂積皇子を恋する歌である。巻八の一首（一五一五）を含めて、いずれも穂積皇子への恋を詠んだものであるが、「言痛し」「言繁し」と繰り返し表現している、そのことからいっても、周囲の非難・叱責が厳しかったと察せられる。高市皇子には正室と思われる御名部皇女（父は、天智天皇、同母妹阿閉皇女は、草壁皇子の妻）がおり、但馬皇女が高市皇子の宮に妻の一人として迎えられたのも、母を失い身寄りがいないという理由であったとすれば、互いに愛し合い、求め合ってのものではなかったと考えられ、高市皇子の宮における但馬皇女の立場は、すこぶる不安定なものであったと思われる。穂積皇子は、年齢不明であるが、持統五年に、はじめて浄広弐の位で書紀に見えることからすれば、高市皇子よりかなり若かったと思われる。加えて、その母は、但馬皇女と同じ、天智朝の大臣の娘であった。天武天皇の皇子たちの中で、抜群に遇せられた高市皇子と第二に遇せられた穂積皇子との関係の中で、但馬皇女の恋は許されるはずもなかった。皇女の死後に詠んだ穂積皇子の歌はあるが、生前に、皇女に贈ったと伝えられる歌はない。もっとも、一一六番歌によれば、二人は密会の機会を持ったようであるが、それも、但馬皇女が宮を抜け出して逢いに行くという捨身の行動をとってのことであった。大胆な皇女の行動に驚いた周囲は、一層厳しく監視し、穂積皇子もより慎重に身を処したに相違ない。そのことがかえって皇女の死後に、穂積皇子の胸に痛みとなって残ったのであろう（巻八・一五一三番歌参照）。なお、藤原宮跡出土木簡の中に、但馬内親王家から車前子・西辛・久参の三種の薬物を典薬寮に請求した時のものがあり、その署名に「多治麻内親王宮政人正八位下陽胡甥」とある。政人は家令職員令の家従にあたり、三品内親王家の家従が正八位下相当であることに合致している（岸俊男『宮都と木簡』）。

※今朝の朝明雁が音聞きつ春日山もみちにけらしわが心痛し（8・一五一三　穂積皇子）

【一一四】　**但馬皇女**　天武天皇の皇女。母は、藤原鎌足の娘、氷上娘。和銅元年(七〇八)六月薨。時に、三品。同母の兄弟姉妹はなく、母は、天武十一年(六八二)正月、宮中で薨じた。その後、高市皇子の宮に引き取られたか。高市皇子、穂積皇子は異母兄。歌は、本巻の三首の歌のほかに、巻八に一首（一五一五）。歌経標式には、但馬内親王の歌として、万葉集巻四の安倍女郎の歌（五〇五）の小異歌を載せる。

高市皇子　天武天皇の皇子。母は、胸形君徳善の娘、尼子娘。妻に、御名部皇女。子に、長屋王、鈴鹿王。母の出自は低かったが、最年長の皇子として、壬申の年(六七二)の乱においては、十九歳で父の支えとなった。天武崩御後、皇太子草壁も薨じた後の、持統四年(六九〇)七月には、太政大臣となり、天武遺皇子たちの中で最も高い待遇を受けた。浄広壱、封戸は五千戸。持統十年(六九六)七月薨。四十三歳。日本書紀に「後皇子尊」と称される。皇太子に準じた扱いを受けていたことが推察される。

穂積皇子　天武天皇の皇子。母は、蘇我赤兄の娘、太《おほ》蕤娘《ぬのいらつめ》。同母妹に、紀皇女と田形皇女。子に、上道王・境部王、孫に酒人女王、広河女王。いずれも万葉集による。なお、万葉集によれば、晩年に大伴坂上郎女を妻としたという。持統五年(六九一)正月、浄広弐・封五百戸。大宝二年(七〇二)十二月当時二品。慶雲二年(七〇五)九月、知太政官事、同三年二月、右大臣に準ずる季禄*を与えられる。霊亀元年(七一五)正月、一品。同年七月、薨。

＊季禄　絁・綿・布・鍬などを、春夏の季禄は二月上旬に、秋冬の季禄は八月上旬に与えられた。

秋の田の穂向きの寄れる　「こと寄り」にかかる序詞。秋の田の稲穂がなびいている様子をいう。

こと寄りに　原文「異所縁」。旧訓カタヨリニ。童蒙抄がゴトヨリシと訓んだ。全註釈は、これをカタヨリニと訓む根拠とされている「秋田之　穂向之所依　片縁　吾者物念　都禮無物乎」（10・二二四七）をあげ、「その歌は、カタヨリニでよく通るが、この歌はカタヨリニではなく、また、異の字をカタと読むべくもない。ここは、別の方に寄る意であるから、文字通りコトヨリニと読む」とした。これに対し、同じくコトヨリニと訓む大系は、「一つ方向にイネの穂が向くように」の意とし、「異はコトと訓む。コトは、同じの意」とした。現在も多くカタヨリニと訓むが、『異』をカタと訓む根拠は未だ明らかではない」（新大系）とされている。全註釈の「別の方に寄る意」とすると、上の「秋の田の穂向きの寄れる」との続きが合わず、やはり「一つの方向に稲穂の向きが寄る」意と思われるから、大系説に従うのがよいと思う。秋の田の稲穂が一斉にある方角に靡いている様子を示す表現であると同時に、「君に寄りなな」を修飾する。

君　穂積皇子をさす。

寄りなな　「なな」は、上の「な」が完了の意味をあらわす助動詞「ぬ」の未然形で、下の「な」は勧誘・希望・決意などを現わす助詞。ここは作者の希望をあらわす。上の完了の助動詞で強めている。

言痛くありとも　「こちたく」は、形容詞「こちたし」の連用形。「言痛し」の約。人の口がうるさい。噂が激しくて辛い意。トモは、仮定条件。

【一一五】近江の志賀の山寺　天智天皇創建の崇福寺。天智七年（六六八）正月に、近江国志賀郡に建立（『扶桑略記』）。大津市滋賀里町甲の長尾山山腹に寺院址がある。昭和三、四年と昭和十三、十四年の二回にわたって発掘調査が行なわれた。

後れ居て　後に残っていて。

恋ひつつあらずは　恋しく思い続けていないで。ズは、連用形。ハは、係助詞。

追ひ及かむ　追いつこう。シカムは、「追いつく」意の動詞シクの未然形に、助動詞ムがついた形。ムは、一人称の動作をあらわす語につくと、意志や希望をあらわす。

隈廻　曲がり角。

標結へ　シメは、占有の印や立ち入り禁止の標識であるが、道しるべの標識をもいう。杭を立てたり、縄を張りめぐらしたり、草を結んだりした。このシメを、「追いかけたい気持ちを抑えかねている皇女の恋心の表現」として、追跡者を阻止するためのシメと解そうとする説（浅見徹「但馬皇女の歌」『セミナー万葉の歌人と作品』第一巻）もあるが、勅命で近江国に派遣される穂積皇子の後を追うことは、無論できないと知りつつも道しるべをつけて追って行けるようにしてほしいと詠まざるを得なかった皇女の強い恋心をあらわす表現と受け止めたい。

【一一六】人言　人の噂。他人の言葉。

繁み言痛み　シゲシ、コチタシに、原因・理由をあらわす接尾語ミがついた形。人の噂がうるさく辛いので。

己が世にいまだ渡らぬ朝川渡る　「己が世」は、自分の人生。アサは、昼を中心とした時間帯「アサ・ヒル・ユフ」の最初の部分。夜の時間帯「ユフベ・ヨヒ・ヨナカ・アカツキ・アシタ」の最終部分のアシタと時間的には重なるが、アシタには、「夜が明けて」という気持ちが常についている点で、アサと相違するという（『岩波古語辞典』）。必要あって従者を連れて人々と共に朝の川を渡ったことがないわけではないと思うが、ここは男のもとから人目を避けつつ、とはいえ避けようのない明るい朝の光に身をさらしつつ川を渡って帰って来るほかはなかった皇女の辛い思いのうかがわれる表現。

舎人皇子《とねりのみこ》の御歌《みうた》一首《しゅ》

一一七　ますらをや　片恋《かたこひ》せむと　嘆《なげ》けども　醜《しこ》のますらを　なほ恋《こ》ひにけり

舎人娘子《とねりのをとめ》の和《こた》へ奉《まつ》る歌《うた》一首《しゅ》

一一八 嘆《なげ》きつつ　ますらをのこの　恋《こ》ふれこそ　わが結《ゆ》ふ髪《かみ》の　漬《ひ》ちてぬれけれ

【原文】

舎人皇子御歌一首

一一七 大夫哉　片戀将為跡　嘆友　鬼乃益卜雄　尚戀二家里

舎人娘子奉レ和歌一首

一一八 •嘆管　大夫之　戀礼許曽　吾髪結乃　漬而奴礼計礼

【校異】 嘆（元金）―歎

舎人皇子のお歌一首

一一七 強いすぐれた男子が片恋などしてよいものか、と嘆くのだが、いくじのないますらをで、やはり恋してしまうよ。

舎人娘子がお答えした歌一首

一一八 嘆き悲しみながら、すぐれた男子であるあなたが恋しておられるので、それでこの私の結い上げている髪が濡れてほどけたのですね。

【歌意】 舎人皇子の片恋を嘆く歌に対して、舎人娘子が、皇子のその嘆きをそのまま肯定する形で応じている。

皇子の歌も本気で片恋を嘆いているようでもなく、戯れて詠んでいるようだが、それを承知で、娘子も皇子をからかっているのであろう。土屋文明が、舎人娘子の六一番歌に対して「序歌ではあるが、力量ある詠風を示している」といい、本歌についても「幾分皇子を圧倒して居る観がある」（共に、斎藤茂吉編『万葉集研究　上』より）といっているのは、この余裕ある詠み方に対する評とも解される。皇子と養育氏族の娘という親しい間柄でもあり、娘子が人間的にも能力的にも高い力量を備えていた故であろうか。

【一一七】舎人皇子　天武五年（六七六）生。天武天皇の皇子。母は、天智天皇の皇女、新田部皇女。大炊王（後の淳仁天皇）・御原王・船王・池田王らの父。持統九年（六九五）正月、浄広弐。養老二年（七一八）正月、二品から一品に昇叙。養老四年五月に完成した『日本書紀』編纂に携わる。同四年八月、藤原不比等薨後に、知太政官事に任ぜられる。天平七年（七三五）十一月に薨。太政大臣を贈られる。万葉集に短歌三首（本歌のほかに、9・一七〇六、20・四二九四）を残す。柿本人麻呂の献歌六首がある。

ますらをや　マスラヲは、すぐれた男子。強い男子のイメージから次第に官僚貴族をさすようになる。ヤは、下の「片恋せむ」と呼応して反語表現になる。

片恋　一方的に恋すること。

醜のますらを　原文の「鬼」は、「醜」に通用させたもの。醜悪なものや愚鈍な者を罵ったり、自己を卑下していう語。接頭語的に、または助詞のノ・ツを介して名詞に続く。ここは、片恋をする自分を卑下した表現。但し、事実を詠んだというより、戯れた表現。

【一一八】舎人娘子　六一番歌に既出。舎人皇子の養育氏族、舎人氏の娘子で、宮廷に出仕しており、六一番歌は、大宝二年（七〇二）冬の参河国行幸に従駕した際の歌である。姓は、臣・連・造、および無姓。舎人娘子の姓は、不明。近い時代の人物としては、天武十年（六八一）十二月、連姓を賜った、壬申の年の功臣舎人造糠虫がいる。

ますらをのこ　マスラヲに同じ。

恋ふれこそ　「恋ふればこそ」に同じ。

結ふ髪　原文「髪結」。元暦校本に「結髪」とあり、朱で上下を入れ替える印がついているという（『校本万葉集』）。それに従い、「髪結ひ」と訓み、髪を結んでいる紐、と解する説もある。いまは、ユフカミノとする一般の説による。

ひちてぬれけれ　ヒチは、濡れる意の動詞ヒツの連用形。ヌレは、ずるずるほどける意の動詞ヌルの連用形。ケレはコソの結び。当時、恋されると髪がほどけるという俗信があったのだろうという説（大系・全集ほか）もあるが、嘆きが霧に立つという発想を踏まえて、皇子の嘆きの霧が自分の髪を濡らしたのでほどけたのだ、と解する古典集成・全注・釈注の説を支持したい。

弓削皇子《ゆげのみこ》の、紀皇女《きのひめみこ》を思《しの》ふ御歌《みうた》四首《しゅ》

一一九　吉野川《よしのがは》　逝《ゆ》く瀬《せ》の早《はや》み　しましくも　よどむことなく　ありこせぬかも

一二〇　我妹子《わぎもこ》に　恋《こ》ひつつあらずは　秋萩《あきはぎ》の　咲《さ》きて散《ち》りぬる　花《はな》にあらましを

一二一　夕《ゆふ》さらば　潮満《しほみ》ち来《き》なむ　住吉《すみのえ》の　浅鹿《あさか》の浦《うら》に　玉藻刈《たまもか》りてな

一二二　大船《おほふね》の　泊《は》つる泊《とま》りの　たゆたひに　物思《ものおも》ひ痩《や》せぬ　人《ひと》の児故《こゆゑ》に

【原文】

弓削皇子思㆓紀皇女㆒御歌四首

一一九　芳野河　逝瀬之早見　須臾毛　不通事無　有巨勢濃香問

一二〇　吾妹兒尓　戀乍不有者　秋芽之　咲而散去流　花尓有猿尾

一二一　暮去者　塩満來奈武　住吉乃　淺鹿乃浦尓　玉藻苅手名

一二二　大船之　泊流登麻里能　絶多日二　物念痩奴　人能兒故尓

【校異】　**濃**（元金紀）―流

弓削皇子が、紀皇女を思ってお詠みになったお歌四首

一一九　吉野川の流れの早いところは少しも淀まないが、そのように私の恋も、少しも淀むことなくすらすらはこんでくれないかなあ。

一二〇　いとしいあの人に恋い続けていないで、あの咲いてすぐに散ってしまう秋萩の花であればよかった。（そうしたら、こんなに苦しい思いをしなくてよかったのに）

一二一　夕方になったら潮が満ちてくるだろう。その前に住吉の浅香の浦で美しい藻を刈ってしまいたいものだよ。（人に邪魔されないうちに、あの人と結ばれたい）

一二二　大きな船が停泊する港の波がゆらゆら揺れるように、揺れるもの思いにすっかり痩せてしまった。あの人のせいで。

【歌意】　弓削皇子は、天武紀二年二月の、天武天皇の皇子女記載の条と、持統七年(六九三)正月に、同母兄長皇子と共に浄広弐を授けられた記録のほかには、文武三年七月の薨去の記事まで記載がなく、長・弓削兄弟は持統天皇に疎外されたと推測されている。卑母の高市皇子が太政大臣として高く遇され、赤兄の娘を母とする穂積皇子が、次いで高く遇されているのに対し、穂積とほとんど同年輩と推測される長・弓削両皇子が疎外されているのは、兄弟の母が天智天皇の皇女で、皇位継承の資格をもつせいで持統天皇が警戒したためと考えられる。紀皇女は穂積皇子の同母妹であるから、弓削皇子と紀皇女との結婚によって、穂積と長・弓削兄弟が姻戚になることは、皇孫軽皇子に皇位を譲りたい持統女帝にとって最も警戒すべきことであった。弓削皇子の恋は、まず政治状況からみて絶望的であったと推察される。

【弓削皇子の歌】　弓削皇子の歌は、万葉集に、既出の一一一番歌と当該歌四首のほかに、巻三に一首、巻八に二首載録される。計八首、短歌のみである。不如意の人生を生き、二十六、七歳で亡くなった皇子らしく、悲観的な歌が多いが、比喩の用法など美しく感傷的な表現に特色がある。

①古《いにしへ》に　恋《こ》ふる鳥《とり》かも　ゆづるはの　御井《みゐ》の上《うへ》より　鳴《な》き渡《わた》り行《ゆ》く（2・一一一）
②吉野川《よしのがは》　逝《ゆ》く瀬《せ》の早《はや》み　しましくも　よどむことなく　ありこせぬかも（同・一一九）
③我妹子《わぎもこ》に　恋《こ》ひつつあらずは　秋萩《あきはぎ》の　咲《さ》きて散《ち》りぬる　花《はな》にあらましを（同・一二〇）
④夕《ゆふ》さらば　潮満《しほみ》ち来《き》なむ　住吉《すみのえ》の　浅鹿《あさか》の浦《うら》に　玉藻《たまも》刈《か》りてな（同・一二一）
⑤大船《おほふね》の　泊《は》つる泊《とま》りの　たゆたひに　物思《ものおも》ひ痩《や》せぬ　人《ひと》の児故《こゆゑ》に（同・一二二）
⑥滝《たぎ》の上の　三船の山に　居《ゐ》る雲の　常にあらむと　わが思《おも》はなくに（3・二四二）
⑦ほととぎす　無かる国にも　行きてしか　その鳴く声を　聞けば苦しも（8・一四六七）
⑧秋萩の　上に置きたる　白露の　消《け》かも死なまし　恋ひつつあらずは（同・一六〇八）

右に挙げた八首のうち、②〜⑤の四首が当該歌で、紀皇女に対する不如意の恋を嘆く歌である。⑧は、作歌事情を記さないが、③と共通するところがあり、同じ事情のもとで詠まれた歌と推測される。①⑦の二首は、同じく不如意な人生を嘆く心を秘めながらも、どちらかといえば率直な詠み方をしているのに対して、⑥の一首は、比喩の序詞を用いているものの、「吉野に遊す時のみ歌」とあるから、現に、三船の山に相対しており、その山にかかる雲に触発された思いを詠んだものと思われ、単なる技巧とは異なる。これらに対して、不如意な恋を嘆く歌の、「秋萩《あきはぎ》の咲《さ》きて散《ち》りぬる花《はな》にあらましを」「住吉《すみのえ》の　浅鹿《あさか》の浦《うら》に　玉藻《たまも》刈《か》りてな」「大船《おほふね》の　泊《は》つる泊《とま》りのたゆたひに」「秋萩の上に置きたる白露の消《け》かも死なまし」といった表現の、繊細な気分・感傷は、文武三年に薨じた皇子の時代を思うと、特殊な感じがする。私注は、②〜⑤の四首に関して、「大部分が民謡を改作し、或はいくつかは民謡其の儘を用ゐたものかも知れぬ」とし、「弓削皇子の他の作とは少しく趣を異にして居る」と評している。「他の作と少しく趣を異にして居る」のは、前述の通りたしかであるが、皇位継承ともからむ複雑な事情のもとで、決して許されない恋の嘆きは、弓削皇子の立場では、比喩表現の中に韜晦するほかはなかったのであろう。「恋ひつつあらずは」は、相聞歌に多い表現ではあるが、「石木にもならましものを物思はずして」（4・七二二）、「朝に日に妹が踏むらむ地にあらましを」（11・二六九三）、「田子の浦の海人ならましを玉藻刈る刈る」（12・三二〇五）、などと比較しても、「秋萩の咲きて散りぬる花にあらましを」の表現は、繊細さにおいて際立っている。同母兄の長皇子にも比喩・掛詞を駆使した技巧的な作があるが、「我妹子を早見浜風大和なる我を松椿吹かざるなゆめ」（1・七三）にも、弓削皇子の歌のもつ繊細さや感傷的な気分は感じられない。全注が、一二二番歌の序詞表現に関して「おそらく人麻呂歌集の序などに学びつつ、技巧的に繊細さを加え、あらたな比喩を創出したものであったろう」といっているように、両皇子共、人麻呂からの献呈歌があるから、作歌の修練も人麻呂を通じてあったことが考えられる。また、親王家には、家令職員の一人として、経典を講授する役目の文学が配されていた。懐風藻には、大友皇子・川島皇子・大津皇子のように天智・天武両天皇の皇子たちの漢詩もあるから、長・弓削両皇子も当然漢詩文の詠作も学んだはずで、天性のものに加えて、大江皇女を母とする両皇子の理知的な環境の中で培われたものがあったと推測される。

弓削皇子　一一一番歌に既出。

紀皇女　父は天武天皇。母は、蘇我赤兄の娘、大蕤娘《おほぬのいらつめ》。穂積皇子の同母妹。平城遷都以前に薨じたらしく、紀皇女の死を悼む挽歌が石田王に代って山前王が詠んだとする注記を伴って、巻三挽歌の部にある(3・四二九、四三〇)。紀皇女の挽歌を詠むべき人物である石田王は紀皇女の夫である可能性が高いが、明らかではない。紀皇女には、短歌二首がある(3・三九〇、12・三〇九八)。但し、三〇九八は年代的に問題があり、多紀皇女の誤りとする説もある。

【一一九】　逝く瀬の早み　水の流れの早いところ。ハヤミは、名詞。

ありこせぬかも　あってくれないかなあ。コセは、クレル・ヨコス意の動詞オコスのはじめの母音の脱落した形。希求の助詞コソと同根で、他の動詞の連用形に続けて用いられる接尾語とする説もある。ヌカモは、打消の助動詞ズの連体形に疑問の助詞カ、更に詠嘆の助詞モがついた形であるが、すでに、語源は忘れられ、ヌカ、あるいはヌカモは、ひとつの願望をあらわす助詞として認識されていたらしい。

【一二〇】　咲きて散りぬる　咲いてすぐに散ってしまう。ヌルは、完了の助動詞ヌの連体形。

花にあらましを　花であればよかった。マシは、現実に反することを仮に想像し、またそれを希望する意をあらわす助動詞。

【一二一】　夕さらば　夕方になったら。

潮満ち来なむ　潮が満ちてきてしまうだろう。ナムは、完了の助動詞ヌの未然形に推量の助動詞ムがついた形。

住吉の浅鹿の浦　大阪府住吉区浅香から堺市浅香山

町・東浅香山町・常磐町の一帯。当時は、この付近一帯に海が入り込み、入江になっていた。

玉藻刈りてな　テナは、完了の助動詞ツの未然形に、希望をあらわす終助詞ナがついた形。美しい藻を刈ってしまいたいものよ。紀皇女と結ばれたい意の比喩。

【一二二】　大船の泊つる泊りの　ハツルは、停泊する意の動詞ハツの連体形。トマリは、港。

たゆたひ　ゆらゆら揺れることと、心が不安で動揺することとをかける。

物思ひ痩せぬ　思いなやんで痩せてしまった。ヌは、完了の助動詞。

人の児故に　「他人のものなのに」とする説と、「あの子のせいで」とする説とある。すでに紀皇女が人妻であったか、どうかの違いであるが、後者の方が恋の苦しみは切実であろう。

万葉集における「人の児（子）」の用例は、十例あるが、うち⑩の一例（18・四〇九四　大伴家持）が子孫の意で、あとの九例は、いずれも女性をさして言っている。その九例中、六例（①②③④⑤⑦）は、男子が恋人である女性をさしていっており、⑧の例は、男性が現に通っている相手をさして言っている。また、一例⑥は、息子が妻問いに通っている相手を「人の子」と親が言っているもので、親は息子の相手がどこの誰かわからない状況で息子に尋ねている歌である。この例は、「娘さん」というほどの意であろう。息子は、その相手の女性の様子を説明した上で、それがわたしの妻だといっている。あとの一例⑨は、娘子が仲間の娘子達をも含めて広く「人の子」と言ったもの。結局、子孫の一例を除く他の九例は、いずれも親を持つ子の意で、すでに妻問いに通っている仲であってもなくても、「人の子」と言い得ることがわかる。万葉の例でいえば、恋や妻問いの対象になる女性であるが、無論、親をもつ子が原義であるから、男子に対しても同様に用いられる言葉と思う。

※「人の子」の用例

①大船の泊つる泊りのたゆたひに物思ひ痩せぬ人の子故に　（2・一二二　本歌）

②海原の道に乗りてや我《あ》が恋ひ居らむ大船のゆたにあ

るらむ人の子ゆゑに　（11・二三六七）
③茅渟の海の浜辺の小松根深めて我恋ひわたる人の子ゆゑに　（同・二四八六）
④茅渟の海の潮干の小松ねもころに恋ひやわたらむ人の子ゆゑに　（同・二四八六ある本）
⑤あしひきの山川水の音に出でず人の子ゆゑに恋ひわたるかも　（12・三〇一七）
⑥うちひさつ　三宅の原ゆ　直土に　足踏み貫き　夏草を　腰になづみ　いかなるや　人の子ゆゑそ　通はすも我子《あご》　うべなうべな　母は知らじ　うべなうべな　父は知らじ　蜷の腸　か黒き髪に　真木綿もち　あざさ結ひ垂れ　大和の　黄楊の小櫛を　押へ刺す　うらぐはし子　それそわが妻（13・三二九五）
⑦紫草は根をかも終ふる人の子のうら愛しけを寝を終へなくに　（14・三五〇〇）
⑧人の子の愛しけしだは浜洲鳥足悩む駒の惜しけくもなし　（同・三五三三）
⑨あにもあらぬおのが身のから人の子の言も尽さじ我も寄りなむ　（16・三七九九）
⑩……海行かば　水漬く屍　山行かば　草生《む》す屍　大君の　辺にこそ死なめ　かへり見は　せじと言立て　ますらをの　清きその名を　いにしへよ　今のをつつに　流さへる　祖の子どもそ　大伴と　佐伯の氏は　人の祖の　立つる言立《ことだ》て　人の子は　祖の名絶たず　大君に　まつろふものと　言ひ継げる　言の官そ　……　（18・四〇九四　大伴家持）

三方沙弥《みかたのさみ》、園臣生羽《そののおみいくは》の女《むすめ》を娶《めと》りて、いまだいくばくの時《とき》を経《へ》ず、病《やまひ》に臥《ふ》して作《つく》る歌《うた》三首《しゅ》

一二三　たけばぬれ　たかねば長《なが》き　妹《いも》が髪《かみ》　このころ見《み》ぬに　掻《か》き入《い》れつらむか　三方沙弥《みかたのさみ》

一二四 人皆《ひとみな》は 今《いま》は長《なが》しと たけと言《い》へど 君《きみ》が見《み》し髪《かみ》 乱《みだ》れたりとも 娘子《をとめ》

一二五 橘《たちばな》の 蔭踏《かげふ》む道《みち》の 八衢《やちまた》に 物《もの》をそ思《おも》ふ 妹《いも》に逢《あ》はずして 三方沙弥《みかたのさみ》

三方沙弥娶二園臣生羽之女一未レ経二幾時一臥レ病作歌三首

一二三 多気婆奴礼 多香根者長寸 妹之髪 比来不見尓 掻入津良武香 三方沙弥

一二四 人皆者 今波長跡 多計登雖言 君之見師髪 乱有等母 娘子

一二五 橘之 蔭履路乃 八衢尓 物乎曽念 妹尓不相而 三方沙弥

【校異】 **皆者**―者皆（元紀）

三方沙弥が園臣生羽の娘を娶って、まだどれほども経っていないのに、病床に臥すようになって作った歌三首

一二三 束ねると解け、束ねないと長すぎた、あなたの髪は、この頃見ていない間に、もうかき入れてしまっただろうか。 三方沙弥

一二四 人は皆、もう長くなった、束ねなさい、というけれども、あなたが見たこの髪は、そのままです。長くなって乱れていますが、少しもかまいません。 娘子

一二五　橘の並木の木陰を通る道が四方八方に分れているように、あれこれともの思いをすることだ。いとしい妻に逢わないでいて。　三方沙弥

【歌意】　結婚間もなく男が病床に臥して、妻のもとに通えなくなり、その後の妻の様子を気掛かりに思う男の歌と、夫への変わらぬ愛を誓う年若い妻の歌である。逢っていた時、「たけばぬれたかねば長き」という状態であった娘子の髪が、「人皆が」「今は長しとたけ」と言うほどであると詠んでいるから、逢わない月日が長く続いているのだろう。病床にあって妻の歌を受け取った夫は、妻のもとを訪ねることもできない我が身をふがいないとも思い、やりばのない妻への愛情を抱いて苦しんでいる。結婚が同居につながらず、夫が妻のもとに通う形態をとっているこの時代の一般的な夫婦の場合、夫が病床に臥すとこのような状況におちいることもままあったであろう。第三首が、後に豊嶋采女によって少し詞句を変えて誦詠された事実が、巻六の天平十年八月二十日の右大臣橘諸兄の家での宴席の記録により知られる（一〇二七左注）。愛唱に値する恋歌であったことになろう。なお、一二四の類想歌として、二五七八があげられる。

※朝寝髪われは梳らじうるはしき君が手枕触れてしものを（11・二五七八）

三方沙弥　名前が不明で経歴不明。沙弥は、出家した男子でまだ具足戒（比丘・比丘尼の保つべき戒律）を受けるに至らず、比丘になっていない者。三方は、氏の名と思われるが、山田史御方（三方とも。もと僧侶で新羅に留学。後に還俗して、和銅三年四月、周防守。養老五年正月、文章家として学業に優れ、その道の師範たるに堪えるを以て、絁・糸・布・鍬を賜る。大学頭。）のように、名前を三方とする者もいる。一方、三

方氏には、御方大野（続日本紀　天平十九年十月）、三方宿祢広名（続日本紀　延暦三年正月）など。

園臣生羽の女　園臣生羽は、伝未詳。園臣氏には、備前国津高郡大領外正六位上薗臣（名欠）が宝亀七年十二月十一日の津高郡陸田券に郡判を加えている（『寧樂遺文』上）。また、仙覚の万葉集註釈巻一所引備中風土記には、天平六年、賀夜郡少領従七位下薗臣五百国が国司従五位下石川朝臣賀美・郡司大領従六位上下道朝臣人主らと共に駅路に新造の御宅を造ったことが見える。これらによれば、生羽も備前もしくは備中国出身の者であった可能性もある。

【一二三】　たけばぬれ　タケは、髪などを束ね上げる意の動詞タクの已然形。ヌレは、ゆるんで解ける意の動詞ヌルの連用形。

たかねば　束ね上げないでいると。タカは、前項の動詞タクの未然形。ネは、打消の助動詞ズの已然形。

【一二四】　人皆は　周囲の人は皆。元暦校本と紀州本に「人者皆」とあるが、底本のほか、金沢本も「人皆者」とあり、別に、万葉では「人皆者　萩を秋と言ふ」（10・二一一〇）があり、「比等未奈能　見らむ松浦の」（5・八六二）のように、「人皆の」の例は、巻五の例を含めて七例見られる。本歌の「人皆者」の本文をとるべきこと、注釈に詳しい。

君が見し髪　夫が病床に臥す前、娘子のもとに通って来ていたときに見た髪、の意。

乱れたりとも　この場合のトモは、既定の事実があるのに、仮定の事実のように表現する用法。

※志賀の大わだ淀むとも　（1・三一）。

【一二五】　橘の蔭踏む道の　「八衢」を起こす序詞。街路樹として橘の樹が道に植えられている道を歩く、その道の。

八衢に　チマタは、道がいくつもに分岐しているところ。下への続きでは、副詞として、あれこれと数多く、の意で、「ものをそ思ふ」を修飾する。

石川女郎《いしかはのいらつめ》、大伴宿祢《おほとものすくね》田主《たぬし》に贈《おく》る歌《うた》一首《しゅ》　即《すなは》ち佐保《さほの》大納言《だいなごん》大伴卿《おほともきやう》の第《だい》二子《し》、母《はは》を巨勢朝臣《こせのあそみ》といふ。

一二六　みやびをと　我《われ》は聞《き》けるを　やど貸《か》さず　我《われ》を還《かへ》せり　おそのみやびを

大伴《おほともの》田主《たぬし》、字《あざな》を仲郎《ちうらう》といふ。容姿佳艶《ようしかえん》、風流秀絶《ふうりうしうぜつ》、見《み》る人聞《ひとき》く者《もの》、歎息《たんそく》せずといふことなし。時《とき》に石川女郎《いしかはのいらつめ》といふものあり。自《みづか》ら双栖《そうせい》の感《かん》をなし、恒《つね》に獨守《どくしゅ》の難《かた》きを悲《かな》しぶ。意《こころ》に書《しょ》を寄《よ》せむと欲《おも》ひていまだ良信《りやうしん》に逢《あ》はず。ここに方便《はうべん》をなして賎《いや》しき嫗《おみな》に似《に》せて、おのれ堝子《なべ》を提《さ》げて寝《ねや》の側《かたはら》に到《いた》り、哽音蹢足《かうおんてきそく》して戸《と》を叩《たた》き諮《とぶら》ひて曰《い》はく、「東隣《とうりん》の貧《まづ》しき女《をみな》、火《ひ》を取《と》らむとして来《きた》る」といふ。ここに仲郎《ちうらう》、暗《くら》き裏《うち》に冒隠《ぼういん》の形《かたち》を識《し》らず、慮《おもひ》の外《ほか》に拘接《こうせふ》の計《はかりごと》に堪《あ》へず。念《おも》ひのままに火《ひ》を取《と》り、跡《あと》に就《つ》きて帰《かへ》り去《さ》らしむ。明《あ》けて後《のち》に、女郎《いらつめ》すでに自媒《じばい》の愧《は》づべきことを恥《は》ぢ、また心《こころ》の契《ちぎり》の果《はた》さざるを恨《うら》む。因《よ》りて、この歌《うた》を作《つく》りて謔戯《ぎやくぎ》を贈《おく》る。

大伴宿祢《おほとものすくね》田主《たぬし》、報《こた》へ贈《おく》る歌《うた》一首《しゅ》

一二七　みやびをに　我《われ》はありけり　やど貸《か》さず　還《かへ》し我《われ》そ　みやびをにはある

同《おな》じ石川女郎《いしかはのいらつめ》、更《さら》に大伴《おほともの》田主《たぬし》中郎《ちうらう》に贈《おく》る歌《うた》一首《しゅ》

一二八　わが聞《き》きし　耳《みみ》によく似《に》る　葦《あし》の末《うれ》の　足引《あしひ》くわが背《せ》　勤《つと》めたぶべし

右《みぎ》は、中郎《ちうらう》の足《あし》の疾《やまひ》により、この歌《うた》を贈《おく》りて問訊《とぶら》へり。

【原文】

石川女郎贈二大伴宿祢田主一歌一首　即佐保大納言大伴卿之第二子、母曰二巨勢朝臣一也

一二六　遊士跡　吾者聞流乎　屋戸不借　吾乎還利　於曽能風流士

大伴田主、字曰二仲郎一。容姿佳艶風流秀絶、見人聞者靡レ不二歎息一也。時有二石川女郎一。自成二雙栖之感一、恒悲二獨守之難一。意欲レ寄レ書未レ逢二良信一。爰作二方便一而似二賤嫗一、己提二堝子一而到二寝側一。哽音蹢足叩レ戸諮曰、東隣貧女将レ取レ火来矣。於レ是仲郎、暗裏非レ識二冒隠之形一、慮外不レ堪二拘接之計一。任レ念取レ火、就レ跡帰去也。明後、女郎既恥二自媒之可一レ愧、復恨二心契之弗一レ果。因作二斯歌一、以贈二謔戯一焉。

大伴宿祢田主報贈歌一首

一二七　遊士尓　吾者有家里　屋戸不借　令還吾曽　風流士者有

同石川女郎更贈二大伴田主中郎一歌一首

一二八　吾聞之　耳尓好似　葦若末乃　足痛吾勢　勤多扶倍思

右依二中郎足疾一、贈二此歌一問訊也

【校異】　**謔**（元）―諺　**末**（万葉考ニヨル）―未

石川女郎が、大伴宿祢田主に贈った歌一首　即ち佐保大納言大伴卿の次男で、母を巨勢朝臣という。

一二六　あなたは風流なお方だと私は聞いていたのですが、せっかく訪ねて行った私を泊めもしないで、お帰しになりましたね。間抜けな風流人ですこと。

大伴田主は、通称を仲郎といった。容姿はうるわしく、格別にみやびであった。見る人も聞く人も、感嘆しない者はいなかった。時に石川女郎という者がいた。田主と共に暮らしたいと思い、独り寝を堪えがたく思い悲しんでいた。手紙を送りたいと願いながら、使いをするよい者がいなかった。そこで方法を考え、みすぼらしい老女の姿になって、みずからなべをさげて、田主の寝室のそばにやってきて、しわがれた声を出し、たどたどしい足どりをして、戸を叩いて案内を請うていうには、「東隣の貧しい女が、火をいただきにきました」といった。その時仲郎は、暗い中で石川女郎が老女に変装していることがわからず、思いもかけないこととて、仲郎と結ばれようという女郎の計画にも気が付かなかった。いうままに火を取らせ、そのまま帰らせた。翌朝、女郎は、仲立ちも通さず自分から男のもとを訪ねたことを恥ずかしく思い、またひそかな願いを果すことのできなかったことを恨めしく思った。そこで、この歌を作って、贈り戯れたのである。

大伴宿祢田主が、答えて贈った歌一首

一二七　私は、やはり風流人でしたよ。貴方を泊めたりしないで帰した私こそ、本当の風流人ですよ。

同じ石川女郎が、ふたたび大伴田主中郎に贈った歌一首

一二八 噂に聞いていた通り、足のご病気で、まるで葦の葉のように、ふらふらした足をひきずって

おいでのあなた、どうぞお大事になさって下さい。

右の歌は、仲郎が足の病にかかっていたので、この歌を贈って見舞ったのである。

【歌意】 石川女郎は、一二九の作者と同じく、大津・日並両皇子に愛され、大津皇子の宮に侍した石川女郎である。田主・宿奈麻呂の父、安麻呂の妻となり、坂上郎女と稲公（稲君とも）とを生んだ。後には、内命婦として出仕する。一二六の左注には、漢籍から借用した語句や発想があり、老女の格好で「哽音蹢足」して男の寝室の戸を叩いたなど、事実を伝えたものとも思われない。小島憲之氏は、宋玉作「登徒子好色の賦」や司馬相如作「美人賦」などとの関連をあげ、「この左注は、当時のものよりも、むしろ撰者の遊びによる注かも知れず」と言う。左注は、遊び、あるいは小説的作文を目的とした虚構であっても、実在の人物の贈答としていることよりすれば、歌は実際の贈答であることを認めてよいと思われる。石川女郎の歌には遊び心が認められるが、田主は、それにまじめに応じている。兄弟の父、安麻呂の若い妻である石川女郎が、義理の息子――評判のみやび男ながら、なかなか道徳的な田主――をからかって、所用あって訪ねたあとに、一二六の歌を贈った。田主は、無論からかわれたことは十分承知で答えているのである。一二八は、二首の贈答とは別の折、実際に足に病をもって不自由であった田主を見舞った歌である可能性が高い。娘の坂上郎女が娘婿の家持や次女への求婚者駿河麻呂へ贈った相聞歌と思い合わせたい（拙稿「石川郎女の歌―大伴田主との歌を中心に―」『セミナー　万葉の歌人と作

品』第一巻)。

※　大伴坂上郎女が、甥であり娘婿でもある大伴家持に贈った歌から、二首

旅に去にし君しも継ぎて夢に見ゆあが片恋の繁ければかも(17・三九二九)

常人の恋ふといふよりは余りにてわれは死ぬべくなりにたらずや(18・四〇八〇)

[石川郎女と佐保大伴大刀自]　『私注』は、一二九番歌の題下注、「女郎、字を山田郎女といふ」にもとづき、「歴とした名門蘇我氏の流で、其の本據地山田石川に育つたか住したかしたのであるから、当時の貴族階級の一員であつたことが明かだ」といっている。これは、一二九の作者石川郎女についての評言であるが、同書は、一二六の作者について、「恐らく前に見える同名の者と同一人であらう」といい、一二九の石川郎女についても、「(一〇八)の作者と見るべきだ」といっているから、大津皇子と贈答歌を交わした石川郎女も田主・宿奈麻呂に歌を贈った石川郎女も、名門蘇我氏の流で石川朝臣氏出身の女性と見ていることになる。筆者もまた、かつて、石川郎女は、もと蘇我氏の石川朝臣氏出身の女性で、この氏族には、天智・天武両天皇の皇子・皇女を生んだ女性が幾人もおり、その女性たちが生んだ日並皇子や大津皇子の妻になった皇女たちもまた、母方は石川朝臣氏であることを述べた。そして、更に、この石川郎女が、旅人の父安麻呂の妻となり坂上郎女・稲公の一男一女を生み、内命婦として出仕した石川郎女とも同一人であることを確認した(拙稿「石川郎女」『論集上代文学』第七冊　昭五二・二)が、天智朝に載せる対久米禅師の石川郎女から巻二十に見える対藤原宿奈麻呂の石川郎女まで、万葉のすべての石川郎女を同一人とする川上富吉氏「石川郎女伝承像について—氏女・命婦の物語—」『大妻国文』六号、昭五〇・三)、緒方惟章氏「石川郎女」(『和洋国文研究』昭和四七・九、同四八・七)も拙稿より早くこの石川郎女が内命婦石川朝臣と同一人であることを述べている。田主については、続紀にその名が見えないことから、全註釈のように、実在の人物であることに疑問をもつものもあるが、元暦校本以下の写本に、「佐保大納言大伴卿

之第二子」すなわち安麻呂の二男で、母は巨勢朝臣であるとの注記がある。続く一二九番歌の題詞に見える大伴宿奈麻呂については、「大納言兼大将軍卿之第三子」すなわち安麻呂の三男との注記があるから、田主の実在を疑う理由はない。長男は、いうまでもなく旅人である。田主の名が続紀に見えないのは、五位以下で亡くなったためと推測される。巻二において、題詞に見える人名について父母字《あざな》などの注記がみえるのは、一〇一の大伴宿祢(安麻呂)、一〇二の巨勢郎女(安麻呂の妻)、一一〇の石川郎女、一二六の大伴田主(安麻呂の二男)、一二九の石川郎女、同大伴宿奈麻呂(安麻呂の三男)に尽きる。すなわち、安麻呂とその妻子のほかには、石川郎女があるのみである。これらの注記は、大伴氏の者の手によって注記されたものであろう。石川郎女も安麻呂の後妻になった石川郎女その人と考えると納得がゆく。一一〇の題下の、「女郎、字を大名児といふ」の注記は、歌の冒頭に「大名児を」という呼びかけがあるから、歌の理解の為に必要であったと考えることもできるが、一二九の題詞の下の、「女郎、字を山田郎女といふ」との注記は、歌の理解に特に関わらない。にも関わらずこのような注記があるのは、注記者の石川郎女に対する関心と知識とを示すものであろう。一二九番歌の作者石川郎女について「大津皇子の宮の侍」とあるのは、諸論にいう通り、大津・日並両皇子に愛され、大津皇子と結ばれた一〇八番歌の作者石川郎女その人であることを示していると見られるが、これも大伴氏側から出た資料によるとすれば、宿奈麻呂にこのような相聞歌を贈った石川郎女が、かつて両皇子に愛された評判の才媛である事実を誇示しようとしているようにも見える。いずれにしても、巻二の注記のありようは、安麻呂の第二子である田主の存在を明らかにしており、石川郎女も大伴氏と深い関わりのある人物であることを示しているといえよう。その父の名を示していないのは、巨勢郎女の父「近江朝の大納言巨勢人卿」のような高官でなかったからに相違ない。

[石川郎女と石川女郎] 大津皇子と相聞歌を交わした石川郎女と、ひそかに関係をもって津守連通の占いにより露わにされたという石川女郎とは同一人であることは間違いないから、同一人を郎女とも、女郎とも記したこと

が明らかである。日並皇子が相聞歌を贈った石川女郎も、大津皇子と結ばれた石川郎女と同一人であったと考えられる。同時に、大伴宿奈麻呂に恋歌を贈った石川女郎も大津皇子宮の侍とあり、題下の注記に、「女郎、字を山田郎女といふ」とあるから、郎女と女郎との間に区別はなかったとみてよい。以下、万葉集に石川女郎とある場合にも、本書では、石川郎女と記したところがある。

[石川郎女の年令、安麻呂と田主・宿奈麻呂の年令]　田主と宿奈麻呂は、安麻呂の二男と三男で母は同じ巨勢郎女であるから、両歌が並んで記載されていることと併せて、年代はほぼ相接した頃の歌と考えられる。そして、その時期は、両歌群が、文武三年(六九九)七月に薨じた弓削皇子に贈る長皇子の歌の直前に置かれているところから、文武三年以前と考えられている。田主と宿奈麻呂の年齢は不明であるが、長男の旅人は天平三年(七三一)七月に六十七歳で薨じているから、文武三年当時三五歳であり、同母弟と推定される田主・宿奈麻呂の年齢は、三十一、二歳と二十七、八歳位であったかと見られる。一方、石川郎女を、天智朝の対久米禅師のそれとは別人とし、大津皇子とほぼ同年齢と見ると、文武三年当時、三十七歳前後となり、田主・宿奈麻呂との年齢差は、前者が、五、六歳、後者が九、十歳となる。年齢差は決して小さくはないが、天平二十一年(七四九)、越中国守として赴任していた三十二歳の甥家持に、五十歳を越えていたかと思われる大伴坂上郎女が、

常人《つねひと》の　恋《こ》ふといふよりは　余《あま》りにて　我《われ》は死ぬべく　なりにたらずや（18・四〇八〇）

と詠んで贈っているのを思えば、驚くには当たらない。

後続の長皇子の歌との関係から、文武三年以前の成立とすると、石川郎女はすでに田主・宿奈麻呂兄弟の父安麻呂と結婚していた可能性が高い。安麻呂と石川郎女との間に生まれた坂上郎女は、最初の結婚相手である穂積皇子と死別した和銅八年（七一五、この年九月に霊亀と改元）七月当時、最も若く見て十五歳、或いは十七歳、二十歳などの説があるのだが、穂積皇子との間に全く歌を残していないところからすると、十五歳あるいはせいぜい

十七、八歳とみるのがよいと思う。十五歳説で大宝元年（七〇一）誕生、十七歳説で文武三年誕生ということになるが、後者はもとより、前者でも、すでに安麻呂の妻になっていた可能性が高い。安麻呂には、天智四年（六六五）に旅人が誕生しているから、この年安麻呂は、少なくとも十六、七歳にはなっていたはずであるが、巻二相聞に載る安麻呂の巨勢郎女への求婚をめぐる両人の歌から見て、もう少し安麻呂の年齢は高くみる方がよいかも知れない。仮に二十歳と見ると、文武三年当時、安麻呂は五十四歳で、石川郎女との年齢差は、十七歳前後、郎女にとっては、夫よりも義理の息子たちの方に年齢は近かったことになる。三十七歳の郎女にとって五十四歳の夫よりも三十歳前後の義理の息子たちの方が遊びとしての恋の歌を贈るにはふさわしく楽しいことであったに相違ない。石川郎女は最後まで夫の家に同居していた気配はないが、二男、三男である二人の息子たちも父の家に住んでいたわけではないだろう。所用あって田主の家を訪ねた郎女は、無論用の済み次第帰宅したのだが、風流な男と評判の美男子ながら結構真面目な田主をからかって、

　みやびをと　我は聞けるを　やど貸さず　我を帰せり　おそのみやびを（一二六）

の歌を贈ったというのが真相ではあるまいか。

[左注の作者]　左注には、「双栖之感」「哽音蹢足」「東隣貧女」「拘接之計」「自媒」など漢籍に習熟している者が用いたと思われるものが多い。この時代は、男子はもとより女子も宮廷に出仕している者は漢詩漢文を目にする機会は多かったと思われるから、これらから直ちに作者を推定することはできないが、実在の人物の贈答歌をもとに架空の内容を作文して文学的虚構を楽しむとすれば、当事者のなかに求めるのが最も自然であると思う。一二九の左注「中郎の足の疾によりて問訊せるなり」など、当事者にしかわからない注記もある。当事者といえば田主か石川郎女であるが、作文とはいえ、「賎《いや》しき嫗《おみな》に似《に》せて、おのれ堝子《なべ》を提《さ》げて寝《ねや》の側《かたはら》に到《いた》り、哽音蹢足《かうおんてきそく》して戸を叩《たた》き諮《とぶら》ひて曰《いは》く、『東隣《とうりん》の貧しき女、火を取らむとして来《きた》る』といふ」など、石川郎女自身の造形とは言い難

いところがある。やはり、これは田主による作文脚色と見るべきではないだろうか。「容姿佳艶、風流秀絶、見る人聞く者、嘆息せずといふことなし」も、真実それに近かったにしても、本人の作文としては、如何と思う向きもあるかも知れないが、作文による造形とすれば、問題とするにはあたらないであろう。

【一二六】　大伴宿祢田主　父は、大伴安麻呂。母は巨勢女郎。安麻呂と巨勢女郎の結婚に関わる贈答歌が一〇一、一〇二番歌にあった。田主は、万葉集の当該部分に見えるほかは、続日本紀にも記録がない。正史に記載されるような官職に就く以前に病没したのであろう。一二六番歌の左注によれば、「容姿佳艶、風流秀絶」であったという。『伴氏系図』にも、田主は、天下無双の美男で田主を見る女が多く恋死したほどであったという。兄に大伴旅人。弟に大伴宿奈麻呂（2・一二九番歌の題詞下注に見える）。

佐保大納言大伴卿　大伴安麻呂。父は大伴長徳。兄に大伴御行。子は、巨勢女郎との間に、旅人・田主・宿奈麻呂、石川郎女との間に、坂上郎女・稲公（稲君とも）がいる。壬申の年の乱に大海人皇子（後に天武天皇）側につき活躍した。天武十三年（六八四）十二月に、連から宿祢姓になる。大宝元年（七〇一）三月に従三位。同二年正月に式部卿。慶雲二年（七〇五）八月に、大納言。大宰帥を兼任。和銅七年（七一四）五月、大納言兼大将軍正三位で薨。贈従二位。一〇一番歌に既出。

巨勢朝臣　奈良県御所市古瀬とその周辺地域を本拠とする有力豪族。武内宿祢の子許勢小柄宿祢を祖とする。もと、臣姓。天武十三年（六八四）十一月に朝臣を賜る。巨勢女郎の父の比等（人・比登とも）は、日本書紀によれば、天智十年（六七一）正月、御史大夫に任命された。壬申の乱で近江朝側にあって、敗北。子孫と共に流刑に処せられる。万葉集には、「近江朝の大納言」とある（2・一〇二番歌題詞下注）。

みやびを　遊士・風流士などの用字例がある。みやびな男の意で、都会風で遊びの精神をもった男。学問があり詩や文章を愛し、優雅な品格の持ち主。なお、中国で風流という場合、道徳的風格、放縦不羈、好色など、多面的な使われ方があったらしい。石川女郎は、ミヤビヲを、色好み的性格のものとして理解しており、田主は、教養高く道徳的でたとえ仙女のような女性から恋い慕われようとも動ぜぬ志高い男子と理解していたことがそれぞれの歌を通して察せられる。

やど貸さず　家に泊めないで。「やど貸す」とは、他人を家に泊めること。

おそ　にぶいこと。間抜け。

仲郎　田主の通称としているが、本来は、次男の意。中国では、兄弟の順序を、伯仲叔季という。

風流秀絶　学問・教養があり、その優雅な品格は、比類ない。

双栖の感をなし　ふたり一緒に暮らしたいという思いをもって。

獨守の難きこと　独り寝の侘しさの堪えがたいこと。

良信に逢はず　使いをするよい者もいない。

哽音蹢足　哽音は、声がよく出ないこと。蹢足は、たどたどしく歩くこと。

諮ひて　案内を請うて。諮には、問、訪の意がある。ハカリテ・トヒテとも訓まれる。

東隣の貧しき女　「東隣」は、必ずしも実際の「東隣」をさすのではない。

東隣之佳人（梁江淹*「麗色賦」）

東家之子。隣之女（文選・宋玉「登徒子好色賦」）

臣之東隣有一女子（全漢文巻二十二・司馬相如「美人賦」）

のように、女人、特に美人といえば、「東隣」の女としてあらわすのが漢籍の常であることを、小島憲之氏は指摘している（『上代日本文学と中国文学　中』）。

＊江淹（四四四〜五〇五）南朝、梁の人。字は、文通。梁江文通文集十巻（四部叢刊所収）がある。

冒隠の形　隠れて見えない形。ここは、変装している石川女郎の真実の姿。

拘接の計に堪へず　「拘接の計」は、女郎の田主に近づいて関係を持とうという計画をさすのであろう。その計画も成功せず。

自媒　仲立ちを通さず、直接に相手のもとに出向くこと。「夫自衒自媒者士女之醜行也」（文選・曹植*「求自試表」）。自衒は、自分で自分を世の中に広告する事。

*曹植（ソウチまたはソウショク　一九二～二三二）　魏の武帝の第三子。文帝の弟。

心の契　心中の願い。

詭戯　戯れ。ここは戯れの歌。

【一二八】耳によく似る　耳は、耳で聞いたこと、噂。噂に聞いていた通りの。

葦の末の　葦の葉先。ウレは、木の梢や枝・葉の先端をいう。「足引く」の比喩の枕詞。

つとめたぶべし　ツトメは、励む・努力する意のツトムの連用形。タブはタマフの約。山田孝雄『万葉集講義』に、舒明紀の「自愛」をツトメヨと訓む例をあげ、ここも自愛を意味するだろうという。自愛せよ、の意か。

大津皇子《おほつのみこ》の宮《みや》の侍《まかだち》　石川女郎《いしかはのいらつめ》、大伴宿祢宿奈麻呂《おほとものすくねすくなまろ》に贈《おく》る歌《うた》一首《しゅ》　女郎《いらつめ》、字《あざな》を山田郎女《やまだのいらつめ》といふ。宿奈麻呂宿祢《すくなまろのすくね》は、大納言兼大将軍《だいなごんけんだいしやうぐん》卿《きやう》の第《だい》三子《し》なり。

一二九　古《ふ》りにし　嫗《おみな》にしてや　かくばかり　恋《こひ》に沈《しづ》まむ　手童《たわらは》の如《ごと》　一に云《い》ふ、恋《こひ》をだに　忍《しの》びかねてむ　手童《たわらは》のごと

【原文】　大津皇子宮侍石川女郎贈二大伴宿祢宿奈麻呂一歌一首　女郎、字曰二山田郎女一也　宿奈麻呂宿祢者大納言兼大将軍卿之第三子也

一二九　古之　嫗尓為而也　如此許　戀尓将沈　如手童児　一云、戀乎大尓　忍金手武　多和良波乃如

大津皇子の宮の侍女であった石川女郎が大伴宿祢宿奈麻呂に贈った歌一首 女郎の通称は、山田郎女である。宿奈麻呂宿祢は大納言兼大将軍卿の三男である。

一二九 すっかり古びてしまったおばあさんでありながら、こんなに恋に落ち込んだりするものでしょうか。幼い子供のように、分別も無くなってしまって。またいうには、恋すらもがまんできないのでしょうか。幼い子供のように。

【歌意】 題詞の「大津皇子の宮の侍石川女郎」の表現は、この歌の作者の石川女郎が、大津皇子と日並皇子の二人に愛されて、大津皇子の愛人となった石川郎女であることを示している。無論、宿奈麻呂の兄田主と歌を贈答した一二六・一二八の作者も同じで、兄弟の父安麻呂と結婚して、坂上郎女と稲公を生んだ石川郎女である。さきに、石川郎女・安麻呂・田主・宿奈麻呂の、文武三年当時の年令を推定したが、それによれば、石川郎女の年令は、三十七歳位、宿奈麻呂の年令は、二十七、八歳位であったかと思われる。十歳位の年令差があれば、女性が幾歳であろうとも、相手の男性に対して、「古りにし嫗にしてや」と言えそうであるが、これも、実際に恋に陥ったというのではなく、安麻呂の若い妻となった石川郎女が義理の息子たちへの親愛の情をあらわすのに恋歌の形式を用いたとみるのがよいと思う。

大津皇子の宮の侍 マカダチは、身分の高い人のそばにいて仕える女。大津皇子の生前に侍女であったことを示す表現。

大伴宿祢宿奈麻呂 父は、大伴宿祢安麻呂。母は、巨勢郎女。兄に、旅人・田主。大伴坂上郎女を妻として、その間に坂上大嬢・二嬢の二女が生れた。それより早く、別の女性との間に田村大嬢が生れているが、その女性の氏名は不明。和銅元年(七〇八)正月、従六位下より従五位下に昇叙。同五年正月、従五位上。霊亀元年(七一五)五月、左衛士督《さゑじのかみ》となり、養老元年(七一七)正月、正五位下。同三年七月、備後守で安芸・周防二国の按察使《あんせちし》。同四年正月、正五位上。神亀元年(七二四)二月、従四位下。万葉集（巻四・七五九左注）によれば、田村里（奈良市尼辻町）に居所があり、右大弁（従四位上相当）の官職にあったこともある。短歌二首（巻四・五三二・五三三）。

字　通称。

古りにし　フリは、上二段活用の動詞フルの連用形。ニは、完了の助動詞ヌの連用形。シは、過去の助動詞キの連体形。古びてしまった意で、嫗を修飾する。

嫗にしてや　オミナは、老女。老女でありながら。下の「恋に沈まむ」と呼応して、「年甲斐もない」と嘆く意をこめる。

恋に沈まむ　シズムは、ここは、深みにはまって抜け出せない意。

手童　タワラハ。タは、接頭語。ワラハは、三歳から十一、二歳までぐらいの子供。

忍びかねてむ　我慢できないのだろうか。「忍び」は、我慢する意の動詞「忍ぶ」の連用形。「かねてむ」は、～しようとしてもできない意の接尾語「かぬ」の連用形に完了の助動詞ツの未然形＋推量の助動詞ム。本文歌の表現に比べて、間接的でインパクトが弱い。

長皇子《ながのみこ》の、皇弟《すめいろと》に与《あた》ふる御歌《みうた》一首《しゆ》

一三〇　丹生《にふ》の川《かは》　瀬《せ》は渡《わた》らずて　ゆくゆくと　恋痛《こひいた》き我《わ》が背《せ》　いで通《かよ》ひ来《こ》ね

【原文】　長皇子与二皇弟一御歌一首

一三〇　丹生乃河　瀬者不渡而　由久遊久登　戀痛吾弟　乞通來祢

長皇子が弟の（弓削）皇子に贈ったお歌一首

一三〇　丹生の川の瀬を渡らず、ずんずん行くように、ずんずんと恋しい思いのつのる、わが弟よ。さあ、私のもとに通って来ておくれ。（そして、この私の恋しい思いを静めておくれ）

【歌意】　男女間の贈答の歌が多い巻二相聞のなかで、唯一の同性間の、しかも同母の兄弟の間で贈られた歌である。兄弟が持統朝に不遇であったことは既述の通りであるが、特に弓削皇子は、若く純粋で、持統天皇の皇子たちに対する処遇のありかたに不満を持ち、恋に関しても不如意である自分の人生を嘆き苦しんだようだ。歌は、兄の弟に対する気持ちを「恋痛き」と表現しているが、事実は、苦しんでいる弟を慰めたい、気持ちを紛らわせてやりたいという兄の愛情から詠まれ贈られたものと思う。

長皇子　天武天皇の皇子。母は、天智天皇の皇女大江皇女。同母弟に弓削皇子。子に、栗栖王・文室真人浄三・同邑珍・広瀬女王ら。持統七年（六九三）正月、弓削皇子と共に浄広弐の位を授けられ、大宝四年（七〇四）正月、封戸二百戸が増給された。時に二品。和銅七年（七一四）正月にも二百戸増封。この二百戸については、田租は全給であったが、封租全給はこの時に始まるという。この時も二品。翌八年六月四日薨。時に一品とある。掛詞や序詞・比喩などを巧みに用いた技巧的な歌が多い。母の出自の高さがかえって警戒される原因となって持統朝に不遇であったらしいが、純粋で妥協できず苦しんだ弟と異なり、洒脱な生き方を選んだようだ。

歌は、別に四首（1・六〇、六五、七三、八四）。

皇弟　皇族のひとりである弟の意。ここは、同母弟弓削皇子をさす。弓削皇子は、一一一、一一九～一二二番歌の作者として、既出。

丹生の川　丹生は、丹砂を産出するところの意で、丹生と呼ばれる川はいくつもあるが、ここは吉野郡の大天井ケ岳（一四三九メートル）の北西に発し、黒滝村を流れて黒滝川と呼ばれ、丹生川上下社の前を流れて丹生川と呼ばれる川。さらに西流して五条市で吉野川に合流する。

瀬は渡らずて　瀬を選んで渡るということなどせずに。瀬は、深く淀んでいる淵に対して、浅く水が流れているところ。川を渡るのに適している。

ゆくゆくと　ユクユクは、副詞として、①心の落ち着かないさま、②遠慮のないさま、③とどこおることのないさま、などの用例があるとされ、岩波古語辞典・小学館古語大辞典では、共に、本歌を①の用例として引用している。古典大系本万葉集は、その意味に解釈しているが、その後の注釈書はだいたい③の意に解している。大系は、「恋の心に悶々としている弟」と解したが、「恋痛き」状態でいるのが作者自身だとすると、③の方がよいと思う。歌意の条参照。

恋痛き　原文は、「恋痛」。「恋痛き」と訓んで「吾弟」を修飾するととる立場と、「恋痛し」と訓んで、終止するととる立場とある。稲岡耕二全注が、「意味的に切れそうで切れずに続く」長皇子の作品の、巻一・六〇、七三、に通じる特徴として、「恋痛き」と訓んだのに従いたい。終止形に訓めば、強い感情表現にはなるが、長皇子の作風にそぐわないのは確かと思われる。

我が背　セは、一般に、女性が男性に対して親愛の情をこめて呼ぶ語。年齢の上下とは関係ない。男性同士で用いる例もある。ここは、兄の弟に対する呼び掛け。

いで通ひ来ね　イデは、他に対して、誘いかける意をあらわす感動詞。ネは、願望の意をあらわす終助詞。動詞・助動詞の未然形および禁止の「ナ……ソ」に接続する。

一三一　柿本朝臣人麻呂《かきのもとのあそみひとまろ》、石見国《いはみのくに》より妻《つま》に別《わか》れて上《のぼ》り来《く》る時《とき》の歌《うた》二首《しゅ》　并《あは》せて短歌《たんか》
石見《いはみ》の海《うみ》　角《つの》の浦廻《うらみ》を　浦《うら》なしと　人《ひと》こそ見《み》らめ　潟《かた》なしと　一に云《い》ふ、磯《いそ》なしと　人《ひと》こそ見《み》らめ
よしゑやし　浦《うら》はなくとも　よしゑやし　潟《かた》は　一に云《い》ふ、磯《いそ》は　なくとも　鯨魚《いさな》取《と》り　海辺《うみへ》を
さして　和田津《にきたづ》の　荒磯《ありそ》の上《うへ》に　か青《あを》なる　玉藻《たまも》沖《おき》つ藻《も》　朝羽《あさは》振《ふ》る　風《かぜ》こそ寄《よ》せめ
夕羽《ゆふは》振《ふ》る　波《なみ》こそ来寄《きよ》せ　波《なみ》の共《むた》　か寄《よ》りかく寄《よ》る　玉藻《たまも》なす　寄《よ》り寝《ね》し妹《いも》を　一に云《い》ふ、はしきよ
し　妹《いも》が　たもとを　露霜《つゆしも》の　置《お》きてし来《く》れば　この道《みち》の　八十隈《やそくま》ごとに　万《よろづ》たび　かへり見《み》す
れど　いや遠《とほ》に　里《さと》は離《さか》りぬ　いや高《たか》に　山《やま》も越《こ》え来《き》ぬ　夏草《なつくさ》の　思《おも》ひしなえて　偲《しの》
ふらむ　妹《いも》が門《かど》見《み》む　靡《なび》けこの山《やま》

反歌《はんか》二首《しゅ》

一三二　石見《いはみ》のや　高角山《たかつのやま》の　木《こ》の間《ま》より　わが振《ふ》る袖《そで》を　妹見《いもみ》つらむか

一三三　笹《ささ》の葉《は》は　み山《やま》もさやに　さやげども　われは妹思《いもおも》ふ　別《わか》れ来《き》ぬれば
ある本《ほん》の反歌《はんか》に曰《い》はく
一三四　石見《いはみ》なる　高角山《たかつのやま》の　木《こ》の間《ま》ゆも　わが袖振《そでふ》るを　妹見《いもみ》けむかも
一三五　つのさはふ　石見《いはみ》の海《うみ》の　言《こと》さへく　辛《から》の崎《さき》なる　海石《いくり》にそ　深海松《ふかみる》生《お》ふる　荒磯《ありそ》に
そ　玉藻《たまも》は生《お》ふる　玉藻《たまも》なす　靡《なび》き寝《ね》し子《こ》を　深海松《ふかみる》の　深《ふか》めて思《おも》へど　さ寝《ね》し夜《よ》は

いくだもあらず　延《は》ふ蔦《つた》の　別《わか》れし来《く》れば　肝向《きもむか》ふ　心《こころ》を痛《いた》み　思《おも》ひつつ　かへり見《み》すれど　大船《おほふね》の　渡《わたり》の山《やま》の　もみち葉《ば》の　散《ち》りの乱《まが》ひに　妹《いも》が袖《そで》　さやにも見《み》えず　妻《つま》ごもる　屋上《やかみ》の〔一に云《い》ふ　室上山《むろかみやま》〕　山《やま》の　雲間《くもま》より　渡《わた》らふ月《つき》の　惜《を》しけども　隠《かく》らひ来《く》れば　天伝《あまづた》ふ　入日《いりひ》さしぬれ　大夫《ますらを》と　思《おも》へるわれも　しきたへの　衣《ころも》の袖《そで》は　通《とほ》りて濡《ぬ》れぬ

反歌《はんか》二首《しゅ》

一三六　青駒《あをこま》が　足掻《あが》きを早《はや》み　雲居《くもゐ》にそ　妹《いも》があたりを　過《す》ぎて来《き》にける〔一に云《い》ふ　あたりは　隠《かく》り来《き》にける〕

一三七　秋山《あきやま》に　落《お》つるもみち葉《ば》　しましくは　な散《ち》り乱《まが》ひそ　妹《いも》があたり見《み》む〔一に云《い》ふ　散《ち》りな乱《まが》ひそ〕

【原文】

柿本朝臣人麻呂、従二石見國一別レ妻上来時歌二首〔并短歌〕

一三一　石見乃海　角乃浦廻乎　浦無等　人社見良目　滷無等〔一云　礒無登〕　人社見良目　能咲八師　浦者無友　縦畫屋師　滷者〔一云　礒者〕無鞆　鯨魚取　海邊乎指而　和多豆乃　荒礒乃上尓　香青生　玉藻息津藻　朝羽振　風社依米　夕羽振流　浪社来縁　浪之共　彼縁此依　玉藻成　依宿之妹乎〔一云　波之伎余思　妹之手本乎〕　露霜乃　置而之来者　此道乃　八十隈毎　萬段　顧為騰　弥遠尓　里者放奴　益高尓　山毛越来奴　夏草之　念思奈要而　志怒布良武妹

之門将見　靡此山

反歌二首

一三二　石見乃也　高角山之　木際従　我振袖乎　妹見都良武香

一三三　小竹之葉者　三山毛清尓　乱友　吾者妹思　別来礼婆

或本反歌曰

一三四　石見尓有　高角山乃　木間従文　吾袂振乎　妹見監鴨

一三五　角障経　石見之海乃　言佐敝久　辛乃埼有　伊久里尓曽　深海松生流　荒礒尓曽　玉藻者生流　玉藻成　靡寐之児乎　深海松乃　深目手思騰　左宿夜者　幾毛不有　延都多乃　別之来者　肝向　心乎痛　念乍　顧為騰　大舟之　渡乃山之　黄葉乃　散之乱尓　妹袖　清尓毛不見　嬬隠有　屋上乃一云室上山　山乃　自雲間　渡相月乃　雖惜　隠比来者　天傳　入日刺奴礼　大夫跡　念有吾毛　敷妙乃　衣袖者　通而沾奴

反歌二首

一三六　青駒之　足掻乎速　雲居曽　妹之當乎　過而来計類一云當者隠来計留

一三七　秋山尓　落黄葉　須臾者　勿散乱曽　妹之當将見一云知里勿乱曽

【校異】 **怒**（元紀温）—奴　**障**（元金紀）—鄣　**埼**（元金紀）—埣　**沾**（金温京）—沽　**當**（金元類）—雷

柿本朝臣人麻呂が、石見国から妻と別れて上京して来る時の歌二首　短歌を含む

一三一　石見の海の角の浦の海岸を、浦がないと人は見るだろう。潟がないとあるいは、磯がないと人は見るだろう。たとえ浦はなくてもかまわない。たとえ潟はあるいは、磯はなくてもかまわない。鯨のとれる海、その海辺をめざして、和田津の海辺の岩のあたりに、青々とした玉藻や沖の藻を、朝に羽打つ風が寄せてくる。夕方には羽打つ波が寄せてくる。その波と共に、あちらに寄りこちらに寄りする玉藻のように、寄り添い寝たいとしい妻をあるいは、いとしい妻のたもとを露や霜が置くように、置いて来たから、この道の、たくさんの曲がり角ごとに、幾度も幾度も振り返って見るのだが、ますます遠く里は遠ざかってしまった。ますます高く山も越えて来てしまった。今ごろ、夏の草がしおれるように、うちしおれて、私のことを偲んでいるであろう妻の家の門を見たい。靡き伏せよ。この山よ。

反歌二首

一三二　石見の国の高角山の木々の間からわたしが振った袖を、いとしい妻は見たであろうかなあ。

一三三　笹の葉は、山全体をざわめかせているが、私はいとしい妻のことをひたすら思っている。別れて来たので。

ある本の反歌には、

一三四　石見の国の高角山の木々の間から私が袖を振るのを、いとしい妻は見たであろうかなあ。

一三五　蔓草の這い延びる岩ではないが、石見の海の、言葉も通じぬ韓（カラ）とその名も同じ、辛の崎の、海中の岩には深海松が生えている。波の上に露出している岩には玉藻が生えている。その玉藻のように寄り添い寝た子を、深海松のように深く愛しているのだが、共に寝た夜はいくらもなく、這う蔦の先が分れるように別れて来たので、肝に向き合う心も痛く、うしろ髪ひかれる思いでたびたび振り返るのだが、大船が海を渡るという、その渡の山のもみち葉が乱れ散るので、いとしい妻の振る袖もはっきりとは見えず、妻と共にこもる屋ではないが、屋上の山別の本には、室上山の、雲間を渡る月のように、名残惜しくも隠れてきた折しも、天伝う入日がさしてきたので、ますらおと思っている私も、つい涙を流して、しきたえの衣の袖はぐっしょり濡れてしまった。

反歌

一三六　青駒の歩みが早いので、たちまち妻の家のあたりを過ぎて遠くに来てしまった。あるいは、妻の家のあたりは、雲に隠れて来てしまった、とも伝えられる。

一三七　秋の山に散る黄葉よ。しばらくは散り乱れないでほしい。妻のいるあたりを見たい。あるいは、乱れ散らないでほしい、とも伝えられる。

【歌意】「柿本朝臣人麻呂、石見国より妻に別れて上り来る時の歌」と題するが、地方滞在中に親しみ馴染んで妻同然に思い合った女性と別れて上京する時の歌である。真淵は、『万葉考 二』でこの歌をとりあげた際に、「この度は朝集使にて、かりに上るなるべし。九月の末十月の初に立べし、仍て此哥に黄葉の落をいへり」とした。そは十一月一日の官会にあふなれば、石見などよりは、九月の末十月の初に立べし、仍て此哥に黄葉の落をいへり」とした。人麻呂が地方官として石見に在任中に公務で上京する際の、一時的な妻との別れを悲しんで詠んだ歌と解したのである。だが、この二組六首のどこにも、再会を期する表現は見出せない。文字通り「別れ」の歌として詠まれたものであろう。そう考えてこそ、第一長歌冒頭の角の海浜への並々ならぬ愛着の表出や、末尾の「靡けこの山」と叫ぶ感情の激しさも理解でき、第二長歌の散り乱れる黄葉のかなたに妻の姿を幻視することも不可能になった時、折からの入日に触発されて溢れる涙で袖を濡らした嘆きも共感できる。

集中には、地方から遷任上京する官人の旅立ちに際して土地の娘子の贈る歌とそれに答える官人の歌とがある。娘子の歌のみを伝えて、贈られた側の答えの歌を伝えない場合も少なくない。大伴旅人と筑紫娘子の歌（6・九六五～八）、藤井連と娘子の歌（9・一七七八～九）などは前者であり、藤原宇合に贈る常陸娘子の歌（4・五二一）、石川大夫に贈る播磨娘子の歌（9・一七七六、七）などは後者である。これらが記録され後代にまで伝えられた背景には、これを喜んで伝え享受する場があったことを示している。人麻呂の場合を除けば、人々の関心の多くは官人との別れを惜しむ娘子の歌にあったようで、歌数の多さ・情愛のこまやかさにおいて娘子の歌の方が格段にまさっている。その点でも人麻呂のこの石見相聞歌は異質である。早く清水克彦氏は、この歌群に見られる詩的表現や状況説明句・心情説明句から、この一連の歌が宮廷人の前で朗唱し、その共感を得るものであったことを指摘した（『柿本人麻呂―作品研究―』）。中西進氏も、これが泣血哀慟歌（2・二〇七～二一六）とともに、辞賦の作家として命ぜられて宮廷において作り誦したものと考えた（『万葉集の比較文学的研究』）。これらをさらに具体的に発展させた伊藤博氏は、この歌群を人麻呂が宮廷の女性たちに披露した虚構的作品とし、聴衆の要望に応じて或本歌群から本文一云系統本を経て本文歌群へと形成されてゆく過程を論じている（『万葉集の歌人と作品上』）。これら諸説に説くように、この歌群は、地方赴任の役人が土地の娘子と別れて上京するという場面設定のもとに創作された文芸詩という面が強かったであろう。だが、宮廷の人々に披露するという目的で作られた作品であっても、人麻呂の体験した別れとして披露されたであろうし、事実、歌は人麻呂から離れるものではない。人麻呂が実際に石見に下りその地で親しんだ娘子と別れて上京するという体験がこの歌の背景にあったことも認めてよい。ただ、作品中の男は人麻呂のありのままの姿であったというのではなく、作中人物になりきった人麻呂が自分自身を悲別の感情の渦の中に巻き込んでいったということであろう。人麻呂の歌に多大な影響を受けた後代の宮廷歌人たちも、この石見相聞歌のテーマを受け継いで作歌した者はいない。その点からいっても、ここには人麻呂独自の世界があったといってよいのである。

＊朝集使　大宰府官人及び国司の一員が、毎年畿内ならば十月一日、その他は十一月一日までに上京して国司・郡司の考課などに関する報告書を提出する使。

【本文歌と或る本歌―本文歌の形成過程】

当該歌群は、或る本歌を除けば、一三一～三番歌と一三五～七番歌の二組の長歌・反歌から構成されているが、一三二番歌に対する或る本歌として一三四番歌があり、一三一、二番歌の或る本歌として一三八、九番歌がある。更に、一三一番歌と一三五～七番歌の四首には、「一に云う」の異伝注記があり、異同部分のみを注記し、注記のない部分は本文通りであったと考えると、当該歌群は、一三一～三番歌については、

一三一～一三三番歌
一三一の一に云う系統・一三四番歌
一三八、九番歌

の三系統が、一三五〜七番歌については、

一三五〜七番歌

一三五〜七の一に云う系統歌

の二系統があることになる。最終的に完成した形は

一三一〜一三三・一三五〜一三七

という二組の「長歌一首＋反歌二首」であるが、第一長歌が、反歌一首のみの段階（もしくは場合）が二系統あるのに対して、第二長歌は、二系統のいずれも反歌二首を伴っているという違いがある。

伊藤博氏「石見相聞歌の構造と形成」（『万葉集の歌人と作品』『釈注』に説くところも同様）の説く改作過程の、

或本歌（一三八・一三九）

←

第一群異文系統（一三一、一云・一三四）＋第二群異文系統（一三五〜一三七、一云）

←

第一群本文系統（一三一〜一三三）＋第二群本文系統

に対して、神野志隆光氏「石見相聞歌論」（『柿本人麻呂研究』。「石見相聞歌」（『セミナー万葉の歌人と作品　第二巻』もほぼ同様）が、第二段階の、第一群の反歌一と第二群に反歌二とが、反歌の構成が釣り合いがとれなくなる上に、第二段階から第三段階への変化で、第一歌群の反歌一三三を加えるという大きな変化に対し、第二歌群はごく部分的な手入れしかされないという不自然さを指摘して、

①一三八〜九、②一三一「一云」・一三四、③一三一〜三、一三五〜七「一云」、④一三一〜三・一三五〜七、

を推敲過程と見るべきとした。

たしかに、二組の長反歌を一構成体として組み合わせる時、反歌が一首と二首とではバランスがよくない。一三四には、「或本の反歌に曰く」とあるから、本文資料とは別の本に反歌一首のみを伴う長歌が、一三八〜九とは別にあったことを示すのであろう。

第二長歌と反歌二首の「一云」が、

室上山《むろかみやま》（一三五「一云」）↓屋上《やかみ》の山《やま》（一三五）

妹があたりは隠《かく》り来にける（一三六「一云」）↓妹があたりを過《す》ぎて来《き》にける（一三六）

散りな乱《まが》ひそ（一三七「一云」）↓な散り乱《まが》ひそ（一三七）

右の、僅か一箇所ずつであるのに対して、第一長歌と反歌の場合は、左のごとく多い。

石見の海　津の浦をなみ（一三八）↓石見の海　角の浦廻を（一三一）

潟なしと（一三八）↓磯なしと（一三一「一云」）↓潟なしと（一三一）

潟はなくとも（一三八）↓磯はなくとも（一三一「一云」）↓潟はなくとも（一三一）

明け来れば　波こそ来寄せ　夕されば　風こそ来寄せ（一三八）

↓朝羽振る　風こそ寄せめ　夕羽振る　波こそ来寄せ（一三一）

玉藻なす　靡きわが寝し　しきたへの　妹がたもとを（一三八）

↓玉藻なす　寄り寝し妹を　はしきよし　妹がたもとを（一三一「一云」）

↓玉藻なす　寄り寝し妹を（一三一）

はしきやし　わが妻の子が　夏草の　思ひしなえて　嘆くらむ　角の里見む（一三八）

↓夏草の　思ひしなえて　偲ふらむ　妹が門見む（一三一）

石見の海　打歌の山の　木の間より　わが振る袖を　妹見つらむか（一三九）

↓　石見なる　高角山の　木の間ゆも　わが袖振るを　妹見けむかも（一三四）

↓　石見のや　高角山の　木の間より　わが振る袖を　妹見つらむか（一三二）

長歌一三一と反歌第一首（一三二）とが、一三八・一三九からかなり推敲の跡をとどめているのに対して、反歌第二首は推敲の跡をとどめない。最終段階にいたって第二首を反歌に加えたからであろう。そしてそれは、第二長歌と反歌二首とが加わった時と同時であったのであろう。第二長歌には、第一長歌にはない「折りから射してきた入り日に触発された涙をうたう」など、より細やかな心情の表出がなされている。二組の長反歌の完成を待って優れた別れの歌が完結したと言えるだろう。なお、本歌群は完結を待って公表されたのではなく、第一長歌と反歌一首の段階から宮廷人の前で、あるいは皇子の宮で誦詠の機会をもったと思われる。曽倉岑氏は、人麻呂作歌の、本文歌と共に、「推敲の過程を示す異伝が存在している」事実について、「この事実は、行幸や葬儀などで実際に用いられたのは異伝の方であり、本文の方は行幸などで歌を公式に披露した後でなお推敲を加え完成したものであると考えるならば説明しうる。異伝・本文の二つが残されたのは、芸術的に劣るものであっても、行幸や葬儀などで公式に用いられたものであるから、それを実際に発表された通りに記録しておく意味を認めて人麻呂自身が定稿と共に保持していたのか、あるいは人麻呂の持っていた定稿を資料として巻一・巻二が編纂され、後に主催者側から出た公式のものが或本歌等として記入されたのではなかろうか」（「人麻呂の異伝をめぐって―巻一・巻二の場合―」（美夫君志　昭三九・六））と説明している。

なお、石見相聞歌については、神野志隆光氏の「石見相聞歌」（『セミナー万葉の歌人と作品』第二巻）が、或本歌から本文歌への形成過程を含め、諸説を見渡し、多角的に論じており詳しい。

【一三一】　柿本人麻呂　巻一・二九～三一に既出。

石見国　島根県西部の地。国庁は、浜田市下府《しもこう》にあった。

角　島根県江津《ごうつ》市都野津《つのづ》町。現在、石見赤瓦の産地として知られる。

浦廻　海岸の湾曲したところ。入江の周り。

浦なしと人こそ見らめ　続く二句「潟（磯）なしと人こそ見らめ」と対句をなし、更にその「浦」と「潟もしくは磯」を次の対偶語として、「よしゑやし　浦はなくとも」「よしゑやし　潟（磯）はなくとも」の二句対とし、二連対を構成している。「浦」は、海や湖の湾曲して陸地に入り込んだところ。よい浦は船着き場にもなる。

潟（磯）なしと人こそ見らめ　先行する「**浦なしと人こそ見らめ**」と対句をなしている。「潟」は、遠浅の海岸で、潮が満ちると隠れ、潮が引くと干潟となるところ。潮干狩りに適する。「磯」は、岩石または、岩の多い水辺。「磯辺」「磯廻」は、船を停泊させるのに良いところであった。

安芸の国の長門の島にして船を磯辺に泊てて作る歌五首　（15・三六一七題詞）

潮早み磯廻に居れば潜きする海人とや見らむ旅行く我を　（7・一二三四）

「見らめ」のラメは、現在の事態を推量する助動詞ラムの已然形。「人こそ」のコソと係結びになっている。ラムは、動詞・助動詞の終止形を承けるのが普通であるが、ラ行変格型活用の語ならその連体形を承け、上代では、上一段活用の動詞ならその連用形を承ける。

なお、国庁跡付近から都野津の東北六キロの江川《ごうのかわ》河口付近までの海岸線は、途中に唐鐘《とうがね》の千畳敷・赤鼻の岬と波子《はし》の北の大崎の鼻のほかは出崎もなく、浦も潟もない単調な海岸であることはよく知られている。従って、本歌冒頭の六句は、石見の角の海岸の実態を詠んでいるということになろう。

よしゑやし　現前の不満をそのまま容認して、放任・決意する気持ちをあらわす語。「よしゑ」とも。ゑ・や・し、は、間投助詞。

鯨魚取り　海にかかる枕詞。「いさな」は、鯨。鯨を取るところ、の意で、「海」「浜」「灘」などにかかる。

和田津　江津市都野津町付近。遺称地がない。ワタヅと訓み、江津市渡津町の江川付近とする説もある。

朝羽振る風こそ寄せめ　続く二句「夕羽振る　波こそ来寄せ」と対句をなしている、「羽振る」は、風・波を鳥の羽ばたく様子に比喩したもの。一三八の「明け来れば　波こそ来寄れ　夕されば　風こそ来寄れ」に対し、朝夕の対比に加えて、鳥が羽ばたくイメージで、波や風の形状が具象化され、詩的形象化が一段と進んでいる。「風こそ寄せめ……波こそ来寄せ」も表現に変化があり、単調でない。

波の共《むた》　ムタは、と共に、の意。

玉藻なす寄り寝し妹を　「玉藻なす寄り寝し」は、玉藻のように寄り添って寝た、意で、「妹」を修飾している。「一云」の注記によれば、「玉藻《たまも》なす　寄《よ》り寝《ね》し妹《いも》を　はしきよし　妹《いも》がたもとを」の四句を推敲して二句としたもの。説明的な四句（一三八）から二句と二句の言い替えに近い列挙強調（一三一「一云」）を経て、簡潔で力強い本歌の二句に完成されたと推測される。次項参照。

はしきよし妹がたもとを　「一に云ふ」として異伝を注記した部分。「はしきよし」はいとしい、意で、「妹」を修飾。「たもと」は、「手本」で、手首あるいは袖口。一見、この二句は、直前の、「玉藻なす　寄り寝し妹を」に替わる表現のようであるが、その前の、「波の共か寄りかく寄る」とのつながりが悪い。注釈に、「これは或いは一本には上二句の下にこの二句があり、くりかへしの対句をなしてゐたもので、『或書有二……句一』（十三・三三九一）といふ風な注であるべきものを『一云』としてしまつたものかと考へられる」とあるのに従うべきであろう。そうすると、二度にわたる推敲過程が、「玉藻《たまも》なす　靡《なび》き我《わ》が寝《ね》し　しきたへの妹《いも》が手本《たもと》を」（一三八）→「玉藻《たまも》なす　寄《よ》り寝《ね》し妹《いも》を　はしきよし　妹《いも》がたもとを」（一三一「一云」）→「玉《たま》藻《も》なす　寄《よ》り寝《ね》し妹《いも》を」（一三一本文）と推察され、一三一本文が簡潔で力のこもった表現になっていることがわかる。

露霜の　「置き」にかかる枕詞。

八十隈　数多い曲がり角。

いや遠に里《さと》は離《さか》りぬ　いや高に山も越え来ぬ　列挙強調の働きをする二句対。妻の住む里からますます遠く離れて来、高い山をいくつも越えて来た、意。「弥遠丹《いやとほに》　里離来奴《さとさかりきぬ》　弥高二《いやたかに》　山文越来奴《やまもこえきぬ》」（13・三三四〇）は、本歌の当該部分の影響を受けている可能性が高い。「いや」は、いよいよ、ますます、の意をあらわす接頭語。「離りぬ」「越え来ぬ」の「ぬ」は、共に、完了の助動詞「ぬ」の終止形。

夏草の思ひしなえて　「夏草の」は、「思ひしなえ」の比喩の枕詞。万葉集では、「思ひしなえ」に冠する枕詞が三例（当該歌のほか、2・一三八、一九六）、「野島」に冠する三例（3・二五〇、同「一本云」、15・三六〇六）、でいずれも人麻呂の歌もしくは人麻呂歌の伝誦歌である。他には、古事記歌謡に、「阿比泥《アヒネ》の浜」に冠した一例（記八七）がある。『冠辞考』に、「夏草は茂くなよよかなれば、ともどもに萎伏すを以て相寝の浜にいひかけたり。ねはなえの反なり。又夏草の萎ゆるてふ意にてぬとは続けたり。古は野をぬにいひたり。又夏草はまた弱ければ、なよよかにうなだるるを、人の物思する時の様に譬へてしなえと続けたり」という。現在も、「夏草の」を「思ひしなえ」に冠するのは、「夏の日照に萎れる夏草に譬える」とするのが一般的であるが、「こんもりと生い茂った夏草が、秋になってしおれるようにしょんぼりとしている様子」とする全注説もある。

【一三二】　石見のや　ヤは、間投助詞。

高角山　角の里の高い山。江津市の島星山《しまのほしやま》（四七〇メートル）といわれる。

見つらむか　ツは、動作・作用・状態の完了を示す。過去についても現在についても未来についてもいう。ここは、現在の妻の動作の完了をあらわす。

【一三三】　さやげども　原文「乱友」。ミダルトモと訓む説もある。

【一三四】　木の間ゆも　ユは、ヨリに同じ。モは、並列をあらわすとする説もあるが、感動をあらわすととる方がよい。

見けむかも　ケムは、過去の事態に関する不確実な想像・推量をあらわす。

【一三五】 **つのさはふ** 枕詞。石見のほか、地名「磐余」(奈良県桜井市南西部から橿原市東北部にかけての地)に冠する例(巻三・二八二ほか)や人名「磐之媛」に冠した例(紀五六)もある。蔓草が這い延びている意で、岩と同音を冒頭にもつイハミに冠する、という旧来の説に対し、ツノは、植物の若芽で、地上に伸び出ようとする草の若芽を岩石が遮る意から岩にかける、とする説(井手至『小学館古語大辞典』)もある。

言さへく 言葉が通じない意で、カラ(韓・唐)と同音の「辛の埼」のカラに冠する枕詞。「百済の原」(奈良県北葛城郡広陵町百済付近)に冠する例(2・一九九 人麻呂)もある。

辛の崎 未詳。島根県邇摩《にま》郡仁摩町の海上の韓島《からしま》の海浜、江津市大崎鼻、浜田市国分町唐鐘《とうがね》浦など、諸説ある。崎の底本「埣」は、音はセイ。赤土の意。

海石《いくり》にそ深海松《ふかみる》生《お》ふる 続く二句「荒磯《ありそ》にそ 玉藻《たまも》は生《お》ふる」と対句をなす。この二句対は、次の四句の、「玉藻」「深海松」を引き出す役割をも果たしている。

「海石《いくり》」は、海中の岩。「枯野を 塩に焼き 其が余り 琴に作り 掻き引くや 由良の門《と》の 門中《となか》の異《イ》句離《クリ》に 振れ立つ なづの木の さやさや」(紀歌謡41)、「淡路の 野島の海人の 海の底 沖つ伊久利《イクリ》に 鰒玉 さはに潜き出」(6・九三三)などの仮名書き例がある。「深海松」は、海中深い所に生えているミル。ミルは、海藻の一種。形は、松葉を寄せ集めたようで房々しており、色は鮮やかな緑色。ミルメとも。「生ふる」は、伸びる、成長する意の動詞オフの連体形。係助詞ソの結び。

海松(ミル)

荒磯 アライソの約。アラには、「現」で露出した意、「荒」で荒波の打ち寄せる意、人けがなく荒涼としている意などの説がある。ここは、イクリ(海中の岩)と対句になっているから、一部を露出させている岩であろう。

深海松の深《ふか》めて思《おも》へど　海底深く生えている深海松のように、深く心から思っているが、の意。「深海松の」は、「深めて」の枕詞。同音反復と同時に意味の上でも比喩の働きをしている。

さ寝し夜　サは接頭語。共寝をした夜。

いくだ　いくら。なにほど。

延ふ蔦の　「別れ」に冠する比喩の枕詞。蔦は、和名抄に「本草云絡石一名領石　和名豆太」とあるもので、万葉にうたわれた歌の趣から、キョウチクトウ科のテイカカズラをさすといわれる。常緑のつる性の木で、茎の太いものは径四センチ長さ十メートルに及ぶという（松田修氏『増訂万葉植物新考』）。つるの分かれ延びる性質から、「別れ」（本歌のほか、19・四二二〇）、「己が向き向き」（9・一八〇四）、「行きの別れ」（13・三二九一）などにも冠している。なお、漢語の「絡石一名領石」に関し、和名抄に「此草苞二石木一而生故以名之」とある。石や木を包むように茂る性質からの命名であることを示しているのであろう。

肝向ふ　心の枕詞。肝は心臓に向き合っていると考えられていたことによるという。

大船の　ワタリの枕詞。大船は海を渡るものであるところからかかる。

渡の山　江津市渡津町付近の山。江津市を流れる江の川河口の渡し場付近の山ともいう。

散りの乱ひに　（黄葉が）散り乱れるせいで。

妻ごもる　妻と共にこもる屋の意で、屋上に冠する枕詞。

屋上の山　島根県江津市の室神《むろかみ》山（二四六メートル）、通称、浅利富士か。江津市八神の地の山ともいう。

屋上の山の雲間より渡らふ月の　「惜しけども」を起こす序詞。雲間を渡る月が雲に隠れるのが惜しいことから、「惜しけども」を起こす。ヲシケは、形容詞ヲシの已然形。

隠らひ来れば　カクラヒは、動詞カクルに反復継続の意をあらわす接尾語フの連用形がついた形。

天伝ふ　入日・日などに冠する枕詞。

入日さしぬれ　入日がさしたので。ヌレは、完了の助動詞ヌの已然形。已然形プラス「ば」、と同じ機能で、順接の働きをする。

しきたへの　敷物にする栲の意で、「衣の袖」に冠する枕詞。

通りて濡れぬ　ぐっしょり濡れた。ヌは完了の助動詞。

【一三六】　青駒　灰色の駒。コマは、運搬・耕作など雑役に使われる牡馬に対して、乗用の牡馬をいう。

足掻きを早み　アガキは、馬などが、足で地面を掻いて進む意の動詞アガクの名詞形。足掻きが早いので。

【一三七】　な散り乱ひそ　散り乱れる意の複合動詞「散りまがふ」ことを、副詞「な」と終助詞「そ」ではさんで、散り乱れないでほしいと懇願する意を示す。「一に云ふ」の「散りなまがひそ」も同様の意であるが、単に散ることのみではなく、視界を妨げることへの嘆きが中心なので、「まがひ」への禁止が強く働いている表現といえるかも知れない。桜の花の散り過ぎることを惜しむ表現例であるが、「下枝に　残れる花は　しましくは　落莫乱《チリナマガヒソ》」（9・一七四七）の例がある。

ある本《ほん》の歌《うた》一首《しゅ》　并《あは》せて短歌《たんか》

一三八　石見《いはみ》の海《うみ》　津《つ》の浦《うら》をなみ　浦《うら》なしと　人《ひと》こそ見《み》らめ　潟《かた》なしと　人《ひと》こそ見《み》らめ　よし
ゑやし　浦《うら》はなくとも　よしゑやし　潟《かた》はなくとも　鯨魚《いさな》取《と》り　海辺《うみへ》をさして　柔田《にきた》
津《づ》の　荒礒《ありそ》の上《うへ》に　か青《あを》なる　玉藻《たまも》沖《おき》つ藻《も》　明《あ》け来《く》れば　波《なみ》こそ来寄《きよ》せ　夕《ゆふ》されば
風《かぜ》こそ来寄《きよ》せ　波《なみ》の共《むた》　か寄《よ》りかく寄《よ》る　玉藻《たまも》なす　靡《なび》きわが寝《ね》し　しきたへの　妹《いも》
が手本《たもと》を　露霜《つゆしも》の　置《お》きてし来《く》れば　この道《みち》の　八十隈《やそくま》ごとに　万《よろづ》たび　かへり見《み》

すれど　いや遠《とほ》に　里離《さとさか》り来《き》ぬ　いや高《たか》に　山《やま》も越《こ》え来《き》ぬ　はしきやし　わが妻《つま》の子《こ》が　夏草《なつくさ》の　思《おも》ひしなえて　嘆《なげ》くらむ　角《つの》の里《さと》見《み》む　靡《なび》けこの山《やま》

反歌《はんか》一首《しゅ》

一三九　石見《いはみ》の海《うみ》　打歌《うった》の山《やま》の　木《こ》の間《ま》より　わが振《ふ》る袖《そで》を　妹《いも》見《み》つらむか

右《みぎ》は、歌《うた》の体《すがた》同《おな》じといへども句々《くく》相替《あひかは》れり。これに因《よ》りて重《かさ》ねて載《の》す。

【原文】

或本歌一首　并短歌

一三八　石見之海　津乃浦乎無美　浦無跡　人社見良米　滷無跡　人社見良目　吉咲八師　浦者雖無　縦恵夜思　滷者雖無　勇魚取　海邊乎指而　柔田津乃　荒礒之上尓　蚊青生玉藻息都藻　明来者　浪己曽来依　夕去者　風己曽来依　浪之共　彼依此依　玉藻成靡吾宿之　敷妙之　妹之手本乎　露霜乃　置而之来者　此道之　八十隈毎　萬段　顧雖為　弥遠尓　里放来奴　益高尓　山毛超来奴　早敷屋師　吾嬬乃児我　夏草乃　思志萎而　将嘆　角里将見　靡此山

反歌一首

一三九　石見之海　打歌山乃　木際従　吾振袖乎　妹将見香

右、歌躰雖ㇾ同句々相替。因ㇾ此重載。

ある本の歌一首　短歌を含む

一三八　石見の海には、（舟を泊めるような）浦がないので、浦がないと人は見るだろう。潟がないと人は見るだろう。たとえ浦はなくてもかまわない。たとえ潟はなくてもかまわない。鯨のとれる海、その海辺をめざして、和田津の海辺の岩のあたりに、青々とした玉藻や沖の藻を、夜が明けると波が寄せてくる。夕方になると風が寄せてくる。その波と共に、あちらに寄りこちらに寄りする玉藻のように、寄り添い寝たいいとしい妻の、馴染んだそのたもとを、露や霜が置くように、置いて来たから、この道の、たくさんの曲がり角ごとに、幾度も幾度も振り返って見るのだが、ますます遠く里は遠ざかってしまった。ますます高く山も越えて来てしまった。いとしいわが妻が、夏の草のように思いしおれて、嘆いているであろう角の里を見たい。靡き伏せよ。この山よ。

反歌一首

一三九　石見の海辺の打歌の山の木々の間から私が振った袖を、いとしい妻は見たであろうかなあ。

右の歌は、形式は同じだが、詞句が相違している。それで重複して載録する。

【一三八】　津の浦をなみ　「大舟ナトアマタ泊ル津トナル浦ノナシト云心ナルヘシ」(代匠記精　本)。舟を泊めるような浦がないので。津は、舟の着く所。一三一番歌に「角の浦廻を」とあるところ。「角の浦廻を」の方が、角という土地に場所を限定しているので、妻の里にすでに視点をしぼっていることになるが、「石見の海　津の浦をなみ」では、「石見の国の海」全体に広がり妻の住む里とのつながりが漠然としたままで力が弱い。

柔田津　一三一番歌に「和田津（和多豆）」とあるのに同じ。都野津町付近の地名とみられる。

明けくれば波こそ来寄せ　夕されば風こそ来寄せ　一三一番歌に、「朝羽振る　風こそ寄せめ　夕羽振る　波こそ来寄れ」とあるところ。共に、対句であるが、「明けくれば　……夕されば」は、単に「夜が明けてくると、……夕方になると」と時をあらわすだけであるが、「朝羽振る　……夕羽振る」は、朝夕の対比に加えて、鳥が羽ばたくイメージで、波や風の形状が具象化され、詩的形象化が一段と進んでいる。「風こそ寄せめ……波こそ来寄せ」も表現に変化があり、一三八番歌の方は繰り返し部分が多く単調である。人麻呂の推敲による改変とみられる。

「波こそ来寄せ」・「風こそ来寄せ」の訓み。

原文は、「浪己曽来依」「風己曽来依」。現行の訓みを原文のあるものに限って示すと、左のように分かれている。

①ナミコソキヨレ　カゼコソキヨレ
　新考・總釈・窪田評釈・全註釈・私注・注釈・全集・全注・新全集・釈注・和歌大系・新大系・塙CD-ROM版

②ナミコソキヨセ　カゼコソキヨセ
　全釈・大系・全訳注・全歌講義

③ナミコソキヨレ　カゼコソキヨセ　おうふう

右の三通りであるが、本文歌（一三一番歌）の原文が、「風社依米」「浪社來縁」のように書き分けられていたのと異なり、こちらは、「浪」と「風」の下に続く「己曽来依」の部分が全く同じであるから、訓みは、コソ以下は同じであるはずで、①か②にしぼられる。キヨレかキヨセかの違いである。当然、この訓みは、上から続く構文と関わるので、上の部分と併せて見ると、②は、「和田津の海辺の岩のあたりに、青々とした玉藻や沖の藻を、夜が明けると波が寄せてくる。夕方になると風が寄せてくる」の意になる。「寄せ」は他動詞「寄す」の已然形である。一方、①の方は、「来寄れ」であるから、他動詞には解せない。キヨレの訓みは共通しているものの、訳はさまざまで、訳を付しているものをあげると、左のごとくである。なお、本歌は、「或る本の歌」であるので、訓釈を付していないものも多い。

イ　まつ青な美しい沖の藻よ。夜が明けて来れば浪が来寄せる。夕べになれば風が来寄せる。（全註釈）

ロ　青青と生い茂る　玉藻沖の藻は　朝になると　浪で来寄る　夕方になると　風で来寄る（全集）

ハ　青々と生えている玉藻沖の藻に　夜が明けると浪が寄せてくる　夕方になると風が吹き寄る（全注）

ニ　青青と生い茂る　玉藻沖の藻は　朝になると　浪で来寄る　夕方になると　風で来寄る（新全集）

ホ　青々と生い茂る美しい沖の藻、その藻に、朝方になると波が寄って来る、夕方になると風が寄って来る。（釈注）

ヘ　真っ青な玉藻や沖の藻は、朝になると波が立って寄せるし、夕方になると風が吹いて寄せる、（新大系）

ロ、ニの「浪で来寄る」「風で来寄る」が、浪によって、風によって、の意味であれば、「来寄る」の主語は、「青青と生い茂る　玉藻沖の藻」ということになり、「来寄れ」は自動詞の用法ということになるが、「浪こそ来寄れ」が「浪で来寄る」の意に解し得るかどうか、問題であろう。へは、訳文の「寄せる」の主語が、「藻」なのか、「波」・「風」なのかはっきりしない。「波」・「風」が主語であれば、キヨレと訓む必然性がないし、「藻」が主語なら、「寄ってくる」と訳してよいように思う。ハとホは、明らかに、キヨレの主語は、浪（波）と風で、玉藻・沖の藻は、波や風が寄ってくる場所として詠まれたことになる。「波こそ」「風こそ」と、「こそ」で強調しているのに、後に続く表現では、「波のむた　か寄りかく寄り　玉藻なす　靡き我が寝し」と、「玉藻なす靡き我が寝し」と言うための表現であるから、波や風が青々とした玉藻沖つ藻を寄せてくると解されるキヨセの訓みがよいと思う。

玉藻なす靡きわが寝ししきたへの妹が手本を　一三一番歌に、「玉藻なす　寄り寝し妹を　一に云ふ、はしきよし　妹がたもとを」とあったところ。「露霜の　置きてし来れば」にかかる部分で、「妹を　置いて来た」か、「妹のたもとを　置いてきたか」の違いが大きい。四句で表現しているか、二句で表現しているか、の違いもある。「妹を置いて来た」か、「妹のたもとを置いてきたか」の違いについていえば、「白栲のたもとを別れ」（3・四八一）、「妹がたもとを離るるこの頃」（11・二六六八）、「妹が袖別れて久になりぬれど」（15・三六〇四）、「袖わかるべき日を近み」（4・六四五）、「妹が袖別れし日より」（11・二六〇八）、「袖かれて寝る」（12・二九六二）、「袖の別れは惜しけども」（12・三一八二）、「袖の別れを難みして」（12・三二一五）など、妻との別れを「たもとを　別れ・離るる」、「袖の別れ」といった例はあり、それなりに情愛のこもった表現とみられるが、端的に「妹を置いて来た」という表現の方が強いことは確かである。同じ内容を四句で表現するより、二句で簡潔に表現する方が力がこもる。従って、一三一番歌の本文歌の表現が最も優れていると認められる。人麻呂の推敲の結果を示すものであろう。

里離り来ぬ　里から遠く離れて来た。サカリは、遠くに離れる意の動詞サカルの連用形。動詞サクの自動詞形。

はしきやしわが妻の子が　夏草の思ひしなえて　嘆くらむ角の里見む　一三一番歌に、「夏草の　思ひしなえて　偲ふらむ　妹が門見む」とあるところである。共に、あとに「靡けこの山」が続く。「見む」の対象が「妹が門」であるか、「角の里」であるかの違いに加えて、一三一番歌で、「夏草の　思ひしなえて　偲ふらむ（妹）」の部分を、当該歌では「はしきやし　わが妻の子が　夏草の　思ひしなえて　嘆くらむ」と、五句で表現している。「角の里見む」より「妹が門見む」の方が、作者の見たい対象が妻にしぼられていて、妻への思いがより強く鮮明に表現される。「妹が門」とすれば、更に上に「思ひしなえ」る妻を主語として出す必要はなく、三句で簡潔に「夏草の　思ひしなえて　偲ふらむ」と表現できて力のこもった表現になる。山に靡け、と命じるほどのほとばしる情熱に続く表現としては、力のこもった表現の方がよいことは当然であろう。これも推敲の結果を示すものである。

【一三九】　石見の海　一三二番歌に「石見のや」、一三四番歌に「石見なる」とあるところ。ヤは間投助詞で、直接に「高角山」を修飾し、「石見なる」も石見の地にある意で、直接に「高角山」を修飾するので、共に「石見の高角山」の意となるが、「石見の海」で「打歌の山」に続けると、石見の海との位置関係が曖昧で、続きがよくない。長歌の冒頭に引かれて、石見の海浜を表出したものか、と思われる。

打歌の山　一三二番歌、一三四番歌で、「高角山」とあるところ。「打歌」をタカと訓み、角または津乃などの文字の誤脱とする真淵説もあるが、「打の字は頂と同音でタの仮名とはなりえない」（全集）とも『打』は呉音チャウ、漢音テイで、タ・ダと発音するのは時代が下がった元代の中原音韻以降だといわれ、その可能性は少ない」（新全集）ともいわれる。伊藤博氏は、打歌の山が高角山の実名で、角の地の人々にとって角の地を見納める国境のなつかしい山であったのだろうが、「打歌の山」の表現では、現地の事情を知らぬ都の人々にとっては表現の客観性をもたないから、角の地で最も高い山を意味する「高角山」の表現に改めたものと説いた（『万葉集の歌人と作品　上』）。

わが振る袖を妹見つらむか　一三二番歌に同じ。一三四番歌に「わが袖振るを　妹見けむかも」とあった。「わが袖振るを」に対して、「わが振る袖を」は、袖に焦点がしぼられ、ひきしまると思う。「妹見けむかも」のケムは、過去の事態に関する不確実な推量をあらわす助動詞で、過去を過去のこととして表出しているのに対して、「見つらむか」の「つ・らむ」現在完了の表現であるから、袖を振ったその時点に身を置いて、「今見ただろうか」といったことになる。「わが振る袖を　妹見つらむか」の表現が優れている、といってよいだろう。

柿本朝臣《かきのもとのあそみ》人麻呂《ひとまろ》の妻依羅娘子《つまよさみのをとめ》、人麻呂《ひとまろ》と相別《あひわか》るる歌《うた》一首《しゅ》

一四〇 な思《おも》ひと　君《きみ》は言《い》へども　逢《あ》はむ時《とき》　いつと知《し》りてか　あが恋《こ》ひざらむ

【原文】

柿本朝臣人麻呂妻依羅娘子与二人麻呂一相別歌一首

一四〇 勿念跡　君者雖言　相時　何時跡知而加　吾不戀有牟

柿本朝臣人麻呂の妻依羅娘子が、人麻呂と別れる際の歌一首

一四〇 思い悩むなとあなたは言うけれど、いつまたお逢いできるかわからないのに、恋しく思わずにおられましょうか。

【歌意】 人麻呂の旅立ちに当たって詠んだ、妻依羅娘子の歌である。人麻呂には石見国に関わる歌のほか筑紫国に下る時と題する歌もあり、瀬戸内海や琵琶湖西岸の旅の歌は多い。本歌は、いつ帰京するか明らかでない地方への旅の出発に当たっての歌であろう。これに先立つ人麻呂の歌はないが、人麻呂歌集略体歌の、

　春さればまづ三枝《さきくさ》の幸《さき》くあらば後にも逢はむな恋ひそ吾妹（10・一八九五）

は、あたかもこの歌に先だって妻に贈った歌のようでもある。「幸くあらば後にも逢はむ」という表現がやや強さに欠けるようではあるが、留守中の妻の無事を願う表現とみることもできよう。

依羅娘子　都にいる人麻呂の妻。依羅は、地名とも氏の名とも考えられるが、氏の名か。依羅氏は、河内国丹比郡依羅郷（大阪府松原市天美地区付近）および隣接する摂津国住吉郡大羅《おほよさみ》郷（大阪市住吉区我孫子《あびこ》・庭井付近）を本拠とする氏族。依網とも記す。姓は、我孫《あひこ》、造、連など。我孫から宿祢の（天平勝宝二年八月）、造から連の（神護景雲元年七月）姓を賜わった者もいる。依羅娘子は、人麻呂が客死した後、夫の死を悲しむ挽歌二首（2・二二四、五）を詠んでいる。河内あるいは、摂津出身の女性と考えられるが、人麻呂が河内あるいは摂津に居住した形跡はないから、人麻呂の妻と伝える万葉集の記録を素直に受け入れるとすれば、在京の娘子と結ばれたに相違なく、依羅娘子は、おそらく宮廷に出仕する宮人の一人であったのであろう。人麻呂に、宮廷出仕の妻がいたことは、巻九・一七九六～九の四首、巻十一・二五〇八、九などによってわかる。巻九の四首は、挽歌であるからすでに亡くなった妻と解されるが、巻十一の非略体歌二首は、宮廷出仕中の妻と交わした歌の趣である。巻九・一七八二、三は、人麻呂歌集所出の非略体歌で、妻は夫に「麻呂といふ奴《やつこ》」と呼び掛けているから、その夫は人麻呂その人と見てよいと思うが、この妻も、その舌鋒の鋭さからみて、女官の一人であったと思われる。複数の女性と夫婦関係をもつことが可能であったこの時代であるから、柿本人麻呂にも、その生涯に幾人かの妻がいて不思議ではない。依羅娘子がその一人であったことは十分考えられることである。なお、二二四、五番歌参照。

な思ひ　「な思ひそ」に同じく、「思うな」の意。夫が旅に出ている間、恋しく思い悩んだりするな、の意。

挽歌

後《のち》の岡本《をかもと》の宮《みや》に天《あめ》の下《した》知《し》らしめしし天皇《すめらみこと》のみ代《よ》　天豊財重日足姫天皇《あめとよたからいかしひたらしひめのすめらみこと》、譲位《じやうゐ》の後《のち》に、後《のち》の岡本宮《をかもとみや》に即《つ》きたまふ。

後岡本宮御宇天皇代　天豊財重日足姫天皇、譲位後、即㆓後岡本宮㆒

後の岡本の宮で天下をお治めになった天皇の時代　天豊財重日足姫天皇（斉明天皇）、譲位して後に、後の岡本宮で再び即位された。

【挽歌】　雑歌・相聞と並んで、万葉集の三大部立の一つ。分類標目名としては、巻二・三・七・九・十三・十四の六巻に見えるが、部立を設けていない巻にもみえ、総数二六七首（長歌五四首、短歌二一三首）。古事記・日本書紀には挽歌の名称はみえないが、古事記に天皇の大御葬にうたうと伝える歌（記三四～三七）があり、日本書紀には、孝徳天皇・斉明天皇の時代に、妻造媛の死を悲しむ皇太子中大兄に献呈された挽歌（紀一一三、一一四）や孫建王の死を悲しむ斉明天皇の歌（紀一一六～一二一）、母斉明の死を悲しむ皇太子中大兄の歌（紀一二三）などがある。いずれも万葉挽歌の前史を語るものとして貴重である。

挽歌の名称は『文選』（梁の蕭統《昭明太子》の撰。周から梁まで約千年間の作家百数十人の詩賦文章約八百篇を選集。蕭統は、五三一年没）の挽歌詩に由来すると考えられているが、孝徳・斉明朝の挽歌の誕生にも中国の挽歌詩の影響が濃い。中国における挽歌は、漢代の薤露・蒿里の歌に始まる。薤露は王公貴人を送り、蒿里は士大夫庶人を送るのに用いたという。挽歌の挽は、引く、意。柩車の引き綱を引く者がうたう歌であった。

薤*　露

薤上朝露何易晞　薤《おおにら》の上におりた朝露の、なんとたちまちかわくことか。
露晞明朝更復落　露はたとえかわいても、明日の朝にはまたおりる。
人死一去何時帰　人はひとたび死んでしまえば、ふたたびもどる時はない。

＊薤《おおにら》　らっきょう。

蒿*　里

蒿里誰家地　黄泉の国は誰の土地。
聚斂魂魄無賢愚　魂はここに集まる。賢愚の区別なく。
鬼伯一何相催促　鬼の頭《かしら》の催促の、なんときびしいことか。
人命不得少踟蹰　人の命は、少しの猶予も許されぬ。

＊蒿里　死者のゆく世界。黄泉。

（中国古典文学大系『漢・魏・六朝詩集』より）

晋の安平王孚《ふ》（二七二年没）を葬る際には挽歌をうたうために六十人を給わったという伝えもある。だが、中国でも、やがて特定の対象のために新しい挽歌が作られ、柩車を挽く時だけでなく、殯宮儀礼の場でうたわれもした。五世紀になると、貴人の死に際して当代有名な文人が挽歌詩を作るようにもなり、それらが『初学記』や『太平御覧』等の類書に載録されて伝わっている。日本の挽歌、特に孝徳・斉明朝の挽歌には、帰化系の人物が関与しており、中国の挽歌との関係が察せられる。殯宮挽歌を中心とする万葉挽歌の盛期は、殯宮儀礼の変化にともなってほぼ柿本人麻呂の時代と共に終わるが、個人的哀傷を詠じる抒情挽歌は、亡妻挽歌を中心として万葉末期まで続いた（拙稿「挽歌の歴史」『論集上代文学　第一冊』、『柿本人麻呂論考』所収、参照）。

［孝徳・斉明朝の挽歌］　皇太子の妃蘇我造媛《みやつこひめ》は、父大臣が物部二田塩に斬られたと聞き、心を痛め悲しみ、塩という名を聞くことを嫌がった。そこで、造媛に仕える者は、塩を堅塩《きたし》といいかえた。それでも、造媛は傷心のあまりついに亡くなった。皇太子は、造媛が亡くなったと聞き、ひどく嘆き悲しんだ。この時、野中川原史満《ふひとみつ》が進み出て歌を奉った。

　山川《やまがは》に鴛鴦《をし》ふたつ居《ゐ》てたぐひよくたぐへる妹《いも》を誰《たれ》か率《ゐ》にけむ（紀一一三）

　本毎《もとごと》に花は咲けども何とかもうつくし妹がまた咲き出来《でこ》ぬ（紀一一四）

皇太子は、それを聞いて嘆きを新たにし、また賞めて、「いいなあ。悲しいなあ」と言って、み琴を授けてうたわせ、絹四匹《むら》・布二十端《はたむら》・綿二叺《かます》を賜った（大化五年三月）。

五月に、皇孫建王が年八歳で薨じた。今城の谷のほとりに殯宮を作って安置した。天皇はかねて皇孫の素直な性格を愛し大切にしておられたので、ひどく悲しまれた。群臣に詔して、「私の死後は、必ず私の陵に合葬せよ」といわれ、歌を詠まれた。

　今城《いまき》なる小丘《をむれ》が上に雲だにもしるくし立たばなにか嘆かむ（紀一一六）

　射ゆ鹿猪《しし》を認《つな》ぐ川上《かはへ》の若草の若くありきとあが思《も》はなくに（同一一七）

　飛鳥川漲《みなぎ》らひつつ行《ゆ》く水の間《あひだ》もなくも思《おも》ほゆるかも（同一一八）

天皇は、折々にこの歌を口ずさまれて、お泣きになった。

冬十月の十五日に、紀温湯に行幸された。天皇は、建王を思い出され、嘆き悲しまれ、

　山越えて海渡るともおもしろき今城の内は忘らゆましじ（同一一九）

水門《みなと》の潮《うしほ》の下《くだ》り海下《うなくだ》り後《うしろ》も暗《くれ》に置きてか行《ゆ》かむ（同一二〇）

愛《うつく》しきあが若き子を置きてか行《ゆ》かむ（同一二一）

とうたわれ秦大蔵造万里に、「この歌を後世に伝えて、忘れることがないようにせよ」と命じられた。（斉明四年）。

有間皇子《ありまのみこ》、自《みづか》ら傷《いた》みて松《まつ》が枝《え》を結《むす》ぶ歌《うた》二首《しゆ》

一四一 岩代《いはしろ》の　浜松《はままつ》が枝《え》を　引《ひ》き結《むす》び　ま幸《さき》くあらば　また帰《かへ》り見《み》む

一四二 家《いへ》にあれば　笥《け》に盛《も》る飯《いひ》を　草枕《くさまくら》　旅《たび》にしあれば　椎《しひ》の葉《は》に盛《も》る

【原文】　有間皇子、自傷結二松枝一歌二首

一四一 磐白乃　濱松之枝乎　引結　真幸有者　亦還見武

一四二 家有者　笥尓盛飯乎　草枕　旅尓之有者　椎之葉尓盛

有間皇子が、自分の身を悲しんで、松の枝を結んだ折の歌二首

一四一 私は、今、岩代の浜松の枝を結んで、わが命の無事を祈るが、もし無事であったら、この結んだ浜松の枝を、ふたたびここにやって来て見よう。

一四二　家にいる時は、いつも器に盛る飯を、旅中の身であるので、椎の葉に盛ることだよ。

【歌意】有間皇子の歌二首は、題詞に「自ら傷みて松が枝を結ぶ歌」とあり、一四一番歌に「岩代の浜松が枝を引き結び」とあるから、紀伊国の岩代（和歌山県日高郡みなべ町西岩代）での作と知られる。岩代は、紀の温湯の手前約二十キロの所で、皇子は、斉明三年（六五七）九月に療養のために出かけた時と同四年十一月捕らえられて護送された時と、二回、紀の温湯に行っているから、その往復で四回岩代を通っている。だが、この二首に関しては、皇子の実作とする説と、第三者の仮託とする説とあり、皇子の作とする説にも、皇子が捕らえられて紀の温泉に護送されて行く途中で詠んだとする説と斉明三年の紀の温泉への旅の途中詠んだと解する説とある。だが、二首は、挽歌の部の冒頭に配されており、第二期の歌人長意吉麻呂らによって、結び松を見て有間皇子を追悼する歌が詠まれているから、彼らは、捕らえられて護送される時の歌と理解していたのであろう。事実、一四一には、絶望的状態にありながらも、一縷の希望を求めて松の枝を結ぶ呪術に期待をかけたのであろう、単なる旅の歌とは思えぬ暗く重い響きがある。斉明四年、同じく紀の温湯へ旅する途中、中皇命（間人皇女）が長寿を願って草を結ぶ行為を詠んでいる巻一の一〇番歌、

君が代も我が代も知るや岩代の岡の草根をいざ結びてな

のはずむような軽やかさとの違いは大きい。

これに対して、一四二は、一見旅中の不自由さを詠んだに過ぎないともみられるものであるが、これまた、中皇命の、一一番歌、

我が背子は仮廬作らす草なくは小松が下の草を刈らさね

の、草を刈って自分たちが宿るための仮庵を作る作業すら楽しいと思う旅との違いは大きいと思わざるを得ない。その違いは、先帝の皇子の旅と現天皇の皇女の旅との違いというよりは、自ら求めての旅と意に反して強いられての旅との違いというべきであろう。一四二番歌も、斉明三年の紀の温湯行きではなく、一四一と同じ斉明四年、捕らえられて紀の温湯に護送される途中の作であったと思われる。しかも、一縷の望みを抱いて浜松の枝を結び生命の無事を祈ることができたのは、中大兄の尋問を受ける前であって、中大兄の尋問を受けた後は、もはや一縷の望みもないことを悟ったはずで、事実、藤白で絞殺されたから、二首の歌を詠み得るような状況ではなかったに相違ない。

[有間皇子の事件とその背景]　有間皇子は、先帝孝徳天皇の皇子。母は左大臣阿倍倉梯麻呂《くらはしまろ》の娘小足媛《をたらしひめ》であった。斉明天皇は、孝徳天皇の同母姉にあたる。孝徳天皇の皇后間人皇女には子がなく、有間皇子は孝徳天皇のただ一人の皇子であったが、大化元年に皇極天皇が退位して孝徳天皇が即位したのは、蘇我蝦夷・入鹿父子を滅ぼした大化の改新の実行者中大兄皇子と中臣鎌足の思惑によるもので、孝徳天皇在位中も政治的実権は皇太子中大兄にあったから、孝徳天皇の崩御後は、ふたたび宝皇女が即位し、中大兄は依然として皇太子として実権を掌握した。吉野の山に隠棲していた中大兄の異母兄古人大兄皇子が謀反の意志があるとの疑いで殺され（大化元年九月）、中大兄の妃蘇我造媛の父右大臣蘇我倉山田石川麻呂も謀反の意志があるとの讒言によって兵に包囲され妻子と共に死んだ（大化五年三月）などの事件を身近に見てきた有間皇子は、皇太子中大兄に疑われるのを恐れてであろうか、狂気をよそおったという（斉明紀三年九月条）。皇子は、斉明三年（六五七）九月、紀の牟婁の温泉（和歌山県西牟婁郡白浜町の湯崎温泉）に行って療養のふりをして帰京、その地の風光のよさをほめたので、行きたいと思われた斉明天皇は、翌四年十月、中大兄皇子・間人皇女らと共に紀の温泉に行幸、その留守中の十一月三日、留守官蘇我赤兄に斉明天皇の失政を挙げて謀反の計画に誘われる。①大きな倉庫を建てて人民の財物を集積すること、

②延々と水路を掘って公の食料を消費すること、③舟に石を載せて運び、それを丘のように積み上げること、という赤兄の口にした斉明女帝の失政は、すでに人々の口の端にものぼっていた真実の事であったから、信用した有間皇子は、赤兄が自分に好意をもっていると思い、喜んで、「私もいよいよ武器をとるべき年齢になった」と答えたという。その二日後、皇子は赤兄の家に行き謀反の計画を進めたが、その時、脇息《きょうそく》がひとりでに折れたので、不吉な前兆と思い、盟約を結んで謀議を中止し、皇子は家に帰って寝た。その夜更け、赤兄は物部朴井連鮪《もののべのえのゐのむらじしび》を遣わし、宮殿造営のための役夫を率いて、有間皇子の家を囲ませると共に、紀の温湯に滞在中の天皇のもとに急使を送り、有間皇子に謀反の意志があることを報告した。九日に、有間皇子と守君大石《もりのきみおおいは》・坂合部《さかひべ》連薬・塩屋連鯯魚《このしろ》とを捕らえ、紀の温湯に護送した。その地で、皇太子中大兄がみずから有間皇子に、「どのようなわけで謀反したのか」と尋問したが、皇子は、「天と赤兄とが知っているであろう。私はまったく知らない」と答えたという。帰途、藤白の坂（和歌山県海南市）で絞殺される。十九歳であった。皇子は捕らえられてはじめて、赤兄の申し出が自分を葬るために仕組まれた罠であったことに気づいたのであろう。古人大兄皇子や右大臣蘇我倉山田石川麻呂が讒言によって滅ぼされるのを身近に見ていながら、差し出された罠に自らはまってしまったのも十九歳という若さのせいであったろうか。

有間皇子関係地図

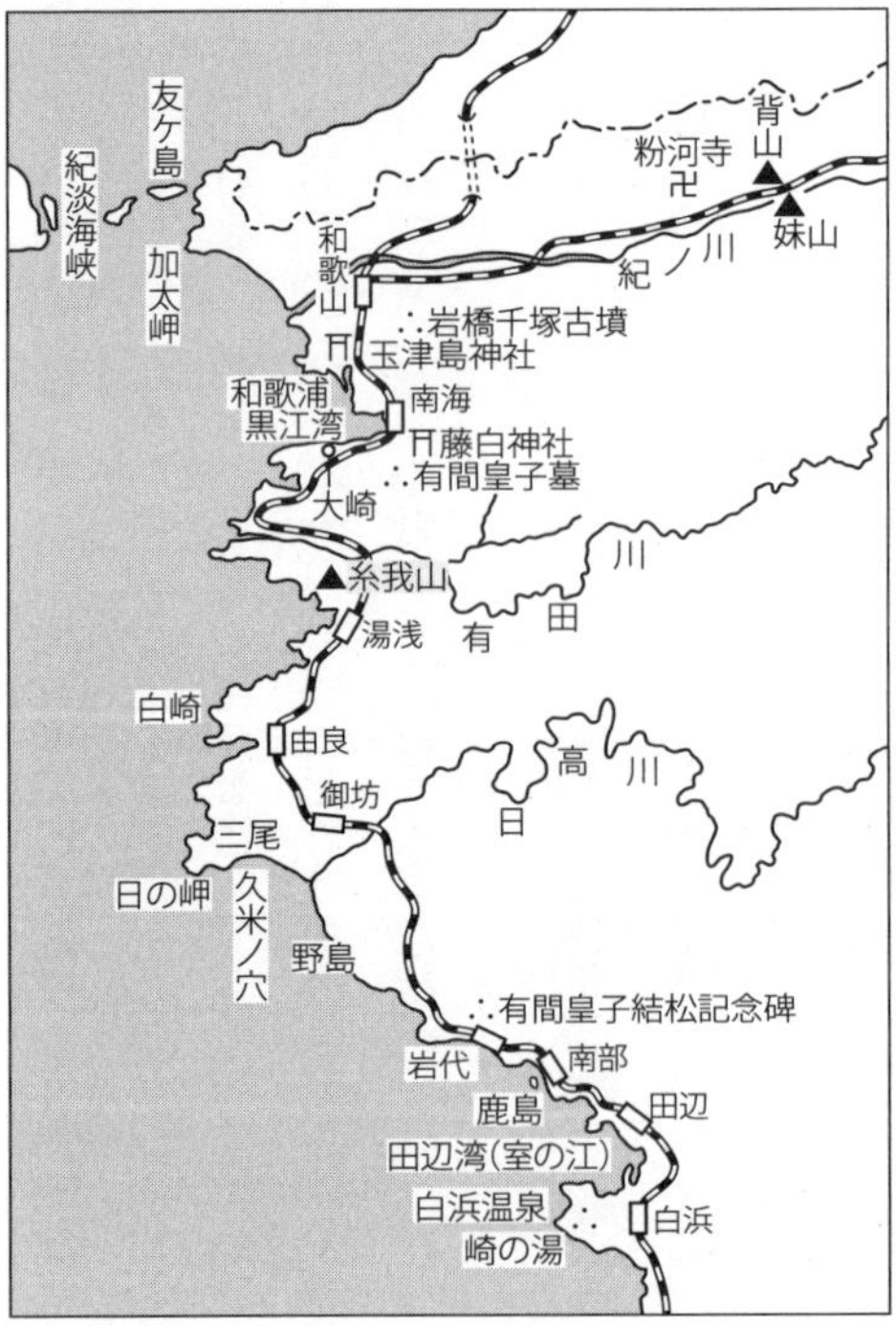

［有間皇子関係略系図］

法提郎媛（父は蘇我馬子）
＝ 舒明天皇
　├ 古人大兄皇子 ── 倭姫（天智天皇皇后）

舒明天皇 ＝ 皇后宝皇女（皇極・斉明天皇）
　├ 中大兄皇子（天智天皇）
　├ 間人皇女（中皇命。孝徳天皇の皇后）
　└ 大海人皇子（天武天皇）

皇后宝皇女 ── 孝徳天皇
孝徳天皇 ＝ 小足媛（父は阿倍倉梯麻呂）
　└ 有間皇子
孝徳天皇 ＝ 乳娘（父は蘇我倉山田石川麻呂）
孝徳天皇 ＝ （皇后間人皇女）

【一四一】　岩代　和歌山県日高郡みなべ町西岩代。紀の温泉の西北海上十二キロ、陸路約二十キロ。

浜松が枝　浜に生えている松の木の枝。

引き結び　枝と枝とを引き寄せて結んで。あるいは、一本の枝に結び目を作ることも考えられる。「結ぶ」のは、無事を祈って霊魂を草や木に結び込める呪術的行為。斉明四年十一月九日は、現行暦の十二月十二日であるが、この時期の松の枝は柔軟で結ぶことが可能という。

ま幸くあらば　もし無事であったら。サキクは、無事である意。アラバは、仮定条件。

またかへり見む　ふたたびここにやってきて見よう。「む」は意志とみる説のほかに、推量とみて、無力感・諦観をあらわすとみる説があるが、意志がよい。用例、「ま幸くてまたかへり見む」（7・一一八三）、「ま楫しじ貫きまたかへり見む」（9・一六六八）、「風吹き解くなまたかへり見む」（12・三〇五六）など。

【一四二】　家にあれば　家にいる時はいつも。恒常条件。いまは旅先だが、家にいる時はいつも、の意。

笥　ケは、容器。ここは、食物を盛る器。櫛笥《くしげ》・麻笥《をけ》など、本来は、食器に限らなかったが、単にケというと、食物を盛る容器をいうようになった。竹製あるいは木製、土師器、陶器など。銀製もあった。「銀器　御飯笥一合（径六寸。深一寸七分）」（『延喜式』内匠寮）。

椎の葉に盛る　椎はブナ科の常緑高木。一般に葉は小さいと言われているが、葉の大きいものもある。「盛る」は、皇子の食事と解するのが一般的であるが、神に供えるご飯とする説もある。家と旅との対応で表現されているところよりすれば、皇子の食事の方がよいと思う。

長忌寸意吉麻呂《ながのいみきおきまろ》、結《むす》び松《まつ》を見《み》て哀《かな》しび咽《むせ》ぶ歌《うた》二首《しゅ》

一四三　岩代《いはしろ》の　崖《きし》の松《まつ》が枝《え》　結《むす》びけむ　人《ひと》はかへりて　また見《み》けむかも

一四四　岩代《いはしろ》の　野中《のなか》に立《た》てる　結《むす》び松《まつ》　心《こころ》も解《と》けず　古《いにしへ》思《おも》ほゆ　いまだ詳《つばひ》らかならず

山上臣憶良《やまのうへのおみおくら》の追和《ついわ》する歌《うた》一首《しゅ》

一四五　翼《つばさ》なす　あり通《がよ》ひつつ　見《み》らめども　人《ひと》こそ知《し》らね　松《まつ》は知《し》るらむ

右《みぎ》の件《くだり》の歌《うた》どもは、柩《ひつぎ》を挽《ひ》く時作《ときつく》る所《ところ》にあらずといへども、歌《うた》の意《こころ》をなずらふ。故《ゆゑ》に挽歌《ばんか》の類《たぐひ》に載《の》す。

大宝元年辛丑《たいほうぐわんねんしんちう》、紀伊《きい》の国《くに》に幸《いでま》す時《とき》に結《むす》び松《まつ》を見《み》る歌《うた》一首《しゅ》　柿本朝臣人麻呂《かきのもとのあそみひとまろ》の歌集《かしふ》の中《うち》に出《い》づ

一四六　後見《のちみ》むと　君《きみ》が結《むす》べる　岩代《いはしろ》の　小松《こまつ》が末《うれ》を　また見《み》けむかも

【原文】　長忌寸意吉麻呂見二結松一哀咽歌二首

一四三　磐代乃　•崖之松枝　将結　人者反而　復将見鴨

一四四　磐代之　野中尓立有　結松　情毛不解　古所念　未詳

山上臣憶良追和歌一首

一四五　鳥翔成　有我欲比管　見良目杼母　人社不知　松者知良武

右件歌等、雖レ不レ挽レ柩之時所レ作、•准ニ擬歌意一。故以載ニ于挽歌類一焉。

大寶元年辛丑、幸ニ于紀伊國一時、•見ニ結松一歌一首　柿本朝臣人麻呂歌集中出也

一四六　後将見跡　君之結有　磐代乃　子松之宇礼乎　又将見香聞

【校異】　崖（元金古）―岸　准（金紀元朱）―唯　見（元金紀）―ナシ

長忌寸意吉麻呂が、結び松を見て哀しび咽んで作った歌二首

一四三　岩代の崖の松の枝を結んだという人、あの有間皇子は、望み通りここに帰ってきて、またこの枝を見ることができただろうか。

一四四　岩代の野中に立っている結び松よ。この結び松を見ると、その結びのように、私の心はむすぼおれて、昔のことがしきりに思われるよ。詳しいことはわからない

山上臣憶良の追和した歌一首

一四五　大空を飛ぶ鳥のように、皇子の魂は、天空を飛びかけりながら、結び松を見ているであろうが、人にはわからなくても、松はわかっていることだろう。

右にあげた五首の歌は、葬送の際、柩を挽く時に作った歌ではないが、歌の内容からこれに準じて考えられる。それで挽歌の部に載せる。

大宝元年、紀伊の国に行幸された時に、結び松を見て詠んだ歌一首　柿本朝臣人麻呂の歌集にある歌である

一四六　後に見ようと、皇子が結んだ岩代の小松の梢を、また皇子は見たであろうかなあ。

【歌意】　**一四三・一四四**　長忌寸意吉麻呂は、大宝元年(七〇一)九月から十月にかけての持統太上天皇・文武天皇同行の紀伊国行幸に従駕しているから、その途中岩代通過の際に、有間皇子の結び松と伝えられる松を見る機会があり、悲劇的最期を遂げた皇子を偲んで詠んだのであろう。この時の行幸は、九月十八日に京を出発、十月八日に武漏の温泉に到着、同十九日に還幸している。斉明四年(六五八)十一月の有間皇子の事件からおよそ四十三年の歳月を経ていた。有間皇子の事件は、日本書紀だけでも、本文のほかに二種類の本の伝えを記しているように、いく通りかに伝承されていたものらしい。口頭伝承を含めるとさらに数多く伝えられていた可能性がある。それだけ衝撃的な事件であったのであろう。意吉麻呂は、単に結び松のみに刺激されて詠んだのではない。「人はかへりてまた見けむかも」といっているのは、むしろ、皇子の歌を意識しての表現である。結び松を見る以前に、意吉麻呂たち従駕の人々は、有間皇子の事件を伝え聞いており、その歌を通してかねて関心を寄せていた松を現実に見たことが、より強い印象を伴って有間皇子への思い入れを深くしたものと思われる。皇子の結び松の歌が、紀伊の温泉に護送される往路の歌であって、帰路にそこをふたたび通ったのであっても、処刑を先送りされただけの

帰路であってみれば、「無事であったら」という条件にはかなわず、皇子は見たことにはならない。皇子の願いがかなえられなかったことを知りつつ、意吉麻呂は問いかける形で嘆いているのである。なお、同じ大宝元年の紀伊国行幸従駕の人の作で、有間皇子が刑死した藤白の坂で詠んだ歌、

　藤白のみ坂を越ゆと白栲のわが衣手は濡れにけるかも（9・一六七五）

も、有間皇子追悼の気持ちが詠まれた歌である。

一四五　長忌寸意吉麻呂の作に追和した山上憶良の歌。意吉麻呂の歌は、大宝元年の紀伊国行幸に従駕して岩代を通過し、結び松を見て詠んだものだが、憶良は、大宝元年正月二十三日に、遣唐使少録に任命されており、四月十二日に拝朝、五月七日に執節使粟田朝臣真人は*節刀を授けられている。続日本紀は翌二年六月の遣唐使一行の出発の条に、一行は元年にいったん筑紫を出発したが、風浪が激しく、二年六月に再度の出航となったことを記しているから、大宝元年五月に節刀を授かって間もなく筑紫に向かって出発したに相違ない。元年九月の紀伊国行幸に憶良が従駕するはずはなく、帰国後に意吉麻呂の歌に追和したのであろう。帰国後のいつかは不明であるが、菅野雅雄氏（「磐代歌考再論」『びぞん』83、平三・三）・大久保廣行氏（「追和歌二題」『筑紫文学圏論　大伴旅人　筑紫文学圏』）に養老五年作説がある。そのほか、「追和」の形式が「天平筑紫歌壇においてもてはやされた一種の文学形式であった」ことを理由に、天平年間の作とする説（村瀬憲夫氏『紀伊万葉の研究』）もあるが、筑前国守在任中にこの憶良の追和歌が生まれる必然性は極めて乏しいと思われる。意吉麻呂が、「また見けむかも」と疑問の形で詠んでいるのに対し、憶良は、皇子の霊が大空を翔り結び松を見に通い続けていると歌い、それを松は知っているはずと、皇子の霊に一歩近づいた立場で詠んでいる。私注は「『人こそ知らね』といふあたりに理が這入って来てやはり常識的のものとなって居る」と評しているが、憶良の後の歌々にみえる人間愛からみて、筆者には、皇子への同情からこのような表現になっているように思われる。この「人」には、有間皇子を陥れた人、有間皇子を理

解しようとしない人に対する憶良の思いが現れていると見たい。王権よりも庶民を、貴族的なものよりも虐げられている者を大切にした憶良であった。

＊節刀　天皇大権の一部を移譲する意味をもつ刀で、征討将軍や遣唐使・遣新羅使等の最高位の者に授けられた。

一四六　渡瀬昌忠氏「人麻呂集の皇子追悼歌―子松がうれをまたも見むかも」（万葉七五号　昭四六・一）は、古訓に見えるマタモミムカモの訓を、人麻呂の（見るにしのびない）という否定の気持ちを底深くこめた表現として、支持した。対して、同訓の釈注は、「何度でも来て往時を偲びたいが、皇子同様、もう見られないかもしれないことを嘆いた歌」とする。皇子の思いの残る結び松を見ることを否定する気持ちは、人麻呂の挽歌としては、到底考えがたいことと筆者も考える（後述）。なお、稲岡耕二氏は、当該歌を、もと巻九の一六六七以下の十三首と共にあったとし、それを人麻呂歌集歌と誤った者が、当該歌に「柿本朝臣人麻呂の歌集の中に出づ」の注記を行ったと考えた。題詞が人麻呂歌集にあっては異例であること、「将」を過去の推量の助動詞ケムにあてるのは、人麻呂作歌・同歌集歌を通じてこれ一例しかなく、稲岡氏によれば、略体歌→非略体歌→作歌の順に、ムの表記に、「将」の字が次第に広汎に使用される過程の中で、作歌における「将（ラム）」が出現するので、「将」の字義に最も遠い「将（ケム）」が、人麻呂歌集及び作歌に登場する可能性は考えられないだろう、というのがその理由である（『万葉表記論』）。

「大寶元年辛丑幸于紀伊國時見結松歌一首　柿本朝臣人麻呂歌集中出也」という、本歌の題詞と題詞下の注記の形式が、他の人麻呂歌集歌の場合と異なるのは、事実であるが、題詞も人麻呂歌集歌であることを示す注記の形式も、必ずしも所収巻の違いを超えて一様であるわけではない。歌もしくは歌群の左に「右……首柿本朝臣人麻呂之歌集出」の形式で示すものが多い（巻三、巻七）が、同じ巻の同じ左注の形式でも、巻九のように、歌数を記すものと記さないものとある巻もあり、巻十三のように題詞の位置に、一は、「柿本朝臣人麻呂歌集歌曰」（三二五三、四）、一は、「柿本朝臣人麻呂之集歌」（三三〇九）とある巻もある。巻十四には、歌の下に「柿本朝臣人麻呂歌集出也」とあるものと、左注の形式で、「柿本朝臣人麻呂歌集曰」もしくは「柿本朝臣人麻呂歌集中出」とあるものとが混在するが、人麻呂歌集に限らず、巻々の編者により注記の位置や形式に違いがあっても不思議ではない。大宝元年（七〇一）の紀伊国行幸の時の歌は、題詞にそのことを明示するものに限っても、本歌を含め三巻三箇所に記録されている。すなわち、

大寶元年辛丑秋九月太上天皇幸于紀伊國時歌（1・五四、五五）

大寶元年辛丑幸于紀伊國時見結松歌一首（2・一四六）

大寶元年辛丑冬十月太上天皇大行天皇幸紀伊國時歌十三首（9・一六六七～一六七九）

冒頭の「大寶元年辛丑」の部分は共通するが、それに続く部分が三箇所それぞれに異なるのは、資料を異にしていたことを示すものではないだろうか。また、「将」を過去の推量の助動詞ケムにあてることについては、同じく、「将」をケムに用いた例が、本歌と同時期のものと考えられる長意吉麻呂の一四三番歌と、巻三の挽歌の部に人麻呂の歌の前に配され、「右一首、或云、柿本朝臣人麻呂作」の左注をもつ長歌、四二三番歌との二首にそれぞれ二例の用例があるから、大宝元年の作であることを記す人麻呂歌集非略体歌にあり得ない用字ではないと思う。

【長忌寸意吉麻呂】　生没年未詳。忌寸は、姓。奥麻呂とも。文武天皇の時代を中心とする頃、宮廷に出仕していた官人であった。大宝元年（七〇一）九月から十月にかけての持統太上天皇・文武天皇同行の紀伊国行幸、同二年十月から十一月にかけての持統太上天皇の参河国行幸に従駕して歌を詠んでいる（1・五七、9・一六七三）。難波行幸の時の作らしい応詔歌（3・二三八）もある。当該歌二首は、大宝元年の紀伊国行幸に従駕した際の作であろう。行幸とは関わらない旅の歌かと思われる歌は、三輪の崎佐野の渡りの作（3・二六五）で、後世、藤原定家によって本歌取りされて名歌を生んだ。他に、物の名を詠む歌八首（16・三八二四～三八三一）。計十四首。いずれ

も短歌で、即興歌を得意としたらしい。

　苦しくも降り来る雨か三輪の崎佐野の渡りに家もあらなくに（3・二六五）

　駒とめて袖うち払ふかげもなし佐野の渡りの雪の夕暮（新古今　6・六七一　定家）

【山上臣憶良】　斉明六年(六六〇)生。天平五年(七三三)卒か。七十四歳。大宝元年(七〇一)正月、粟田朝臣真人を執節使とする第七次遣唐使が任命された時、憶良も「无位山於憶良」として少録に任命される（『続日本紀』）。時に、憶良四十二歳。正史初出の記事である。少録は書記の役目を果すもの。この年、いったん筑紫より海に出るが、風波に妨げられ、翌二年六月に再度出航したという（『続日本紀』）。帰路は、執節使の乗船が慶雲元年(七〇四)に、副使巨勢祖父（許勢邑治）の乗船が慶雲四年(七〇七)に帰国したが、大使坂合部大分は、第八次遣唐使と共に養老二年(七一八)に帰国、判官掃守《かにもり》阿賀流は唐で客死したと伝える。第八次以降の遣唐使は、四船に五五〇名前後の人数が乗っているが、第七次の遣唐使の人数や船数は明らかでない。憶良は、執節使と共に帰国したかと推察されている。和銅七年(七一四)正月、正六位下より従五位下昇進、霊亀二年(七一六)四月、伯耆守に任ぜられた。養老五年(七二一)正月、風流の侍従佐為《さゐ》王を筆頭とする十六人の学者文人が、退朝の後東宮に侍することを命ぜられるが、憶良もその一人であった。時の東宮（皇太子）は首《おびと》皇子、後の聖武天皇である。神亀三年(七二六)頃、筑前国守に任ぜられて赴任したらしい。天平四年頃、帰京。以後の作品には官職名を記していない。病のため官を辞したらしい。官位は従五位下のままであったが、帰京後も、第九次の遣唐大使多治比広成の訪問を受けたり、藤原八束が病床にある憶良を見舞う使者を遣わしたりしているから、なお、憶良は、学者・知識人として尊重されていたようである。

　憶良の歌は、①筑紫下向前、②筑前国守時代、③帰京後、の三期に分けて考えられる。①期は、持統四年(六九〇)九月の紀伊行幸の際の川島皇子の歌と異伝関係にある短歌一首と有間皇子追悼の挽歌一首、大宝二年渡唐の在唐時代に詠んだ短歌一首、養老八年（六年の誤りか）東宮の令に応えて詠んだ七夕歌、神亀元年左大臣長屋王の宅で詠んだ七夕歌等である。天平五年の作品に併せて記録しているが、神亀二年作と注記する長寿を願う歌一首も、この時期の作である。短歌、六首。②期は、最も作歌活動の盛んな時期である。文人としてもすぐれた大伴旅人を上司大宰帥に迎えたことが刺激となってであろう、神亀五年（七二八）の旅人の妻の死を悼む日本挽歌を初めとして、長歌七首、反歌十六首、短歌三十一首、旋頭歌一首を残している。漢文の序を付したものや、漢文の序と漢詩とを併せたもの、十首の短歌連作のあとに長文の漢文で作歌の背景を説明しているものなど、漢詩文との関わりが深い。思想内容的には、家族への愛情を主題とする歌や、友人に替って海に出て遭難した志賀の海人荒雄や相撲の司の従者として都に向う途中病に倒れ親に看取られることなく死んだ大伴熊凝など、不幸な死に見舞われた人への同情を主題とした作品などに憶良の特色がみられる。筑前国の守として旅人主催の宴席に出席しての作も僅かながらある。③期の歌は、長歌四首、反歌十首、短歌一首、漢文一編、漢詩にやや長い漢文の序を併せた一篇。貧しい生活を余儀なくしている者への同情を詠んだ貧窮問答歌や、大使として渡唐を前に憶良のもとを訪問した多治比広成に贈った好去好来の歌、年老いて病床にある苦痛と家族への愛を吐露した歌など。最晩年の漢詩・漢文は、長生を願いつつ重い病の床にあっていかんともしがたい嘆きを表現したものである。総じて、憶良の歌の主題と歌風は、旅人と対照的で、公の立場で出席した七夕の宴での七夕歌を例外として、風雅に背を向け、貧しい生活、不幸な人生を生きた人々に同情し、家族への愛を歌い、自己の老いと貧しさと病苦を嘆く歌を、飾らず率直に、激しい感情を吐露するものであった。

憶良帰化人説については、「天智朝の亡命帰化人の一人が憶良の父だったのではないか」というのが憶良帰化人説を最も強く主張する中西進氏の説（「憶良帰化人論」国学院雑誌七〇巻一一号ほか）である。氏は、天武紀朱鳥元年五月に侍医として見える「百済人憶仁」を憶良の父と推測している。これによれば、斉明六年生の憶良は、四歳の年に父に伴われて来日したことになる。氏とは別に、憶良帰化人説を提起した土屋文明・渡部和雄氏などもいる。管見によれば、土屋氏は、天智二年に日本に亡命した憶礼福留、天平宝字五年に石野連を授けられた百済の人憶頼子老に注目して、憶良の名はこの憶頼に関係あるものに違いないと言っている（『万葉集私注』十巻本補巻）。憶良以前の山上氏の家系のわかりにくさ、異質ともいえる歌の主題と中国的教養と知識の深さ・豊かさから、憶良帰化人説が出るのも理解できるが、臣姓の憶良を帰化人とすることについての反論もある。その後、中西氏は「再説『憶良渡来人論』」（上代文学　昭五十・七『万葉の歌びとたち』所収）において、臣姓の帰化人の例や、渡来系と日本人との境界の不分明さなどを示してその説を補強された。「山上憶良と『万葉集』」（『座談会日本の渡来文化』所収）も参照したい。

〔柿本朝臣人麻呂歌集〕　万葉集には、「柿本朝臣人麻呂の作る歌」、もしくは「柿本朝臣人麻呂の歌」と題する歌のほかに、「柿本朝臣人麻呂の歌集に出づる歌」、「柿本朝臣人麻呂の歌集の歌」のように、その出所が「柿本朝臣人麻呂歌集」であることを記すものがある。一般に、前者を「人麻呂作歌」、後者を「人麻呂歌集歌」と区別している。前者は、巻一、二を中心に、巻三、四にも少数収められているが、後者は、巻二、三に各一首のほか、巻七、九、十、十一、十二の各巻に多く、巻十三、十四にも少数ある。前者すなわち「人麻呂作歌」は、「ある本の歌」など異伝歌を含めて、八四首あるのに対して、後者すなわち「人麻呂歌集歌」は、三六五首（三七〇首説もある）あり、その内部は、書式により、略体歌（一九六首）と非略体歌（一二七首）とに分かれる（そのいずれとも決定しがたい歌も四二首ある）。略体歌は、その大部分が相聞歌で、雑歌に属すると思われるものは僅か四首しかない。これに対して非略体歌は、天武天皇の皇子たち、すなわち忍壁皇子・弓削皇子・舎人皇子らへの献呈歌を含み、弓削皇子・舎人皇子の歌を収録してもいる。吉野に遊ぶ官人の歌や山代国の泉川辺における間人宿祢の歌も載せる。山代・近江・紀伊の国々を旅する歌もあり、「人麻呂作歌」と生活環境を同じくしている。現在、非略体歌に関しては、題詞に皇子や人麻呂以外の官人の名を作者名として記しているもの以外は、すべて人麻呂の作と認められているといってよい。一四六番歌は、非略体歌に属する歌である。なお、人麻呂歌集の用字に関しては、研究史を含めて詳しく説いている稲岡耕二氏の「人麻呂歌集と人麻呂」(『セミナー　万葉の歌人と作品』第二巻)がある。

結び松　有間皇子が枝を結んだと伝えられていた松。

【一四三】　崖の松が枝　キシは、土地の切り立っている所。崖、断崖、水際など。岩代の崖の上は、野にふさわしいなだらかな傾斜地になっている。

人　有間皇子をさす。

かへりて　この地に戻って来て。

また見けむかも　ふたたび見たであろうかなあ。ケムは、過去の推量の意をあらわす助動詞。

【一四四】　野中　野は、山裾などの緩い傾斜地をいう。岩代の野中は、崖側がキシで、背後はなだらかな傾斜地になっており、野中というのにふさわしい。

心も解けず　心がふさいで晴々せず。

古思ほゆ　「古」は、有間皇子在世当時をさす。

【一四五】　翼なす　原文「鳥翔成」。旧訓トリハナス。真淵が万葉考でツバサナスと訓んで、佐佐木評釈・全集・全注・新全集・釈注・和歌大系・新大系など、これに従っている。佐伯梅友「鳥翔成」(短歌研究　昭一八・一〇)はこれを義訓として、アマガケリと訓み、窪田評釈・注釈・集成・全訳注などがこれに従う。他に、カケルナス(攷証・全註釈)、トトビナス(新考)など。大系は、無訓。全集頭注に、高知県長岡郡国府村(南国市)の方言に、鳥類を意味する「とりつばさ」という語があり、嬰児が死んだらとりつばさになるという(土佐民俗叢書一)と紹介し、「死んだ有間皇子の霊魂が鳥のように空中を飛翔することをいうのであろう」という。アマガケリの訓は、下への意味的つながりも明瞭で魅力的だが、原文に即した訓としてツバサナスと訓みたい。

あり通ひつつ　通い続けつつ。主語は、有間皇子の霊魂。アリは、(連用形を接頭語的に用いて)続けて……する、ずっと……する、の意。
見らめども　「見」は、動詞「見る」の連用形。見る・煮るなどの上一段活用の動詞は、上代では、連用形にラム・ラシ・ベシ・トモが続く。
人こそ知らね　人は知らないけれども。「コソ……已然形(結び)」で逆接の前提句となる例(大系頭注)。ネは、打消の助動詞ズの已然形。
松は知るらむ　結び松は(有間皇子の霊魂が通って来ていることを)よく知っていることだろう。
【一四六】　大宝元年辛丑、紀伊国に幸す時　『続日本紀』には、大宝元年九月十八日の条に、「天皇、紀伊国に幸《みゆき》したまふ」とあり、このあとも、「車駕、武漏の温泉に至りたまふ」(十月八日)、「車駕、紀伊より至りたまふ」(十月十九日)とあるのみであるが、万葉集巻一に、「大宝元年辛丑秋九月、太上天皇、紀伊国に幸す時の歌」(五四題)とあり、巻九に、「大宝元年辛丑冬十月、太上天皇大行天皇、紀伊国に幸す時の歌十三首」(一六六七題)とあることから、持統太上天皇と文武天皇同行の行幸であったことがわかる。大行天皇の称は、本来は、崩御後の天皇の、謚号を奉るまでの期間に用いられる称号であるが、万葉集では、文武天皇に対してのみ用いられており、生前の文武天皇に対しても用いられている。これは、崩御後の呼称を生前にまで及ぼした用い方である。なお、この時の行幸は、往路に日数を多く費やしているが、玉津島に立ち寄り十日近く滞在したためであろう。巻九挽歌に収める人麻呂歌集非略体歌の「紀伊国にて作る歌四首」(9・一七九六〜一七九九)は、この時のものと思われる。
君が結べる　「君」は、有間皇子。皇子が結んだ。「小松が末」にかかる。
また見けむかも　原文「又将見香聞」。元暦校本・類聚古集・古葉略類聚鈔・紀州本にマタモミムカモと訓まれているが、それ以外の写本・版本の類は多くマタミケムカモと訓んできた。広瀬本が、マタミツルカモと訓んでいるのは、原文に合わないが、ツルカモの右に、「又或ミムカモ」とあり、更に、ムカの左に「ケム」と記す。また訓のコマツノ以下の左には、「伊云御本云コマツカウレヲマタモミムカモ」と記している。広瀬本のミツルカモを別とすれば、古くマタミケムカモと訓まれていたのが新点本以降にマタモミムカモと訓まれるようになったのであろう。これに対して渡瀬昌忠氏が、マタモミムカモと訓むべきことを論じたのであるが、おうふう本・集成・釈注に支持されたものの、大部分は、なお、マタミケムカモの訓みを支持している。渡瀬氏は、マタモミムカモと訓むべき句を有する歌二首と並べて、

後見むと君が結べる岩代の小松が末を（われ）又《マタ》将《モ》見《ミム》香《カ》聞《モ》　（本歌）

水伝ふ磯の浦廻の岩つつじ茂く咲く道を（われ）又《マタ》将《モ》見《ミム》鴨《カモ》　（2・一八五）

岩綱のまた変若ちかへりあをによし奈良の都を（われ）又《マタ》将《モ》見《ミム》鴨《カモ》　（6・一〇四六）

本歌は、他の二首と、「結句の表記が、『かも』に音仮字と訓仮字との違いのあるほかは、ほとんど同一であり、しかもそれを結句とする歌の構造においても共通するものがある」とした。氏は、「巻二の人麻呂歌集歌再論―『またも見むかも』補説―」を著作集第五巻に収めて、この論に異見を述べた森淳司氏、稲岡耕二氏、橋本達雄氏らに応えておられる。三氏の論は、主として本歌の結句を「（われ）またも見むかも」とすると、上句の「後見むと」の主語が入れ替わることになり、一首の統一性を欠くことを難点としているといってよいが、それはそれとして、今、別の観点から私見を述べたい。渡瀬氏があげた三首は、結句の表記はたしかに同訓と訓み得るものであるが歌意は、決して一様ではない。第一に本歌は、大方が支持しているようにマタミケムカモと訓んで、「君すなわち有間皇子はふたたび見たであろうかなあ」と解釈することが可能であるが、他の二首は歌意からいってマタミケムカモと過去の推量にとることは不可能である。つぎに、もし本歌の結句をマタモミムカモと訓んだとしても、他の二例とは見る対象に対する作者の気持ちはかなり異なるはずである。氏は、一八五の結句に対し「『二度と見られるだろうか、二度と見られそうもない（見るにしのび

ない)』と否定的な不可能の気持ちをこめる表現であろう」といっている。「否定的な不可能の気持ちをこめる表現」とは具体的にどういう気持なのかわかりにくいが、『 』で括られた部分に関しても、見ようと思えば見ることは可能であるのだが、悲しいから見るにしのびなくて見られないのか、あるいは、いくら見ようと思っても、もはや「水伝ふ磯の浦廻の岩つつじ茂く咲く道」は変貌してしまうか主君の死によって必然的に皇子の宮から離れなければならない立場にあるかして、見ることが不可能なのか、その区別が明瞭でない。「二度と見られそうもない(見るにしのびない)」とあるから、氏の理解は前者であろうかと思われるが、事実はそうではなくて、皇子生前の庭園の岩つつじの咲き栄えた道は、皇子が亡くなったこれからはすっかり変わってしまうであろうとの思いから、あるいは皇子の宮の舎人ではなくなるから、二度と見ることは不可能になってしまった、という気持だと思われる。一〇四六は、「傷二惜寧楽京荒墟一作歌三首」と題する歌の中の一首であるが、天平十二年冬に久迩に都が遷り奈良の古京が荒れたことを悲しむ歌である。氏は、この歌も一八五と同じく「二度と見るにしのびない気持ちの表現である」といっている。三・四句の「あをによし奈良の都」は、荒廃した現在の古京ではなくて、「咲く花のにほふがごとく栄えていた奈良の都」をさしているので、それは「変若ちかへり」―時間を過去に戻すことができない限り見ることはできないだろうと嘆いている表現だと思われる。一八五も一〇四六も作者はできるものなら見たいのだが、対象が変質してしまって見ることが不可能になってしまった嘆きの歌である。

それに対して、本歌の、有間皇子が生命の無事を切実に願って松の枝を結び、願いかなって無事であったら、ここに来てこの目で私が結んだ松の枝を見て生命の無事をよろこびたいと思ったその結び松をいくら辛いからといって私は見たくないというのでは、挽歌にならないと思う。人麻呂は、飛鳥皇女や高市皇子の殯宮の時の歌にあっても、その最後を、……音のみも　名のみも絶えず　天地の　いや遠長く　偲ひ行かむ　御名に懸かせる　明日香川　万代までに　はしきやし　我が大君の　形見かここを（2・一九六）

……我が大君の　万代と　思ほしめして　作らし　香具山の宮　万代に　過ぎむと思へや　天のごと　振り放け見つつ　玉たすき　懸けて偲はむ　畏かれども（2・一九九）

のように、亡き人にゆかりの川や宮をいつまでも見ながら偲ぼうと詠んでいる。

「また見けむかも」と訓んで、「君はふたたび見たであろうかなあ」と詠んだとするのは、一見よそよそしく作者の感情がわかりにくい面はあるが、「結果的に無事であることはできなかったが、せめて皇子が亡くなる前にふたたび見たことを願いたい」という気持ではないだろうか。

近江《あふみ》の大津宮《おほつのみや》に天《あめ》の下知《したし》らしめしし天皇《すめらみこと》の代《よ》　天命開別天皇《あめみことひらかすわけのすめらみこと》、謚《おくりな》して天智天皇《てんぢてんわう》といふ

近江大津宮御宇天皇代　天命開別天皇、謚曰二天智天皇一

近江の大津の宮で天下をお治めになった天皇の時代　天命開別天皇、謚を天智天皇という。

［謚・諡］　死後に贈る称号。日本の天皇には、国風謚号と漢風謚号とがあり、万葉集巻一と巻二の天皇代の標題には国風謚号または国風謚号と漢風謚号の両方を掲示する。奈良時代までの漢風謚号は天平宝字年間（七五七～七六五）に淡海三船などによってさかのぼって追謚されたものかといわれる。ここでの、「天命開別天皇」は国風謚号で、

天智天皇は漢風諡号。

一四七 天皇《すめらみこと》、聖躬不豫《みやまひ》したまふ時《とき》に、太后《おほきさき》の奉《たてまつ》る御歌《みうた》一首《しゅ》

天《あま》の原《はら》　振《ふ》り放《さ》け見《み》れば　大君《おほきみ》の　御寿《みいのち》は長《なが》く　天足《あまた》らしたり

一書《しょ》に曰《い》はく、近江天皇《あふみのすめらみこと》の聖躰不豫《みやまひ》したまひて、御病急《みやまひにはか》なる時《とき》に太后《おほきさき》の奉献《たてまつ》る御《み》歌《うた》一首《しゅ》

一四八 青旗《あをはた》の　木幡《こはた》の上《うへ》を　通《かよ》ふとは　目《め》には見《み》れども　直《ただ》に逢《あ》はぬかも

天皇《すめらみこと》の崩《かむあが》りましし後《のち》の時《とき》に、倭太后《やまとのおほきさき》の作《つく》りませるみ歌《うた》一首《しゅ》

一四九 人《ひと》はよし　思《おも》ひやむとも　玉縵《たまかづら》　影《かげ》に見《み》えつつ　忘《わす》らえぬかも

【原文】

一四七 天皇聖躬不豫之時、太后奉御歌一首

天原　振放見者　大王乃　御壽者長久　天足有

一書曰、近江天皇聖躰不豫御病急時、太后奉獻御歌一首

一四八 青旗乃　木旗能上乎　賀欲布跡羽　目尓者雖視　直尓不相香裳

天皇崩後之時、倭太后御作歌一首

一四九 人者縦 念息登母 玉蘰 影尓所見乍 不所忘鴨

【校異】 太（金紀）―大

天智天皇がご病気の時に、皇后が奉ったお歌一首

一四七 大空をふり仰いで見ると、大君のお命は長く久しく、大空いっぱいに満ち満ちておられます。

ある書に、近江天皇がご病気で、危篤状態になられた時に、皇后倭姫が奉ったお歌一首

一四八 青い旗のような木幡山の上を天皇のみ霊がお通いになっておられるのを、この目でたしかに見ているのだが、もはや直接にお逢いすることはできないことだよ。

天智天皇が崩御された時に、皇后倭姫がお作りになったお歌一首

一四九 人はたとえ天皇をお慕いすることをやめようとも、わたしは天皇の面影がいつも浮かんで忘れられないことだよ。

【歌意】 一四七 病床にある天皇の回復を祈って、み命の長久を予祝した歌である。予祝とは、希望する状態の実現を期待して行う呪的行為である。事と言の両方で行われた。「大君の御寿は長く天足らしたり」と歌うのは言葉による予祝であるが、御寿の長久を具象化する儀式も行われた可能性がある。古典大系補注に、「『天にはも五百つ綱延ふ万代に国知らさむと五百つ綱はふ』（巻十九・四二七四）という例があるのによれば、棟・梁・桁・柱な

どを結んだ綱を、あちこち長く引き延える風があったと思われる。顕宗紀の室寿《むろほき》の言葉に『取り結へる縄葛はこの家のをさの御寿《みいのち》の堅《かため》なり』ともあるので、この一四七の歌も、天井に縄を結んで垂れ、また縄目を堅く結んで、天皇の御寿命も長くたしかであることを歌ったものであろうとする」とあるのを支持する。回復を祈っての予祝であるが、病状は明らかに絶望的で、事実間もなく崩御に至ったので挽歌に入れたのである。現実の危機的状況とは反対のことを断定的に表現しているところに、この歌の呪術的性格がある。

一四八　題詞に、危篤状態にある時に奉ったとあるが、歌の内容は、すでに天皇の霊魂は肉体を離れているので、題詞と合わない。まだ他の人の目には崩御と認められていない段階で、皇后はいちはやく肉体を離れ出た天皇の霊を見たのではないかと考えられる。題詞は誤りで、崩御後御陵のある山科で作られたものとする説もあるが、山科に御陵が作られたのも天皇と関わり深い地であったからとすれば、御陵が営まれる以前でも、天皇の霊が山科の地を通われるのを皇后が見るということはあり得たであろう。下二句には、夫を失った妻の悲しみがよく表現されている。

一四九　「人はよし思ひやむとも」は、挽歌としては異例の表現であるが、皇后倭姫の情炎ともいうべき個人的な強い思いのうかがわれる表現である。天智天皇には四人の皇子と十人の皇女がおり、後宮には、それら皇子皇女を生んだ女性が、天智即位当時には既に亡くなっている女性も含めて八人いた。大臣を父とし、嬪と称された者四人、出自低く宮人と呼ばれた女性四人であった。み子は生まなくても天皇に愛された額田王もいた。対して、皇后倭姫には、み子はいず、父の古人大兄皇子は、謀反の罪で皇太子時代の天智天皇（中大兄皇子）の差し向けた兵によって殺された人物である。皇后として遇されたとはいえ、愛情で結ばれた夫婦でもなく、安定した地位にあったわけでもなかった。天皇の崩御前に出家して吉野に入った前皇太子大海人皇子に心を寄せる氏族もいたし、天皇崩御の悲しみよりも安定を欠いた宮廷の現状にどう対処すべきかが、大臣以下の高官たちの最大の関心事であったろう。天皇在世中抑えていた他の女性たちに対する思い、天皇崩御後の、天皇のことも皇后のことも念頭にないかのような大臣以下の行動に対する思いなどが、この「人はよし思ひやむとも」の表現には現れているように思う。大海人皇子は、兄天智が後事を託そうと言ったとき、皇后に天下のことをすべて任せて、大友皇子を皇太子にするように、と進言したとあるが、後述の、大友皇子と左大臣以下の高官たちの再度にわたる誓いの様子から見ても、皇后は政治と関わりない世界におかれていたように思われる。

【天智天皇の後宮】 天智紀七年二月二十三日の条には、左のごとく見える。

皇后　倭姫王《やまとひめ》（父は、古人大兄皇子。）
嬪　蘇我山田石川麻呂大臣の娘、遠智娘《をちのいらつめ》（大田皇女・鸕野《うの》皇女・建《たける》皇子の母）
　同　右　姪娘《めひのいらつめ》（御名部《みなべ》皇女・阿閇《あへ》皇女の母）
阿倍倉梯麻呂《くらはしまろ》大臣の娘、橘娘《たちばなのいらつめ》（飛鳥《あすか》皇女・新田部《にひたべ》皇女の母）
蘇我赤兄《あかえ》大臣の娘、常陸娘《ひたちのいらつめ》（山辺皇女の母）

宮人で皇子・皇女を生んだ者
忍海造《おしぬみのみやつこ》小竜《をたつ》の娘、色夫古娘《しこぶこのいらつめ》（大江皇女・川島皇子・泉皇女の母）
栗隈首徳万《くるくまのおびととこまろ》の娘、黒媛娘《くろひめのいらつめ》（水主《みぬし》皇女の母）
越の道の君伊羅都女《いらつめ》（志貴皇子の母）
伊賀采女宅子娘《やかこのいらつめ》（大友皇子の母）

【後宮職員令（養老令）】 天智七年二月条は、大臣の娘で天智天皇の皇子女を生んだ者を、いずれも嬪《みめ》と称し、天武二年二月条では、大臣の娘で天武天皇の皇子女を生んだ者を、いずれも夫人《おほとじ》と称している。共に令制以前で、令の規定を反映していない。

妃二員　四品以上
夫人三員　三位以上
嬪四員　五位以上

【天智天皇の発病から崩御まで】　天智天皇は、天智十年（六七一）九月に病気になられた。ある本には、八月に発病されたとあると『日本書紀』は注記している。十月八日には、内裏で百体の仏像の開眼を行った。また、この月、天皇は使者を遣わして、袈裟・金鉢・象牙・沈水香（香木の一種）・梅檀香（同上）および数々の珍宝を法興寺（飛鳥寺）の仏に奉った。同月十七日、天皇は重態になられた。東宮大海人皇子を寝室に呼び、後事を託したが、事前に、蘇我臣安摩侶から言葉に気をつけるようにと言われていた大海人皇子は陰謀があるのではないかと警戒し、固辞して、天皇のために出家をして仏道を修行したいと申し上げた。天皇が許すと、直ちに大海人皇子は、内裏の仏殿の南に出て、ひげや髪を剃り、僧侶の姿になった。天皇は、大海人皇子に袈裟をお贈りになった。十九日に、大海人皇子は、吉野に入って仏道を修行したいと天皇に願い出て許され、直ちに吉野に向かった。大臣たちは、見送って宇治まで行き、引き返した。この時、「虎に翼を着けて放すようなものだ」という人もいたという。

　十一月二十三日、大友皇子と五人の臣、すなわち左大臣蘇我赤兄臣・右大臣中臣金連・蘇我果安臣・巨勢人臣・紀大人《うし》臣は、内裏の西殿の織物の仏像の前で、順次香炉を手に互いに心を同じくして天皇のお言葉に従うと誓った。二十四日に、近江宮に火災がおきた。二十九日には、天皇の前で、五人の臣が大友皇子を奉じてまた誓った。十二月三日、天皇は近江宮で崩御された。十一日に新宮で殯を行った。

　以上は、天智天皇崩御前後の記録を『日本書紀』から抄出したものであるが、『日本書紀』のこのあたりの記述は、この翌年の壬申の乱の勝利者天武天皇（東宮大海人皇子）の側の手によるせいで、きわめて簡単な記述でしかない。それでも、蘇我氏の寺である法興寺に数々の珍宝を納めるなど、天智天皇の自分の過去の非情な行為を償おうとする気持ちの現れかと思われる事柄もある。左右の大臣を含む五人の臣が天皇の言葉に従うと仏像の前や天皇の前で、再度にわたって誓っているのも、天皇崩御後の宮廷内の混乱への強い不安があったことをうかがわせる。

【一四七】 **聖躬《みやまひ》不予** 聖躬は、天皇の身体。不予は、天皇の病気。

太后 皇后倭姫。太后は、太后に同じ。太は大に通用した。皇后。天智天皇の皇后倭姫は、天智天皇の異母兄古人大兄皇子の娘。古人大兄皇子は、大化元年六月、出家して吉野に入ったが、同年九月、謀反を企てた罪で兵を差し向けられ、子と共に斬られ、妻妾も自殺した。倭姫は、幼少であったので無事であったようだ。天智七年正月三日に中大兄皇子が即位した後、二月二十三日に皇后となる。天智天皇との間にみ子はいない。

振り放《さ》け見れば 振り仰いで見ると。「放《さ》け」は、放つ意の動詞「放《さ》く」の連用形。

天足らしたり 天空に満ち満ちておられる。「足《た》らし」は、満ちている意の「足《た》る」に尊敬の意をあらわす助動詞スの連用形がついた形。タリは、ている意の助動詞。

【一四八】 **近江天皇** 近江宮を皇居とされた天皇の意で、天智天皇のこと。巻一・二は天皇の代ごとに歌を配列し、その時代の天皇は、単に「天皇」と表記している。この歌の「近江天皇」の称はその点で異例である。「一書」の表記をそのまま記載したためであろう。なお、近江宮は、天智六年(六六七)三月に近江に遷都して皇居となり、天智天皇崩御の翌年、天武元年(六七二)の壬申の乱で滅んだ。

聖躰《みやまひ》不予 聖躰は、聖躬に同じ。天皇の身体。不予は、天皇の病気。

御病急《にはか》なる時 危篤状態の時。

青旗の 地名「木幡」にかかる枕詞。別に、「葛木山」

（4・五〇九）、「忍坂山」（13・三三三一）にかかる例もある。いずれも山であることから、青々とした木々に覆われた山を青い旗のようだとして冠した枕詞であることがわかる。

木幡　京都府宇治市木幡の地。天智天皇の御陵は、京都市東山区山科御陵町にあり、現在の木幡は、南に約八キロ離れているが、「山科の強田山《こはたやま》」（11・二四二五）ともあり、古くは、木幡の丘陵以北を広く山科といったらしい。

通ふ　主語は、天智天皇の霊。

目には見れども　直に逢はぬかも　（お通いになる天皇の霊を）目で見てはいるが、この世に生きている人としての天皇と直接に対面することはもはやできないことよ。

【一四九】　**倭太后**　皇后倭姫。一四七の大后の注参照。

人はよし　思ひやむとも　人はたとえ天皇をお慕いすることを止めようとも。ヨシは、下の仮定表現トモを伴って、たとえ、仮に、の意。「思ひやむ」は、思うことをやめる意であるが、思う内容は、お慕いする、敬愛する、大事に思う、などであろう。

玉縵《たまかづら》　「影」にかかる枕詞。玉は、美称。天皇のかづらは、華縵《はなかづら》とも、御蔭《みかげ》ともいい、天皇の地位を象徴する、重要なものであった。持統元年（六八七）三月二十日、天武天皇の殯宮に、華縵を奉ったが、「この華縵を御蔭という」と注記する。『播磨国風土記』にも、応神天皇が巡行中に御蔭をかぶられなかった、あるいは、落とした話を伝える（飾磨《しかま》郡安相《あさぐ》里・神崎郡蔭山里）。ここは、天皇の地位を象徴するかづらを御蔭ということから、「蔭」の枕詞としたもの。枕詞とはいえ、天皇の象徴であり、生前の天皇と密接に結びついている「玉かづら」は、皇后倭姫にとって天智その人とほとんど同格を意味したはずである。

影に見えつつ　面影、すなわち天皇のお姿が幻影となってしきりに見えつつ。

忘らえぬかも　忘れることができないよ。四段活用の動詞「わする」の未然形「わすら」＋可能の意の助動詞ユの未然形エ＋打消の助動詞ズの連体形ヌ・詠嘆の終助詞カモ。

天皇《すめらみこと》の崩《かむあが》りましし時《とき》に、婦人《をみなめ》の作《つく》る歌《うた》一首《しゅ》 姓氏《せいし》いまだ詳《つばひ》らかならず

一五〇 うつせみし 神《かみ》に堪《あ》へねば 離《はな》れ居《ゐ》て 朝嘆《あさなげ》く君《きみ》 放《さか》り居《ゐ》て 我《あ》が恋《こ》ふる君《きみ》 玉《たま》ならば 手《て》に巻《ま》き持《も》ちて 衣《きぬ》ならば 脱《ぬ》く時《とき》もなく 我《あ》が恋《こ》ふる 君《きみ》そ昨夜《きぞ》の夜《よ》 夢《いめ》に見《み》えつる

【原文】 天皇崩時、婦人作歌一首 姓氏未詳

一五〇 空蝉師 神尓不勝者 離居而 朝嘆君 放居而 吾戀君 玉有者 手尓巻持而 衣有者 脱時毛無 吾戀 君曽伎賊乃夜 夢所見鶴

天智天皇が崩御された時に、婦人が作った歌一首 姓も氏の名もわからない

一五〇 この世に生きている身は、神上りなさったお方に近づくことはできないので、離れていて、朝、わたしの嘆きつつ思う君よ。おそばから離れていて、わたしの恋い慕う君よ。もしあなたが玉であったら、いつもこの手に巻いて、もしあなたが衣であったら、かたときも脱ぐことがないほどに、わたしが恋しく思っている君が、昨夜わたしの夢に見えました。

【歌意】　婦人は、「下級の女官の女孺や采女などをさすか」とも、「宮女の類」ともいわれるが、天智天皇を恋人のように詠んでいるところからすれば、それほど下級であったとも思われない。この夢について、釈注は、「初七日にあたる間、天皇の霊魂を呼びこみ繋ぎとめておくための夢占いの結果を詠んだ歌と思われる。死者が夢に現われることは一種の復活と考えられたらしい」とし、これを公的な夢とした。皇后の挽歌や次の大殯の歌と並んで記録されていることからすれば、歌は公開されたものと見られるが、「天皇の霊魂を呼びこみ繋ぎとめておくための夢占い」という意味内容は曖昧で、そのような夢の例も確認できない。私注に「作風は幼稚な対句法を用ゐてたどたどしく句を遣って居るが、その言ひ方が余り幼いため、対句から普通に感ぜられるやうな煩瑣な形式感からは反って救はれて居る。よい意味での素朴な美を見ることが出来る。（中略）そして終結に至って『君ぞきぞの夜　夢に見えつる』の実感のあふれる句を置いて居る」というように、公的な夢の結果の報告というよりも、恋しい人を夢に見た喜びが素直に伝わってくるように思われる。

崩りましし時　崩御された時。カムアガリは、神として天上にあがる意の動詞カムアガルの連用形。天皇・皇族などの亡くなる意にも用いられる。万葉歌では、天武天皇の崩御を詠んだ柿本人麻呂の「神上　上座奴　一云　神登　座尓之可婆」（2・一六七）があるのみ。マシシは、尊敬の意をあらわす補助動詞マスの連用形マシ＋過去の助動詞キの連体形シ。

婦人　ヲミナメは、タヲヤメとも。ここは、後宮の女性であろう。

うつせみし　ウツセミは、この世に生きている人。シは、強意の助詞。

堪へねば　アフは、抵抗し負けまいとする意。ネは、打消の助動詞ズの已然形。ここは、共にいられない意か。

君　天智天皇をさす。

離れ居て……放り居て　原文「離居而……放居而」。

①ハナレヰテ……ハナレヰテ　　注釈
②サカリヰテ……サカリヰテ　　全註釈・大系・全注・
　全訳注・和歌大系
③ハナレヰテ……サカリヰテ　　代匠記・略解・全集・
　集成・新全集・釈注・新大系
④サカリヰテ……ハナレヰテ　　古義・全釈・私注

の四通りの訓がある。注釈は、「集中にサカルの例が多いやうに見えるのは『天ざかる』『夷ざかる』『しなざかる』などの枕詞をはじめ、例の『歌語』として古語が活用されてゐる為であって、日常語としてはむしろハナルが通用されてゐたと認むべき」として、共にハナレと訓んだ。全注は、「サカルには起点からの距離意識が強く感じられるのに対し、ハナルには（用例略）、離れた物や人そのものに重点があるように感ぜられる」として、共にサカリと訓んでいる。全註釈に「同一の句を繰り返すのが古歌の風格である」ともあるが、文字を変えていることと対句表現であることを顧慮し、③によった。

脱く時もなく　ヌクは「脱ぐ」意だが、クは、清音。

昨夜《きぞ》　昨夜。

夢に見えつる　夢は、イメ。イは、睡眠。ミエツルは見える意のミユの連用形に完了の助動詞ツの連体形がついた形。「君そ」のソの結び。君が夢の中に姿を見せた、意。

天皇《すめらみこと》の大殯《おほあらき》の時《とき》の歌《うた》二首《しゅ》

一五一　かからむの　こころ知《し》りせば　大御船《おほみふね》　泊《は》てし泊《とま》りに　標結《しめゆ》はましを　額田王《ぬかたのおほきみ》

一五二　やすみしし　我《わ》ご大君《おほきみ》の　大御船《おほみふね》　待《ま》ちか恋《こ》ふらむ　志賀《しが》の唐崎《からさき》　舎人吉年《とねりのきね》

【原文】 天皇大殯之時歌二首

一五一 如是有乃 懐知勢婆 大御船 泊之登萬里人 標結麻思乎 額田王

一五二 八隅知之 吾期大王乃 大御船 待可将戀 四賀乃辛埼 舎人吉年

【校異】 懐（金類古）―豫

天智天皇の大殯の儀礼の時の歌二首

一五一 このような大君のお気持ちをもし知っていたら、大君のお船の泊まっている港に標を結うのでしたのに。 額田王

一五二 あまねく天下を治めておいでであったわが大君のお船を、今も待ち恋うていることでしょう。志賀の唐崎は。 舎人吉年

【歌意】 天皇の大殯の時の歌と題し、作者名を歌の下にしるすのは、前後の歌と作歌の場を異にすることを示している。後出の柿本人麻呂の殯宮の時の歌同様、大殯の儀礼として、殯宮の場で誦詠されたのであろう。天智天皇の殯は、崩御後、八日目の十二月十一日に「新宮に殯す」とあるのが、初日である。天皇の殯は、宮廷内に設けられることが多い。この場合も、大津の宮の琵琶湖を望み得る場所に設けられたのであろう。共に、生前に天皇がよく乗られたに相違ない大御船を中心に詠んでいる。天皇の寵を受けた額田王の歌にしては、形式的である

ように思われるのも、大殯の儀礼として女官ばかりでなく、廷臣の心をも代表して詠むべきであったとすれば、理解できる。

大殯　大殯は、天皇の殯。殯は、死者を葬るまでの間、屍を棺に納めて仮に安置しておくこと。この間、死者の霊を鎮めるために、供物を捧げ、発哀・発哭・歌舞・奏楽などが行われ、誄（しのびごと）がたてまつられた。

【一五二】　かからむの　こころ知りせば　原文「如是有乃　懐知勢婆」。「懐」は、西本願寺本以下の諸本には、「豫」とあるが、金沢本・類聚古集・古葉略類聚鈔には、「懐」とある。紀州本には、「預」とあり、右にオモヒ、左にカネティとある。「豫」に従い、カネテと訓むと、「如是有乃」をカカラムトと訓まざるを得ず、乃を登または刀の誤記とするが、登は字形が離れすぎ、刀（甲類のト）は助詞ト（乙類）と仮名違いである。「懐」の本文は、次点本系で古く、初句との続きもよい。死を故人の意志で天に、あるいは山に、あるいはいずこかに去ったと表現するのは挽歌によく見られる表現である。巻二・一六七、一九六、巻三・四一八、四二六、巻七・一四〇九など。

※現行注釈書訓諸説

かからむとかねて知りせば　注釈・全集・集成・全注・新全集・釈注・和歌大系・新大系

かからむのこころ知りせば　全註釈・大系

かからむのおもひ知りせば　大成・全訳注

泊《は》てし泊《とま》り　ハテシは、碇泊する意の動詞ハツの連用形に過去の助動詞キの連体形がついた形。トマリは、船着き場。港。

標結はましを　シメは、ここは、出入りを禁じるためのしめ縄。ユハマシヲは、張りめぐらすのであったのに。マシは、事実に反することを仮に想像する意の助動詞。天皇の乗っておられる大御船が港の外に出ないようにしめ縄を張っておくのだったのに、の意で、天皇の死を悼んでいる。

額田王 巻一・七、八、九、一六、一七・一八、二〇に既出。人物については、同・七、二〇参照。

【一五二】 我ご大君 原文「吾期大王」。ワゴは、ワガオホキミのガオの母音アオの連続からアを脱落させた形。ワゴとワガについては、巻一・三番歌参照。

待ちか恋ふらむ 「待ち恋ふらむか」に同じ。待ちつつ恋うているだろうか。

志賀の唐崎 滋賀県大津市唐崎。

舎人吉年 舎人は、氏。吉年は、名前。キネ。エトシ、ヨシトシとも訓まれている。天智後宮の女官であろう。巻四に、田部忌寸《たべのいみき》櫟子《いちひこ》と交わした相聞歌（四九二～四九五）がある。

太后《おほきさき》の御歌《みうた》一首《しゅ》

一五三 鯨魚取《いさなと》り 近江《あふみ》の海《うみ》を 沖放《おきさ》けて 漕《こ》ぎ来《く》る船《ふね》 辺付《へつ》きて 漕《こ》ぎ来《く》る船《ふね》 沖《おき》つ櫂《かい》 いたくな撥《は》ねそ 辺《へ》つ櫂《かい》 いたくな撥《は》ねそ 若草《わかくさ》の 夫《つま》の 思《おも》ふ鳥立《とりた》つ

【原文】

・太后御歌一首

一五三 鯨魚取 淡海乃海乎 奥放而 榜来船 邊附而 榜来船 奥津加伊 痛勿波祢曽 邊津加伊 痛莫波祢曽 若草乃 嬬之 念鳥立

【校異】 **太**（金温）―大

皇后のお歌一首

一五三　鯨をとる海、その海ではないが、近江の海を、沖に離れて漕いで来る船よ。岸辺に近く漕いで来る船よ。沖の船の櫂で、水をひどく撥ねないでおくれ。岸辺の船の櫂で、水をひどく撥ねないでおくれ。若草のようにいとしい、わたしの夫の愛していた鳥が飛び立つから。

【歌意】　皇后倭姫の歌である。前の三首の、緊迫感、深い慟哭、激しい感情、といった気分は、ここにはなく、落ち着いており、だが、深い悲しみが琵琶湖一面にひろがっているようである。一四九のような他人との比較もなく、天皇の遺愛の鳥を天皇その人であるように見ながら、悲しみを抑えている作者の心がよくあらわれている。対句も繰り返し部分が多く、煩瑣でない。

鯨魚《いさな》取《と》り　「いさな」は、鯨。鯨を取る海の意で、海に冠する枕詞であるが、ここは、「近江の海」と称される琵琶湖に冠した。

近江の海　琵琶湖。アフミは、アハウミ（淡海）の約。北が広く南が狭い湖の形が和楽器の琵琶に似ているので、江戸時代に琵琶湖と名付けられたという。

沖放けて　沖に離れて。

辺付きて　岸辺に近く。

沖つ櫂・辺つ櫂　「つ」は、ノ・ガより古い連体助詞。名詞や形容詞の語幹について体言を修飾する。ここは、沖を行く船の櫂、岸辺近くを漕ぐ船の櫂の意。

いたくな撥ねそ　ひどくは撥ねないでおくれ。活用語の連用形（カ変・サ変動詞の場合は未然形）をナとソではさんで、禁止の意をあらわす。

若草の　ツマ（夫または妻）やニヒ（新）に冠する枕詞。若草は柔らかく瑞々しいところからかける。ここは、ツマ（夫）に冠した。原文「孀」は、万葉集では、男女いずれにも宛てている。

思ふ鳥立つ 生前、天智天皇が愛された鳥が飛び立つといけないから、の意。

石川夫人《いしかはのぶにん》の歌《うた》一首《しゅ》

一五四 楽浪《ささなみ》の　大山守《おほやまもり》は　誰《た》がためか　山《やま》に標結《しめゆ》ふ　君《きみ》もあらなくに

【原文】 石川夫人歌一首

一五四 神樂浪乃　大山守者　為誰可　山尓標結　君毛不有國

【校異】 **可**（金類古）―ナシ

石川夫人の歌一首

一五四 ささなみの地の大山守は、誰のために山に標を結っているのか。もはや大君は、この世におられないのに。

【歌意】 一見、悲しみの心情は明らかでなく、間接的過ぎるように思われもするが、大化の改新以来、絶対的権力をもち続けた天智天皇の死を悼む挽歌であることを思うと、死と共にすべての権勢が失われたことのはかなさを悼んでいるようにも思われる。これも、素朴な歌い方というべきであろう。

石川夫人　蘇我氏は、壬申の乱後、石川氏を名乗るようになるから、蘇我氏出身の夫人であろう。遠智娘《をちのいらつめ》はすでに亡くなっており、姪娘《めひのいらつめ》と常陸娘がいるが、姪娘は、元明即位前紀（『続日本紀』）にも宗我嬪と呼ばれているから、常陸娘である可能性が高い。常陸娘は、蘇我赤兄の娘で、山辺皇女の生母である。

ささなみ　琵琶湖西南部一帯の地域の総称。「神楽」をササに宛てるのは、神楽歌のはやしことばにササというところから。神楽声・楽を宛てることもあった。

大山守　山守は、山に人がみだりに立ち入らないように番をする者。大山守は、天皇所有の山の番人。

山に標結ふ　山に出入りを禁じるための縄を張る、意。上の「誰が為か」を承けて、天皇の亡き今、そのようなことをしても意味がない、の意。

君もあらなくに　君は、天智天皇。ナクニは、打消の助動詞ズの連体形にアクがついた形。ここは、もはや天皇もおいでにならないのに、の意。

山科《やましな》の御陵《みはか》より退《まか》り散《あら》くる時《とき》に、額田王《ぬかたのおほきみ》の作《つく》る歌《うた》一首《しゅ》

一五五　やすみしし　我《わ》ご大君《おほきみ》の　畏《かしこ》きや　御陵仕《みはかつか》ふる　山科《やましな》の　鏡《かがみ》の山《やま》に　夜《よる》はも　夜《よ》の
ことごと　昼《ひる》はも　日《ひ》のことごと　哭《ね》のみを　泣《な》きつつありてや　ももしきの
大宮人《おほみやひと》は　行《ゆ》き別《わか》れなむ

【原文】 従二山科御陵一退散之時、額田王作歌一首

一五五 八隅知之 和期大王之 恐也 御陵奉仕流 山科乃 鏡山尓 夜者毛 夜之盡 晝者母 日之盡 哭耳呼 泣乍在而哉 百礒城乃 大宮人者 去別南

【校異】 呼（金類紀）—乎

山科の御陵から人々が退散する時に、額田王の詠んだ歌一首

一五五 あまねく天下を治めておられたわが大君の、恐れ多い御陵にお仕え申し上げている山科の鏡の山で、夜は夜通し、昼は昼中、声をあげて泣き続けていて、今は、ももしきの大宮人たちも、別れて行ってしまうのだろうか。

【歌意】 天武元年（六七二）五月、大海人皇子の舎人朴井連《えのゐのむらじ》雄君《をきみ》が私用で美濃に出向いた際に見聞した事実として、朝廷が、美濃と尾張の国司に「山陵を造るから、さしだす人夫を定めておけ」と命じており、その人夫のひとりひとりに武器をもたせている、と吉野の大海人皇子に報告している。事の真偽はともかく、これ以前から山科の御陵の造営が着手されていたことは確かであろう。大海人皇子は六月二十二日に挙兵を決意し、使者を送って、美濃国の安八磨《あはちま》郡（岐阜県安八《あんぱち》郡）の兵士の徴発と、不破の関（岐阜県不破郡。近江・美濃の国境）の閉鎖とを命じ、二十四日には吉野を出て、東国に入った。大海人皇子の東国入りの情報を得て驚いた朝廷は、東国・倭の

飛鳥・筑紫・吉備（岡山県・広島県東部）に使者を送り兵士の徴発を命じるが、成功せず、大海人皇子側と近江朝廷側との戦いは、六月末から、倭の飛鳥をはじめ、各地で行われ、七月二十二日の瀬田（滋賀県大津市瀬田町）の大戦で勝敗が決した。二十三日に、大友皇子自殺。山科御陵退散がいつのことであったか、明らかでないが、おそらく両軍の戦い必至となった時点で、山陵への奉仕も打ち切られたのであろう。額田王作の当該歌は、その、風雲急を告げるあわただしい中で、うたわれた歌と思われる。あわただしい中にも、退散の儀礼は行われ、その儀礼のひとつとして、この歌は誦詠された。「単純な内容だけにかえって悲哀の情が強く響いている」（全註釈）とする評がある一方、額田王の一五一番歌について「いかにもよそよそしい態度のやうに思はれる」と評した「私注」は、「（一五一）の歌に就いて言つたことが此の歌でもいへる。或はそれよりも一層よそよそしいであらうか。いはば傍観者の態度であり、一篇ただ儀礼的表現で終つて居る」と評する。長歌としては短く、儀礼歌としても必要最小の表現しかなされていないことは認められるが、前皇太子でかつての夫である大海人皇子と亡き天智天皇の長子で娘婿でもある大友皇子の率いる近江朝廷との戦いに直面する状況下であることを思えば、無理のないことであったかもしれない。だが、「はも」にこめた感慨、「行き別れなむ」に表出される予見などを考え合せると、本歌にこめられた王の感慨は深いものがあったと推察される。歌人としての王の宮廷における地位も終りに直面していることを、王は感じ取っていたに相違ない。

山科の御陵　天智天皇の御陵。京都市山科区御陵上《みささぎかみ》御廟野町《ごびょうのちょう》。鏡山（山科区御陵《みささぎ》大岩）の南麓に位置する。

退り散くる時　「まかり」は、貴人や目上の人の前から退出する意の動詞「まかる」の連用形。「あらくる」は、離散する意の動詞「あらく」の連体形。下二段活用。

畏きや　ヤは間投助詞。「かしこき」は、御陵を修飾する。

御陵仕ふる　山陵造営のための奉仕か。舒明即位前紀によると、蘇我馬子の死後、蘇我氏一族は、その墓を造るために墓所に廬を造って泊りこんでいた、とあることから、笹山晴生氏は、「天智天皇の場合も、殯宮の儀の進行と並行して、その近親者は定められた山陵の地に仮廬を作り、山陵造営のことに奉仕していたのであろう。しかし、風雲はしだいに急をつげ、戦闘・防衛のため、人々は未整備の山陵にかたちだけの埋葬を済ませて退散していかなければならなかった」(「『従山科御陵退散之時額田王作歌』と壬申の乱」国文学　昭五三・四)と、推測している。なお、文武三年(六九九)十月、斉明天皇の越智山陵と同時に天智天皇の山科山陵にも、浄広肆《し》(従五位下相当)大石王・直大弐《ぢきだいに》(従四位下相当)粟田朝臣真人・直広参(正五位下相当)土師宿祢馬手・直広肆(従五位下相当)小治田朝臣当麻・判官四人、主典二人、大工《おほたくみ》二人を派遣して修造させたとある。これは恐らく補修の作業であろう。

山科の鏡の山　京都市山科区御陵大岩。天智天皇の陵がその南麓にある。

夜はも　夜のことごと　昼はも　日のことごと　夜は夜通し、昼は昼中。対句形式で、夜も日中も絶えることなく、の意をあらわす。ハモは、係助詞ハ・モの複合したもので、「特に取り立てて提示しようとするものに、強い執着や深い感慨を持ちつづけている場合に使う」(岩波古語)。ここは、山科の御陵奉仕への執着・感慨がハモにこめられているのだろう。

哭のみを泣きつつありてや　声をあげて泣いてばかりいて。ヤの係助詞は、「行き別れなむ」の結びと呼応している。「哭のみを泣きつつ」は、陵前で繰り返される発哭・発哀の儀礼も含まれている。

行き別れなむ　ナムは、完了の助動詞ヌの未然形に推量の助動詞ムがついた形。上の係助詞ヤの結び。ちりぢりに別れて行ってしまうのだろうかなあ。単に「まかりなむ」ではなく、「行き別れなむ」とあることによって、戦いを前に、人々が離散することを予見している表現となっている。

明日香《あすか》の清御原《きよみはら》の宮《みや》に天《あめ》の下《した》知《し》らしめしし天皇《すめらみこと》のみ代《よ》　天渟中原《あまのぬなはら》瀛真人天皇《おきのまひとのすめらみこと》　諡《おくりな》して天武天皇《てんむてんわう》といふ

明日香清御原宮御宇天皇代　天渟中原瀛真人天皇　諡曰二天武天皇一

明日香の清御原の宮で天下をお治めになった天皇の時代　天渟中原瀛真人天皇、諡を天武天皇という。

十市皇女《とをちのひめみこ》の薨《こう》ぜし時《とき》に、高市皇子尊《たけちのみこのみこと》の作《つく》りませるみ歌《うた》三首《しゅ》

一五六　みもろの　神《かみ》の神杉《かむすぎ》　夢《いめ》にだに　見《み》むとすれども　寝《い》ねぬ夜《よ》ぞ多《おほ》き

一五七　三輪山《みわやま》の　山辺《やまへ》ま麻木綿《そゆふ》　短木綿《みじかゆふ》　かくのみからに　長《なが》くと思《おも》ひき

一五八　山吹《やまぶき》の　立《た》ちよそひたる　山清水《やましみづ》　汲《く》みに行《ゆ》かめど　道《みち》の知《し》らなく

紀《き》に曰《い》はく、「七年《ねん》戊寅《ぼいん》夏《なつ》四月《ぐわつ》、丁亥《ていがい》の朔《つきたち》の癸巳《きし》に、十市皇女《とをちのひめみこ》卒然《にはか》に病発《やまひおこ》りて、宮《みや》の中《うち》に薨《こう》ず」といふ。

【原文】　十市皇女薨時、高市皇子尊御作歌三首

一五六　三諸之　神之神須疑　已具耳矣自　得見監乍共　不寝夜叙多

一五七　神山之　山邊真蘇木綿　短木綿　如此耳故尓　長等思伎

一五八　山振之　立儀足　山清水　酌尓雖行　道之白鳴

紀曰、七年戊寅夏四月丁亥朔癸巳、十市皇女卒然病發薨二於宮中一

十市皇女が亡くなられた時に、高市皇子尊がお作りになったお歌三首

一五六 三輪山の神木の杉、その神聖な杉に対するように、忌み慎んで、せめて夢のなかで逢いたいと思うのだが、寝られない夜が多いことよ。

一五七 三輪山の山辺に祭るま麻木綿《そゆふ》、その短い木綿《ゆふ》のように、皇女の命も短い命でしかなかったのに、私はいつまでも長くと思っていたよ。

一五八 (皇女を求めて)山吹の花が美しく咲いている山の清水を汲みに行きたいのだが、そこへ行く道がわからないことよ。

日本書紀に、「天武天皇の七年四月七日、十市皇女が突然発病されて宮廷内で亡くなられた」とある。

【歌意】 高市皇子と十市皇女は、年齢的に近く(一、二年の差)、大海人皇子の長男・長女として、幼い頃から親しかったのであろう。それが、壬申の乱において高市皇子は、皇女の夫、大友皇子を滅ぼす側に立ち、皇女を不幸にしたとの思いが、高市皇子にはあったに相違ない。その償いもできないまま、皇女を死なせてしまったとの悲しみが、この三首の歌にはあらわれている。一五六は、四、五句の訓みが決定できないとはいうものの、亡くなった皇女への追慕の思いを詠んでいることは推測でき、一五七では、あまりにも早い皇女の死を怨み嘆き、一

五八には、山道をたどってでも皇女を追い求めたい気持ちをあらわしている。第二首の「ま麻《そ》木綿《ゆふ》短か木綿《ゆふ》」、第三首の「山吹の立ちよそひたる山清水汲みに行かめど」の表現は、他に例のないもので、創造性に富む。借物でない、皇子の本心があらわれているといえよう。なお、一五六の注の条でふれるように、十市皇女が高市皇子と再婚したとする説があり、皇子の求婚を断わり切れずに、皇女が自殺に追いこまれたのだろうと推測する吉永登説（「高市皇子」『講座　飛鳥を考える』）もあるが、その可能性はきわめて低いと思う。

十市皇女　父は、天武天皇。母は、額田王。天智天皇の皇子、大友皇子の妻となり、葛野王を生む。天武紀二年二月の、「天皇は、初めに鏡王の娘の額田姫王を娶られ、姫王は十市皇女を生んだ。次に、胸形君徳善の娘尼子娘を召されて、娘は高市皇子を生んだ」という記事から、十市皇女の出生は、高市皇子出生の白雉五年より早く、白雉三、四年のことかと推測される。葛野王は、慶雲二年（七〇五）に三十七歳で薨じているから、その出生は、天智八年（六六九）。十市皇女は、十七、八歳で、葛野王を生んだことになる。壬申の乱で敗れた大友皇子は、自殺。時に、二十五歳であった。十市皇女は、父天武の宮廷に引き取られたようだが、大友皇子との死別後、六年足らずで薨じた。突然の死であったらしく、天武天皇は、天地の神々を祭るために、倉梯川のほとりに造られた斎宮にでかけようとすでに乗り物も動き出していたが、皇女の急死で、行幸を取り止めたとある。同月十四日、十市皇女を赤穂（奈良県桜井市赤尾）に葬る。天武天皇はその葬儀に臨席し、ねんごろに哀悼の意を表され、発哀の礼（声を発して悲しみの情をあらわす礼）を行われた。皇女の歌は伝わらないが、皇女が薨じた時の高市皇子の挽歌三首（当該歌）と、天武天皇四年二月に、阿閉皇女と共に伊勢神宮に赴く途中、十市皇女に従った吹芡刀自の詠んだ歌が、巻一の二二番歌で、既出。

薨ぜし時　亡くなられた時。カムアガリマシシトキとも訓まれるが、崩との区別がつかないので、音読した。

名詞「薨」にサ変動詞スをつけて動詞としたもの。サ変動詞が過去の助動詞につく時は、セシ・セシカ・シキとなる。

高市皇子尊　父は、第四十代天武天皇。母は、胸形君徳善の娘尼子娘。胸形君は、北九州を本拠地とする豪族。宗像氏に同じ。白雉五年生で、天武天皇の皇子の中で最年長であったが、母の出自が低いので、天武天皇在世当時は、草壁皇子、大津皇子に次いで三番目に遇された。草壁・大津亡き後の持統四年(六九〇)には、太政大臣に任ぜられ、持統十年七月、四十三歳で薨じるまで、天武天皇の遺皇子の中で最も重んぜられた。

【一五六】　みもろの神の神杉　三輪山の神を祭る社の神木である杉。神木は、神が降臨されると信じられた樹木。神聖な樹木とされ、「味酒を三輪の祝《はふり》が斎ふ杉手触れし罪か君に逢ひがたき」（4・七一二）など歌われた。

夢にだに見むとすれども　原文「已具耳矣自得見監乍共」。このままでは訓み得ず、定訓がない。現在も、無訓のままのテキスト・注釈書の類は少なくない。誤字を前提に、仙覚以来、多数の試訓があるが、とるべきものは少なく、僅かに左の三種程度が候補としてあげられる。

①イメニダニミムトスレドモ　大系
具—目の誤字。矣自—谷の誤字。得—将の誤字。乍—為の誤字。

②イメニノミミエツツトモニ　私注
具—目の誤字。矣自—笑見の誤字。

③イメノミニミエツツトモニ　全訳注
具—目の誤字。自—混入した名残り。監—見の衍か。

右のうち、誤字の程度が少ないのは、②③であるが、これによれば、高市皇子と十市皇女との再婚を認めることになり、私注は、「十市皇女は、天智天皇の皇子大友皇子、即ち弘文天皇との間に葛野王を生んだ方であるが、後に高市皇子に婚したものと見える」とする。その点が疑問で、敢えて①をとった。

寝ねぬ夜ぞ多き　眠れない夜が多い。イネヌは、「寝る」意の動詞イヌの未然形に打消の助動詞ズの連体形がついた形。

【一五七】　三輪山　奈良県桜井市三輪。大神神社背後の円錐形の山。四六七メートル。早くから山そのものを神として崇めた。三輪の神は、大物主神であるが、蛇体であるとも伝えられ、男の姿に変身して女のもとを訪れ夫婦関係をもつという三輪山神話を伝える。一七番歌参照。

ま麻木綿短木綿　ま麻木綿は、麻糸で作った神祭り用の幣。マは、美称の接頭語。ソは麻の古名。ユフは、楮の樹皮からとった繊維を蒸して水にさらし、細かく裂いて糸状にしたもの。麻糸も同様に神事に用いた。「短木綿」は、そのユフの短さを、十市皇女の短命の比喩に用いたもの。

かくのみからに　こんなことになるだけだったのに。カラニは、ちょっと……するだけで、……するだけなのに、などの意。ここは、後者。

【一五八】　山吹　バラ科の落葉低木。晩春から初夏にかけて、五弁の黄色の美しい花を開く。ここは、その花の黄色から、「山吹の立ちよそひたる山清水」に、黄泉の意をもたせているのであろう。

立ちよそひたる山清水　原文「立儀足山清水」。旧訓ニホヒシヤマノシミツヲハ、サキタルヤマノシミツヲハとあったのを、代匠記初稿本で、タチヨソヒタルヤマシミツと改めた。ヨソヒは、きちんと整える、あるいは飾る意。ここは、美しい山吹の花で飾られている山の湧き水、の意。儀は、ヨソホヒ・ヨソヒと訓まれる字。

汲みに行かめど　汲みに行きたいと思うが。

道の知らなく　道がわからないよ。シラナクは、動詞「知る」の未然形＋打消の助動詞ズの連体形に形式体言アクがついた形。体言止めと同じく、詠嘆表現。

七年戊寅《ぼいん》夏四月、丁亥《ていがい》の朔《つきたち》の癸巳《きし》　天武七年四月七日。＊干支が戊寅の年である（天武天皇）七年四月の、一日が丁亥であるところの癸巳の日、すなわち七日、の意。

＊干支は、十干十二支。中国やアジアの漢字文化圏において、古代には、年・月・日・時や方位、あるいはことがらの順序をあらわすのにも用いた。

天皇《すめらみこと》の崩《かむあが》りましし時《とき》に大后《おほきさき》の作《つく》りませるみ歌《うた》一首《しゆ》

一五九 やすみしし　わご大君《おほきみ》の　夕《ゆふ》されば　見《め》したまふらし　明《あ》け来《く》れば　問《と》ひたまふらし
神岳《かむをか》の　山《やま》の黄葉《もみち》を　今日《けふ》もかも　問《と》ひたまはまし　明日《あす》もかも　見《め》したまはまし
その山《やま》を　振《ふ》り放《さ》け見《み》つつ　夕《ゆふ》されば　あやに悲《かな》しみ　明《あ》け来《く》れば　うらさび暮《く》らし
荒栲《あらたへ》の　衣《ころも》の袖《そで》は　乾《ふ》る時《とき》もなし

【原文】

天皇崩之時大后御作歌一首

一五九 八隅知之　我大王之　暮去者　召賜良之　明来者　問賜良志　神岳乃　山之黄葉乎　今日毛鴨　問給麻思　明日毛鴨　召賜萬旨　其山乎　振放見乍　暮去者　綾哀　明来者　裏佐備晩　荒妙乃　衣之袖者　乾時文無

天皇が崩御された時に皇后がお作りになったお歌一首

一五九 あまねく天下を治めておいでであったわが大君が、夕方になるとごらんになっているにちがいない。夜が明けるとおたずねになるにちがいない。その神岳の山の黄葉を、今日もおたずねになるだろうか。明日もごらんになるだろうか。その山を振り仰ぎ見つつ、夕方になるとむしょうに悲しみ、夜が明けると心さびしく過して、喪に服しているこの衣の袖は乾く時もない。

【歌意】　朱鳥元年（六八六）九月九日に崩じた天武天皇の死を悲しむ皇后鸕野皇女の歌。続く短歌二首も同じ事情のもとでの皇后の歌であるが、この歌は、その悲しみがつぶやくような訴えるような趣きで綴られ、対句形式による類似の語の繰り返しも、素直な感情の流露として受けとめられる。以下に引く、崩御前後の病気平癒を祈って行なわれたさまざまな事柄は、夫天武を死なせたくないと思う皇后の熱意のあらわれであろう。にもかかわらず、亡くなってしまった天武への尽きぬ慕情がこの歌から伝わってくる。全集に、「ラシとマシの二種類の助動詞を使って、一方では霊魂の不滅を信じながらも、また現身としての天皇を思い描かずにはいられない大后（持統）の心情が、前後で分裂し、それが長歌の構造にそのまま反映している」というのに同感。なお、天智天皇崩御後の挽歌には、皇后倭姫の作のほかに、他の女性達の詠んだ挽歌があるのに、天武崩御後の挽歌は皇后一人の挽歌しか伝わっていない。天武天皇の後宮の女性達の中で、皇后鸕野皇女の絶対的な力が他の皇子女を生んだ女性達を抑えていたことを示すもののように思われる。

[天武天皇とその崩御前後]　天皇は、第四十代　天武天皇。名前は、大海人皇子。父は第三十四代　舒明天皇。母は第三十五、三十七代皇極・斉明天皇。兄は第三十八代　天智天皇。姉は間人皇女（中皇命。第三十六代　孝徳天皇の皇后）。六七二年、天智天皇崩御後の近江朝廷を滅ぼし、翌年二月に即位。皇后は鸕野皇女（第四十一代　持統天皇）。別に、妃三名、夫人三名、ほかに、み子を生んだ女性三名がおり、十人の皇子と七人の皇女がいた（後掲、[天武天皇の后妃皇子女]参照）。在位は、六七三年から六八六年。六八六年（朱鳥元年）五月二十四

日から、天皇は病が重くなられたので、川原寺で『薬師経』を説かせ、宮中で*安居《あんご》させた。さらに、勅して、左右の大舎人らを諸寺に派遣し、堂塔を清掃させた。また、全国に大赦し、獄舎にはまったく囚人がいなくなった。六月十日に、天皇の病を占ったところ、草薙剣の祟りであるとのことであったので、即日、尾張国の熱田社に送って安置させた。十六日に、伊勢王と官人たちとを飛鳥寺に遣わし、僧たちに勅して、「近頃、わが身は病におかされている。願わくは、仏法の威によって健康な身になりたいと思う。それゆえ、僧正・僧都および僧たちは、仏に誓願してほしい」といわれ、珍宝を仏にたてまつられた。また同日、三綱の律師・四寺の和上・知事、さらに現に師位を有する僧たちに、御衣《おほみそ》・御被《おほみふすま》各一揃いを賜わった。十九日に、勅して、百官の人々を川原寺に遣わして燃燈供養（たくさんの灯火を燃やして仏を供養する法会）を行い、盛大な斎会を設けて悔過（罪過を懺悔し、罪報をまぬかれることを求めて行なう儀式）を行った。二十八日に、法忍僧・義照僧に、老いの身を養うため、*食封《へひと》各三十戸を賜わった。七月二日、僧正・僧都らが宮中に参上し、悔過《けか》を行なった。三日に、諸国に詔して大祓を行なった。四日に、全国について調の半分を免除し、徭役（労役）のすべてを免除した。五日に、幣帛を紀伊国の国懸神《くにかかすのかみ》・飛鳥の四社・住吉大神にたてまつった。八日に、百人の僧を招き、『金光明経』を宮中で読ませた。十五日に、勅して、「天下のことは、大小となく、みな皇后と皇太子とに申し上げるように」と言われた。同日、大赦を行なった。十六日に、広瀬・竜田の神を祭った。十九日に、詔して、「国々の百姓で、貧乏なために稲や財物を人から借りた者は、乙酉の年（天武十四年）の十二月三十日以前のことであれば、官から借りたものも民間から借りたものも、みなその返済を免除する」と言われた。二十日に、改元して朱鳥《あかみとり》元年といい、宮を名づけて飛鳥浄御原宮といった。二十八日に、よく仏道を修行する者のなかから七十人を選んで出家させ、宮中の御窟院《みむろのいん》で斎会を設けた。この月に王臣たちは天皇のおんために観世音像を造り、『観世音経』を大官大寺で説かせた。八月一日に、天皇のおんために八十人の僧を出家させた。二日に、僧尼合わせて百人を出家させ、百体の観世音菩薩を宮中に安置して、『観世音経』二百巻を読ませた。九日に、天皇の御病の平癒を神々に祈った。十三日に、秦忌寸石勝を遣わして、幣帛を土佐大神（高知市一宮）にたてまつった。同日、皇太子・大津皇子・高市皇子にそれぞれ食封四百戸、川嶋皇子・忍壁皇子にそれぞれ百戸をお加えになった。十五日に、芝基（志貴）皇子・磯城皇子（忍壁皇子の同母弟）に、それぞれ食封二百戸をお加えになった。二十一日に、檜隈寺・軽寺・大窪寺に、それぞれ食封百戸を三十年を限って賜わった。二十三日に、巨勢寺（御所市古瀬）に食封二百戸を賜わった。九月四日に、親王以下諸臣にいたるまで、ことごとく川原寺に集い、天皇の御病平癒のために、誓願した。九日に、天皇の御病はついに平癒することなく、正宮で崩御された。十一日に、はじめて発哀《ほつあい》（前出、十市皇女条）が行なわれ、殯宮が南の庭に建てられた。二十四日に、南の庭に殯し、発哀した。このとき、大津皇子が皇太子に謀反を企てた。――以下略。殯宮儀礼の記述は、断続的に、持統二年(六八八)十一月まで続く。恐らくは皇后の発意によると思われるが、天皇の病気平癒のために、いかに手を尽くしたか察せられる。

*安居　一般には、夏の間の三か月、僧が外出せず、一か所にこもって修行すること。
*食封　ジキフとも。律令制で、高位・高官の者や功績ある者、あるいは寺社などに封戸を賜わる制度。封戸の租の半分と調・庸の全部が封主の収入となった。

〔天武天皇の后妃・皇子女〕　※天武紀二年二月二十七日条による。

皇后　鸕野讃良皇女《うののさららのひめみこ》（父は、天智天皇。草壁皇子の母）
妃　大田皇女（父は、天智天皇。鸕野讃良皇女の同母姉。大伯〔来〕皇女・大津皇子の母）
　大江皇女（父は、天智天皇。長皇子・弓削皇子の母）
　新田部皇女（父は、天智天皇。舎人皇子の母）
夫人　氷上娘《ひかみのいらつめ》（父は、大臣藤原鎌足。但馬皇女の母）

五百重娘（父は、大臣藤原鎌足。新田部皇子の母）
大蕤　娘《おほぬのいらつめ》（父は、大臣蘇我赤兄。穂積皇子・紀皇女・田形皇女の母）
その他　額田王（父は、鏡王。十市皇女の母）
尼子娘（父は、胸形君徳善。高市皇子の母）
縠媛　娘《かぢひめのいらつめ》（父は、宍人臣大麻呂。忍壁皇子・磯城皇子・泊瀬部皇女・託基皇女の母）

天皇の崩りましし時　天皇は、第四十代天武天皇。朱鳥元年（六八六）九月九日崩。［天武天皇とその崩御前後］参照。享年は、不明だが、五十六歳前後か。本朝皇胤紹運録には、崩御の時、年六十五とあるが、天智十年（六七一）十二月に、四十六歳で崩じた天智天皇より年長になるので、六十五を五十六の誤りとみるのである。同母の兄との年齢差が五年となる。二人の間に、間人皇女がいた。

大后　皇后。鸕野讃良皇女。後の持統天皇（第四十一代）。父は天智天皇。母は、蘇我倉山田石川麻呂の娘遠智娘（別名、造媛）。同母姉に大田皇女。斉明三年（六五七）、十三歳で叔父大海人皇子の妻となり、天智元年（六六二）筑紫の娜の大津（福岡市博多港）で草壁皇子を生む。天智十年（六七一）十月、出家して吉野に入る大海人皇子に従い、翌年の壬申の乱の間も、終始、夫大海人皇子と行動を共にする。天武二年（六七三）二月二十七日、大海人皇子即位。同日、正妃鸕野皇女立后。皇后時代も優れた政治力でよく天皇を補佐した。朱鳥元年（六八六）九月九日、天皇崩御後は、九月十一日より持統二年（六八八）十一月十一日まで、二年二か月にわたって殯宮儀礼を行う。その間に、大津皇子（二十四歳）の謀反が発覚したとして、捕らえて処刑。天武十年（六八一）二月から皇太子であった草壁皇子は、持統三年四月に二十八歳で没。翌四年正月、鸕野皇女即位。同年七月、高市皇子を太政大臣に、多治比真人嶋を右大臣にする。持統八年十二月、新しく造営した藤原宮に遷都。十年七月、高市皇子没(四十三歳)。翌十一年八月、草壁皇子の遺児軽皇子に譲位。太上天皇となる。大宝二年(七〇二)十二月十二日崩。五十八歳。大宝三年十二月十七日に火葬。二十六日に天武天皇の陵、大内山陵《おほうちのみささぎ》に合葬する。和風諡号を、はじめ、大倭根子天之広野日女尊。次いで高天原広野姫天皇。漢風諡号は持統天皇。在世中、吉野の宮に三十数回にわたって行幸。また紀伊・伊勢・三河などにも行幸した。歌は、巻一に一首(二八番歌)、巻二に三首(一五九～一六一番歌)、巻三に一首(二三六番歌)。

夕されば　見《め》したまふらし　「明け来れば　問ひたまふらし」と対句。「夕されば」は、夕方になると。メシは、ミルの尊敬表現メスの連用形。メスは、四段活用。タマフは、尊敬の意をあらわす補助動詞。ラシは、「確実な根拠(多くの場合明示される)に基づいて現在の事態を確信的に推量する意をあらわす」(小学館『古語大辞典』)ものだが、ここは、根拠が明示されていない。その確信は、生前の天武天皇の神岳の山の黄葉に対する愛好の程度、さらには崩後の天皇をなお、生きている人のごとくに思う皇后の思いから出る確信であろう。

問ひたまふらし　トフは、質問する、うらなってその結果をみる、人のもとを訪れる、などの意がある。原義は、疑問・不明の点について、問いただす意で、「道をきき、占いの結果をたずね、相手を見舞い、訪問する意の場合も、その基本には、どんな状態かと問いただす気持がある」(岩波古語)という。ここは、神岳をたずね、黄葉の状態をたずね、その状態を知ろうとする気持ちをさすのであろう。

神岳《かむをか》　旧訓カミヲカ。記紀歌謡に、伽牟伽筮・加牟加是(カムカゼ　神風)、訶武保枳・加牟菩岐(カムホキ　神寿き)などの例、万葉集に、可牟可良・加武賀良(カムカラ　神柄)、可武佐備・可牟佐備(カムサビ　神さび)、可武奈何良・可牟奈我良(カムナガラ　神ながら)などの例があることから、「カム～」の形が古形とされ、カムヲカと訓まれるようになった。

黄葉《もみち》　「色づく」意のモミツの名詞形。万葉集のモミチは、七十例前後あるが、仮名書き例を除くと、紅葉一例、赤葉一例、赤二例のほかは、黄葉。動詞モミツも、黄変・黄反・黄色・黄など、ほとんどが、黄の文字を用いる。これについて、小島憲之氏は、六朝から初唐までの詩に、「赤葉」「紅葉」の例が少なく、大部分は「黄葉」であること、「紅葉」の例は、盛唐頃より次第に多く用いられるようになることなどから、万葉集の黄葉の用字は、六朝*以来の通行文字の導入によるところが大きいと推測した（『上代日本文学と中国文学中』）。

＊六朝　中国で、後漢の滅亡（二二〇年）後、隋の統一（五八九年）までに建業（南京）に都した、呉・東晋・宋・斉・梁・陳の六王朝。

今日もかも　上のモは、下の「明日も」のモと同じく列挙する意をあらわす。カモは、係助詞カと係助詞モ。疑問の意を含みつつ詠嘆の意をこめる。

問ひたまはまし……見《め》したまはまし　マシは、現実の事態に反することを仮に想像する気持をあらわす助動詞。「問ひたまふ」「見したまふ」に関して、上に「ラシ」と確信のある推量表現をしていることから、このマシを含む表現については、諸説がある。大系は、「今日もおたずねになるのではないかしら」の意とし、「マシは事実に反する仮想を表わすが、カモと呼応すると疑い惑う気持を表わす」とした。全集は、「もし生きていたらという仮定にもとづく仮想的内容を述べる」とした。全訳注は「上述をうけて永遠にそうあってほしいと願う」といい、「今日もおことばをかけてください。明日もまた御覧ください」と訳す。全注は、諸説を批判した上で、「わが目で確かめるすべがないけれども、『もし大君の姿が見られるとすれば』ということが補われるべきではなかろうか」とするが、マシを仮想の働きと認めるなら、「問ひたまふ」「見したまふ」行為が仮想になるはずで、見えるか見えないかは関わりないはずと思われる。全集の解がおだやかであるように思う。なお、釈注は「もし御魂が帰って再生されたらという仮定に基づいている」とし、「この世の人となられたら、神岳の山の黄葉を、今日もお尋ねになるであろうに」と訳す。

振り放け見つつ　遠く仰ぎ見つつ。サケは、放つ意、一四七番歌に既出。目を放つ意。

あやに悲しみ　アヤニは、非常に。むしょうに。

うらさび暮らし　ウラは心の意。サビは、荒涼とした気分・さびしい思いをあらわす動詞サブの連用形。心さびしく暮らし。

荒栲の　アラタヘはニキタヘの対で、織り目の粗くごわごわした布。藤や麻などを材料とする。粗末な衣をあらわすが、喪服にも用いられた。

乾《ふ》る　乾く意のハ行上二段活用の動詞フの連体形。

一書《しよ》に曰《い》はく、天皇《すめらみこと》崩《かむあが》りましし時《とき》の太上天皇《おほきすめらみこと》の御歌《おほみうた》二首《しゆ》

一六〇　燃《も》ゆる火《ひ》も　取《と》りて包《つつ》みて　袋《ふくろ》には　入《い》ると言《い》はずや　面知《おもし》らなくも

一六一　北山《きたやま》に　たなびく雲《くも》の　青雲《あをくも》の　星離《ほしさか》り行《ゆ》き　月《つき》を離《はな》れて

【原文】　一書曰、天皇崩之時、太上天皇御製歌二首

一六〇　燃火物　取而裹而　福路庭　入澄不言八　面智男雲

一六一　向南山　陳雲之　青雲之　星離去　月矣離而

【校異】　**矣**（金紀）—牟

ある書に、天皇が崩御された時の、太上天皇のみ歌二首

一六〇　燃える火をも取って包んで、袋に入れると言うではないか。それなのに、天皇のお顔を拝見することもできなくなって。

一六一　北山にたなびいている雲の、その青い雲が、星を離れて行き、月を離れて行くよ。

【歌意】　一五九番歌と同じく、天武天皇崩御後の皇后鸕野皇女の歌である。平明な言葉の繰り返しに近い前歌に対して、当該歌二首は、一六〇番歌では、「燃える火をも取って包んで袋に入れる」という、幻術を引合いに出して、天皇のみ命を引き止めるすべのなかった悔しさを言い、一六一番歌では、星・月から遠く離れゆく青雲にたとえて、天界の彼方に去る天皇への名残を惜しんでいる。万葉で星を詠んだ歌人は、この歌の作者のほかには、柿本人麻呂と山上憶良の二人しかいない。中西進氏は、「二首とも陰陽師による代作」とするが、集成に「当時の天文学の知識を踏まえた歌か。天武・持統とも天文暦法に熱心で、それを制度化した天皇として名高い」とあるように、陰陽師の代作でなければ詠み得ない作とも思われない。なお、考に、月・星に后・臣をたとえたとするのを受けて、月・星に、后・皇子たちをたとえたとする全注・釈注の説もあるが、そのように限定する必要はないと思う。

太上天皇《おほきすめらみこと》　太上天皇は、譲位後の天皇の称。ここは、皇后鸕野皇女、後の持統天皇。文武天皇に譲位してから太上天皇と称された。太上天皇の称は、この時にはじまる。ここは、一書の表記のままに記載したので、前後と呼称を異にしている。

【一六〇】燃ゆる火も取りて包みて袋には入ると言はずや　「入《い》る」は、他動詞で、入れる意。燃える火を取って袋に入れるというのは、通常ではできないことを可能にすることだが、単なる比喩ではなく、具体的にそのようなことが行なわれると聞き知っている事柄をさして言っている。ゾロアスター教*（拝火教）との関係を見る説や、西域・インドの幻術とのかかわりが考えられるかもしれない、とする説もある。イハズヤのヤは、「終止形の下につき文の叙述の終りに加えられた場合には、相手に質問し、問いかける気持をあらわす。この場合、話し手は、単に不明・不審だから相手に疑問を投げかけるものであるよりも、自分に一つの見込ないしは予断があることが多い」（岩波古語）。これは、むしろ、「言うではないか」の意。

＊ゾロアスター教　ゾロアスターが、イラン北東部で創唱した宗教。聖火を護持する儀礼に特質があり、拝火教とも称される。

面知らなくも　原文「面智男雲」。定訓がない。諸本に異同はないが、「面」を上句に続けて、「イルトイハズヤモ」と訓み、第五句を「智男雲」の三字として訓む説のほか、「面智」を「面知日」あるいは「面知因」の誤字とする説もある。アハムヒヲクモと訓む注釈に、「結句の『逢はむ日』が誤字説の上に立つた義訓である点にいささか不安が残り、（中略）言葉としても『逢はむ日』よりももつと直接端的な言葉であつてほしいやうな気もせられるのであるが」とあるのに同感で、オモシラナクモをとった。

オモシルナクモ　代初・代精・管見・私注
シルトイハナクモ（智男雲）　万葉考
アハムヒナクモ（面知日男雲）　檜嬬手
アフヨシナクモ（面知因男雲）　新考
オモシラナクモ　全註釈・大系
アハムヒヲクモ（面知日男雲）　注釈・全注・和歌大系
オモシルヲクモ　全訳注
無訓　全集・集成・新全集・釈注・新大系

【一六一】北山　原文「向南山」。「向南」で南に対する北をあらわす。カムヤマ（全訳注）とも。

たなびく　原文「陳」。陳は、つらなる意。「陳雲如立垣」（『史記』天官書）。

青雲の　青雲は、灰色の雲。青雲は、万葉集に歌に五例、序に一例あり、記紀に各一例、祝詞に二例ある。

白雲説、青空説などがあったが、現在は、灰色、淡藍色などの雲、あるいは、白雲に対する語で特に青色にこだわる必要はないとする説も少なくない。

一六二 天皇《すめらみこと》崩《かむあが》りましし後《のち》の八年《ねん》九月《ぐわつ》九日《か》、奉為《おほみため》の御斎会《ごさいゑ》の夜《よる》の夢《いめ》の裏《うち》に習《なら》ひたまふ御《み》歌《うた》一首《しゅ》 古歌集《こかしふ》の中《うち》に出《い》づ

明日香《あすか》の　清御原《きよみはら》の宮《みや》に　天《あめ》の下《した》　知《し》らしめしし　やすみしし　わご大君《おほきみ》　高照《たかて》らす
日《ひ》の御子《みこ》　いかさまに　思《おも》ほしめせか　神風《かむかぜ》の　伊勢《いせ》の国《くに》は　沖《おき》つ藻《も》も　靡《な》みたる波《なみ》
に　潮気《しほけ》のみ　香《かを》れる国《くに》に　うまこり　あやにともしき　高照《たかて》らす　日《ひ》の御子《みこ》

【原文】　天皇崩之後八年九月九日、奉為御齋會之夜夢裏習賜御歌一首 古歌集中出

一六二 明日香能　清御原乃宮尓　天下　所知食之　八隅知之　吾大王　高照　日之皇子　何
方尓　所念食可　神風乃　伊勢能國者　奥津藻毛　靡足波尓　塩氣能味　香乎礼流國
尓　味凝　文尓乏寸　高照　日之御子

天皇が崩御された後の八年九月九日、亡き天皇のための御斎会が行なわれた夜の夢の中で繰り返しうたわれたお歌一首 古歌集の中に出ている

一六二 明日香の清御原の宮で、天下をあまねくお治めになられたわが大君、高照らす日のみ子は、どのようにお思いになられてか、神風の吹く伊勢の国の、沖つ藻もなびいている波の上に、潮の香のみたちこめている国に……、味織《うまこり》のアヤ（綾）ではないが、むしょうにお逢いしたい、高照らす日の御子よ。

【歌意】 持統七年九月の国忌の日の「無遮大会」は、「獄中の人をすべて釈放した」とあるから、毎年のそれ以上に、盛大に行なわれたのであろう。持統天皇の亡き天武に対する思いの強さを示してもいる。天武天皇は、伊勢の神に対する信仰が篤く、壬申の年に兵を挙げて伊勢入りをしたときは、三重県三重郡の朝明川の川辺で伊勢神宮を遥拝しており、戦後は大来皇女を斎王として伊勢神宮に遣わしている。天武天皇と伊勢神宮との結びつきの深さが皇后の夢に、伊勢の海の波の上におられる天皇の姿となってあらわれたのであろう。「それにしても、なぜ伊勢に、」との皇后の思いが、「神風の　伊勢の国は　沖つ藻も　靡みたる波に　潮気のみ　香れる国に」という、言いさしの表現によくあらわれている。

天皇崩りましし後の八年九月九日 天武天皇崩御後の八年九月九日。持統七年(六九三)九月九日をさす。九月九日は、天武天皇崩御の日。九月九日を国忌の日とし、毎年斎会を催すことが、持統二年二月十六日の詔で指示されたが、日本書紀には、毎年の斎会の記録はなく、持統七年九月十日に内裏で無遮大会を催し、獄中の罪

人をすべて釈放したことを記す。九月九日でなく、十日であることに対して、大系本日本書紀頭注は、九月朔日の干支が一日ずれたのではないかと疑っている。そうすれば、万葉の題詞が正しいことになるが、九日に恒例の斎会は行なわれたもので、十日のそれは、別に行なわれたものとする私注説もある。

御斎会《ごさいゑ》　斎会は、僧に供食する法会。持統二年二月十六日に、詔して、「今後、国忌の日（天武天皇崩御の日、九月九日）には、必ず斎会を催すように」と言われた。これより先の、朱鳥元年十二月十九日（崩御後、百か日にあたる）に、「天渟中原瀛真人天皇のおんために、無遮大会を五つの寺、すなわち大官大寺・飛鳥・川原・小墾田豊浦・坂田で催し」とあり、持統称制元年九月九日にも、国忌の斎（天武天皇の周忌の法会）を京師の諸寺で催した。持統七年九月十日には、「清御原天皇のおんために、無遮大会《かぎりなきをがみ》を内裏に催し、繋囚《とらはれびと》をことごとく釈放した」とある。無遮大会は、仏教において、国王が施主となって僧俗貴賤上下の区別なく供養し布施する法会。わが国では、第三十代敏達天皇の十三年（五八四）に、蘇我馬子が三人の尼の臨席を請うて、大会《だいゑ》の設斎《をがみ》を行なったとあるのが、初出とされる。

習ひたまふ　「ならふ」は、物事に繰り返しよく接する意が原義。繰り返して馴れる。見習って練習する。ここは、繰り返し口ずさまれた意であろう。

明日香の清御原の宮　天武天皇の宮殿。天武元年（六七二）に、岡本宮の南に造営し、その冬に移り住まわれたとある。既出（一〇三番歌前）。持統天皇も藤原遷都まで住まわれた。

やすみししわご大君　高照らす日の御子　「やすみしし　わご大君」と「高照らす　日の御子」は、共に天皇およびそれに準じる皇子への讃美表現で同格。前者は、記紀歌謡の中にもあり、後者は、「高光る　日の御子」の形で、記紀歌謡中にある。万葉集では、天武天皇・持統天皇・軽皇子（後の文武天皇）・草壁皇子・新田部皇子・長皇子・弓削皇子らをさして用いられている。このうち、草壁皇子・長皇子・弓削皇子らに対しては「高光る　日の御子」とある。

いかさまに　どのように。

思ほしめせか　「おもほしめせ」は、「おもふ」の敬語「おもほしめす」の已然形。「か」は、疑問の意をあらわす助詞。「おもほしめせばか」に同じ。お思いになってか。

神風の　伊勢にかかる枕詞。伊勢の大神のいます国で、風の激しい国であるところからかかる。記紀歌謡中の久米歌（記一三、紀八、七八）に見えるほか、垂仁紀二十五年条の伊勢神宮の起源を伝える記事、伊勢国風土記逸文にも見え、万葉集以前から、「伊勢」に冠する賞辞として用いられていたと推測される。万葉集では、地名「伊勢」に枕詞「神風の」を冠するものと冠しないものとあるが、冠する歌は、第二期（大伯皇女・持統天皇・碁檀越の妻・長田王）が中心で、伊勢の国への畏敬の念がうかがわれ、賞辞性が強い。対して、枕詞を冠しない歌は、一首を除けば相聞歌で、作者明記の歌は二首（安貴王・笠女郎）、第三期から四期にかけての頃の作とみられる（拙稿「地名にかかる枕詞―「神風の」「あをによし」を中心に―」尾畑喜一郎編『記紀万葉の新研究』所収）。

靡《な》みたる　「なびく」意の動詞「なむ」の連用形に、「ている」意の助動詞タリの連体形がついた形。波を修飾する。

潮気　潮の香。「け」は、気配、香りをいう。

うまこり　「あや」にかかる枕詞。「うまき織り」の意で、織物の綾およびそれと同音の「あや」にかかる。

あやにともしき　「あやに」は、副詞で、「ともしき」を修飾する。むしょうに、なんともいいようもなく、の意。「ともしき」は、逢いたい、慕わしい、意の形容詞「ともし」の連体形で、下の「高照らす日の御子」を修飾する。

高照らす日の御子　亡き天武天皇をさす。

藤原《ふぢはら》の宮《みや》に天《あめ》の下《した》知《し》らしめしし天皇《すめらみこと》の代《よ》　高天原広野姫天皇《たかまのはらひろのひめのすめらみこと》。天皇《すめらみこと》の元年《ぐわんねん》丁亥《ていがい》の十一年《ねん》に、位《くらゐ》を軽太子《かるのひつぎのみこ》に譲《ゆづ》り、尊号《そんがう》を太上天皇《おほきすめらみこと》といふ。

藤原宮御宇天皇代　高天原廣野姫天皇。天皇元年丁亥十一年、譲二位軽太子一、尊号曰二太上天皇一

藤原の宮で天下をお治めになった天皇の時代　高天原広野姫天皇。元年丁亥の十一年に軽太子に譲位して、尊号を太上天皇という。

大津皇子《おほつのみこ》薨《こう》ぜし後《のち》に、大来皇女《おほくのひめみこ》、伊勢《いせ》の斎宮《いつきのみや》より京《みやこ》に上《のぼ》る時《とき》に作《つく》りませるみ歌《うた》二首《しゅ》

一六三　神風《かむかぜ》の　伊勢《いせ》の国《くに》にも　あらましを　何《なに》しか来《き》けむ　君《きみ》もあらなくに

一六四　見《み》まく欲《ほ》り　わがする君《きみ》も　あらなくに　何《なに》しか来《き》けむ　馬疲《うまつか》るるに

【原文】　大津皇子薨之後、大来皇女従二伊勢斎宮一上レ京之時、御作歌二首

一六三　神風乃　伊勢能国尓母　有益乎　奈何可来計武　君毛不有尓

一六四　欲見　吾為君毛　不有尓　奈何可来計武　馬疲尓

【校異】　**乃**（金類古）―之　**母**（金類紀）―毛

大津皇子が亡くなられた後に、大来皇女が、伊勢の斎宮から上京した時にお作りになったお歌二首

一六三　神風の吹く伊勢の国にいればよかったのに。どうして私は都に帰ってきたのだろう。愛する弟ももはやいないのに。

一六四　逢いたいと思う弟もいないのに、どうして私はやって来たのだろう。馬が疲れるだけであったのに。

【歌意】　日本書紀の持統称制前紀によれば、大来皇女は、斎王の任を解かれ、朱鳥元年十一月十六日に京に到着した。弟大津がすでに死んでいたことを知った直後の歌であろう。「君もあらなくに」「何しか来けむ」の繰り返しが、混乱し呆然とした状態の大来の様子をストレートに伝えている。大津皇子は、十月三日に刑死しているから、すでに四十日余も経っていたことになる。大津皇子刑死の事実は、噂として伊勢にも伝わっていたかも知れないが、斎王大来に仕える人々にとっては信じがたく、信じたくない噂を皇女の耳に入れることは憚ったであろう。大来皇女に、最悪の場合は、との思いはあっても、遠く伊勢に離れて皇后持統や皇太子草壁と弟大津との関係が絶望的なまでの状態であるとは想像できなかったであろう。十三年ぶりにたくましく成長した弟と逢って言葉を交わしただけに、弟への姉としての愛情は溢れんばかりに高まっていたはずである。弟と再会したい、生きていてほしい、と、それだけを望み、ひたすら馬に鞭打って急ぎに急いで帰ってきたのに、非情な現実に直面した衝撃。「何しか来けむ」という言葉は、弟を死にいたらしめた者への恨み・抗議の心が無意識のうちに発した言葉である。

なお、大来皇女が斎王の任を解かれた理由は、紀に記さず、天皇の崩御によるとも、弟大津の死によるとも言われているが、記録による限り、大来の前の斎王とされる、用明天皇の皇女酢香手姫《すかてひめ》は、用明・崇峻・推古の三代三十七年にわたって日神に奉仕したと伝えられる。大来皇女が任を解かれた後、文武二年九月まで、斎王の任命はなく、斎王の制度は、まだ整っていなかったらしい。十三歳になったばかりの大来皇女が斎王に任命されたのも、天武天皇の伊勢の大神信仰と同時に、大来皇女の結婚を阻んで大津を孤立させようという皇后鸕野皇女の思惑があったのであれば、大津刑死後は、大来を伊勢に置く必要もなかったであろう。なお、天武天皇の伊勢の大神信仰と同時に、十三歳になった大来皇女の結婚を阻んで大津を孤立させようとの皇后の思惑が、大来の伊勢斎王任命になったという意見に対して、天武二年四月という時点は早すぎるのではないかという疑念があるかも知れない。だが、持統即位前紀の、朱鳥元年十月三日条の大津皇子評および懐風藻に見える大津皇子評伝は、体は堂々としており、言葉は明瞭、天智天皇に愛されたとある。身体はたくましく、漢詩文を綴ることに優れているばかりでなく、武を好み剣にも秀でており、性格も奔放で、人望があったことを記している。天武二年当時は、大津皇子は十一歳であったが、温和で病弱であったらしい草壁皇子との違いは、すでに歴然としていたに相違ない。知略の人である天智天皇の才を十分に受け継いでいたらしい皇后鸕野皇女は、大津がわが子草壁の最大の敵になる可能性をすでに見通していたに相違ないと思われる。

［大津皇子に対する人物評］

皇子大津は、天渟中原瀛真人天皇《あまのぬなはらおきのまひとのすめらみこと》の第三子なり。容止《みかほ》墻《たか》く岸《さが》しくして、音辞《みことば》俊《すぐ》れ朗《あきらか》なり。天命開別天皇《あめみことひらかすわけのすめらみこと》の為に愛《めぐ》まれたてまつりたまふ。長《ひととな》るに及《いた》りて才学《かどま》有す。尤《もと》も文筆を愛《この》みたまふ。詩賦《しふ》の興《おこり》、大津より始れり。

（持統即位前紀　朱鳥元年十月三日条）

大津皇子は、天武天皇の第三子である。身体は大きく堂々としており、言葉は明朗で、天智天皇（大津の母方の祖父）に愛された。成長するにしたがい、分別もあり学才に富み、とくに漢詩文を綴るのに秀でられた。わが国で詩賦が盛んになったのは、この大津皇子からである。

皇子は、浄御原帝の長子なり。状貌魁梧《じやうばうくわいご》、器宇峻遠《きうしゆんゑん》。幼年にして学を好み、博覧にして能《よ》く文を屬《つづ》る。壮《さかり》に及びて武を愛《この》み、多力にして能く剣を撃つ。性頗る放蕩にして、法度《はふど》に拘《かかは》らず、節《せつ》を降《くだ》して士を礼《ゐや》びたまふ。是に由《よ》りて人多く附託す。

大津皇子は、天武天皇の長子である。身体は大きくたくましく、度量も高く広く、幼い頃から学問を好み、読書をよくし、詩や文を綴ることにも優れていた。長ずるに及んで武を好み、剣にも秀でておられた。性格はかなり奔放で、こまかなきまりなどに拘泥することなく、高い身分にもかかわらず優れた人を大切にしたので、多くの人々が皇子に心を寄せた。

（懐風藻）

大津皇子薨ぜし後に　大津皇子は、既出（2・一〇五・六題。一〇七、九）。天武天皇の皇子の中でも、母大田皇女の出自が高く、文武両道に秀でて、天武在世中は、皇后の実子草壁皇子に次ぐ皇子として重んぜられたが、天武崩後の朱鳥元年（六八六）十月二日、謀反が発覚したとして捕えられ、翌日死を命じられる。二十四歳。妻、山辺皇女も共に死ぬ。辞世の歌と漢詩が万葉集巻三と懐風藻に伝えられる。

大来皇女　2・一〇五・一〇六番歌の作者として既出。大津皇子の同母姉。天武二年（六七三）四月、十三歳で伊勢神宮に奉仕する斎王となり、泊瀬斎宮にこもり、翌年十月、伊勢に赴く。朱鳥元年（六八六）十一月、斎王の任を解かれて上京。大宝元年（七〇一）十二月薨。四十一歳。

伊勢の斎宮《いつきのみや》　伊勢に派遣されて伊勢の大神をまつる斎王の居所。また、斎王を斎宮ということもある。ここは、前者。三重県多気郡明和町大字斎宮・同竹川に斎宮跡がある。斎王は、崇神六年紀にみえる豊鍬入姫命をはじめとして、第三十三代推古天皇代まで数人の名前が伝わるが、起源は不明。制度的に整備されたのは、天武朝以降といわれる。それでも、大来皇女が任を解かれて上京した後は、文武二年（六九八）九月の当耆皇女の斎王任命まで空白であった。

【一六三】　神風の　「伊勢」に冠する枕詞。一六二番歌に既出。

あらましを　いるのであったのに。マシは事実に反することを仮に想像したり、願望したりする気持をあらわす。ここは、後者。

何しか来けむ　どうしてやって来たのだろう。シは、強意の助詞。カは、疑問の意をあらわす助詞。「来けむ」のケムは、過去の事態に関する不確実な想像・推量をあらわす助動詞。ここは、上の「何しか」を承けて、急ぎ帰京したことの無意味であったことを思い、悔やみ嘆く気持をあらわす表現。上の助詞カの結び。

君もあらなくに　君は、大津皇子。「なくに」は、打消の助動詞ズの連体形に、事・所の意をあらわす形式体言アクが付いて名詞化して、格助詞ニがついた形。ヌアク→ナク。ここは、君もいないのに、と逆接表現になる。

【一六四】見まく欲りわがする君　逢いたいと私が思っている君。大津皇子をさす。マクは、意志・希望の意をあらわす助動詞ムのク語法。

大津皇子《おほつのみこ》の屍《かばね》を葛城《かづらき》の二上山《ふたがみやま》に移《うつ》し葬《はぶ》る時《とき》に、大来皇女《おほくのひめみこ》の哀《かな》しび傷《いた》みて作《つく》りませるみ歌《うた》二首《しゆ》

一六五　うつそみの　人《ひと》なるわれや　明日《あす》よりは　二上山《ふたがみやま》を　いろせとわが見《み》む

一六六　磯《いそ》の上《うへ》に　生《お》ふるあしびを　手折《たを》らめど　見《み》すべき君《きみ》が　ありと言《い》はなくに

右《みぎ》の一首《しゆ》は、今案《いまかむが》ふるに、移《うつ》し葬《はぶ》る歌《うた》に似《に》ず。けだし疑《うたが》はくは、伊勢神宮《いせのかむみや》より京《みやこ》に還《かへ》る時《とき》に、路《みち》の上《ほとり》に花《はな》を見《み》て感傷哀咽《かんしやうあいえつ》してこの歌《うた》を作《つく》れるか。

【原文】　移二葬大津皇子屍於葛城二上山一之時、大来皇女哀傷御作歌二首

一六五　宇都曽見乃　人尓有吾哉　従明日者　二上山乎　弟世登吾将見

一六六　礒之於尓　生流馬酔木乎　手折目杼　令視倍吉君之　在常不言尓

右一首、今案、不レ似二移葬之歌一。盖疑、従二伊勢神宮一還レ京之時、路上見レ花、感傷哀咽、作二此歌一乎。

大津皇子の遺体を葛城の二上山に移葬した時に、大来皇女が悲しんでお作りになったお歌二首

一六五　この世の人である私は、明日からは、あの二上山を弟と思って眺めよう。

一六六　岩の上に伸びているあしびの花を手折ろうと思うが、それを見せたいと思う弟は、もはやこの世にはいないのに。

右の一首は、今考えれば、移葬の際の歌らしくない。もしかすると、伊勢神宮から帰京なさる時に、道のほとりの花を見て悲しみむせんで、この歌を詠まれたのではないだろうか。

【歌意】　上京して、すでに弟が刑死していたことを知った直後の歌と思われる一六三、一六四番歌の、呆然自失

の状態で言葉を選ぶ気力もないといった時期から、しばらく経って、諦めざるを得ないとの思いを持ちはじめていたのだろう。そういう時に、二上山に埋葬する指示があった。たとえ遠い国境の山の上であろうとも、埋葬の許しが得られて姉の大来（伯）皇女は安堵したのではないだろうか。ほっとすると同時に弟が現世にいる自分から離れて遠い黄泉の人となってしまったとの思いが深まったのであろう。一六五番歌からは、現世にひとりとり残されたわが身を、二上山を弟と思うことによって生きる気力をもち、弟の霊を慰めることをみずからの使命として生きようとの思いが感じられる。そのように思いつつも、ともすれば、弟が生きていれば、と思わないではいられない。別れた時に十一歳であった弟が十三年ぶりに危険をおかして逢いに来てくれて、立派に成人したその姿を確認しただけに、その死は悲しく諦めきれない思いが残ったであろう。美しいあしびの花をみても、もし生きていたら見せてあげられるのに、と思わずにはいられない。「この世にいないのだもの」と云いながら、作者の気持は、「生きていてほしかった」との思いでいっぱいなのである。なお、この題詞にある移葬が、今伝えられる雄岳の山頂へのものであったかどうか疑問視する説もないではないが、大津皇子の屍を遠く国境に葬ることによってその威霊を皇都から遠ざけたい意図があったのではないかと思う。ちなみに、神亀六年二月十二日、ひそかに左道を学んで国家を傾けようとしたという罪で死を命じられた長屋王とその妻吉備内親王は、翌十三日に使者が遣わされ生駒山に葬られた、と続日本紀は記す。大津皇子の辞世の歌が万葉集巻三に、漢詩が懐風藻にある。

※　大津皇子の死《みまか》らしめらえし時、磐余《いはれ》の池の堤にして、涙を流して作りませるみ歌一首

百伝ふ　磐余の池に　鳴く鴨を　今日のみ見てや　雲隠りなむ　（3・四一六）

五言　臨終　一絶

金烏臨西舎　鼓声催短命　泉路無賓主　此夕離家向　（懐風藻）

太陽は西に傾き、時を告げる鼓の音は、短い私の生命をせきたてるように聞こえる。

黄泉へ行く道には客も主人もいないという。その道を、私は此の夕、独り家を離れて向かうのだ。

葛城の二上山　奈良県と大阪府との境に位置する葛城連山の中の二上山《にじょうざん》。奈良県葛城市と大阪府南河内郡太子町との間にある。雄岳五一七メートル、雌岳四七四メートル。雄岳山頂に大津皇子の墓と伝えられる墓がある。

移し葬る　諸注多く、殯所より（攷證・講義・佐佐木評釈・全集・集成・釈注など）、あるいは処刑された磐余《いわれ》の訳語田《おさだ》から（新全集）二上山頂に移葬したこととするが、疑問。全注・新大系が問題視あるいは疑問視しているように、謀反人として刑死させられた大津皇子に殯宮の礼が許されることは、考えられないことである。十月三日に刑死した大津皇子は、十一月十六日（現行暦の十二月九日）に大来皇女が帰京した時点ですでに一箇月半経っているが、あしびの花を詠んでいることから翌年早春とすると、死後三箇月を経ていると考えられる。どこかに埋葬されていたはずであるが、正式に許可されたものではなく、とりあえず大津皇子の宮の近親者の手で仮に埋葬されていたのであろう。

【一六五】うつそみの人なるわれや　この世に生きている人である私。ウツソミは、ウツシオミの約。「この世に生きている人」が原義で、「この世」の意にも用いられる。ここは、「この世」。万葉集に、ウツセミの例もある。「人なる」のナルは、デアル意。ヤは、詠嘆の意を込めた助詞。

いろせ　原文「弟世」。同母の兄弟をさす語。大来皇女にとって大津皇子は、同母の弟であるので、「弟」の文字でその関係を示し、「世」の文字でセの音を示して、イロトではなくイロセと訓むべきことをあらわした。

【一六六】磯　水辺の岩や岩の多い水辺をいうことが多いが、ここは岩の意。

生ふる　成長する、延びる意の動詞「生ふ」の連体形。「あしび」を修飾する。

あしび　ツツジ科のアセビ。山地にはえる常緑の低木。

早春に枝の先に複総状花序を下垂し、多数の白いつぼ状の花を開く。馬酔木の表記は、有毒植物で馬がこの葉を食べると酔ったようになるからという。民間では今もこの葉を煎じて菜園の殺虫剤に用いる、と松田修『増訂万葉植物新考』は記す。
見すべき君　見せたいと思う弟の大津皇子。
ありといはなくに　イハナクニの原文「不云尓」。「言莫君二」（2・九七）、「云莫苦荷」（4・六八四）、「云莫国」（6・一〇二三）、「云名国」（11・二三五五）などの諸例により、イハナクニと訓むべきことが明らか。

ナクは、打消の助動詞ズの連体形ヌに形式体言のアクがついて名詞を作りナイコトの意。ニは格助詞。逆接表現または詠嘆をこめた表現になる。
移し葬る歌に似ず　大来皇女の上京が十一月中旬であるのに、あしびの花は早春に咲く花であることから、左注の注記者の誤解であることが明らかである。一六六番歌は、直接移葬に関わる内容を詠んでいるわけではないが、仮葬から改めて指定の山頂に埋葬したことで、弟が遠く離れた黄泉の人になったことのさびしさを感じもしての感慨であろうと思われる。

日並皇子尊《ひなみしのみこのみこと》の殯宮《あらきのみや》の時《とき》に、柿本朝臣人麻呂《かきのもとのあそみひとまろ》の作《つく》る歌《うた》一首《しゅ》　并《あは》せて短歌《たんか》

一六七　天地《あめつち》の　初《はじ》めの時《とき》　ひさかたの　天《あま》の河原《かはら》に　八百万《やほよろづ》　千万神《ちよろづかみ》の　神集《かむつど》ひ　集《つど》ひいま
して　神《かむ》はかり　はかりし時《とき》に　天照《あまて》らす　日女《ひるめ》の命《みこと》一に云《い》ふ、さしのぼる　日女《ひるめ》の命《みこと》　天《あめ》をば　知《し》らし
めすと　葦原《あしはら》の　瑞穂《みづほ》の国《くに》を　天地《あめつち》の　寄《よ》り合《あ》ひの極《きは》み　知《し》らしめす　神《かみ》の命《みこと》と
天雲《あまくも》の　八重《やへ》かき別《わ》きて一に云《い》ふ、天雲《あまくも》の　八重雲《やへくも》別《わ》きて　神下《かむくだ》し　いませまつりし　高照《たかて》らす　日《ひ》の御《み》

子《こ》は　飛《と》ぶ鳥《とり》の　清御《きよみ》原の宮《みや》に　神《かむ》ながら　太敷《ふとし》きまして　すめろきの　敷《し》きます国《くに》と　天《あま》の原《はら》　岩戸《いはと》を開《ひら》き　神上《かむあが》り　上《あが》りいましぬ一に云《い》ふ、神登《かむのぼ》りいましにしかば　わが大君《おほきみ》　皇子《みこ》の命《みこと》の　天《あめ》の下《した》　知《し》らしめしせば　春花《はるはな》の　貴《たふと》くあらむと　望月《もちづき》の　満《たたは》しけむと　天《あめ》の下《した》一に云《い》ふ、食《を》す國《くに》　四方《よも》の人《ひと》の　大船《おほふね》の　思《おも》ひ頼《たの》みて　天《あま》つ水《みづ》　仰《あふ》ぎて待《ま》つに　いかさまに　思《おも》ほしめせか　つれもなき　真弓《まゆみ》の岡《をか》に　宮柱《みやばしら》　太敷《ふとし》きいまし　みあらかを　高知《たかし》りまして　朝言《あさこと》に　御言問《みことと》はさぬ　日月《ひつき》の　数多《まね》くなりぬれ　そこ故《ゆゑ》に　皇子《みこ》の宮人《みやひと》　ゆくへ知《し》らずも一に云《い》ふ、さす竹《たけ》の　皇子《みこ》の宮人《みやひと》　ゆくへ知《し》らにす

反歌《はんか》二首《しゅ》

一六八　ひさかたの　天見《あめみ》るごとく　仰《あふ》ぎ見《み》し　皇子《みこ》の御門《みかど》の　荒《あ》れまく惜《を》しも

一六九　あかねさす　日《ひ》は照《て》らせれど　ぬばたまの　夜渡《よわた》る月《つき》の　隠《かく》らく惜《を》しも

ある本《ほん》には、件《くだり》の歌《うた》を以《もち》て後皇子尊《のちのみこのみこと》の殯《あらきのみや》宮の時《とき》の歌《うた》の反《はん》とす。

ある本《ほん》の歌《うた》一首《しゅ》

一七〇　島《しま》の宮《みや》　まがりの池《いけ》の　放《はな》ち鳥《どり》　人目《ひとめ》に恋《こ》ひて　池《いけ》に潜《かづ》かず

【原文】　日並皇子尊殯宮之時、柿本朝臣人麻呂作歌一首　并短歌

一六七 天地之　初時　久堅之　天河原尓　八百萬　千萬神之　神集　〻座而　神分　〻之時
尓　天照　日女之命　一云、指上日女之命　天乎婆　所知食登　葦原乃　水穂之國乎　天地之　依
相之極　所知行　神之命等　天雲之　八重掻別而　一云、天雲之八重雲別而　神下　座奉之　高照
日之皇子波　飛鳥之　浄之宮尓　神随　太布座而　天皇之　敷座國等　天原　石門乎
開　神上　〻座奴　一云、神登座尓之可婆　吾王　皇子之命乃　天下　所知食世者　春花之　貴在等
望月乃　満波之計武跡　天下　一云食國　四方之人乃　大船之　思憑而　天水　仰而待尓
何方尓　御念食可　由縁母無　真弓乃岡尓　宮柱　太布座　御在香乎　高知座而　明
言尓　御言不御問　日月之　數多成塗　其故　皇子之宮人　行方不知毛　一云、刺竹之皇子宮人帰邊不知尓為

反歌二首

一六八 久堅乃　天見如久　仰見之　皇子乃御門之　荒巻惜毛

一六九 茜刺　日者雖照有　烏玉之　夜渡月之　隠良久惜毛

或本、以二件歌一為二後皇子尊殯宮之時歌反一也

或本歌一首

一七〇 嶋宮　勾乃池之　放鳥　人目尓戀而　池尓不潜

【校異】 **時**（金類紀）―時之　**本**（金類古）―本云

日並皇子尊《ひなみしのみこのみこと》の殯宮《あらきのみや》の時に、柿本朝臣人麻呂が作った歌一首　短歌を含む

一六七　天地がはじめてできた時、ひさかたの天の河原で、八百万、千万の神々がお集まりになって、相談を重ねられた時に、天照《あまて》らす日女《ひるめ》の命《みこと》 あるいは、さしのぼる日女《ひるめ》の命《みこと》 は天をお治めになるようにとお定めになり、一方、葦原の瑞穂の国を、天と地の寄り合う果てまで、お治めになるべき神として、天雲が八重に重なっている中をかき分けて、あるいは、天雲の八重に重なる雲をかき分けて お降《くだ》せになられた高照らす日のみ子は、飛鳥《あすか》の清御原《きよみはら》の宮に、神として天下を支配されて、（やがて）この国は天皇の治めるべき国として、天の原の岩戸を開き、神として天上にお登りになられた。あるいは、神としてお登りになってしまわれたので 我が大君であられる（日並）皇子の命が天下をお治めになったら、春の花のように貴いことだろうと、満月のようにご立派なことであろうと、天下の、あるいは、天皇が治めておいでの国の 四方の人が、大船を頼みにするように、頼みにして、天つ水を仰ぎ待つように待っていたところ、どのようにお思いになってか、これまでなんの関わりもなかった真弓の岡に、宮柱をふとぶとと立てられ、御殿をたかだかと構えられて、朝のお言葉もかけられることのない月日が重なった。それで皇子の宮に奉仕していた人々は、途方にくれているよ。あるいは、勢いのよい竹のように栄えていた皇子の宮の人たちは、どうしてよいかわからないでいるよ。

反歌二首

一六八　はるかに高く天を仰ぎ見るように仰ぎ見てお慕いしていた皇子の宮殿が荒れてゆくであろ

うと思うと、残念であるよ。

一六九 あかね色を帯びた太陽は変りなく照らしているが、黒々とした夜空を渡る月が隠れるのが惜しいよ。

ある本では、この歌を後の皇子尊（高市皇子）の殯宮の時の歌の反歌としている。

ある本の歌一首

一七〇 島の宮の勾の池の放ち鳥も皇子の薨去を悲しみ、人恋しい様子で池に潜らないでいる。

【歌意】 持統三年四月十三日に薨じた草壁皇子の殯宮儀礼のひとつとして誦詠された歌である。柿本人麻呂の殯宮挽歌の最初のものであり、公的作歌の最初のものでもある。これ以前の歌として作歌年代の明らかなものは、人麻呂歌集の非略体歌の七夕歌一首（10・二〇三三）――天武九年作――しかない。二十八歳で薨じた草壁皇子の生前に人麻呂がどのように奉仕したか不明であるが、当該歌は、個人的立場で詠まれたものではなく、儀礼の場で官人たちの立場で詠むことを求められて詠んだものであろう。その点で、天智天皇の大殯の時の歌と性格を同じくしている。だが、こちらは、天孫降臨の神話から詠み起こし、天武天皇の宮の造営と爲政・崩御も詠んで、皇太子の即位を期待する人々の心を歌い、その早い薨去を惜しんでいる。大殯の歌との違いは大きい。人麻呂の殯宮歌には、中国の誄《るい》の影響が見られることが指摘されているが、中国の誄は早くから日本の殯の儀礼に取り入れられ、わが国の誄の記録の早い例は、第三十代敏達天皇の殯宮儀礼のひとつとしてみえている。それ以来日本書紀・続日本紀には多くの記録があり、功臣の死に際しては、天皇のねんごろな言葉もあり、それを詔・哀詔と記しているが（藤原鎌足…家伝・天智八年十月、大分恵尺…天武紀四年六月、大伴望多…天武紀十二年六月、坂上老…続紀・文武三年五月など）、死者の系譜を述べ、生前の功績を述べて死者を讃えるこれらの誄や詔の表現を人麻呂は殯宮の時の歌に積極的にとりいれたのであろう。天武天皇の時代、功臣の死に際して弔問に派遣された皇子たちに従った人麻呂が、これらの誄や詔を耳にした可能性は十分考えられる。なお、本歌と殯宮儀礼との関わりについて、全注に、「殯宮の儀礼とは別に考える説が有力である」という。早く、吉永登氏に、「献呈挽歌は殯宮で歌われたものでない」（『万葉―文学と歴史のあいだ』）と題する論があることは、よく知られているが、渡瀬昌忠氏も、「人麻呂の、いわゆる殯宮挽歌における「殯宮之時」とは、殯宮の期間、特にその終わりごろ、あるいは、その終わった時であり、その歌の場は、殯宮の庭そのものでもありうるが、多くは、皇子皇女の生前の居所またはその周辺であることが推測されよう」と述べている（「人麻呂の殯宮挽歌」『柿本人麻呂研究　島の宮の文学』）。氏は、題詞中の「殯宮之時」は、詠まれた時期を示しているとの理解であるようだが、その公的性格は認めており、「人麻呂の殯宮挽歌が、至高の地位を持った三人の皇子《ママ》にのみかかわって存在することも、その並み並みならぬ公的役割を担うものであることを示す」といい、日並皇子の殯宮挽歌の反歌の一首（一六九）に、「或本」では「後の皇子尊の殯宮の時の歌の反」としていることの注記があることに関して、「おそらく、皇太子また太政大臣たるそれぞれの皇子への挽歌の場に持統天皇の出御があった時に、歌われたものなのだろう。人麻呂殯宮挽歌から公的性格を否定することは、むろんできないのである」と記している。持統天皇の出御があったかどうかはともかく、人麻呂が個人的立場で詠んだ挽歌でないことは、その詞章から明白で、その公的性格こそが、殯宮儀礼の一環としての性格であったはずと思う。吉永登氏は、天武天皇の殯宮儀礼のなかの、発哭・発哀・誄らと共に歌舞が奏せられたことを挙げ、これは、国国より奉った国風の歌舞であって、宮廷人によって作られて詠われたという挽歌とは全然異なったものというべきであろう、といっている。国風の歌舞は、無論、人麻呂の殯宮挽歌とは性格を異にする。しかし、既出の天智天皇崩御後の挽歌の中に、「天皇の大殯の時の歌二首」と題する短歌があって、作者額田王と舎人吉年の名を歌の下に書き、題詞に作者名を書いている前後の歌と形式を異にしている。大殯の儀礼の一つとして詠まれ奉られた歌であることは確かな事実といってよい。日並皇子や高市皇子・飛鳥皇女の殯宮儀礼として新しい歌が詠まれ奉られたとしたら、人麻呂の殯宮挽歌以上にふさわしい歌があろうとは思われない。公的な立場で生前の皇子皇女を讃え、その死を驚き悲しむ人々の姿をうたい、永遠に偲び続けることを誓って死者の霊を慰撫する―日並皇子の場合にはこの詞章がないが、人麻呂の最初の宮廷儀礼歌であることにその原因はあることは後述―という内容である。なお、殯宮儀礼歌として詠まれた歌ではないが、「(日並)皇子尊の宮の舎人等」の慟傷挽歌二十三首は、生前の皇子の居所島の宮で詠んだ歌と殯宮の設けられた真弓の岡で詠んだ歌とが交互に並んでおり、舎人たちが生前の居所と殯宮との交替で奉仕しつつ挽歌を詠んだことがわかる。すでに皇子の亡骸は、殯宮にあるにもかかわらず、舎人たちの歌の表現からは、皇子の居所島の宮こそが離れがたく、皇子の姿が幻となって浮かぶ場所であったことがわかる。天皇の大殯は、宮の内に設けられたから、崩御後の奉仕の場所が二箇所に分かれることはなかったが、皇子・皇女の場合は、葬所に殯宮が設けられたから、生前の皇子・皇女に長く仕えた者ほど、生前の居所への思い入れは強かったであろう。亡き人を偲び哀悼する歌が、殯宮だけでなく、生前の居所で詠われることもあったことは極めて自然であったと思われる。それは、歌に限らず、追悼の儀礼も、殯宮の場と並行して行われもしたであろうと推察される。

日並皇子の薨去は、日本書紀持統三年四月十三日条に、「皇太子草壁皇子尊薨」と、僅か九字で記すのみ。同年八月四日には、鸕野皇女は吉野にでかけているから、その前に、草壁皇子を埋葬したかと推測される。四年正月一日に、鸕野皇女が即位した。同年七月十四日、安居《あんご》終了の前日、*絁・糸・綿・布を*七寺《ななつのてら》の安居の沙門《ほうし》三千三百六十三人に下されたが、別に、皇太子のために、*三寺《みつのてら》の沙門三百二十九人にも下されたとある。

*絁　フトギヌ。アシギヌとも。
*七寺　大官・飛鳥・川原・小墾田豊浦・坂田・薬師・橘の七寺か。
*三寺　大官・薬師・飛鳥の三寺か。

【日並皇子尊《ひなみしのみこのみこと》】　草壁皇子。天武天皇の皇子。母は皇后鸕野皇女《うののひめみこ》（天智天皇の皇女。後の持統天皇）。日並皇子尊は、日並知皇子尊とも記され、皇太子に対する尊称であったとされるが、草壁皇子に対してしか用いられなかった。天智天皇の皇女、阿陪《あへ》（阿閉）皇女を妻とし、軽皇子（文武天皇）・氷高皇女《ひたかのひめみこ》（元正天皇）・吉備内親王（長屋王室）をもうけた。天智元年（六六二）、筑紫の娜《な》の大津（福岡市の博多港）で誕生。壬申の年の乱の際は、十一歳で、吉野出発当初から父母と共にあった。天武十年二月に、皇太子となる。時に、二十歳。出生の順では、草壁より上に高市皇子《たけちのみこ》・忍壁皇子《おさかべのみこ》がいたが、皇女を母とする皇子の中では最年長で、しかも皇后所生の皇子として一歳下の大津皇子よりも重んぜられた。天武崩後の殯宮儀礼では、皇太子として公卿・百寮人を従えてしばしば慟哭の儀礼を行なったが、葬礼も終った持統三年四月十三日、皇太子の地位のまま薨じた。二十八歳。病弱であったのであろう。大津皇子と異なり、人物評など一切伝わらない。天平宝字二年（七五八）八月、四十七代淳仁天皇（父は舎人親王）の即位に際して、岡宮御宇天皇（をかのみやにあめのしたしらしめししすめらみこと）の尊号がたてまつられた。万葉集に短歌一首（2・一一〇）のみ。

【一六七番歌の構成】

①天地初発から瓊々杵尊《ににぎのみこと》の降臨まで（～神下し　いませまつりし　高照らす　日の皇子）

天と地が初めてできたとき、神々の合議により、天照《あまて》らす日女《ひるめ》の命《みこと》は天を、高照らす日の皇子は葦原の瑞穂の国を治めることとなり、下される。記紀神話では、天照大神の孫の瓊々杵尊《ににぎのみこと》（記に、迩々芸命《ににぎのみこと》）が降臨したとある。従って、この「高照らす　日の皇子」は、瓊々杵尊《ににぎのみこと》であると同時に、以下の文の主格となっている点で、天武天皇と重層させていることになる。

②天武天皇の治政と崩御（高照らす　日の皇子は～神上り　上りいましぬ）

高照らす日の皇子、すなわち天武天皇が清御原に宮を定められたが、やがてこの国は、天皇の治めるべき国として、天に登られた（崩御された）。

③日並皇子の即位への期待と皇子の薨去（我が大君　皇子の命の～日月の　数多《まね》くなりぬれ）

皇太子日並皇子の即位を人々すべてが待ち望んでいたのに、真弓の岡に殯宮が造営され、皇子の言葉の聞かれぬ月日が重なった（皇子が薨去され殯宮が営まれた）。

④皇子の宮人の途方にくれた様子（そこ故に　皇子の宮人　ゆくへ知らずも）

皇太子の宮に仕えていた人々の途方にくれた様子を詠む。

飛鳥・藤原京域周辺地図

【一六七】 殯宮の時　殯宮は、死者を埋葬するまでの間、屍を棺に納めて仮に安置する宮。死者の霊を鎮めるために、供物を捧げ、発哀《ほつあい》・発哭《ほつこく》・歌舞・奏楽などが行われ、*誄《しのびごと》がたてまつられた。柿本人麻呂の殯宮の時の歌は、当該歌を含めて三組あるが、いずれも殯宮儀礼のひとつとして誦詠されたものと考えられる。

*誄は、現在の告別式での「お別れの詞」に相当するが、死者の霊を慰め鎮めるために捧げたもの。

柿本朝臣人麻呂　一三一～一三九番歌に既出。

天地の初めの時　天と地が始めてできた時。日本書紀に、未分化であった天と地が分離して、天と地になった神話を記す。なお、古事記では、アメに対してクニという例が多いので、アメツチは新しい熟語であったといわれる。

むかし、天と地とがまだ分かれず、陰*と陽ともまだ分かれていなかったとき、この世界は渾沌として鶏の卵のように形も決まっていなかったし、また、それはほの暗く、広くて、物のきざしはまだその中に含まれたままであった。やがて清く明るい部分はたなびいて天となり、重く濁った部分は滞って地となった。しかし、清らかでこまかいものは群がりやすく、重く濁ったものは固まりにくいものである。だから、天がまずでき上がって、地はのちに定まった。そうしてのちに、神がその中に生まれたもうた。

（井上光貞監訳『日本書紀　上』中央公論社）

*陰陽は、万物の根源とされている二つの相反する気。万物はこの二つの気の交感・消長によって生成・変化・消滅するという。地・月・水・女などは陰、天・日・火・男などは陽の気をもつとされる。

ひさかたの　「天」および天に関わる「雨」「月」などにかかる枕詞。その用字例「久方乃（之）」「久堅乃（之）」から、久しい・堅固な、の意をもつ表現かと思われる。

天の河原　高天の原の安の河原。「そこで、大勢の神々が、天の安の河原にお集まりになって、高御産巣日神《たかみむすひのかみ》の子、思金神《おもいかねのかみ》に考えさせて」（古事記上巻）。巻十・二〇三三、二〇八九では、天の川を安の川と称している。共に天上の川である故のことであろう。

八百万千万神の神集ひ集ひいまして　大勢の神々がお集まりになって。

神はかりはかりし時に　ハカリは相談する意の動詞ハカルの連用形。シは、過去の助動詞キの連体形。原文「神分　〻之時尓」。分は長さの単位を表わすからハカルと訓む（大系頭注）。

※一寸《き》は、十分《きだ》。

天照らす日女の命　天照大神。太陽を神格化したもの。日本書紀に「日の神」。その名を大日孁貴《おおひるめのむち》、一書に天照《あまてらす》大神《おおみかみ》、一書に天照大日孁尊《あまてらすおおひるめのみこと》という、とある。孁《れい》は、貴い女の意。テラスのスは、尊敬の助動詞スの連体形。

さしのぼる日女の命　「天照らす　日女の命」に推敲する以前の表現。「さしのぼる」は、日や月が高くのぼる意。「さしのぼる」に対して、「天照らす」は、尊敬の程度を深めた表現。

天をば知らしめすと　天上世界をお治めになると。シラシメスはシルの尊敬表現で、お治めになる意。

葦原の瑞穂の国　葦の生えた、稲穂のよく稔る国の意。葦原の中つ国に予祝をこめた表現。日本の国の異称。「豊葦原の千秋の長五百秋の水穂の国」（『古事記』上）、「葦原の千五百秋の瑞穂の国」（『日本書紀』神代下一書第一）も、千年も五百年も収穫の季節が長く続く意で、古代における国を予祝する表現。

天地の寄り合ひの極み　天と地がひとつに寄り合っている果てまで。空間的な範囲を表わすが、同時に、時間的にも無限の時の彼方までの意を示す。「天地の寄り合ひの極み　玉の緒の絶えじと思ふ妹があたり見つ」（11・二七八七）も、「永久に」の意をあらわしている。

天雲の八重かき別きて　八重に重なる天雲をかき分けて。

神下しいませまつりし　イマセは、「行く」の敬語イマス（四段）の他動詞形（下二段）。お下し申し上げた意。

高照らす日の御子は　上からの続きでは、天照大神の皇孫ニニギノミコトをさし、下への続きでは、天武天皇と、二重の意味をもたせている。

飛ぶ鳥の清御原《きよみ》の宮　飛鳥の浄御原の宮。天武天皇の宮殿。一〇三番歌前に既出。地名アスカに「飛鳥」の文字を当てるのは、アスカに「飛ぶ鳥の」の枕詞を冠するようになってからとするのが宣長の『古事記伝』以来一般にとられてきた説であったが、土橋寛氏は、天武五年に墓を造り埋葬された小野毛人朝臣の墓誌(但し、朝臣は天武十三年十一月一日の賜姓)や天武十五年七月に天武天皇の延命を祈願して建てられた長谷寺の千仏多宝仏塔営造の縁起を記した銅版銘にも「飛鳥浄御原大宮……」の表現があることから、持統朝に始めてあらわれる枕詞トブトリノ以前に、地名アスカに「飛鳥」をあてた例があることを指摘した。そして地名アスカに飛鳥の字を当てた理由は、鳥への信仰によるものであるが、中臣氏の勢力伸張に伴って、鷺巣神社(現在は橿原市。もと飛鳥座神社の東に隣接する山地にあったという)がアスカのシンボルになったことが直接の動機であろうとする。(「〝飛鳥〟という文字」『境田教授喜寿記念　上代の文学と言語』所収)。

神ながら太敷きまして　神であるままに、宮を営まれて。

すめろきの敷きます国　「すめろき」は、代々の天皇。「敷き」は、支配する意の動詞「敷く」の連用形。マスは尊敬をあらわす補助動詞。

天の原岩戸を開き　高天原の出入口に岩戸があるとの発想。

神上り上りいましぬ　イマシは、動詞「行く」の尊敬表現(四段活用)。ヌは完了の助動詞。天武天皇の崩御されたことをいったもの。

神登りいましにしかば　「神上り　上りいましぬ」の推敲前の表現。本文歌の表現と比較すれば、「神上り上りいましぬ」と終止する方が、荘重であるのに対して、「一に云ふ」の表現は、天武天皇の治世と崩御とが独立せず、日並皇子の即位への期待に重点がかかる。荘重さが軽くなるばかりでなく、天武天皇の殯宮儀礼が終わって大内陵へ葬ったこともなお人々の記憶に新しい時期であったから、天武天皇の崩御は、重々しく詠まれなければならなかったと考えられる。

わが大君皇子の命の　皇太子日並皇子をさす。ノは、主格を示すガにあたる。

天の下知らしめしせば　セは過去の助動詞キの未然形の古い形。セバで、事実に反することを仮定して下の句に対する条件句となる。もし天下をお治めになったら。

春花の貴くあらむと　春花のように、貴いことだろうと。

望月の満しけむと　満月のようにご立派であろうと。タタハシケは、豊かであること、立派であることを表わす形容詞タタハシの未然形。

食《を》す国　「をす」は、食べる・飲むの尊敬語で、治めるの尊敬表現にもなる。ここは後者。

大船の思ひ頼みて　「大船の」は、「思ひ頼み」の枕詞。大船を頼りにするように頼みに思って。

天つ水仰ぎて待つに　天つ水は、天からの恵みの雨。越中国守時代の大伴家持の雨を乞う歌に「みどり子の　乳《ち》乞ふがごとく　天つ水　仰ぎてそ待つ」（18・四一二二）の表現例がある。これは文字通り、天よりの恵みの雨を仰ぎ待つ意であるが、当該歌の場合は、日照りにあたって天よりの恵みの雨を待つように日並皇子の即位を待つ意で、その待つ心の深く切であることをあらわしたもの。

いかさまに思ほしめせか　どのようにお思いになってか。オモホシメセは、オモフの尊敬語オモホシメスの已然形。

つれもなき真弓の岡　ツレモナキは、縁もゆかりもない意。原文「由縁母無」。「都礼毛奈吉　佐保の山辺に」（3・四六〇）、「津礼毛無　城上の宮に」（13・三三二六）などの例により、ツレモナキと訓む。真弓の岡は、奈良県高市郡明日香村真弓から同郡高取町佐田にかけての一帯の地。日並皇子（草壁皇子）の陵は真弓丘陵と称される（『延喜式』諸陵式）この地に造られた。従来岡宮天皇陵と伝えられてきた所よりおよそ三〇〇メートル北の束明神古墳がそれかとされる。

みあらかを高知りまして　ミアラカは、宮殿。高知りは、（宮を）造営すること。

朝言に御言問はさぬ　アサコトニは、原文「明言」。旧訓アサコトニ。朝言は、朝の言葉。人麻呂に「明」を「夕」の対偶語としてアシタに当てた例がある（2・二一七）。言を借訓とみて「朝毎に」の意とする説も代匠記以来多いが、集中、「毎」は仮名書きを除けば、毎もしくは別を当てている。「み言問はさぬ」に続いているところからも、言と解するのがおだやかであろう。トハサヌのサは尊敬の助動詞スの未然形。ヌは打消の助動詞ズの連体形。ズと訓み連用形とする説もある。

日月の数多くなりぬれ　日月は、月日のこと。

皇子の宮人　日並皇子の宮に仕える人々。

ゆくへ知らずも　これから先どうなるかわからず途方にくれる意。モは詠嘆の意を示す終助詞。

さす竹の　皇子・君・大宮・大宮人などにかかる枕詞。サスは、芽などが生え出る、枝・茎・葉などが伸びる意。「さす竹の」は竹の成長の早いところから、皇子・君・宮人らの栄えを讃える意で、枕詞としたと考えられる。

ゆくへ知らにす　シラニスのニは、打消の助動詞ズの連用形の古形。スは、サ行変格活用の動詞スの終止形。「さす竹の」以下の三句は、「そこ故に」以下の推敲前の表現。「さす竹の」から「そこ故に」に表現を改めたとの立場でいえば、讃辞としての枕詞を捨てて、皇子の宮人たちが途方にくれている原因を示した先行詞章とのつながりを、「そこ故に」で、明確にしたことになるのだが、「さす竹の」の讃辞は、皇子の即位への期待から一転して悲しみの極みにある皇子の宮人たちにとっては空虚な枕詞でしかないから、「そこ故に」と改めて、無駄のない表現になったといえる。「ゆくへ知らにす」と「ゆくへ知らずも」は、共に「皇子の宮人」が主語であるが、前者が客観的に見たままを詠んでいて傍観者的ですらあるのに対して、後者は、詠嘆表現で終わっており、皇子の宮人への感情移入が著しい。本文歌の方が、明らかに情感が豊かである。

【一六八】　皇子の御門の　ミカドは本来は御門の意であるが、そこから宮殿の意に用いられた。

荒れまく惜しも　マクは、推量のムの連体形にアクがついて名詞化した表現。荒れるであろうことが残念であるよ。主人の死後、その宮の庭園やその周辺の道路に草が生え、手入れが行き届かず荒れることを歌い嘆くのは挽歌の慣用的な表現。

【一六九】 あかねさす　あかね色を帯びた意で、日・紫にかかる枕詞。美しい意で君にもかかる。

日は照らせれど　テラセレドは、照らしているが、の意。日は太陽であるが、ここは、天武天皇の崩御後、皇后の地位のままで国政にあたっている鸕野皇女を天皇に準じるものとして、太陽にたとえたもの。

ぬばたまの夜渡る月の隠らく惜しも　皇太子日並皇子（草壁皇子）を月にたとえ、その死を月が隠れるのにたとえて惜しむ表現。

ある本には、件《くだり》の歌を以て後皇子尊《のちのみこのみこと》の殯宮《あらきのみや》の時の歌の反とす。　この注記は、一六九の歌の下に記した注記で、一六九の一首に関するもの。「後皇子尊《のちのみこのみこと》」は、高市皇子をさす。この注を注者の誤りとする説もあるが、高市皇子の殯宮の時の歌（2・一九九）の反歌としても用いられたのではないかとする説も可能性が高いと思われる。一六九は、すでに天皇に準ずる立場で国政を担当している皇后鸕野皇女を日に喩え、皇太子の薨去を雲に隠れる月に喩えて惜しんでいるのだが、持統十年七月、太政大臣であると同時に後皇子尊と称された高市皇子の薨去と状況が似ており、本歌が高市皇子の殯宮で誦詠されたとしても不自然ではないと考えられるからである。ただし、高市皇子の殯宮の時の人麻呂の歌は、反歌二首がそろっており、それが本文歌といってよいから、複数回誦詠の機会をもったとき、反歌を替えて誦詠されることもあったのだと思われる。

【一七〇】 島の宮　日並皇子（草壁皇子）の宮殿。高市郡明日香村の島庄。もと蘇我馬子の邸宅があり、そこに庭園すなわち嶋を造ったので馬子は「嶋の大臣」と呼ばれたという。

まがりの池　嶋の宮に造られていた池。後出の皇子の宮の舎人の詠んだ挽歌に「上の池なる放ち鳥」（2・一七二）とあるのと同じ池か。

放ち鳥　池に放し飼いにしている鳥。

人目に恋ひて池に潜かず　「人目に恋ひて」は、人目を慕って、の意。草壁皇子が生前愛した放ち鳥が、宮の様子から皇子の死を感じ取り、人恋しい様子をしている、と鳥に感情移入をしたと見られるが、単なる感情移入に過ぎないと見るのもいかがと思われる。

皇子尊《みこのみこと》の宮《みや》の舎人《とねり》等、慟《かな》しび傷《いた》みて作《つく》る歌《うた》二十三首《しゅ》

一七一 高光《たかひか》る　わが日《ひ》の御子《みこ》の　万代《よろづよ》に　国知《くにし》らさまし　島《しま》の宮《みや》はも

一七二 島《しま》の宮《みや》　上《かみ》の池《いけ》なる　放《はな》ち鳥《どり》　荒《あら》びな行《ゆ》きそ　君《きみ》まさずとも

一七三 高光《たかひか》る　わが日《ひ》の御子《みこ》の　いましせば　島《しま》の御門《みかど》は　荒《あ》れざらましを

【原文】　皇子尊宮舎人等慟傷作歌廿三首

一七一　高光　我日皇子乃　萬代尓　國所知麻之　嶋宮波母

一七二　嶋宮　上池有　放鳥　荒備勿行　君不座十方

一七三　高光　吾日皇子乃　伊座世者　嶋御門者　不荒有益乎

【校異】　波（金類古）―婆

（日並）皇子尊の宮の舎人たちが、悲しみ嘆いて詠んだ歌二十三首

一七一　高々と光り輝くわが日の御子が、万代の後まで国をお治めになるはずであった、島の宮よ。ああ！

一七二　島の宮の上の池にいる放ち鳥よ。離れていったりしないでおくれ。たとえ皇子がおいでにな

らなくても。

一七一　高々と光り輝くわが日の御子がおいでであったら、島の宮は荒れはしなかっただろうに。

【歌意】　皇太子草壁皇子の宮に奉仕していた舎人たちの詠んだ挽歌二十三首中のはじめの三首である。共に、皇子の生前の居所である島の宮を詠んでいる。うち二首は、「高光る我が日の御子の」と詠んでおり讃美性が強い。特に最初の歌は、皇子の薨去がなければ、皇子はこの宮で、天下を治めただろうにと、その光栄の時を迎えることのできなかった島の宮を哀惜する形で、即位しないまま若くして亡くなった皇子を愛惜している。二十三首の最初を飾るにふさわしい。二首目は、いまは皇子の形見ともなった放ち鳥に対して皇子はいなくなっても離れてゆくなよと歌いかけて、皇子への供養のためにも生前のままの形を保ってゆきたいとの希望を述べたもの、第三首は、主君を失った皇子の宮にはやくも手入れの行き届かない様子が見えるのに目を止めて残念と思う気持を詠む。以下、この歌群は、殯宮の設けられた真弓の岡での歌と生前の居所である島の宮での歌とが交互に配列されており、舎人たちが、双方に交互に出仕した様子がうかがわれる。親しく仕えてきた主君を失った舎人たちの心情のよくうかがわれる歌群である。

皇子尊の宮　日並（草壁）皇子の宮は、奈良県高市郡明日香村の島ノ庄にあり、島の宮と呼ばれた。蘇我馬子は明日香川のほとりの家に、当時としては珍しい庭園を造ったが「庭の中に小さい池があり、また池の中に小さい嶋があったので、人々は馬子を嶋の大臣と呼んでいた」（推古紀三十四年（六二六））というその馬子の墓といわれる石舞台古墳の近くであった。馬子の邸宅の跡が、血縁関係を通して伝領され、天智・天武を経て、草壁皇子の宮になったらしい。

舎人　舎人は、天皇や皇族などに近侍し、護衛や使いなどをつとめた下級官人。その設置は、六世紀後半ころといわれるが、令制下では、内舎人・大舎人・東宮舎人・中宮舎人などにわかれた。東宮舎人が皇太子に奉仕する舎人で定員は六百人であった。五位以上の人の子孫で二十一歳に達し、役任なく性識聡敏、儀容端正なものを選び内舎人に任じ（三位以上の人の子は、検簡を要しない）、内舎人に採用されなかった者を大舎人・東宮舎人・中宮舎人に採用した。大舎人には、また、内六位以下、八位以上の人の嫡子（嫡子がいないときは庶子）すなわち位子で二十一歳に達し、役任ないものについて国司が簡試し、儀容端正、書算巧みな者を上等とし、さらに式部省で簡試した上で大舎人に任じた。内舎人は中務省に属し、定員は九十人。天皇に近侍し、帯刀して宿直、雑使をつとめ、行幸の前後を分衛する。大舎人は、左大舎人寮・右大舎人寮に所属し、定員は左右各八百人。中宮舎人は中宮職（皇后関係の事務を担当）に所属し、定員四百人。

慟しび傷みて　非常に悲しみ嘆いて。慟は、ひどく嘆く意。傷は、嘆く意。

【一七一】　高光る　原文「高光」。旧訓タカテラスを代匠記精撰本でタカヒカルと改めた。集中、光をテル・テラスに当てた例もみられるが、記紀歌謡の中には「多迦比迦流　比能美古」と仮名書き例があり、タカテラスは人麻呂の創始とみられることからも、ここはタカヒカルと訓む方がよいかと思う。

我が日の御子　草壁皇子をさす。

国知らさまし　シラスは「知る」の尊敬表現で治める意。マシは事実に反することを仮に想像する意の助動詞マシの連体形。亡くなられたことによって、国を治めることが不可能になってしまった意で、「島の宮」を修飾する。

島の宮はも　島の宮は、皇子の尊の宮の条参照。ハモは、共に係助詞。ハは、上の語を強く提示し、モは、感動をあらわす。文中にあるものは、上の語を強く取り立てる気持ちをあらわす。文末にあるものは、深い感動をあらわす。

【一七二】 上の池　島の宮の池。上・下あるいは上・中・下と、池のある位置により呼ばれた名称であろう。従来ウヘノイケと訓まれてきたが、中・下への対として、カミと訓むべきか。昭和四十六年から四十八年にかけての発掘調査で、石舞台の西方約百メートルの所に、七世紀のものと推定される一辺四二・三メートル、堤防を入れると五十メートルをこす正方形の大池跡が発掘された。勾の池が池の形状からきた名称とすると、正方形の池とは別であるように思われるが、いずれにしても島の宮の池のひとつと思われる。なお、昭和六十二年(一九八七)九月の島庄遺跡第二〇次調査で、池のすぐ東北の小字「甲殿」から、a期「七世紀の第Ⅱ四半期)の石組み暗渠・曲溝・川・小池・建物、b期(七世紀の第Ⅲ四半期)の柵、方位にあう建物などが検出された。a期の石組み暗渠・川・小池をこわして、b期の柵が作られている。方形の池はそのいずれの時期にも存続していたという。b期の遺構は、草壁皇子の嶋の宮跡と推定できる。また、二〇〇四年三月十一日、石舞台古墳から西約二〇〇メートルの飛鳥川東岸に、七世紀前期・中期・後期の掘っ建て柱建物跡が重なって出土した。このうち前期の大型建物跡が蘇我馬子邸宅、後期の建物跡が草壁皇子の嶋の宮跡の可能性が高いという。

荒びな行きそ　アラブは、乱暴する、荒れる意のほか、散り散りになる、離れる、うとうとしくする、の意にもなる。「筑紫船いまだも来ねばあらかじめあらぶる君を見るが悲しさ」(4・五五六　賀茂女王)。ここは離れる意。ナ……ソは、間にはさんだ動詞のあらわす動作をおだやかに禁止する意をあらわす。

君まさずとも　マサズのマサは、アリ・ヲリの尊敬表現マスの未然形。

【一七三】 いましせば　セは、過去の助動詞キの未然形。未然形＋バで、仮定条件。

島の御門　御門は、宮門の意から、皇居・宮殿の意にも用いられる。ここは後者。

荒れざらましを　マシは、現在の事態に反することを想定し(ここは、草壁皇子が生きておられることを想定)、「もしそうであったら……であろうに」(ここは、荒れることはなかっただろう)と想像する表現。ヲは、　逆接の接続助詞。……のに。

一七四　外《よそ》に見《み》し　真弓《まゆみ》の岡《をか》も　君《きみ》ませば　常《とこ》つ御門《みかど》と　侍宿《とのゐ》するかも

一七五　夢《いめ》にだに　見《み》ざりしものを　おほほしく　宮出《みやで》もするか　さ桧《ひ》の隈廻《くまみ》を

一七六　天地《あめつち》と　ともに終《を》へむと　思《おも》ひつつ　仕《つか》へまつりし　心違《こころたが》ひぬ

一七七　朝日《あさひ》照《て》る　佐田《さだ》の岡辺《をかへ》に　群《む》れ居《ゐ》つつ　わが泣《な》く涙《なみた》　やむ時《とき》もなし

【原文】

一七四　外尓見之　檀乃岡毛　君座者　常都御門跡　侍宿為鴨

一七五　夢尓谷　不見在之物乎　欝悒　宮出毛為鹿　佐日之隈廻乎

一七六　天地与　共将終登　念乍　奉仕之　情違奴

一七七　朝日弓流　佐太乃岡邊尓　群居乍　吾等哭涙　息時毛無

【校異】　隈（金紀）―隅

一七四　これまで無縁なところと思って無関心に過してきた真弓の岡も、いまは皇子がおいでになるので、いついつまでも変ることのない御殿として侍宿をすることよ。

一七五　夢にすら見ることはなかったのに、心も晴れずうち沈んで、宮に出仕することだよ。桧隈の道を通って。

一七六　天地のある限りいつまでもと思いながらお仕え申し上げてきた願いも、いまはかなえられないことになった。

一七七　朝日の照る佐田の岡辺に群がり座っていて、私たちが泣く涙はとどまる時もない。

【歌意】　第一グループの島の宮での挽歌に続く殯宮の場での歌である。東宮の舎人として誇らしく近い将来の皇子の即位を期待していた舎人たちの希望が、思いがけない皇子の死によって打ち砕かれた嘆きが綴られる。真弓の岡に仕えなくてはならない現在の状態が不本意で、だいたい皇子がこのような京域から遠く離れた山合いにおられること事態が不本意だ、そんな気持が**一七四**からは伝わってくる。**一七五**の作者も同様で、「夢にだに見ざりしものを」「おほほしく」と思いもよらぬ場所への宮出を情けなく思っている様子がうかがわれる。生涯の奉仕を誓っていたのに、それがかなわぬこととなった無念の思いを詠む**一七六**。上四句はやや儀礼的表現であるが、「心違ひぬ」は正直な感想であろう。**一七七**の朝日に明るく照された佐田の岡辺の風景と対照的な舎人たちの悲しみ嘆く姿。明と暗の対照が一層悲嘆の極みにある舎人たちの姿を浮び上がらせる効果をもっている。

【一七四】　外に見し　無関係なものと思って見ていた。シは、過去の助動詞キの連体形。

真弓の岡　奈良県高市郡明日香村真弓。現在の真弓と佐田の集落は約千メートル離れているが、万葉の真弓の岡と佐田の岡はひと続きの丘陵で、その南端を佐田の岡と呼んだらしい。

常つ御門　永遠に続く御殿。ここは殯宮であるが、讃辞としてこのように言った。

侍宿　トノヰは、警護・奉仕のために、夜間宮中や貴人の邸宅に侍すること。ここは、草壁皇子の遺体を安置する殯宮に侍している。

【一七五】　夢にだに見ざりしものを　夢に見ることすらなかったのに。

おほほしく　ぼんやりしている状態や心がはればれしない状態をあらわす形容詞オホホシの連用形。ここは、心の晴れぬさま。

宮出もするか　宮出は、宮への出仕。ここは、真弓の岡の殯宮の場への出仕をいっている。カは詠嘆をあらわす助詞。

さ桧の隈廻を　ヒノクマは、奈良県高市郡明日香村野口・平田・桧前の一帯。ミは道の曲っているところ。

【一七六】　天地とともに終へむと　天地の続く限りお仕えしようと。

心違ひぬ　あらかじめ考えていたことがかなわなかった。ヌは完了の助動詞。

【一七七】　朝日照る佐田の岡辺に　暗い気持のまま朝を迎えた舎人たちにはまぶしすぎる朝日が照っている佐田の岡辺に。佐田は、いま高市郡高取町佐田。真弓の岡の項参照。

わが泣く涙　ワガは、複数。私たちが。原文「吾等」。ナミタの夕は、記紀歌謡で清音の「多」、万葉でも仮名書きでは憶良が「多」と清音で表記するが、家持に濁音例「太」が二例あり、古く清音であった夕が、万葉集後期にダになった可能性が指摘されている。

一七八 み立《た》たしの　島《しま》を見《み》る時《とき》　にはたづみ　流《なが》るる涙《なみた》　止《と》めそかねつる

一七九 橘《たちばな》の　島《しま》の宮《みや》には　飽《あ》かねかも　佐田《さだ》の岡辺《をかへ》に　侍宿《とのゐ》しに行《ゆ》く

一八〇 み立《た》たしの　島《しま》をも家《いへ》と　住《す》む鳥《とり》も　荒《あら》びな行《ゆ》きそ　年《とし》かはるまで

一八一 み立《た》たしの　島《しま》の荒磯《ありそ》を　今見《いまみ》れば　生《お》ひざりし草《くさ》　生《お》ひにけるかも

一八二 鳥座《とぐら》立《た》て　飼《か》ひし雁《かり》の子《こ》　巣立《すだ》ちなば　真弓《まゆみ》の岡《をか》に　飛《と》び帰《かへ》り来《こ》ね

【原文】

一七八　御立為之　嶋乎見時　庭多泉　流涙　止曽金鶴

一七九　橘之　嶋宮尓者　不飽鴨　佐田乃岡邊尓　侍宿為尓往

一八〇　御立為之　嶋乎母家跡　住鳥毛　荒備勿行　年替左右

一八一　御立為之　嶋之荒礒乎　今見者　不生有之草　生尓来鴨

一八二　鳥塒立　飼之鴈乃児　栖立去者　檀岡尓　飛反来年

【校異】　**田**（類紀細）―多　**去**（類紀温　西右に補）―ナシ（西、立者間に〇印がある）

一七八　皇子がいつもお立ちになっていた庭園を見る時、（生前の皇子のお姿が面影に浮かんで）雨水が溢れ流れるようにとめどなく流れる涙を抑えられない。
一七九 橘の島の宮の奉仕では飽き足りないからか、佐田の岡辺に侍宿をしに行くことよ。
一八〇 皇子がいつもお立ちになっていたこの宮の庭園を家として住んでいる鳥も、離れて行かないでくれよ。年があらたまるまでは。
一八一 皇子がいつもお立ちになっていた庭園のお池の岩を今見ると、これまで生えることのなかった草が生えてしまっているよ。
一八二 鳥小屋を建てて飼っていた雁の雛よ。成長して巣立ったら、皇子のおられる真弓の岡に飛び帰って来いよ。

【歌意】 一七八〜一八一までは、ふたたび皇子生前の居所である島の宮で詠まれた四首である。草壁皇子に限らず、皇子と皇子に仕える舎人たちあるいは帳内たち（皇子皇女たちの従者）との結びつきは強く、たとえば、皇子に生命の危機が訪れたようなとき皇子と生死を共にした舎人や帳内の記録は少なくない。ここには、そのような舎人たちの皇子への思いが詠まれている。生前のままの皇子の姿を庭園に見たと思った作者の眼からせきをきったように涙が溢れてとまらない、一七八の作者。島の宮への奉仕が終ると、当然のように佐田の岡辺の殯宮へと向うわれら、いつまでもお仕えしたい気持は皆同じなのだ、という一七九。皇子亡きあと宮は変ってゆくだろうと思いながら、せめて年があらたまるまでは、できるだけこれまで通りであってほしい。池の鳥もそのままいてほしいと願う、一八〇。しかしふと気がついて見ると、池の水際のあたりの岩に草が生えてきている。皇子の在世当時にはかつて無かったことなのにと、主を失った者の悲しみが改めてしみじみ湧いてくる、一八一。どちらかといえば抽象的・観念的な叙述に終始して、決して個人の思いは出さず、常に人々皆の立場で詠んだ柿本人麻呂の殯宮儀礼歌に対して、この舎人たちの歌は、個人的な思いを率直に述べ、場に即していて具体的である。島の宮の歌群にはさまれた一八二は、真弓の岡での作である。島の宮で鳥屋を造って飼われていた雁の子に歌いかける形で詠まれているので、その点では島の宮での作と考えることもできるが、「飛び帰り来ね」の表現は、真弓の岡に立っていると考えるのが自然であろう。島の宮には皇子生前のゆかりのものが多数あるのに、真弓の岡には皇子と関わり深いものは何ひとつなく、皇子の心を慰めるものもないことに思いいたった舎人の一人が皇子の心を慰めるためにも雁の子にこちらに帰って来てほしいと訴えたもの。

【一七八】み立たしの　ミは、尊敬の意を示す接頭語。タタシのシは、尊敬の助動詞スの連用形。ここは、ミタタシで体言として、(皇子が)いつもお立ちになっていた所、の意。

島　庭園。池や築山などを造り、木を植えたりしている庭園。島の名称は、築山の廻りに池をめぐらしているところから。

にはたづみ　雨が激しく降って、庭などを溢れ流れる雨水の意。ここは、「流るる」の枕詞。

止めそかねつる　止めかねている意。ソは係の助詞。完了の助動詞ツの連体形ツルと係結びになっている。

【一七九】橘の島の宮　橘は、今、奈良県高市郡明日香村橘の橘寺のあるあたりで、明日香川の西側をいうが、古くは、東側の島庄あたりも橘と呼んだらしい。現在の島庄は明暦二年(一六五六)に橘村より五戸の家が分村したものという。

飽かねかも　飽き足りない(満足しない)からだろうか。……ネカモの形式は、だいたいそんなはずはないのに、と逆接の意味をこめて下に続く。もっともっと島の宮に仕えていたいのに、の意となる。しかし佐田の岡辺には皇子がおられる。だから行かなくては……と、島の宮への断ち切り難い思いを詠む。

佐田の岡辺　佐田の岡は、いま高市郡高取町佐田。高市郡明日香村の真弓とはひと続きの丘陵で、その南端を佐田の岡辺と呼んだ。

侍宿　一七四番歌注に既出。

【一八〇】　荒びな行きそ　一七二番歌注に既出。

年かはるまで　年があらたまるまで。新年を迎えることもいうが、ここは、一周忌を過ぎるまでは、の気持か。

【一八一】　島の荒磯　庭園の池の水辺の岩。

生ひざりし草生ひにけるかも　皇子の生前には、伸びたりはしなかった草が、皇子がなくなられた今伸びているよ、の意。

【一八二】　鳥座　原文「塒」は、栖・棲の俗字という（『文字弁證』）。鳥を飼うためのとまり木。また、広く鳥小屋をいう。

※……枕づく　嬬屋のうちに　鳥座ゆひ　据ゑてそ我が飼ふ……（19・四一五四）。

飼ひし雁の子　雁は冬の渡り鳥で、通常は国内で子を育てることはないが、仁徳記に、難波の日女島（大阪府西淀川区姫島町）で、雁が卵を生んでいたことをめぐって、仁徳天皇と建内宿祢とが交わしたという歌謡がある。

たまきはる　内《うち》の朝臣《あそ》　汝《な》こそは　世の長人《ながひと》　そらみつ　倭《やまと》の国に　雁卵産《かりこむ》と聞くや　（記七二）

高光る　日の御子　諾《うべ》しこそ　問ひたまへ　まこそに　問ひたまへ　吾《あれ》こそは　世の長人　そらみつ　倭の国に　雁卵産と　いまだ聞かず　（記七三）

汝が御子や　つひに知らむと　雁は卵産《こむ》らし　（記七四）

（記七二）は、仁徳天皇、（記七三）と（記七四）は建内宿祢の歌という。建内宿祢は、多分に伝説的な人物であるが、十二代景行朝から十六代仁徳朝まで五代にわたる天皇に仕えたと伝えられる重臣。長寿の人として知られる。なお、この話は、仁徳紀五十年三月の条にも、河内国茨田の堤に雁が卵を産んだ話として載せている。「つひに知らむ」は、いついつまでもこの国をお治めになるでしょう、の意。

巣立ちなば　ナは、完了の助動詞ヌの未然形。「巣立つ」は、鳥のひなが成長して、巣から飛び立ち、親から離れること。

真弓の岡　一七四に既出。

飛び帰り来ね　ネは、活用語の未然形を承けて、希求・誂えの意をあらわす助詞。

一八三　わが御門《みかど》　千代《ちよ》とことばに　栄《さか》えむと　思《おも》ひてありし　われし悲《かな》しも

一八四　東《ひむがし》の　たぎの御門《みかど》に　侍《さもら》へど　昨日《きのふ》も今日《けふ》も　召《め》す言《こと》もなし

一八五　水伝《みなつた》ふ　磯《いそ》の浦廻《うらみ》の　岩《いは》つつじ　茂《も》く咲《さ》く道《みち》を　またも見《み》むかも

一八六　一日《ひとひ》には　千《ち》たび参《まゐ》りし　東《ひむがし》の　大《おほ》き御門《みかど》を　入《い》りかてぬかも

一八七　つれもなき　佐田《さだ》の岡辺《をかへ》に　帰《かへ》り居《ゐ》ば　島《しま》の御橋《みはし》に　誰《たれ》か住《す》まはむ

【原文】

一八三　吾御門　千代常登婆尓　将榮等　念而有之　吾志悲毛

一八四　東乃　多藝能御門尓　雖伺侍　昨日毛今日毛　召言毛無

一八五　水傳　礒乃浦廻乃　石上乍自　木丘開道乎　又将見鴨

一八六 一日者　千遍参入之　東乃　大寸御門乎　入不勝鴨

一八七 所由無　佐太乃岡邊尓　反居者　嶋御橋尓　誰加住儛無

【校異】 **上**（金類紀）―ナシ　**儛**（金類古）―舞

一八三 私たちがお仕えする皇子の御殿は永久に栄えるであろうとばかり思っていた私は、悲しいよ。（皇子がお亡くなりになるなんて夢にも思わなかったのに）

一八四 東の激流のほとりの御門に侍っているが、昨日も今日もお召しのお言葉も聞かれない。

一八五 水際に続く磯のほとりの岩つつじ、その茂り咲く道をふたたび見ることがあろうかなあ。

一八六 皇子がおいでの頃、お仕えするために一日の間に千回も参上することもあったこの東の大きな御門を、今は入ることもためらわれるよ。

一八七 本来何のゆかりもないあの佐田の岡辺に帰って行って留まったら、この庭園にかかる橋のもとには誰が留まるのだろうか。（こちらの宮こそ、今も大切な場所に思われるのだが）

【歌意】 島の宮での一群九首中の前半五首である。**一八三**、**一八四**では、主の皇子を失った悲しみが繰り返し詠まれ、**一八五**、**一八六**では、早くも皇子の宮から離れなければならない立場にあることを自覚している。そして、**一八七**は、自分たちのいなくなった島の宮のさびしさを思いやっている。草壁皇子には、既述のごとく妻も三人の子もいたが、妻阿閇皇女は蘇我氏の出で、その母は石川麻呂の娘姪娘。住いは別にあったのだろう。人麻呂も舎人たちも、この妻や子には少しも触れることがない。

【一八三】千代とことばに　トコトバは、永久の意。バは、濁音の文字「婆」で記されることが多い。千代とトコトバとを重ねて、永久にの意を強めてあらわしている。

【一八四】東の　たぎの御門　宮の東側の激流のほとりの御門。島の宮の池には明日香川の上流から水を取り入れたらしく、その取入れ口に水流の激しい所があったらしい。

【一八五】岩つつじ　岩のほとりに咲いているツツジ。サツキも含められるという（松田修『増訂万葉植物新考』）。サツキは、初夏五、六月頃、紅紫色の花を開く。野生もあるが庭園植物としても植えられる。ここも、植栽されたものであろう。

茂《も》く咲く　モクは、原文「木丘」。古訓は、キミ（金）、キク（類紀）。モクは仙覚の新点による。シゲクの意。「此歌第四句古點ニハ　キクサクミチヲト點スソノ心ヲエスモクサクミチヲト和スヘシモクサクトハシゲクサクナリ」（仙覚抄）。

またも見むかも　ふたたび見ることがあるだろうか。可能性が乏しいことを思いつついう表現。

【一八六】入りかてぬかも　カテはデキル意のカツの未然形。ヌは、打消の助動詞ズの連体形。皇子のいない今は、入ることがためらわれる意。早くも職を失った者の感情になっている。

【一八七】つれもなき　なんのゆかりもない。一六七番歌注に既出。

帰り居ば　「ゐば」は、動詞「ゐる」の未然形に接続助詞バがついた形。仮定条件。「ゐる」は、上一段活用。座る、意。ここは、うずくまり侍る意。

島の御橋　池にかけられた橋。舎人たちは庭・門を含めて、宮の各所に侍っていたはずだが、このあたりに侍ることも多かったのであろう。

一八八 朝《あさ》ぐもり　日《ひ》の入《い》り行《ゆ》けば　み立《た》たしの　島《しま》に下《お》り居《ゐ》て　嘆《なげ》きつるかも
一八九 朝日照《あさひて》る　島《しま》の御門《みかど》に　おほほしく　人音《ひとおと》もせねば　まうら悲《かな》しも
一九〇 真木柱《まきばしら》　太《ふと》き心《こころ》は　ありしかど　このわが心《こころ》　鎮《しづ》めかねつも
一九一 けころもを　時《とき》かたまけて　出《い》でましし　宇陀《うだ》の大野《おほの》は　思《おも》ほえむかも

【原文】

一八八 •旦覆　日之入去者　御立之　嶋尓下座而　嘆鶴鴨
一八九 •旦日照　嶋乃御門尓　欝悒　人音毛不為者　真浦悲毛
一九〇 真木柱　太心者　有之香杼　此吾心　鎮目金津毛
一九一 毛許呂裳遠　春冬片設而　幸之　宇陀乃大野者　所念武鴨

【校異】 旦[2]（金類古）—且

一八八 朝曇りして、日が雲の陰に隠れていったので、皇子がいつもお立ちになっていた庭園に下りうずくまってため息をついたことだ。（心晴れることは少しもなくて）
一八九 朝日の照り輝く島の御殿に、気も滅入るばかりに人の気配すらないので、実に悲しく思われるよ。

一九〇　真木柱のようにしっかりした心を持っていたはずなのに、今は悲しみ揺れるわが心を鎮めかねているよ。

一九一　常の衣を解く、そのトキではないが、狩の季節を待ってお出かけになったあの宇陀の大野は、これからも思い出されるであろうかなあ。

【歌意】　一群九首の島の宮での歌群の後半四首である。すでに殯宮奉仕の期間も終了近い時期のものであろう。奉仕者の数も次第に少なくなって、島の宮はいよいよ閑散として、仕えるべき皇子を亡くした舎人たちの今後に対する不安な気持は一段と強まったに相違ない。一八八・一八九の歌には、皇子生前の賑いとうってかわった島の宮の様子を見るにつけても悲しく暗い思いにおそわれる舎人の気持が詠まれている。すでに今後の身のふりかたを決めた者もいるのだろう。いついつまでもと奉仕を誓った者たちの間にも動揺がはじまっている。一九〇の「真木柱太き心はありしかどこのわが心鎮めかねつも」という歌には、単なる悲しみだけではなく将来への不安が詠みこまれていると見られる。皇子の宮との関係が断たれる時が近くなったと思うにつけても思い出されるのは、まだお元気であった皇子のお供をして狩に出かけた宇陀の大野であった。宮を離れた後、懐かしく思い出されるだろうかと、自分の気持を予想した一九一も、はや島の宮を離れた時点に、わが身をおいてみているのである。

【一八八】　朝ぐもり日の入り行けば　朝、一面の雲に日が隠れていったので。この二句を、草壁皇子の薨去を表現したもの、とする考え方はとらない。実景に触発された感情が、「島に下り居て嘆きつるかも」であって、そうでなければ、この歌がここに位置する理由がない。それは、「朝日照る　島の御門」の場合も同様である。

島に下り居て　「居て」のヰは、動詞ヰルの連用形。ヰルは、「立つ」の対で、座る意。ここは、舎人の動作であるから、単に悠然と座る意ではない。侍る姿勢で、うずくまること。「ヲリ」に近い意。ヲリは、「人がじっと座り続けている意。転じて、ある動作をしつづける意。奈良時代には、自己の動作について使うのが大部分で、平安時代以後は、例が少なく、自己の動作の他、従者・侍女・乞食・動物などの動作に使うのがほとんどを占めている。低い動作を保つところから、自己の動作については卑下、他人の動作については蔑視の気持を込めて使う」（岩波古語）という。

【一八九】　朝日照る島の御門　「朝日照る」は、一七七の表現に同じ。同じく朝日の照っている光景も、皇子在世中の活気溢れる情況とは大きく違っており、その落差が一層舎人を悲しませるのであった。

人音もせねば　「人音」は、人のいる音。人のいる気配。セネバは、しないので。サ変動詞の未然形＋打消の助動詞ズの已然形＋接続助詞バ。

まうら悲しも　マは、強調・純粋・讃美などの意をあらわす接頭語。ウラガナシは、もの悲しい、の意。モは詠嘆の意をあらわす助詞。

【一九〇】　真木柱　檜や杉などで作った柱。太いところから、「太き」の枕詞となる。

真木柱《まけばしら》　ほめて造れる　殿のごと　いませ母刀自《ははとじ》
面変《おめがは》りせず　（20・四三四二　駿河国の防人）

太き心はありしかど　物に動じないしっかりした心をこれまでもっていたのだが。

【一九一】　けころも　「毛皮の衣」と解する説と、ケを晴に対する褻、日常の意とし、日常の衣と解する説とがある。古典大系は、菊地寿人精考説により、「けころもを春冬設けて」と訓み、「毛皮の衣」とする。対して、全註釈・注釈・全集以下のほとんどが、枕詞とする。カタマクがひたすら待つ意である点よりすれば、ケコロモヲはトキにかかる枕詞と解する方がよく、「日常の衣」と解する方がよいと思われる。「解き」と同音の「時」に冠する。

時かたまけて出でましし　トキは、原文「春冬」。春冬は狩の季節であることから、狩の季節を意味してトキにあてた。カタマケテは、その季節になるのを待って。

宇陀の大野　奈良県宇陀郡大宇陀町一帯の野。巻一の四五～四九番歌の安騎の野と同じ。狩猟の地として知られていた。

思ほえむかも　思い出されることだろうなあ。オモホエムは、オモホユの未然形に推量の助動詞ムがついた形。カモは、係助詞カ＋終助詞モで、疑問の意を含みつつも詠嘆性の濃い表現。

一九二　朝日照《あさひて》る　佐田《さだ》の岡辺《をかへ》に　鳴《な》く鳥《とり》の　夜哭《よな》きかへらふ　この年《とし》ころを

一九三　畑子《はたこ》らが　夜昼《よるひる》といはず　行《ゆ》く道《みち》を　我《われ》はことごと　宮道《みやぢ》にぞする

右《みぎ》、日本紀《にほんぎ》に曰《い》はく、「三年《ねん》己丑《きちう》の夏《なつ》四月《ぐわつ》、癸未《きび》の朔《つきたち》の乙未《いつび》に薨《こう》ず」といふ。

【原文】

一九二　朝日照　佐太乃岡邊尓　鳴鳥之　夜鳴變布　此年己呂乎

一九三　八多籠良我　夜晝登不云　行路乎　吾者皆悉　宮道叙為

右日本紀曰、　三年己丑夏四月癸未朔乙未、　薨

一九二　朝日の明るく照っている佐田の岡辺で鳴く鳥のように、夜毎哭き続けてきたことだ。この一年ほどの間。

一九三　畑で働く農民たちが昼夜かまわず行き来する道を、私たちはそのまま宮への道として通っていることだよ。

右は、日本書紀に、「持統三年四月十三日に、(日並皇子は) 薨じた」とある。

【歌意】　殯宮への奉仕も終了の時が近づき、これまでの長い奉仕をふりかえる気分になっている。一九二が、「夜哭きかへらふ」と言いながら、激しい感情が伝わってこないのは、月日が経過して、諦めの気分が強くなってきているからであろう。一九三も、一七五と感動の契機は似ていながら、一七五の上三句が、激しい感情を表面に出しているのに対して、一九三の上三句は、説明的で感動が薄い。なお、以上の二十三首について、人麻呂の代作説・補助説などがあるが、歌は草壁皇子に親しく仕えた者のみのもつ深い慟哭・飾らない表現などから、純粋に舎人たちの作品であると認めてよいと思う。なお、殯宮への奉仕の期間がいつごろまでであったか、明らかでない。歌の中に季節をたしかにあらわすとみられる表現もない。一九二に「この年ころを」とあるから、年があらたまる頃までは、埋葬後も墓所への奉仕はあったのであろう。なお、この歌群二十三首について、人麻呂の一七〇番歌を含めた二十四首を七群に分け、これを「日並皇太子薨去後まもないころから、やがて一周忌を迎えるころまで、ほぼ一年間にわたって、催された七つの歌の座であった」とする渡瀬昌忠氏は、「人麻呂は各グループの世界の共同的創造に参加したであろう」といい、「二十四首の連続体の進行全般に人麻呂がかかわったことは、ほぼ認めてよいのではなかろうか」としている(『柿本人麻呂研究　島の宮の文学』)が、「ある本の歌一首」として、前後と出典を異にしていることを示す一七〇番歌と一七一以下の三首を同一の場で詠まれたと考えることに無理があることはもとより、一七一以下の二十三首を人麻呂主導のもとにもうけられた歌の座における産物と見る意見にも賛同できない。この二十三首には、草壁皇子が皇太子となって以来、唯一の主君として寝食も忘れるほどに奉仕してきた舎人たちの飾らぬ思いが綴られていると思われる。

【一九二】　朝日照る〜夜哭きかへらふ　上三句「朝日照る佐田の岡辺に鳴く鳥の」を実景ととる説と序詞ととる説とがある。全註釈・私注・注釈・全注・新大系などは、第四句をヨナキカハラフと訓み、前者。「鳴く鳥の夜鳴きの声も以前とは変ってきこえる」（全注）のように、カハラフをずっと変った状態の続いていることをあらわす、とする。大系・全集・集成・釈注など、ヨナキカヘラフと訓み、後者。「夜泣きをいくたびも繰り返す、の意」（釈注）のように、カヘラフをいくたびも繰り返す意ととる。全訳注は、舎人の泣き声を鳥の鳴声と見る、とした。「鳥が音《ね》異《け》に鳴く」（10・二一六六）、「心あれかも常ゆ異《け》に鳴く」（13・三三二八）などの表現例はあるが、ここは、ヨナキカヘラフと訓み、ナキカヘルの反復継続態として、上三句は、実景にもとづく序詞と見る方がよいと思う。

この年ころを　約一年ほどの間。新年を迎え年があらたまるまでをいうこともある。

【一九三】　畑子らが　「畑子」は、畑を造る人、すなわち農民をいうか。釈注に、ハタコを「徴子」と解し、「墓造りの役民をいうか」とあるが、身分的にも仕事の上でも殆ど無縁と思われる人々の通る道を、いまわれわれはそのまま宮仕えの道としているというところに感慨があるのだと思う。

柿本朝臣人麻呂《かきのもとのあそみひとまろ》の泊瀬部皇女《はつせべのひめみこ》と忍坂部皇子《おさかべのみこ》とに献《たてまつ》る歌《うた》一首《しゅ》 并《あは》せて短歌《たんか》

一九四 飛《と》ぶ鳥《とり》の 明日香《あすか》の川《かは》の 上《かみ》つ瀬《せ》に 生《お》ふる玉藻《たまも》は 下《しも》つ瀬《せ》に 流《なが》れ触《ふ》らばふ 玉藻《たまも》なす か寄《よ》りかく寄《よ》り 靡《なび》かひし 嬬《つま》の命《みこと》の たたなづく 柔肌《にきはだ》すらを 剣大刀《つるぎたち》 身《み》に添《そ》へ寝《ね》ねば ぬばたまの 夜床《よとこ》も荒《あ》るらむ 一に云《い》ふ、荒《あ》れなむ そこ故《ゆゑ》に 慰《なぐさ》めかねて けだしくも 逢《あ》ふやと思《おも》ひて 一に云《い》ふ、君《きみ》も逢《あ》ふやと 玉垂《たまだれ》の 越智《をち》の大野《おほの》の 朝露《あさつゆ》に 玉裳《たまも》はひづち 夕霧《ゆふぎり》に 衣《ころも》は濡《ぬ》れて 草枕《くさまくら》 旅寝《たびね》かもする 逢《あ》はぬ君故《きみゆゑ》

反歌《はんか》一首《しゅ》

一九五 敷栲《しきたへ》の 袖交《そでか》へし君《きみ》 玉垂《たまだれ》の 越智野《をちの》過《す》ぎ行《ゆ》く またも逢《あ》はめやも 一に云《い》ふ、越《を》智野《ちの》に過《す》ぎぬ

右《みぎ》、ある本《ほん》に曰《い》はく、河嶋皇子《かはしまのみこ》を越智野《をちの》に葬《はぶ》る時《とき》に、泊瀬部皇女《はつせべのひめみこ》に献《たてまつ》る歌《うた》なりといふ。日本紀《にほんぎ》に云《い》はく、朱鳥《あかみとり》五年辛卯《ねんしんばう》の秋《あき》九月《くぐわつ》、己巳《きし》の朔《つきたち》の丁丑《ていちう》に、浄大参《じやうだいさん》皇子《みこ》川嶋《かはしま》薨《こう》ずといふ。

【原文】

柿本朝臣人麻呂獻㆓泊瀬部皇女忍坂部皇子㆒歌一首 并短歌

一九四 飛鳥 明日香乃河之 上瀬尓 生玉藻者 下瀬尓 流觸經 玉藻成 彼依此依 靡相之 嬬乃命乃 多田名附 柔膚尚乎 劔刀 於身副不寐者 烏玉乃 夜床母荒良無

一云、阿礼奈牟 所虚故　名具鮫兼天　氣田敷藻　相屋常念而 一云、公毛相哉登 玉垂乃　越能大野之
旦露尓　玉裳者遅打　夕霧尓　衣者沾而　草枕　旅宿鴨為留　不相君故

反歌一首

一九五 敷妙乃　袖易之君　玉垂之　越野過去　亦毛将相八方 一云、乎知野尓過奴

右或本曰、葬二河嶋皇子越智野一之時、獻二泊瀬部皇女一歌也。日本紀云、朱鳥五年辛卯秋九月己巳朔丁丑、浄大参皇子川嶋薨。

【校異】 **膚**（金矢京）—庸　**阿**（類紀）—何　**兼**（略解による）—魚　**田**（金類）—留　**能**（金紀）—乃
沾（金温京）—沽　**云**（金古紀）—曰

柿本朝臣人麻呂が泊瀬部皇女と忍坂部皇子とに献上した歌一首 短歌を含む

一九四 飛ぶ鳥の明日香の川の、上流の瀬に生え伸びている美しい川藻は、下流の瀬に流れなびいて触れ合っている。その美しい川藻のように、あちらに寄りこちらに寄りしてなびきあった皇子のふくよかなやわらかい肌さえも身に添え寝ないので、あなたの夜の床も荒涼としていることでしょう 荒涼としてしまうことでしょう。 そのせいで、どうにも心が慰められなくて、もしやあの方と逢うこともあろうかと思って あの方がお姿を見せないかと思って、 玉を貫く緒、そのヲならぬ越智の大野の朝露に美しい裳は泥まみれにし、夕霧に衣をしっとり濡らして旅寝をすることでしょうか。逢うこと

のできぬあの方であるのに。

反歌一首

一九五　互いに袖を交わし寝た君は、玉を貫く緒、そのヲではないが、越智野を過ぎて行かれるよ。越智野でおかくれになった。ふたたび逢うことができようか。できはしないのだ。

右は、ある本に、河嶋皇子を越智野に葬った時に、泊瀬部皇女に献上した歌である、とある。日本書紀には、朱鳥《あかみとり》五年九月九日、浄大参《じやうだいさん》皇子川嶋が亡くなった、とある。

【歌意】　持統五年九月に薨じた川島皇子に関わる挽歌である。題詞に、柿本人麻呂が泊瀬部皇女と忍坂部（忍壁）皇子とに献じた歌と記す。左注に記す或本には、泊瀬部皇女に献じたものという。人麻呂には、別に、忍壁皇子に献じた歌が、巻九・一六八二番歌と巻三・二三五或本歌とにあり、人麻呂が歌の詠作に関してかかわりのある皇子・皇女のかなりの数が忍壁皇子と血縁あるいは姻戚関係で結ばれていることは、「参考系図」に示す通りである。人麻呂がこの一九四、五番歌を詠作したのも忍壁皇子との関わりによるものであったに相違ない。本歌の題詞と左注に記す或本の伝えとを総合すれば、恐らく、人麻呂は忍壁皇子の依頼によってこの歌を詠作したもので、泊瀬部皇女へ献じるためのものであることが、詠作当初から了解済みであったに相違ない。人麻呂は、この歌を忍壁皇子が泊瀬部皇女へ贈る歌として詠作し、作品は依頼主である忍壁皇子へ献呈され、忍壁皇子から泊瀬部皇女へ贈られたのであろう。そのように考えれば、泊瀬部皇女に対する敬語表現がないのも納得できる。作歌者の立場を忍坂部（忍壁）皇子とする説は、身崎壽「柿本人麻呂献呈挽歌」（『万葉集を学ぶ』二）にあったが、氏は、その著『宮廷挽歌の世界』では、その説を再録しつつ、一案として、「忍坂部と泊瀬部との対話・問答体と解する余地もあるだろう」といい、「……人麻呂は、死者への哀悼を話者のたちばから直接に発想するのではなく、近親者ふたりの対話・問答によって表現するという独自な形式を創造したのではないかとおもわれる」ともいう。身崎氏も引用しているように、長歌の前半十六句と「そこ故に」以下の後半十三句とは作歌者の立場が異なるとして、「そこ故に」の前の十六句を、「忍坂部皇子から河島皇子への呼び掛け」、後の十三句を「泊瀬部がうたった形」で、「ともに亡き河島皇子に訴えかけている形式をとっている」とする説が、早く、橋本達雄氏によって説かれている（「人麻呂作『献泊瀬部皇女忍坂部皇子歌』の考」（万葉六四号　昭四二・七）が、前の十六句を「忍坂部皇子から泊瀬部皇女へ」とし、後の十三句を「泊瀬部皇女から忍坂部皇子への呼び掛け」とする論が、曽田友紀子「河島皇子挽歌の手法」（早稲田大学古代研究　昭六一・三）にあった。なお、別に、前の十六句を、「川島皇子から泊瀬部皇女へ」、後の十三句を「泊瀬部皇女から川島皇子への呼びかけ」とする論、村田右富美「柿本人麻呂献呈挽歌論」（女子大文学　国文篇　四六）もある。前述のように、稿者は、泊瀬部皇女へ贈る歌として、人麻呂は忍坂部（忍壁）皇子から依頼され、詠作したので、忍坂部皇子が夫と死別したばかりの同母妹泊瀬部皇女に贈る歌として詠作されたと思うのであるが、一首の長歌の作歌主体を前半と後半とで異にする、あるいは問答形式とするという説は、故人追悼の挽歌として、あるいは遺族を慰めるための挽歌として、どのような意義をもち得たか、わかりにくい。第三期以降の挽歌ならいざ知らず、持統朝の人麻呂の作である本歌の場合、賛同しがたい。忍壁皇子が泊瀬部皇女に贈るための挽歌であっても、必ずしも忍壁皇子の立場で詠まなければならないというわけでもないが、川島皇子にも泊瀬部皇女にも直接仕えたわけでもなかった人麻呂の立場からすれば、忍壁皇子の立場で詠むのがごく自然であったと思う。

［泊瀬部皇女］　長谷部内親王（続紀）。父は天武天皇。母は宍人臣大麻呂の娘、檝媛娘。同母の弟妹に、忍壁（忍

坂部）皇子、磯城皇子、多紀（託基）皇女。川島（河島）皇子の室。霊亀元年(七一五)正月、封百戸増。時に四品。天平九年(七三七)二月、三品を授けられる。同十三年(七四一)三月薨。時に三品。夫川島皇子は、左注に示す通り、持統五年(六九一)九月薨。三十五歳。

[忍坂部皇子]　忍壁皇子（紀・万）、刑部親王（続紀）。父母は、泊瀬部皇女に同じ。妻は、天智天皇の皇女、明日香皇女。天智十年(六七一)十月の父大海人皇子の吉野入山に際し、草壁皇子と共に伴われる。翌年大海人が挙兵して東国入りした際にも共に従う。天武三年(六七四)八月三日、奈良県天理市の石上神宮の神宝を膏油で瑩くために派遣される。同八年五月、吉野の六皇子の盟に参加。この時、盟に参加したのは、天武天皇の皇子では、草壁・大津・高市・忍壁の四皇子、天智天皇の遺皇子から、河島・芝基（志貴）の二皇子であった。これは、六皇子が成人した後も心をひとつにし協力しあうことを誓約したもので、天武天皇が自分の死後にこれらの皇子たちが皇位継承をめぐって争うことがないようにとの配慮から行なったものであった。十年三月、川島皇子らと共に、帝紀および上古諸事の記定に参加。十四年正月、川島と共に浄大参。草壁は浄広壱、大津は浄大弐、高市は浄広弐であった。忍壁皇子が天武在世当時、天武諸皇子の中で四番目の待遇を受けていたことを明確に示す記録である。朱鳥元年(六八六)七月、忍壁皇子の宮から失火し、民部省に類焼したと伝えられる。同年八月、川島と共に、封百戸を加えられる。この時、皇太子草壁・大津・高市は四百戸、芝基・磯城は二百戸を加えられる。文武四年(七〇〇)六月、律令撰定に従う。大宝二年(七〇二)十二月、持統太上天皇崩。同三年正月、知太政官事。慶雲元年(七〇四)正月、増封二百戸。同二年四月、越前国の野地二百町を賜わる。同年五月、薨。時に三品。川島皇子と同年として、四十九歳。歌・漢詩共に伝わらない。子に、従四位下刑部卿山前王・尚膳従三位小長谷女王がいる。なお、直木孝次郎氏は、高松塚古墳の立地、壁画、人骨からわかる被葬者の年齢、副葬品などからみて、被葬者の候補として忍壁皇子をもっとも有力な候補とされた（「高松塚古墳の被葬者」『高松塚古墳と飛鳥』）。義江彰夫氏も壁画人物

像の服装から四人の候補者をあげているが、その中に忍壁皇子を含んでいる（「壁画人物像からみた高松塚古墳の被葬者」『高松塚古墳と飛鳥』）。他の三名は、長皇子・穂積皇子・大納言紀朝臣麻呂であるが、長皇子と穂積皇子は奈良遷都後に薨じているから、直木氏が説くように忍壁皇子が最も有力な候補者ということになろう。

【川島皇子】 巻一・三四番歌の作者として既出。但し、作者を山上憶良とする説もあり、憶良の代作説もあるが、憶良が皇子に献上した歌が皇子作と誤って伝えられた可能性もある。天智天皇の皇子。母は、忍海造《おしぬみのみやつこ》小龍《をたつ》の娘、色夫古娘《しこぶこのいらつめ》。姉妹に大江皇女、泉皇女。大江皇女は天武天皇の夫人として、長皇子・弓削《ゆげ》皇子を生む。妻は、忍壁《おさかべ》皇子の姉、泊瀬部皇女。天武八年五月の吉野の盟に参加。同十年三月、忍壁皇子らと共に帝紀上古諸事の記定に当たる。天武十四年正月、浄大参。持統五年九月薨。浄大参。三十五歳。歌は、万葉に一首。懐風藻に五言一首。懐風藻によれば、大津皇子と親友であったが、大津が反逆を企てるに及んで、そのことを朝廷に告げたと

【忍壁皇子関係略系図】 ＊は、人麻呂の歌に関わる皇子、皇女。

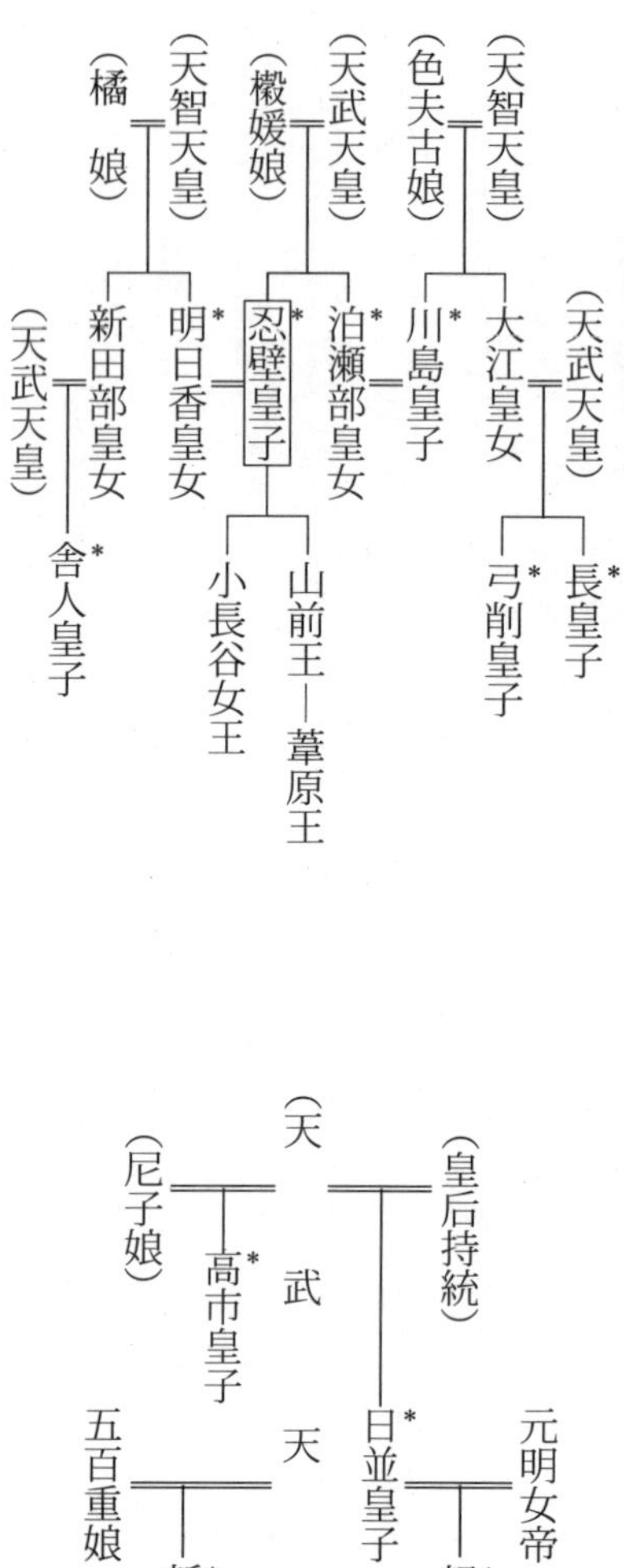

いう。

［参考］ 柿本人麻呂の忍壁皇子に献る歌

忍壁皇子に献る歌一首　仙人の形を詠む

とこしへに　夏冬行けや　皮衣　扇放たぬ　山に住む人（9・一六八二）

或本に云はく、忍壁皇子に献る

大君は　神にしませば　雲隠る　雷山《いかづち》に　宮敷きいます（3・二三五左）

【一九四】 飛ぶ鳥の～流れ触らばふ　「玉藻なす」を起こす序詞。一九六の序詞に類似しているが、こちらは簡略。早い時期の作だからともいえるが、一九六番歌が殯宮儀礼歌として詠まれたのに対し、本歌は故人の妻であった同母の姉に贈るための、どちらかといえば私的な挽歌であったからでもあろう。

触らばふ　ハ行下二段活用の自動詞。繰り返し触れる意。「上《ほ》つ枝《え》の枝《え》の末葉《うらば》は中つ枝《え》に落ち布良婆閇《フラバヘ》」（記一〇〇）。

玉藻なす　玉藻のように。

か寄りかく寄り　カはあちら。カクはこちら。あちらに寄りこちらに寄りして。

靡かひし　ナビキアヒシの約。なびきあった。互いに寄り添いあった、の意。

嬬の命のたたなづく柔肌すらを　夫君川島皇子のふくよかなやわらかな肌すらをも。ツマは、配偶者をさす語で、夫にも妻にもいうが、下の「身に添へ寝ねば」の主語は、泊瀬部皇女ととるべきと思われるので、ここは、川島皇子をさすとみる。

たたなづく　重なりあった。山などにいう表現だが、ここは「柔肌」を修飾しているので、肉付きのよい、ふくよかな、などの意。

柔肌　ニキハダ。ニキは、ニコと同じく、柔らかい意。

剣太刀身に添へ寝ねば　「剣太刀」は、「身に添へ」の枕詞。男子の常に身に着けるものであるところからかかる。「寝ねば」のネは、打消の助動詞ズの已然形。身に添え寝ないので。主語は、泊瀬部皇女。

夜床も荒るらむ　夜の床も荒涼としていることだろう。ラムは現在推量の助動詞。「そこ故に　慰めかねて」以下への続きからいっても、「夜床」は皇女の床であるのが自然であろう。死者の床とする説もあるが、「死者の夜の床が荒れているであろう」というのは、挽歌の詞章としては、いかにも異質であり、賛成できない。

荒れなむ　「荒るらむ」の推敲前の形。ナムは、完了の助動詞の未然形に、推量の助動詞ムがついた形。荒れてしまうだろう。「そこ故に慰めかねて」を引き出す表現としては、現在荒れているであろう、の意の「荒るらむ」の表現の方が適切である。

そこ故に慰めかねて　そのせいで、心を慰めることができず。

けだしくも逢ふやと思ひて　もしや亡き皇子に逢うこともあろうかと。

君も逢ふやと　夫である皇子が姿を見せるのではないかと。

玉垂の越智の大野の　「玉垂れの」は、「越智」にかかる枕詞。玉を緒に貫いて垂らして飾りとしたところから、ヲの音を頭にもつ地名越智にかけた。「越智の大野」は、奈良県高市郡高取町越智を中心とする一帯。

朝露に玉裳はひづち　玉裳は、美しい裳。ヒヅチは、泥がつく、濡れるなどの意の動詞ヒヅツの連用形。仮名書き以外は、「埿打」（3・四七五）、「土打」（13・三三二六）、「埿漬」（2・二三〇）、「埿塗」（9・一七一〇）、「染埿」（7・一〇九〇）など、すべて土・泥などの文字を用いているので、泥がつくのが原義と思われる。下の「夕霧に　衣は濡れて」と対句をなしている。

草枕旅寝かもする　「草枕」は、「旅」にかかる枕詞。「旅寝」は、家を離れて泊ること。ここは、川島皇子を葬った越智野に宿ることをいった。カモは疑問の意を含む助詞であるが詠嘆の気持が強い。

逢はぬ君故　逢うことのかなわない夫君ゆえに。
【一九五】　敷栲の袖交へし君　「敷栲の」は、「袖」にかかる枕詞。枕・床などにもかかる。
またも逢はめやも　ヤモは反語。ふたたび逢うことがあろうか。ありはしない。

越智野に過ぎぬ　本文歌の「越智野過ぎ行く」に対する推敲前の形を示す。完了形よりも現在進行形の方が悲哀感が強い。ヌは、完了の助動詞。越智野に埋葬されたことをいう。

明日香皇女《あすかのひめみこ》の木瓲《きのへ》の殯宮《あらきのみや》の時《とき》に、柿本朝臣人麻呂《かきのもとのあそみひとまろ》の作《つく》る歌《うた》一首《しゅ》　并《あは》せて短歌《たんか》

一九六　飛《と》ぶ鳥《とり》の　明日香《あすか》の川《かは》の　上《かみ》つ瀬《せ》に　石橋渡《いははしわた》し 一に云《い》ふ、石《いは》なみ　下《しも》つ瀬《せ》に　打橋渡《うちはしわた》す　石橋《いははし》に
一に云《い》ふ、石《いは》なみに　生《お》ひ靡《なび》ける　玉藻《たまも》もぞ　絶《た》ゆれば生《お》ふる　打橋《うちはし》に　生《お》ひをれる　川藻《かはも》もぞ
枯《か》るれば生《は》ゆる　なにしかも　わが大君《おほきみ》の　立《た》たせば　玉藻《たまも》のもころ　臥《こ》やせば　川《かは》
藻《も》のごとく　靡《なび》かひし　宜《よろ》しき君《きみ》が　朝宮《あさみや》を　忘《わす》れたまふや　夕宮《ゆふみや》を　背《そむ》きたまふや
うつそみと　思《おも》ひし時《とき》に　春《はる》へは　花折《はなを》りかざし　秋立《あきた》てば　もみち葉《ば》かざし　しき
たへの　袖《そで》たづさはり　鏡《かがみ》なす　見《み》れども飽《あ》かず　望月《もちづき》の　いやめづらしみ　思《おも》ほ
しし　君《きみ》と時々《ときどき》　出《い》でまして　遊《あそ》びたまひし　御食向《みけむか》ふ　木瓲《きのへ》の宮《みや》を　常宮《とこみや》と　定《さだ》め
たまひて　あぢさはふ　目辞《めこと》も絶《た》えぬ　しかれかも 一に云《い》ふ、そこをしも　あやに悲《かな》しみ　ぬえ鳥《とり》

の　片恋嬬《かたこひづま》一に云《い》ふ、しつつ　朝鳥《あさとり》の一に云《い》ふ、朝霧《あさぎり》の　通《かよ》はす君《きみ》が　夏草《なつくさ》の　思《おも》ひ萎《しな》えて　夕星《ゆふつづ》の　か行《ゆ》きかく行《ゆ》き　大船《おほふね》の　たゆたふ見《み》れば　慰《なぐさ》もる　心《こころ》もあらず　そこ故《ゆゑ》に　せむすべ知《し》れや　音《おと》のみも　名《な》のみも絶《た》えず　天地《あめつち》の　いや遠長《とほなが》く　偲《しの》ひ行《ゆ》かむ　み名《な》に懸《か》かせる　明日香川《あすかがは》　万代《よろづよ》までに　はしきやし　わが大君《おほきみ》の　形見《かたみ》かここを

短歌《たんか》二首《しゅ》

一九七　明日香川《あすかがは》　しがらみ渡《わた》し　塞《せ》かませば　流《なが》るる水《みづ》も　のどにかあらまし一に云《い》ふ、水《みづ》の淀《よど》にかあらまし

一九八　明日香川《あすかがは》　明日《あす》だに一に云《い》ふ、さへ　見《み》むと　思《おも》へやも一に云《い》ふ、思《おも》へかも　わが大君《おほきみ》の　み名《な》忘《わす》れせぬ
一に云《い》ふ、み名《な》忘《わす》らえぬ

【原文】

明日香皇女木䃭殯宮之時、柿本朝臣人麻呂作歌一首　并短歌

一九六　飛鳥　明日香乃河之　上瀬　石橋渡一云石浪　下瀬　打橋渡　石橋一云石浪　生靡留　玉藻毛叙　絶者生流　打橋　生乎為礼流　川藻毛叙　干者波由流　何然毛　吾王能　立者玉藻之母許呂　臥者　川藻之如久　靡相之　宜君之　朝宮乎　忘賜哉　夕宮乎　背賜哉　宇都曽臣跡　念之時　春部者　花折挿頭　秋立者　黄葉挿頭　敷妙之　袖携　鏡成　雖見不猒　三五月之　益目頬染　所念之　君与時々　幸而　遊賜之　御食向　木䃭之宮

乎　常宮跡　定賜　味澤相　目辞毛絶奴　然有鴨（一云所己乎之毛）　綾尓憐　宿兄鳥之片戀嬬（一云為乍）
朝鳥（一云朝霧）　往来為君之　夏草乃　念之萎而　夕星之　彼往此去　大船　猶預不定見者
遣悶流　情毛不在　其故　為便知之也　音耳母　名耳毛不絶　天地之弥遠長久思将往
御名尓懸世流　明日香河　及万代　早布屋師　吾王乃　形見河此焉

短歌二首

一九七　明日香川　四我良美渡之　塞益者　進留水母　能杼尓賀有萬思（一云水乃与杼尓加有益）

一九八　明日香川　明日谷（一云左倍）将見等　念八方（一云念香毛）　吾王　御名忘世奴（一云御名不所忘）

【校異】 **朝臣**（金紀温）―ナシ　**王能**（金紀）―生乃　**母**（金）―如　**悶**（金類温）―問　**河**（金類紀）―何

明日香皇女の木瓲の殯宮の時に、柿本朝臣人麻呂の作る歌一首　短歌を含む

一九六　飛ぶ鳥の明日香の川の、上流の瀬に石橋を並べ渡し（あるいは、石を並べ渡し、）下流の瀬に打橋を渡している。その石橋に（あるいは、並べた石に）伸びて靡いている玉藻も切れればまた伸びてくる。その打橋に生い茂っている川藻も　枯れればまた生えてくる。それなのにどうして、わが皇女は、お立ちになれば玉藻のように、横におなりになれば川藻のように、いつも寄り添い親しみ睦まじくしておられたお似合いの背の君の朝宮を、お忘れになったのだろうか。夕宮を出て行かれた

のだろうか。この世の人であられた時、春には花を手折って髪に挿し、秋になると黄葉を髪に挿し、互いに袖を取り合って、鏡のようにいくら見ても見飽きず、望月のようにいよいよいとしくお思いになった背の君と、四季折々にお出かけになり、お遊びになった食膳に向き合う葱ならぬ、木𥑎の宮を永遠の御殿とお定めになって、味鴨を捕らえる網の目ではないが、お逢いすることも、お言葉を交わされることもなくなってしまった。そのせいだろうか（あるいは、そのために）非常に悲しんで、ぬえ鳥のように亡くなった皇女を恋い慕われる背の君、（あるいは、恋い慕いつつ）朝鳥のように（あるいは、朝霧のように）お通いになる背の君が、夏草のように悲しみにうちしおれて、夕星のようにあちらに行きこちらに行きして、大船のように落ち着かないでいらっしゃるご様子を見ると、わたしたちの心もはれず、どうしてよいかわからない。せめてお噂だけでも、お名前だけでも、絶えることなく、天地が長く久しいように、いついつまでも、遠く久しくお偲びして行こう。お名前と同じこの明日香の川をいついつまでも。いとしいわが皇女の形見であることよ、この地よ。

短歌二首

一九七 明日香川にしがらみを渡して水の流れをせきとめたら、流れる水もゆったり流れたでしょうに。（あるいは、水が淀んだでしょうに。）

一九八 明日香川のアスではないが、明日だけでも（あるいは、明日もまた）お逢いできようとは思えないのにあるいは、み名が忘れられない。

わが皇女のみ名は忘れることはない。

あるいは、思うからだろうか、

【歌意】 天智天皇の崩御後の挽歌群のなかに、「天皇の大殯の時の歌」と題するものがあったが（巻二・一五一、一五二）、それ以外の「殯宮の時の歌」と題するものは万葉集に三組ある。本歌はそのなかのひとつである。他の二組が、一は、皇太子日並皇子の殯宮の時の歌で、一は、太政大臣高市皇子のそれであるのに対して、明日香皇女は、浄広肆という位も高くなく、宮廷における地位も皇太子や太政大臣に次ぐような位置にあったとも思われない。殯宮儀礼は、宮廷行事のひとつであるから、その規模・程度は、持統天皇の指示のもとに決定されたものであろう。すでに持統天皇は譲位して太上天皇と呼ばれていたが、同じく天智天皇の皇女である持統太上天皇と明日香皇女とは、後述のように特に親しい仲であったらしいから、文武四年四月に薨じた皇女の殯宮の規模は、持統太上天皇の希望が反映された可能性が高い。人麻呂の殯宮儀礼歌の詠作も、単に人麻呂と忍壁皇子との関係だけで行なわれたとは考えにくい。文武三年に、弓削皇子が薨じた時、人麻呂ではない置始東人の挽歌が伝わるのみであることからも推測される。後述のごとく、持統天皇は、明日香皇女の田荘に行幸したり、皇女のために沙門百四人を得度させたりしている。これらは、天皇と明日香皇女との間に特別の親交があった事実を示すものと思われる。二人は、共に天智天皇の皇女で、異母姉妹であったが、単にそればかりでなく、明日香皇女の祖父阿倍倉梯麻呂と持統天皇の祖父蘇我倉山田石川麻呂とは、大化改新後初の左右大臣として共に改新政治にあたった仲であった。このことは、二人の間に特別な親近感を抱かせる原因のひとつになり得たのではないだろうか。また、人麻呂詠作のこの殯宮儀礼歌が示すところによれば、皇女は、春秋に化や黄葉の宴をひらいたりする明るくはなやかな性格の女性であったように察せられ、その点も行幸を好み積極的な性格であった持統天皇と共通するところがあったように思われる。これらは、日並皇子・高市皇子に続いて、明日香皇女の殯宮儀礼を丁重に行ない、人麻呂が儀礼歌を詠作する原因となったように思われる。

本歌は、人麻呂の殯宮挽歌の最後の作品であるが、それにふさわしく、内容と修辞のバランスのとれた作品となっている。全体は、左のごとき五段構成となる。

①明日香川の玉藻の描写による導入―「枯るれば生ゆる」までの十四句。

②皇女の死を恨み嘆く―「背きたまふや」までの十二句。

③生前の皇女と夫君との好ましい夫婦のありかたと皇女の死による殯宮の設置―「目言も絶えぬ」までの二十二句。

④殯宮に通う夫君の悲しむ様子―「慰もる　心もあらず」までの十四句。

⑤永遠の偲びを誓う―「形見かここを」までの十三句。

①の明日香川の玉藻の描写をもって導入とする例は、同じ人麻呂の作の一九四番歌にあったが、僅かに六句で構成されていたそれに対して、こちらは、二句対と四句対を連繫させた十四句で、切れても枯れてもなお生え伸びてくる生命力をもつ玉藻を、ひとたび死ねば二度と甦ることのない人の命と対比させ、②の、「なにしかも　我が大君の……朝宮を　忘れたまふや　夕宮を　背きたまふや」と皇女の死を恨み嘆く表現を自然に導き出している。すでに②の部分にも、皇女の夫君との愛情に満ちた夫婦生活の描写があるが、③・④の、生前の姿を描くにも夫君との仲のよろしさ・相共に春秋の花黄葉を楽しむ優雅な生活を詠み、死後は、殯宮に通う夫君の悲しみにうち沈む様子を歌う等、忍壁皇子と考えられる夫君に著しく比重をおいているように思われる。公的任務をもたない女性だからということもできようが、もし、持統女帝を意識してのものだとすれば、皇女の田荘を訪ねたり、皇女のために百四人の沙門を得度させたりした女帝の特別な恩情を詠みあげてもよかったはずである。作者人麻

呂の意識は、女帝よりも夫君忍壁皇子にあったと思わざるを得ない。公的儀礼歌ではあるが、もと忍壁皇子に仕えていた人麻呂の私情がこのような形で出てしまったといえそうに思われる。だが、それは、決して歌の格調を損なうことはなく、永遠の偲びを誓う長歌末尾⑤の詞章は、高市皇子へのそれと同様、多数の宮廷人の参列する殯宮儀礼の場で朗詠するにふさわしく高い格調で詠まれている。反歌の二首は、共に「明日香川」でうたい起こし、その明日香川に関わりつつ亡き皇女への深い哀悼の思いを述べている。この二首の反歌によって哀惜の思いは一段と深まり、追慕の思いは十分に表出されたと儀礼に参加している人々も感じたに相違ない。二首の頭句の「明日香川」は、長歌末尾にうたわれた皇女ゆかりの川としての重要な意味をにないつつ、音律の上では耳に快く抑制のきいた端正な表現として人々に印象づけたと思われる。人麻呂の殯宮儀礼歌の最後の歌らしく高度に完成された作品といってよいと思う。なお、既述のごとく、忍壁皇子の子に従四位下刑部卿*山前王・尚膳従三位*小長谷女王がいるが、その母が誰であったか明らかでない。

*山前王　慶雲二年(七〇五)十二月に無位より従四位下に叙せられ、養老七年(七二三)十二月卒。時に、散位、従四位下。*葦原王の父。『懐風藻』に刑部卿とある。

*小長谷女王　天平十一年(七三九)正月、無位より従四位下、天平宝字五年(七六一)正月、正四位下より正四位上に叙せられ、同年六月二十六日、光明皇太后周忌御斎会供奉の労により、位一階を進められた。神護景雲元年(七六七)正月薨。時に、尚膳《かしわでのかみ》従三位。

*葦原王　天平宝字五年(七六一)三月二十四日、刃で人を殺した罪により、竜田真人の姓を与えられ、多褹嶋に流罪となった。その子の男女六人も王に随行させた。続紀の記事によれば、葦原王は、三品忍壁親王の孫で、従四位下の山前王の子である。天性凶悪で好んで酒の店に遊んだが、ある時、御使連麻呂と賭博をしながら酒を飲んでいて、俄かに怒りだし、麻呂を刺し殺して、その太股の肉を切り裂き、胸の上に置いて膾（生の肉を細切りにしたもの）にしたという。それだけでなく、その他の罪状も明らかだというので、所管の役人は奏上して罪の決定を申請した。淳仁天皇は、葦原王が皇族の一員であるため、法の通りに処罰するに忍びず、王名を除いて流罪にしたのである（『続日本紀』）。葦原王がこのような異常な事件を起こしたのは、恐らく忍壁親王の母宍人臣氏がもと膾作りを職掌とする家柄であることを嘲笑されてのことであったと思われる（拙稿「柿本人麻呂と忍壁皇子」国語と国文学　昭四七・一〇。『柿本人麻呂論考　増補改訂版』所収）。

[歌の配列位置]　文武四年(七〇〇)四月四日に薨じた明日香皇女の殯宮の時の歌である。この歌の後に、同じ柿本人麻呂詠作の高市皇子の殯宮の時の歌を載録するが、高市皇子が薨じたのは、持統十年(六九六)七月十日であるから、載録位置が逆になっている。このことについて、持統八年(六九四)八月十七日に、明日香皇女のために沙門百四人を得度させたとある記事と関連して、巻二の編者が、これを明日香皇女の死を示すと誤ったとする渡瀬昌忠「明日香皇女挽歌」(『万葉集を学ぶ　二』)説や、この時に皇女は実際に薨じたのだとして、続日本紀の文武四年四月四日の明日香皇女薨の記事を誤りではないかとする土屋文明説(私注)もある。続日本紀文武四年条の「夏四月癸未、浄広肆明日香皇女薨しぬ。使を遣して弔賻す。天智天皇の皇女なり」とある記事は、確かな記録によると思われるので、誤りとも思われない。身崎壽氏『宮廷挽歌の世界』がいうように、本歌群直前が明日香皇女の夫君忍壁皇子とその姉泊瀬部皇女に献呈された歌であるところから、資料出所の問題なども関わっているかも知れないと思われる。

【一九六】　明日香皇女　飛鳥皇女とも。父は、天智天皇。母は、阿倍倉梯麻呂《くらはしまろ》の娘、橘　娘《たちばなのいらつめ》。同母妹に新田部皇女がいる。新田部皇女は、天武天皇の妃になったが、明日香皇女は、天武天皇の皇子忍壁皇子の妻となる。持統六年(六九二)八月十七日、持統女帝は明日香皇女の別荘に行幸した。同八年八月、皇女のために、法師百四人を出家させた。文武四年(七〇〇)四月四日、薨。時に、浄広肆。文武天皇は、使者を派遣して弔意をあらわし物を賜わった。

木瓲の殯宮　殯宮を設けられたキノヘは、高市皇子の、奈良県北葛城郡広陵町があり、そこと同所とする説が多いが、明日香皇女の場合、高市郡明日香村の木部《きべ》とする説もある(折口信夫全集第六巻『万葉集辞典』)。明日香皇女の木瓲の殯宮が高市皇子の殯宮の営まれた城上に設けられたとする立場で、明日香皇女と高市皇子の妃である御名部皇女とが姉妹である関係から、明日香皇女の殯宮が城上の宮で営まれたとする上野誠氏の論（『古代日本の文芸空間―万葉挽歌と葬送儀礼』）もある。明日香皇女の母は阿倍倉梯麻呂の娘橘娘で、蘇我山田石川麻呂の娘姪娘を母とする御名部皇女とは、同母の姉妹ではないが、同じく石川麻呂の娘遠智娘を母とする持統天皇が明日香皇女と親しく、その別邸（田荘）に行幸してもいるから、同様に、御名部皇女と明日香皇女とが親しく往き来していたとしても不思議ではない。ただし、母の出自が蘇我氏と阿倍氏のように異なるから、明日香皇女の殯宮となった、夫君忍壁皇子と季節季節にお出かけになったという「木瓲の宮」は、「高市皇子の宮のひとつとして機能していた城上離宮」ではなく、明日香皇女が母方から受け継いだ田荘であったのではないかと思われる。草壁皇子と高市皇子の場合は、殯宮の設けられた場と葬所とが近接していたようであるが、必ずしもそのように規定されていたとも思われないから、葬所は別であったとすれば、明日香皇女の殯宮は、阿倍氏の本拠地に近い明日香村の木部である可能性もないとは言えないように思われる。

石橋　川の浅瀬に石を飛び石状に置いたもので、その上を踏んで川を渡るためのもの。

石なみ　川の浅瀬に石を並べて置いたもの。石橋に同じ。ナミは、横に並ぶ意の動詞ナムの連用形の名詞形。

打橋　板を両岸の間にかけ渡しただけの、取り外しのできる橋。下流のやや深いところに用いる。

※千鳥鳴く佐保の川門《かはと》の瀬を広み打橋渡す汝《な》が来《く》と思へば　（4・五二八）

玉藻もぞ　玉藻の玉は、美称。モは添加の意を示す助詞。あとの「川藻」との並列を示す。ゾは強意の係助詞。

絶ゆれば生ふる　タユレは、中途で切れる意のヤ行下二段活用の動詞タユの已然形。バは、接続助詞。已然形＋バで、ここは恒常条件。切れればいつも伸びてくる。オフルは、伸びる・成長する意の動詞オフの連体形。『おふ』の類義語に『はゆ』がある。（中略）『おふ』は『はゆ』と同義にも用いるが、発生的には、ない所に物がきざし、目に立ってくる状態が『はゆ』であり、『はえ』た物の成長する過程が『おふ』と考えられる」（小学館『古語大辞典』）。

生ひをれる　ヲヲレルは、原文「乎為礼流」。古典大系・全注は、為を烏の誤字とする童蒙抄の説により、全集は、「為」はその上の字をもう一度繰り返す時に使う文字として、ヲヲレルと訓む。注釈は、ヲヰレル。全訳注は、類型によりヲヲレルと訓み、「あるいは『有』の誤りにてヲウルの語あったか」とする。釈注は、全集に従う。今、類型によりヲヲレルと訓んだが、その字形の近さから「烏」の誤りとする説も可能性が高い。類型、花咲きををり……「乎遠里」（6・九二三）、「乎呼里」（6・一〇五三、13・三二六六）、「乎ゝ理」（17・三九〇七）。咲きのををり……「乎再入」（10・二二二八）など。

なにしかも　どうして。シは強意、カは疑問、モは詠嘆の助詞。詰問の意をこめて、どうしてまあ。あとの、「朝宮を　忘れたまふや　夕宮を　背きたまふや」にかかる。

わが大君　明日香皇女をさす。

立たせば玉藻のもころ　セは、尊敬の助動詞スの已然形。已然形＋バで、恒常条件。モコロは、同じ状態、似ている状態であることを示す。「如」と同じ意。

臥せば川藻のごとく　コヤセは、横になる意の動詞コユの尊敬表現コヤスの已然形。恒常条件。「立たせば玉藻のもころ」と対句をなす。

靡かひし宜しき君　ナビカヒは、なびき合う意の動詞ナビカフの連用形。シは、過去の助動詞キの連体形。ヨロシキの終止形ヨロシは、「形容詞ヨラシ（宜）の転。その方へなびき寄り近づきたい気持がする意」（『岩波古語辞典』）が原義。ふさわしい。似合う。「君」は、夫君の忍壁皇子をさす。

朝宮を……　夕宮を……　朝夕住み慣れた宮殿を、対句に構成するために、朝宮、夕宮と分けて詠んだもの。

背きたまふや　ソムキは、宮殿に背を向けて家を出る意で、ここは、皇女が夫君をおいて死んだことをあらわす。ヤは、疑問の意をあらわす助詞。この部分、『文選』の顔延年の「宋文皇帝元皇后哀策文」の一節、「南国門に背き、北山園に首ふ」、曹子建の「王仲宣の誄」

の一節「遊魚浪を失ひ、帰鳥栖を忘る」などの影響が指摘されている通りである。

うつそみと思ひし時　この世の人であった時。ウツソミは、この世に生きている人。

しきたへの　袖にかかる枕詞。一三五、一九五に既出。

袖たづさはり　袖を並べて。

望月のいやめづらしみ　「望月の」は、「いやめづらし」にかかる比喩の枕詞。満月のように、いよいよいとしく。メヅラシは、動詞メヅから派生した語。愛賞すべき。ミは、「思ほし」に続いて「お思いになる」内容をあらわす。

時々　季節季節に。四季折々に。

御食向ふ　地名「木瓱」にかかる枕詞。「御食」は、神や身分の高い人の食事。その食膳には、あぢ（ともえ鴨）・葱・蜷・粟などが向かいあっていることから、同じ音をもつ味原・城上・南淵・淡路などの地名にかかる。

常宮と定めたまひて　常宮は、いつまでも変ることのない宮殿。墓所・墳墓説（全註釈・全集）もあるが、題詞から、殯宮をさすとみてよいであろう。殯宮は、墓が完成して埋葬するまでの一時的なものだが、賞める意で常宮といったもの。「定めたまひて」の主語は、明日香皇女。皇女自身の意志で木瓱に殯宮を定めたように詠んでいる。

あぢさはふ　「目」にかかる枕詞。別に、「目」にかかる例、巻十一・二五五五、巻十二・二九三四。巻六・九四二は、「（妹が）目」にかかる。「夜昼」にかかる例、巻九・一八〇四。かかり方については、

アヂ（味鳧）＋サハ（多）＋フ（経）で、味鴨が夜昼となく群れ飛ぶところから、ムレの約音メや夜昼にかかるとする説（『万葉考』）

アヂ（味鳧）＋サフ（サフ〈障〉の未然形）＋フ（継続の助動詞）で、味鳧を捕る網を昼夜張っておくところから、その網の「目」および「夜昼」にかかるとする説（井手至「枕詞『あぢさはふ』の背後」国語国文　昭和三二・七）

などがある。後者によるべきか。

目辞も絶えぬ　「目辞」は、目と言で、目で見ることと

言葉を聞くこと。逢うことも言葉を交わすこともなくなってしまった。

しかれかも　そうであるからか。シカアレバカモに同じ。

あやに　一五九、一六二に既出。ひどく。むしょうに。

ぬえ鳥の　「片恋」「うら嘆け」「のどよひ」などにかかる枕詞。「ぬえ鳥」は、トラツグミのこと。東光治氏『万葉動物考　正編』は、「鶫科のトラツグミ又の名ヌエジナイは普通のツグミよりも大形にて、黄色に黒褐色の虎斑ある美しき一種なるが、毎年三月より五六月頃までの間夜半より早朝にかけ、山腹の林間にて、口笛に似て、ヒーヒョーときこゆる悲調の声を発す」という川村多實二氏の説を引用する。但し、東氏は、喉声に鳴くという点では、トラツグミの口笛のような声よりも、ゴキサギやフクロウ類の声の方がむしろ該当しているかも知れないこと、更に、七夕の歌（10・一九九七、二〇三一）にうたわれる「ぬえ鳥の」の用例は、トラツグミの鳴く季節から外れることを云い、万葉の時代は、広くトラツグミ、フクロウ、ミミヅク、サンカノゴキ、ヨタカなどの夜中悲しげに鳴く鳥の總名として用いられたのではなかろうか、とする。

片恋嬬　亡くなった妻（明日香皇女）を恋い慕う夫君忍壁皇子をさす。異伝の「しつつ」は、ツマの異伝で、「片恋ひしつつ」となる。説明的な異伝の表現に対して、「片恋嬬」は、引き締まった表現となり、含蓄が深い。

朝鳥の　「通はす」の枕詞。鳥は早朝にねぐらを飛び立ち、飛び通い、鳴きなどするところから、「朝立ち」（9・一七八五）、「通はす」（本歌）、「音のみ泣きつつ」（3・四八一）、「音のみし泣かむ」（3・四八三）などにかかる。一に云う、の「朝霧の」に比べて具象的で効果的。

通はす君が　スは、尊敬の助動詞。君は、明日香皇女の夫君、忍壁皇子をさす。殯宮に朝毎に通ってゆかれる皇子の。

夏草の思ひ萎えて　「夏草の」は、「思ひしなえ」にかかる枕詞。一三一に既出。夏草が太陽の強い光によってしおれる様子から、悲しみにうちしおれる様子にかける。

夕星のか行きかく行き　「夕星の」は、「か行きかく行き」にかかる枕詞。「夕星」は、夕方西の空に見える金星。明け方と夕方とで、東の空に見えたり、西の空に見えたりするところから、「か行きかく行き」にかかる。また、夕方見えることから「夕」にもかかる（5・九〇四）。

大船のたゆたふ見れば　「大船の」は、「たゆたふ」にかかる枕詞。水上の大船が動揺し安定しないところから、「たゆたふ」にかかる。タユタフは、「揺れ動く」意から、「心が動いて落ち着かない」、「ためらう」などの意にもなる。ここは、皇女の夫君の、悲しみの心から落ち着かない様子であることをいう。枕詞「大船の」は、他に、「渡の山」（2・一三五）、「津守」（2・一〇九）、「香取の海」（11・二四三六）などの固有名詞、「思ひ頼み・思ひ頼む」（2・一六七、二〇七、5・九〇四ほか）、「頼める」（4・六一九、13・三三二四）、「ゆくらゆくらに」（17・三九六二、19・四二二〇ほか）、「ゆたに」（11・二三六七）などの用言や副詞にかかる例も多い。

慰もる心もあらず　ナグサモルは、ナグサムの連体形ナグサムルの転。原文「遣悶流」。胸中の悩み・わだかまる思いを外に追いやる意で「遣悶」の字をあてる。西本願寺本は、「問」を「悶」に訂正している（『校本万葉集』）というが、全注に、「悶を西に「問」に訂しているが」とあるように、複製本では、門構えの中の口は心の上に重ね書きしているように見える。紀州本は「遣問流」。「問」は、「悶」の誤字とすべきであろう。二〇七番歌では、底本も、紀州本も、「遣悶流」とある。自分たちの心も慰めようもなく、心は晴れない。

せむすべ知れや　セムスベは、なすべき方法や手段。シレヤは、「知る」の已然形＋ヤで反語。なすべき方法もわからない。

音のみも名のみも絶えず　音は、噂・評判。名は、名前。ここは、明日香皇女の噂、名前だけでも絶えず。タエズをタヤサズの意とする説（集成・釈注）と、あとの「偲ひ行かむ」にかかるとする説（全訳注・全注）とがある。「絶やさず」の意には「絶たず（不絶）」（18・四〇九四）の表現があり、ここも原文「不絶」

塞かませば　セカは、せきとめる意の動詞セクの未然形。マセは、反実仮想の助動詞マシの未然形。「未然形＋バ」で仮定条件。もし塞きとめたら。

流るる水ものどにかあらまし　明日香川の水もゆったりと流れたでしょうに、の意で、明日香皇女もこのように早く亡くなることはなかったのではないか、という思いをあらわしたもの。ノドニは、形容動詞ノドナリの連用形。

流るる水の淀にかあらまし　下三句の推敲前の形を残したもの。斎藤茂吉『柿本人麻呂　評釈篇　巻之上』に、これを「理に堕ちてまづい」と評している。「水も」の包括的な助詞モの用法に加えて、「のどに」のゆるやかな流れに対して、「水の」の限定的な表現と、「よどに」の流れもとまってしまったような表現は、性急な面が目立って詩的でない。本文に取られた表現の方がすぐれている、と筆者も思う。

【一九八】　明日香川明日だに見むと　明日香川は、明日をいうために同音反復の技巧でおいた枕詞。但し、明日香皇女ゆかりの川として、前歌で皇女の生命の比喩

で、タタズと訓み得るが、死者を忘れぬ誓いの表現としては不適当であろう。シノヒユカムにかかる表現とみたい。

天地のいや遠長く　「天地の」は、「いや遠長く」にかかる比喩の枕詞。天地を長くいつまでも続くものとしてかけた。

み名に懸かせる　カカセルは、関係する意の動詞カクの敬語カカスの連用形にアリの連体形がついたカカシアルの約。皇女の御名にゆかりの。

はしきやし　いとしい意で、「わが大君」を修飾する。

形見かここを　原文「形見何此焉」。金沢本・類聚古集に、「何」を「河」と記す。「形見何」は、旧訓カタミカ。略解に宣長云として、「何」を「荷」の誤りとし、カタミニと訓む。誤字説のほか、「何」のままで、カと訓む説と、ニと訓む説とある。カタミニは、形見として。カタミカの方が、詠嘆性が強い。ココヲのヲも詠嘆の助詞。

【一九七】　しがらみ　流れをせきとめるために、川の中に設けた柵。杭を立て、小枝や竹などを渡して作る。

ともなっているもので、ここも、皇女その人を暗示する語ともなっている。「明日だに」は、せめて明日だけでも、の意。一に云う、の「明日さへ」は、明日もまた、の意。
「思へやもわが大君のみ名忘れせぬ」と「思へかもわが大君のみ名忘らえぬ」「思へやも」は、反語で、思っているわけではないのに、の意。対する「思へかも」は、「思うからだろうか」という単純な疑問の形式で下に続く。「忘れせぬ」は、サ変動詞「忘れす」を助動詞「ず」の連体形で打消しているので、意志的・能動的で上の反語とあいまって、強い表現になる。一方、「忘らえぬ」は、「え」が自発の助動詞なので、受動的、上の単純な疑問表現を受けて弱い表現になる。本文歌の表現の方が優れている。

高市皇子尊《たけちのみこのみこと》の城上《きのへ》の殯宮《あらきのみや》の時《とき》に、柿本朝臣人麻呂《かきのもとのあそみひとまろ》の作《つく》る歌《うた》一首《しゅ》 并《あは》せて短歌《たんか》

一九九 かけまくも ゆゆしきかも一に云《い》ふ、ゆゆしけれども 言《い》はまくも あやに畏《かしこ》き 明日香《あすか》の 真神《まかみ》の
原《はら》に ひさかたの 天《あま》つ御門《みかど》を 畏《かしこ》くも 定《さだ》めたまひて 神《かむ》さぶと 磐隠《いはがく》ります
やすみしし わご大君《おほきみ》の きこしめす 背面《そとも》の国《くに》の 真木立《まきた》つ 不破山越《ふはやまこ》えて 高麗《こま》
剣《つるぎ》 和射見《わざみ》が原《はら》の 行宮《かりみや》に 天降《あも》りいまして 天《あめ》の下《した》 治《をさ》めたまひ一に云《い》ふ、掃《はら》ひたまひて 食《を》す
国《くに》を 定《さだ》めたまふと 鶏《とり》が鳴《な》く 東《あづま》の国《くに》の 御軍士《みいくさ》を 召《め》したまひて ちはやぶる
人《ひと》を和《やは》せと まつろはぬ 国《くに》を治《をさ》めと一に云《い》ふ、掃《はら》へと 皇子《みこ》ながら 任《ま》けたまへば 大御身《おほみみ》に

大刀《たち》取《と》り佩《は》かし　大御手《おほみて》に　弓取《ゆみと》り持《も》たし　御軍士《みいくさ》を　率《あども》ひたまひ　整《ととの》ふる　鼓《つづみ》
の音《おと》は　雷《いかづち》の　声《こゑ》と聞《き》くまで　吹《ふ》き鳴《な》せる　小角《くだ》の音《おと》も 一に云《い》ふ、笛《ふえ》の音《おと》は　敵見《あたみ》たる　虎《とら》か吼《ほ》
ゆると　諸人《もろひと》の　おびゆるまでに 一に云《い》ふ、聞《き》き惑《まと》ふまで　ささげたる　幡《はた》の靡《なび》きは　冬《ふゆ》こもり　春《はる》
さり来《く》れば　野《の》ごとに　つきてある火《ひ》の 一に云《い》ふ、冬《ふゆ》ごもり 春野焼《はるのや》く火《ひ》の　風《かぜ》のむた　靡《なび》くがごとく　取《と》
り持《も》てる　弓弭《ゆはず》の騒《さわ》き　み雪降《ゆきふ》る　冬《ふゆ》の林《はやし》に 一に云《い》ふ、木綿《ゆふ》の林《はやし》　つむじかも　い巻《ま》き渡《わた》ると
思《おも》ふまで　聞《き》きの畏《かしこ》く 一に云《い》ふ、諸人《もろひと》の 見惑《みまと》ふまでに　引《ひ》き放《はな》つ　矢《や》の繁《しげ》けく　大雪《おほゆき》の　乱《みだ》れて来《きた》れ
一に云《い》ふ、霰《あられ》なす そちより来《く》れば　まつろはず　立《た》ち向《むか》ひしも　露霜《つゆしも》の　消《け》なば消《け》ぬべく　行《ゆ》く鳥《とり》の　争《あらそ》
ふはしに 一に云《い》ふ、朝霜《あさしも》の 消《け》なば消《け》とふに うつせみと 争《あらそ》ふはしに　渡会《わたらひ》の　斎《いつ》きの宮《みや》ゆ　神風《かむかぜ》に　い吹《ふ》き惑《まと》はし　天雲《あまくも》
を　日《ひ》の目《め》も見《み》せず　常闇《とこやみ》に　覆《おほ》ひ賜《たま》ひて　定《さだ》めてし　瑞穂《みづほ》の国《くに》を　神《かむ》ながら　太敷《ふとし》
きまして　やすみしし　わご大君《おほきみ》の　天《あめ》の下《した》　奏《まを》したまへば　万代《よろづよ》に　しかしもあ
らむと 一に云《い》ふ、かくしもあらむと　木綿花《ゆふはな》の　栄《さか》ゆる時《とき》に　わご大君《おほきみ》　皇子《みこ》の御門《みかど》を 一に云《い》ふ、さす竹《たけ》の 皇子《みこ》の御門《みかど》を
神宮《かむみや》に　装《よそ》ひまつりて　使《つか》はしし　御門《みかど》の人《ひと》も　白栲《しろたへ》の　麻衣《あさごろも》着《き》て　埴安《はにやす》の　御門《みかど》
の原《はら》に　あかねさす　日《ひ》のことごと　鹿《しし》じもの　い匍《は》ひ伏《ふ》しつつ　ぬばたまの　夕《ゆふへ》
になれば　大殿《おほとの》を　振《ふ》り放《さ》け見《み》つつ　鶉《うづら》なす　い匍《は》ひ廻《もとほ》り　侍《さもら》へど　侍《さもら》ひえねば

春鳥《はるとり》の　さまよひぬれば　嘆《なげ》きも　いまだ過《す》ぎぬに　思《おも》ひも　いまだ尽《つ》きねば　言《こと》さへく　百済《くだら》の原《はら》ゆ　神葬《かむはぶ》り　葬《はぶ》りいませて　あさもよし　城上《きのへ》の宮《みや》を　常宮《とこみや》と　高《たか》く奉《まつ》りて　神《かむ》ながら　鎮《しづ》まりましぬ　しかれども　わご大君《おほきみ》の　万代《よろづよ》と　思《おも》ほしめして　作《つく》らしし　香具山《かぐやま》の宮《みや》　万代《よろづよ》に　過《す》ぎむと思《おも》へや　天《あめ》のごと　振《ふ》り放《さ》け見《み》つつ玉《たま》だすき　懸《か》けて偲《しの》はむ　畏《かしこ》かれども

短歌《たんか》二首《しゆ》

二〇〇　ひさかたの　天知《あめし》らしぬる　君故《きみゆゑ》に　日月《ひつき》も知《し》らず　恋《こ》ひわたるかも

二〇一　埴安《はにやす》の　池《いけ》の堤《つつみ》の　隠《こも》り沼《ぬ》の　ゆくへを知《し》らに　舎人《とねり》は惑《まと》ふ

ある書《しよ》の反歌《はんか》一首《しゆ》

二〇二　哭沢《なきさは》の　神社《もり》に神酒《みわ》据《す》ゑ　祈《いの》れども　わご大君《おほきみ》は　高日《たかひ》知《し》らしぬ

右《みぎ》の一首《しゆ》は、類聚歌林《るいじうかりん》に曰《い》はく、「桧隈女王《ひのくまのおほきみ》、泣沢神社《なきさはのもり》を怨《うら》むる歌《うた》なり」といふ。日《に》本紀《ほんぎ》を案《かむが》ふるに云《い》はく、「十年丙申《ねんへいしん》の秋《あき》七月《ぐわつ》、辛丑《しんちう》の朔《つきたち》の庚戌《かうしゆつ》に後《のち》の皇子尊《みこのみこと》薨《こう》ず」といふ。

【原文】　高市皇子尊城上殯宮之時、柿本朝臣人麻呂作歌一首　并短歌

一九九　•挂文　忌之伎鴨（一云、由遊志計礼抒母）　言久母　綾尔畏伎　明日香乃　真神之原尔　久堅能　天都

御門乎　懼母　定賜而　神佐扶跡　磐隠座　八隅知之　吾大王乃　所聞見為　背友乃
國之　真木立　不破山越而　狛劔　和射見我原乃　行宮尓　安母理座而　天下　治賜
一云、掃賜而 食國乎　定賜等　鶏之鳴　吾妻乃國之　御軍士乎　喚賜而　千磐破　人乎和為
跡　不奉仕　國乎治跡 一云、掃部等 皇子随　任賜者　大御身尓　大刀取帶之　大御手尓
弓取持之　御軍士乎　安騰毛比賜　齊流　鼓之音者　雷之　聲登聞麻侶　吹響流　小
角乃音母 一云、笛之音波 敵見有　虎可叫吼登　諸人之　恊流麻侶尓 一云、聞或麻泥 指擧有　幡之
靡者　冬木成　春去来者　野毎　著而有火之 一云、冬木成春野焼火乃 風之共　靡如久　取持流
弓波受乃騒　三雪落　冬乃林尓 一云、由布乃林 飃可毛　伊巻渡等　念麻侶　聞之恐久 一云、諸人見
或麻侶尓 引放　箭之繁計久　大雪乃　乱而来礼 一云、霰成曽知余里久礼婆 不奉仕　立向之毛　露霜之
消者消倍久　去鳥乃　相競端尓 一云、朝霜之消者消言尓打蝉等安良蘇布波之尓 渡會乃　齋宮従　神風尓　伊吹
或之　天雲乎　日之目毛不令見　常闇尓　覆賜而　定之　水穂之國乎　神随　太敷座
而　八隅知之　吾大王之　天下　申賜者　萬代尓　然之毛将有登 一云、如是毛安良無等 木綿花乃
榮時尓　吾大王　皇子之御門乎 一云、刺竹皇子御門乎 神宮尓　装束奉而　遣使　御門之人毛　白
妙乃　麻衣著　埴安乃　御門之原尓　赤根刺　日之盡　鹿自物　伊波比伏管　烏玉能
暮尓至者　大殿乎　振放見乍　鶉成　伊波比廻　雖侍候　佐母良比不得者　春鳥之

佐麻欲比奴礼者　嘆毛　未過尓　憶毛　未不盡者　言左敝久　百濟之原従　神葬　ゝ

伊座而　朝毛吉　木上宮乎　常宮等　高久奉而　神随　安定座奴　雖然　吾大王之

萬代跡　所念食而　作良志之　香来山之宮　萬代尓　過牟登念哉　天之如　振放見乍

玉手次　懸而将偲　恐有騰文

短歌二首

二〇〇　久堅之　天所知流　君故尓　日月毛不知　戀渡鴨

二〇一　埴安乃　池之堤之　隠沼乃　去方乎不知　舎人者迷惑

或書反歌一首

二〇二　哭澤之　神社尓三輪須恵　雖祷祈　我王者　高日所知奴

右一首類聚歌林曰、檜隈女王怨二泣澤神社一之歌也。案二日本紀一云、十年丙申秋七月辛丑朔庚戌、後皇子尊薨。

【校異】 **挂**（金類）—桂　**掃**（金類）—拂　**或**（類細）—惑　**泥**（金類）—侶　**或**（金類）—惑　**之**（金紀）—ナシ　**競**（金類）—竟　**或**（類紀）—惑　**尓**（金類紀）—ナシ　**埴**2（細温京）—垣　**不**（金類紀）—ナシ　**左**（金）—右　**久**（略解ニヨル）—之　**来**（金類紀）—未　**云**（金紀）—曰　**皇子**（金紀温　西補）—ナシ

高市皇子尊の城上の殯宮の時に、柿本朝臣人麻呂の作る歌一首　短歌を含む

一九九　心にかけて思うのも憚られることであるよ。あるいは、憚られることだが、言葉に出していうのもまことに恐れ多い。明日香の真神の原に、ひさかたの天の宮殿を恐れ多くもお定めになられて、神として岩戸にお隠れになっておいでの天武天皇が、治めておられる北の方、美濃の国の、真木の茂り立つ不破山を越えて、高麗剣の輪ならぬ、和射見が原の行宮に天降りなされて、天下をお治めになられ、あるいは、お従えになられて、国々をお定めになろうと、鶏が鳴く東の国の兵士をお召しになり、暴威をふるう人々をおだやかにさせよと、従わない国を治めよと、あるいは、服従させよと、皇子の御身の高市皇子に指揮をお任せになったので、御身に太刀を帯びられ、御手に弓をお持ちになり、軍勢を引き連れ、隊伍を整える鼓の音は、雷の音かと思われるほどで、吹き鳴らす角笛の音も、あるいは、笛の音は、敵に向って虎が吼えているのかと人々がおびえるほどで、あるいは、聞いてうろたえるほどで、ささげ持った幡の靡きは、冬が終って春になると、野ごとについている火が、あるいは、冬が終って春の野を焼く火が、吹く風のまにまに靡くようで、取り持っている弓弭の鳴り響くさまは、み雪の降る冬の林に、あるいは、木綿の林に、つむじ風が渦巻き吹いているのかと思うほどに恐ろしく聞こえ、あるいは、人々が見てうろたえるほどで、引き放つ矢のはげしさは、あたかも大雪が乱れ降ってくるようで、あるいは、霰のように矢が寄り集まってくるので、従わずに抵抗していた者たちも、露や霜のように消えるならば消えてもかまわないと、飛ぶ鳥が先を争うように、争っている時に、あるいは、朝霜のように消えるならば消えよというように、うつせみの身を争っている時に、伊勢の渡会の神の宮

から、神風を吹いて敵をまどわせ、日の光も見えぬほどに、天雲で天下をいつまでも続く闇の夜のように覆われて平定なさった、この瑞穂の国を、天皇が神であるままにお治めになられ、やすみししわが大君、高市皇子が太政大臣として国政を担当されたので、いついつまでもそのように続くであろうと、（あるいは、このようであろうと）美しく枯れることのない木綿の花のように、国が栄えている時に、わが大君、高市皇子の御殿を、（あるいは、勢いよく生長する竹のように栄え行く高市皇子の御殿を、）神のいます宮としてお飾り申し上げて、皇子がお使いになった宮の人々も白い麻の喪服を着て、埴安の御殿の広場に、茜色の昼は昼中、猪や鹿のように匍い伏し、ぬばたまのように暗い夕方になると、大殿を振り仰ぎつつ鶉のように這い廻って侍っているが、その甲斐もないので、春の鳥のように嘆いていると、嘆きもまだ過ぎさらないのに、思いもまだ尽きないのに、言葉の通じない百済、そのクダラではないが、百済の原を通って神としてお送り申し上げ、あさもよし城上の宮を永遠に続く宮として、高々と造営申し上げて、そこに神としてお鎮まりになられた。しかしながら、わが大君、高市皇子が、万代の後までとお思いになってお造りになった香具山の宮は、いついつまでも滅びることがあろうか。大空を振り仰ぐように、振り仰ぎ見つつ、玉だすきをかけるように、心にかけてお偲び申し上げよう、恐れ多いことではあるが。

短歌二首

二〇〇　はるか彼方の天をお治めになられることになった皇子故に、月日の経つのもわからないほどに、恋い続けることだよ。

二〇一　埴安の池の堤に囲まれた、その隠り沼のように、これから先のこともわからず、舎人たちは途方にくれている。

ある本の反歌一首

二〇二　哭沢の神社に神酒を捧げてお祈りしたのだが、その甲斐もなく、わが大君は天上を治める方になってしまわれた。

右の一首は、類聚歌林に、桧隈女王が、泣沢神社を怨んだ歌であると記している。日本書紀を調べてみると、（持統）十年七月十日に、後の皇子尊が薨去したとある。

【歌意】　持統十年七月十日に薨じた高市皇子の殯宮の時の歌である。人麻呂の殯宮の時の歌三組の中の一。百四十九句という万葉集中最大の長歌である。歌は、すでに十年前に崩じた天武天皇が壬申の戦いを開始された時点から歌い起こし、その戦いにおける高市皇子の活躍を詠む。近江方の激しい抵抗のさまを叙述しつつ、伊勢神宮の加護を得て天武側の勝利に終る。天皇の治政下、皇子は太政大臣として国政にあたり、まさに理想的状況であった時に、高市皇子は薨じる。皇子の宮に仕える舎人たちの悲しみのうちにも、城上に殯宮が設けられ、皇子は永遠にその地に鎮まることになった。しかしながら、皇子が万代までと思い造営された香具山の宮を仰ぎ見つつ、皇子をいついつまでも偲ぶことを誓って結ぶ。壬申の乱において実戦の場に立つことのなかった高市皇子を大刀と弓とを持ってあたかも兵士を率いて戦ったかのごとくうたい、吹いたはずのない神風が敵を滅ぼしたかのようにうたって一首を盛り上げている（拙稿「壬申の乱―高市皇子挽歌と虚構の問題―」。拙著『万葉和歌史論考』所収）。壬申の乱後、天武朝が十四年余り、持統朝が十年近い年月を経過していたにもかかわらず、その間を僅か十句ですませているのも、壬申の乱の描写を強く浮び上がらせる効果をもたらした。人麻呂の文学的虚構が一首を万葉集最大の雄編に仕立てたということができよう。

なお、一九九番歌の構成は、左のように四段に分けられる。

（一）堂々たる格調高い歌い出しによる天武天皇の壬申の乱の開始　三十八句

　　冒頭～皇子ながら　任けたまへば

（二）生前の高市皇子の叙述　六十二句

　　大御身に～木綿花の　栄ゆる時に

（三）皇子の薨去と宮の舎人らの悲嘆　三十八句

　　わが大君　皇子の御門を～神ながら　鎮まりましぬ

（四）永遠に皇子を偲ぶことの誓い　十三句

　　しかれども～畏かれども

全体を四段に分ける際、冒頭を「皇子ながら　任けたまへば」までの三十六句とするのは、いかにも長すぎるようでもあり、天武天皇の皇子への一任とそれを受けた皇子の活躍とを区切るのも不自然に思われるかも知れない。たとえば、齋藤茂吉『柿本人麿　評釈篇巻之上』は、本歌の構成を、同じく四段構成としつつも、その内容は、

（Ⅰ）全体の冒頭、天武天皇の御登極から崩御までを数句であらはした。十二句。

（Ⅱ）壬申の変の叙述

a天武天皇の御行動から戦争の序曲、二十四句。

b高市皇子の御奮戦の有様から戦争の終局に至る、五十一句。

（Ⅲ）高市皇子殯宮の叙述

a壬申平安後の新帝都から、皇子の奏政。十一句。

b皇子の薨去のこと。殯宮、万民悲歎のこと。三十八句。以上、客観的記述の部分。

（Ⅳ）作者の感慨。全体の結び。十三句。以上、主観的部分。合計百四十九句。

右のごとくであるが、あるいは、冒頭を、「天武天皇の御登極から崩御まで」の十二句とし、第二段を「壬申の変の叙述」七十五句としたのも、天武天皇の崩御を示す「神さぶと　磐隠ります」が、そのまま、以下に続く「やすみしし　我が大君」の修飾語であることを十分意識してのことであるならば、よいかも知れない。但し、乱終了後の太政大臣としての皇子の奏政の部分をも、「高市皇子殯宮の叙述」の中に含めたのはいかがと思われる。この部分は、壬申の乱における皇子の活躍に合せて生前の叙述六十二句とする方がよいと思う。さて、この四段構成、すなわち、

（一）堂々たる格調の高い歌いだし。

（二）生前の皇子・皇女の叙述。

（三）皇子・皇女の薨去と残された者の悲しむ姿の叙述。

（四）永遠に死者を偲ぶことを誓う。

は、（四）が日並皇子の殯宮歌にないことを除けば、人麻呂の殯宮の時の歌に共通する。天智天皇の大殯の時の短歌二首と比較する時、人麻呂の殯宮の時の歌の特異性が認められるであろう。人麻呂の殯宮の時の歌の成立に、

『文選』の誄や哀策文の影響がみられることは指摘されている通りで、加えて、すでに六世紀の半ば頃からわが国にあって「しのびごとの書」として死者の霊前で読み上げられていた弔詔の影響もおおいにあったに相違ない（拙稿「誄と人麻呂殯宮歌の問題」『柿本人麻呂論考』所収）。

なお、二〇二番歌は、「ある本の反歌一首」とあり、長歌一九九番歌の反歌として、本文歌の出典とは別の本に記載されていたことがわかる。しかも、左注によれば、山上憶良編纂の類聚歌林には、桧隈女王作の短歌として記載されていたらしい。万葉集と類聚歌林で歌の作者が異なる場合、万葉集に記す作者が事実を示しているのが通例であるが、これも異例でないことは、一首の表現を通して検討したことがある（拙著『柿本人麻呂論考』）。先に、日並皇子の殯宮の時の歌の反歌一首（一六九）について、ある本には「後皇子尊の殯宮の時の反とす」とあるのを見たが、時を替え場所を替えもして、誦詠される機会があって、反歌を異にすることもあったのであろうと思われる。桧隈女王については、後出注参照。

【一九九】高市皇子尊　父は、天武天皇。母は、胸形君徳善の娘尼子娘。妻は、天智天皇の皇女御名部皇女。子に長屋王、鈴鹿王。高市皇子は、天武天皇の皇子十人のうち、誕生順からは第一皇子であったが、母の身分が低いために、天武朝にあっては、草壁・大津に次ぐ皇子として第三位に遇された。だが、持統朝、草壁・大津亡き後は、天智天皇の皇女を母とする皇子たちが成人して後も、太政大臣として厚遇され、「後の皇子尊」とも称されるようになる。「後の皇子尊」とは、皇太子草壁皇子を皇子尊と称したのに対する尊号である。壬申の年（六七二）、近江朝廷に留まっていた高市皇子と大津皇子は、挙兵を決意した父大海人皇子にひそかに呼び寄せられ、高市は伊賀国積殖の山口（三重県阿山郡伊賀町）で、大津は伊勢国朝明郡の迹太川辺（三重県三重郡朝明川辺）で、吉野を脱出した父一行と、合流する。前年十月出家して吉野に入る際に伴った草壁皇子と忍壁皇子を含めた四人の皇子が、壬申の乱の際、父のもとにいたことになる。時に、草壁は十一歳、大津は九歳であった。忍壁皇子の年齢は明らかでないが、天武朝にあって、川島皇子と位階・封戸を同じくするところから推せば、十五、六歳であったろう。川島皇子は、天智天皇の皇子であるが、壬申の年、十六歳であった。大海人皇子のもとにいたこれら四人の皇子の中で、十九歳に達していた高市皇子は、大海人皇子にとって唯一頼りにできる存在であったろう。乱に功績があった皇子として語り伝えられもしたらしい。だが、天武紀元年の六、七月の間に、近江朝廷攻撃の経過を詳しく叙述する中に、高市皇子が実際に戦場に立った形跡はない。七月二日に、大和に向かう軍勢と近江を直接襲う軍勢とを出発させ、別に、莿萩野・倉歴道にも兵を配備した後、近江方の敗戦まで、各地で烈しい戦闘が行われたが、本隊の指揮者としては、終始村国連男依の名が挙げられていて、例外がない。この間、高市皇子は、おそらく和蹔にいたと思われるが、あるいは、父大海人皇子と共に不破の本営にいたかも知れない。その治政下、皇親を重んずることの篤かった天武天皇であるから、壬申の乱下にあっても、皇子たちを軽々しく戦火に身をさらさせるようなことはしなかったであろう。もとより、戦火に身をさらさなかったからといって、皇子が戦いに参加しなかったことにはならない。父の傍らにあって、刻々集まる情報に耳を傾けつつ、戦局の動きに思いをめぐらせていたに相違ないのである。持統四年（六九〇）正月即位した持統天皇は、七月に高市皇子を太政大臣にし、翌五年正月には増封二千戸、計三千戸となり、翌六年正月には、更に増封二千戸、計五千戸となる。この時、穂積皇子・川島皇子が計五百戸、同じく右大臣丹比真人島も計五百戸であったから、高市皇子の厚遇のほどが、わかるのである。持統七年正月には、浄広壱を授けられる。皇太子草壁皇子の位階と同じであった。同十年七月、薨。四十三歳。この後、皇太子に誰をするかが議せられ、草壁皇子の遺児軽皇子が推されて皇太子となり、文武天皇の即位をみることとなる。万葉集には、高市皇子の歌は、十市皇女の死を悼む挽歌三首（巻二・一五六

～一五八）のみが伝えられる。漢詩は、伝わらない。

城上殯宮　高市皇子の殯宮は、奈良県北葛城郡広陵町に設けられたらしい。皇子の墓は、『延喜式』に「三立岡墓高市皇子。在大和国広瀬郡。兆域東西六町、南北四町。無守戸」とある。「三立岡」は、現在の奈良県北葛城郡広陵町のなか。

かけまくもゆゆしきかも　言はまくもあやに畏き　二句と二句の対句。カケマクモのカケは、言葉に出す、心に思う意の下二段活用の動詞カクの未然形。ここは、イハマクモと対応しているので、心にかける意であろう。マクモのマクは、意志・推量の助動詞ムのク語法。ユユシキカモのユユシキは、忌み憚るべきである意の形容詞ユユシの連体形。カモは詠嘆の意をあらわす。アヤニは、言いようもなく、の意。カシコキは、恐れ多い意の形容詞カシコシの連体形。連体形で、「真神」にかけていったとするのが、山田孝雄『万葉集講義』、「明日香の　真神の原」を修飾するとする説が、注釈・全集・全注・釈注。「わが大君」にかかるとする説が、全註釈。大系・全訳注は、具体的な説明はないが、大系は、カシコキと「明日香の真神の原」の間を読点で区切り、全訳注は、句点（終止符）で区切っているから、「明日香の真神の原」を修飾するものではないことを示しているのであろう。斎藤茂吉『柿本人麿　評釈篇　巻之上』は、「このカシコキは連体形であるから、文法的には下に続く、つまり、明日香乃真神之原に続くやうに考へられるが、此処は、前の句の、『ゆゆしきカモ』と云つて小休止を置いた程度に小休止があると考ふべきである。即ち、『かしこきカモ』とあつてもいいのであるが、前の句でカモと云つたから此処では云はないのである。そこで、ここの連体形は、普通散文の文法的に、『かしこき明日香の真神原』と続くのとは違ふと思ふのである」と述べて、神や天皇の御名を敬避する風習を論じた佐藤仁之助「掛巻母畏支考」（『古語の新研究』）の一節を引用する。澤瀉久孝注釈は、茂吉の説には触れていないが、「かけまくもゆゆしきかも」と「いはまくもあやにかしこき」の四句を共に、「あすかの真神の原」にかかる、として、古義が、「語格の上にてはアスカノ真神ノ原にかかれり。されど地名をいふにイハマクモアヤニカシコキとはいふべからず」といって、「伎」は「之」の誤りと推測したのを批判し、皇都であることを考えるならば、この四句が下の「あすかの真神の原」へ直接続くと認めることは少しも不都合ではない、といっている。だが、以下の文脈は、明日香の真神の原に天武天皇が宮殿をお定めになられたことをいっているので、四句が「明日香の真神の原」にかかるとするならば、「心に思うことも忌み憚るべきで、言葉に出すのも恐れ多い明日香の真神の原」に天武天皇が宮殿をお定めになったと表現したことになり、「飛鳥の真神の原」が、天武天皇に対する以上に、心に思うことも言葉に出すことも恐れ多い場所ということになる。「明日香の真神の原」は、崇峻紀元年に、法興寺すなわち現在の飛鳥寺を造営した時にその地を飛鳥の真神原と名づけたとする記事があり、飛鳥寺の一帯をさす地名とされる。持統天皇の宮廷に仕えていた舎人娘子の歌に、「大口の真神の原に降る雪はいたくな降りそ家もあらなくに」（8・一六三六）とあり、真神は狼のことといわれる。四句を地名「明日香の真神の原」にかけたとすることはやはりおかしい。カシコキは、連体止めと見るべきであろう。なお、集成は、「ゆゆしけれども」は、「後に続く天武天皇の叙述にしかかからない」とし、「ゆゆしきかも」だと「しかれども」以下結びの部分までを意識した表現になる、としている。

ゆゆしけれども　忌み憚られるけれども。初案を示すものであろう。カモと詠嘆で終止させる本文の形が荘重で、一四九句の殯宮儀礼歌の冒頭にふさわしい。

明日香の真神《まかみ》の原　奈良県高市郡明日香村飛鳥の飛鳥寺（安居院）を中心とする一帯。北は香具山、東は多武峰、西は甘樫丘陵に囲まれた地域。前項、参照。

ひさかたの天つ御門を畏くも定めたまひて　「天つ御門」は、古く天武天皇の御陵説もあったが、天武天皇の御陵は、明日香村野口にあり、当時の飛鳥の外になることから、現在は、天武天皇の宮殿、飛鳥浄御原宮とする説が多い（大系・注釈・全注・新全集・釈注・新大系など）。全訳注が、「この御門は朝廷、宮殿ではない」としているのは、「悠久の天の朝廷（みかど）を尊くもお定めになり」との訳文と併せて見ると、天武天皇崩御後も続く浄御原宮との理解であろうか。それであれば、「神さぶと磐隠ります」への流れが性急でなくなり、よりよいかも知れない。それまでは、天皇一代ごとに宮を新しく建てるのが伝統であったが、天武天皇は、幾代にもわたって永続する都城を建設しようと志したことが推察されるからである。

神さぶと磐隠ります　神として岩戸におこもりになっておられる。「神さぶ」は、ここは神らしい行動をすること。崩御されたことをいうので、二句の上に、「今は」という語を補うとわかりやすい。「やすみしし　わが大君」、すなわち天武天皇を修飾する。

きこしめす背面《そとも》の国の　キコシメスの、キコシは、「聞く」の敬語キコスの連用形。メスは、「見る」の敬語。その複合キコシメスで、治める・飲む・食う、の尊敬表現となる。「背面の国」は、北の国の意で、ここは、美濃の国をさす。ソトモに対し、南を影面《カゲトモ》という。

真木立つ不破山越えて　真木は、杉・桧・松・槙など、建築の材木になるものをいう。不破山は、岐阜県不破郡と滋賀県坂田郡との境に位置する山。犬養孝氏『万葉の旅』は、「不破の関西方の伊増峠付近をさしたものであろう」という。吉野を出た大海人皇子の一行は、伊賀から伊勢を経て美濃の国に入っている。高市皇子も、近江の大津京を出て、伊賀国の阿拝郡積殖山口で、大海人皇子の一行に合流したから、東方から不破を越えて和射見に入っている。本歌の、不破山を越えて和射見が原に入ったように詠んでいるのは、事実に即していないことになる。ここは、壬申の乱の記録として詠んでいるわけではないので、事実に忠実であるかどうか、必ずしも問題にはしなかったのであろう。

高麗剣《こまつるぎ》 和射見《わざみ》が原　高麗剣は、地名ワザミガハラにかかる枕詞。高麗剣には、柄頭に環があるところから地名ワザミのワに環をかけたもの。環頭の太刀という。天平勝宝八歳六月、亡き聖武天皇愛玩の品々を東大寺に献納した中の御大刀壱百口の中に、「銀荘高麗様大刀一口刃長二尺七分、鋒者両刃、鮫皮裹把、環頭、（下略）」とある。

※高麗剣わが心からよそのみに見つつや君を恋ひわた

りなむ　（12・二九八三）

「和射見が原」は、岐阜県不破郡関ケ原町関ケ原。一説に、同郡赤坂町青野のあたりの青野が原。地理的位置からみて、関ケ原説がよいとされる（土屋文明『万葉紀行』、直木孝次郎『壬申の乱』）。

行宮《かりみや》に天降《あも》りいまして　行宮は、壬申の乱の時、大海人皇子が滞在した宮をいう。アモリは、アマオリの約。天から降ることだが、天武天皇が挙兵して野上に到着したことを神話的に表現した。

天の下治めたまひ［一に云ふ、掃ひたまひて］食す国を定めたまふと　対句。「治む」は、あるべきさまに整えること。統治すること。「定む」は、安定した状態にすること。同じ内容を少し言葉を変えて対句にしている。一に云ふの、「掃ひ」は、邪悪なもの、服従しないものを除去する意。

鶏《とり》が鳴く東《あづま》の国の御軍士《みいくさ》を召したまひて　「鶏が鳴く」は、東にかかる枕詞。東国の言葉が解しがたく鶏の鳴くように聞えたからという（大系）。他に、鶏の鳴く声によってアにかけた（全註釈）、古義の「さは鶏が鳴そやよ起キよ吾夫《アヅマ》と云意につづくなるべし」を支持する注釈・釈注説がある。鶏が鳴くと東の方から白みそめるからという説（注釈引）もわかりやすいと思う。「東の国」は、一般には、足柄山・薄氷峠以東をさすが、ここは、美濃・尾張のあたりを含めていっている。直木孝次郎氏は、壬申の乱で大海人皇子側が徴発した兵士は、尾張・美濃以東、信濃・三河・遠江あたりを主としたとし、甲斐・駿河あたりから若干の騎兵が来たことは否定できないが、それは多くはなく、騎兵にしても遠江以西を主とするとの考えを示している（『壬申の乱』）。

ちはやぶる人を和《やは》せと奉ろはぬ国を治めと［一に云ふ、掃へと］　対句。「ちはやぶる人」は、狂暴で命令に従わない人。「まつろはぬ国」は、服従しない国。マツロフは、献上する、奉仕する意の、マツルの反復継続形。

皇子ながら任《ま》けたまへば　皇子として、任命なさったので。マケは、任命する意の動詞マクの連用形。原文「任賜者」。ヨサシタマヘバと訓む説もある。ヨサシは、お任せになる意の動詞ヨサスの連用形

大御身に大刀《たち》取り佩《は》かし　大御手に弓取り持たし　二句対。ハカシ・モタシは、ハク・モツの尊敬表現ハカス・モタスの連用形。身につけられ・お持ちになり。高市皇子に対する尊敬表現。

御軍士《みいくさ》を率《あども》ひたまひ　イクサは、ここは、兵士、軍勢。ミは、統率者大海人皇子に対する尊称。アドモヒは、引き連れる意のアドモフの連用形。

整ふる鼓の音は　トトノフルは、整然とさせる意。ここは、兵士たちを整然と行動させる合図としての鼓の音。

雷《いかづち》の声と聞くまで　「聞くまで」は、聞かれるほどで。マデは、程度を示す。

吹き鳴《な》せる小角《くだ》の音も〔一に云ふ、笛の音は〕　ナセルは、鳴らす意のナスにアリの連体形がついた、ナシアルの転。クダは、クダノフエの略で、軍隊で用いる笛の一種。軍防令によると、通常千人で構成される軍団毎に、鼓二面、大角（はらのふえ）二口、小角（くだのふえ）四口が置かれた。

敵《あた》見たる虎か吼ゆると　アタは、敵。名義抄「敵　アタ」。「虎かほゆる」は、虎がほえているのではないか、の意。

おびゆるまでに　原文「協流麻侶尔」。「協」は、「愶」「脅」に通じ、おびやかす、意。ここは、「協流《オビユル》」に宛て、おびえる意に用いた。日本霊異記上巻第二話の訓注に、「脅　於比江」とある。

ささげたる幡の靡きは　ササゲタルは、捧げ持っている。壬申の乱の際、大海人側が赤旗を用いたことが古事記序文に見える。

野ごとにつきてある火の〔一に云ふ、冬こもり春野焼く火の〕　風のむた靡くがごとく　「風のむた」のムタは、と共に、の意。風が吹くにつれて。ここの、本文と一に云う、の表現の違いは、全注に、「異伝では相対的に規模の小さな野火が印象されるのに対し、本文の方は、(中略)広い区域の野火がイメージ化されている」という通りであろう。

取り持てる弓弭《ゆはず》の騒き　モテルは、持っている。ユハズは、弓の両端の弦をかけるところ。ユミハズとも。

み雪降る冬の林に　一に云ふ、木綿《ゆふ》の林　「ユフの林」

は、雪の積った林をユフで作った林と比喩したもの。冬の林の方が率直で現実的。

つむじかもい巻き渡ると思ふまで聞きの畏く　ツムジは、旋風。つむじ風。イマキのイは、接頭語。「聞きの畏く」は、恐ろしく聞える意。

引き放つ矢の繁けく　シゲケクは、シゲシのク語法。シゲクあること。

大雪の乱れて来れ　「大雪の」は、「乱れ」の比喩の枕詞。

霰なすそちより来れば　「大雪の乱れて来たれ」の推敲前の表現。ソチは、矢で、サチの転かと、大系にいう。霰のように矢が向かってくるので、の意。

まつろはず立ち向ひしも　服従せず抵抗していた者も。「まつろふ」は、服従する意。「立ち向ひしも」は、立ち向った者も、の意。

露霜の消《け》なば消《け》ぬべく　「露霜の」は、「消」にかかる比喩の枕詞。露や霜は、消えやすいところからかかる。ケは、消える意の動詞クの連用形。下二段活用の動詞であるが、大半は連用形で、完了の助動詞に続いている。ケに自発の助動詞、または動詞の語尾のユが伴ってできた形が「消ゆ」（ヤ下二）であろうという（『小学館古語大辞典』）。ナ・ヌは、完了の助動詞ヌの未然形と終止形。露や霜のように消えて死ぬなら死んでしまってかまわないと。

行く鳥の争ふはしに　「行く鳥の」は、「争ふ」にかかる比喩の枕詞。鳥が先を争うように飛んで行く様子から、兵士が先を争うように向かってくる意でかける。ハシニのハシは、間の意。間人皇女・間人宿祢など、間をハシに当てる用字例がある。

朝霜の消なば消とふに　うつせみと争ふはしに　「露霜の消なば消ぬべく　行く鳥の争ふはしに」の異伝。推敲前の表現か。「朝霜の」は、「消」にかかる枕詞。朝の霜は、消えやすいところからかかる。ケナバケトフニは、原文「消者消言尓」。左のように訓まれている。

1　ケナバケヌテフニ　旧訓
2　ケナバケヌトフニ　講義・茂吉評釈・全註釈
3　ケナバケトフニ　私注・大系・おうふう本
4　ケナバケトイフニ　塙本・全集・全訳注・全注・

新全集・釈注・和歌大系・新大系
古義（言は香の誤）・注釈
（言は、我に同じ）

5　ケナバケヌガニ

1・2・5のヌは、完了の助動詞。テフ・トフは、トイフの約。但し、万葉集では、トイフの約は、チフ・トフとあり、平安時代にテフの形がみえる。1・2の訓みについて、注釈に「それでは意味がとりがたく」とある通り、と思う。3・4の、ケトのケは、下二段動詞「消」の命令形。「消えよ」というように。5のケヌガニのガニは、ほどに、ばかりに、の意。「言恋《アガコヒ》」（10・二二二九）の用字例もある。

右の諸説のうち、5は用例もあるが、原文「言」を「我」の意にとり、それをガの音にあてたとするのは、やや苦しい。塙本以降、おうふう本を除くほとんどが、4のケナバケトイフニの訓みをとっている。原文「消言尓」の「言」の文字によるかと思われるが、仮名書き例は、トフ、トイフ共にある。本歌の場合、助詞トはここを別とすれば、訓み添えの例はまったくない点が気になる。トフと訓んでもトの訓み添えに違いはないが、トフはどちらかといへば、「言ふ」に意味の中心はあるので、「言」でトフを表記することは可能ではないかと思われる。調べのよさを優先させて、あえて、ケナバケトフニの訓みをとる次第である。いずれにしても、本文の「朝霜の　消なば消ぬべく　行く鳥の　争ふはしに」の方が明晰で力強い表現である。

渡会《わたらひ》の斎《いつ》きの宮ゆ　「渡会」は、伊勢国の郡名。「斎きの宮」は、伊勢神宮。天照大御神を祭る。三重県伊勢市に位置する。天照大御神を祭る皇大神宮と豊受大御神を祭る豊受大神宮とから成り、一般に、前者を内宮、後者を外宮といっている。ここは、前者。ユは、時や動作の起点をあらわす助詞。～から。

神風にい吹き惑《まと》はし　神風が吹いて、敵を混乱させて。神風は、威力ある神の起こす風。イフキのイは、接頭語。マトハシは、マトフの他動詞マトハスの連用形。どうしてよいかわからなくさせる意。

天雲を日の目も見せず常闇に覆ひ賜ひて　天雲を厚く覆って、太陽も見せず、いつまでも続く闇夜の状態になさって。神風を吹いて敵を混乱させただけでなく、天雲を厚く覆って、闇夜がいつまでも続く状態にして、敵を一層混乱させたのである。「い吹きまとはし」「覆ひ賜ひ」の主語は、伊勢神宮の祭神、天照大御神。

定めてし瑞穂の国を　平定した日本の国を。「定めてし」の主語は、天武天皇。テシは、完了の助動詞ツの連用形＋過去の助動詞キの連体形。「瑞穂の国」は、よい稲の豊かに稔る国の意で、日本の国の美称。

神《かむ》ながら太敷きまして　神として、立派にお治めになって。フトシキは、治める意のシクに美称の接頭語フトがついた形。天皇を神と讃える表現は、壬申の乱後の天武天皇に対して用いられたのが最初と思われる。

※壬申の年の乱の平定しぬる後の歌二首

大君は　神にしませば　赤駒の　はらばふ田井を　都となしつ　（19・四二六〇）

右の一首は、大将軍贈右大臣大伴卿*作る。

大君は　神にしませば　水鳥の　すだく水沼《みぬま》を　都となしつ　（19・四二六一　作者未詳）

右の件の二首は、天平勝宝四年二月二日に聞きて、即ちここに載す。

＊大伴卿は、御行。安麻呂の兄。壬申の乱では、大海人皇子側の将として功績があった。

やすみしわご大君の　「奏したまへば」の主語で、高市皇子。

天の下奏したまへば　天下の政治を太政大臣として執り行なわれるので。「奏したまへ」は、政治に関する報告を天皇に申し上げるのが本義。

万《よろづ》代《よ》にしかしもあらむと［一に云ふ、かくしもあらむと］　いついつまでも、そのようであるだろうと。シカは、そのよう。下のシは、強意の助詞。「かくしもあらむと」は、このようであるだろうと。

木《ゆ》綿《ふ》花《はな》の栄ゆる時に　「木綿花の」は、「栄ゆる」の比喩の枕詞。木綿花のように。ユフハナは、楮の繊維を糸状にして造花を作ったもの。

わご大君皇子の御門を　わが大君である、高市皇子の御殿を。

さす竹の皇子の御門を　「さす竹の」は、「皇子」にかかる枕詞。一六七に既出。「君」「大宮」「大宮人」「舎人男」などにもかかる。サスは、芽などが生え出る意。枝・茎などが伸びる意。竹は生長が早いところから、皇子・大宮・君などの栄えを讃える意でかかる。ここは、推敲して「わご大君」に改めている。「御門」は、宮殿。「さす竹の」の枕詞よりも、「わご大君」と呼び掛ける形で、敬意を具体的・直接的にあらわした本文歌の方が優れている。

神宮《かむみや》に装《よそ》ひまつりて 神の宮としてお飾り申し上げて。高市皇子が亡くなって神となられた意で、その宮殿を神宮といった。ここは、主が亡くなった宮として忌中にある装いをする意。殯宮とした、とする解もあるが、正式な殯宮は城上に造られたので、ここはそこに移すまでの間、死者を安置するので、それにふさわしい装いをした意。

使はしし御門《みかど》の人も 高市皇子がお使いになった宮人たちも。ツカハシは、動詞ツカフの未然形に尊敬の助動詞スの連用形をつけたもの。主語は、高市皇子。下のシは、過去の助動詞キの連体形。

白栲《しろたへ》の麻衣着て 「白栲の」は、「麻衣」にかかる枕詞。栲の布は白いところからかけた。白い麻の衣である喪服を着て、の意。

埴安《はにやす》の御門の原に 埴安は、奈良県橿原市の東北部。香具山の北西麓にあたる。御門の原は、宮殿前の平地。

あかねさす日のことごと 「あかねさす」は、「日」「昼」「紫」「君」などにかかる枕詞。「日のことごと」は、日中すべて、の意。

獣《しし》じものい匍ひ伏しつつ 猪や鹿のように這い伏しつつ。ジモノは、巻一・五〇に既出。

鶉なすい匍ひ廻《もとほ》り 鶉のように這いまわって。ナスは、～のように、の意。イは、接頭語。モトホリは、まわる意の動詞モトホルの連用形。

侍《さもら》へど侍ひえねば サモラヘ・サモラヒは、身分の上の者に仕え御用を待つ意のハ行四段活用の動詞サモラフの、已然形・連用形。サモラヒエネバは、亡くなった皇子からはなんの御用を仰せつかることもなく、おそばにお仕えするかいがないので、の意。

春鳥のさまよひぬれば 「春鳥の」は、「さまよひ」にかかる比喩の枕詞。春の鳥が鳴くように、の意で、「さまよひ」（本歌）、「音のみ泣きつつ」（9・一八〇四）、「声のさまよひ」（20・四四〇八）などにかかる。サマヨヒは、嘆き悲しむ、嘆息しうめき声をあげる意。新撰字鏡「呻　吟也　歎也　左万与不　又奈介久」。ヌレバは、完了の助動詞ヌの已然形に接続助詞バがついた形。

※春山の友うぐひすの泣き別れ帰ります間も思ほせわれを　（10・一八九〇）

嘆きもいまだ過ぎぬに　イマダスギヌニは、まだ消え去らないのに、の意。「思ひもいまだ尽きねば」と対句。

思ひもいまだ尽きねば　ツキネバは、尽きないのに、の意。ネバは、打消の助動詞ズの已然形＋バ、ここは、逆接表現。

言さへく百済《くだら》の原ゆ　「言さへく」は、「百済」にかかる枕詞。「百済の原」は、奈良県北葛城郡広陵町百済のあたり。天智二年（六六三）に唐・新羅連合軍に攻められて滅んだ朝鮮半島の一国百済と音が同じなので、言葉の通じない意でかかる。

神葬《かむはぶ》り葬《はぶ》りいまして　神としてお送り申し上げて。ハブリは、追いやる意からほうむる意にもなる。ここは、殯宮にお移し申し上げる、意。

あさもよし城上《きのへ》の宮を　「あさもよし」は、キノヘにかかる枕詞。キに紀伊をかけて冠する。

常宮《とこみや》と高く奉りて　永久に続く宮として高々とお祀り申し上げて。殯宮は、死者を埋葬するまでの一時的なものであるが、讃美する心から「常宮」といったもの。「高く奉りて」の原文「高久奉而」の「久」は、もと「之」を童蒙抄・略解の誤字説により改めたもの。写本は、すべて「之」。古訓は、タカクマツリテ（紀）、タカクシタテテ（西ほか）。現行注釈書の訓も、タカクマツリテ（大系・釈注）。タカクシマツリテ①（シは動詞。講義・注釈・全訳注・全注）、タカクシマツリテ②（シは助詞。全註釈）、タカクシマツリテ③（シに関する説明はないが、あるいは①に同じか。窪田評釈・私注）。タカクシタテテ（全集・新全集）。「之」を「久」の誤字として、タカクマツリテと訓むもの（童蒙抄・

略解・新大系)、「之奉」を「知座」の誤りとしてタカシリマシテと訓むもの（万葉考)、「高之」を「定」の誤りとする宣長の『玉の小琴』説によるもの（佐佐木評釈、略解も、宣長説を引用紹介して、「さも有べし」といっている)。誤字説によらず、原文に即するならば、タカクシマツリテ②がよいと思うが、八音になるのを避けるとすれば、誤字説により、タカクマツリテと訓むのがよい。マツリは、お祀りする意。「久」と「之」は、字体も近く、写本間の異同例も、「有家良久（之)」（4・七三八)、「阿尓久夜斯豆之（久)」（14・三四一一）などある。

神ながら鎮まりましぬ　神として、その宮にお鎮まりになった。

しかれども　シカアレドモの約。そうではあるが。

わご大君の万代と思ほしめして作らしし香具山の宮　わご大君、すなわち高市皇子が、万代の後まで栄えるようにとお思いになって、お造りになった香具山の宮が。

万代に過ぎむと思へや　いついつまでも滅びることがあろうか。オモヘヤは、反語。「過ぎ」は、ここは、消滅する意。

天のごと振り放《さ》け見つつ　天を仰ぎ見るように、（皇子の宮を）振り仰ぎ見つつ。

玉だすき懸けて偲はむ畏かれども　「玉だすき」は、カケテの枕詞。玉は、美称の接頭語。カケテは、心にかけて、の意。カシコカレドモは、カシコクアレドモの約で、恐れ多いことではあるが、の意。

【二〇〇】　**ひさかたの天知らしぬる君故に**　ヒサカタノは、「天」にかかる枕詞。シラシヌルは、治める意のシラスの連用形に、完了の助動詞ヌの連体形がついた形。高市皇子が亡くなったことを、天を治めるようになってしまった、と表現したもの。

日月も知らず恋ひわたるかも　「日月も知らず」は、月日の経つこともわからないほどに。

【二〇一】　**埴安の池の堤の隠り沼《ぬ》の**　「ゆくへを知らに」を起こす序詞。埴安の池の堤に囲まれて水の出口のない沼のように。

ゆくへを知らに舎人は惑ふ　ユクヘヲシラニのニは、

打消の助動詞ズの連用形。行く先がわからないで。「舎人は惑ふ」は、皇子に仕えていた舎人たちの、今後どうなるかわからぬ不安で途方にくれる様子をいう。

【二〇二】 哭沢の神社《もり》に神酒《みわ》据ゑ祈れども　哭沢の神社は、式内社畝尾都多本《うねおつたもと》神社（橿原市木之本町）。古事記に、イザナミ神が火の神を生んで火傷を負い亡くなったとき、夫であるイザナキ神が妻の死体のまわりに這いつくばって泣く、その涙から生まれた神が哭沢女神だという。この神を祭神として祭る。御神体は井戸という。

高日知らしぬ　「高日」は、日を讃えていう表現。シラシヌは、シルの尊敬表現シラスの連用形に完了の助動詞ヌがついた形。死後、神として天に上がり天上世界を治める意で、高貴な人の亡くなったことをいう表現のひとつ。「天知らしぬる」と同様の表現。

類聚歌林　五・六番歌左注に既出。山上憶良の編纂した歌集。古歌を分類し作歌事情を記してあったものらしい。『正倉院文書』に「歌林七巻」とあるのがそれかといわれるが、今伝わらない。万葉集巻一、二、九の三巻、九箇所に作者あるいは作歌事情の異伝を記す資料として引用される。憶良の東宮侍講時代（養老五年～神亀三年頃、七二一～七二六）の編纂かとされる。

桧隈女王　桧前とも。天平七年閏十一月の相模国封戸租交易帳によれば、相模国御浦郡氷蛭郷に、食封*四十戸（田百九町七段百五十三歩）があった。時に、従四位下（『寧楽遺文』上）。これに高市皇子のみ子、山形女王・鈴鹿王と名前を並べて記載されているところから、私注は、同じく高市皇子の女であろうと推測した。天平九年二月、従四位上に叙せられる。

＊食封　ジキフ。ヘヒトとも。令制で、皇族・高位高官・政治的功労者・社寺などに一定数の課戸を封戸として支給し、その租の半分と調・庸の全部を収納させたもの。和銅七年（七一四）正月三日、二品長親王・舎人親王・新田部親王、三品志貴親王に各二百戸、従三位長屋王に百戸が増し加えられたが、封租は全給となった。封租の全給はこの時に始まったが、天平十一年（七三九）五月三十日に詔があり、以後の封戸の租は、すべて全給となった。

日本紀を案ふるに云はく　日本書紀を調べてみると。

十年丙申の秋七月、辛丑朔庚戌　持統十年（六九六）七月十日。

二〇三 但馬皇女《たぢまのひめみこ》の薨《こう》じて後《のち》、穂積皇子《ほづみのみこ》、冬《ふゆ》の日雪《ひゆき》の降《ふ》るに遥《はる》かに御墓《みはか》を望《のぞ》み、悲傷流涕《ひしやうりうてい》して
作《つく》りませるみ歌《うた》一首《しゆ》

降《ふ》る雪《ゆき》は　あはにな降《ふ》りそ　吉隠《よなばり》の　猪養《ゐかひ》の岡《をか》の　寒《さむ》からまくに

【原文】　但馬皇女薨後、穂積皇子、冬日雪落、遥望二御墓一、悲傷流涕御作歌一首

二〇三　零雪者　安播尓勿落　吉隠之　猪養乃岡之　寒有巻尓

【校異】　寒（金）―塞　有（桧嬬手ニヨル）―為

但馬皇女が薨じた後、穂積皇子が、冬の日雪が降っている時に、はるかに皇女の墓を眺めて、悲しみ涙を流しつつお作りになったお歌一首

二〇三　いま降っている雪は、たくさんは降らないでほしい。但馬皇女の眠る吉隠の猪養の岡が寒いだろうから。

【歌意】　但馬皇女が和銅元年六月に薨じた後の冬とあるので、その年の冬のことかと思われる。但馬皇女の穂積皇子への恋は、持統天皇の信任篤く太政大臣であった異母の長兄高市皇子の宮へ身を寄せていた当時のことで、しかも高市に次ぐ待遇を受けていた穂積皇子としては、高市皇子の妻の一人と周囲から見られていた但馬皇女に

対して慎重な態度をとらざるを得なかった。相聞の部所収の但馬皇女の歌（一一四～一一六）を通して推測すれば、この恋は皇女の方が激しく積極的であったらしい。それに応えることのできなかった心の負い目が、長く穂積皇子の苦しみとなったようだ。

※今朝の朝明雁が音聞きつ春日山もみちにけらしわが心痛し（8・一五一三　穂積皇子）
　言繁き里に住まずは今朝鳴きし雁にたぐひて行かましものを（8・一五一五　但馬皇女）

但馬皇女　一一四～六番歌に既出。天武天皇の皇女。母は、藤原鎌足の娘、氷上娘。和銅元年(七〇八)六月二十五日薨。時に、三品。同母の兄弟姉妹はなく、母は、天武十一年(六八二)正月、宮中で薨じた。高市皇子の宮にいながら、異母兄穂積皇子に恋をした時の歌が、巻二相聞の部に三首(一一四～一一六)あり、巻八の一首(一五一五)もこの恋と関わるらしい。

穂積皇子　一一四題詞に既出。天武天皇の皇子。母は、蘇我赤兄の娘、大蕤娘《おほぬのいらつめ》。同母妹に、紀皇女と田形皇女。万葉集に歌、四首。当該歌のほか、巻八・一五一三、一五一四、巻十六・三八一六。

御墓　歌に詠まれている「吉隠の猪養の岡」にあったらしい。奈良県宇陀郡榛原町角柄の小字国木山には、志貴皇子の妃で光仁天皇の母、紀朝臣橡姫《とちひめ》の墓があり、吉隠陵と称される。この附近か。

あはにな降りそ　アハニは、サハニに同じく、多く、の意。ナ……ソの形式は、一五三三番歌に既出。多くは降らないでほしい。

吉隠　奈良県桜井市吉隠。初瀬の東方、約二・五キロ。

猪養の岡　吉隠の地にあった岡の名前。所在未詳。前出の国木山一帯とする説（大井重二郎『万葉大和』）や吉隠の北、西谷の春日神社背後の丸塚一帯とする説（栢木喜一『桜井市歴史散歩』）などがある。

寒からまくに　金沢本に「寒為巻尓」とあるほかは、「塞為巻尓」。旧訓セキニセマクニ。童蒙抄セキニナラマクニ。考セキナラマクニ。注釈セキナサマクニ。現在は、金沢本により、かつ「為」を「有」の誤字として、サムカラマクニあるいはサムクアラマクニの訓が多くとられるようになった。マクは、推量の助動詞ムのク語法。寒いだろうから。セキニセマクニの訓は、その雪を皇女を現世に引止める塞にしたいととるもので、セキニナラマクニ・セキナラマクニ・セキナサマクニの類は、皇女と作者との間を隔てるものとなるだろうから、の意であるが、サムカラマクニの人間的な感情の素直な表現に及ばないと思う。

弓削皇子《ゆげのみこ》の薨《こう》ぜし時《とき》に、置始東人《おきそめのあづまひと》の作《つく》る歌《うた》一首《しゅ》 并《あは》せて短歌《たんか》

二〇四 やすみしし　わご大君《おほきみ》　高光《たかひか》る　日《ひ》の皇子《みこ》　ひさかたの　天《あま》つ宮《みや》に　神《かむ》ながら　神《かみ》と
いませば　そこをしも　あやに畏《かしこ》み　昼《ひる》はも　日《ひ》のことごと　夜《よる》はも　夜《よ》のことご
と　伏《ふ》し居嘆《ゐなげ》けど　飽《あ》き足《だ》らぬかも

反歌《はんか》一首《しゅ》

二〇五 大君《おほきみ》は　神《かみ》にしませば　天雲《あまくも》の　五百重《いほへ》が下《した》に　隠《かく》りたまひぬ

又《また》、短歌《たんか》一首《しゅ》

二〇六 楽浪《さざなみ》の　志賀《しが》さざれ波《なみ》　しくしくに　常《つね》にと君《きみ》が　思《おも》ほせりける

【原文】　弓削皇子薨時、置始東人作歌一首 并短歌

二〇四　安見知之　吾王　高光　日之皇子　久堅乃　天宮尓　神随　神等座者　其乎霜　文尓
恐美　晝波毛　日之盡　夜羽毛　夜之盡　臥居雖嘆　飽不足香裳

反歌一首

二〇五　王者　神西座者　天雲之　五百重之下尓　隠賜奴

又短歌一首

二〇六　神楽浪之　志賀左射礼浪　敷布尓　常丹跡君之　所念有計類

【校異】　**作**（金紀）―ナシ　**浪**（金紀）―波

弓削皇子が亡くなられた時に、置始東人が作った歌一首 短歌を含む

二〇四　安らかに天下を支配されたわが大君。高々と光り輝く日のみ子。その皇子がはるか彼方の天上の宮に、神々しくも神としておいでになったので、そのことが実に恐れ多く、昼は昼中、夜は夜通し、横になっている時も、起きている時も、悲しみ嘆くのだが、なお嘆き足りないことだよ。

反歌一首

二〇五　大君は神でいらっしゃるから、大空の雲の幾重にも重なっているその中に、お隠れになってしまわれた。

また、短歌一首

二〇六　楽浪の地の志賀の湖岸に寄せるさざ波のように、しきりに、いつまでも変らずにいたいと、皇子は思っていらっしゃったのだが……

【歌意】　弓削皇子が文武三年（六九九）七月二十一日に薨じた折の挽歌である。作者置始東人は当該歌のほかには、持統太上天皇の難波行幸に従駕した時の短歌一首が伝わるのみで、どのような経歴の人であったかわからない。長歌は、短いものではあるが、冒頭の「やすみしし　わご大君　高光る　日の皇子」という表現をはじめとしてきわめて儀礼的・形式的で、反歌を含めて、人麻呂や額田王の先行挽歌に倣ったとみられる表現が少なくない。賀茂真淵が、この長歌について「これは古言をもてゝひつゞけしのみにして、我哥なるべきことも見えず、そのつゞけに言を略きたるところは皆ことたらはずして拙し、此撰みたる巻に入べきにあらず、（中略）或人是をもよざまにいひなせれど、ひとつだにうべなることなし、よきはよきあしきはあしと定めたらんこそわらはべの為にもならめ」（『万葉考　二』）といっているのに対して、山田孝雄は「かく悪評を受くべき歌のさまにも見えざるなり。真淵翁の如何に思ひてかくいはれけむ、いぶかし。われはこの歌詞あさはかなる如くにして意はこまやかなりと見たるはひがめか」（『万葉集講義　二』）と批判している。たしかに真淵の評は過激に過ぎるようであるが、山田孝雄もいう「この歌詞あさはかなる如く」であるところを、真淵が鋭く突いたのであろう。だが、「また、短歌一首」として添えられた二〇六番歌をみると、作者が、公にはしなかった弓削皇子の心中の思い（巻三・二四二番歌参照）をも知り理解していたことがわかる。生前の弓削皇子に歌を献じ、その歌を歌集に書き留めたりしながら、文武四年に薨じた明日香皇女の殯宮にあたっては言葉を尽くしてその死を悼んでいる柿本人麻呂が、弓削皇子の死に対して沈黙を守っていることを思えば、この作者の弓削皇子に対する並々ならぬ思いを感じ取ることができる。作者にとっては、この伝統的儀礼性・形式性こそが、弓削皇子に対する最高の礼を尽くした挽歌と思われたのであろう。なお、弓削皇子の死に先立って、同年六月には弓削皇子と吉野に同行し歌を唱和している春日王が薨じ、弓削皇子に遅れてこの年十二月には、皇子の母大江皇女が薨じている。このことから、春日王と弓削皇子、さらに皇子の母大江皇女の死の不自然さを指摘する説もある。

※　弓削皇子、吉野に遊す時のみ歌一首

滝の上の三船の山に居る雲の常にあらむとわが思はなくに（3・二四二）

春日王の和へ奉る歌一首

大君は千年にまさむ白雲も三船の山に絶ゆる日あらめや（3・二四三）

なお、巻十三の挽歌の部冒頭に藤原宮時代の皇子に対する挽歌（三三二四、五）があり、それに続く三三二六の長歌も、城上に殯宮を造って、仕えていた舎人たちが悲しみ嘆く様子を詠んだ歌である。これには反歌がない。これらの挽歌の対象、作者については不明というほかないが、説はいろいろあって、特に三三二四、五の長反歌については、「いつしかも日足らしまして」の表現があることから若くて亡くなった皇子ではないかとして、弓削皇子を想定する説や、文武天皇も並べて候補とする説もある。

【二〇四】　弓削皇子　一一一に既出。父は、天武天皇。母は、天智天皇の皇女大江皇女。同母兄に長皇子。持統七年（六九三）正月、浄広弐を授けられ、文武三年（六九九）七月薨。二十六、七歳か。万葉集に異母妹紀皇女への恋に苦しむ歌を含めて、八首の短歌をのこす。巻二・一一一、一一九～一二二、巻三・二四二、巻八・一四六七、一六〇八。巻三・二四二の異伝歌が二四四（人麻呂歌集所出歌）にある。不如意の人生を悲しむ気分の歌が多い。

置始東人　巻一に持統太上天皇の難波宮行幸の時の歌一首（1・六六）があった。経歴は不明だが、官人か。弓削皇子に仕えていた可能性もある。

やすみししわご大君　高光る日の皇子　「高光る」が、「高照す」とあるのも含めていえば、万葉集第二期に、天武天皇・持統天皇をはじめ、軽皇子、弓削皇子、長皇子、新田部皇子などに対して用いられている。天皇および天皇の皇子たちを日の神の子孫とする当代の思想と関わって用いられた讃美の表現であった。藤原宮役民の歌、同御井の歌にも用いられている。

天つ宮に神ながら神といませば　殯宮に鎮まったこととする説（集成）もあるが、題詞に単に「薨ぜし時に」とあることよりすれば、薨じたことをさしていった表現と考えられる。反歌の「天雲の　五百重が下に　隠りたまひぬ」と同種の表現。

そこをしも　ソコは皇子が薨じたこと。シモは、連語で、副助詞シ＋係助詞モ。上の語を特にとりたてて強調する意をあらわす。

あやに畏み　むしょうに恐れ多く思って。カシコミは、恐れ多く思う意の動詞カシコムの連用形。

昼はも日のことごと　夜はも夜のことごと　額田王の巻二・一五五番歌、山部赤人の巻三・三七二番歌にも同じ表現がある。但し、額田王のそれは、「夜はも　夜のことごと　昼はも　日のことごと」とあり、日没を一日のはじまりとする考え方が天智朝以前にあったことの反映とされる。

伏し居嘆けど飽き足らぬかも　「伏し居」は、夜横になっている時も、昼起きている時も、の意。アキダラヌは、満足しない意で、ここは、夜も昼も嘆き悲しみ続けていても、なお悲しみ嘆く気持が消えないことをいう。アキダラヌのダは、仮名書きが「太」という濁音ダの文字が用いられている（5・八三六、20・四二九九）ことによる。

【二〇五】 大君は神にしませば　大君は、神でいらっしゃるから。亡くなった弓削皇子を神と称したもの。シは、強意の助詞。マセバのマセは、アリ・ヰルの尊敬表現である動詞マスの已然形。

天雲の五百重が下に　天雲が幾重にも重なっているその中に。シタは、上・表の反対で、内側・見えないところ、をいう。

隠りたまひぬ　隠れておしまいになった。「天雲の　五百重が下に　隠りたまひぬ」は、「天知らしぬる」や「高日知らしぬ」などと同じく身分の高い人の死をあらわす表現。

【二〇六】 また、短歌一首　長歌・反歌とは別に、その折に独立した短歌として詠んだ一首の意。内容から、儀礼的・形式的な長歌の反歌としてはそぐわない。独立短歌であろう。

楽浪の志賀　楽浪は、琵琶湖の西南にあたる一帯の地名。志賀・大津・平山・連庫山などが、その地域内に含まれる。志賀は、現在の滋賀県滋賀郡と大津市北部を含む地域。神楽をササにあてるのは、神楽歌のはやしことばにササとあるところから、神楽声・神楽をササにあて、更に楽のみをササにあてもした。ここの原文は、「神楽浪」。

さざれ波　さざ波のこと。サザレは、名詞の上において小さい意を添える。サザレイシ・サザレシなど。イシ・シは、共に、石。なお、ここまでの二句は、「しくしくに」を起こす序詞。

しくしくに常にと君が思ほせりける　シクシクニは、しきりに、絶え間なく、の意の副詞で、「思ほせりける」を修飾する。「常に」は、いつまでも変らず、の意で、下に、「ありたい」意の「アラム」「モガ」などの語が略されている。オモホセリケルは、オモホシアリケルの約。連体形止めで余情を残した表現。

柿本朝臣人麻呂《かきのもとのあそみひとまろ》、妻《つま》の死《みまか》りし後《のち》、泣血哀慟《きふけつあいどう》して作《つく》る歌《うた》二首《しゆ》 并《あは》せて短歌《たんか》

二〇七 天飛《あまと》ぶや　軽《かる》の道《みち》は　我妹子《わぎもこ》が　里《さと》にしあれば　ねもころに　見《み》まく欲《ほ》しけど　止《や》まず行《ゆ》かば　人目《ひとめ》を多《おほ》み　数多《まね》く行《ゆ》かば　人知《ひとし》りぬべみ　さね葛《かづら》　後《のち》も逢《あ》はむと　大船《おほふね》の　思《おも》ひ頼《たの》みて　玉《たま》かぎる　岩垣淵《いはかきふち》の　隠《こも》りのみ　恋《こ》ひつつあるに　渡《わた》る日《ひ》の　暮《く》れ行《ゆ》くがごと　照《て》る月《つき》の　雲隠《くもがく》るごと　沖《おき》つ藻《も》の　靡《なび》きし妹《いも》は　もみち葉《ば》の　過《す》ぎて去《い》にきと　玉梓《たまづさ》の　使《つかひ》の言《い》へば　梓弓《あづさゆみ》　音《おと》に聞《き》きて 一に云《い》ふ、声《おと》のみ聞《き》きて　言《い》はむすべ　せむすべ知《し》らに　音《おと》のみを　聞《き》きてありえねば　我《あ》が恋《こ》ふる　千重《ちへ》の一重《ひとへ》も　慰《なぐさ》もる　心《こころ》もありやと　我妹子《わぎもこ》が　止《や》まず出《い》で見《み》し　軽《かる》の市《いち》に　わが立《た》ち聞《き》けば　玉《たま》だすき　畝傍《うねび》の山《やま》に　鳴《な》く鳥《とり》の　声《こゑ》も聞《き》こえず　玉桙《たまほこ》の　道行《みちゆ》く人《ひと》も　ひとりだに　似《に》てし行《ゆ》かねば　すべをなみ　妹《いも》が名呼《なよ》びて　袖《そで》そ振《ふ》りつる ある本《ほん》に、名《な》のみを聞《き》きてありえねば、といふ句あり

短歌《たんか》二首《しゆ》

二〇八 秋山《あきやま》の　黄葉《もみち》を茂《しげ》み　惑《まと》ひぬる　妹《いも》を求《もと》めむ　山道知《やまぢし》らずも 一に云《い》ふ、道《みち》知《し》らずして

二〇九 もみち葉《ば》の　散《ち》りゆくなへに　玉梓《たまづさ》の　使《つかひ》を見《み》れば　逢《あ》ひし日思《ひおも》ほゆ

【原文】

柿本朝臣人麻呂、妻死之後、泣血哀慟作歌二首 并短歌

二〇七　天飛也　軽路者　吾妹兒之　里尓思有者　懃　欲見騰　不已行者　人目乎多見　真根久往者　人應知見　狭根葛　後毛将相等　大船之　思憑而　玉蜻　磐垣淵之　隠耳戀管在尓　度日乃　晩去之如　照月乃　雲隠如　奥津藻之　名延之妹者　黄葉乃　過伊去等　玉梓之　使之言者　梓弓　聲尓聞而（一云聲耳聞而）　将言為便　世武為便不知尓　聲耳乎　聞而有不得者　吾戀　千重之一隔毛　遣悶流　情毛有八等　吾妹子之　不止出見之　軽市尓　吾立聞者　玉手次　畝火乃山尓　喧鳥之　音母不所聞　玉桙　道行人毛　獨谷　似之不去者　為便乎無見　妹之名喚而　袖曽振鶴（或本、有下謂二之名耳聞而有不レ得者一句上）

短歌二首

二〇八　秋山之　黄葉乎茂　迷流　妹乎将求　山道不知母（一云路不知而）

二〇九　黄葉之　落去奈倍尓　玉梓之　使乎見者　相日所念

柿本朝臣人麻呂が、妻の亡くなった時に非常に悲しんで詠んだ歌二首　短歌を含む

二〇七　大空を飛ぶ雁、そのカリではないが、軽の地は、私の妻の住む里であるから、よくよく見たいと思うが、絶えず訪ねて行くと、人目につくし、しばしば行ったら、人が知ってしまうから、さなかづらのように、後に逢おうと、大船を信頼するように将来を頼みにして、玉の光

のようにほのかに光る岩に囲まれた淵ではないが、心の中でのみ恋しく思っていると、空を行く太陽が暮れてしまうように、照る月が雲に隠れるように、沖の藻のように私になびき寄った妻は、もみち葉が散り過ぎるように死んでしまったと使いの者が言うので、梓弓の音ならぬ、その知らせを聞いてあるいは、知らせを聞いただけで、なんと言ってよいか、どうすればよいかわからず、使いの言葉だけを聞いてすませる気にもなれず、私の恋しく思う気持ちの千分の一でも慰められようかと、生前妻がいつも出て見ていた軽の市に出かけて行って、耳をすましていると、玉だすき、畝傍山に鳴く鳥の声同様、なつかしい妻の声も聞えず、道を行く人も一人も妻に似た人はいないので、どうしようもなく、妻の名を呼んで、袖を振ったことだよ。ある本には、話を聞いているだけでは、がまんできなくて、という句がある。

短歌二首

二〇八　秋の山の黄葉が茂っているので道に迷ってしまった妻を、探しに行く山道がわからないことだよ。あるいは、道がわからなくて。

二〇九　黄葉の散ってゆく折しも、便りを運ぶ使いが通るのを見かけると、かつて妻と逢った日のことが思い出される。

【歌意】　軽の里に住む妻の死を悲しむ二組の挽歌の中の一組である。歌によれば、人目を憚って妻のもとを訪ねることを遠慮している間に、思いがけず妻が死んだとの知らせを受けて、じっとしていられず、わが恋の思いの千分の一でも慰められはしないかと、生前の妻がよく出ていた軽の市にやって来る。耳を澄ましてみても、妻の声は聞えず、道を通る人も誰一人妻に似た姿の者はいない。妻を求める気持は少しも癒されず、思わず妻の名を呼んで、袖を振ったという。万葉集に亡妻挽歌は、少なくないが、この一連の歌ほどに、亡き妻を探し求めようとする歌は、他にない。これは、第二の長反歌を併せて一層明瞭になるのだが、人麻呂は妻を求めて止まない夫の姿を詠んでいるのである。この挽歌の妻の死が人麻呂の体験に基づくか否かの論もあるのだが、第二長反歌の後に取り上げることにする。

【二〇七】 泣血哀慟して　この上ないほどに悲しんで、の意。「泣血」は、血の涙を流す意。韓非子に「和乃抱二其璞一、而哭二於楚山之下一、三日三夜、泣尽而継レ之以レ血」（＊和氏《かし》篇）とある。「哀慟」は、後漢書・済北恵王寿伝に、「父没哀慟、＊焦毀過レ礼」とある。

＊和氏は、楚の人。あら玉を王に献じたが、玉と認められず足斬りの刑に処せられ、三世の王に至って始めて認められたという。和は認められないことを嘆いて血の涙を流した。

＊焦毀　心を焦がし破る意。

天飛ぶや　地名「軽」にかかる枕詞。「雁」との類音でかかる。ヤは間投助詞。記紀歌謡に「天飛《だ》む軽」の例（記八三、八四、紀七一）がある。

軽　橿原市大軽・見瀬・石川・五条のあたり。下つ道の一部。橿原神宮駅の東を南北に走る道の一帯。

ねもころに見まく欲しけど　ネモコロニは、ていねいに。心をこめて、の意。よくよく見たいと思うが。たびたび訪ねたい、の意を含む。

止まず行かば人目を多み　「まねく行かば人知りぬべみ」と対句。ヤマズは、絶え間なく。オホミは、形容詞オホシの語幹に原因・理由をあらわす接尾語ミがついた形。人目につくので。

数多く行かば人知りぬべみ　マネクは、数多く。「人知りぬべみ」も、人が知ってしまうに違いないから。ヌは、完了の助動詞。ベミは、必然・当然の意をあらわす助動詞ベシの語幹に原因・理由をあらわす接尾語ミがついた形。前二句とほとんど同じ内容を少し言葉を変えて対句にしている。

さね葛　サナカヅラに同じ。もくれん科の蔓性植物。一名、びなんかづら。蔓が這い回っていったん分れてもまた末にあう意で、「後も逢はむ」の枕詞に用いている。

玉かぎる岩垣淵の　「玉かぎる」は、玉がほのかに光るように微光を発する意で、「岩垣淵」にかかる枕詞。「ほのかに」「夕」などにもかかる。岩垣淵は、岩に周囲を囲まれた淵。二句は、「隠りのみ」を起こす序詞。

もみち葉の過ぎて去にきと　もみち葉が散り過ぎるように、死んでしまったと。「もみち葉の」は、「過ぎ」の枕詞。原文「過伊去等」とあるので、スギテイユクトと訓む説（全注・釈注など）もあるが、死後の知らせと考えられるので、スギテイニキトの訓がよいと思う。旧訓イユクを、万葉考がイニシと改め、万葉集攷証（岸本由豆流）がイニキとして以来、現在もイニキの訓みは少なくない。しかし字面からは、イユクの方が自然であることは確かで、注釈は、「今眼前に死を見ての使の言葉として『ゆく』の方が適切である」とする。直接話法とすればそれでよいと思うが、「渡る日の　暮れ行くがごと　照る月の　雲隠るごと　沖つ藻の　靡きし妹は　黄葉の　過ぎて」は、対句・比喩・枕詞が多く用いられ、直接話法らしくない。そこがいまなお、イニキの訓をとるもの（全訳注・全集・新全集・新大系など）がある理由であろう。

玉梓の　「使」にかかる枕詞。もと、使者は、梓の杖を持って往復したからではないかと云われる（『玉の小琴』『万葉集講義』）。

梓弓音に聞きて　「梓弓」は、「音」にかかる枕詞。弓に関わる語として、ハル・スヱ・ヒキなどにも冠する。「音に聞きて」は、伝言で聞いて、の意。別伝の、「声のみ聞きて」は、伝言だけを聞いて、の意。

言はむすべせむすべ知らに　どう言ったらよいか、どうしたらよいか、その方法がわからず。シラニのニは、打消の助動詞ズの連用形。

音のみを聞きてありえねば　伝言を聞いただけでは気がすまないで。じっとしていられない気持をあらわす。

我が恋ふる千重の一重も慰もる心もありやと　アガコフルは、下にオモヒの省略された形。妻を恋うその強い恋心の千分の一でも、慰められはしないかと。「慰もる心もあり」は、心も慰められる、意。アリヤトのヤは、疑問の助詞で、あるだろうか、の意。

我妹子が止まず出で見し　わが妻がいつも出て見ていた、の意で、「軽の市」を修飾する。生前の妻の宮仕えをしている女性らしい日常を表現した一節。

軽の市　河内の餌香の市と並んで、日本最古の市の一つとされる（『国史大辞典』）。天武十年十月に、親王以下、群卿が軽の市で装いをこらした乗馬を検閲したとある。小錦以上の大夫は、みな木の下に座を連ね、大山位以下の者はみな馬に乗って、そろって大路にそって南から北へ行進した、という。軽の市は、下つ道と山田—雷—丈六の道との交点付近にあったらしい（平凡社『世界大百科事典』）。市は、大化前代にすでに各地に素朴な市があったという。大和の海石榴市・軽市・河内の餌香市・阿斗桑市など。海石榴市・阿斗桑市は、樹木名による名称で、交通の要地で、目印になる大樹の下で開かれたことを示唆するという（『国史大辞典』）。

玉だすき畝傍の山に鳴く鳥の声も聞こえず　「玉だすき」は、畝傍にかかる枕詞。タスキは、うなじにかけるので類音のウネにかける。畝傍山は、奈良県橿原市畝傍町。一九九メートル。大和三山の一。畝傍山で鳴く鳥の声も聞こえず、の意であるが、「声も」のモは、「なつかしい妻の声はもとより」の意であろう。

玉桙の道行く人もひとりだに似てし行かねば　「ひとりだに似てし行かねば」は、道を行く人の誰一人妻に似た人は通らないので、の意。妻の姿をしきりに探し求める人麻呂の姿がうかがわれる。シは、強めの助詞。ネは、打ち消しの助動詞ズの已然形。

すべをなみ妹が名呼びて袖そ振りつる　どうしようもなくて、妻の名を呼んで、袖を振った。原文「為便乎無見」。「見」は、ミの音をあらわす訓仮名。ナミは、形容詞ナシの語幹に原因理由をあらわす接尾語ミがついた形。ナイノデ。袖を振るのは、愛情の表現の場合もあるが、ここは、亡き妻を呼び、その甦りを願って袖を振ったのである。

ある本に、名のみを聞きてありえねば、といふ句あり　「音のみを聞きて　あり得ねば」の部分の異伝であろう。名には、名前、名称のほか、評判、噂、実体を伴わない名目のみ、の意もある。ここは、伝言によるだけ、の意を示そうとしたのであろうが、本文の方がよいとして、捨てられたものであろう。

【二〇八】　**秋山の黄葉を茂み惑ひぬる**　秋の山の黄葉が茂っているので道に迷ってしまった。妻が亡くなって山に葬られたことをこのように表現した。下の「妹」を修飾している。マトヒヌルは、道に迷う意の動詞マトフの連用形に完了の助動詞ヌの連体形がついた形。トは、清音。但し、八世紀半ば頃の宣命には、濁音例もあり、奈良時代末期から濁音の形も出はじめていたらしいとされる。

妹を求めむ山道知らずも　妻を連れ戻しに行きたいが、そのための山道がどこかわからないよ。モトメムのムは、意志・希望をあらわす助動詞ムの連体形で山道を修飾する。「知らずも」のモは、詠嘆の意をあらわす助詞。異伝の「道知らずして」は、連用中止形で終る形になる。「道がわからなくて……」「行けなくて残念だ」の意が省略された形になるが、「山道知らずも」の形よりも弱い調子になる。

【二〇九】　**もみち葉の散りゆくなへに**　黄葉が散ってゆく折しも。ナヘニは、ナヘに同じく、ふたつのことがらが、偶然にも同時に成立することをいう時に用いる。……と共に。……につれて。

玉梓の使を見れば逢ひし日思ほゆ　「玉梓の使」を、「妻の死を告げにきた使」（全註釈）、「死を告げる使者」（全訳注）などの解もあるが、集成・全注・釈注が説くように「恋文を運ぶ使が別の男女のために通うことをいう」のでなければならない。妻の死の知らせを聞いた作者は、「逢ひし日思ほゆ」というような余裕のある受け止め方はできなかったはずで、これは、しばらく日数も経ってやや冷静にその死を受け止める心の余裕が出来てからのことであろう。全註釈が、「これは更に前に溯って、使の来た時の感情を叙している」といっているのに対して、全訳注には、「使いを見るとは、死を知らされる、の意」とあるから、妻に死なれることを意味する表現と受けとめた、とも考えられる。なお、「この使ヒは妹が人麻呂の所に連絡役としてよく遣わした使用人。その後たまたま路上で見かけたのである」（新全集）とする解もあるが、それはあまりに狭くて窮屈すぎる。「別の男女のために通う」人麻呂とは無関係の使いを見ての感慨と見る方が、人麻呂の想念の中に縹渺とした世界のひろがりが感じられてよいと思う。

二一〇　うつせみと　思《おも》ひし時《とき》に　一に云《い》ふ、うつそみと　思《おも》ひし　取《と》り持《も》ちて　わがふたり見《み》し　走《はし》り出《で》の　堤《つつみ》に立《た》てる　槻《つき》の木《き》の　こちごちの枝《え》の　春《はる》の葉《は》の　茂《しげ》きがごとく　思《おも》へりし　妹《いも》にはあれど　頼《たの》めりし　子《こ》らにはあれど　世間《よのなか》を　背《そむ》きしえねば　かぎろひの　燃《も》ゆる荒野《あらの》に　白栲《しろたへ》の　天《あま》領巾《ひれ》隠《がく》り　鳥《とり》じもの　朝立《あさた》ちいまして　入日《いりひ》なす　隠《かく》りにしかば　我妹子《わぎもこ》が　形見《かたみ》に置《お》ける　みどり子《こ》の　乞《こ》ひ泣《な》くごとに　取《と》り与《あた》ふる　物《もの》しなければ　男《をとこ》じもの　脇《わき》ばさみ持《も》ち　我妹子《わぎもこ》と　ふたりわが寝《ね》し　枕付《まくらづ》く　妻屋《つまや》のうちに　昼《ひる》はも　うらさび暮《く》らし　夜《よる》はも　息《いき》づき明《あ》かし　嘆《なげ》けども　せむすべ知《し》らに　恋《こ》ふれども　逢《あ》ふよしをなみ　大鳥《おほとり》の　羽易《はがひ》の山《やま》に　我《あ》が恋《こ》ふる　妹《いも》はいますと　人《ひと》の言《い》へば　岩根《いはね》さくみて　なづみ来《こ》し　よけくもそなき　うつせみと　思《おも》ひし妹《いも》が　玉《たま》かぎ

る　ほのかにだにも　見《み》えなく思《おも》へば

短歌《たんか》二首《しゅ》

二一一　去年《こぞ》見《み》てし　秋《あき》の月夜《つくよ》は　照《て》らせれど　相見《あひみ》し妹《いも》は　いや年離《としさか》る

二一二　衾《ふすま》ぢを　引手《ひきで》の山《やま》に　妹《いも》を置《お》きて　山道《やまぢ》を行《ゆ》けば　生《い》けりともなし

【原文】

二一〇　打蝉等　念之時尔 一云、宇都曽臣等念之 取持而　吾二人見之　趍出之　堤尔立有　槻木之　己知碁知乃枝之　春葉之　茂之如久　念有之　妹者雖有　憑有之　兒等尔者雖有　世間乎　背之不得者　蜻火之　燎流荒野尔　白妙之　天領巾隠　鳥自物　朝立伊麻之弖　入日成　隠去之鹿齒　吾妹子之　形見尔置有　若兒乃　乞泣毎　取與　物之無者　烏徳自物　腋挟持　吾妹子与　二人吾宿之　枕付　嬬屋之内尔　晝羽裳　浦不樂晩之　夜者裳　氣衝明之　嘆友　世武為便不知尔　戀友　相因乎無見　大鳥乃　羽易乃山尔　吾戀流　妹者伊座等　人云者　石根左久見手　名積来之　吉雲曽無寸　打蝉等　念之妹之　珠蜻　髣髴谷裳　不見思者

短歌二首

二一一 去年見而之　秋乃月夜者　雖照　相見之妹者　弥年放

二一二 衾道乎　引手乃山尓　妹乎置而　山徑往者　生跡毛無

【校異】知（金紀矢）―智　**憑有**（類紀矢、西補）―ナシ　**乃**（金類紀、西補）―ナシ　**鳥徳**（万葉考二ヨル）―鳥穂　**乃**（金類紀）―ナシ　**手**（類）―平

二一〇 （今は亡き妻が）この世の人だと思っていた時、あるいは、この世の人と思った 手に取り持って二人で眺めた門口の堤に立っている槻の木の、あちらこちらの枝の春の葉が茂っているように、しきりに深く思っていたいとしい妻ではあるが、頼みに思っていたあの子ではあるが、（人はみな死ぬという）この世の道理に背くことはできないので、かげろうの燃える荒れ野に、白い美しい領巾に身を隠して、鳥のように、朝家を出て行かれて、入日のように山の蔭に隠れてしまわれたので、わがいとしい妻が形見として置いていったみどり子が物を欲しがって泣くたびに、取って与える物もないので、男の身で、脇にかかえて、わがいとしい妻と二人で寝た枕もなつかしい妻屋のなかで、昼間は心さびしく思い暮らし、夜は夜でため息のつき通しで、嘆くのだが、どうしてよいかわからず、恋しく思うのだが、逢う方法もないところに、大鳥の羽易の山に私が恋うている妻がいると人がいうので、岩をおしわけ苦労しながらやって来たが、よいこともない。この世の人だと思っていたそのいとしい妻が、ほのかにすら見えないことを

思うと。

短歌二首

二一一　去年見た秋の月は、今年も同じように照らしているが、一緒に眺めたいとしい妻は、いよいよ年月と共に遠ざかってゆくよ。

二一二　衾ぢを引く、そのヒクではないが、引手の山にいとしい妻をのこして、山道をたどっていると、生きた心地もしない。

【歌意】　妻に死別後の歌の第二長歌と反歌である。第一長歌では、妻と死別する以前の訪ねてゆくこともままならない状況から、思いがけず死の知らせを受けてじっとしておられず、妻の住んでいた軽の里に行き、妻の姿を求めてかなわず、その名を呼んで袖を振る男の様子が詠まれていた。本歌では、妻と共に夜を過した妻屋で、遺された幼児を抱いて昼も夜も嘆き恋う男が、亡き妻は羽易の山にいると人から聞かされ、山道を分け入ったが妻を見ることはできず、落胆して帰ってくる次第が詠まれている。一見、第一長歌の人目を憚って訪ねることもままならない夫婦関係とは異なるようでもあり、別人説（『万葉考　別記　二』）もあった。しかし、山田孝雄『万葉集講義』以後、同一人説が多く、私注もいうように、「一方では触れなかった点を、他方で述べて居ると見るべき」で、同じ夫婦関係を別な角度から詠み分けて見せたとみられる。第二長歌の歌い出しの唐突さも、第一長歌を前提に詠まれたと考えれば理解できる。本歌でも、生きている妻を求めて羽易山に分け入りすらする夫の姿が詠まれる。石見相聞歌で別れた妻への思いを「恋ふ」という語であらわさなかった人麻呂が、この軽の里の死別した妻には「あが恋ふる」「恋ふれども」と繰り返す。万葉後期の「恋といへば薄きことなり」（12・二九三九）、「常人の恋ふといふよりは余りにて」（18・四〇八〇）のように「恋」の語を軽薄な真実味のない言葉とみたそれと違って、人麻呂の恋は「現し身のその人に逢いたいと願う」切実な思いそのものであったことが確認できると思う。もとより、これらは人麻呂自身の実体験をそのままに描写していると考える必要はなく、歌の上での造形のありかたを今問題にしているわけだが、しかしそれは、人麻呂が心にもないことを歌い連ねているというわけではなくて、歌いつつ人麻呂は心の中で、事実そのように行動していると言うことができる。

【二一〇】うつせみと思ひし時に　一に云はく、うつそみと思ひし　ウツセミは、ウツシオミ→ウツソミ→ウツセミと変化した言葉。ウツシは顕、オミは人、この世に生きている人、の意。転じて、現世・人、の意にも用いられ、現世・人にかかる枕詞にも用いられるようになり、はかない意もこめられるようになる。ここは、この世に生きている人の意。異伝との関係は、ウツソミとウツセミの違いでしかない。異伝の表現は、巻二・二一三番歌に同じ。

取り持ちてわがふたり見し　私たちが二人で手に取って見た、の意で、「槻の木のこちごちの枝」を修飾する。

走出の堤に立てる　「趍」は、走る意。類聚名義抄（佛上）に、ワシルとあるが、万葉集の仮名書例はいずれも、ハシリ・ハシルであってワシルの仮名書例はないことから、ここはハシリと訓むべきことが注釈に見える。「走出の」は、門を走り出たすぐのところにある、意。

槻の木のこちごちの枝の　槻は、ニレ科の落葉高木、ケヤキの古名。倭名類聚抄に、「都岐乃岐」とある。コチゴチは、ヲチコチに同じく、あちらこちら、の意。

春の葉の茂きがごとく　下の「思へりし」の比喩。深く愛していた、の意。

思へりし妹にはあれど　頼めりし子らにはあれど　二

句対。同趣の内容を少し言葉を変えて対句にし、意味を強めると同時に調子を整えている。タノメリシは、末長く共に、と頼みに思っていた、意であろう。

世間を背きしえねば　この世の道理、すなわち、生きている者は必ず死ぬ、という道理に、逆らうことはできないので。

かぎろひの燃ゆる荒野に　カギロヒの原文「蜻火」。タマカギルに「玉蜻」の表記例（11・二七〇〇）もあり、蜻をカギルにあてた。カギルは、光を放つ意。カギルヒと訓む説もあるが、熟語としてカギロヒと訓みたい。かげろう（陽炎）のもえる荒れ野に。

白栲の天領巾隠り　この世を去って霊魂が天上に上がるイメージを、白い領巾に身を隠して（包んで）と、表現した。アマツヒレは、天空を飛翔する霊力をもつと考えられていたもの。

鳥じもの朝立ちいまして　「鳥じもの」は、鳥のように、の意で、鳥が朝早く巣を飛び立つように、朝早く家を出て。

入日なす隠りにしかば　入日のように、山の蔭に隠れてしまったので。ニシカは、完了の助動詞ヌの連用形に、過去の助動詞キの已然形がついた形。

みどり子の乞ひ泣くごとに　ミドリゴは、正倉院文書では、一歳〜三歳の男児を緑児と記している。女児を緑女と記すものもある。大宝令では、三歳以下の男女を緑としたが、養老令では、黄に改めた。大宝令の緑は、和語のミドリゴによるものといわれる。

取り与ふる物しなければ　取って与える物もないので。シは、強意の助詞。乳を与えることはもとより、母親のようにこまごまと幼い子の面倒を見ることができずに、の意。

男じもの脇ばさみ持ち　「男じもの」は、男の身で、の意。「脇ばさみもち」も、幼児を扱い馴れず、不器用に対処している様子を示す表現。

枕付く妻屋　「枕付く」は、「妻屋」の枕詞。ツマヤは、夫婦の寝室で、夫婦の枕のあるところとしていう。

昼はもうらさび暮らし　夜はも息づき明かし　二句対。モは、詠嘆の意をあらわす助詞。ウラサビは、心が楽しまない意のウラサブの連用形。イキヅキは、大きく息をつく、ため息をつく意のイキヅクの連用形。

嘆けどもせむすべ知らに　恋ふれども逢ふよしをなみ

二句対。嘆くのだが、どうしてよいかわからず、恋しく思うのだが、逢う方法がわからないので。

大鳥の羽易の山に　「大鳥の」は、「羽易の山」にかかる枕詞。山の名の羽易に羽交をかけて、枕詞とした。羽がひの山は、「春日なる羽買の山」（10・一八二七）ともあるが、ここは、人麻呂の妻の墓所と解せられ、三輪山の北に位置する竜王山か。藤原宮跡のあたりから見ると、三輪山の後方に見える竜王山と巻向山が三輪山の左右に両翼をなして見えるところから、その一翼をなす竜王山を羽易山といったとするもので、引手山と同じとみる（注釈、大濱嚴比古「大鳥の羽易山」万葉　昭三八・一）。

我《あ》が恋ふる妹はいますと人の言へば　私が恋い慕っているいとしい妻はいらっしゃると、人がいうので。

岩根さくみてなづみ来し　岩根は岩のこと。岩を押し分けて難渋しながらやってきた。サクミは、岩や木の間を押し分け踏み分けして進む意の動詞サクムの連用形。サクムは、「裂く」を再活用させた語という。ナヅミは、進行を妨げられて滞る意の動詞ナヅムの連用形。

よけくもぞなき　ヨケクは、形容詞ヨシのク語法。よいこともない。難儀しながら来た甲斐もないことをいう。

うつせみと思ひし妹が　この世の人だと思っていたいとしい妻が。

玉かぎるほのかにだにも見えなく思へば　「玉かぎる」は、「ほのか」にかかる枕詞。玉が微光を発する意でかかる。玉がほのかに光を放つ、そんなほのかにすらも見えないことを思うと。

【二一二】　**去年見てし**　去年見た。「秋の月夜」を修飾する。コゾは、去年。テシは、完了の助動詞ツの連用形＋過去の助動詞キの連体形。

秋の月夜は照らせれど　月夜は、ここは、月の意。テラセレドは、テラシアレドの約。秋の月は照しているが。

相見し妹はいや年離る　（その月を）一緒に見たいとしい妻は、年と共にいよいよ遠ざかってゆく。アヒミシは、一緒に見た。イヤは、いよいよ、ますます、の意。トシサカルは、年が経つにつれて遠く離れる、意。

【二一二】衾ぢを引手の山に妹を置きて 「衾ぢを」は、枕詞とする説と、「衾」を地名とし、「衾へ行く道」に間投助詞ヲがついたと見る説とある。枕詞とする説は、フスマヂを夜具の乳（へりにつけた紐などを通すための小さな輪）と解し、それを引く意で引手の山にかかるとしたり、夜具を引く意でかかるとするのであるが（ヲは間投助詞）、地名説は、「衾田の墓」と呼ばれる手白香皇女（第二四代仁賢天皇の皇女）の墓のある奈良県天理市中山町のあたりとするもので、フスマダとフスマヂを同一とするか、この付近にフスマの地名があったとするものである。いずれも難があり決定しがたいが、いま枕詞説によった。引手の山は、羽易の山と同じ。

生けりともなし 生きている心地がしない、意。イケリは、イキアリの約で、生きている意。トの原文「跡」は、乙類のトで、助詞のト。二一五番歌の注「山道思ふに生けるともなし」の条参照。

ある本《ほん》の歌《うた》に曰《い》はく

二一三 うつそみと 思《おも》ひし時《とき》に たづさはり わがふたり見《み》し 出立《いでたち》の 百枝槻《ももえつき》の木《き》 こち
ごちに 枝《えだ》させるごと 春《はる》の葉《は》の 茂《しげ》きがごとく 思《おも》へりし 妹《いも》にはあれど 頼《たの》めり
し 妹《いも》にはあれど 世間《よのなか》を 背《そむ》きしえねば かぎろひの 燃《も》ゆる荒野《あらの》に 白栲《しろたへ》の 天《あま》
領巾《ひれ》隠《がく》り 鳥《とり》じもの 朝立《あさた》ちい行《ゆ》きて 入日《いりひ》なす 隠《かく》りにしかば 我妹子《わぎもこ》が 形見《かたみ》に

置《お》ける　みどり子《こ》の　乞《こ》ひ泣《な》くごとに　取《と》り委《まか》する　物《もの》しなければ　男《をとこ》じもの　脇《わき》ばさみ持《も》ち　我妹子《わぎもこ》と　ふたりわが寝《ね》し　枕付《まくらづ》く　妻屋《つまや》のうちに　昼《ひる》は　うらさび暮《くら》し　夜《よる》は　息《いき》づき明《あ》かし　嘆《なげ》けども　為《せ》むすべ知《し》らに　恋《こ》ふれども　逢《あ》ふよしをなみ　大鳥《おほとり》の　羽易《はがひ》の山《やま》に　汝《な》が恋《こ》ふる　妹《いも》はいますと　人《ひと》の言《い》へば　岩根《いはね》さくみてなづみ来《こ》し　よけくもぞなき　うつそみと　思《おも》ひし妹《いも》が　灰《はひ》にてませば

短歌《たんか》三首《しゅ》

二一四　去年《こぞ》見《み》てし　秋《あき》の月夜《つくよ》は　渡《わた》れども　相見《あひみ》し妹《いも》は　いや年離《としさか》る

二一五　衾《ふすま》ぢを　引手《ひきで》の山《やま》に　妹《いも》を置《お》きて　山道《やまぢ》思《おも》ふに　生《い》けるともなし

二一六　家《いへ》に来《き》て　わが屋《や》を見《み》れば　玉床《たまどこ》の　外《ほか》に向《む》きけり　妹《いも》が木枕《こまくら》

【原文】　或本歌曰

二一三　宇都曽臣等　念之時　携手　吾二見之　出立　百兄槻木　虚知期知尓　枝刺有如　春葉　茂如　念有之　妹庭雖在　恃有之　妹庭雖有　世中　背不得者　香切火之　燎流荒野尓　白栲　天領巾隠　鳥自物　朝立伊行而　入日成　隠西加婆　吾妹子之　形見尓置有　緑兒之　乞哭別　取委　物之無者　男自物　腋挾持　吾妹子與　二吾宿之

枕附　嬬屋内尓　日者　浦不怜晩之　夜者　息衝明之　雖嘆　為便不知　雖戀　相縁無　大鳥　羽易山尓　汝戀　妹座等　人云者　石根割見而　奈積来之　好雲叙無　宇都曽臣　念之妹我　灰而座者

短歌三首

二一四　去年見而之　秋月夜者　雖度　相見之妹者　益年離

二一五　衾路　引出山　妹置　山路念迩　生刀毛無

二一六　家来而　吾屋乎見者　玉床之　外向来　妹木枕

【校異】 **日**（金類）—且　**衝**（金類紀）—衡　**置**（類紀、西訂正）—且（西消す）

ある本の歌には、

二一三　（今は亡き妻が）この世の人だと思っていた時、手をとりあって私たち二人で眺めた門口のたくさん枝を伸ばしている槻の木、その木があちらこちらに枝を伸ばしているように、春の葉が茂っているように、深く思っていたいとしい妻ではあるが、頼みに思っていたいとしい妻ではあるが、（人はみな死ぬという）この世の道理に背くことはできないので、かげろうの燃える荒れ野に、白い美しい領巾に身を隠して、鳥のように、朝家を出て行って、入り日のように山の陰に隠れてしまったので、わがいとしい妻が形見として置いていったみどり子が物を欲しがって泣くたびに、持たせる物もないので　男の身で、脇にかかえて、いとしい妻と二人で寝た枕もなつかしい妻屋のなかで、昼間は心さびしく思い暮らし、夜は夜でため息のつき通しで、嘆くのだが、どうしてよいかわからず、恋しく思うのだが、逢う方法もないところに、大鳥の羽易の山にあなたが恋うている妻はいらっしゃると人がいうので、岩をかきわけ苦労しながらやって来たが、よいこともない。この世の人だと思っていたそのいとしい妻が、灰になっておられたので。

短歌三首

二一四　去年見た秋の月は、今も同じように空を渡っているが、一緒に眺めたいとしい妻は、年と共にいよいよ遠ざかってゆくよ。

二一五　衾ぢを引く、そのヒクではないが、引出の山にいとしい妻を置いて、その山道を思うと、しっかりした気分の時もない。

二一六　家にやって来て私たちが共に過した妻屋の中を見てみると、大切な二人の床の上であらぬ方を向いているよ。いとしい妻の木枕は。

【歌意】　二一〇～二一二の本文歌に対する異伝歌で、推敲後の本文歌に対して推敲前の形を示すと見るのが通説である。異伝歌に対して本文歌の表現が優れているとみられることは、注の中で述べた。妻に死なれた男の強い悲しみと嘆きを詠んだ歌であるが、人に享受されることを意識して推敲がされていることがわかる。石見相聞歌（2・一三一～一三九）も同様であったから、行幸従駕歌や殯宮儀礼歌ではない、妻との生別・死別を詠んだ類の歌も、人々が喜んで享受する場があったことを推測させる。年代は少し降るが、天平八年夏、遣新羅使人らが船上で誦詠した古歌の中に亡妻挽歌があったし、天平勝宝三年正月三日の越中国守家持らの出席する宴席で、遊行女婦蒲生が、作者不明の亡妻挽歌を伝誦している。これらはたまたま記録される機会をもったが、記録されないまま終わった例も多かったに相違ない。二一六を切り捨てたのも、三首目の反歌は、形式的にも内容的にも文芸作品としては、蛇足であることを考えてのことであろう。

【二一三】　ある本の歌に曰はく　二一〇～二一二の異伝歌。推敲前の形を示すと考えられる。

うつそみと思ひし時に　ウツソミとウツセミの違いについては、二一〇参照。

たづさはりわがふたり見し　タヅサハリは、互いに手をとりあう意の動詞タヅサハルの連用形。本文歌のトリモチテとの違いは、タヅサハリが夫婦仲の睦まじさが表現されるのに対して、トリモチテは、槻の木の枝を手に取り持って眺めるとうたわれ、夫婦の動作が具体的でリアルである。

出で立ちの　家を出てすぐのところにある、意。

百枝槻の木　多くの枝を出している槻の木。「槻の木」は、二一〇参照。

こちごちに枝させるごと　あちらこちらにたくさん枝を伸ばしているように。コチゴチは、二一〇参照。サセルは、サシアルの約。サシは、枝や根などが伸びる意の動詞サスの連用形。伸びている。「枝させるごと」は、下の「春の葉の　茂きがごとく」と共に、深くしげくの意で、「思へり」の程度を比喩であらわしたもの。

思へりし妹にはあれど　頼めりし妹にはあれど　二一

○では、「妹にはあれど」、「子らにはあれど」と対句の対偶部分の同じ妻をさす語を変化させている。もと「妹」の反復であった（本歌）のを、推敲して変化させたことになる。対句表現の技巧としては、同一語の反復は、単純で、古風なものである。

朝立ちい行きて　朝家を出て行って。イは、接頭語。二一〇で「朝立伊麻之弖」とあるところ、本歌では、「朝立伊行而」とある。尊敬表現の有無の違いである。

取り委《まか》する物しなければ　手に持たせて自由にさせるような物もないので。マカスルは、相手の自由にさせる意の動詞マカスの連体形。

昼はうらさび暮らし　夜は息づき明かし　二一〇で、「昼羽裳」、「夜者裳」とあったところ、本歌では、「日者」、「夜者」とある。おうふう本は、モを訓み添えて、ヒルハモ・ヨルハモと訓む。二一〇に比して、二一三は、助詞の表記の略されているものが目立つが、四八五に、「ヒルハ……、ヨルハ……」の例もあり、この通りでよいであろう。

汝が恋ふる妹はいますと人の言へば　ナガ→ワガ、直接話法から間接話法へ変化している。

灰にてませば　灰になっていらっしゃるので。マセは、いらっしゃる意の動詞マスの已然形。長歌の末尾の句なので、イマセバと訓んであえて字余りにする説もあるが、その必要もないように思う。火葬した灰を山中に撒いていたものらしい。巻七・一四〇五、一四一六なども火葬の灰を撒いたことを示す歌とされる。事実に即して詠んだ本歌に対して、二一〇は現実を朧化させる手法をとっている。

※秋津野を人のかくれば朝撒きし君が思ほえて嘆きはやまず　（7・一四〇五）

玉梓の妹は花かもあしひきのこの山陰に撒けば失せぬる　（7・一四一六）

火葬について　『続日本紀』文武四年（七〇〇）三月条によれば、道照和尚が七十二歳で没した時、弟子たちは、遺言の教えに従って奈良県桜井市大字粟原で火葬にした。天下の火葬はこれより始まったという。このことについて、岩波新大系補注では、仏教徒であった藤原鎌足を庚午年（六七〇）に火葬したと『大織冠伝』最古の抄本にあること（流布本には「葬」とある）、浄御原令を准正としたという大宝令に丁匠が往還の途中で死亡して家の者が取りに来られなければ「焼レ之」（賦役令32、兵士・防人についても軍防令40、61）とあるのはすでに火葬の仕方が知られていたからであろうとし、柿本人麻呂に土形娘子や出雲娘子の火葬の時に詠んだ歌があることなどをあげて、道照和尚の火葬が最初とはいいきれないことを示唆する。

【二一四】 秋の月夜は渡れども　月夜は、月の意。ワタレは、月が移動する意のワタルの已然形。月が移動しているが、といっても、下句との関係では、単に昨年の月と変りないが、の意でしかない。二一一の「照せれど」は、照る月の光が鮮明な印象を一首にもたらしている。

【二一五】 衾ぢを引出の山に　二一二の原文「衾道乎引手乃山尓」とあったところ。本歌では、「衾道　引出山」と記している。助詞ヲ・ノ・ニが記されていない。メモ的な書き方である。長歌の表記にも多少その傾向が見られた。ある本歌は、人麻呂の推敲前の歌であると同時に手控え的な性格のものであった可能性がある。なお、手は清音の字であるが、二一二は、枕詞「衾ぢを」との接続を意識して「引手」と記したので、訓みは共にヒキデとした方がよいように思われる。

山道思ふに生けるともなし　二一二で「山道を行けば」とあったところ、『山道思ふに』とある。諸注にいうごとく、二一二に対して弱いことは確かであるが、二一三長歌の反歌として見れば、家に帰って来て後の心境を詠んだことになる。トは、二一二の「跡」（乙ト）に対し、ここは、「刀」（甲ト）とある。助詞トは乙類であるので、ここは「利心」（しっかりした心）のトと解されてもいる。大系は、利心のトだけを名詞として用いる例は他にないことをいい、「心地」と訳している。山口佳紀氏も、このトについて、「形容詞『と（利・鋭）し』の語幹とする説があるが、形容詞語幹には連体修飾語を受けて主格に立つ用法はない。『とごころ』の略とする説もあるが、これまた形容詞語幹の用法としては、他に例がない」として、おそらく、時間をあらわすトと同じ、とする見解を示している（小学館古語大辞典「と」〔名〕語誌条)。名詞で「心地」の意ととることができれば続きもよいわけだが、他に例もないようで、時・間をあらわすトととることにしたい。生きている時がない、とは、正気の時がない、ということであろう。

【二一六】 家に来てわが屋を見れば 家に帰って来て、妻と共に夜を過した私たちの部屋を見ると。イヘとヤの違いは、イヘは家族が生活をしているところを意味し、家人をさす場合も多いのに対し、ヤは建物をいう、とされる。ここも、妻と共に生活を営んできた家に来て、建物の中を見ると、の意であろう。

玉床の外に向きけり妹が木枕 「玉床」の玉は、美称。攷証に、「玉床とは愛する妹と宿し床なれば玉とほむる也」とある通りである。「外に向きけり」とは、普段の枕の向きと違っていることをいって、主を失った木枕の様子を示した。木枕は木製の枕。万葉集には黄楊枕(11・二五〇三)の例がある。

吉備《きび》の津《つ》の采女《うねめ》の死《みまか》りし時《とき》に、柿本朝臣人麻呂《かきのもとのあそみひとまろ》の作《つく》る歌《うた》一首《しゆ》 并《あは》せて短歌《たんか》

二一七 秋山《あきやま》の したへる妹《いも》 なよ竹《たけ》の とをよる子《こ》らは いかさまに 思《おも》ひ居《を》れか 栲縄《たくなは》の
長《なが》き命《いのち》を 露《つゆ》こそば 朝《あした》に置《お》きて 夕《ゆふへ》は 消《き》ゆといへ 霧《きり》こそば 夕《ゆふへ》に立《た》ちて
朝《あした》は 失《う》すといへ 梓弓《あづさゆみ》 音《おと》聞《き》くわれも おほに見《み》し こと悔《くや》しきを 敷栲《しきたへ》の 手《た》
枕《まくら》まきて 剣大刀《つるぎたち》 身《み》に添《そ》へ寝《ね》けむ 若草《わかくさ》の その夫《つま》の子《こ》は 寂《さぶ》しみか 思《おも》ひて寝《ぬ》
らむ 悔《くや》しみか 思《おも》ひ恋《こ》ふらむ 時《とき》ならず 過《す》ぎにし子《こ》らが 朝露《あさつゆ》のごと 夕霧《ゆふぎり》のご

と

短歌《たんか》二首《しゅ》

二一八 楽浪《ささなみ》の 志賀津《しがつ》の子《こ》らが 一に云《い》ふ、志《し》賀《が》の津《つ》の子《こ》が 罷《まか》り道《ぢ》の 川瀬《かはせ》の道《みち》を 見《み》れば寂《さぶ》しも

二一九 そら数《かぞ》ふ 大津《おほつ》の子《こ》が 逢《あ》ひし日《ひ》に おほに見《み》しかば 今《いま》ぞ悔《くや》しき

【原文】 吉備津采女死時、柿本朝臣人麻呂作歌一首 并短歌

二一七 秋山 下部留妹 奈用竹乃 騰遠依子等者 何方尓 念居可 栲紲之 長命乎 露己曽婆 朝尓置而 夕者 消等言 霧己曽婆 夕立而 明者 失等言 梓弓 音聞吾母 髣髴見之 事悔敷乎 布栲乃 手枕纏而 劔刀 身二副寐價牟 若草 其嬬子者 不怜弥可 念而寐良武 悔弥可 念戀良武 時不在 過去子等我 朝露乃如也 夕霧乃如也

短歌二首

二一八 樂浪之 志賀津子等何 一云、志賀乃津之子我 罷道之 川瀬道 見者不怜毛

二一九 天數 凡津子之 相日 於保尓見敷者 今叙悔

吉備の津の采女が死んだ時に、柿本朝臣人麻呂が作った歌一首 短歌を含む

二一七 秋の山のように美しく照り輝くいとしいおとめ、なよなよとした竹のようにしなやかなあの子は、どのように思ってか、栲の縄のように長い命を、露こそは、朝置いて夕方には消えるというが、霧こそは、夕方立ちこめても朝には去ってしまうというが、梓弓の音を聞くように、その評判を聞いていた私も、ぼんやりとしか見なかったことが残念なのに、敷栲の枕ならぬ手枕をして、剣太刀を身に帯びるように、寄り添い寝た若草の夫は、さびしく思いながら寝ているだろうか。悔しく思いながら寝ているだろうか。思いも寄らない時に死んでしまったおとめよ。朝露のように。夕霧のように。

短歌二首

二一八 ささなみの志賀津のおとめが、この世を去っていった川瀬の道を見るとさびしく思われるよ。

二一九 そらで数えるおぼつかなさ。大津のおとめに逢った時に、そのようにぼんやりとしか見なかったことが今悔やまれるよ。

【歌意】 人麻呂には、日並・高市両皇子や明日香皇女の殯宮儀礼歌をはじめ川島皇子薨去の時の挽歌、自身の妻の死後の挽歌などがあったが、別に行路死人歌と呼ばれる旅先や香具山で死人を見て詠んだ歌があり、また、吉

野や泊瀬で火葬した娘子に対する挽歌もある。火葬した娘子たちも宮廷に仕えていた娘子たちであったろうと推測されるが、それらが短歌であるのに対して、本歌は、反歌二首を伴う長歌で、枕詞・対句・比喩を駆使して入念に詠まれている。聞く人・読む人を意識して作られた作品とみることができよう。一方、題詞により、吉備国の津郡（備中国津宇郡）から貢進された采女であることが明らかであるのに、反歌に「志賀津の子ら」「大津の子」とあることから、近江朝の采女のこととする説が有力である。前述のごとく、「吉備の津の采女」の呼称が吉備国の分割以前に貢進された采女であることを示すとすれば、近江朝の事件に材をとった人麻呂の詠作と考える説が有力となる。他に、近江朝における人麻呂の詠作（北山茂夫『柿本人麻呂論』）とする説があり、長歌と反歌の主人公を別人とする説（全訳注）、志賀津の子・大津の子は、大津が氏の名で采女の夫のこととする説（神堀忍「『吉備津采女』と『天数ふ大津の子』」万葉八十三号　昭四九・二）もある。采女の結婚を許されないことを前提に、采女を辞めて後に結婚したとする説もあるが、采女の死後も夫が罰せられた形跡がないのは采女の結婚がその死とは関わらないとみるのがよい。采女の結婚が理由で罰せられた例（因幡国の八上采女と安貴王）はあるが、許された例も認められる（安見児と藤原鎌足、因幡国造気豆の娘と藤原麻呂）。

【二一七】吉備の津の采女　吉備国の津郡（備中国の都宇郡『和名類聚抄』）から貢進された采女。現在の岡山県都窪郡——岡山市の西方、倉敷市の北及び北北東の方角——にあたる。吉備国が備前・備中・備後に分割されたのは、壬申の乱（六七二）後といわれる。備中国の確実な史料的初見は、文武天皇元年（六九七）閏十二月条。これによれば、この采女は、分割以前に貢進された采女である可能性が高い。采女は、巻一・五一番歌に既出。

秋山のしたへる妹　「秋山の」はシタヘルにかかる枕詞。秋山が美しく色づいているように、美しいいとしいおとめ。シタヘルは、シタヒアルの約。紅葉する意の四段活用の動詞シタフの連用形に動詞アリの連体形がついた形。「妹」を修飾。以下の二句と同格で対句。

なよ竹のとをよる子らは　「なよたけの」は、トヲヨルの枕詞。トヲヨルはしなやかにたわむ、なよなよとしなやか、の意。しなやかな竹のようになよなよとしたあの子。「子ら」のラは、親愛の情をこめる接尾語。

いかさまに思ひ居れか　どのように思っているからか。オモヒヲレカは、オモヒヲレバカに同じ。

栲縄の長き命を　「栲縄の」は「長き」にかかる枕詞。

露こそば朝に置きて夕は消ゆといへ　「露こそば」以下の四句と対句。短い生命のものの例として露と霧の場合を出し、人の生命と比較する。露こそは、朝、草葉にやどってその日の夕方にははや消えるというが。イヘは上のコソを承けて已然形。「己曽婆」の「婆」は濁音バの仮名。コソとハが複合した際には、コソバとハが濁音化するのが一般であったと認められる(大系、五二番歌補注)。

霧こそば夕に立ちて朝は失すといへ　霧こそは、夕方かかって朝になると去ってしまうというが。ウスは、なくなる意。イヘは、上のコソと係結び。上の四句と対句。

梓弓音聞くわれも　「梓弓」は、音にかかる枕詞。オトは、評判、噂。

おほに見しこと悔しきを　オホニは、形容動詞オホナリの連用形。おぼろなさま、並々であるさま、いいかげんなさま、など。ここは、心にもとめずいいかげんに、の意。

敷栲の手枕まきて　敷栲の枕のように、その手を枕にして。「敷栲の」は、「手枕」にかかる枕詞。栲の布を重ねて枕にもするところから、手枕は手を枕とするものであるが枕の縁でかかる。マキテは、枕にして、の意。

剣太刀身に添へ寝けむ　「剣太刀」(原文「剣刀」)は、「身に添へ」の枕詞。一九四番歌に既出。ネケムは、寝たであろう、意で、下の「夫の子」を修飾する。

若草のその夫の子は　「若草の」は「ツマ(夫あるいは妻どちらでも)」に冠する枕詞。ツマは、配偶者の意。「つまの子」「ツマである子」の意で、ここは、吉備の津の采女の夫をさす。采女に夫がいることについては、【歌意】の条参照。

寂しみか思ひて寝らむ　サブシは心が楽しまない状態をあらわす。ミは接尾語。「思ふ」「す」の上に接するミは、「思ふ」「す」の内容をあらわす。鬱々とした思いで寝ているだろうか。下の二句と対句。

悔しみか思ひ恋ふらむ　悔しく思いつつ亡き妻を恋い慕っているだろうか。

時ならず過ぎにし子らが　「時ならず」は、死ぬべき時でもない時に、の意で、思いがけず若くて、の意を示す。「過ぎにし」は、この世を去った意で死んだことをあらわす。「子ら」は、吉備の津の采女をさす。ガは主格のガ。下に述語が省略されている。「もしあるとすれば余情をこめた詠歎的な連体止となるはず」（注釈）。一方、全集は、『朝露のごと夕霧のごと』の下に、はかなく哀れであることよ、のような内容が省かれている」とする。ガは詠歎の力であってよいところだが、ガとあるところによれば、後説がよいように思う。

朝露のごと　夕霧のごと　ゴトは、ゴトクに同じ。朝置く露、夕方かかる霧は、さきに対句表現で叙したようにはかないものの代表であった。その朝露・夕霧のように実にはかない生命であったよ、の意。原文「朝露乃如也夕霧乃如也」の「也」は終辞（語末の助字とも）。不読文字。漢詩文における助字は「元来文勢に陰翳を与へ、微妙な動揺を起させ、音読によって効果を増すもの」（小島憲之『上代日本文学と中国文学　中』）というが、ここは和歌の表記例であるから、「終辞をそえたもの。内容の省略によって脱落でないことを示そうとしたのであろう」（全訳注）。

【二一八】　楽浪の志賀津の子らが　「楽浪」は既出（2・二〇六）。「志賀津の子ら」は、二一九の「大津の子」と共に、吉備の津の采女をさすと考えられ、この別称から「志賀の大津」との関係が推測される。

志賀の津の子が　「志賀津の子らが」の別伝。ノが多くなることに併せて、ラの接尾語の有無から、本文の表現に改めたのであろう。

罷り道の川瀬の道を　「罷り道」と「川瀬の道」は、同格。「罷り道」は、この世を去って行った時の道。それがすなわち川瀬であったことを示し、川に投身自殺したことを婉曲に表現したと思われる。
見れば寂しも　見るとさびしく思われるよ。モは感動の意をあらわす終助詞。上代に多く、中古以降は用例が少ない。

【二一九】　そら数ふ大津の子が逢ひし日に　「そら数ふ」は、「大津」の枕詞。ソラはオオヨソの意で大津のオホにかけたもの。旧訓アマカゾフを賀茂真淵の『冠辞考』でソラカゾフと改め、「こは物をさだかにせで、凡にそら量りをするを、そらかぞへといふを以て、大津の大を、凡の意にとりなして冠らせたり」と云った。これに対して、古義は、「蘇良と云言は、古は蒼天をのみ云ことにて、暗推に物することを、蘇良某と云しことは、一ッもあることなし」と云ったが、澤瀉注釈は、オオヨソの意のソラの例として、左の二首をあげて真淵説を支持した。いまはこれに従うものが多い。

　恨むとも恋ふともいかが雲井よりはるけき人をそらに知るべき　（後撰集巻十四）

　わが祈る事は一つぞ天の川そらに知りてもたがへざらなむ　（拾遺集巻三）

おほに見しかば今ぞ悔しき　オホニは、ぼんやりと。心にとめずいいかげんに。ミシカバのシカは、過去の助動詞キの已然形。見たので。クヤシキは、クヤシの連体形。ゾと係結び。心にとめずぼんやり見たので、今になってそのことが後悔されるよ。

　　讃岐《さぬき》の狭岑嶋《さみねのしま》に、石《いは》の中《なか》に死《みまか》れる人《ひと》を視《み》て、柿本朝臣人麻呂《かきのもとのあそみひとまろ》の作《つく》る歌《うた》一首《しゅ》　并《あは》せて短歌《たんか》

二二〇　玉藻《たまも》よし　讃岐《さぬき》の国《くに》は　国《くに》からか　見《み》れども飽《あ》かぬ　神《かむ》からか　ここだ貴《たふと》き　天地《あめつち》
日月《ひつき》とともに　足《た》り行《ゆ》かむ　神《かみ》の御面《みおも》と　継《つ》ぎ来《きた》る　那珂《なか》の港《みなと》ゆ　船浮《ふねう》けて　わが

漕《こ》ぎ来《く》れば　時《とき》つ風《かぜ》　雲居《くもゐ》に吹《ふ》くに　沖見《おきみ》れば　とゐ波立《なみた》ち　辺見《へみ》れば　白波騒《しらなみさわ》く　鯨魚取《いさなと》り　海《うみ》を畏《かしこ》み　行《ゆ》く船《ふね》の　梶引《かぢひ》き折《を》りて　をちこちの　島《しま》は多《おほ》けど　名《な》ぐはし　狭岑《さみね》の島《しま》の　荒磯面《ありそも》に　廬《いほ》りて見《み》れば　波《なみ》の音《おと》の　繁《しげ》き浜辺《はまへ》を　敷栲《しきたへ》の　枕《まくら》になして　荒床《あらどこ》に　ころ臥《ふ》す君《きみ》が　家知《いへし》らば　行《ゆ》きても告《つ》げむ　妻知《つまし》らば　来《き》も問《と》はましを　玉桙《たまほこ》の　道《みち》だに知《し》らず　おほほしく　待《ま》ちか恋《こ》ふらむ　はしき妻《つま》らは

反歌《はんか》二首《しゅ》

二二一　妻《つま》もあらば　摘《つ》みて食《た》げまし　沙弥《さみ》の山《やま》　野《の》の上《へ》のうはぎ　過《す》ぎにけらずや

二二二　沖《おき》つ波《なみ》　来寄《きよ》る荒磯《ありそ》を　敷栲《しきたへ》の　枕《まくら》とまきて　寝《な》せる君《きみ》かも

【原文】

讃岐狭岑嶋、視二石中死人一、柿本朝臣人麻呂作歌一首　并短歌

二二〇　玉藻吉　讃岐國者　國柄加　雖見不飽　神柄加　幾許貴寸　天地　日月與共　満将行
神乃御面跡　次来　中乃水門従　船浮而　吾榜来者　時風　雲居尓吹尓　奥見者　跡
位浪立　邊見者　白浪散動　鯨魚取　海乎恐　行船乃　梶引折而　彼此之　嶋者雖多
名細之　狭岑之嶋乃　荒磯面尓　廬作而見者　浪音乃　茂濱邊乎　敷妙乃　枕尓為而
荒床　自伏君之　家知者　往而毛将告　妻知者　来毛問益乎　玉桙之　道太尓不知

欝悒久　待加戀良武　愛伎妻等者

反歌二首

二二一　妻毛有者　採而多宜麻之・作美乃山　野上乃宇波疑　過去計良受也

二二二　奥波　来依荒磯乎　色妙乃　枕等巻而　奈世流君香聞

【校異】　岑2（類紀温）―峯　船2（類紀温）―舡　悒（金温矢）―挹　作（金類古）―佐

讃岐の狭岑の島で、岩の間で死んでいる人を見て、柿本朝臣人麻呂が作った歌一首　短歌を含む。

二二〇　藻の美しい讃岐の国は、国の性質からか、見飽きることがない。神の性質からか、実に貴い。天地・日月とともに永久に満ち足り栄えるであろう神の御顔として、神代の昔から受け継いできた讃岐の国の、その那珂の港から船を浮かべて私が漕いでくると、引き潮の前後にきまって吹く強い風が雲のあたりを吹いているので、沖を見ると大きな波がうねっており、岸辺を見ると白波が立ちさわいでいる。鯨をとる海、その海を恐れて、漕ぎ進めていた船の梶を引きたわめ、あちらこちらに島は多いが、なかでも名前のよい狭岑の島の荒磯に上がり、仮小屋を作って見ると、波の音の絶え間ない浜辺を敷栲の枕として、荒々しい岩を床としてひとり横たわっているあなたの、家がわかったら行って知らせもしよう。妻が知ったら来て言葉をかけもしように。玉桙の立つ道さえわからず、不安な思いで待ち恋うているだろうか。（あなたの）いとしい妻は。

反歌二首

二二一 ここにもし、（あなたの）妻でもいたら、摘んで食べたでしょうに。沙弥の山の野に生えるよめなは、その時期も過ぎてしまったではないか。

二二二 沖の波の寄せて来る荒磯を、敷栲の枕として寝ておいでのあなたよ、なんともいたましい。

【歌意】 人麻呂が瀬戸内海を西から東へと帰京のために航行していた時、折からの強風を避けて立ち寄った狭岑の島で死人を見て哀悼し、死者の霊を慰める心を詠んだ歌。行路死人歌のひとつとされる。万葉集には、ほかにも、巻三・四一五、四二六、巻九・一八〇〇、巻十三・三三三九〜三三四三など、行路死人歌と呼ばれている歌がある。行路で死人を見て詠んだ歌である。大化二年（六四六）三月二十二日の詔に、「辺境の国々から役におもむいて来た民が、事が終わって郷里に帰るおり、急病にかかって路傍に倒れ、死ぬことがある。すると路傍の家では、『どうして自分の家の前の道で人を死なせたのだ』と言い、死者のつれをつかまえ、むりやりに祓除《はらえ》をさせる。このため兄が道に行き倒れて死んでも、その死体をとむらおうとしない弟が多い。また百姓《おおみたから》が川で溺死すると、たまたまその死体に出遇った者が、『どうして自分を溺れ死んだ人に遇わせたのだ』と言い、溺死者のつれをつかまえ、むりやりに祓除をさせる。このため、兄が川で溺れ死んでも、それを救助しない弟が多い」とあるのは、行路で死んでそのまま放棄される者が多かったことを示すと同時に、死者はその存在自体が祓除を要求されるような罪やけがれに相当するものであったことを示している。前掲の万葉集の行路死人歌は、一様に死者の帰りを待っているに相違ない妻や家を詠んでいるという特徴があるが、そのことを「人間的な同情」ととらえ「万葉はもう殆ど古代信仰を脱ぎ捨ててゐた」と指摘する説（木下正俊「龍田山と狭岑島」万葉 二十五号 昭三二・一〇）がある一方、尋常でない死に方をした者の霊は、特に恐れられる存在で、その霊は家でまつられることによって鎮まるはずのものであったし、妻は旅中の夫の無事を願って斎う存在であったから、行路死人歌で死者の家を問い妻をうたうのは、死者の魂を鎮めるために必要であったとする説（神野志隆光「行路死人歌の周辺」『論集上代文学 4』昭四八・一二）もある。後半部分に作者の死者の霊を慰め鎮めようとする心はたしかにあらわされていると思うが、前半に神話的な国土讃美の表現が続き、それは一首全体のなかで量的にも質的にもかなりの比重を占めていることも事実である。清水克彦「石中の死人を見て作れる歌」（万葉 四十号 昭三六・七）は、「いほりて見れば」までの国土讃美をふくむ道行的叙述の前半と行路死人を悼む後半との詩的関連を追求して、ここには「死者を恐れうやまつたり、これを祓い清めようとするような感情はまつたく見られない」とし、この歌を、宮廷において天皇をはじめとする宮廷人士の前で朗唱されたものと考えた。そして、「旅中における、このように特異な感情の体験（水死人とその家族、とりわけその妻にたいする同情の心をさす）を、天皇をはじめとする宮廷人たちに報告することを目的としている」もので、「いわば出張報告という、実用的な目的を持っている」ともいっている。出張報告とまでいうといかにも現代風だが、宮廷で朗唱するために作られたという意見はいま一度かえりみられてよいかも知れない。

［行路死人に対する敬語表現］　本歌において死者に対する敬語表現は、死者を君といっていること、反歌第二首で、ナセル（寝ておられる）といっていることの二点である。人麻呂のもう一首の行路死人歌巻三・四二六「草枕　旅の宿りに　誰が夫か　国忘れたる　家待たまくに」は、「誰が夫か」といっていて「君」とはいっていない。「国忘れたる」も、「国を忘れている」の意で、敬語は用いていない。他の行路死人歌を見ると、巻三・四一

五「家ならば　妹が手まかむ　草枕　旅に臥やせる　この旅人あはれ」は、死者を「この旅人」といっているが、「臥有」をコヤセルと訓んでおり、コヤスは「臥す」意の動詞コユの敬語表現である。「臥有」の用字からは敬語表現に意を用いたとは見えないが、七音句「客尓臥有」の一部で四音に訓むべきことのほかに、『日本書紀』の推古二十一年十二月、聖徳太子が片岡（奈良県香芝市今泉）に行かれた時、道の傍らに飢え人を見てあわれみうたったと伝える歌謡、

　しなてる　片岡山に
　飯に飢《ゑ》て　許夜勢屢《こやせる》　その旅人《たびと》あはれ
　親無しに　汝《なれ》生《な》りけめや
　さす竹の　君はや無き
　飯《いひ》に飢て　許夜勢留　その旅人あはれ（紀一〇四）

　　しなてる　片岡山で
　　食物に飢えて　倒れておいでの　その旅人よ　ああ
　　親なしに　お前は生まれたわけではあるまいに
　　さす竹のように勢いある　主君はいないのか
　　食物に飢えて　倒れておいでの　その旅人よ　ああ

と関わる歌であるから、コヤセルと訓むことに疑問はない。推古紀の歌謡は、死者は実は聖人であって凡人ではなかったという話になっているのだが、それにしても死者をナレと呼び、その主君をキミと呼んでいるから、敬語表現で一貫しているわけではない。このコヤセルを、土橋寛『古代歌謡全注釈　日本書紀編』・大久保正『日本書紀歌謡　全訳注』・鴻巣隼雄『日本古典文学全集　古事記上代歌謡』らが一様に、「倒れている」「倒れ伏してし

まった」と敬語抜きで訳しているのは、歌に全体として死者に対する敬語の気持がないことを感じ取ってのことと思われる。田辺福麻呂の行路死人歌巻九・一八〇〇、調使首の行路死人歌巻十三・三三三九〜三三四三も、死者を君と詠んでいることを除けば、敬語表現はない。死者を特に恐れ敬うという気持が感じられないということは、清水克彦氏の評通りといってよい。但し、「コヤセル」「君」「ナセル」が、軽い程度とはいえ敬語表現であることは確かで、不幸な死者に対する同情とその死霊に対する畏敬の念のあらわれと見てよいと思う。

【二二〇】　讃岐　国名。現在の香川県にあたる。

狭岑の島　香川県坂出市の海中に突き出ている沙弥島。中津から東方八キロ、坂出から北方二・五キロ、周囲二キロ余りの小島であったが、いまは四国本土との間が埋立てられてつながっている。但し、満ち潮の時は徒歩では渡れないという。いま、「柿本人麿碑」（中河與一書）と刻む通称人麻呂岩がある。

玉藻よし　讃岐にかかる枕詞。海岸に見られる藻をほめる表現。ヨ・シは詠嘆の意をあらわす間投助詞。あをによし、麻裳よし、などと同じ語構成。

国からか見れども飽かぬ　カラは、品格・本性の意。アカヌは、「飽きる」意の四段活用の動詞アクの未然形に打消の助動詞ズの連体形がついた形。「国からか」の下のカ（疑問の意の係助詞）の結び。「神からか　ここだ貴き」と対句。

神からかここだ貴き　カラは、国からのカラと同じ。下のカは疑問の意の係助詞。ココダは、こんなにも甚だしく、の意。タフトキは、上の係助詞カと係結び。

天地日月とともに　天・地、太陽・月、いずれも永久不変のものとして引合いに出したもの。

足り行かむ神の御面　（永久に）満ち足り栄えてゆくであろう神の御顔。古事記に伝えるような神話伝承を背景としている。

「次に、伊予の二名の島を生んだ。この島は、身体が一つで顔が四つあり、顔ごとに名がある。そのなかで、伊予の国は愛比売といい、讃岐の国は飯依比古といい、

粟の国は大宜都比売といい、土佐の国は建依別という。」『古事記』上巻（イザナキ・イザナミ二神の国生みの条）

継ぎ来る　受け継いできた。

那珂の港ゆ　香川県丸亀市下金倉町の金倉川河口付近。いま、中津の名があり、もと、那珂郡に属した。ユは、ここは船を出した地点をさす。人麻呂は、中津から内海を東へ帰京の途中であった。

船浮けて　ウケテは、浮かべて。下二段活用のウクは、四段活用のウク（浮かぶ）の他動詞形。浮かべる意。

時つ風雲居に吹くに　「時つ風」は、一定の時にきまって吹く風。「雲居」は雲のあるあたり。「吹くに」のニは、接続助詞で、「……すると」の意味を示すのが原義だが、前後の文脈によって、順接にも逆接にもなる。ここは、順接。時つ風が雲のいるあたりを吹くので。この海の「時つ風」を体験した犬養孝氏の文がある。

中津・沙弥島間の東行は、古代の船旅では、絶対に退潮を見計らはねばならぬ。退潮時の潮流は、この間平均一時間二ノットの速力で東流する。退潮に変る頃、あるいは退潮になってまもない頃、程度の差はあれ、きまつて一時的な強風、「時つ風」が吹く。高見島・沙弥島の間（即ち、中津・丸亀・坂出等の沖）は海上遮るものがないから、風は吹き抜けである。その上、沙弥島と坂出の間には、前記バンの洲と称する東西約三浬にわたる巨大なる浅瀬がある。現在、浅いところ（坂出港沖など）では時に洲を露出し、深いところ（西端部など）でも二メートル余の深さに過ぎない。沖から高くうねり来る浪は、このバンの洲の付近に来て途方もない荒れ方に変ずる。わたくしはかつてこの沖の高浪の荒れを五十屯ほどの汽船で経験したが、船は浪の穂にのり谷間にうち落され、エンヂンの音もきれぎれの感があつた。またバンの洲の付近を四屯ほどの小船で沙弥島にわたつたが、船は木の葉も同然に揺れ、浪の穂が舳先にくづれて潮をかぶり、船内は名状し難い有様となつた。地図も何も吹きとばされてしまふ。船頭は「この風は、空の上に吹きあげてゆく」とおもしろいことを言った。「時つ風雲ゐに吹くに」とは、まさにこれであらう。（犬養孝「人麻呂と風土　―さみねのしま―」『万葉の風土　続』）

沖見ればとゐ波立ち　「とゐ波」は、高くうねる波。沖を見ると、大きな波がうねっており。下の、「辺見れば白波騒く」と対句をなす。

辺見れば白波騒く　岸辺を見ると、白波が立ちさわいでいる。上の二句と対句。

鯨魚《いさな》取り海を畏《かしこ》み　「鯨魚取り」は海にかかる枕詞。イサナは鯨。鯨をとる意で海にかける。「海を畏み」は、海を恐ろしく思って。

梶引き折りて　カヂは、船を漕ぎ進めるために用いる道具。櫓や櫂にあたるもの。「引き折りて」は、梶も折れんばかりに強く引いて、の意。「夕潮に　梶引き折り　あどもひて　漕ぎ行く君は」（20・四三三一）の例がある。

をちこちの島は多けど　あちらこちらに島は多いが。ヲチコチは、あちらこちら。ヲチは、遠方、あちら。コチは、こちら。オホケドは、形容詞オホシの已然形に逆接の接続助詞ドがついた形。奈良時代以前は、形容詞の未然形と已然形に、……ケ、……シケの形があった。

名ぐはし　ナグハシは、ナ・クハシで、名前が美しい、意。形容詞は、古く、終止形を連体形に通用することがあった。万葉集では、ナグハシは、本歌の狭岑の島と、吉野の山（1・五二）を、ナグハシキが、稲見の海（3・三〇三）を修飾している。類形の語句に「香ぐはし」があり、これも、体言を修飾するのに、カグハシ・カグハシキの両形がある。土橋寛『古代歌謡論』は、終止形で体言を修飾する例を枕詞とした。

荒磯面に廬りて見れば　アリソモは、アライソオモの約。荒々しい岩の上に仮小屋を作って、ふと見ると。イホリテの原文「廬作而」は、仮小屋を作って、の意をあらわしたか。

波の音の繁き浜辺を敷栲の枕になして　波の音のしきりに聞える浜辺を、敷栲の枕として。「敷栲の」は、枕にかかる枕詞。栲は楮の繊維を糸状にして織った布。それを敷いて枕にすることもあって枕詞とする。ここは、枕になるはずもない波の音のしきりに聞える浜辺を枕として、の気持。

荒床にころ臥す君が　荒々しい床にひとり横たわっているお方の。「荒床」は、死者の横たわっている荒々しい岩の上をさしていったもの。コロフスは、原文「自伏」。コロは、自分自身、または、ひとりの意。「自伏」は旧訓コロフスであったのを、山田孝雄『万葉集考叢』が、コロフスの訓は「玉藻之如許呂臥者」（2・一九六）の誤読から生じたものとして、自は出自の自でヨリとよむべき字といい、ヨリフスの訓を提示した。新考は、コイフス、新訓はコヤセルとも訓んでいる。その後、大野晋「奈良朝語訓釈断片」（国文学　昭二六・九）が、出自を示すヨリのヨは甲類、寄り臥すのヨは乙類で上代特殊仮名遣いでは仮名違いであること、自をコロと訓む例が『倭訓栞』にあること、『大言海』にコロタツ（独立する）・コロドリ（一羽ずつとる）・コロハタ（孤立する旗）などの例をあげること、『代匠記』に「自の字をころとよめるは、をのつからといへる古語なり」とあること、『成実論』*天長五年(八二八)点の中に自をコロトと訓んでいることなどから、「自伏」はコロフスと訓むべきで、コロは、自分自身または独りを意味すると考えられるとした。以後これに従ってコロフスと訓まれている。

*『成実論』は、仏書。平安初期の訓点資料として、評価が高い。

家知らば行きても告げむ　シラバは「知る」の仮定表現。もし家を知ったら、行って知らせもしよう。

妻知らば来も問はましを　（夫がここにいることを）妻が知ったら、来て様子を尋ねもするだろうに。マシは仮想の助動詞。ヲは感動の意をあらわす間投助詞。

玉桙の道だに知らず　「玉桙の」は、道にかかる枕詞。夫のいるここへ来る道さえもわからないで。

おほほしく待ちか恋ふらむ　オホホシクは、不安で心が晴れないさまをあらわす形容詞オホホシの連用形。原文「欝悒久」。欝は、鬱の俗字。ふさがる意。悒は、心が安らかでない意。いまごろ、不安で心も晴れず待ち恋うているだろうか。

はしき妻らは　いとしい妻は。ラは、親愛の情をあらわす接尾語。

【二二一】　妻もあらば摘みて食げまし　せめて妻でもいたら摘んで食べもしただろうに。このモは、願望や仮定の対象を控えめに例示する意をあらわす。「せめて……でも」（小学館『古語大辞典』）。タゲは、飲み食いする意の下二段活用の動詞タグの未然形。

沙弥の山　「沙弥島には、二一、三〇メートルの小丘、新地山、権現山、オソゴイ・城山の三つがある。『佐美の山』はそのどれかをさすのであろう。ナカンダの浜を泊所と考えるなら新地山など格好のところだ」（犬養孝『万葉の旅　下』）という。沙弥島の東海岸に面し、四国本土に近い所に位置する二八メートルの山。

うはぎ　ヨメナの古名。キク科の多年草。野原に自生。若芽を食用とする。

過ぎにけらずや　食べるのに適した時期が過ぎてしまったではないか。ニは、完了の助動詞ヌの連用形。「……ズヤ、……ニケラズヤ、……テアラズヤなどは眼前の事実について他人の注意を喚起し、同意を求める形で感動的に表現する句法」（全集頭注）

【二二二】　沖つ波来寄る荒磯を　「来寄る」の原文「来依」をキヨスルと訓む立場がある。仮名書き例はないが、波に限っては、句中に単独母音がある場合は、キヨスルと訓んで八音に、ない場合はキヨルと訓んで七音にという傾向があるようだが、今は、音調の滑らかさを重んじて、従来の訓みに従った。

枕とまきて寝せる君かも　枕として寝ておられるあなたよ。マキは、枕にする意の四段活用の動詞マクの連用形。ナセルは、寝る意の動詞ヌの尊敬表現ナスの連用形ナシ＋動詞アリの連体形アルのナシアルの約。君を修飾する。カモは詠嘆の意をあらわす終助詞。

二二三　柿本朝臣人麻呂《かきのもとのあそみひとまろ》、石見国《いはみのくに》に在《あ》りて死《し》に臨《のぞ》む時《とき》に、自《みづか》ら傷《いた》みて作《つく》る歌《うた》一首《しゅ》

鴨山《かもやま》の　岩根《いはね》しまける　われをかも　知《し》らにと妹《いも》が　待《ま》ちつつあるらむ

【原文】　柿本朝臣人麻呂在二石見國一臨レ死時、自傷作歌一首

二二三　鴨山之　磐根之巻有　吾乎鴨　不知等妹之　待乍将有

柿本朝臣人麻呂が、石見国にいて死期が近づいた時に、自ら悲しんで作った歌一首

二二三　鴨山の岩を枕として（死のうとして）いる私を、そうとも知らずいとしい妻は待っていることだろうか。

【歌意】　人麻呂の辞世の歌として伝える歌である。これに続いて人麻呂の死の知らせを聞いた妻依羅娘子の二首（2・二二四、五）の挽歌をはじめ、丹比真人の歌（同・二二六）と作者不明のある本の歌（同・二二七）とがある。丹比真人の歌は人麻呂の心で、作者不明のある本の歌は妻の立場でうたっている。人麻呂と同時代の歌人、高市黒人・長意吉麻呂、あるいは第三期の代表的歌人山部赤人・笠金村などについてその死をめぐる歌が一首もないのにくらべると、人麻呂の場合多すぎるほどにあるということができよう。それだけ歌人人麻呂の名声が高く、人麻呂を敬う人がいたということでもあろうか。この歌については、先ず鴨山の所在地をめぐって論が錯綜し、次いで人麻呂の石見に於ける死を疑問とし、この歌をも後人による人麻呂の死をめぐる伝説の所産とする説

が有力となった。依羅娘子の歌以下に人麻呂の死に場所と歌われているところが石川・荒波・荒野と定まらない点を、この人麻呂の歌を疑問視すべき証とする説もあるが、それとこれとは別とすべきであろう。渡瀬昌忠氏は、「題詞を疑う向きもあるが、題詞のどこまでを信じ、どこまでを疑うかが、その人の都合によるのでは困るから、まずは題詞どおりに受け取ってみるのが順序である」（『注釈万葉集《選》』）。として、「非凡の歌人であった人麻呂が死に直面して辞世歌を口ずさんだとしても不思議はない。（中略）公務の旅中の死は、死者の家に告げられた。人麻呂も石中の死人を見て「家知らば　行きても告げむ」（2・二二〇）と歌っていた。「妻知らば　来も問はましを」とも。人麻呂は自分の辞世歌が妻に伝えられることを承知の上で、旅の同行者に辞世の歌を託したのであろう」といっている。なお、吉井巖氏「柿本人麻呂の臨死歌群の成立についての一つの推考」（万葉一四六号平五・四）は、「刑死時の遺詠については、これを特別に疑う必要はないように思う」としつつ「必至の死である処刑の死の場合以外には、詩も歌もまだあらわれていないという日中の古代文学の現実」を前提として、本歌すなわち人麻呂の臨死時自傷歌が、人麻呂を敬慕する人によって代作されたものであることを推定した。本歌の場合を今離れていえば、刑死者以外に、たとえば旅先で病死を覚悟した者が離れ住む妻や親を思って歌を詠むということが果たしてあり得ないといえるかどうか、疑問に思う。旅先ではないし、家族を思っての歌でもないが、憶良の「をのこやも空しくあるべき」（6・九七八）は、雑歌に配されてはいるが、自己の死に直面しての思いを吐露している点で、臨終の歌に等しいと考えられる。自ら行路死人歌を詠んだ人麻呂が、家を離れた旅先で死を覚悟したら、何も知らず夫の帰りを待っているであろう妻を思って歌を詠むことは、むしろ自然な行為のように思われる。その歌が無事に妻のもとに届けられるかどうかが問題だと思われるのだが、同行者がおり、その歌を大切に思い、何としても届けなければと思えば、届けられることもあるだろうと思う。しかし、そのようなことは稀であったろうと思う。また届けられたにしても、それが、万葉集のような歌集に載録されることは、殆ど考えられないことであった。人麻呂のような歌人であったからこそ載録されたので、これは、きわめて稀な例と言わなければならない。本歌が、「鴨山の岩根しまけるわれ」と詠んでいるからといって、山中の行き倒れの証と見る必要はない。これは、望ましい状況にない時に思いみたり、表現したりする死であって、旅舎であったり、赴任先の仮寓であったり、事実は、自宅で迎える死であっても言い得る表現だと思う。依羅娘子は、ここに配列された歌を見る限りでは、人麻呂の歌を届けられたとみてよいと思うが、そうであってもなくても、人麻呂の死は知らされたのであろう。依羅娘子の歌は、歌からだけではない情報にもとづいて詠んでいるとみられる。

石見国　島根県西部の地。国府は浜田市下府《しもこう》にあった。

鴨山　所在地については、諸説があり、決定しがたい。なかで、①④などが有力。

①島根県益田市高津の鴨島説。正徹『徹書記物語』（一四三〇年頃の成立か）ほか。

　鴨島は、万寿三年（一〇二六）の大津波で埋没。

②同浜田市旧城山の亀山説。藤井宗雄『石見国名跡考』。

③同江津《ごうつ》市二宮神村説。吉田東伍『大日本地名辞書』。

④同邑智郡邑智町湯抱《ゆがかえ》説。斎藤茂吉『柿本人麿　雑纂篇』。

　はじめ茂吉は、邑智郡粕淵村亀付近の津目山《つのめやま》を鴨山としたが、後に粕淵《かすぶち》村役場の土地台帳に鴨山の地名があることを知らされ、踏査の後、この湯抱の鴨山説をとった。

　人麿のつひのいのちを終はりたる鴨山をしも此処と定めむ（茂吉）

⑤石見国国府付近説。契沖『万葉代匠記』。

⑥大和の鴨山（葛城連山の中）。土屋文明『万葉集私注』。私注は、人麻呂が任国石見で死に臨んで詠んだ歌であるが、鴨山は、生前の人麻呂が死後葬斂されると予想できる所、もしくは死後行くであろうと予想できる所として、大和の鴨山説を主張した。

知らにと　ニは、打消の助動詞ズの連用形。知らないで。

待ちつつあるらむ　ラムは、現在の事態を推量する助動詞。

柿本朝臣人麻呂《かきのもとのあそみひとまろ》の死《みまか》りし時《とき》に、妻依羅娘子《つまよさみのをとめ》の作《つく》る歌《うた》二首《しゆ》

二二四　今日今日《けふけふ》と　わが待《ま》つ君《きみ》は　石川《いしかは》の　貝《かひ》に 一に云《い》ふ、谷《たに》に　交《まじ》りて　ありといはずやも

二二五　直《ただ》の逢《あ》ひは　逢《あ》ひかつましじ　石川《いしかは》に　雲立《くもた》ち渡《わた》れ　見《み》つつ偲《しの》はむ

【原文】　柿本朝臣人麻呂死時、妻依羅娘子作歌二首

二二四　・且今日〻〻　吾待君者　石水之　貝尓 一云、谷尓　交而　有登不言八方

二二五　直相者　相不勝　石川尓　雲立渡礼　見乍将偲

【校異】　**且**（紀細温）―旦

柿本朝臣人麻呂が死んだ時に、妻の依羅娘子が作った歌二首

二二四　今日か今日かとお帰りをお待ちしているわが夫は、石川の貝に 谷に まじっているというではありませんか。

二二五　直接お逢いすることはもうできないでしょう。どうか石川の上一面に、雲よ、立っておくれ。その雲を見つつ私は夫を偲びたい。

【歌意】　人麻呂の妻依羅娘子の歌は、巻二相聞の部の最後の一四〇番歌にあった。一四〇番歌は旅立つ夫を送るにあたってのどちらかといえば類型的な歌でしかなかったが、この二首は、二首共に悲傷の情に濁りがなく、調べも高い。挽歌特有の緊張感がある。その点からいっても、鴨山の歌をはじめ、人麻呂の死をめぐる一連の歌のすべてを後代の人麻呂伝説の中の物語歌とみるみかたや、石見相聞歌を後宮の人々を中心とする宮廷人の集う席で人麻呂が演じた物語であったと解した伊藤博氏が、この人麻呂の歌と妻の歌をも、人麻呂生存中に聴衆の再度の要望により人麻呂が創作した虚構だったとする説などには従いがたい。

妻依羅娘子　一四〇番歌に既出。人麻呂の都にいる妻で、依羅は、氏の名と考えられる。河内国丹比郡依羅郷（大阪府松原市天美地区付近）および隣接する摂津国住吉郡大羅《おおよさみ》郷（大阪市住吉区我孫子・庭井付近）を本拠とする氏族であるが、早くから朝廷に仕えている者や、経師として左京に住んでいる者もいた。この依羅娘子を河内在住の娘子と考える説もあるが、人麻呂がたまたま河内国の官人として河内国在住の機会があったら、河内国に住む女性と結婚することもあるかと思うが、藤原京に出仕していながら河内の女性と結婚して、河内まで妻問いに通うということは考えられない。人麻呂の妻依羅娘子も宮仕えをしていた可能性があり、同居はしていなかったにしても、この娘子は、藤原京内かその周辺に住まっていたと思う。依羅連氏は、斉明三年唐に遣わされようとして新羅まで行きながら、新羅の協力が得られず帰国した依羅連稚子や天平十五、六年の頃、左京に住んでいた経師依羅連国方、出雲国の史生で天平五年八月、大帳使、同十一月、貢調使として上京した依羅連意美麻呂のほか、官人や経師を少なからず出している。姓氏録には、饒速日命十二世の孫、懐大連を祖とする依羅連（左京神別）、饒速日命十世の孫、伊己布都大連を祖とする依羅連（右京神別）が見え、また、百済国人素禰志夜麻美乃君より出る依羅連（河内国諸蕃）もみえる。帰化氏族とのかかわりも深かったのであろう。一方、丹比真人氏は、依羅氏が本貫とする河内国丹比郡一帯を本拠とし、依羅氏とは主従の関係に近かった。依羅娘子の挽歌に丹比真人某が和したのは、その氏族関係によるところが大きかったのであろう。

【二二四】　石川　鴨山をどこに求めるかにより、石川がどの川にあたるかも相違してくる。二二三番歌の「鴨山」の注参照。島根県益田市の高津川、同県浜田市の浜田川、同県邑智《おおち》郡の江川上流、同県同郡湯抱《ゆがかい》温泉の女良谷《めらだに》川、大阪府の石川、など。

貝にまじりて　カヒをそのまま貝とする説と峡（峡谷）ととる説とある。前者では、「海に注ぐ河口近くに貝などとともに水に沈んでいる人麻呂」が想像されるとする（全注）、「火葬に附して散骨したのではないか」（『万葉集精考』）など。後者は、近藤芳樹『万葉集註疏』・注釈・全集など。新全集は、貝説で、「人麻呂の遺骨がしじみや沼貝など淡水貝の殻に混在していることを表すのであろう」とする。但し、別伝の「谷に」は、貝を峡ととっての異伝かとも考えられる。

ありといはずやも　ズヤのヤは反語。モは詠嘆の意をあらわす助詞。

【二二五】　直の逢ひ　夢などでなく直接に逢うこと。

逢ひかつましじ　逢うことはできないだろう。カツは、できる意の補助動詞。下二段活用。マシジは、マジの古形で、否定の推量。……することはできないだろう。

雲立ち渡れ　雲を、離れている人あるいは死んだ人を偲ぶよすがとすることを詠んだ歌は左のように見える。

※今城なる小山《をむれ》が上に雲だにもしるくし立たば何か嘆かむ　（紀一一六　斉明天皇）

秋津野に朝ゐる雲の失せゆけば昨日も今日も亡き人思ほゆ　（7・一四〇六）

こもりくの泊瀬の山に霞立ちたなびく雲は妹にかもあらむ　（7・一四〇七）

わが行きの息づくしかば足柄の峰這ほ雲を見とと偲はね　（20・四四二一　武蔵国の防人）

二二六　丹比真人《たぢひのまひと》名《な》闕《か》けたり　柿本朝臣人麻呂《かきのもとのあそみひとまろ》の意《こころ》に擬《なぞら》へて報《こた》ふる歌《うた》一首《しゅ》

荒波《あらなみ》に　寄《よ》り来《く》る玉《たま》を　枕《まくら》に置《お》き　我《われ》ここにありと　誰《たれ》か告《つ》げけむ

ある本《ほん》の歌《うた》に曰《い》はく

二二七　天離《あまさか》る　鄙《ひな》の荒野《あらの》に　君《きみ》を置《お》きて　思《おも》ひつつあれば　生《い》けるともなし

右《みぎ》の一首《しゅ》の歌《うた》は、作者未《さくしゃいま》だ詳《つばひ》らかならず。但《ただ》し、古本《こほん》此《こ》の歌《うた》を以《もち》て此《こ》の次《つぎて》に載《の》す。

【原文】

丹比真人名闕擬二柿本朝臣人麻呂之意一報歌一首

二二六　荒浪尓　縁来玉乎　枕尓置　吾此間有跡　誰将告

或本歌曰

二二七　天離　夷之荒野尓　君乎置而　念乍有者　生刀毛無

右一首歌、作者未詳。但古本以㆓此歌㆒載㆓於此次㆒也。

丹比真人名を記さずが、柿本朝臣人麻呂の気持になって答えた歌一首

二二六　荒波にうち寄せられて来る玉を枕として、私がここに臥していることを、誰が（妻に）知らせたのだろうか。

ある本の歌にいうには

二二七　都から遠く離れた地方の荒れ野にあなたを置いて、思い続けていると、しっかりした気分の時もない。

右の一首の歌は、作者が明らかでない。但し、古い本では、この歌をこの順に載せている。

【歌意】　二二七に「ある本の歌にいはく」とあるから、この歌一首のみは資料を異にすることがわかる。これに対して、丹比真人氏の歌は、二二四、五と同じ資料から出たのであろう。河内国丹比郡依羅郷および隣接する摂津国住吉郡大羅郷を本拠地とする依羅氏と丹比氏との地縁の深さからいっても、丹比真人の歌は、直接に依羅娘子の歌に対する和歌として詠まれたものであろう。「貝にまじりて」との関係も、矛盾しない。依羅娘子の歌を聞いた人麻呂が、誰が自分の消息を知らせてくれたのだろう、といったとする表現で、自分の死が妻に伝えられたと知り安堵する人麻呂の心を代弁した。一方、二二七は、作者不明ではあるが、客死した柿本人麻呂を偲ぶ立場

で詠んでいる。古本ではこの順に載せているとあるから、一連の歌と関わって詠まれ、伝えられもしたのであろう。注釈は、柿本人麻呂の二二五番歌と下三句の表現が類似していることを指摘しているが、作者に関しては、「人麻呂の友人か妻―依羅娘子に限らない―が詠んだのであらう。一世に名の聞えた情熱の歌人である。依羅娘子ならずともかう詠む人はいくらもあつたであらう」といっている。なお、この歌群をめぐる諸説に関する論評は、神野志隆光氏の「臨死歌」（セミナー　万葉の歌人と作品　第三巻）が詳しい。

【二二六】丹比真人　丹比真人氏。氏の名と姓のみ書かれていて、名は記されていず不明。丹比は多治比とも。持統四年（六九〇）七月に右大臣になった多治比真人嶋の一族。万葉集には、県守・乙麻呂・笠麻呂・国人・鷹主・土作《はにし》などがおり、左注に見えるのみでは、広成・屋主がいるが、二二六の作者は明らかでない。丹比真人氏は依羅氏が本拠とする河内国丹比郡一帯を本拠とし、依羅氏とは関係が深い。もともとの本拠地は、河内国丹比郡一帯であっても、天武・持統・文武の三代にわたって、筑紫大宰、右大臣、左大臣と要職を歴任した嶋の一族は、いずれも宮廷に出仕しており、県守・広足・広成など従三位に至っているが、その他も、だいたい四位、五位の官人で、この歌の作者丹比真人も、在京の官人であったろうことはいうまでもない。

誰か告げけむ　誰が妻に告げたのであろうか。原文「誰将告」を、「誰か告げなむ」と訓んで「誰か知らせてくれるだろうか」と解釈する説（全訳注）もあるが、題詞にいうように、依羅娘子の歌に報えた歌とすれば、「誰か告げけむ」の訓みが、よいように思われる。

【二二七】天離る　鄙にかかる枕詞。都から遠く離れた意でかける。

思ひつつあれば　あなたのことを思い続けていると。

生けるともなし　助詞のトは乙類で終止形を承けるのに対し、ここのト（刀）は、甲類であるから、助詞のトではなく、名詞で、時・間の意。二一五番歌参照。

寧樂《なら》の宮《みや》

和銅《わどう》四年《ねん》、歳次辛亥《さいししんがい》、河辺宮人《かはへのみやひと》、姫島《ひめしま》の松原《まつばら》に娘子《をとめ》の屍《かばね》を見《み》て悲《かな》しび嘆《なげ》きて作《つく》る歌《うた》二首《しゅ》

二二八 妹《いも》が名《な》は　千代《ちよ》に流《なが》れむ　姫島《ひめしま》の　小松《こまつ》がうれに　苔生《こけむ》すまでに

二二九 難波潟《なにはがた》　潮干《しほひ》なありそね　沈《しづ》みにし　妹《いも》が姿《すがた》を　見《み》まく苦《くる》しも

【原文】 寧楽宮

和銅四年、歳次辛亥、河邊宮人、姫嶋松原見㆓嬢子屍㆒、悲嘆作歌二首

二二八 妹之名者　千代尓将流　姫嶋之　子松之末尓　蘿生萬代尓

二二九 難波方　塩干勿有曽祢　沈之　妹之光儀乎　見巻苦流思母

【校異】 **者**（金類古）―ナシ（西、右に小字で書き、名の下に○印を記す）

寧楽の宮

和銅四年すなわち辛亥の年に、河辺宮人が姫嶋の松原で娘子の死体を見て悲しみ嘆いて作った歌二首

二二八　いとしいこのおとめの名は、千年の後までも伝わるだろう。姫島の小松の梢に苔が生えてしまうまでも。

二二九　難波潟では潮は引かないでほしい。水に沈んだいとしいおとめの姿を見るのが辛いよ。

【歌意】　一見行路死人歌の類のように見えるが、「妹が名は千代に流れむ」とも云っているから、作歌時点では、その名もわかっていたのだろう。海に身を投げて死んだおとめに同情しての作である。巻三の四三四以下に同様の題詞をもった四首の歌が見える。その四首に対して、こちらは二首のみであるが、題詞と矛盾することなくよくまとまっている。私注に「恐らく当時の普通の習慣に従って、変死者の霊を慰めるために作歌したのであろう」とする。その点では、巻三挽歌に見える人麻呂作の「土形娘子を泊瀬の山に火葬る時に……」（四二八）や「溺れ死にし出雲娘子を吉野に火葬る時……」（四二九、四三〇）の歌と状況は似ている。

寧楽宮　巻一の八四番歌の前にもあった。巻一・二の体裁に従えば、「寧楽宮御宇天皇代」とあるべきところだが、この時代の歌を配列する意図もなく、すでに追補した歌の中に平城遷都後の歌があることに気づいて、この三字を補ったものかと思われる。平城京は、和銅元年二月に平城の地に遷都するとの詔があり、都城の造営を開始した。和銅三年（七一〇）三月十日に遷都。延暦三年（七八四）十一月、長岡京に遷都するまでの都城。この間、天平十二年（七四〇）十二月から、恭仁京時代に続いて、難波を皇都とした時期があったが、同十七年五月に平城京に帰った。

歳次辛亥　歳次は、歳星（木星）が十二年で天球を一周するところから、その年の干支を示すのに用いた。歳星（木星）の次（やどり）の意。辛亥は、和銅四年の干支。
河辺宮人　名・経歴不明。天武十三年十一月に朝臣姓を賜わった川辺氏がいる。
姫島の松原　姫島は、淀川河口にあった島という。大阪市西淀川区姫島説、浪速区敷津西説、東淀川区南・北江口付近説などがある。新羅の女神が夫を避けて日本に来て、はじめ筑紫の祝灘にある姫島におり、更に夫から遠く離れた土地へと摂津国の姫島に来たという伝説が説津国風土記逸文に見える。
【二二八】　**妹が名**　妹の名。死んでいるおとめの名。人代名詞・人をさす名詞を承けるガは、自分自身・あるいは結婚の相手・両親など、ミウチの人間をさすのに用いられ、親愛の対象を示すもので、それとの間が親しい・近しい関係である。そうでなく尊敬すべき人に対して用いた場合（「里長が声」など）は、軽侮・嫌悪の気持の表現となる、という（岩波古語辞典）。
千代に流れむ　千代に伝わってゆくだろう。
小松がうれ　ウレは先端。ここは梢のことか。
蘿生すまでに　苔がはえるまでも。
【二二九】　**難波潟**　難波の海浜で、引き潮の時は地面があらわれ、潮が満ちると隠れるような海浜。
潮干なありそね　「な―そ」は禁止。ネは相手に望み求める意を示す助詞。潮は引かないでほしい。
沈みにし　水中に沈んでしまった。
見まく苦しも　マクはムのク語法。モは、詠嘆。

霊亀元年《れいきぐわんねん》、歳次乙卯《さいしいつばう》の秋《あき》九月《ぐわつ》、志貴親王《しきのみこ》の薨《こう》ぜし時《とき》に作《つく》る歌《うた》一首《しゆ》　并《あは》せて短歌《たんか》

二三〇　梓弓《あづさゆみ》　手《て》に取《と》り持《も》ちて　ますらをの　さつ矢手挟《やたばさ》み　立《た》ち向《むか》ふ　高円山《たかまとやま》に　春野焼《はるのや》く　野火《のび》と見《み》るまで　燃《も》ゆる火《ひ》を　いかにと問《と》へば　玉桙《たまほこ》の　道来《みちく》る人《ひと》の　泣《な》く涙《なみた》

こさめに降《ふ》り　白栲《しろたへ》の　衣《ころも》ひづちて　立《た》ち留《と》まり　われに語《かた》らく　なにしかも　もとなとぶらふ　聞《き》けば　音《ね》のみし泣《な》かゆ　語《かた》れば　心《こころ》そ痛《いた》き　天皇《すめろき》の　神《かみ》の御子《みこ》の　いでましの　手火《たひ》の光《ひか》りそ　ここだ照《て》りたる

短歌《たんか》二首《しゅ》

二三一　高円《たかまと》の　野辺《のへ》の秋萩《あきはぎ》　いたづらに　咲《さ》きか散《ち》るらむ　見《み》る人《ひと》なしに

二三二　三笠山《みかさやま》　野辺《のへ》行《ゆ》く道《みち》は　こきだくも　繁《しげ》く荒《あ》れたるか　久《ひさ》にあらなくに

右《みぎ》の歌《うた》は、笠朝臣金村《かさのあそみかなむら》の歌集《かしふ》に出《い》づ

ある本《ほん》の歌《うた》に曰《い》はく

二三三　高円《たかまと》の　野辺《のへ》の秋萩《あきはぎ》　な散《ち》りそね　君《きみ》が形見《かたみ》に　見《み》つつ偲《しの》はむ

二三四　三笠山《みかさやま》　野辺《のへ》ゆ行《ゆ》く道《みち》　こきだくも　荒《あ》れにけるかも　久《ひさ》にあらなくに

【原文】

霊亀元年、歳次乙卯秋九月、志貴親王薨時作歌一首 并短歌

二三〇　梓弓　手取持而　大夫之　得物矢手挟　立向　高圓山尓　春野焼　野火登見左右　燎火乎　何如問者　玉桙之　道来人乃　泣涙　霈霂尓落　白妙之　衣漬而　立留　吾尓語久　何鴨　本名唁　聞者　泣耳師所哭　語者　心曽痛　天皇之　神之御子之　御

駕之　手火之光曽　幾許照而有

短歌二首

二三一　高圓之　野邊秋芽子　徒　開香将散　見人無尓

二三二　御笠山　野邊徃道者　己伎太雲　繁荒有可　久尓有勿國

右歌、笠朝臣金村歌集出

或本歌曰

二三三　高圓之　野邊乃秋芽子　勿散祢　君之形見尓　見管思奴播武

二三四　三笠山　野邊従遊久道　己伎太久母　荒尓計類鴨　久尓有名國

【校異】**薨**（金紀温）―夢（西消して右に薨）　**矢**（金類紀）―失　**𩃎**（金温矢）―𩅦　**落**（金類）―落者
唁（京赭）―言　**太**（金古京）―大

霊亀元年の秋九月、志貴親王が亡くなられた時に作った歌一首　短歌を含む

二三〇　梓弓を手に取り持ち、矢を手にはさみ持って、ますらおが立ち向かう的、そのマトの名をもつ高円山に、春の野を焼く火と見紛うほどに、盛んに燃えている火を、どうしたのかとたずねると、玉桙の道を歩いて来た人は、涙をまるで小雨が降るようにさめざめと流して、白栲の衣を濡らしつつ、立ち止まって私に語るには、「どうしてそのようなことをむやみに聞く

のですか、そういう言葉を聞くと声をあげて泣けてきます。話すと胸が痛みます。あの火は、明つ神であられる天皇のみ子の、葬列の人々の手に持つたいまつの火が、あんなにもたくさん照っているのです」

短歌二首

二三一 高円の野辺の秋萩は、いまごろむなしく咲いては散っていることだろうか。見る人もいないまま。

二三二 三笠山の野辺を行く道は、ひどく草が茂り荒れていることよ。まだ皇子が亡くなられてからそれほど長く経ったわけではないのに。

右の歌は、笠朝臣金村の歌集から採ったものである。

ある本の歌には

二三三 高円の野辺の秋萩は、どうか散らないでおくれ。せめてそれだけでも皇子の形見として見ながら、皇子を偲びたいから。

二三四 三笠山の野辺を通る道は、ひどく荒れてしまったことだ。まだそれほど時は経っていないのに。

【歌意】 志貴親王に対する挽歌であるが、人麻呂の殯宮挽歌と違い、死者の生前の徳や業績を詠むことなく、葬列に従う人々の手にもつたいまつの火の列から詠みはじめ、事情を知らない者が人に問い聞き、親王の葬列であることを知らされる形で事情を明かす。皇子の挽歌としては異例の筋立てである。高円山を取り囲む葬列の火と、事情を聞かれた道来る人の降る小雨のように流す涙を通して、親王の死を悲しむおおぜいの人々の姿を浮き彫りにしている。斬新で効果的だと評してよいだろう。その長歌とはうってかわって、短歌二首では、親王の死を悼む思いがしめやかに表現されている。そこに作者の真情を託したのであろう。この反歌二首と「ある本歌」の短歌二首とは、内容表現共に関係深いが、「ある本歌」の方が時間的に早いように表現されているので、「ある本歌」の二首が先に作られ、それを改作する形で本文長歌の反歌に据えられたとする説があるが妥当であろう。ただ、「ある本歌」と本文歌を別人の作、あるいは別人の立場での作とする説もあるが、それにしてはあまりに共通するところが多い。同一の作者による同一の立場での改作とすべきである。

なお、作者は、笠朝臣金村であるが、笠朝臣氏は、岡山一帯に大きな勢力をもっていた吉備一族の支族で現在の笠岡市あたりを本拠地とした豪族。『新撰姓氏録』によれば、第七代孝霊天皇の皇子稚武彦命の子孫で、第十五代応神天皇が吉備国においでになって加佐米山（岡山市牧石）にお登りになったとき、つむじ風が天皇の笠を吹き飛ばした。天皇がどういうことかと怪しまれたところ、鴨別命が、天地の神々が天皇にお仕えしようとしているしるしだと申し上げた。そこで、天皇がその真偽のほどを知ろうとして、その山で狩をしたところ、えものがたくさんとれたので、おおいに喜び、鴨別命に「賀佐」の名を賜わったとある。『古事記』孝霊天皇の条に、孝霊天皇の皇子若日子建吉備津日子命を笠臣の祖とし、日本書紀応神天皇の条には吉備臣の祖御友別の弟鴨別が笠臣の祖とある。また第十六代仁徳天皇六十七年の条に、吉備の中つ国の川島川に大蛇がいて人々を苦しめていたとき、笠臣の祖先の県守が勇敢で大蛇およびその党類をことごとく斬ったとある。孝徳天皇大化元年九月十二日に、吉備笠臣垂《しだる》が中大兄皇子に自首して、吉野にいた古人大兄皇子らと共に謀反を企てたことをいったので、中大兄は兵を出し、古人大兄とその子を斬らせたという。これらの祖先伝承を見ると、笠朝臣氏が本来吉備地方の豪族で武の家であったことが推測される。天武十三年(六八四)十一月新しい八色の姓制定に際して、笠臣に朝臣の姓を賜わる。梶川信行氏は、この歌から金村は志貴親王の宮に奉仕していて、後に行幸従駕の歌を詠んだ頃は、兵衛府の官人で従八位下相当の少志（四等官の下位）あたりではなかったかと推測している（『上代文学研究事典』）。なお、笠氏の家系と金村の生涯についての梶川信行氏の論は、同氏著『万葉史の論　笠金村』に詳しい。

金村の作品の中では、この挽歌が特に早い時期のもので、以後、養老七年(七二三)から神亀五年(七二八)まで、車持千年や山部赤人と共に第四十四代元正天皇・第四十五代聖武天皇の行幸に従駕して歌を詠んでいる。純粋な宮廷讃歌もあるが、小説的構想を構えて従駕の人に贈るために娘子に頼まれて詠んだとする歌や旅先であった女性と一夜を共にした喜びを詠んだ歌などがある。行幸従駕の場で歌人に求められる歌も人麻呂の時代とは様相を異にしていたことがわかる。皇子への挽歌としては異例の構想の本挽歌も、それと無関係ではないであろう。

笠朝臣金村の歌集は、笠金村の個人歌集。この歌集名は、当該歌にのみ見えるが、巻三の三六八・三六九、巻六の九五〇～九五三、巻九の一七八五・一七八六、一七八七～一七八九にいう「笠朝臣金村之歌中」も金村歌集に同じとする意見が強い。三六八・九五三のように他人作をも載せたらしいが、ほぼ金村作を中心とすると認められている。

[志貴親王の薨去の年月について]　本歌題詞で志貴親王の薨去を「霊亀元年歳次乙卯の秋九月」とするのに対して、『続日本紀』では、霊亀二年(七一六)八月十一日に、

二品志貴親王薨しぬ。従四位下六人部《むとべの》王《おほきみ》、正五位下県《あがたの》犬養《いぬかひ》宿祢筑紫を遣して、喪事《ものこと》を監護《みまも》らしむ。親王《みこ》は天智天皇の第七の皇子《みこ》なり。宝亀元年、追尊して、「春日宮に天の下知らしめしし天皇」と称す。

とある。また、『続日本紀』宝亀二年(七七一)五月二十九日（新訂増補国史大系本。新大系『続日本紀』は、二十八

日）に、「始めて田原天皇の八月九日の忌斎《をがみ》を川原寺に設く」とある。田原天皇は、志貴親王のことである。

この相違について、

①万葉集の題詞「元年」の誤りとする説

②霊亀元年九月に元正天皇が即位しているので薨奏が遅れたのだろうとする説

③『続日本紀』の霊亀二年八月九日が正しく、十一日は喪事を監護する使を派遣した日付ではないかとする説

などがある。薨奏が遅れたとしても、約一年後に「喪事を監護する使」を派遣することは考えられないし、『続日本紀』宝亀二年五月の、「田原天皇の八月九日の忌斎」という記述は信頼できると思われるから、③の説がよいと思う。近藤章「志貴親王薨去とその挽歌」（『国語と国文学』昭四九・八）は、本来は二年であったのを万葉で一年と誤り、八月の薨去後四十九日の供養の日に金村の歌が披露されたものとする。なお、本歌に関する諸説の紹介は、倉持しのぶ「志貴皇子挽歌」（『セミナー　万葉の歌人と作品　第六巻』）に詳しい。

【二三〇】志貴親王　施基・芝基・志紀とも記す。父は、天智天皇。母は、越の道の君の伊羅都売。光仁天皇（白壁王）・湯原王・春日王・榎井王・海上女王らの父。妻としては、春日王の母、多紀皇女と光仁天皇の母紀朝臣橡姫が知られている。光仁即位後の宝亀元年（七七〇）十一月追尊されて春日宮天皇といい、田原天皇とも称された。天武八年（六七九）五月の吉野の盟に参加。朱鳥元年（六八六）八月、各皇子の増封に際し、封二百戸を加えられた。持統三年（六八九）六月、撰善言司に任命される。大宝三年（七〇三）九月、近江国の鉄穴を賜わる。同四年正月、封百戸加増。和銅元年（七〇八）正月、三品を授けられ、同七年正月、増封二百戸、同八年正月、二品を授けられる。霊亀二年八月薨か。前項参照。持統五年に川島皇子が薨じた後は、唯一の天智皇子として、しかも卑母の皇子として、疎外されつつも自己の立場を自覚し、滝のほとりのさわらびのような小さなものに目を向

け、失われたものへかすかな憧れを抱きつつ、暖かさを求める心をもち続け、将来に望みを託す生き方をした皇子であったように思われる。万葉集に短歌のみ、六首（巻一・五一、六四。巻三・二六七。巻四・五一三。巻八・一四一八、一四六六）。

梓弓手に取り持ちてますらをのさつ矢手挟み立ち向ふ　「高円山」を起こす序詞。山の名のタカマトのマトに矢を射る的のマトを掛けて序詞とした。弓矢を手に的に向かうマスラヲのさっそうとしたイメージが、この歌の冒頭を明るくさわやかなものにしている。類似の序詞例、

　大夫のさつ矢手挟み立ち向かひ射る円方は見るに
　　さやけし（1・六一　舎人娘子）

さつ矢　狩猟に用いる矢。サツは、狩猟のえものを意味するサチの交替形。サツ男・サツ弓とも。

高円山　奈良市白毫寺町。春日山の南に峠道を隔てて続く山。標高四六二メートル。

春野焼く野火と見るまで　「春野焼く野火」は、春の野に火をつけて枯草を焼き払い、その跡に農作物を作った、そのための火。マデは、程度をあらわす。……ほどに。原文「左右」は、両手を、真手ということによる。「左右手」（7・一一八九、10・二三二七）、「二手」（1・七九、3・二三八、10・一九〇二、11・二八二〇）とも書く。

いかにと問へば　原文「何如問者」。ナニカと、訓む説もあるが、ここは、火であることはわかっているので、どういう性質の火、どういう理由による火であるかを問うているのであるから、イカニがよい。「何如」をイカニと訓む例は、巻四・六五九、七五二、巻七・一三三四、巻八・一四四〇、一五〇六、巻九・一七五四、巻十一・二七三八など。

こさめに降り　「霡霂」は、『類聚名義抄』（十二世紀前半の成立）に、コサメ。ニは、格助詞。ここは、……のように、の意。

白栲の衣ひづちて　ヒヅチは、水に濡れる、泥で汚れる意の動詞ヒヅツの連用形。ここは、涙で濡れる意。

立ち留まりわれに語らく　カタラクは、動詞カタルの連体形に、体言を作る形式体言のアクがついた形。語

ることは。

なにしかもとなとぶらふ　ナニシカは、どうして……か。シは強めの助詞。カは疑問の意を示す助詞。モトナは。むやみに。わけもなく。トブラフは、見舞う、尋ね聞く意。ここは、尋ね聞く。死者をとむらうことを弔というのに対して、唁は、悲しむべきことに遭遇した生者を痛み慰めることをいうという。『類聚名義抄』に、トブラフ。

聞けば音のみし泣かゆ　語れば心そ痛き　二句と二句の対句。ノミ・シは強意の助詞。ナカユのユは自発の助動詞。……ソ……イタキは、係結び。そのような言葉を聞くと声を上げて泣けてくる。事情を話すと胸が痛む。

天皇の神の御子の　神である天皇のお子の。

いでましの手火の光りそ　イデマシは、「出かける」の尊敬表現イデマスの連用形の名詞形。ここは、葬送の列をいった。タヒは、手に持って道などを照らす火。たいまつ。ソは係助詞で、下の「照りたる」と係結び。

ここだ照りたる　ココダはこんなにも多く、の意。テリタルは、照っている。

【二三一】　いたづらに咲きか散るらむ　むなしく咲いては散っているだろうか。

見る人なしに　見愛でる人もなくて。

【二三二】　三笠山野辺行く道　三笠山の裾野を通っている道。三笠山は、奈良市春日野町。御蓋山。二九四メートル。笠の形をした円錐形の形のよい山。

こきだくも繁く荒れたるか　コキダクはココダクに同じ。甚だしく。カは詠嘆の意。

久にあらなくに　ナクは、打消の助動詞ズのク語法。親王が亡くなられてから久しくなったわけではないのに。

【二三三】　な散りそね　ナ……ソネの語構成は、巻二・二二九番歌の「なありそね」と同じ。「ナ……ソ」は禁止。ネは相手に望み求める意を示す助詞。（高円の野辺の秋萩は）散らないでいておくれ。

【二三四】　三笠山野辺ゆ行く道　二三二の異伝。「野辺ゆ」のユは、……を通る意で、経過地点をあらわす助詞。三笠山の裾野を通って行く道。

こきだくも荒れにけるかも　二三二の「繁く荒れたるか」に比して、「繁く」がないだけ、二三二の方が荒れ方の程度が強い表現。

●著者紹介

阿蘇瑞枝（あそ　みずえ）

〔略　歴〕

昭和4年4月生。鹿児島県出身。

鹿児島大学文理学部文学科卒業。

東京大学大学院博士課程修了。

文学博士。

共立女子大学文芸学部教授・日本女子大学文学部教授・昭和女子大学大学院特任教授など歴任。

〔主要著書〕

『柿本人麻呂論考』（おうふう）・『同　増補改訂版』（おうふう）・『万葉集二　日本の文学古典編』（ほるぷ出版）・『萬葉集全注　巻第十』（有斐閣）・『万葉和歌史論考』（笠間書院）・『人麻呂集／赤人集／家持集　和歌文学大系17』（明治書院）など。

萬葉集全歌講義《まんようしゅうぜんかこうぎ》（巻第一・巻第二）　第1巻

2006年3月20日　初版第1刷発行

著　者　阿蘇瑞枝

装　幀　芦澤泰偉

発行者　池田つや子

発行所　有限会社笠間書院

東京都千代田区猿楽町2-2-5［〒101-0064］

電話 03-3295-1331　Fax 03-3294-0996

NDC 分類：911.124

ISBN4-305-40191-6　ばんり社/モリモト印刷/渡辺製本

出版目録は上記住所までご請求下さい。

http://www.kasamashoin.co.jp